pi 文庫

〈トニ・モリスン・セレクション〉

ソロモンの歌

トニ・モリスン

金田眞澄訳

epi

早川書房

6510

SONG OF SOLOMON

by

Toni Morrison

Translated by

Masumi Kaneda

Published 2009 in Japan by

HAYAKAWA PUBLISHING, INC.

This book is published in Japan by

arrangement with

INTERNATIONAL CREATIVE MANAGEMENT, INC.

through TUTTLE-MORI AGENCY, INC., TOKYO.

パパにささぐ

父たちは飛翔し
子らはその名を知らん

ソロモンの歌

第一部

第一章

ノース・カロライナ相互生命保険会社の集金人が、三時にマーシーからスペリオル湖の向こう側まで飛ぶことを予告した。事件が起こる二日前に、彼は自分の住んでいる小さな黄色い家の戸口に、次のような貼り紙を出した。

一九三一年二月十八日、水曜日、午後三時に、わたしはマーシーから飛び立って自分の翼で飛び去ります。どうかわたしのことを許してください。わたしは皆さんを愛していました。

（署名）ロバート・スミス

保険集金人

スミス氏の出発には、四年前のリンドバーグのときほど多くの人々は集まらなかった——姿を見せたのはせいぜい四、五十人足らず——それというのもスミス氏が出発するのに選んだその水曜日の、朝の十一時になるまでは、誰一人としてその貼り紙を読んだ者はなかったからである。週の半ばの水曜日のそんな時刻には、口伝えのニュースの広まるのはいかにも遅かった。子供たちは学校にいっているし、男たちは仕事に出かけていた。そして女たちのほとんどは、肉屋がどんなしっぽやはらわたを只でくれるか見にいこうと、コルセットを締めて身支度をしているところであった。ただ仕事のない者たち、自家営業の者たち、それにごく幼い子供たちだけがその光景を目撃することができた——噂を聞きつけてわざわざ見にきた者もあったし、ちょうどその瞬間に、ノット・ドクター・ストリートの湖岸寄りのはずれをたまたま歩いていて、偶然見ることのできた者もいた。このノット・ドクター・ストリートというのは郵便局が認めていない名前であった。町の地図にはこの通りはメインズ・アヴェニューと記載されていたが、ここはこの市でただ一人の黒人医師が暮らし、また死んだ通りであった。そして一八九六年にその医師がここに引っ越してきたとき、彼の患者たちはこの通りをドクター・ストリートと呼ぶようになったのである。患者たちの中にはこの通りや、その近くに住んでいる者は一人もなかった。後になって他の黒人たちもここに移り住み、郵便が通信の手段として黒人たちの間で盛んに利用されるようになると、ルイジアナ、ヴァージニア、アラバマ、またジョージアなど各州から、ドクター・ストリートの番地に住む人々に宛てた封書が届きはじめた。郵便局ではこれらの手紙は返送するか、配達不能郵便物課に回した。それから一九一八年に黒人男子も徴兵を受けていた頃、徴兵局で自分の住所をドクター・ストリートだと述べる者たちも二、三出てきた。こうしてこの名前は準公認の地位を獲得したのである。しかし、それも長いことではなかった。もっともらしい名前と市の境界標の維持を、自分たちの政治生活の主要な関心事とする何人かの市会議員が、〝ドクター・ストリート〟という名前が公式にはどのような場合にも、絶対に使われないように画策したのである。そして、まだこの名前を使用しているのは南側《サウスサイド》の住民たちだけであることを知っていたので、これらの議員たちは市のその区域の商店や理髪店、またレストランなどに掲示を出させ、湖に面した湖岸ロードから、ペンシルヴェニアに通ずる六号線と二号線の接合点まで南北に走り、またラザフォード・アヴェニューとブロードウェイの中間を、この二つの街路と並行して走っている通りは、これまでずっとメインズ・アヴェニューと呼ばれてきたし、今後もそう呼ばれるはずであって、ドクター・ストリートではない（ノット・ドクター・ストリート）ということを告示させた。

これはほんとうに気の利いた告示であった。というのはこれによって南側《サウスサイド》の住民たちは、彼らの想い出を生き生きと保ち、しかも市会議員たちをも満足させる方法を発見したからである。彼らはこの通りをノット・ドクター・ストリートと呼ぶようになったのだ。

そして、この通りの北側のはずれにある慈善病院のことを、彼らはノウ・マーシー（無慈悲）病院と呼ぶことを好んだ。一九三一年の、スミス氏がこの病院の小丸屋根《キューポラ》から飛んだ日の翌日まで、黒人の妊婦で、この病院の入口の上り段ではなく共同病室で、出産することを許された者は一人もなかったからである。出産を許された最初の妊婦に病院が寛大であったのは、この女性が今述べた黒人医師の一人娘だったからではない。開業中この黒人医師が、患者を入院させる恩典を与えられたことは一度もなく、マーシーに入院を許可された、たった二人の彼の患者はどちらも白人であった。それに一九三一年には、この医師はすでに世を去って久しかった。病院の関係者がこの女性の入院を許可したのは、スミス氏が病院の屋根から、彼らの頭越しに飛び降りたからにちがいない。いずれにせよ、この小柄な保険会社の集金人の、自分は飛べるのだという信念が、この女性の出産の場所を決める原因となったかどうかはともかくとして、出産の時期を決定したことは確かである。

スミス氏が胸の前のほうに、幅の広い、青い絹でできた翼をたわませながら、予告通り敏捷に小丸屋根《キューポラ》のうしろから出てくるのを見ると、亡くなった医師の娘は覆いをした一ペック・バスケット（一ペックは八・八一〇リットル）を取り落とし、びろうどで作った赤いばらの花びらをこぼした。風がその花びらをあたりに、通りの上手や下手に、また小さな雪の山の中に吹き散らした。まだ大人にはなりきっていない、この女性の娘たちがそれを拾おうとして走り回り、一方、母親は呻《うめ》き声をあげて下腹部を押さえた。ばらの花びらを追って走り回る娘たちの姿は多くの人々の注目を集めたが、妊婦の呻き声に気づいた者は少なかった。少女たちが何時間もかけてその高価なびろうどに下絵を写し、切り抜き、そしてかがったこと、またゲアハートのデパートでは、汚れた製品はどんなものでも、すぐに不合格にすることを誰もが知っていた。

しばらくそこで派手な場面が展開された。男たちも一緒になって、花びらに雪がしみ込まないうちに拾い集めようと手を貸し、突風に吹き飛ばされそうになるのをひったくり取ったり、雪の中からそっと摘みあげたりした。そしてごく幼い子供たちは、屋根の上の青い絹を身にまとった男を見たものか、それとも地面に散乱している赤い花びらを見たものか、心を決めかねていた。子供たちのこのジレンマは、一人の女性が突然大声で歌いはじめたときに解決された。群衆のうしろに立って歌っているその女性は、医師の娘の身なりのりっぱさとは対照的に、ひどくみすぼらしい服装をしていた。医師の娘はきちんとしたグレーのコートを羽織り、伝統的な妊婦のやり方に従ってベルトを腹部の真中で蝶結びにし、黒い釣鐘形の帽子をかぶり、四つボタンの婦人用オーバーシューズをはいていた。歌っている女性のほうは編んだ海軍帽をまぶかにかぶり、冬のコートではなく、古いキルトの上掛けに身を包んでいた。首を一方にかしげ、じっとロバート・スミス氏に眼を据えて、その女性は力強いコントラルトで歌った。

ああ、シュガマンは飛んでいった
シュガマンはいってしまった
シュガマンは空を突っ切っていった
シュガマンは故郷に帰った……

そこに集まった五十人くらいの群衆のうちの何人かは、こっそりとつつき合ってはくすくすと笑った。まるでその歌が無声映画の理解を助け、意味をはっきりさせてくれるピアノ曲ででもあるみたいに、じっと耳を傾ける者たちもいた。みんなはしばらくそうして立っていたが、スミス氏に声をかける者は誰もなかった。病院の人間たちが出てくるまで、彼らはみんな自分たちの周囲で起こっているこのちょっとした二つの事件の、どちらか一方に心を奪われていた。

病院の者たちは窓から見ていたのだった――最初は軽い好奇心からだったが、やがて群衆の数が膨れあがって、病院の塀までも迫ってくるように見えはじめると、不安の念をもって見守っていたのだ。黒人の地位向上を主張する団体がいつも組織しているような騒ぎが、起ころうとしているのではないかと思ったのだ。けれどもプラカードもスピーカーもないのを見ると、彼らは思いきって外の寒さの中に出てきた。白い手術衣を羽織った外科医、黒っぽい上着の事務職員や人事職員、それに糊《のり》の利いた看護服に身を包んだ三人の看護師だった。

スミス氏と彼の着けている幅の広い青い翼を見ると、彼らは数妙の間その場に立ちすくんだ。女性の歌を聞き、撒き散らされているばらの花びらを見たときもそうだった。ちょっとの間、おそらくこれは何か宗教の一種だろうと思った者たちもいた。聖なる父《ファーザー・ディヴァイン》（一八七六～一九六五年。アフリカン・アメリカンの宗教家。一九三〇年頃には多くの信者を集めていた。信者のほとんどは黒人で、彼のことを神と信じていた）が勢力を揮《ふる》っているフィラデルフィアは、それほど遠く離れているわけではなかった。たぶん、ばらの花びらの入ったバスケットを持った少女たちは、彼に仕える処女たちのうちの二人なのだろう。しかし金歯をはめた一人の男の笑い声で彼らは我に返った。彼らは白昼夢《はくちゅうむ》に耽《ふけ》ることをやめて素早く仕事に取りかかり、あれこれと命令をくだした。彼らが大声をあげて忙しく動き回ったために、さっきまではただ二、三の男と数人の少女たちがびろうどの花びらを追いかけ、一人の女性が歌っていただけの場所は、たいへんな混乱になった。

看護師の一人がこの混乱を少し整理したいと思って周囲の者たちの顔を見回し、その気になれば地球でも動かせそうながっしりした女性を見つけた。

「ちょっと」と看護師はそのがっしりした女性に近づいて言った。「この子たち、あなたの子供？」

がっしりした女性は自分にかけられた言葉のぞんざいさに眉をつりあげ、ゆっくりと首を回した。それから声の主が誰だかわかると、眉をおろし、眼に浮かんだ怒りの色を隠した。

「はあ？」

「誰か一人を救急室にやってちょうだい。守衛に急いでここへくるようにって言わせるの。ほら、そこの、その子がいいわ。その子よ」看護師は五、六歳くらいの、猫のような眼をした男の子を指差した。

がっしりした女性は看護師の指の方向に視線を滑らせ、看護師の差している子供を見た。

「ギターです」

「何ですって？」

「ギターです」

看護師はまるでウェールズ語でも耳にしたみたいに、じっとそのがっしりした女性を見つめた。それから看護師は口を結び、もう一度その猫のような眼をした子供を眺め、両手の指を組み合わせて、次の言葉はひどくゆっくりした口調で、その子供に話しかけた。

「ねえ、いい？　病院の裏の守衛室にいくの。ドアに〝救急患者入口《エマージェンシー・アドミッションズ》〟と書いてあるわ。A・D・M・I・S・I・O・N・Sよ。でも守衛がいるわ。その人にすぐここにくるように言うの。さあ、いって。さあ！」看護師は組んでいた指をほどき、両手ですくうような動作をして、手のひらで冬の空気を押しやった。

茶色の背広を着た男が小さな雲のように白い息を吐きながら、看護師のところに近寄ってきた。「消防車がやってくる。中に戻りなさい。凍え死んでしまうよ」

看護師はうなずいた。

「Sを一つ抜かしたよ、おばさん」（看護師がADMISSIONSのSを一つしか言わなかったことを指摘している）と男の子が言った。北部はこの子供には初めてで、白人にも遠慮なく口が利けることを彼はちょうど知りはじめたばかりであった。けれども看護師はもうすでに、寒さをまぎらわそうとして両腕をこすりながら、その場を去ってしまっていた。

「おばあちゃん、あの人Sを一つ抜かしたよ」

「それから〝すみませんけど《プリーズ》〟という言葉もね」

「おばあちゃん、あの人飛ぶと思う？」

「き印はどんなことだってするさ」

「あの人誰なの？」

「保険の集金人だよ。狂ってるんだよ」

「あの歌をうたっている女の人は誰？」

「あれはね、坊や、季節最後のえんどう豆さ」しかし彼女は歌っている女性に眼をやったとき微笑を浮かべた。そこで猫のような眼をした男の子は、病院の屋根の上で翼をぱたぱたさせている男に夢中になっているのと少なくとも同じ程度の興味をもって、その独唱に耳を傾けた。

今や警察が呼ばれようとしていたので、群衆は少しばかりそわそわしはじめていた。彼らはそれぞれスミス氏を知っていた。スミス氏は月に二度みんなの家にきて、一ドル六十八セントを徴収し、小さな黄色いカードに日付と、週八十四セントの払い込み金額を書き込んでいくのだった。みんなはいつも半月くらいは支払いが遅れていた。そのくせ絶えずスミス氏に先払いしようと言うのだった――まず最初に、スミス氏がついこの間きたばかりなのにと文句をつけた後で。

「もうやってきたんかい？ ついさっき払ったばかりみたいな気がするぜ」

「お前さんの顔を見るのはもううんざりだよ。つくづくうんざりしたよ」

「わかってたよ。十セント銀貨を二枚重ね合わせたと思うと、とたんにお前さんがやってくるってわけだ。死神よりも、もっときちんきちんとね。フーヴァー（一九二九年から三三年まで米国大統領）はお前さんのことを知ってるのかね？」

みんなはスミス氏をからかい、口汚くののしり、子供たちを使ってスミス氏に、自分は留守だとか、病気だとか、ピッツバーグにいったとか言わせたりした。そのくせ彼らはその小さな黄色いカードに、まるでそのカードに何かの意味でもあるみたいに、しがみついていた――家賃の領収書や結婚許可証、また期限の切れた工場の認識票などと一緒に、靴箱の中にそっとしまい込んでいるのだった。スミス氏は何を言われてもただにこにことして、ほとんどずっと客の足ばかりに眼を向けていた。彼は仕事の関係で背広を着ていたが、しかし住んでいる家は、客たちのものと変わるところはなかった。客たちの誰かが知っている女性とスミス氏が交際していたことは一度もなかったし、教会では時折〝アーメン〟と言う以外は、一言も口を利かなかった。スミス氏が誰かをなぐったりしたことは一度もなかったし、暗くなってから彼を見かけた者もなかった。だから、たぶんスミス氏はりっぱな人間なのだろうとみんなは思っていた。だがスミス氏は病気と死を重苦しく連想させ、そのどちらも、みんなの持っている黄色いカードの裏に印刷された、ノース・カロライナ相互生命保険会社の建物の、黄色い写真と重なり合った。マーシーの屋根から飛ぶというのは、スミス氏がこれまでにやった中では最高に面白いことであった。スミス氏にそんなことができようなどと思っていた者は誰一人なかった。「こうしてみると人間って奴は、全くわからないもんだな」と彼らはおたがいにささやき合った。

歌っていた女性は声を出すのを止め、ハミングしながら群衆の間を縫って、まだ下腹部を押さえている、ばらの花びらの婦人のほうに近づいた。

「あったかくしてなきゃだめだよ」と彼女は、軽く婦人のひじにさわってささやいた。

「朝になればかわいい小鳥がやってくるよ」

「まあ?」と、ばらの花びらの婦人は言った。「明日の朝ですって?」

「これからくるのは明日の朝だけだよ」

「そんなはずはないわ」と、ばらの花びらの婦人は言った。「まだ早すぎるもの」

「いいえ、早すぎはしませんよ。予定通りだよ」
二人がおたがいの眼を深く覗き込み合っているときに、群衆の中から大きなどよめきが湧き起こった――〝ウー〟という一種の波のようなざわめきが。スミス氏が一瞬身体の平衡を失って、小丸屋根《キューポラ》から突き出ている三角形の木材に勇敢にしがみつこうとしているのだった。すぐさま、歌っていた女性はまた歌いはじめた。

ああ、シュガマンは飛んでいった
シュガマンはいってしまった……

下町では消防士たちが厚手の大外套を着込んだ。しかし消防士たちがマーシーに到着したときには、スミス氏はすでにばらの花びらを眺め、歌を聞き、空中に身を躍らせてしまっていた。

翌日マーシーの病院内で、初めて黒人の赤ん坊が生まれた。スミス氏の青い絹の翼は、その影響を残したのにちがいなかった。というのはこの少年が四歳のときに、スミス氏がもっと以前に知ったのと同じこと――つまり鳥と飛行機しか空を飛ぶことはできないのだということ——に気づいたとき、少年は自分自身にたいする関心をすっかり失ってしまったからである。その飛ぶという能力を持たないで生きていかなければならないことは、少年を悲しませ、また少年の想像力をすっかり涸渇させてしまったので、少年の母親を憎んでいない人々にさえ彼は愚鈍な子供に見えた。憎んでいる者たち、彼女からお茶に招待され、十二室もある医師の大きな暗い家と、緑のセダンを羨んでいる者たちは、少年のことを〝変り者〟と呼んだ。この家は宮殿というよりむしろ牢獄に近いこと、またドッジのセダンは、ただ日曜日のドライヴにしか使われないことを知っている他の者たちは、ルース・フォスターと、ルースの潤いのない娘たちを気の毒に思い、ルースの息子を〝底知れず〟と呼び、〝不可解〟と呼びさえした。

「坊やは生まれたとき〝幸福の帽子〟（赤子が出生時に時折頭にかぶっている羊膜の一部。これを吉兆として水難よけのお守りにした）をかぶっていましたか？」

「それを干して、坊やに煎じて飲ませなければいけなかったのよ。そうしないと幽霊を見るわよ」

「あなた、それを信じてるの？」

「わたしは信じないけど、でも年寄りたちはそう言うわ」

「まあ、とにかく奥底の知れない坊やだわ。坊やの眼を見てご覧なさいな」

そして、みんなは焼き方が速すぎたサンシャイン・ケーキの断片を口蓋からほじくり出し、もう一度子供の眼を覗き込むのだった。少年は精いっぱいにみんなの視線に耐え、しまいには哀願するような眼を母親に向けて、やっと部屋を出ることを許されるのだった。

背中にがやがやという女たちの騒々しい話し声を浴びながら応接間を出て、食堂に通ずる重い二重ドアを開け、多くの寝室の前を通ってそっと階段を昇り、赤いびろうどの切れ端を山のように積んだテーブルの前に、まるで大きな赤ちゃん人形のように坐っているリーナとコリンシアンズの注意を引かないですますのには、ある程度の工夫が必要であった。少年の姉たちは午後にはばらを作った。明るい、生命のないばらが、ゲアハートの特製品仕入係がもう十二ダース必要だと、用務員のフレディを使いによこすまで、一ペック・バスケットの中で何カ月も眠っていた。うまく姉たちのところを通り抜け、二人の気まぐれな意地悪に会わないですむと、少年は自分の部屋の窓敷居のところに膝をつき、どうして自分は地面にへばりついていなければならないのかと、何度も繰り返して考えるのだった。

そのとき医師の家を満たしている静けさ、ただサンシャイン・ケーキを食べている女たちの、がやがやという話し声によってのみ破られる静けさは、ただそれだけのもの、静けさというだけであった。それは平和ではなかった。というのは、この静けさの始まる前にメイコン・デッドがいたし、またこの静けさは間もなく、メイコンの存在によって終止符を打たれるはずだったからである。

頑固で、がみがみと口うるさく、何の前触れもなくいつ爆発するかわからないメイコンに、家族の者たちはみんな、こわがってびくびくしていた。妻にたいするメイコンの憎しみは、彼が妻に向かって口にする言葉の一つひとつに、きらめき、火花を発した。娘たちにメイコンが感じている失望は灰のように彼女らに降りかかって、二人のバターを塗ったような顔の色を曇らせ、本来だったら娘らしいはずの声から、明るさを奪ってしまっていた。凍ったような憎しみに燃えているメイコンの視線に射すくめられて、家族の者たちはドアの敷居につまずき、ポーチド・エッグの黄身の中に塩つぼを落とすのだった。みんなの優しさ、機知、自尊心をずたずたに切りさいなむメイコンの態度が、この家族の日常生活に刺激を与える唯一のものであった。メイコンが火をつける緊張とドラマがなかったら、みんなは自分をどう扱ってよいかわからなかったかもしれない。メイコンのいない間娘たちは、血のように赤いびろうどの四角な切れの上に首を曲げ、父親の帰ってきた気配がするのをひたすらに待つのだった。また妻のルースは、夫の軽蔑に茫然として死んだような一日を始め、同じ軽蔑にすっかり生気づけられて一日を終わるのだった。

午後の客たちを送り出してドアを閉め、唇から穏やかな微笑を消してしまうとルースは、夫がとても食べられたものではないと言う食事の支度に取りかかった。ルースは別に胸の悪くなるような料理を作ろうと努めているわけではなかった。ただ、そういう料理を作らないためには、どうすればよいのかわからなかったのだ。ルースはよくサンシャイン・ケーキはあまりにも小さく切りすぎて、夫の前にはとても出せないことに気づき、レンネット（フランス原産の食後用のりんごの一種）のデザートに決めたりするのだった。しかしミート・ローフにする子牛肉と牛肉を挽くのにもひどく時間がかかったので、ルースは豚肉のことを忘れ、肉の上にベイコンのたれ汁をかけて満足しただけでなく、デザートを作る時間が全くなくなってしまった。それからルースは急いで食卓の用意を始めた。白いリンネルを開いて見事なマホガニーのテーブルに広げるとき、ルースはもう一度あの大きなしみに眼をやるのだった。食卓の用意をしたり、食堂を通り抜けたりするとき、ルースがそのしみに眼をやらないことは決してなかった。窓辺に引き寄せられてもう一度海面を見つめる燈台守のように、あるいは運動時間に中庭に出て、機械的に太陽を探し求める囚人のように、ルースは一日に何度もそのしみを探すのだった。しみがそこにあること、いつまでもあるだろうことはわかっていた。だがそれでもルースはその存在を確認しないではいられなかった。係留ブイや太陽を求める、燈台守や囚人と同じように、ルースはそのしみを一つの標識として、世界がまだそこに存在していることを、これは現実の生活であって夢ではないことを、自分に保証してくれる安定した視覚対象と見なしていた。自分は内部のどこかで生きているのだということを、ルースはただ自分がよく知っているものがそこにある、自分の外部に存在するという理由によってのみ、事実と認めたのである。

　そのしみのことを全く夢にも見ず、考えもしない眠りの洞窟の中にいるときにさえ、ルースはしみの存在を感じていた。実際、ルースはどうすればそのしみを消すことができるか――このすばらしいマホガニー材の、この唯一の欠点をどうしたら隠せるかということを、娘たちや客たちに絶えず話していた。ワセリンか、煙草の汁か、ヨードか、紙やすりでこすってから亜麻仁油を塗るかなどと。ルースはこれらすべての方法を試みた。だがルースの視線には栄養があった。しみはどちらかといえば、年が経つのにつれてますます目立ってきたのである。

そのぼんやりした灰色の丸いしみは、医師の生存中は毎日、新しい花をいっぱいに生けた水盤が置かれていた場所を示していた。毎日だった。花がないときには、水盤には葉が生けられた。小枝と漿果《しょうか》を取り合わせたもの、猫柳、欧州あかまつ……。とにかく夕方にはいつも、何かしら晩餐のテーブルに色どりを添えるものが生けられていた。

それはルースの父親にとっては彼自身の家族と、彼らの周囲に生活している人々とを区別するしるしであった。ルースにとっては、自分の少女時代を取り巻いていたと彼女が信じている、愛情に満ちた優雅さの要約であった。メイコンがルースと結婚して医師の家に移ってきてからも、ルースはテーブルの中央に花を飾る習慣をやめなかった。それからルースが市の一番粗野な区域を通って、流木を拾いに湖岸に出かける時期になった。ルースは新聞の家庭欄で、流木と乾いた海草を配合したものを見たことがあったのだ。それは十一月のあるじめじめした日で、医師はもうすでに中風で倒れて、自分の寝室で流動食をとっていた。風がルースのスカートを足首のまわりからめくりあげ、紐靴の中に浸み通った。

家に帰るとルースは足に温かいオリーブ油をすり込まなければならなかった。夕食の席に二人だけで坐ったとき、ルースは夫のほうを向いて、テーブルの真中の飾りつけをどう思うかと尋ねた。「たいていの人たちはこういうものを見落としてしまうのよ。眼には見えていても、何一つ美しいところなど見つけないの。自然がもうすでにそれを、できるかぎり完璧なものに仕上げていることがわからないのよ。横から見てごらんなさいな。きれいじゃありません？」

夫は淡いとび色の、レースのような海草の取り合わされた流木を見て、顔も向けないで言った。「きみのチキンは骨のところがまだ赤いよ。それにどうやら、中に固まりを残して置くじゃが芋料理があるらしいね。つぶれていないじゃないか」

ルースは海草を朽ちるにまかせ、後にその葉脈も葉柄もだめになり、テーブルの上でまくれあがって茶色のかさぶたみたいになると、水盤を取り片づけ、かさぶたみたいな海草を払い捨てた。しかし、それまで長年の間水盤で隠されてきたしみは、むき出しになって人目にさらされることになった。そして一旦むき出しになると、しみはまるでそれ自身が何かの植物であるみたいに振舞い、繁茂してスエード革のような灰色をした巨大な花となり、熱病のように動悸を打ち、位置を変えるときの砂丘のように溜息をついた。しかし、しみはまたじっとしていることもできた。辛抱強く、静かに、じっとしていることも。

しかし係留ブイでできるのはただそれを認めること、自分が生かしておきたいと思う何かの考えを、確認するのにそれを用いるということだけであった。日の出から日の入りまでやっていくのには、他のものが必要である。何らかの慰めが。何かやさしく触れ合うとか、身を寄せ合うといったようなことが。そこでルースは立ちあがって、無邪気な愚かさから、夕食の支度が終わったすぐ後、夫が事務所から帰ってくる直前の、彼女のささやかな慰みを求めようとした。それはルースがこっそりと耽っている二つの楽しみのうちの一つ――息子をも巻き込んでいる楽しみ――で、それがルースに与える喜びはある程度、その行為が行われる部屋から生まれるものであった。その部屋には、窓にぴったりと覆いかぶさって光をろ過している常緑樹の作り出す、湿っぽい緑色が漂っていた。それは亡くなった医師が書斎と呼んでいた何の変哲もない小さな部屋で、ドレス・フォーム（仕上げの婦人服を着せ掛けて調整するのに用いる針金などでできた枠）と一緒に隅に置いてあるミシンのほかには、揺り椅子と小さな足載せ台しかなかった。ルースはこの部屋に息子を膝に抱いて坐り、子供の閉じたまぶたをじっと見つめながら、乳を吸う音に耳を傾けるのだった。まぶたにじっと眼を据えるのは母親としての喜びからというより、むしろ垂れさがった息子の両足が、ほとんど床に届きそうになっているのを見たくないからであった。

午後遅く、夫が事務所を閉じて帰宅しないうちに、ルースは息子を呼び寄せた。息子がその小さな部屋に入って来ると、ルースはブラウスのボタンをはずして微笑した。息子は母親の乳首にまぶしい思いをするのにはまだ幼すぎたが、もう充分、気の抜けた母乳の味にうんざりするほどの年にはなっていた。それで息子はまるで雑用でもさせられるみたいに、いやいやながらやってきて、生まれてからずっと、毎日少なくとも一度はしてきたように、母親の腕に抱かれ、歯で傷つけないようにしながら母親の肌から、薄い、かすかな甘味のある乳を吸い出そうとするのであった。

ルースは息子を肌で感じた。息子の控え目さ、息子のやさしさ、息子の無関心さを。そのすべてがルースを幻想の世界に誘うのだった。息子の唇が自分から一筋の光を引き出しているという、はっきりとした印象をルースは持った。まるでルースは、糸みたいに黄金を吐き出している大釜のようであった。あの水車屋の娘――ルンペルシュティルツキン(グリムの童話に出てくる小人。貧しい水車屋の娘に麦わらを紡いで黄金にする方法を教え、そのおかげで娘は王妃になるが、最後に彼は自分の秘密の名前を王妃に知られ、怒って死んでしまう)に授けられた秘密の力にぞくぞくするような喜びを味わいながら、夜になると麦わらをいっぱいに積んだ部屋に坐って、自分の織機の梭《ひ》から黄金の糸が流れ出てくるのを見たあの娘――のようであった。そしてそれがルースの楽しみ、彼女が手放すのをひどく厭《いや》がっている楽しみの一方の部分であった。そういうわけで、この一家の借家人であり使用人であるだけではなくて、友人でもあるようなふりをしたがる用務員のフレディが、ある日遅く医師の家に家賃を持ってきて、常緑樹越しに窓から覗き込んだとき、ルースの眼にさっと恐怖の色が浮かんだのは、自分の日常生活を何とか耐えられるものにしてくれている楽しみのまるまる半分を、失わなければならないということをすぐさま悟ったからであった。けれどもフレディはルースの表情を単なる羞恥心のためと解釈した。だからといって、にやにや笑うのをやめたわけではなかったけれども。

「ひやあ、これはこれは」

フレディは常緑樹を押し分けてもっとよく見ようとしたが、枝よりもむしろ自分の笑いのほうが邪魔になった。ルースは息子を床に落とし、飛びあがるようにして素早く立ちあがると、慌てて胸を覆った。そのために息子はうすうす感じはじめていたこと――この午後の習慣は異常で、よくないことだということ――をはっきりと理解した。

母親と息子のどちらも口を利くひまも、ちゃんと身繕いをするひまも、眼くばせを交すひまさえないうちに、フレディは走って家の反対側に回り、ポーチの上り段を昇って、こみあげてくるおかしさを抑えようとしながら二人を呼んでいた。

「ルーフィお嬢さん、ルーフィお嬢さん、どこです？　二人ともどこにいるんです？」フレディはまるで今や自分の部屋だとでもいうみたいに、緑の部屋のドアを開けた。

「おったまげたよ、ルーフィお嬢さん。ああいうところをこの前見たのはいつだっけな。最後に見たのがいつだったかも覚えていませんよ。別に悪いことなどありゃしないってことですよ。年寄り連中は大いに奨《すす》めてるってことですよ。ただ、ね、この辺じゃあまり見かけないけどね……」だがフレディの眼は子供に向けられていた。それは何か、俺たちは共犯だぞ、とでもいったことを伝えているような心得顔の眼だったが、ルースはそこから除け者にされていた。フレディは子供の身体を上から下まで眺め渡し、その落ち着いた、しかし隠しだてをするような眼と、ルースのレモンのような肌と子供の黒い肌の、驚くべき対照とをじっと観察した。「南部にゃ、いつまでも子供に乳を飲ませてる女が大勢いましたよ。大勢ね。だけど、今じゃもう、あんまり見かけないな。俺の知ってた家なんざ――まあ、おふくろさんはあまり利口なほうじゃなかったけどね――息子が確か十三くらいになるまで乳をやってましたよ。だけど、こいつはちょっとひどすぎやしませんか?」喋っている間じゅうフレディは、顎をさすりながら子供を見ていた。とうとうフレディは喋るのをやめて、低い声で長い間くすくすと笑った。探していたうまい文句を見つけたのだ。「ミルクマンだ。この坊やはミルクマンだ、ルーフィお嬢さん。生まれついてのミルクマンですよ、そういうものがあるとすればね。さあ、気をつけろ、女ども。ミルクマンのご入来だ。ほっ!」

フレディは自分の発見したことをルースの近所の家々ばかりでなく、自分が住んでいる、メイコン・デッドの貸家のある南側《サウスサイド》の家々にも触れ回った。そういうわけでルースは息子に、息子が永久に振り棄てることのできない、また自分にとっても息子にとっても、息子の父親との関係を改善するのに決して役立つことのない、新しい名前がついたことを聞くまいとして、二カ月間というものほとんど家の中に閉じこもり、午後の客を招くこともしなかった。

メイコン・デッドにはどうしてそんなことになったのか——どうして自分の一人息子にそんなあだ名がついて、自分自身はその名を使ったり認めたりすることを拒否しているにもかかわらず、いつまでも消えないのか、どうしてもわからなかった。それはメイコンにとっては重大な関心事であった。というのはメイコンの家族の命名にはいつも、メイコンには途方もない愚かさとしか思われない事情がまつわりついていたからである。そのようなあだ名が生まれることになった事情を、メイコンに教える者は誰もなかった。メイコンは近づきがたい人間——何気なく自然に話しかける気になどとてもなれないような、冷やかな態度をした、苛酷な人間だったからである。ただ用務員のフレディだけがメイコン・デッドにたいして馴れなれしく振舞ったが、フレディはメイコンのためにいろいろと使い走りをしてやることで、この特権を得ていたのである。そしてフレディこそ最も、その事情をメイコンに教えるはずのない人間であった。そういうわけでメイコン・デッドは、ルースが突然恐怖の色を浮かべ、揺り椅子からぶざまに飛びあがって息子を下に落としたが、小さな足載せ台のおかげで大したことはなくてすんだこと、またフレディがおもしろそうに、うっとりしながらその場の情況をかいつまんで話したことを、聞いたこともなければ想像したこともなかった。

けれども詳細は何一つ知らないままにメイコンは、憎しみに研ぎ澄まされた心の鋭敏さで、学童たちが自分の息子を呼ぶときに使っているのを聞いた名前、くず屋が一束の古着の代金として、三セントを息子に払うとき使うのをふと立ち聞きした名前——その名前がきれいなものではないことを感じ取っていた。ミルクマン。それは確かに、酪農場で働く人間のまともな仕事には聞こえなかったし、また当番の隊長のようにきらきら輝きながら、裏のポーチに並んでいる、冷たく明るいブリキかんを思い出させもしなかった。この名前には汚らしくべたべたとした、淫らな響きがあった。この名前の由来が何であるにせよ、それは何か妻と関係があること、また妻のことを考えるときに自分がいつも感ずる気分と同じように、むかむかするようなものに覆われていることをメイコンは知っていた。

息子を見るときのこの嫌悪感と不愉快さは、メイコンがその市で行うすべてのことに影響した。もし悲しむことができたら、ただひたすらに悲しむことができたら、メイコンは救われただろう。息子がいないことを嘆いてきた十五年間は結局、最も忌まわしい情況で息子を持つという、皮肉な結果に終わったのである。

かつてはメイコンの頭に房々とした髪が生えており、ルースが美しい手のこんだ下着を着けていて、メイコンがわざとゆっくり時間をかけて、それを脱がせた時期があった。メイコンの前戯がただ地上で最も美しく、最も優雅で、最も白くて柔かいにちがいない下着の紐をほどき、留め金をはずし、締め金を取ることだけであった時期が。ルースのコルセットのホックの一つひとつをメイコンはもてあそんだ（ホックは四十個――両側に二十個ずつ――付いていた）。ルースのボディスの、雪のように白い上べりを縫うようにして通っている、淡いブルーのグログランのリボンの一本一本をメイコンはほどいた。彼はブルーの蝶形リボンをほどいてしまっただけでなく、それをへりからすっかり引き抜いてしまった。それでルースは後でまた、安全ピンを使ってリボンを通さなければならなかった。ルースのスリップに汗よけを取りつけているゴムバンドのスナップを、メイコンははずしてみたり留めたりしてルースをじらし、またスナップの音や、妻の肩に触れたときの、指先のぞくぞくするような感じで自分自身をじらした。こういうふうにして下着を脱がせている間、二人は決して口を利かなかった。ただ時折くすくすと忍び笑いをするだけであった。そして子供たちが〝お医者さんごっこ〟をするときと同じように、脱がせているときがもちろん、一番楽しいときだった。

ルースが全裸になって、まるで漂白してない砂糖のようにべっとりと濡れ、今にも崩れそうになってそこに横たわると、メイコンは身をかがめて妻の靴の紐を解きはじめた。それが最後の喜びであった。というのはルースの足を裸にしてしまうと、足首から爪先へと、剝ぎ取るようにしてストッキングを脱がせてしまうと、メイコンは妻の内部に入ってきてたちまち終わってしまったからである。ルースはそういうやり方が好きであった。メイコンのほうもそうだった。そして妻の素足を見なくなってからほとんど二十年近くになる期間に、メイコンが懐しいと思ったのは下着だけであった。

以前にはメイコンは、妻の口が死んだ父親の指の上にある光景を、決して忘れることはないだろうと信じていた。彼は間違っていた。細かい部分をメイコンは少しずつ忘れてゆき、しまいにはきっとこんなふうだったにちがいないと想像し、推測し、でっちあげさえしなければならなくなったからである。その映像はメイコンの記憶から去った。しかし、そのときに感じた忌まわしさが消えることは決してなかった。怒りを養うのにメイコンは妻の下着を、今や永久に自分には失われてしまった、あの丸い、汚れのない、コルセットのホックを思い出すのだった。

そういうわけで、もし人々がメイコンの息子をミルクマンと呼んでいるとすれば、そしてもし妻がそれを聞いて眼を伏せ、上唇の汗を押さえるとすれば、明らかに何か穢らわしい関係があるにちがいなかった。そしてメイコン・デッドにとっては、誰かが彼に詳細を教えてくれるかどうかはまったく問題ではなかった。

そして誰も教えてくれはしなかった。メイコンに教えるだけの勇気と関心の両方を持った者は、誰もいなかった。それだけの関心を持った者たち、つまり、メイコンが妻の下着を脱がせていた時代の生きた証拠である、リーナとコリンシアンズには勇気がなかった。そして、それだけの勇気はあるが、しかし関心のないただ一人の人間は、自分の妹であるにもかかわらず、メイコンが妻よりももっと憎んでいる、世界じゅうでただ一人の人間であった。息子が生まれて以来、メイコンが妹に会いに道を渡ったことは一度もなかったし、また今になってもう一度、兄妹としてつき合うつもりもメイコンにはなかった。

メイコン・デッドはポケットに手を突っ込んで鍵を探り、鍵束を指で握って、束の固い手触りで心を落ち着かせた。それは彼の貸家（本当に家と言えるのは四軒だけで、あとは実際には掘立て小屋みたいなものだった）全部のドアの鍵で、ノット・ドクター・ストリートを通って自分の事務所まで歩いて行く途中、メイコンはしばしばそれらの鍵を、愛撫するようにもてあそぶのだった。自分の仕事場のことを少なくともメイコンは事務所と考えていたし、ドアにはペンキで〝事務所〟と書いてさえいた。しかし板ガラスのはまった窓はメイコンに反駁《はんばく》していた。半円形に配列した金文字をはがせば、メイコンの仕事場は〝ソニー商店〟であることがはっきりした。前の所有者の名前を削り落とすような手間をかける価値はほとんどなかった。誰の心からもそれを削り落とすことはできなかったからである。商店のような構えのメイコンの事務所は、いつも〝ソニー商店〟としか呼ばれなかった。おそらく、そこでソニーが何かの商売をしていた三十年前のことを、今では誰一人憶えている者はなかったけれども。

メイコンは今その事務所の中を、名前のことを考えながら歩き回った――闊歩したと言ったほうがもっとぴったりする。というのはメイコンは脚が長く、運動家のように大股に歩いたからである。きっと、とメイコンは思うのだった、自分と妹には誰か本当の名前を持った祖先、縞めのうのような肌をし、砂糖きびのようにまっすぐに脚の伸びた、しなやかな身体つきの若者がいたにちがいないと。そして、その名前は若者が生まれたとき、愛情をこめて、真剣な気持ちでつけられたにちがいない。冗談でも、ごまかしでも、ただの記号でもない名前だったにちがいない。しかし、そのしなやかな身体つきの若者が誰だったのか、また若者がその砂糖きびのようにまっすぐな長い脚でどこからやってきたのか、あるいはどこへいったのかは決してわからなかった。決して。そして若者の名前も決してわからなかった。メイコン自身の両親は何かひねくれた気分か、あるいは諦めの気持ちで、誰かこれ以上にいい加減な人間はありえないような人間につけられた名前に、従うことに同意したのだった。連邦軍の酔っぱらったヤンキー（南北戦争当時、南部側がつけた北軍兵士にたいするあだ名）が、軽率きわまりない態度でなぐり書きしたこのひどい名前を受け入れ、代々の子孫に伝えることに同意したのだった。一枚の紙片に書いてメイコンの父親に手渡された文字通りの書き違いを、父親は自分の一人息子に伝え、その息子もまた同じように、自分の息子にそれを伝えたのだ。メイコン・デッドがメイコン・デッド二世をもうけ、二世のメイコン・デッドはルース・フォスター（デッド）と結婚して、ふつうリーナと呼んでいるマグダリーン・デッド、それからファースト・コリンシアンズ・デッド、そして（まったく予想もしていなかったときに）三世のメイコン・デッド、今や関係のある人々の間ではミルクマン・デッドと呼ばれている、息子をもうけたのだ。そして、それだけではまだ足りないとでもいうみたいに、パイロット・デッドという名前の妹がいた。この妹は兄に、彼の息子にこのようなばかげたあだ名がついた事情、あるいは詳細を話すことは決してないだろう。というのはパイロットは、この事件全体をおもしろがっただろうからである。パイロットはその話を楽しみ、おそらく、この名前も折りたたんで真ちゅうの箱に納め、もう一方の耳から吊すことだろう。

若い父親としてメイコンもまた、初めての男の子以外のどの子にも、自分の父親と同じように、聖書から機械的に選んだ名前をつけた。指が示したどの名前にでも従った。妹に名前がつけられたときの情況を、残らず知っていたからである。妻をお産で失ったことでうろたえ、気分的に参ってしまった父親が、聖書をぱらぱらとめくり、まったく字が読めなかったので、自分にとって力強くりっぱに見える一群の文字を選んだこと、その文字の群れの中に、並んでいる小さな木の上に王者のように堂々と、しかしそれらの木を保護するように、覆いかぶさっている大木のような格好をした大きな文字を見たことを。父親はその一群の文字を包装紙に写し取った。字を知らない人々がよくするように、文字の渦巻のような飾り書き、アーチのような部分や、湾曲した部分の一つひとつを綿密に写し取り、それを助産師に差し出した。

「これが赤ん坊の名前だ」

「これを赤ちゃんの名前につけたいっていうのかい？」

「そうしたいんだ。読んでくれないか」

「赤ちゃんにこんな名前をつけたりはできないよ」

「読んでくれ」

「これは男の人の名前だよ」

「読んでくれ」

「パイロット」

「何だって？」

「パイロット。あんたはパイロットと書いたんだよ」

「河船の水先案内人《パイロット》のようなか？」

「そうじゃない。河船のパイロットのようなんじゃない。キリストを殺したパイロット（日本語訳聖書ではピラト）だよ。これ以上ひどい名前はつけられないよ。それも女の赤ちゃんだというのに」

「俺の指がそこに降りたんだ」

「なにもあんたの頭が指についていくことはないよ。この母親のない子に、キリストを殺した男の名前などつけたいことはないだろ？」

「俺はイエスに女房を助けてくださいと頼んだ」

「気をつけてものを言うんだよ、メイコン」

「一晩じゅうイエスに頼んだんだよ」

「だから赤ちゃんをくださったじゃないか」

「ああ、くださった。パイロットという名前の赤ん坊を」

「まあ、何ということを」

「その紙を持ってどこへいくんだい？」

「この紙はきたところへ戻すんだよ。悪魔の炎の中に」

「それをこっちによこしてくれ。それは聖書から取ったんだ。聖書にはさんで置くよ」

こうしてその紙片はそのまま聖書の中にはさまれていたが、やがてこの女の子が十二歳を過ぎると、彼女はそれを取り出し、折りたたんで小さな固まりにして、小さな真ちゅうの箱に納め、その箱を左の耳たぶから吊した。十二歳のとき自分の名前に気まぐれだった人間が、それ以来どんなにその気まぐれさを募らせているか、メイコンにはただ推測するしかなかった。しかし妹がメイコン・デッド三世の命名を、この少年の誕生にたいして彼女が示したのと同じような、重大な関心と畏敬の念をもって眺めるであろうことを、メイコンははっきりと知っていた。

メイコン・デッドは息子が生まれたときのことを、妹がこの初めての甥にたいして、自分自身の娘にたいしてよりも、その娘の娘にたいしてさえよりも、もっと大きな関心を抱いているような様子を見せたことを憶えていた。ルースが床を離れて動き回れるようになってからも、また平常と同じように家事ができる——たいしたことはできなかった——ようになってからも、パイロットはいつまでも、靴紐も結ばず、編んだ帽子をまぶかにかぶって訪ねてきて、あのばかげたイヤリングと、胸の悪くなるような臭いを台所に持ち込むのだった。メイコンは十六歳のとき以来妹に会っていなかったが、彼の息子が生まれる一年前になってパイロットは、メイコンの住んでいる市に姿を見せたのだ。今やパイロットは義妹のように、また叔母のように振舞って、ルースや娘たちの仕事を手伝ってみたりしたが、ちゃんとした家事には何の関心も知識もなかったので、ただ邪魔になるばかりであった。しまいにはパイロットはただベビーベッドのそばの椅子に坐って、赤ん坊に歌をうたってやるだけになった。それはそんなに困ったことではなかった。しかしメイコン・デッドが一番よく憶えているのは、妹の顔に浮かんでいた表情だった。それは驚きのようにも、またひたむきさのようにも見えた。だがそれは、メイコンを不安にするほどの真剣さだった。もしかしたら、それ以上だったかもしれない。おそらくそれは、あの洞穴の外で二人が別れて以来、妹が送ってきた生活のすべてを眼にし、また自分の怒りと妹の裏切りを思い出すことであった。あのとき以後、妹がどんなに堕落してしまったかを。パイロットはたしなみというものの、最後の糸まで断ち切ってしまったのだ。かつてはパイロットはメイコンにとって、この世で最もいとしいものだった。今はパイロットは変り者で、いかがわしく、そして一番困るのは、だらしがないことであった。もしメイコンが許しておけば、パイロットは、いつも厄介事の種になったことだろう。だがメイコンは許しておこうとはしなかった。

結局メイコンは妹に、少しは自尊心のある態度が取れるようになるまでは、密造酒を売ったりしないでまともな職につくまでは、二度と出入りしないでもらいたいと言い渡した。「どうしてお前は女らしい服装ができないんだ?」メイコンはストーブのそばに立っていた。「お前の頭のその水兵帽は一体何なんだ? お前にはストッキングがないのか? お前はこの町で俺をどんなふうに見せようとしているんだ?」メイコンは銀行の白人たち——彼が家を買ったり、抵当に入れたりするのを助けてくれる白人たち——に、このぼろぼろの服を着た密造酒の売人が、自分の妹だと知られたらと考えると身震いをした。ひじょうにうまく商売をやっており、ノット・ドクター・ストリートの大きな家に住んでいるあの資産家の黒人に、娘はいるが夫のいない妹があり、その娘にもまた娘がいるが、夫はいないということを知られたりしたらと考えると。その三人は密造酒を造り、〝下等な街の女たちみたいに! まったく下等な街の女たちと同じように!〟通りで歌をうたう狂った人間の集まりなのだ。

パイロットは不思議そうな眼をじっとメイコンの顔に据えて、そこに坐って兄の言うことを聞いていた。それからパイロットは言った、「わたしもあんたにはうんざりしてたんだよ、メイコン」

かっとなってメイコンは台所のドアのところにいった。「出ていってくれ、パイロット。さあ出ていくんだ。俺は今何をしでかすかわからない気持ちなのを、じっと抑えているんだ」

パイロットは立ちあがり、キルトで身をくるむと、最後にもう一度いとしそうに赤ん坊に眼をやり、台所のドアから出ていった。パイロットは二度と訪ねてはこなかった。

事務所の正面の戸口に着いたときメイコン・デッドは、がっしりした身体つきの女性と二人の幼い少年が、二、三フィート離れたところに立っているのを見た。メイコンはドアの錠を開け、自分の机のところまで歩いていって、その向う側に腰をおろした。彼が帳簿をぱらぱらとめくっていると、さっきのがっしりした女性が一人で入ってきた。

「今日はデッドさん。わたしは十五丁目三番地に住んでいるベインズ夫人です」

メイコン・デッドは憶えていた——その女性のことではなく、三番地の事情を。彼の借家人の祖母だったか、叔母だったか、誰かがそこに越してきて、家賃がずっと滞っているのだった。

「やあ、ベインズ夫人。何かを持ってきてくださったんですか?」

「あのう、そのことでご相談にうかがったのですが。センシーがあの子供たち全部をわたしに残していったことはご存知ですわね。そして、わたしの受けている生活保護は、よく育った犬一匹生かしておくのにも足りないほどですの——半分生かしておくのにも足りない、と言ってもいいくらいですわ」

「お宅の家賃は月四ドルです、ベインズ夫人。もうすでに二カ月たまっていますよ」

「わかってますの、デッドさん。でも子供たちは、何もお腹に入れるものがなくては生きていけませんわ」

二人の声は低く、丁寧で、すこしも争っているような調子は感じられなかった。

「子供さんたちは街頭で生きていけますか、ベインズ夫人？　何とか工面して家賃を持って来ていただかなければ、そういうことになりますが」

「いいえ、そんな。街頭でなど生きていけませんわ。わたしたちには家も食物も必要なんです。お宅のお子さんたちと同じことですわ」

「だったら家賃を持ってきたほうがいいですね、ベインズ夫人。まあ」――メイコンはぐるりと振り向いて壁のカレンダーを見た――「今度の土曜日まで待ちましょう。土曜日ですよ、ベインズ夫人。日曜日じゃありませんよ。月曜日でもなくて土曜日です」

もしこの女性がもっと若くて、もっと水分があったら、彼女の眼にきらきら光っているものはどっと両頰に溢れ出たことだろう。彼女のような年齢になっては、ただきらめくだけだった。ベインズ夫人は眼の中にきらめくものを静かに抑え、メイコン・デッドの机に手をつくと、ぐっと押すようにして椅子から立ちあがった。彼女はちょっと首を回して板ガラスの窓から外を覗き、それからもう一度メイコンのほうを向いた。

「ねえ、デッドさん、わたしやあの子たちを追い出して、あなたにとってどんな利益がおありなんです？」

「土曜日ですよ、ベインズ夫人」

ベインズ夫人は首を垂れ、小さな声で何かつぶやくと、のろのろと重い足取りで事務所を出た。

ベインズ夫人がソニー商店のドアを閉めると、それまで陽射しの中にいた孫たちが祖母の立っている日陰に入ってきた。

「あの人なんて言った、おばあちゃん？」

ベインズ夫人は背の高いほうの少年の髪に手を置き、皮疹のあるところをぼんやりと爪で探しながら、軽くまさぐった。

「きっとだめだって言ったんだよ」と、もう一人の少年が言った。

「引っ越さなきゃいけないの？」背の高い少年は祖母の指から頭を振り離し、横目で祖母を見た。少年の猫のような眼はまるで黄金の裂け目であった。

ベインズ夫人は脇に手をおろした。「商売をやってる黒ん坊なんてひどいもんだよ。ほんとにひどいもんだよ」

少年たちは顔を見合わせ、それからもう一度祖母を見た。二人はまるで何か重大なことでも耳にしたみたいに、ぽかんと口を開けていた。

ベインズ夫人がドアを閉じると、メイコン・デッドは帳簿のところに戻り、指先で数字を辿りながら、心の片隅では、初めてルース・フォスターの父親を訪ねたときのことを想い出していた。その当時はメイコンのポケットには、たった二つの鍵しかなかった。そして、今帰ったばかりの婦人のような人々の言うことを一々《いちいち》聞いていたら、ただ一つの鍵も持つことはなかったろう。メイコンがノット・ドクター・ストリート（当時はまだドクター・ストリートだった）のその場所に出向き、この市で一番重要な黒人に接する勇気を持つことができたのは、その鍵のためだった。ライオンの手の形をしたノッカーを上げることができたのは、医師の娘と結婚しようという考えを抱くことができたのは、その二つの鍵がそれぞれ、そのとき彼が持っていた家屋を象徴していたからである。その鍵がなかったらメイコンは、「それで？」という医師の最初の一言で、そうそうに退散していたであろう。さもなければ、あの青白い瞳の熱気を浴びて、できたてのろうみたいに溶けてしまっていただろう。退散もせず溶けもしないでメイコンは、自分は医師の娘ルース・フォスター嬢に紹介されたが、時折交際することを許していただければありがたい、と言うことができたのだ。自分の結婚の意志は恥じる必要のないものであること、また自分は確かに、フォスター嬢の友人たるべき資格を持つ紳士と見なされるに値すること、そしてその理由として、二十五歳にしてすでに自分は、財産を持った黒人であるということを述べることができたのだ。

「わたしはきみのことは何も知らない」と医師は言った、「名前のほかはね。そしてその名前はわたしには気に入らない。だが、まあ娘の好きなようにさせよう」

実際には医師は、メイコンのことをかなり詳しく知っていた。そしてこの長身の若者に、顔に出して示した以上に感謝していたのである。医師は自分の一人娘を愛していたし、また妻の死後ルースは家庭内で役に立ったけれども、その頃医師は娘のあまりにもひたむきな愛情を、もてあましはじめていたのである。娘のいつも変わらぬ輝くような愛情は、医師の心を落ち着かなくさせた。そして子供の頃にはあんなにもかわいかった甘えの表情を、ルースはいつまでも棄てなかった。お休みのキッスそのものがルースの気の利かなさを示す傑作であったし、父親にとっては困惑の種であった。十六歳になってもまだルースは、父親が夜自分の部屋にきて、自分のベッドに坐り、すこしばかりふざけ合ったあとで、唇にキッスをしてくれないと気がすまないのであった。おそらく死んだ妻の沈黙が、うるさく咎めているように思われたからであろう。おそらく、ルースが気持ちが悪いほど母親に似ていたからであろう。もっと医師を戸惑わせたのはおそらく、身をかがめて娘にキッスしようとすると、ルースの顔にいつも輝いているように見える恍惚たる表情であった――それは医師には、そんな場合にはふさわしくないと思われる恍惚たる表情だった。

そういったことを何ひとつ、もちろん医師は訪ねてきた若者には話さなかった。メイコン・デッドが今でも、あの二つの鍵に魔力が潜んでいたのだ、と信じているのはそのためである。

夢想の途中でメイコン・デッドは、激しく窓を叩く音でわれに返った。彼は顔をあげ、フレディが金文字の間から覗いているのを見て、うなずいて中に入るように合図した。金歯をはめて、バンタム級の選手のような体格をしたフレディは、南側《サウスサイド》で最大の広め屋であった。「スミスさんがぺしゃんこになっちゃいましたよ」という、今や誰知らぬ者もない文句をメイコンに向かって叫んだときにも、フレディはまず同じように激しく窓ガラスを叩き、同じように金歯を光らせて薄笑いを浮かべたのだった。フレディがまた何か不幸な事件の知らせを持ってきたということは、メイコンには明らかであった。

「ポーターがまた酔っぱらって狂いだしたんですよ。猟銃を持ってるんです」

「誰を狙ってるんだ？」メイコンは帳簿を閉じ、机の引き出しを開けはじめた。ポーターは借家人で、明日が家賃を納める日だった。

「別に誰を狙ってるってわけでもないんです。ただ屋根裏の窓に坐って、猟銃を振り回しはじめたんです。朝までにどうしても、誰かを殺さなくっちゃいけないって言ってますよ」

「今日は仕事に出かけたのか？」

「ええ、そして十ドル金貨を稼いだんです」

「そいつをみんな飲んじまったのか？」

「全部じゃない。一本飲んだだけです。まだ手にいっぱい金を握ってますよ」

「あいつに酒を売るなんて無茶をするのは、どこのどいつなんだ？」

フレディは金歯を二、三本むき出したが、何も言わなかった。それでメイコンはパイロットだとわかった。彼は一つを残してすべての引き出しに鍵をかけた――残った一つの引き出しの錠を開けると、メイコンは中から三二口径の小さなピストルを取り出した。

「警察は郡のすべての密造酒販売人に警告を発している。それなのにあいつは、何とかして手に入れるんだ」メイコンは依然としてポーターにせよ、ほかの誰にせよ――大人だろうと、子供だろうと、獣だろうと――酒を仕入れることのできる相手は自分の妹だ、ということを知らない素振りを続けた。彼は妹などは豚箱に入れるべきだ、もしパイロットが大声で自分のことを言い触らし、警察や――また銀行に――自分のことをくずみたいな人間だと思わせるような真似をする心配がないと確信できれば、喜んで自分が放り込んでやるのだがという、もう百ぺんも考えたことをまたしても考えた。

「そいつの使い方を知ってるんですか、デッドさん？」

「知っている」

「ポーターは酔っぱらってるときには正気じゃありませんよ」

「あいつがどういう人間かはわかっている」

「あいつを撃ち落とすつもりなんですか？」

「撃ち落としたりはしない。わしの家賃を取り立てるんだ。奴はそうしたければいつまでもそこにいて、死んだってかまやしない。だがもしわしの家賃を投げてよこさなかったら、その窓から撃ち落としてやる」

くすくすと笑うフレディの声は低かったが、しかし彼の嚙みしめた歯には力がこもった。生まれついてのおべんちゃら屋であるフレディはうわさ話と、それを触れ回るのが好きであった。フレディの耳はあらゆる不平、あらゆる悪口を聞きつけた。また彼の眼は恋人同士のこっそりと交す眼くばせ、喧嘩、新調の服、どんなことをも見逃さなかった。

メイコンはフレディが愚か者で嘘つきではあるが、しかし信頼のできる嘘つきであることを知っていた。フレディの言うことはいつも事実については正しく、その事実を生み出した動機については間違っていた。今もフレディの言っていることは、ポーターが猟銃を持っている、屋根裏の窓のところにいる、酔っぱらっているという点では正しかった。だがポーターは朝までに誰かを、誰でもということだが、殺そうとして待っているのではなかった。本当はポーターには、自分が誰を殺したいのかはっきりわかっていた――自分自身だった。けれども彼には、その前に一つ条件があった。それをポーターは大きな明瞭な声で屋根裏からどなっていた。

「俺はやりたいんだよお！　誰かやる相手をここへよこし

てくれ！　聞こえるか？　誰かをここへよこしてくれと言ってるんだぞ。そうしないと俺は自分の脳天をぶちぬくぞ！」

メイコンとフレディが中庭に近づくと、安アパートから出てきた女たちが、ポーターが頼むのに答えて叫び返していた。

「どういう取り引き条件だい？」

「先に死になよ。そうすれば誰かをそこにやったげるから」

「女でなきゃだめかい？」

「人間でなきゃだめかい？」

「生きてなきゃだめかい？」

「レバー一切れじゃどうだい？」

「そんなものは下に置いて、俺のところに金を投げてよこせ！」メイコンの声がおもしろがってふざけている女たちの間を貫いた。「そのドル紙幣をこっちへほうるんだ、この間抜けめ。それから自分を吹っ飛ばせ！」

ポーターは振り向いて、メイコンに猟銃の狙いを定めた。

「その引き金を引くんだったら」とメイコンがどなった、「狙いをはずさないようにしたほうがいいぜ。撃つんだったら必ずわしを殺したほうがいいぞ。でないと貴様のきんたまをぶっ飛ばして、喉まであげてやるからな」メイコンは自分自身の武器を取り出した。

「さあ、その窓から出てこい！」

ポーターは一瞬たじろいでから、猟銃の銃身を自分自身に向けた——というより向けようとした。銃身が長いために、それを自分に向けることは困難だったし、酔っていることがそれを不可能にした。苦労して銃身を自分と直角にしようとしているうちに、ポーターは不意に気が変わった。猟銃を窓敷居に立て掛け、陰茎を引き出すと、ポーターは女たちの頭上に高く弧を描いて放尿した。猟銃を見せられても平気だった女たちは悲鳴をあげ、慌てふためいて逃げ出した。メイコンは後頭部をかき、フレディは身体を二つに折るようにして、腹をかかえて大笑いをした。

一時間以上の間ポーターはみんなを引き寄せて、うずくまり、絶叫し、脅迫し、放尿し、その間も絶えず、女をよこしてくれと頼んでいた。

ポーターは大きく肩を起伏させてすすり泣いたかと思うと、続いてまた大声で叫ぶのだった。

「愛してるぞ！　俺はみんなを愛してるぞ。あんな真似はするんじゃない、なあ、女たち。あんなことはやめるんだ。あんな真似はするんじゃない。俺がお前たちを愛してるのがわからないのか？　俺はお前たちのためだったら死んでもいい。みんなのためだったら人殺しだってするぞ。俺はお前たちを愛してるって言ってるんだぞ。本気で言ってるんだぞ。ああ、神さま、憐みを垂れてください。俺は何をしようとしているんだろう？　この糞いまいましい世の中で、俺は一体何をしようとしているんだろおお！」

涙がポーターの顔を流れるように伝い落ちた。そして彼は猟銃の銃身を、まるでそれがこれまでずっと彼が乞い求めてきた、探し求めてきた女であるかのように、両腕に抱いてあやすようにゆすぶった。「主よ、わたしに憎しみを与えてください」とポーターは泣くような声で言った。「憎しみだったらいつでも受け取ります。でも、わたしに愛は与えないでください。もうこれ以上愛を受け取ることはできません、主よ。わたしには愛は支えることができません。スミスさんと同じように。あの人には愛を支えることができなかったんです。愛はあまりにも重すぎます。イエス様、あなたはご存知です。何もかもご存知です。愛は重くはありませんか？　イエス様？　愛は重くはありませんか？　おわかりになりませんか、主よ？　あなたご自身の御子がそれを支えられなかったんです。もし愛が御子を殺したのなら、愛はわたしをどうするとお思いですか？　ええ？　ええ？」彼はまた腹を立てはじめていた。

「そこから降りてこい、この間抜け野郎め！」メイコンの声はまだ大きかったが、しかし疲れを帯びはじめていた。

「そしてお前だ、このえて公め。ちっぽけなちんぼをしやがって」――ポーターはメイコンを指差そうとした――「お前が一番の悪党だ。お前などは殺してしまわなくっちゃいけないんだ。本当に殺さなくっちゃいけないんだ。どうしてだかわかるか？　よおし、どうしてだか教えてやろう。俺にはわかってるんだ。誰だって……」

ポーターは「誰だって知ってるんだ、どうしてだか」とつぶやきながら窓のところにどっかりと腰をおろし、そのままぐっすりと眠り込んでしまった。ポーターの眠りが深まると猟銃が手から滑り落ち、ガラガラと屋根を転がり落ちて、地面にぶつかると大きな音を立てて爆発した。弾丸は唸りをあげて一人の見物人の靴のそばを掠め飛び、何もかも剝ぎ取られて路上に置かれてある、ドッジのタイヤに穴を開けた。

「わしの金を取ってこい」とメイコンが言った。

「わたしが?」とフレディが言った。「もしあいつが……」

「いってわしの金を取ってこい」

ポーターはいびきをかいていた。猟銃が爆発してもポケットの金を取られても、ポーターは赤ん坊のように眠っていた。

メイコンが中庭から出たときには、太陽はもうすでに製パン会社の背後に隠れてしまっていた。疲れていらいらした気分でメイコンは十五丁目を歩いていき、自分の持っている別な貸家の一軒の前を通るとき、ちらりと眼をあげた。家はたそがれと夕闇の間を揺れ動いている光の中に、影絵のように溶け込んでいた。あちこちに散らばっているメイコンの貸家は目隠しをしてうずくまっている幽霊みたいで、彼には手の届かないところに延びていた。メイコンはこういう光の中で自分の貸家を見るのが好きではなかった。昼間はそれらの家を見るのは心強いことだった。この時刻には、家はまったく自分のもののようには見えなかった――実際メイコンには、家々がたがいに同盟を結んで、自分はアウトサイダーなのだ、家も土地もない放浪者なのだ、という感じを自分に与えようと共謀しているような気がした。そうするためには妹の家の前を通らなければならなかったけれども、メイコンが近道をしてノット・ドクター・ストリートに帰ろうと決めたのは、この孤独感のためであった。しだいに濃くなってくる闇の中で、自分が通ってもきっと妹は気づくまいとメイコンは思った。彼はある中庭を横切り、ダーリング・ストリートに出る塀に沿って歩いていった。パイロットはこの通りの狭い平家建ての家に住んでおり、その家の地下室は土の中に埋まっているというよりは、むしろ土の中から浮きあがっているように見えた。パイロットの家には電気がきていなかったが、それは電気料金を払おうとしないからであった。ガスも同様だった。夜になるとパイロットと彼女の娘は、ろうそくと石油ランプで家の中を照明した。暖房と煮焚きは薪と石炭で行い、炊事用の水は井戸から引いてある給水管を通して、ポンプで乾いた流しの中に汲み込むのであった。それはまるで進歩とは、道をもう少し遠くまで歩くことを意味する言葉だ、とでもいうような生活だった。

パイロットの家は歩道から八十フィート離れたところにあり、裏には四本の大きな松の木が立っていて、その木からパイロットはマットレスに刺し込む松葉を取った。その松の木を見るとメイコンは妹の口のことを想い出した。パイロットが少女の頃松葉を噛むことが好きで、そのためにその頃でさえ、林みたいな匂いを発散していたことを。十数年の間、妹はまるでメイコン自身の子供みたいだったのだ。母親が息を引き取ったあとパイロットは、筋肉の脈動のためか、それとも流出した羊水の圧力のためか、誰にも助けられないで、もがきながら子宮から出てきたのだ。その結果、メイコンが知っていた間はずっと、パイロットの腹部は背中と同じように、つるつるして滑らかだった。どこにもへそのくぼみがなかったからである。パイロットは正常な道を通ってこの世に生まれてきたのではない、薄絹のような細い管を通じて人間の栄養の頼もしい源泉につながっている、温かい液体に満たされた場所に横たわったり、浮かんだり、そこで育ったりしたことはないにちがいないと人々が信じたのは、パイロットにへそがないためであった。メイコンは事実はそれと違うことを知っていた。メイコンはその場に居合わせ、母親の両脚が力なく崩れたときの、助産婦の眼を見たからである。そして、母親と一緒に死んでしまったにちがいないとみんなが信じていた赤ん坊が、自分自身のへその緒と、自分自身の後産をうしろに引きずりながら、静かに黙している冷ややかな肉の洞穴から、頭から先に少しずつ出てきたときの、助産婦の叫び声をも聞いたからである。しかし残りの部分は本当であった。新生児の生命の綱が切られてしまうと、へその緒のつけ根は縮んでぽろりと落ち、そこに存在したという痕跡をまったく残さなかった。そしてそのことを、赤ん坊の妹の面倒を見ているまだ幼かったメイコンは、禿げた頭と同じように少しもおかしいとは思わなかったのである。おそらく妹のような腹部を持った人間は、この世に二人とはいないだろうということを知ったとき、メイコンは十七歳で、妹とは二度と元に戻ることはないほどに仲たがいし、もうすでに資産家への道を遮二無二《しゃにむに》押し進んでいた。

今、妹の家の中庭に近づきながらメイコンは、この暗さでは、家の中の誰からも自分が見えることはあるまいと思っていた。だがそのとき音楽が彼の耳に入った。家の中では歌っていたのだ。見ようともしなかった。家のそばを通り過ぎるときメイコンは自分の左側を三人がみんなで。パイロット、リーバ、そしてリーバの娘のヘイガーが。通りには人影はまったく見当たらなかった。人々は夕食の席につき、指をなめ、コーヒーの受け皿に息を吹き、そしてきっと、ポーターが羽目をはずしたこと、またメイコンが恐れる色もなく、屋根裏の狂人に立ち向かったことを話し合っているのにちがいなかった。このあたりには街燈がなかった。歩行者の道を照らしてくれるのはただ月だけだった。メイコンはうしろから自分についてくる歌声に、精いっぱいに抵抗しながら歩き続けた。道の、歌声が追ってこられないあたりに足早に近づいているとき、彼の心にまるで絵葉書の裏の情景のように、自分が向かっている場所——自分自身の家——の光景が浮かんだ。妻の細くて強情そうなうしろ姿、長年の渇望に煮えたぎり、干からびてしまった娘たち、何か言いつけたり、あら探しをするときにしか声をかける気になれない息子。「やあ、パパ」「やあ、坊主、シャツの裾を中に入れなさい」「死んだ小鳥がいたよ、パパ」「そんなものをこの家に持ち込むんじゃないぞ……」そこには音楽はなかった。そしてこの夜メイコンは、ちょっとだけ音楽を聞きたいと思った――彼が最初に愛した人間から。

　メイコンはくびすを返して、ゆっくりとパイロットの家に向かって歩いていった。三人はパイロットのリードで何かの曲を歌っていた。パイロットが一節歌うと他の二人がそれを引きつぎ、どんどん歌い続けるのだった。パイロットの力強いコントラルト、それと対位法をなす、リーバの耳をつんざくようなソプラノ、そしてもう十か十一歳になるにちがいない少女のヘイガーの軟かい声が、磁石に引きつけられるじゅうたんの留め鋲のように、メイコンを惹きつけた。

　歌声に屈服してメイコンはさらに近づいた。彼は会話を交したいとも、姿を見られたいとも思わなかった。ただ歌声に耳を傾け、もし、できれば農場と、野生の七面鳥と、サラサを想い出させてくれる、その音楽の源泉である三人の姿を見たいだけであった。できるだけ足音を忍ばせてメイコンは、ちらちらするろうそくの光が洩れている一番低い場所の、脇窓のところに近づき、そっと中を覗き込んだ。リーバは長い首をほとんど膝のところまで曲げて、庖丁か飛び出しナイフで足指の爪を切っていた。少女のヘイガーは髪の毛を編んでおり、パイロットは、窓のほうに背中を向けていたので顔は見えなかったが、何かつぼの中のものを掻き回していた。たぶん、ぶどう酒を造るためのどろどろした果肉だった。パイロットが掻き回しているのが食物ではないことは、メイコンにはわかっていた。パイロットも娘も孫も、まるで子供みたいな食事の仕方をしたからである。何でも食べたいものを食べたのだ。食事が計画されることも、栄養のバランスが考えられることも、食事が出されることも一度もなかった。また食事をしようとしてテーブルに集まるということもなかった。パイロットが熱いパンを焼いて、家族のめいめいが食べたいときに、それにバターを塗って食べることもあった。あるいは、ぶどう酒を造った残りのぶどうがあることもあったし、幾日も続けて桃ばかりということもあった。もし誰かがミルクを一ガロン買ってくると、みんなで無くなるまでそれを飲んだ。また別な誰かがトマトを半ブッシェル（一ブッシェルは約三十五リットル）とか、とうもろこしを一ダース買ってきたりすると、みんなはやはり、それが無くなるまで食べるのだった。三人は家にあるもの、たまたま手に入ったもの、あるいはどうしても食べたいものを食べた。ぶどう酒を売って得る利益はヘイガーの安物の装身具になったり、リーバが男たちにやる贈り物になったり、その他メイコンにはわからないさまざまなものになって、熱風に吹かれる海水のように蒸発してしまった。

　窓辺近くの闇の中に身を隠しながら、メイコンはその日のいらいらした気分が、水が流れ出すように消えていくのを感じ、ろうそくの明かりの中で歌っている女たちの、くつろいだ美しさをつくづくと眺めた。リーバの柔かな横顔の輪郭、動いている、豊かな髪の毛の中で動いている、ヘイガーの両手、そしてパイロット。メイコンは妹の顔を、自分自身の顔よりよく知っていた。歌っている今、パイロットの顔は仮面のようだろう。あらゆる情緒、あらゆる激情がパイロットの顔を去って、声の中に入り込んでいるだろう。だが歌っても話してもいないときには、パイロットの顔には、絶えず動いている唇によって、生き生きとした表情が浮かぶのをメイコンは知っていた。パイロットにはものを嚙む癖があった。赤ん坊のときにも、ごく幼い少女のときにも、いつも何かを口に入れていた――えにしだの茎、軟骨、ボタン、何かの種子、木の葉、紐、またメイコンが見つけてやれるときには、お気に入りの輪ゴムや消しゴムを。パイロットの唇は小さな動きで生き生きとしていた。間近にいるとパイロットは微笑しようとしているのか、それともただ何かの茎を、歯茎の根元から舌に移そうとしているだけなのか、見分けがつかないのであった。おそらくパイロットはねじれた輪ゴムを、頰の内側から出そうとしているのだった。それとも本当に微笑していたのだろうか？　遠くから見るとパイロットは小声で独り言を言っているように見えたが、実際にはただ前歯で小さな種子をかじったり、嚙み砕いたりしているだけなのであった。パイロットの唇は肌よりももっと濃い色、ぶどう酒の色がしみ込んだような、ブルーベリーの実で染めたような色をしていた。それでパイロットの顔はひどく濃い口紅をきれいに塗り、それからその光沢を新聞紙で拭い取ったような、まるで化粧でもしているような感じを与えた。

想い出と音楽の効果で、気持ちがしだいに和んでくるのをメイコンが感じているうちに、歌声は収まった。あたりは静かになったが、それでもメイコン・デッドはそこを立ち去る気になれなかった。メイコンはこのようにして自由に女たちを眺めているのが楽しかった。女たちは動かなかった。三人はただ歌うのをやめただけで、リーバはあい変わらず足の爪を切り続け、ヘイガーは髪を編んだりほどいたりし、パイロットは掻き回しながら柳のように身を揺すぶっていた。

第二章

大きなパッカードがなめらかに音もなく車道から滑り出たとき、純粋に幸福だったのはただリーナと呼ばれているマグダリーンと、ファースト・コリンシアンズだけだった。この二人だけが冒険の意識を持ち、車の豪華さを心から楽しんだ。二人はそれぞれ窓を独り占めにして、眼の前を飛ぶようにして通り過ぎていく、夏の一日の遮るもののない眺めを楽しんだ。二人はどちらも自分たちは、力強い御者の駆る王室の馬車に乗っている王女だと、本気になって考えるほどの年齢になってもいたし、またその程度の幼さでもあった。うしろの席の、メイコンとルースの眼の届かないところで、二人はエナメル革のパンプスを脱ぎ、ストッキングを膝の下までおろし、人々が通りを歩いているのを眺めた。

この家族が日曜日の午後に出かけるこうしたドライヴは、今や儀式になっていて、あまりにも重要でメイコンには楽しむことができなかった。メイコンにとってそれは、自分は本当に成功者なのだということを、自分自身に納得させる方法であった。ルースにとってはそれほど野心的な儀式ではなかったが、それでもやはり、自分の家族を見せびらかす方法ではあった。小さな男の子にとっては、このドライヴはまったくの重荷であった。前の席で両親の間に窮屈に挟まれて、少年はただ翼の生えた女性が、車の前部を傾きながら走っていくのしか見ることができなかった。ドライヴ中少年は母親の膝に坐ることを許されなかったが、それは母親が厭がるからではなくて、父親が反対するからであった。そういうわけで少年は紫がかった灰色の座席に膝をついて坐り、後部の窓から覗いて初めて、両親の膝や足や手、計器板、またパッカードの先端に止まっている、銀色の翼の生えた女性以外のものを見ることができるのであった。しかし、うしろ向きに走っていくことは少年を不安にした。それはまるで眼をつむって飛んでいるようなものであった。そして、これからどこへいくのか――今どこにいたのか――わからないことが少年を困惑させた。少年は自分が通り過ぎてしまった木や、家々や子供たちが、車が後に残した空間の中に滑り込んでいくのを見たくはなかった。

メイコン・デッドの運転するパッカードはノット・ドクター・ストリートをゆっくりと走り、町の粗野な場所（後にはそこであまりにも惜し気なく血が流されるために、血液銀行と呼ばれるようになった）を抜け、バイパスを通って商店街に出て、それから裕福な白人たちの住む区域に向かった。車が通り過ぎるのを見た黒人たちの何人かは、人のよさそうな羨望をこめて、その堂々とした素晴らしさに溜息をついた。一九三六年には、黒人たちの中でメイコン・デッドのように豊かな暮らしをしている者はごく少なかった。また、ちょっとばかりの嫉妬をまじえていかにも面白そうに、この家族が滑るように走り過ぎるのを眺める者たちもあった。というのはメイコンの幅の広い、グリーンのパッカードは、車の用途についての彼らの考えを裏切ったからである。メイコンは一時間に二十マイル以上走ったり、エンジンを思いきりふかしたり、一、二ブロックの間ファースト・ギアを入れっ放しにして、歩行者をぞっとさせるというようなことは決してなかった。メイコンはタイヤをパンクさせたことも、ガソリンを切らしたことも一度もなかったし、十二人ものぼろぼろの服を着て、にやにや笑っている少年たちに手伝わせて、坂道を押しあげてもらったり、歩道の縁石まで寄せてもらったりしなければならないことも一度もなかった。ロープでドアをそのはめ枠に固定したこともなかったし、十代の子供がメイコンの車のステップに飛び乗って、通りを乗せていってくれと頼んだこともなかった。メイコンは誰にも声をかけなかったし、またメイコンに声をかける者も誰一人なかった。急にブレーキをかけたり後戻りをしたりして、友人と大声で話し合ったり、笑い合ったりするようなことも決してなかった。窓を開けてビールびんやアイスクリームを差し出すようなことも一度もなかった。また幼い男の子が立ちあがって、窓からおしっこをするようなこともなかった。メイコンはできるときには決して車を雨に濡れさせなかったし、ソニー商店には歩いていった——車で外出するのはただ日曜日の午後のドライヴのときだけだったのである。その上人々は、メイコンが後部座席に女性を乗せたことがあるということを疑った。というのはメイコンは〃悪所通い〃をし、ときには自堕落な、あるいは孤独な女性の借家人と寝るという噂が立っていたからである。リーナと呼ばれるマグダリーンとファースト・コリンシアンズの、きらきらと輝き、またきょろきょろと落ち着かない眼を除けば、パッカードには本当に生きている生命は乗っていなかった。そういうわけで人々はこの車を、メイコン・デッドの霊柩車と呼んだ。

ファースト・コリンシアンズは髪の毛に指を突っ込んだ。長い、濡れた砂のような色をした、それほど濃くはない髪であった。「どこか特にいくところがあるの？　それともまただドライヴしているだけ？」コリンシアンズは通りから眼を離さず、男や女が通り過ぎるのをじっと見つめていた。

「気をつけて、メイコン。いつもここで間違った角を曲がってしまうのよ」と、ルースが車の右側から優しく声をかけた。

「運転したいのか？」と、メイコンが妻に尋ねた。

「わたしが運転しないのはわかってるじゃないの」とルースは答えた。

「だったらわしに任せておいてくれ」

「わかったわ。でも、わたしのことを咎《とが》めないで。もし……」

メイコンは商店街を通ってある住宅地区に通ずる、左側に分れた道に滑るように入っていった。

「パパ、どこか行き先があるの？」

「オノレだ」とメイコンが答えた。

リーナと呼ばれるマグダリーンは、ストッキングをさらに下のほうにおろした。「湖のそばの？　あんなところに何があるの？　あそこには何もないし、誰もいないわ」

「あそこには岸辺の別荘地があるわ、リーナ。お父さんはそれを見たいのよ」と、ルースが再び会話の中に割りこんだ。

「何のために？　あそこにあるのは白人たちの家よ」とリーナが言った。

「白人たちの家ばかりというわけじゃない。何にもないところもある。ただ土地だけのところが。ずっと向うの反対側に。あそこだったら黒人たちが夏を過ごすのに素敵な場所になる。ビーチ・ハウスだ。わかるかい、わしの言っていることが？」メイコンはバック・ミラーを通して娘に眼をやった。

「そのビーチ・ハウスに誰が住むの？　黒人で家を二軒持てる人なんていないわ」とリーナが言った。

「牧師のコウルズさんだったらできるわ。それにシングルトン先生も」と、コリンシアンズがリーナの言うことを訂正した。

「それからあの弁護士をしている人——何という名前だったっけ？」ルースが振り向いてコリンシアンズを見たが、コリンシアンズは素知らぬ顔をして答えなかった。

「それにメアリーもよ、きっと」とリーナが笑った。

コリンシアンズは冷やかな眼でじっと姉をにらんだ。「パパはバーのホステスに土地を売ったりはしないわ。ねえ、パパ、パパはわたしたちをホステスの隣に住ませたりする？」

「あの人はあの場所を持っているのよ、コリンシアンズ」とルースが言った。

「あの人が何を持っていようとかまやしないわ。わたしが問題にしているのは、あの人がどういう人間かということよ。ねえ、パパ？」コリンシアンズは確認を求めて父親のほうに身を乗り出した。

「スピードを出しすぎているわ、メイコン」ルースがフロアボードに靴の先を押しつけた。

「わしの運転の仕方について何かもう一言いったら、お前には歩いて帰ってもらうぞ。いいか、本当だぞ」

リーナと呼ばれるマグダリーンが上体を前に出し、母親の肩に手を置いた。ルースは黙っていた。小さな男の子は計器板の下のほうを両足で蹴った。

「やめなさい！」とメイコンが息子に注意した。

「お手洗いに行きたいんだ」と息子が言った。

コリンシアンズが頭をかかえた。「まあ、厭だ」

「でも出かける前にいってきたでしょ？」とルースが言った。

「いきたいんだよ」少年は泣き声を出しはじめていた。

「本当にいきたいの？」と母親が少年に聞いた。少年は母親を見た。「停めたほうがよさそうだわ」とルースは、誰に言うともなしに言った。ルースの眼はこれから入ろうとしている田園の風景を、かすめるように眺めた。

メイコンは車のスピードを変えはしなかった。

「わたしたち夏の別荘を持つことになるの？ それともただ土地を売るだけ？」

「わしは何も売るつもりはない。わしの考えているのはただ買って、それから貸すことだけだ」メイコンが妻に答えた。

「でもわたしたち――」

「いきたいよお」と少年が言った。

「――そこに住むことにもなるの？」

「たぶんな」

「わたしたちだけで？ ほかには誰がいるの？」コリンシアンズはひどく関心を持っていた。

「それはわからない。だが数年後には――五年か十年後には――充分それだけの余裕のある黒人がいくらでも出てくるよ。いくらでもな。これは信じてもらってもいい」

リーナと呼ばれるマグダリーンが深呼吸をした。

「ほら、そこに車を寄せられるわ、パパ。座席を汚しちゃうかもしれないもの」

メイコンはミラーの中のリーナにちらりと眼をやり、スピードを落とした。「誰が連れていくんだ?」ルースがドアのハンドルに手をやった。「お前じゃない」と、メイコンはルースに言った。

ルースは夫のほうを見て口を開いたが、しかし何も言わなかった。

「わたし厭だわ」とコリンシアンズが言った。「ハイヒールをはいてるんだもの」

「いらっしゃい」リーナが溜息をつきながら言った。小さな弟と大きな姉の二人は車を降りて、路肩から離れたところにある木立ちの中に姿を消した。

「ほんとにこの市に、あそこに住める黒人が——ちゃんとした黒人ですよ——たくさんいると思ってるの?」

「この市の人間でなきゃいけないということはないんだよ、コリンシアンズ。別荘へは車でいくものなんだ。白人はいつだってそうしている」メイコンはハンドルを指でとんとんと叩いたが、ハンドルは車がエンジンをかけたまま停まっている間、かすかに震えていた。

「黒人は湖なんか好きじゃないわ」と、コリンシアンズがくすくす笑いながら言った。

「自分のものになれば好きになるさ」とメイコンは言った。彼は窓から覗いて、リーナと呼ばれるマグダリーンが木立ちから出てくるのを見た。マグダリーンの手には大きな、色とりどりの花束が握られていたが、顔は怒りのためにゆがんでいた。マグダリーンの淡いブルーの服の上に、濡れて黒ずんだしみが手の指のように広がっていた。

「わたしにかけたのよ」とマグダリーンは言った。「わたしにかけたのよ、ママ」マグダリーンは今にも泣き出しそうだった。

ルースは舌を鳴らした。

コリンシアンズが笑いながら言った。「だから言ったでしょ、黒人は水なんか好きじゃないって」

少年は姉にかけるつもりでかけたのではなかった。まだ終わらないうちに、偶然そういうことになってしまったのだ。姉は少年を残して花を摘みにいった。そして背後に姉が帰ってきた足音を聞いて、少年はまだ終わらないうちにぐるりとうしろを向いたのだ。それは癖になろうとしていた——この背後で行われていることへの注意の集中は。まるで持つべき未来はないとでもいうみたいに。

しかし、もし未来が到着しなかったとしても、現在が拡張された。そしてパッカードに乗っていたあの厄介な少年は学校に通うようになり、十二歳のときに、少年を解放してくれることができるだけでなく、少年の過去ばかりか未来にも大きな関係を持つ女性のところへ、連れていってくれることのできる少年に出会った。

ギターはその人のことを知っていると言った。その人の家に入ったことさえあるのだった。

「中はどんなふうなの？」とミルクマンはギターに聞いた。

「すごく明るいよ」とギターが答えた。「明るくって茶色なんだ。そしてぷんぷん匂うよ」

「厭な匂いかい？」

「わからない。あの人の匂いだ。今にわかるよ」

少年の父親の妹——近くにいってはいけないと父親から禁じられている女性——についての、いろいろと信じられないような、しかし全くありうる話は、少年たち二人を魅惑した。どちらも、もう一日も本当のことを知らないではいられない気持ちだった。そして二人は、自分たちは当然本当のことを知っていい、正当な資格があると思い込んでいた。何と言っても、ギターはすでにその人を知っているし、ミルクマンはその人の甥なのだ。

その人は入口の上り段に、袖が長くスカートの長い黒い服を着て、脚を大きく広げて坐っていた。その人の髪もまた黒いものに包まれていて、遠くから見ると、その人の顔の下に本当に見えるのは、ただその人が皮をむいている明るい色のオレンジだけだった。その人はどこもここも角度をなしていたのをミルクマンは後で想い出した。主として両膝、そして両肘が。一方の足は東を指し、もう一方は西を指していた。

近寄って、真ちゅうの箱がその人の耳からさがっているのを見るとミルクマンは、イヤリングや、オレンジや、あちらこちらが角ばった黒い服と結びついたこの人から、どんなものも——父親の知恵も世間の警告も——自分を引き離しておくことはできないのを知った。

年上ですでに高校に入っているギターには、彼の若い相棒がまだ争っているようなためらいはなかった。そしてギターの方が先に声をかけた。

「ハイ」

その人は顔をあげて、最初にギターを、そして次にミルクマンを見た。

「それはどういう言葉だい？」その人の声は快活だったが、しかし棘《とげ》が含まれていた。ミルクマンは巧みにオレンジの皮をむいているその人の指をじっと見つめていた。ギターはにやっと笑って肩をすくめた。「こんにちはという意味だよ」

「だったら、そういうふうに言うんだね」

「わかった。こんにちは」

「そのほうがいいよ。何の用だい？」

「別に。ただ通りかかっただけなんだ」

「そこに立って、見てるみたいだけどね」

「ここにいて欲しくなかったら、パイロットさん、ぼくら帰るよ」ギターが穏やかに言った。

「わたしはああして欲しい、こうして欲しいというような人間じゃないよ。あんたのほうこそ何か用があるんだろ」

「ちょっとおばさんに聞きたいことがあるんだ」ギターは無頓着を装うのをやめた。その人はあまりにも単刀直入だった。そしてその人と太刀打ちできるためには、ギターは自分の使う言葉に用心深く注意しなければならなかった。

「言ってごらん」

「おばさんにはへそがないって言う人がいるんだ」

「それが質問かい？」

「うん」

「質問という感じじゃないね。答えみたいに聞こえるよ。質問をしておくれ」

「おばさんは？」

「わたしがどうしたい？」

「おばさんはへそがあるの？」

「ないよ」

「どうしたの？」

「わからないね」その人はむき終わった明るい色の皮を膝に落とし、オレンジの一片をゆっくりと引きはがした。「今度はわたしが質問してもいいかい？」

「いいとも」

「あんたのその小さな友達は誰だい？」

「これはミルクマンだよ」

「その子は口を利くのかい？」パイロットはオレンジの一片を呑み込んだ。

「ああ、利くよ。何か言えよ」ギターはパイロットから眼を離さず、肘でミルクマンを突いた。

ミルクマンは息を吸い込み、そのまま抑えて、「ハイ」と言った。

パイロットは笑い出した。「あんたたちはきっと世界一の大ばか者なんだね。一体学校では何を教えてるんだろうね？〝ハイ〟というのは、豚や羊を歩かせたいときに言うんだよ。人間に向かって〝ハイ〟と言ったら、相手はきっと立ちあがって、あんたたちをぶちのめすよ」

ミルクマンは恥ずかしさでいっぱいになっていた。恥ずかしくなるだろうことは予想していた。しかし、こういう種類の恥ずかしさではなかった。確かに、困惑するだろうとは予想していた。しかし、こんなふうにとは思っていなかった。この人は醜く、不潔で、貧しく、酔っぱらいであるはずの人だった。六年生の同級生たちがミルクマンをからかう種にしている風変りな叔母、その醜さ、貧しさ、不潔さ、そしてぶどう酒には、自分に個人的な責任があるような気がして、ミルクマンはその叔母を憎んでいた。ところが逆にその叔母のほうが自分の学校、自分の教師たち、そして自分をからかっているのだった。そしてこの人はみんなが言っている通りに貧しく見えたけれども、この人の眼にはそのことを確証するような何かが欠けていた。それにこの人は不潔でもなかった。確かにだらしはなかったが、しかし不潔ではなかった。この人の指の爪の白い部分は象牙のようであった。そしてミルクマンがまったくの無知であるのでないかぎり、この人は明らかに酔ってはいなかった。もちろんこの人はおよそ美しいという柄ではなかった。しかしミルクマンには一日じゅうこの人を見ていても、飽きないだろうことはわかっていた。皮をむいたオレンジから糸のような筋を取っている指、顔をまるで化粧しているように見せているブルーベリーのように黒い唇、イヤリング……そしてその人が立ちあがると、ほとんど息が止まりそうだった。この人はミルクマンの父親と同じように長身で、ミルクマンはその肩までも届かなかった。着ている服は思っていたほど長くはなかった。服はちょうどふくらはぎの下までで、今やミルクマンはこの人のはいている紐のない男物の靴と、銀のように光る足首の褐色の皮膚を見ることができた。

その人はオレンジのむいた皮を、膝に落ちたときのままの状態でかかえていて、上り段を昇るときはまるで、股を押さえているような格好だった。

「あんたのパパには気に入らないだろうね。あの人はばかな人間が好きじゃないから」それからその人は片手でむいた皮を押さえ、もう一方の手でドアのノブを握りながら、まっすぐにミルクマンを見た。「わたしはあんたのパパを知ってるんだよ。あんたのこともね」

もう一度ギターが口を利いた。「おばさんはこいつのパパの妹なの？」

「たった一人の妹さ。デッドで生き残っている者は二人しかいないんだよ」

愚かにも、「ハイ」と言ってしまったあと、一言も口から出せないでいたミルクマンは、気がついてみると、「ぼくはデッドだ。お母さんもデッドだ。姉さんたちもだ。おばさんとパパだけじゃないぞ！」と叫んでいた。

叫びながらもミルクマンは、どうして急に自分がそんなにも自分の名前を守ろうとするのか、そんなにもその名前に執着するのか不思議だった。ずっと前からミルクマンはその名前が、その名前のすべてが大嫌いだった。そしてギターと友達になるまでは、自分のあだ名をも憎んでいた。しかしギターの口で言われるとそのあだ名は、利口そうな、大人っぽい感じがするのだった。今やミルクマンはこの奇妙な女性にたいして、その名前を持つことがひじょうに個人的な誇りであるかのように、まるでこの女性が、自分が所属しているだけではなく、独占権を持っている特別なグループから、自分を追い出そうとしたかのように振舞っているのだった。

叫んでしまった後、胸をどきどきさせながら沈黙していると、パイロットが笑いながら言った。

「二人とも半熟卵が欲しいかい?」

少年たちは顔を見合わせた。パイロットは二人にたいして調子を変えたのだ。二人は卵は欲しくなかったが、パイロットとは一緒にいたかった。このイヤリングを一つ吊し、へそが無く、高くて黒い木みたいに見える婦人の、ワイン・ハウスに入ってみたかった。

「いいえ、結構です。でも水が一杯飲みたいんだ」ギターはパイロットに微笑を返した。

「じゃ、中にお入り」パイロットは開け、二人はパイロットの後から何もないようでいながら、そのくせ散らかっているように見える、大きな陽当たりのよい部屋に入っていった。苔《こけ》のような緑色をした袋が天井からさがっていた。ろうそくを突っ込んだびんがあちらこちらに置いてあった。新聞の記事や雑誌から切り抜いた写真がピンで壁に止めてあった。けれども揺り椅子が一つ、背中のまっすぐな椅子が二つ、大きなテーブルが一つ、それに流しとストーヴがあるほかには、家具はまったく無かった。すべてのものにしみ込んでいるのは松と、発酵しているぶどうの匂いであった。

「一つ食べてみるといいよ。わたしはどうすればちょうどよくできるか知ってるんだよ。白身が固まっていないのは厭だよね。黄身は柔らかいのがいいけど、あんまりとろとろでも困るし。濡れたびろうどみたいなのがいいんだ。どう、一つ食べてみないかい？」

オレンジのむいた皮は大きなつぼの中に放り込まれていたが、そのつぼも家の中のほとんどすべてのものと同じように、何かほかの用途のために作られたものだった。今度はパイロットは乾いた流しの前に立って、青と白の洗面器にポンプで水を汲み込んでいたが、その洗面器をパイロットはシチュー鍋に使っているのだった。

「いいかい、水と卵は同じ立場で出合わなくっちゃいけないんだよ。どちらか一方が相手より上じゃだめなの。だから温度はどちらも同じでなきゃいけない。最初にまず水の冷たさを取るの。冷たさだけだよ。水は温めないの。だって卵は部屋の温度だからね、そうだろう。さて、ところで、本当のこつはこの茹で方にあるのさ。小さな泡ぶくが表面に出てきたとき、その泡ぶくがえんどう豆くらいの大きさで、おはじきぐらいになるすぐ前。そう、ちょうどそのとき、鍋を火からはずすの。火を消すんじゃないよ。鍋をはずすんだよ。それから折りたたんだ新聞紙で鍋を覆って、何かちょっとした仕事をするの。戸口に出てお客の応対をするとか、バケツを空にして前のポーチから中に入れるとかね。わたしはたいていトイレにいくの。長くいちゃだめなんだよ、いいかい。ほんのちょっとの間だけだよ。今言った通りにすれば、申し分のない半熟卵が出来あがるというわけだよ。

よくわたしのお父さんのために食事を作って、失敗したことを憶えているよ。あんたのお父さんは」――パイロットはミルクマンに親指を向けた――「あの人は料理は全然だめだったよ。一度わたしはあの人にチェリー・パイを作ってやった、というより作ってやろうとしたことがあるよ。メイコンは素敵な男の子で、とってもわたしに優しかった。あの頃のあの人を知ることができたらよかったのにね。きっとあんたにも、本当によい友達になったろうよ。わたしにとってそうだったようにね」

パイロットの声を聞いていると、ミルクマンは小石を想い出した。おたがいにぶつかり合っている小さな丸い小石を。たぶんパイロットの声がしゃがれているためだったろう。もしかしたら南部風に言葉を引き延ばしながら、そのくせ早口にしゃべる話し方のせいかもしれなかった。松葉とぶどう酒の入りまじった匂いは眠気を誘った。強烈に、また自由に流れ込んでいる陽光もそうだった。部屋の周囲一面についている窓には、カーテンも窓かけもなかったのだ。窓は三つの壁に二つずつ、ドアの両側に一つずつ、流しとストーヴの両側に一つずつ、そして向う側の壁に二つついていた。残った壁の裏側は寝室になっているのにちがいない、とミルクマンは思った。小石の触れ合うような声、陽光、催眠性を帯びたぶどう酒の匂いは、少年たちをどちらもぼんやりさせた。そして半ば麻痺したような快い気分で坐って、二人はパイロットが後から後からと話し続けるのに耳を傾けていた……

「あんたのパパがいなかったら、わたしは今日ここにはいなかったろうよ。お腹の中で死んでしまったろう。それからまた林の中で死んでしまったろう。あの林と闇の中できっと死んでしまったろう。でもあの人が助けてくれて、今こうしてわたしは卵を茹でているというわけさ。わたしたちのパパは死んでしまっていなかったんだよ、いいかい。五フィートも空中に吹っ飛ばされたのさ。パパは自分の農場の柵の上に坐って、そいつらを待っていたの。そしたら、そいつらがうしろからこっそりと忍び寄って、鉄砲でパパを五フィートも空中に吹っ飛ばしたんだ。そういうわけで、わたしたちがサーシーの大きな家を離れたときには、どこにもいく当てがなかったんだよ。だからわたしたちはただ歩き回って、林の中で暮らしていたの。農場地帯で。ところが、ある日パパが帰ってきたんだよ。最初はパパだということがわからなかった。だってわたしたち二人とも、パパが五フィートも空中に吹っ飛ばされるのを見たんだからね。わたしたちそのとき道に迷っていたの。そして闇といえば！　あんたたち闇といえばただ一色だと思ってるけど、そうじゃないんだよ。黒にも五種類か六種類くらいの黒があるの。絹みたいな闇もあれば、羊の毛みたいなのもある。ただがらんとした闇もある。手の指みたいなのもある。そして、じっとして動かないというわけでもないの。動いて、ある種類の黒から別な種類の黒に変わるんだよ。何かが真黒だと言うのは、何かが緑だと言うのと同じようなもんさ。どういう種類の緑だろう？　うちのびんみたいな緑だろうか？　ばったみたいな緑だろうか？　きゅうりのような、レタスのような、それとも崩れて、今にもあらしになりそうなときの、空のような緑だろうか？　そう、夜の暗さも同じことなんだよ。虹と同じようなもんさ。

さて、わたしたちは道に迷って、風がひどかったの。そしたらわたしたちの前に、パパの背中が見えたんだよ。わたしたちはちょっとこわくなった。メイコンはわたしに、わたしたちがこわがっているものは、本当のものじゃないって言い続けていたよ。こわがっているものが本当だろうとそうでなかろうと、どこが違うっていうの？ 忘れもしないけど、昔わたしはヴァージニアで、ある夫婦のところで洗濯をしていたことがあるんだよ。ある日の午後、旦那さんが身震いをしながら台所に入ってきて、コーヒーが入っているかと聞くの。わたしは旦那さんにひどく顔色が悪いけど、どうなさったんですかと聞いたんだよ。そしたら旦那さんはよくはわからないけど、今にも崖から落っこちそうな気分だとおっしゃった。アイロンみたいに平らな、黄色と白と赤のリノリウムの上にちゃんと立っていながらだよ。倒れまいとして精いっぱいに頑張り、最初はドアに、次には椅子につかまっていなさった。わたしは口を開いて、台所には崖などありませんと教えてあげたよ。それからわたしは、林の中にいることがどんなだったか想い出したの。まったく同じ気分をもう一度味わったの。それでわたしは旦那さんに、倒れないようにわたしにつかまっていて欲しいですかって聞いたんだよ。旦那さんはほんとにありがたそうな顔をして、わたしをご覧になった。「そうしてくれるか？」っておっしゃったよ。わたしは旦那さんのうしろに回って、旦那さんの胸を指でしっかりと押さえてしがみついた。旦那さんの心臓はチョッキの下で、盛りのついた騾馬みたいに暴れていたよ。でも少しずつ静かになっていったの」

「おばさんはその人の命を助けたんだ」とギターが言った。

「そんなんじゃない。離してもいいようにならないうちに、奥さんが入っていらっしゃったの。奥さんがわたしに何をしているのとお聞きになるから、わたしは話してあげたんだよ」

「何を話したの？　何て言ったの？」

「本当のことをさ。旦那さんが崖から落ちないようにしているんだってことさ」

「きっとそのとき、その人飛び降りればよかったと思っただろうな。奥さんはおばさんの言うことを信用した？　まさか信用したりはしなかったろうね」

「すぐには信用なさらなかったよ。でもわたしが手を離したとたんに旦那さんは、どさりと床に倒れなさったんだ。眼鏡も何もかも粉々にこわれちゃってね。まともに顔を下にして倒れなさったんだよ。どんなふうにかわかるかい？　ひどくゆっくりと倒れなさったんだ。間違いなく三分はかかったね。まっすぐに立っている姿勢から、床に倒れて顔をめちゃめちゃにするまで、たっぷり三分間はかかったんだよ。崖というのが本当だったかどうかは知らないけど、崖を落ちるのには三分かかったんだよ」

「その人死んだの？」とギターが尋ねた。

「石みたいに死んでいたよ」

「おばさんのパパを撃ったのは誰なの？　誰かがパパを撃ったって言ったっけ？」ギターは眼をきらきらと輝かせながら、夢中になっていた。

「空中に五フィート……」

「誰が？」

「誰が、どういう理由でやったのかは知らないよ。わたしが知ってるのは、あんたたちに話してることだけ。どういうことが、いつ、どこでということだけだよ」

「どこでかは言わなかったよ」とギターが食いさがった。

「それも言ったよ。柵からだよ」

「その柵はどこにあったの？」

「うちの農場だよ」

ギターは笑ったが、しかし彼の眼があまりにもきらきら輝いているために、それほどおかしがっているという印象はなかった。「その農場はどこにあったの？」

「モントゥア郡だよ」

ギターはそれ以上、「どこで」と聞くのをやめた。「ふうん、それで、いつ？」

「そこに坐っていたときだよ——柵の上に」

ギターは裏をかかれた刑事のような気分になった。「何年のことなの？」

「通りでアイルランド人たちが撃ち殺された年だよ（一八九二年ペンシルヴェニア州ピッツバーグのホームステッド製鋼所でストライキが起こり、会社側が雇ったスト破り要員との間に激戦が行われ、多数のアイルランド人労働者が死んだ）。鉄砲や墓掘り人には当り年だったよ、確かに」パイロットは樽の蓋をテーブルの上に置いた。それから洗面器から卵を取り出して、殻をむきはじめた。口の中でオレンジの種子をあちこちに動かすたびに、パイロットの唇が動いた。卵が割られて、とろりとして赤みがかった黄色い黄身が出てくると、やっとパイロットはまた話に戻った。「ある朝わたしたちは、太陽がもう四分の一近くも空を渡った頃に眼を覚ました。とても明るい空だったよ。そして青かった。わたしのお母さんのボンネットのリボンみたいに青かった。あの一すじの空が見えるかい？」パイロットは窓の外を指差した。「ちょうどあのヒッコリーの木のうしろだよ。見えるかい？　ほら、あそこだよ」

少年たちは外を見て、空が家々や木立ちの背後に延びているのを眺めた。「あの色が同じだよ」とパイロットは、まるで何か重大なことでも発見したような口調で言った。「わたしのママのリボンと同じ色だよ。わたしはママのリボンの色だったら、どこでだってわかるんだよ。でもママの名前は知らないの。ママが死んでしまってから、パパは誰にもママの名前を言わせなかったからね。それはそうとして、眼をこすって砂を取り、まわりをよく見回すこともできないうちに、わたしたちはパパが切り株の上に坐っているのを見たの。太陽の光をまともに浴びてね。わたしたちはパパを呼びはじめたけど、パパは見たり見なかったりするんだよ。まるでわたしたちのことを見ていながら、同時にまた見ていないみたいに。パパの顔には何かこわくなるようなところがあったわ。まるで水の中に沈んでいる顔を見ているみたいなの。しばらくしてパパは立ちあがり、日向から林の奥に入っていった。わたしたちはただそこに突っ立って、切り株を見ていたの。木の葉のように震えながら」

パイロットは指を扇のように広げて、何度も何度も静かにかき寄せながら、卵の殻を集めて小さな山に積みあげた。少年たちは何か言えば、パイロットの話の次の部分が台無しになるのではないかと恐れ、また黙っていれば、話の続きをしてくれないのではないかと恐れながら、じっと見つめていた。

「木の葉のように震えながら」とパイロットはつぶやいた。「ほんとに木の葉のように」不意にパイロットは顔をあげて、ふくろうのような声を出した。「ウー！　さあきたぞ！」

ミルクマンもギターも誰かが近づいてくるような足音も聞かず、姿も見なかったけれども、パイロットは跳びあがってドアのほうに走っていった。パイロットがドアのところに着かないうちに、誰かが足でドアを開けた。そしてミルクマンは一人の少女のかがめた背中を見た。少女はどうやら木いちごらしいものの入った、大きな五ブッシェル入りのかごを引っ張っており、もう一人の女性がかごの反対側を押しながら、「敷居に気をつけるんだよ、ベイビー」と注意していた。

「わかったわ」と少女は答えた。「押して」

「ちょうどいい時間だよ」とパイロットが言った。

「知らないうちに暗くなるからね」

「トミーのトラックが故障したのよ」と、少女が息を切らせながら言った。二人でかごを
どうにか部屋の中に入れると、少女は背中を伸ばしてぐるりと向きを変え、少年たちと顔
を合わせた。しかしミルクマンには少女の顔を見る必要はなかった。彼はうしろ姿を見た
だけで、もう少女に恋をしてしまっていたのだ。

「ヘイガー」そう言ってパイロットは部屋の中を見回した。「これはお前のきょうだいの
ミルクマンだよ。そして、これは友達さ。名前は何といったっけ、もう一度教えてくれな
いかい、坊や？」

「ギターだよ」

「ギター？　ギターを弾くのかい？」

「この子のきょうだいじゃないわよ、ママ。いとこよ」と年長の女性が言った。

「同じことだよ」

「いいえ、そんなことないわ。そうじゃない、ベイビー？」

「そうよ」とヘイガーが言った。「同じじゃないわ」

「ほら、違うのよ」

「そうかい、じゃどこが違うんだい、リーバ？　お前は物知りだね」

リーバは天井を見あげた。「きょうだいというのは両方とも母親が同じとき、でなけれ

ば両方とも……」

パイロットがそれを遮った。「わたしが言ってるのは、相手にたいする態度にどういう違いがあるかってことなんだよ。どっちにも同じように振舞わなくっちゃいけないんじゃないかい？」

「そのことを言ってるんじゃないわ、ママ」

「お黙り、リーバ。わたしはヘイガーに話してるんだよ」

「ええ、ママ、両方とも同じように扱うわ」

「だったらどうして、一つではなくて二つの言い方があるのかしら、もし全然違いがないんだったら？」リーバは両手を腰に当てて眼を大きく見開いた。

「その揺り椅子をこっちによこしなさい」とパイロットが言った。「さあ、あんたたちは手伝わないんだったら、その椅子を立たなくちゃいけないんだよ」

女たちはかごのまわりに集まったが、かごにはまだ短い、棘のある枝についたままの、黒い木いちごがいっぱいに入っていた。

「ぼくたちどうすればいいの？」とギターが尋ねた。

「その小さないちごをつぶさないようにして、その厄介な枝から取るんだよ。リーバ、あのもう一つのつぼを持ってきなさい」

ヘイガーは眼と髪ばかりみたいな様子で周囲を見回した。「どうして奥の部屋からベッドを持ってこないの？ そうすればみんな坐れるのに」

「わたしは床でたくさんだよ」とパイロットは言って、どっかりと尻をついて坐り、かごから枝を一本そっと取りあげた。「取ってきたのはこれだけかい？」

「ううん」リーバが大きなつぼを横にして転がしてきた。「外にまだ二かごあるわ」

「それも中に入れたほうがいいよ。あそこでは、はえがたかって仕方がないよ」

ヘイガーが戸口のほうに行きかけて、ミルクマンに手招きをした。「おいで、きょうだいさん。手伝えるでしょ」

ミルクマンは跳ぶようにして立ちあがり、椅子を乱暴にうしろに押しやると、ヘイガーの後から走るようにしてついていった。ヘイガーはこれまで見たこともないほど美しい少女であるように、ミルクマンには思われた。年齢はミルクマンよりもずっと上だった。きっとギターくらいの年になっているにちがいない。もしかしたら十七歳にもなっているかもしれない。ミルクマンは空に浮かんでいるような気持ちだった。今までになかったほど生き生きとして、そして空に浮かんでいるのだった。ミルクマンとヘイガーは一緒に、二つのかごをポーチの上り段から引きずりあげ、家の中に引っ張り込んだ。ヘイガーはミルクマンに負けないほど力が強く逞《たくま》しかった。

「気をつけて、ギター。ゆっくりやるのよ。あんたはつぶしてばっかりいるじゃない」

「放っときなさい、リーバ。最初はこつを呑み込まなくちゃいけないんだよ。さっきギターを弾くのって聞いたけど。それでギターっていう名前がついたのかい？」

「ギターを弾くからじゃないんだ。弾きたがったからなんだ。ぼくがまだほんとに小さいときに。そういう話だよ」

「一体どこでギターを見たんだい？」

「コンテストだったんだ。ぼくの生まれたフロリダのある商店での。お母さんがぼくを町に連れていってくれたときに見たんだよ。ぼくはほんの赤ん坊だったんだ。大きなガラスびんの中に豆がいくつ入っているか言い当てると、ギターがもらえるっていうやつさ。ぼくはギターが欲しいって泣いたんだって。そしていつもギターのことばかり聞いていたんだ」

「リーバを呼べばよかったのに。この子だったらギターを手に入れてやれたのに」

「だめなんだよ。そのギターは買えなかったんだ。ジェリービーンズの数を当てなければいけないんだよ」

「それは聞いたよ。リーバだったら、いくつあるかわかったはずだよ。リーバはいろいろなものを当てるんだよ。一度も失敗したことがないんだよ」

「本当？」ギターは微笑を浮かべたが、しかし疑っていた。「運が強いの？」

「確かにわたしは運が強いのよ」リーバがにやりと笑った。「あっちこっちからいろんな人がやってきて、わたしに抽せんで代わってくれ、賭ける数字を教えてくれって頼むんだよ。その人たちにはかなりうまくいくし、わたしにはいつだってうまくいくんだよ。わたしが当てようとするものは何でも当たるし、当てようとしないものまでも、いろいろと当たってしまうの」

「今じゃもう誰もこの子に、富くじの券を売ろうとしないんだよ。みんなただこの子に、自分たちの券を持っていてもらいたがるだけなの」

「ほら、これをご覧」リーバは服の上のほうに手を突っ込んで、紐に結びつけたダイヤモンドの指環を取り出した。「これは去年当てたのよ。わたしは……何だっけ、ママ？」

「五十万番目だよ」

「五十万……いいえ、そうじゃないわ。そういう言葉は使わなかったわ」

「半ミリオンと言ったんだよ」

「そうそう、それだわ。シアーズ・アンド・ロウバックに入った半ミリオン番目の人間なんだよ」リーバの笑い声は陽気で誇らしそうだった。

「あの店では賞品をよこしたがらなかったのよ」とヘイガーが言った、「リーバがあんまりひどい顔をしていたものだから」

ギターはびっくりした。「ぼく、あのコンテストのことは憶えているよ。でも黒人が賞品を当てたなんて噂は一度も聞いたことがないな」いつも通りをうろついているギターは、市内で評判になっていることは何でも知っていると思いこんでいた。

「誰も知らないよ。次にドアから入ってくる人をつかまえようとして、カメラマンやいろんなものが待ち受けていたの。でも、わたしの写真は、とうとう新聞には載せなかったわ。わたしもママも探したけど。そうだったわね？」リーバは確認を求めてパイロットに眼をやり、さらに続けた。「でも二等賞に当たった人の写真は載せたわ。その人は戦時公債をもらったの。白人だったのよ」

「二等賞？」とギターが尋ねた。「どういう〝二等賞〟なんだろう？　半ミリオン番目の人間か、そうでないかのどっちかだよ。半ミリオン番目の次なんてのはあるはずがないよ」

「それがあるの、当せん者がリーバの場合にはね」とヘイガーが言った。「二等賞を作ったただ一つの理由は、リーバが一等だったということなの。そしてリーバに一等賞をくれたただ一つの理由は、あの写真に写ってしまったということなのよ」

「どうしてシアーズに入ったか話しておやり、リーバ」

「トイレを探しに入ったのよ」リーバは顔をのけぞらして大笑いをした。リーバの両手は木いちごの汁で染まっていた。そして眼の涙を拭うと、鼻から頬骨にかけて紫色のすじがついた。パイロットやヘイガーよりもずっと屈託がなく、リーバは幼児のように無邪気な眼をしていた。三人ともみなたくらみのない、正直な顔つきをしていたが、パイロットとヘイガーの表情の奥には複雑な、何かそれだけではないものが隠れていた。ただ明るい顔にきびができていて、従順そうな物腰のリーバだけが、この人の無邪気さはまた愚かさでもあるかもしれないという印象を与えた。

「町には黒人が入ってもいいトイレは二つしかないの。メイフラワー・レストランとシアーズよ。シアーズのほうが近かったの。急いでいなくてよかったわ。わたしの名前やダイヤモンドを送る住所を聞かれて、十五分間も引き止められたんだもの。でも、わたしは、どうしても送ってもらおうとはしなかったの。わたし何度も言ってやったわ。これは本当のコンテストですか？　わたしはあなたたちを信用しませんって」

「あんたに店から出てもらうためには、ダイヤモンドの指環を出しても惜しくなかったのよ。人だかりはしていたし、はえまで集まってきそうな形勢だったもの」とヘイガーが言った。

「その指環をどうするつもりなの？」とミルクマンがリーバに尋ねた。

「はめるわよ。わたしは自分の欲しいものはめったに当たらないの」

「当たったものは何でも、人にやっちゃうのよ」とヘイガーが言った。

「男にね」とパイロットが言った。

「何一つ自分のために取って置こうとはしないの……」

「当てたいのはそれさ――男だよ……」

「サンタクロースより悪いわ……」

「おかしな種類の幸運は、全然幸運なんてものじゃないんだよ……」

「サンタクロースは一年に一度やってくるだけだわ……」

ヘイガーとパイロットは、別々に無関係に口を利き、それぞれミルクマンやギターにたいしてというより——リーバにたいしてでさえなく——むしろ自分自身のために、批評の糸をたぐり出そうとしていた。リーバは指環を服の内側に戻し、優しい微笑を浮かべながら、濃い紫色のいちごを器用に小枝からもぎ取っていた。

ミルクマンはこのとき五フィート七インチの身長だったが、それは彼の記憶にある生まれて初めての、完全に幸福だという経験であった。彼は友人と、賢くて親切でこわいもの知らずの、年上の少年と一緒にいた。彼はこの悪名高いワイン・ハウスにくつろいで坐っていた。彼は自分がいることを喜んでいるらしい、大声で笑う女たちに取り囲まれていた。そして彼は恋をしていた。ミルクマンの父親がこの女たちを警戒したのも無理はなかった。

「この酒はいつ飲めるようになるの？」とミルクマンは質問した。

「これかい？　二、三週間したらだね」とパイロットが答えた。

「少し飲ませてくれる？」と、ギターが薄笑いを浮かべながら言った。

「いいとも、今欲しいかい？　地下室にはいっぱいあるよ」

「それは欲しくないんだ。これが少し欲しいんだよ、自分で作った酒が」

「あんたは自分でこれを作ったと思ってるのかい？」とパイロットが笑いながらギターに

言った。「これで何もかも終わりだと思ってるのかい？　いちごを少しもいだぐらいで？」

「ああ」とギターは頭を掻いた。「忘れてた。素足でこれを踏みつぶさなくっちゃいけないんだね」

「足？　足だって？」パイロットがかっとして言った。「誰が足で酒を作ったりするんだい？」

「おいしいかもしれないわよ、ママ」とヘイガーが言った。

「きっと最低の味がするわ」とリーバが言った。

「おばさんとこの酒はうまいの、パイロット？」とギターが聞いた。

「わからないね」

「どうしてわからないの？」

「一度も飲んだことがないからさ」

ミルクマンが笑いながら言った。「自分で味さえ見てない酒を売るの？」

「味のために酒を買うんじゃないんだよ。酔っぱらうために買うのさ」

リーバがうなずいた。「とにかく、以前はそうだったわね。今じゃちっとも買わないわ」

「誰も自家製の安物の酒なんか欲しがらないわ。恐慌は終わったのよ」とヘイガーが言った。「今じゃ誰だって仕事を持ってるもの。〞フォア・ローゼズ〞を買う余裕があるのよ」

「まだいくらでも買う者があるよ」とパイロットがヘイガーに言った。

「酒に入れる砂糖はどこで仕入れるの？」とギターが尋ねた。

「闇市よ」とリーバが言った。

「〝いくらでも〞って？　本当のことを言ってよ、ママ。もしリーバがあの百ポンドの食糧品を当てなかったら、わたしたちは去年の冬餓死してしまったわ」

「そんなことはないよ」パイロットは新しい小枝を口に入れた。

「したわよ」

「ヘイガー、ママに逆らうんじゃないの」リーバが小声でたしなめた。

「誰がわたしたちに食べさせてくれようとしたの？」ヘイガーはなおも食いさがった。

「ママは幾月でも、食物なしで生きてゆけるんだわ。とかげみたいに」

「とかげは食物なしで、そんなに長く生きているの？」とリーバが聞いた。

「ねえ、お前、誰もお前を飢えさせたりはしないよ。お前は一日でも、ひもじい思いをした日があったかい？」と、パイロットが孫娘に尋ねた。

「もちろん、そんなことはないわ」とヘイガーの母親が言った。

ヘイガーは一本の枝を床の上に積まれている枝の山に投げ、指をこすった。指先が深紅色に染まっていた。「ひもじい日も何日かあったわ」

　パイロットとリーバは小鳥のように素早く顔をあげた。二人はヘイガーをじっと見つめ、それから顔を見合わせた。

「ベイビー？」リーバの声は優しかった。「ひもじいことがあったの、ねえベイビー？どうしてそう言わなかったの？」リーバは気を悪くしたようであった。「わたしたち、あなたの欲しいものは何でもあげるじゃない、ベイビー。どんなものだって。それは知ってたはずよ」

　パイロットは噛んでいた小枝をぺっと手のひらに出した。顔の動きがやんでいた。あのよく動く唇が止まってしまうと、パイロットの顔は仮面のようだった。ミルクマンは誰かがかちりと明りを消したような感じがした。彼は女たちの顔を眺め渡した。リーバの顔はくしゃくしゃになり、涙が両頬を流れ落ちていた。パイロットの顔は死んだように動かなかったが、しかし何かの合図でも待っているみたいに緊張していた。ヘイガーの横顔は髪の毛に隠れていた。ヘイガーは前かがみになって両肘を太腿の上に置き、薄らいでいく明りの中で、血に染まったように見える指をこすり合わせていた。ヘイガーの爪はひどく長かった。

　沈黙は続いた。ギターでさえそれを破ろうとする勇気はなかった。

　とうとうパイロットが口を切った。「リーバ、この子の言ってるのは食物のことじゃないんだよ」

母親の言葉を理解したという表情がゆっくりとリーバの顔に浮かんだが、しかしリーバは答えなかった。パイロットは再びいちごをもぎはじめながら、ハミングを始めた。しばらくしてリーバもそれに加わり、二人は一緒にハミングしながら完全なハーモニーを生み出していたが、そのうちにパイロットがリードして歌いはじめた。

ああシュガマン、ここに置いていかないで
綿のボールに息が詰まる
ああシュガマン、ここに置いていかないで
白い旦那にこき使われる……

二人の女が合唱を始めると、ヘイガーも顔をあげて歌った。

シュガマンは飛んでいった
シュガマンはいってしまった
シュガマンは空を突っ切っていった
シュガマンは故郷に帰った。

ミルクマンはほとんど呼吸もできなかった。ヘイガーの声がまだわずかばかり残っていた、彼自身の心と呼べるものをも奪ってしまったのだ。自分の感じているものの重圧に気が遠くなりそうだと思ったとき、ミルクマンはちらりと友人に眼をやり、ギターの眼が夕陽にきらきらと輝き、歌声の素晴らしさに浮かんだゆっくりとした微笑はかすんでしまっているのを見た。

ミルクマンにとってその日は甘美なものであったけれども、その甘美さは秘密と反逆を伴っていたために、ますます強まったのだった。けれどもその秘密も反逆も、父親が帰宅して一時間もしないうちに、たちまち消えてしまった。フレディがメイコン・デッドに、彼の息子はその日の午後を〝ワイン・ハウスで飲みながら〟過ごした、と告げ口したのだ。

「あいつは嘘をついているんだ。何にも飲んだりしないよ。何にも。ギターは欲しいと頼んだ水一杯さえ飲んでいないんだよ」

「フレディは絶対に嘘はつかない。間違って伝えることはあるが、嘘は決して言わない」

「パパには嘘をついたんだ」

「酒を飲んだということか？　もしかしたらな。だが、お前たちがあそこにいたということとは嘘じゃないだろ、え？」

「そうだよ、パパ、それは嘘じゃない」ミルクマンは少し調子を和らげたが、しかし声には依然として鋭い反抗をこめていた。

「ところで、わしはお前に何と言いつけてあったかな？」

「あの家には近づくなって言ったんだ。パイロットに近づいてはいけないって」

「その通り」

「でも、どうしていけないのか、一度も説明してはくれなかったよ。あの人たち、うちの親戚じゃないか。あの人、パパの実の妹じゃないか」

「そしてお前はわしの実の息子だ。だからお前は、わしに言いつけられた通りにするんだ。説明しようと、しまいとだ。わしに食べさせてもらっているかぎりは、この家では言われた通りにするんだ」

五十二歳になってもメイコン・デッドは、ミルクマンが父親のことを世界じゅうで一番大きな人間だと思っていた、四十二歳の頃と同じように堂々とした押し出しであった。その頃ミルクマンは父親のことを、自分たちの住んでいる家よりも、もっと大きいと思っていた。しかしこの日ミルクマンは、父親とまったく同じように背が高く、また彼に自分も高いのだと感じさせてくれる女性に会ったのだ。

「ぼくがこの家で一番年が若いってことはわかっているよ。だけど、ぼくは赤ん坊じゃないんだ。パパはぼくのことを、まるで赤ん坊みたいに扱うじゃないか。いつだってぼくに説明する必要などないって言うんだ。そう言われて、ぼくがどういう気がすると思う？　まるで赤ん坊みたいな気がするよ。そうなんだ。十二歳の赤ん坊みたいなんだ」

「わしに向かって大きな声を出したりするんじゃない」

「パパのお父さんはパパが十二のとき、そんなふうにパパを扱ったの？」

「口に気をつけろ！」メイコンはどなった。メイコンは両手をポケットから出したが、その手をどうしてよいかわからないでいた。一瞬メイコンはうろたえた。息子の質問で情景が変わったのだ。メイコンはミルクマンの中に、自分自身が自分の父親に抱いたのと同じ感情を自分にたいして抱いている、十二歳のときの自分と同じ少年の姿を見ていた。自分が愛し、崇拝している人間が柵から落ちるのを見たとき、メイコンを覆ったあの麻痺したような感じ。父親の身体が泥の中でぴくぴくとけいれんしているのを見たとき、メイコンの内部を何か狂暴なものが走り抜けた。メイコンの父親は猟銃を抱いて五晩の間、木を割って横に重ねて渡した柵の上で坐っていて、結局自分の土地を守りながら死んだのだった。この子も自分にたいしてそういう感情を抱いているのだろうか？　もしかしたら、そろそろいろんなことを教えてやらなければならないのかもしれない。

「ねえ、そんなふうに扱ったの？」

「わしは親父のすぐそばで並んで働いた。すぐそばでだ。わしが四つか五つのときから、二人は一緒に働いた。親父とわしの二人だけだ。おふくろは死んでしまっていなかった。パイロットが生まれたとき死んだんだ。パイロットはまだほんの赤ん坊だった。昼間は別な農場に預けてあった。わしが毎朝自分であれを抱いて、そこへ連れていったんだ。それからわしは野原を横切って引き返し、親父のところにいったんだ。わしらはリンカーン大統領をすきにつないで……馬のことをそう呼んでいたんだよ、リンカーン大統領と。リンカーンは大統領になる前はりっぱな耕夫だった、そしてりっぱな耕夫を仕事から引き離しちゃいけないとパパは言ったんだ。うちの農場のことをパパは、〝リンカーンの天国〟と呼んでいた。小さな土地だった。だが、その頃のわしには大きく見えた。今になって考えると、ごくちっぽけな土地だったにちがいない。まあ百五十エーカーというところかな。わしらは五十エーカーを耕した。八十エーカーくらいは林だった。オークや松で見積もれば一財産だったにちがいない。たぶん、それが奴らの欲しがっていたものなんだ——木材、オークと松だ。四エーカーほどの池があった。そして川があって、魚がいっぱいいた。谷のちょうど真中だった。お前が見たこともないようなきれいな山があった。モントゥア・リッジだ。わしらはモントゥア郡に住んでいたんだ。サスケハナのすぐ北だ。仕切りの四つある豚小屋があった。大きな納屋は間口が四十フィート、奥行が百四十フィート——それに寄せ棟屋根だった。そしてまわりじゅうの山には、鹿や野生の七面鳥がいるんだ。パパが料理したような野生の七面鳥を食べるまでは、うまいものを食べたなんて言えないぞ。

パパは七面鳥を火の中で手早くあぶった。全体が真黒に焦げるまであぶるんだ。それで封ができる。汁が出ないように閉じ込めてしまうんだ。それから焼き串に刺して、二十四時間じっくりと焼くんだ。黒く焦げた部分を切り取ると、中の肉は柔かくて、風味があって、汁がたっぷり含まれている。それに果樹もあった。りんご、桜んぼ。パイロットが一度わしに、チェリー・パイを作ってくれようとしたことがあった」

メイコンは一息ついて微笑を浮かべた。彼は長年の間、こんなことは一言もしゃべったことがなかったのだ。最近は想い出すことさえあまりなくなっていた。結婚したばかりの頃は、メイコンはよくルースに〝リンカーンの天国〟のことを話して聞かせた。暗がりの中でポーチのぶらんこに腰をおろして、よく自分のものになるはずだった土地を蘇らせたものであった。また家を買う商売に入りはじめたばかりの頃には、よく床屋の中で歩き回って、そこにいる人々といろいろな話を交したものであった。しかしもう何年もの間メイコンには、そんなことをする時間もなかったし、また興味もなかった。だが今再びメイコンは昔のことを、自分の息子に話して聞かせていた。そして、あの土地のあらゆる細部が、はっきりとメイコンの心に浮かびあがった。泉、りんご園、リンカーン大統領、彼女の産んだ子馬のメアリー・トッド（リンカーン大統領の妻）、彼らの飼っていた牛のユリシーズ・S・グラント（南北戦争当時の北軍の総司令官、後大統領）、彼らの豚のリー将軍（南軍の総司令官）などが。今憶えている歴史をメイコンはそのようにして学んだのだ。メイコンの父親は読むことも書くこともできなかった。父親の知っているのはただ自分の眼で見たこと、噂で聞いたことだけであった。だがその父親はメイコンの心に、何人かの歴史的人物の映像を食い込ませた。そして学校に入って、それらの人物のことを本で読んだとき、メイコンは自分の飼っていた馬や豚の個性を想い出した。メイコンの父親は飼っている農耕馬を、冗談にリンカーン大統領と呼んだのかもしれない。しかしメイコンはリンカーンを初めて、強くて、落ち着きがあり、おとなしくて従順な馬として愛したときから、いつも愛情をもって想い出した。メイコンはリー将軍さえ好きであった。というのはある年の春彼らはこの豚を屠《ほふ》って、ヴァージニアを別にすればどこにも見られないほど上等の豚肉を、〝臀肉から燻製にしたハム、あばら肉、ソーセージ、喉の肉、足や尻尾の肉、それから頭を細かく刻んで煮て、チーズのように固めたものまで〟八カ月にわたって食べたからである。そして十一月には、この豚の上皮を焼いてかりかりにしたものが出された。

「リー将軍は、わしにとっては文句のつけようがなかった」と、メイコンは微笑しながらミルクマンに言った。「わしが知っている一番素晴らしい将軍だった。きんたまさえうまかったよ。サーシーはそれまで作ったことがないほどうまい、もつ鍋を作ってくれた。そうだ！　あの人の名前を忘れていた。そうだ、サーシーだ。ペンシルヴェニアのダンヴィルで、白人の持っている大きな農場で働いていた。ものを忘れるってのはおかしなものだな。何年もの間何一つ想い出せない。それから、ちょうど今のように、何もかも戻ってくる。犬の競争があったな。あの頃には最高のスポーツだった。ドッグ・レースさ。白人は犬が好きだった。黒ん坊を殺しておいて、その手で犬の毛を櫛ですいてやるんだ。わしは白人の大人が犬のことで、わあわあ泣いているのを何人か見たことがあるよ」

父親の声はいつもと違っているようにミルクマンには思われた。いつもほど厳しくなく、話しぶりも違っていた。いつもより南部的で、快く、優しい話し方だった。ミルクマンも優しく口を利いた。「パイロットは、誰かがパパのお父さんを撃ったんだと言ってたよ。空中に五フィートも」

「あの農場から収益があがるようにするまでには、十六年もかかったんだ。今じゃあの辺はみんな酪農地帯になっている。あの頃はそうじゃなかった。あの頃は……素晴らしかったよ」

「誰がパパのお父さんを撃ったの、パパ？」

メイコンは息子にじっと眼を据えた。「パパは字が読めなかったんだ。自分の名前をサインすることさえできなかった。サイン代りにマークを使っていた。奴らにだまされたんだ。パパは、どんなものか知らないが、何かにサインをした。そしたら奴らは、パパの土地は自分たちのものだと言い出した。パパは死ぬまでとうとう一字も覚えなかった。わしはパパに教えようとしたが、パパはそんな小さな記号を、ある日から次の日まで覚えていることなどできないと言った。一生にたった一つだけ単語を書いた──パイロットの名前だ。聖書から写し取ったんだ。パイロットがあのイヤリングの中に、折りたたんでしまっているのはそれなんだ。わしから教わればよかったんだ。パパに起こった悪いことはすべて、字が読めないことから起こったんだ。名前をめちゃくちゃにされたのも字が読めなかったからだ」

「名前を？ どんなふうに？」

「自由が訪れたときだ。州にいる黒人はみんな、自由民局で登録しなければならなかった」

「パパのお父さんは奴隷だったの？」

「何というばかな質問をするんだ？ きまってるじゃないか。一八六九年に、奴隷でなかった人間が一人でもいるか？ 黒人はみんな登録しなければならなかったんだ。自由な者も自由でない者も。自由で、以前は奴隷だった者も。パパはそのときまだ十代で、登録しにいった。ところが机の向う側にいた奴が酔っぱらっていたんだ。そいつはパパに、生まれた場所はどこかと尋ねた。パパはメイコンと答えた。それからそいつはパパに、父親は誰かと尋ねた。パパは「親父は死《デッド》んだです」と言ったんだ。それから主人は誰かと聞かれて、「わたしは自由《フリー》です」とパパは答えた。そのヤンキーはパパの言ったことをみんな書き込んだ。ところがその場所が間違っていたんだ。パパの出生地はダンフリー（Dunfrie――おそらくdone free〈解放されて自由〉――を出生地欄に書き込んだのであろう）、そんな場所が一体どこにあるのか知らないが、ということになり、そして名前を書く欄にそのばか野郎は、〝デッド〟コンマ〝メイコン〟と書き込んだんだ。だがパパは字が読めないものだから、ママに言われるまで、自分の名前が何と登録されているか知らなかったんだ。パパとママは北に行く荷馬車の中で出合った。あれこれと話しはじめ、そのうちに自分は自由民だと言って、書類をママに見せた。パパの書類を見ると、ママはパパに何と書いてあるか読んで開かせた」

「その名前をずっと使う必要はなかったんじゃない？　自分の本当の名前を使うことだってできたはずだろ？」

「ママが気に入ったんだ。その名前が好きになったんだ。新しくて過去を拭い去ると言ったんだ。何もかも一切を拭い去ると」

「本当の名前は何ていったの？」

「わしはおふくろのことをよく覚えてはいないんだ。わしが四つのときに死んだからな。肌は白みを帯びていてきれいだったよ。わしには白人の女の人みたいに見えた。わしもパイロットもママにはちっとも似ていない。もしわしらの故郷がアフリカだということを疑うようなときがあったら、パイロットを見るがいい。あれはパパにそっくりだし、パパは写真でいろいろ見るアフリカ人にそっくりだった。ペンシルヴェニアのアフリカ人だ。それに態度や振舞いもそういう感じだった。まるでドアみたいに顔を閉ざすんだ」

「ぼく、パイロットのそういう顔を見たよ」父親がくつろいだ、胸を開いた態度で話してくれた今、ミルクマンは父親にたいして身近な、何でも打ち明けられるような気持ちを抱いていた。

「わしは気持ちを変えたわけじゃないぞ、メイコン。わしはお前に、あそこにいってもらいたくないのだ」

「どうしてなの？　パパはまだその理由を教えてくれてないよ」

「まあ、わしの言うことをよく聞くんだ。あの女は碌でなしだ。あれは蛇だ。蛇みたいに人を魅することはできるが、それでも蛇は蛇だ」

「パパは自分の実の妹のことを話してるんだよ。毎朝自分で農場に抱いていった人のことを」

「それはずっと昔のことだ。お前はあれに会った。お前にはどんなふうに見えた？　上品な人に見えたか？　正常な人に見えたか？」

「ううん、あの人は……」

「それとも、人殺しでもしそうに見えたか？」

「そんなふうには見えなかったよ、パパ」

「いや、そんなふうなんだ」

「あの人何をしたの？」

「何をやったかじゃないんだ。どういう人間かということだ」

「どういう人なの？」

「蛇だ、今言ったじゃないか。蛇の話を聞いたことがあるか？　地面にいる小さな蛇の赤ん坊を見た男の話を。その男はその小さな蛇が、怪我をして血を流しているのを見たんだ。泥の中にのびてな。それでその男はかわいそうになって、蛇を拾いあげてバスケットに入れ、家に持ち帰った。そして大きく強くなるまで、餌をやり面倒を見てやった。自分が食べるものと同じものを食べさせてやったんだ。それからある日、その蛇が男に刃向かって嚙みついた。男の心臓にまともに毒牙を食い込ませたんだ。そこに倒れて死にかけているとき、男は蛇のほうを向いて尋ねた、「どうしてこんなことをしたのだ？」となあ。男は言った、「わしはお前の面倒をよく見てやったじゃないか。お前の命を助けてやったじゃないか」と。すると蛇は言った、「そうだ」と。「だったらどうしてこんなことをしたんだ？　何のためにわしを殺したんだ？」蛇が何と言ったかわかるかい？　こう言ったんだ。「だが、あんただって俺が蛇だってことを知ってたじゃないか、そうだろう？」って。さて、これはお前にたいするわしの命令だが、あのワイン・ハウスに入ってはならない。そして、パイロットにはできるだけ近づかないようにするんだ」

ミルクマンはうなだれた。父親は何一つ彼に説明してはくれなかった。

「いいか、お前にはもっとよい時間の使い方がある。それに、そろそろ仕事を覚えはじめなければならないときだ。月曜日から始める。学校が終わったらわしの事務所にきなさい。

二、三時間あそこで働いて現実を知るんだ。パイロットはお前にこの世の中で役に立つことなど、何一つ教えてくれることはできないぞ。来世でなら、もしかしたら、役立つかもしれない。だがこの世ではだめだ。今ここでお前に、お前にとって知る必要のある、ただ一つの大事なことを教えよう。物を所有することだ。そして自分が所有している物に、他の物を所有させることだ。そうすれば自分自身を所有し、また他の人間をも所有することになる。月曜日からわしはその方法をお前に教えてやる」

第三章

メイコンのために働くようになってから、ミルクマンにとって毎日の生活はずっと楽しいものになった。父親が期待していたのとは反対に、ワイン・ハウスを訪ねる時間は前よりも多くなった。メイコンの貸家のための使い走りをすることで、南側《サウスサイド》にいって、ギターがよく知っている人々と知り合うことができるようになった。ミルクマンは年も若く親しみやすい――父親とはちょうど正反対の――人間だった。それで借家人たちはミルクマンには充分打ち解けて、彼をからかったり、食物を与えたり、秘密を打ち明けたりした。しかしギターにはなかなか会えなかった。ギターに必ず会えるという日は土曜日だけだった。土曜日の朝そのつもりで早起きすれば、ギターが街をうろつきに出かける前に、そして自分自身はメイコンの家賃の集金を手伝う前に、ミルクマンはこの友人に会うことができた。しかし週のうちの何日かは、二人が学校をサボって、街をうろつくことに意見が一致する日もあった。そういう日のあるときギターはミルクマンを血液銀行の界隈《かいわい》のちょうど真中にある、十丁目のフェザー玉突き場に連れ込んだ。

ギターが勢いよくドアを開けて、「やあ、フェザー！　レッド・キャップを二つくれないか」と、叫んだのは朝の十一時だった。

小柄でずんぐりとした、髪の毛がまばらだがカールしているフェザーは、顔をあげてギターを眺め、それからミルクマンを見て眉をひそめた。

「そいつをここから連れ出してくれ」

ギターは急に足を止め、その小柄な男の視線を辿ってミルクマンを眺め、またフェザーのほうに眼を戻した。そこで玉突きをしていた五、六人の男たちが、フェザーの声を聞いて振り返った。そのうち三人は空軍のパイロットで、第三三二戦闘機大隊の隊員たちだった。彼らの美しい帽子と派手な革の上着は、丁寧に椅子の上に並べてあった。彼らの髪は短く坊主頭に刈りあげられ、ワイシャツの袖は前腕で粋に折り曲げてあった。白いスカーフがズボンのうしろのポケットから、雪白の長方形をなして垂れていた。彼らの首のところで銀の鎖がきらきらと輝き、キューの先端にチョークを塗りながら、彼らはちょっとばかり面白がっているような顔をした。

ギターの顔に当惑の色が浮かんだ。「こいつ俺と一緒なんだ」

「ここから連れ出せと言ったんだぜ」

「ねえ、フェザー、こいつ俺の友達なんだ」

「そいつはメイコン・デッドのとこの子供だろ、そうじゃないか？」

「だからどうしたっていうんだ？」

「だから連れ出せっていうんだ」

「自分の親父が誰かなんてことは、こいつにはどうにもできやしないよ」ギターは声を抑えていた。

「わしだって同じだ。出ていくんだ」

「こいつの親父があんたに何をしたっていうの？」

「まだ何にもな。だからそいつに出ていってくれと言ってるんだ」

「こいつは親父には似てないよ」

「あいつに似てる必要はない――あいつの息子だってことだけでたくさんだ」

「俺が責任を持って――」

「わしに向かって余計なおせっかいはよしてくれ、ギター。そいつを連れ出すんだ。まだおかしな夢など見る年じゃないやい」

パイロットたちは笑い出した。そして白い帯を巻いたグレーの麦わら帽をかぶっている男が、「よお、その子を置いてやれよ、フェザー」と口を出した。

「あんたは黙っててくれ。この店の主人はわしなんだ」

「この子にどんな悪いことができる？　十二歳の子供に」その男はミルクマンに向かって微笑したが、ミルクマンは、「いいえ、十三です」と、口に出そうになるのを抑えた。

「だが、あんたに関係したことじゃないだろ、え？」とフェザーが言った。「こいつの親父はあんたの家主じゃない、そうだろ？　そしてあんたには、しっかりと握ってなきゃいけない営業許可証もない。あんたにはまったく関係は……」

フェザーは帽子の帯の白い男にも、少年たちに取ったのと同じ、辛らつな態度で立ち向かった。

フェザーが攻撃を新しい目標に向けた機会を捕えて、ギターは木に切りつける両刃の斧のように手を突き出し、「また後でな。さあ、ここは出よう」と大きな声で言った。ギターの声は今や大きくて太かった――充分二人分の大きさと太さがあった。ミルクマンはうしろのポケットに両手を突っ込み、友達の後から戸口に歩いていった。彼は自分の眼に浮かんでいるのを兵隊たちが気づいてくれただろうと思う冷やかな傲慢さにふさわしく、ちょっと首を伸ばした。

二人は黙りこくって十丁目をぶらぶらと歩きながら、やがて縁石近くの歩道から突き出した、石のベンチのところにきた。二人はそこで足を止め、自分たちをじっと見つめている、白いスモックを着た二人の男の眼を背にして腰をおろした。男たちのうちの一人は理髪店の戸口によりかかっていた。もう一人は店の板ガラスの窓に椅子をもたれさせて坐っていた。二人はその店の経営者のレイルロード・トミーとホスピタル・トミーだった。少年たちはどちらも、二人の大人にも、またおたがい同士にも、口を利かなかった。二人は坐ってゆき交う車や人々をじっと見つめていた。

「学校のホールはみんな潰れちまったのか、ギター？」ホスピタル・トミーが坐っている椅子から声をかけた。トミーの両眼はひどく年取った老人たちの眼のように白く濁っていたが、その他の部分はがっしりとしてしなやかで、若々しく見えた。彼の口調は無頓着だったが、しかし、それにもかかわらず、権威が感じられた。

「いいえ」とギターは肩越しに答えた。

「じゃあ聞くが、昼間のこんな時間に、街のこんなところで何をしているんだ？」

ギターは肩をすくめた。「ただ休みを取っただけなんです、トミーさん」

「で、お前と一緒にいる子は？　その子も安息日というわけかい？」

ギターはうなずいた。ホスピタル・トミーの話し方はまるで百科事典みたいで、ギターはトミーの話す言葉のほとんどを、推測で見当をつけなければならなかった。ミルクマンはやはり車の往来を眺めていた。

「二人とも休日だというのに、あまり楽しんでいるようでもなさそうだな。学校のホールで悪党面をしていても同じことだったな」

ギターは煙草を取り出して、ミルクマンにも一本すすめた。「フェザーの言うことが頭にきたってだけなんです」

「フェザー？」

「ええ、あいつ、ぼくたちを入れてくれようとしないんです。ぼくはしょっちゅう、あそこにいってるのに。しょっちゅう。そしてあいつは何も言わないんです。ところが今日はぼくらを放り出すんです。ここにいるぼくの友達が若すぎると言って。そんなことが信じられますか？　フェザーが誰かの年のことを気にするなんて？」

「フェザーに何か気にするような脳細胞があるなんて知らなかったよ」

「そんなものありませんよ。ただ格好つけてるだけですよ。あいつぼくにビール一本売ろうとさえしなかったんです」

レイルロード・トミーが戸口から静かに笑いながら言った。「それだけかい。お前にビールを売ろうとしなかったのかい？」彼は首のうしろをこすり、それからギターに向かって指を曲げた。「こっちへきな、坊主。そのほかにもお前の手に入らないものが、いろいろあるってことを教えてやろう。さあ、こっちへきな」

少年たちはしぶしぶ立ちあがって、笑っている男のところに近づいた。

「お前はそれが大変なことだと思うのかい？　ビールが売ってもらえなかったってことが？　じゃあ、聞くがな。お前は調理場が閉まって、何もかもきちんと片づき、翌日の用意ができている真夜中に、ボルティモア・アンド・オハイオ食堂車の厨房にじっと立ったことがあるか？　機関車は全速力で線路を走っていて、相棒が三人、真新しいトランプを持ってお前を待っているんだ」

ギターは首を横に振った。「いいえ、一度も……」

「そうだ、一度もない。そして、これからも決してない。ビールのことはさておいて、それもまたお前には経験できないスリルなんだ」

ギターは微笑した。「トミーさん」ギターは何か言いかけたが、トミーがそれを遮った。

「お前は二週間ぶっ続けに走って、それから優しい女房と、清潔なシーツと、五分の一ガロンの〝ワイルド・ターキー〟が待っている家に帰ったことはあるか？　え？」トミーはミルクマンのほうに眼を向けた。「お前はどうだ？」

ミルクマンはかすかに笑って言った、「いいえ、ありません」

「ない？　そうか、そんなことは期待するなよ。それもお前たちには味わえないことだからだ」

ホスピタル・トミーがスモックの下から、鳥の羽根で作った楊枝を取り出した。「子供をからかうんじゃないよ、トミー」

「誰がからかったりしてる？　俺はこの子に本当のことを教えてやってるんだ。この子にはそういう経験は味わえないんだ。二人ともそんなことは期待できない。ほかにもまだお前たちが経験できないことを教えてやろう。お前たちには一ヵ所に固定して、そうしたければいつでも好きなときに回転させることのできる、赤いびろうどの椅子が四つ付いた、自分の専用の客車を持つなんてことはできないんだ。そう。それから自分専用の特別トイレや、自分専用の特製の、八フィートもあるベッドを持つこともな。旅行のとき一緒についてきて、何でも言うことをやってくれる側仕えや、コックや、秘書もな。何でもやってくれるんだ。湯たんぽのお湯を適温にしておくことも、銀の煙草貯蔵箱の煙草が、毎日いつでも、必ず新しいものであるように気を使うこともだ。こういうこともやはり、お前たちには期待できないことだ。お前がポケットに現なまで五千ドル持って銀行に入り、これこれの通りのこれこれの家が欲しい、と銀行の人間に言ったとしたら、相手はすぐにその家をお前に売ってくれるだろうか？　いや、絶対に売ってはくれないだろう。それから知事公邸に入ったり、八千エーカーの森林地を売ったりするなんてこともできないんだ。自分が船長になって船で航海することも、汽車を走らせることもない。お望みなら第三三二大隊に入隊して、まったく一人っきりでドイツの飛行機を一千機も撃ち落とし、ヒトラーの裏庭に着陸して、自分の手で奴をひっぱたくことはできる。だがワイシャツの胸に、星章を四つもぶらさげるということは決してできない。いや三つだって無理だ。それから朝早く赤い薔薇と、二つのほかほかのクロワッサン、それにホットチョコレートのカップを一つ載せた、朝食の盆を持ってきてもらうこともできない。そうなんだ。絶対にできないんだ。ココやしの葉で二十日間包み、まこもを詰めて薪で焼いた、泣きたくなるほど柔かくてうまい雉子《きじ》を食べるなんてこともだめだ。それと一緒に飲む二十九年のロートシルトはおろか、ボージョレーだって無理だ」

通りかかった二、三人の男が、立ち止まってトミーの話に耳を傾けた。「どうしたんだ?」と彼らはホスピタル・トミーに尋ねた。

「フェザーがこの子たちにビールを売らなかったんだ」と彼は言った。男たちは笑った。

「それに焼いたアラスカもだ!」レイルロード・トミーは続けた。「だめなんだ! 絶対にそんなものは食べられないんだ」

「焼いたアラスカも?」ギターがぎょっとしたように、眼を見開いて喉を掴んだ。「そんなこと言われると心臓が破裂しちゃうよ!」

「そう、それだよ。それなんだ、お前たちの手に入るのは——破裂した心臓《ブロウクン・ハート》(失意)だ」トミーの眼が優しくなったが、その眼にあった陽気な色は不意に消えた。「それに愚行だ。あらゆる種類の愚行だ。これは間違いない」

「はい、トミーさま」ギターがふざけて、かしこまったような態度を取って自供した。

「わたしたちはただビールが一本欲しかっただけなのです」

「これは」トミーが言った。「これは、これは、ご乗車ありがとうございます」

「焼いたアラスカって何のこと?」少年たちは、最初会ったときとまったく同じ状態でいる二人のトミーと別れて、また十丁目を歩いていった。

「何か甘いものだろ」とギターが答えた。「デザートだ」

「うまいかい？」

「知らないな。俺は甘いものが食えないんだ」

「甘いものが？」ミルクマンはびっくりした。「どうしてだめなんだい？」

「気持ちが悪くなるんだ」

「甘いものはどんなものでも好きじゃないの？」

「果物ならいい。だけど砂糖の入ったものは何でもだめだ。キャンディとかケーキといったものは。匂いを嗅ぐのさえ厭なんだ。吐き気がするんだ」

ミルクマンは肉体的な理由を探した。ミルクマンには甘いものが好きでない人間がいるなどとは信じられない気がした。「きっと糖尿病なんだよ」

「砂糖を取らないからって糖尿病にはならないよ。糖尿病は砂糖を取りすぎるとなるんだ」

「じゃ、何が原因だろう？　何が？」

「知らないな。甘いものを見ると死んだ人たちのことを想い出すんだ。それから白人もな。そして吐き気がしてくるってわけだ」

「死んだ人たちを？」

「ああ。それから白人だ」

「わからないなあ」

ギターが何も言わないので、ミルクマンは続けて言った。「いつからそんなふうなの？」

「小さいときからだ。俺の親父が製材所で切り身になってからだ。親父のボスがやってきて、俺たち子供にキャンディをくれたんだ。ディヴィニティだ。でっかい袋にいっぱい入ったディヴィニティだ。ボスの奥さんが俺たちのために特別に作ってくれたんだ。そいつが甘いんだ、このディヴィニティが。糖蜜よりも甘いんだ。ほんとに甘いんだ。その甘いことといったら……」ギターは足を止めて、額に吹き出している玉のような汗を拭った。彼の眼には暗い動揺の色が浮かんだ。彼は歩道に唾を吐いた。「おー──おさえるんだ」とギターはつぶやいて、魚フライ食堂とリリー美容院の間の空地に入っていった。

ミルクマンは美容院のカーテンを引いた窓をじっと見つめながら、歩道で待っていた。美容院はいつもカーテンを引くか、窓かけをおろしている。理髪店はそうではない。女の人たちは通りの誰にも、自分たちが髪をかまってもらっているのを見られたくないんだ。恥ずかしいんだ。

空地から出てきたときギターの眼には、吐こうとして吐けなかったための涙が浮かんでいた。「いこう」とギターは言った。「煙草を買おう。煙草は俺にも買える」

十四歳になる頃までには、ミルクマンは自分の片方の脚が、もう一方の脚より短いことに気づいていた。素足で直立不動の姿勢を取ると、左足が半インチほど床から離れた。そういうわけでミルクマンは決してまっすぐには立たず、かがむか、もたれるか、一方の尻を突き出して立つかした。そしてミルクマンはそのことを誰にも決して話さなかった——決して。「ママ、あの子どうしてあんなふうに歩くの？」とリーナが言ったとき、「ぼくはどんなふうにでも、自分の好きなように歩くんだ。姉さんの醜い顔の上を歩くことも含めてね」とミルクマンは言った。ルースが、「静かにしなさい、二人とも。ただの成長期の筋肉痛ですよ、リーナ」と言った。ミルクマンはもっとよく知っていた。歩くとき足取りが揃わないというのではなかった——まったくそうではなかった——ただ、ちょっとそんな感じがするだけであった。しかし、それは気取った歩き方のように見えた。青二才が実際以上に洗練されているように見せようとして、もったいぶっているような感じであった。ミルクマンはそのことで悩み、彼にとってははなはだしい欠陥であるこの事実を隠そうとして、いろいろな動作や癖が身についた。坐るときには、左の足首を右膝に置き、決してその逆にはしなかった。新しいダンスをするときにはいつも奇妙に脚をこわばらせてステップを踏み、それが女の子たちに人気があったので、しまいには他の少年までそれを真似るようになった。欠陥は主としてミルクマンの心の中にあった。主として。だが完全にというわけではなかった。というのはバスケットボールのコートで数時間過ごした後は、悪いほうの脚がずきずきと痛んだからである。ミルクマンはその脚をいたわり、小児麻痺なのだと信じていた。そしてそのために心秘かに、自分を亡くなったルーズヴェルト大統領と結びつけていた。公民権委員会を発足させたという理由で、誰もが夢中になってトルーマンを賞賛しているときでさえ、ミルクマンは秘かにＦＤＲ（フランクリン・デラノ・ルーズヴェルトの頭文字）のほうを愛し、この大統領にたいしてひじょうな親近感を抱いていた。実際、自分自身の父親にたいする以上の、親近感を抱いていた。メイコンには少しも欠陥はなく、むしろ年と共にますます丈夫になるように思われたからである。ミルクマンは父親を恐れ、また尊敬していた。しかし、その脚のために、自分は決して父親に太刀打ちはできないことを知っていた。それでミルクマンはできるだけ父親とは違った人間になろうとした。メイコンはきれいにひげを剃っていた。ミルクマンは口ひげを生やしたくてたまらなかった。メイコンは蝶ネクタイをし、ミルクマンはふつうのネクタイをした。メイコンは髪を分けなかった。ミルクマンの髪には剃刀で分け目がつけてあった。メイコンは煙草が大嫌いだったが、ミルクマンは十五分置きに煙草を口にくわえようとした。メイコンは金を溜めこみ、ミルクマンはどんどんと人にやってしまった。だがそのミルクマンも、父親と同じようによい靴と、上等の薄い靴下が好きなことはどうしようもなかった。そしてミルクマンは父親の使用人として、父親が望むように仕事をしようと努めた。

メイコンは上機嫌だった。彼の息子は今や彼のもので、ルースのものではなかった。それにメイコンはまるで行商人のように町じゅうを歩き回って、家賃を集めなければならない仕事から解放されたことでほっとした。おかげで彼の仕事は前よりも体裁のよいものになったし、それに彼にはものを考え、計画を立て、銀行家を訪ね、競売の広告を読み、税金の代わりとして、また相続人がないために売り出される、地所や家屋のことを知り、またどこに道路ができるか、どんなスーパーマーケットや学校が建つか、建設予定の計画住宅のために、誰が何を政府に売ろうとしているか、などを知るための時間ができた。あちこちの軍需工場の周辺に、小さな新興住宅地がどんどんと作られていた。黒人である自分がパイの大きな一片を手に入れることはできないのを、メイコンは知っていた。しかし、まだ誰もが欲しがらない土地、あるいは誰かがユダヤ人やカトリック教徒には渡したくないと思っている半端な土地、まだ誰もが少しでも価値があるなどとは気づいていない土地はあった。一九四五年にはたくさんのパイの中身が、外皮の周辺からはみ出していた。メイコンが自分のものにできる中身が。戦争中に、メイコン・デッドにとってはすべてが好転した。ルースだけは例外として。何年も後、戦争が終わり、そのパイの中身がメイコンの膝にこぼれ落ち、彼の両手がねばつき、詰め込んだものの重みで下腹が垂れさがって太鼓腹になってからも、メイコンはまだ、遠い昔の一九二一年に、ルースを締め殺してしまえばよかったと思っていた。ルースはまだ時折外泊することをやめなかった。けれども、ルースもう五十歳になっていた。どんな恋人がそんなに長続きするだろう？　フレディさえ知らない、どんな恋人がいようか？　メイコンはたいしたことではないと考え、妻を叩くほど腹を立てることはしだいに少なくなっていった。特に最後に叩いたとき以後は。それが最後になったのは息子が飛びあがって、父親をうしろの放熱器に打ち倒したからである。

ミルクマンはそのとき二十二歳になっていた。そして六年前から女性と、ときには同一の女性と、性的な関係を持つようになってから、彼は母親を新しい面から眺めるようになっていた。ルースはもはやオーバーシューズや、風邪や、食物のことでミルクマンにうるさいことを言い、またミルクマンが家でできるちょっとした楽しみのほとんどを、どれも汚いとか、うるさいとか、散らかすという理由で許さない人間ではなくなっていた。今やミルクマンは母親を小さな事柄、しゃくなげや、金魚や、ダリヤ、ゼラニウム、インペリアル・チューリップなどの、たとえ死んでも心の傷つかない小さな生き物や植物を、育てたり栽培したりすることで満足している、か弱い女性として眺めていた。これらの小さな生物は死ぬのだった。金魚は水面に浮かんで、ルースが指の爪で鉢の横をとんとんと叩いても、こわがってさっと逃げ出し、稲妻のように弧を描きはしなかった。しゃくなげの葉は広く青々と伸び、一番濃くつややかな色をしているときに突然その色を失い、力なく黄ばんだハート形になってしまうのだった。ある意味でルースは死に嫉妬していた。医師が死んだときのあの激しい悲しみの中には、少しばかりの腹立たしさもあった。まるで医師が生よりももっと興味のあるもの——娘よりももっと刺激に富む伴侶を選び、死が手招きすると、自分から進んでその後に従ったかのように。死を前にしてルースは猛烈に戦った。他の場合にはなかったほど勇敢ですらあった。死の脅威がルースに方向と、明晰さと、大胆さを与えた。メイコンがどんなことをしたにしても、医師はもし自分から望まなかったら、死ななくてもよかったのではないかとルースはいつも疑っていた。そしてルースが、暴力以外に出口のない道に夫を誘い込むようになったのは、医師自身が衰え、生を拒否したのではないかという疑い(それに少しばかりメイコンにたいする復讐の気持ちもあった)のためであったかもしれない。リーナはメイコンが激怒するのを不可解に思っていた。しかしコリンシアンズは、ある方法に気づきはじめていた。母親が会得した、自分の夫に力の意識ではなくて(ルースをひっぱたいて仕返しをされないですむことくらい、九歳の女の子にだってできる)無力感を与える方法に。ルースは自分が一種の正直な道化を演じている、何かの事件を話すことから始めるのだった。それは楽しい晩餐の席での会話として始まり、テーブルについている誰も、ルースが味わったのと同じようなきまり悪さを感ずる必要はないために、表面的には害のないものであった。むしろみんなはルースの正直さを賞賛し、無知を笑うことができた。

ルースはジュヴォラク夫人の孫娘の結婚式に出席した。アンナ・ジュヴォラクは年老いたハンガリーの婦人で、ルースの父親の患者の一人であった。医師には労働者階級の白人の患者が大勢いたし、また中流の白人の婦人も何人かいた。そういう婦人たちは、医師のことをハンサムだと思っていたのだ。アンナ・ジュヴォラクはずっと昔、一九〇三年に、医師が夫人の息子を結核療養所に送らなかったことで、奇跡的に息子の生命を救ってくれたのだと信じ込んでいた。当時人々に〝サン〟と縮めて呼ばれていたサナトリウムにいった病人たちは、ほとんどすべてそこで死んでしまったのだ。医師がマーシーで、開業医として患者を入院させる恩典を与えられていなかったのと同様に、療養所でもその恩典を与えられていなかったことを、アンナは知らなかったのである。またアンナは一九〇三年当時に行われていた結核の治療法が、患者にとってはまさに、最も有害な治療法であったことを知らなかった。アンナが知っているのはただ、医師がある種の食餌療法を処方してくれ、安静時間を厳格に守り、一日二回肝油を飲むように指示してくれたことだけであった。息子は助かった。その息子の末娘の結婚式に、その奇跡を行ってくれた医師の娘に、出席して欲しいとアンナが思うのは当然であった。ルースは出席し、会衆が聖餅《ホスチア》を受けるために聖餐台にいくと、自分もそれにならった。そこに頭を垂れて坐りながらルースは、司祭がルースの帽子に聖餅を置いたものか、それともルースを抜かしてしまったものか、迷っているのに気づかなかった。ルースがカトリック教徒でないことに司祭はすぐに気づいた。司祭が言葉をかけてもルースは顔をあげ、注意深く聖餅を載せてもらうために、舌を出すことをしなかったからである。

「願わくば我が主イエズス・キリストの御身体《コルプス・ドミニ・ノストリ・イェス・クリスティ》」と司祭は言い、それからルースに向かって小さな鋭い声で、「シッ、顔をあげなさい！」と言った。ルースは顔をあげ、聖餅と、その下に小さな銀のお盆を支えている侍者とを見た。

「願わくば我が主イエズス・キリストの御身体が汝の霊魂を永遠の生命に守り給わんこと《コルプス・ドミニ・ノストリ・イエス・クリスティ・クストディアト・アニマム・トゥ》を《アム》……」司祭は聖餅をルースのほうに差し出し、ルースは口を開いた。

後で披露宴のときに、司祭はルースにカトリック教徒かと率直に尋ねた。

「いいえ、わたしはメソディストです」とルースは答えた。

「なるほど」と司祭は言った。「ところで教会の秘蹟を受けられるのはただ……」ちょうどそのとき、ジュヴォラク老夫人が司祭を遮った。「神父さま」と夫人は言った。「わたしの最も親しいお友達の一人をご紹介いたします。フォスター先生のお嬢さまですわ。この方のお父さまがリッキーの生命を救ってくださったんです。リッキーが今日ここにいられるのもみんな……」

パドルー神父は微笑してルースの手を握った。「お目にかかって本当に嬉しく思います、フォスターさん」

この簡単な出来事をルースは微に入り細にわたって、言葉巧みに話すのだった。リーナは耳を傾けながら、宗教的陶酔から無邪気な大胆さに、そしてさらに、穴があったら入りたいような気持ちに至る母親の感情のさまざまな変化を、一つひとつ追体験するのであった。コリンシアンズは母親がこの逸話をどのようにして、メイコンが言葉で妻を罵倒するか、さもなければ手を出さないではいられないような状況に展開させるかと思いながら、分析的に耳を傾け、成り行きを見守るのだった。ミルクマンは半分しか聞いていなかった。

「〝あなたはカトリック教徒ですか？〟って神父さんがわたしに聞くの。そう、ちょっとの間わたし戸惑ったわ。でも、それから言ったの、〝いいえ、わたしはメソディストです〟って。そしたら神父さんは、カトリックの教会で聖体を受けることができるのは、カトリック教徒だけなんだということを説明してくれはじめたの。だって、わたしそんなことは一度も聞いたことがなかったのよ。誰だって聖体を受けられると思っていたわ。わたしたちの教会では、第一日曜日には誰だって礼拝にこられるでしょ。ところが神父さんがそれを口にしないうちに、アンナが近寄ってきて、〝神父さま、わたしの最も親しいお友達の一人をご紹介いたします。フォスター先生のお嬢さまですわ〟って言ったの。そしたらまあ神父さんたら、とたんににこにこしちゃって。わたしの手を握って、お近づきになれて本当に嬉しく、光栄に思っていますだって。そういうわけで結局、万事うまくいったの。でもわたし、ほんとに知らなかったのよ。子羊のように無垢な気持ちで、聖餐台のところにいったの」

「カトリックの教会で聖体を受けるのは、カトリック教徒だけだってことをお前は知らなかったと言うんだな？」とメイコンが妻に聞いたが、その口調は妻の言葉を信じていないことをはっきり示していた。

「そうよ、メイコン。どうしてわたしが知っているの？」

「カトリックが自分たちの学校を作って、子供たちを公立学校に入れないのはお前も見てるじゃないか。それでもお前はカトリックの宗教儀式が、参加したい誰にでも解放されていると思ってるのか？」

「聖体拝領は聖体拝領だわ」

「ばかな女だよ、お前は」

「パドルー神父さんはそうは思ってなかったわ」

「お前は笑い物になったんだ」

「ジュヴォラク夫人はそうは思ってなかったわ」

「ただ結婚式を順調に進行させようとしていただけなんだ。お前みたいな売女《ばいた》に何もかもぶちこわしにさせないためにな」

「メイコン、お願いだから、子供たちの前でそんな言葉を使わないで」

「どの子供だ？　ここにいる者はみんなもう選挙権があるんだぞ」

「何も議論をすることはないわ」

「きさまはカトリックの教会でばかな真似をして、披露宴でみんなを困らせ、帰ってきてテーブルに向かうと、自分がどんなに素晴らしかったかと悦《えつ》に入ってるんだ」

「メイコン……」

「そしてそこに坐って、そんなことちっとも知らなかったなどと嘘をついてるんだ」

「アンナ・ジュヴォラクはちっとも――」

「アンナ・ジュヴォラクはお前の名前さえ知っちゃいない。お前のことを〝フォスター先生のお嬢さま〟と呼んでいる。百ドル賭けたっていいが、今だってお前の名前を知っちゃいない。お前はお前自身としては何者でもないんだ。お前の父親の娘だというだけなんだ」

「そうですわ」とルースは、細いが、しかし、しっかりした声で言った。「わたしは確かにパパの娘よ」ルースは薄笑いを浮かべた。

メイコンはフォークを下に置こうともしなかった。テーブルの上にフォークを取り落とすと同時に、メイコンの手はパン皿の上を横切って飛び、握りこぶしとなってルースの顎に打ち込まれていた。

ミルクマンは少しも、そんなことをしようと思っていたわけではなかった。しかし彼はいつかは、メイコンが母親をなぐった後、母親が手で口を蔽って、折れた歯がないかと舌で探し、折れた歯がないことがわかると、誰にも気づかれないようにして、口の中で義歯をはめ直すのを見る日がくるであろうこと――そして、その日がきたらもう彼は、我慢ができなくなるであろうことを知らなければならなかった。父親が手を引っ込めるひまもないうちに、ミルクマンは父親の上着のうしろ襟を引っ摑《つか》み、坐っている椅子から父親を引きずり出して、放熱器に叩きつけていた。窓かけがぱたぱたと揺れてまくれた。

「もう一度ママに手を出したら、もう一度やったら、殺してやるからな」

メイコンは攻撃されたショックに口を利くこともできなかった。長年の間どこへいこうと、ゆく先々で尊敬と畏怖の念を呼び起こしてきたので、長年の間どんな集まりに出ようと、いつも一番背が高かったので、メイコンは自分のことを、絶対に負けない人間だと思い込むようになっていた。今メイコンは壁伝いに這って歩きながら、自分と同じように長身で――しかも四十歳も若い男を見ていた。

父親が壁伝いに這いながら、屈辱と、怒りと、いまいましいが息子を自慢に思う気持ちの、矛盾した感情でいっぱいになっていたのとちょうど同じように、息子のほうも彼なりに、矛盾した気持ちを味わっていた。相手が誰にせよ――たとえ自分自身であっても――父親が完全に打ちのめされるのを見た苦痛と恥辱があった。ピラミッドが、それを完成するために死んでいった、幾世代にもわたる頑健な男たちの築きあげた、神秘的で永遠の生命を持つ建造物、五千年間にわたって文明世界の驚異であったものではなく、シアズの奥の部屋で、器用な飾りつけ屋が一代限りという保証付きで、張子で作ったものだということを知った悲しみがあった。

ミルクマンはまた躍りあがりたいような喜びをも感じた。それは馬が鼻息荒く疾駆するような、生命そのものから発する本能的な喜びだった。ミルクマンは一瞬にして何かを獲得し、そして同時に何かを失ったのだった。無限の可能性と途方もなく大きな責任が、ミルクマンの前に広がっていた。しかし彼にはまだその可能性を生かす用意も、責任の重荷を引き受ける心構えもできていなかった。そこでミルクマンはあの気取ったような歩き方でテーブルを回り、「大丈夫、ママ?」と母親に聞いた。

ルースは自分の指の爪を見ていた。「ええ、わたしは平気よ」

ミルクマンは姉たちに眼をやった。彼は姉たちを(あるいは姉たちの役割を)母親と本当に区別できたことは一度もなかった。ミルクマンが生まれたとき、姉たちはもう十代の初めだった。今は三十五歳と三十六歳であった。しかしルースはリーナと、わずかに十六歳しか違わなかったので、三人ともいつもミルクマンには同じくらいの年齢に見えた。今テーブルの向こう側にいる姉たちの眼を見たとき、二人はびっくりするほど生なましい、ぎらぎらするような憎しみの眼でミルクマンを見返した。二人の生気のない眼が、それよりもさらに生気のない肌の中に、ぼんやりとかすんでしまうことはもはやなさそうに見えた。二人の眼のまわりには木炭で線が引かれたように、二人の頰には二本の汚れた線が縦に引かれたように、そして二人の赤い唇は憎しみのためにいっぱいに膨れあがり、今にも破裂しそうになっているように、ミルクマンには思われた。ミルクマンが二度まばたきをしてやっと、姉たちの顔はミルクマンがいつも見慣れている、ぼんやりと驚いているような、穏やかな表情に戻った。誰も自分に感謝する者も——また罵《のの》る者も——いないのを知って、ミルクマンは足早に部屋を出た。ミルクマンの取った行動はただミルクマンだけのものであった。そのために両親の関係が変わることは、何一つないはずであった。二人の内部においても何一つ変わることはないはずであった。ミルクマンは父親を打ち倒したのだ。おそらくチェスボードの上の形勢には、いくつかの新しい変化があるだろう。しかし、ゲームは依然として続くのだ。

ヘイガーと寝たことがミルクマンを寛大にしていた。少なくとも自分ではそう考えていた。彼の心を広くしていた。少なくとも自分ではそう想像していた。めったに考えたこともない母親を守ってやり、恐れていると同時に愛してもいる父親を、かわいがってやるだけの心の広さと、寛大さをミルクマンに与えていた。

自分の寝室に戻るとミルクマンは、化粧だんすの上のものをいじくった。十六歳のときに母親からもらった、ミルクマンの名前の頭文字であり、医者の学位の省略形である文字を刻んだ、背中が銀でできている二つのブラシがあった。ミルクマンと母親はその文字のことで冗談を言い合い、母親はミルクマンが医学部にゆくことを考えるべきではないかと強く言った。「どんなふうに見えるだろうな？　M・D、M・D。もしママが病気になったら、デッド博士という医者のところに診てもらいにいく？」と言って、ミルクマンは母親をはぐらかすのだった。

　母親は笑ったが、しかし彼のミドル・ネームはフォスターだということを息子に想い出させた。フォスターを姓にすることはできないかしら？　メイコン・フォスター博士。どう素敵じゃない？　ミルクマンは素敵だということを認めざるを得なかった。銀の背中のついたブラシを見ると、ミルクマンはいつも母親が自分に何を望んでいるか――自分は高校でやめてしまわないで、大学の医学部に進まなければならないのだ、ということを想い出した。メイコンが大学の卒業生を尊敬していないのと同じように、ルースは夫の仕事を尊敬していなかった。ミルクマンの父親にとって大学生活とは、人生の実務から遠く離れて、無為に過ごす時間にすぎなかった。そして人生の実務とは、どうやって財産を獲得するかを覚えることだった。メイコンは娘たちを大学にやることには熱心だった――適当な夫を見つけることができると思ったからだ――そして一人は、コリンシアンズは大学にいった。けれども、ミルクマンが大学にいくのは無意味であった。ことに事務所での息子の存在が、メイコンにとって本当に大きな助けになっているのであってみれば、なおさらであった。メイコンは銀行の友人に頼んで、その友人たちの顔の利くところに働きかけ、息子を徴兵対象の一Aの等級からはずして、〝家族の扶養に必要〟の部類に移してもらったほどであった。

　ミルクマンは鏡の前に立って、壁に取り付けた電燈の弱い明かりで、そこに映っている自分の姿を見た。いつものように、自分の見ているものには何の感銘も受けなかった。顔立ちは充分りっぱだった。女たちにほめられる眼、がっしりとした顎の輪郭、素晴らしい歯並び。一つひとつを取りあげてみれば、まったく申し分がないように見えた。いや、それ以上でさえあった。ところが、そこには統一が欠けていた。目鼻立ちをまとめて、個性ある全体に仕上げるものが。ミルクマンの外見は、いかにもためらいがちな感じがするのだった。ちょうどどこか、自分がいるはずではない場所の角に立ってあたりを盗み見しながら、先に進むべきか、引き返すべきか、決めようとしている人間のような感じが。彼のくだす決断はきわめて重要なものだろう。しかし、その決断をくだす彼の態度はぞんざいで、場当たり的で、しかも必要な情報を持っていないのだ。

壁伝いに這っていったときの父親の格好を想い出すまいとしながら、ミルクマンがそこの電燈の明かりの中に立っていると、ドアにノックが聞こえた。ミルクマンはリーナの顔もコリンシアンズの顔も見たくはなかった。また母親とこっそりと話し合いたいとも思わなかった。けれども、廊下の暗がりの中にぬうっと突っ立っている父親を見ても、やはり嬉しくはなかった。メイコンの口の隅の浅く切れたところには、まだ一すじの血がにじんでいた。だがメイコンはまっすぐに立っており、眼は落ち着いていた。

「ねえ、パパ」とミルクマンが言い始めた、「ぼくは――」

「何も言うな」とメイコンは言って、息子の側をすり抜けて中に入った。「まあ坐れ」

ミルクマンはベッドのほうに歩いていった。「ねえ、いいかい。このことは忘れようじゃないか。もしパパが約束――」

「坐れと言ったんだぞ。腰をおろせと言ってるんだ」メイコンの声は低かったが、顔はパイロットの顔に似ていた。メイコンはドアを閉めた。「お前も今じゃ大きくなった。だが大きいというだけじゃ、まだまだ充分ではない。完全な人間にならなくっちゃいけないんだ。そして完全な人間になりたいと思えば、完全な真実を取り扱わなければならない」

「そんなこと教えてくれなくてもいいよ、ね。ぼくはパパとママの間のことを何もかも知る必要なんかないんだ」

「わしのほうが話さなくてはならないんだ。そしてお前はそれを知る必要がある。もしお前が自分の父親に手をあげるというのなら、今度その手を振りあげる前に、ある程度のことを知っておいたほうがよい。わしがこれから話すことは決して、弁解や言いわけじゃない。ただ事実を話すだけだ。

わしがお前のお母さんと結婚したのは一九一七年のことだ。お母さんは十六歳で、父親と二人きりで暮らしていた。はっきり言うが、わしはお母さんを愛していたとは言えない。あの頃はみんな今ほど、愛などというものを必要とはしなかった。人々はおたがいにたいして礼儀正しく、誠実で、そして――そして包み隠しがなければよかった。人が自分はこういう人間だと言えば、それを信用した。それ以外に生きていく方法はなかったからだ。

結婚するときに重要なことは、何が重要かということについて、二人の意見が一致することだった。

お前のお母さんの父親は、一度もわしに好意を持ったことがなかった。あの人には本当にがっかりした、とわしは言わざるを得ない。あの人はこの市の黒人の中では、まず最も重要な人物だった。一番金持ちというわけではないが、一番尊敬されていたのだ。だが、あれほどの偽善者はかつてなかったな。財産は全部、四つの違った銀行に預けてあったんだ。いつも穏やかで威厳があった。あの人がエーテルを嗅いでいるのを見つけるまでは、わしはあの人は生まれつきああいうふうなのだと思っていた。この町の黒人たちは、あの人のことを神さまのように思っていた。だが、あの人のほうは、黒人たちのことなどこれっぽちも考えてはいなかったんだ。黒人たちのことを人喰い人種だと呼んでいた。お前の姉さんたちは二人とも、あの人が取りあげたんだ。そして、そのたびにあの人が関心を持ったのは、生まれた子供の肌の色だけだった。お前だったら、自分の孫ではないと言われただろう。わしはあの人が、自分自身の娘を診るというのが気に入らなかった。特にその娘はわしの妻でもあるのだからな。マーシーはあの頃は、黒人は入院させなかったんだ。とにかくルースは、ほかのどんな医者のところにもいこうとしなかった。わしはあれのために助産婦を頼もうとしたが、あの医者は助産婦は不潔だというんだ。わしはあの人に、わしを取りあげてくれたのは助産婦だ、わしのおふくろにとって助産婦で充分間に合ったのなら、あの人の娘にとっても充分間に合うはずだと言ってやった。まあ、そのことで、二人の間にはちょっとしたやり取りがあった。しまいにわしはあの人に、父親が自分の娘の赤ん坊を取りあげるほど、汚らしいことはないと言ってやった。それで決定的になった。それ以後はめったに口を利くこともなかったが、とにかくあの二人はそうしたんだ。リーナのときも、コリンシアンズのときも。わしがでたらめに単語を拾って、あの子たちに名前をつけるのは許した。だが、それだけのことさ。お前の姉たちが一年ちょっとしか間が離れていないのは、お前も知っている通りだ。そして、どちらのときにも、あの人はそこにいたんだ。あれが股を大きく広げている、そこにあの人はいたんだ。あの人が医者で、医者はそんなことを気にするものではない、ということはわしも知っている。だがあの人は医者である前に、まず男だったんだ。わしはそのとき、それ以後永久に、二人は共同で――ぐるになって――わしに立ち向かってくるだろうということを知った。そして、わしがどんなことをしようと、二人は結局、自分たちの思い通りに物事を運んでしまった。二人はいつもきっと、わしが誰の家に住んでいるのか、陶磁器の産地はどこか、ウォーターフォードの水盤（アイルランドのウォーターフォード原産のガラス製品はウォーターフォード・グラスとして有名）をあの人がどんなふうにしてイギリスに注文してやったか、またその水盤を置いてあるテーブルはどうやって取り寄せたのかということを、わしに想い出させるようにし向けるんだ。あのテーブルはあんまり大きいものだから、ドアから中に入れるときには、ばらばらに分解しなければならなかった。あの人はいつも、二頭立ての馬車を買ったのは、市で自分が二番目だったということを自慢にしていたよ。

わしの生まれたところ、うちで持っていた農場、そんなものはあの二人には問題じゃなかった。そして、わしがやろうとしていることには——二人は全然興味を持たなかった。掘立て小屋の町で掘立て小屋を買う、そう二人はわしの仕事のことを呼んでいた。〝掘立て小屋の町はどんなふうかね？〟夕方帰ってくると、あの人はわしにそう言ったものだ。だが、問題だったのはそういうことじゃない。それにはわしは我慢ができた。自分が欲しいものは何かということがわかっていたし、どうすればそれが手に入るかということも、かなりよく知っていたからだ。だから、そういうことは我慢ができた。我慢したんだ。何か別のものだ。何かこれと、はっきりとは言えないようなものだ。わしは一度あの人に、その四つの銀行に預けてある金を少し使わせようとしたことがある。線路用地がたいへんな金で売られようとしていたんだ——鉄道の金だよ。エリー・ラッカワナ鉄道が買おうとしていたんだ。わしは線路がどこに敷設されるか、大体の見当がついた。湖岸ロードや、係船渠のあたりや、六号線と二号線の分岐点などを隈なく歩いてみたんだ。わしは線路がどこを通るだろうかということを正確に推測した。そして安く手に入れて、それから鉄道の代理業者に売り渡すことのできる土地を見つけた。あの人はわしにびた一文貸そうとはしなかったよ。あのとき貸してくれていればあの人は、まあまあなんてものじゃなくて、大金持ちになって死ねたんだ。そしてわしの仕事もずっと発展したはずだ。わしはお前のお母さんに、あの人を説得してくれるよう頼んだ。わしはあれに、正確にどこにエリーが向かっているか話してやった。そしたらあれが言うのには、それはパパが決めることで、自分にはパパをどうすることもできないというんだ。あれはこのわしに、自分の夫に、そう言ったんだよ。それからわしは、あれは一体誰と結婚しているんだろう——わしだろうか、それとも父親だろうかと思うようになった。

それはそうとして、あの人は病気になった」病気という言葉で、自分自身の弱さを想い出したとでもいうみたいに、メイコンは話をやめて、ポケットから大きな白いハンカチを取り出した。そのハンカチをメイコンは、唇の浅く切れたところにそっと押し当てた。そしてハンカチについたかすかな血の跡を見た。「あのエーテルがみんな」とメイコンは言った、「あの人の血の中に入り込んだのにちがいない。病名はそれとは違っていたが、あのエーテルのせいだということは、わしにはわかっている。寝たっきりになって膨れ出したんだ。胴体がだ。腕や脚はどんどん痩せていった。患者を診ることはもうできなくなった。そして生まれて初めて、あのもったいぶった阿呆は病気になって、癒してもらうために、ほかの阿呆に金を払わなければならないってことが、どんなことかわかったんだ。医者たちの一人が……あの人を治療していた医者だ……あの人を自分たちの病院には一歩も踏み入れさせず、もしあの人が自分たちの娘や妻の赤ん坊を取りあげたりしたら、いや、そんなことをしようと考えただけでも、あの人を横木に載せてここから運び出しただろうような連中の一人だ（横木に載せて町の外に運ぶのはリンチの一種）……あの人が手当をしてもらう価値があると考えた医者の一人が、そう、そいつがここに、何かラディアートルとかいう、魔法のように効くという薬を持ってやってきて、その薬で治ると言った。ルースはもうすっかり興奮していた。そして二、三日の間はいいほうに向かったんだ。それから悪くなりだした。身体を動かすことができず、頭にはいくつも穴が開いてきた。そうやってあの人は、今もお前のお母さんが使っているあのベッドに、寝たっきりになって、それからあのベッドで死んだんだ。どうすることもできず、腹ばかり膨れて、腕と脚は骨と皮ばかりになって。まるで白ねずみだったよ。食べたものを消化することができなかったんだ。食事はすべて流動食で、食べた後にはいつも、何かの薬を呑みくだしていた。わしは今でも、それもエーテルのせいにちがいないと思っているよ。

あの人が死んだ夜、わしは町の向こう側に出かけて、倒れたポーチの修理をしていた。ブラドリーさんの家だ。二十年も前からポーチが傾いていて、ちょうどそのとき、根元からぽっきり折れて倒れたんだ。人が家の外に出るのに跳んだり、中に入るのに三フィートも登ったりしなくてもいいように、わしは何人かの手伝いを頼んでそこに出かけ、建て直そうとしていた。そしたら誰かがそっと近づいてきて、〝先生が死んだ〟と言ったんだ。ルースは二階のあの人のところにいると、みんなは言った。きっと動転しているだろうと思って、わしは慰めてやるつもりですぐに二階に上がっていった。ポーチの修理をしていたときの服をまだ変えていなかったが、とにかく上がっていった。あれは父親のベッドの側の椅子に腰をおろしていたが、わしを見ると、とたんに跳びあがって、大声でわしにこう言った、〝よくもそんな格好でここに入ってこられるわね。きれいにして！　きれいにしてから入ってきて！〟とな。わしはちょっと腹が立ったが、しかしわしは死者には敬意を払う。そこでわしは身体を洗いにいった。湯に入って、清潔なワイシャツとカラーを着け、それからその場に戻った」メイコンはもう一度休んで、唇の切れたところに手をやったが、それはまるで自分の眼に浮かんでいる苦痛の色は、それが原因だとでもいった様子だった。

「ベッドの中に」と父親が言ったまま、その後をいつまでも話そうとしないので、話を続けるつもりがあるのかどうかミルクマンは疑った。「ベッドの中に。わしがドアを開けたとき、あれはベッドの中にいたんだよ。父親の側に横になって。犬みたいに素っ裸で、父親にキッスをしていたんだ。死んで血の気がなく、腹はぽんぽんに膨れて、手足はやせこけた父親に。そして、その指を口にくわえているんだ。

ところで、わしはお前に、それ以後わしがどんなに辛い思いをしてきたか知ってもらいたいんだ。わしはいろいろなことを考えはじめた。リーナとコリンシアンズはわしの子供だろうかと。わしの子供だということはじきにわかった。あいつは女を抱くことなど、できはしなかったことがはっきりしたからだ。わしがあれを自分のものにする前に、あいつのあそこはエーテルのためにすっかりだめになってしまっていたんだ。それにわしの子供でなかったら、あいつは生まれてくる子供の肌がどんな色かと、あんなに気にすることもなかったろう。それからわしは、あいつがルースの赤ん坊を取りあげたことを考えた。二人が関係があったと言ってるんじゃない。だが、たとえやれなくても、女を喜ばせるために、男ができることはいくらでもあるんだ。とにかく、あれがあのベッドにいて、父親の指をしゃぶっていたのは事実なんだ。そしてもしあいつが死んでからでもそんなことをするとしたら、生きているときにはどんなことをしただろう？　あんな女は殺してしまう以外に仕方がないんだ。はっきり言うが、あいつに口説かれて殺すのを思い止まったことを、どんなにわしは後悔していることか。だがわしは、あれからずっと岩の上で暮らすことになろうとは思っていなかったんだ。だがお前も知ってるように、メイコン、ときにはわしは、すぐには自分を抑えられないことがある。どうしても出てしまうんだ。今夜あれが、〝ええ、わたしパパの娘よ〟と言って、あのにやにやした薄笑いを浮かべたとき……」メイコンは顔をあげて息子を見た。メイコンの顔のドアは開いていた。皮膚は真珠のように輝いていた。ごくかすかに声の調子を変えてメイコンは言った。「わしは悪い人間じゃない。それは知っておいてくれ。いや、信じてくれ。わしほど真剣に自分の責任を受け止めた人間はいない。自分が聖人だと言ってるんじゃない。だが、今言ったことは、ちゃんと憶えておいてもらわなければならない。わしはお前よりも四十歳も年上だ。そして今からもう四十年生きることは、わしには不可能だ。今度わしに飛びかかろうという気になったら、自分がなぐろうとしている人間のことを考えてもらいたい。それから、今度は黙ってなぐられてはいないということもな。年は取っていても、わしは黙ってなぐられてはいないぞ」

メイコンは立ちあがって、ハンカチをうしろのポケットに押し込んだ。

「今は何も言うな。だがわしの言ったことを、一つひとつ考えてみてくれ」

メイコンはドアのノブを回し、うしろを見ないで、部屋を出ていった。

ミルクマンはベッドの縁に腰をかけていた。ただ頭の中がかすかにわんわんと鳴っているほかは、何もかもひっそりと静まりかえっていた。ミルクマンは今聞いたすべてのことは、自分とは無縁のことだという奇妙な感じを抱いていた。まるで公園のベンチで、たまたま隣り合わせに坐った見知らぬ人間が、自分のほうに向いて何か内密の話でも始めたというみたいに。ミルクマンはその見知らぬ男の問題には本当に同情していた――その男に降りかかった事件についての、その男の見方を完全に理解していた――しかし、その同情は一つには、自分自身は関係がない、あるいは、その男の物語によって少しでも、自分の安全が脅かされることはないという事実によるものであった。それは一時間も経つか経たないか前に、ミルクマンが抱いたのとはまったく正反対の感情であった。ミルクマンの部屋から出ていったばかりの、ミルクマンとは無関係な男はまた、ミルクマンがあらんかぎりの怒りをこめてなぐりつけようという、激しい感情を抱いた男でもあった。今もなおミルクマンは、父親の顔を打ち砕いてやりたいという抑えがたい衝動の合図である、あの肩のうずきを感ずることができた。二階の自分の部屋にいく途中ミルクマンは、みんなから孤立しているという感じはしたが、しかし正当なことをしたのだと考えていた。彼は他の男が無力な人間を打つのを見た男であった。そして彼は止めに入ったのだ。それが世界の歴史ではないだろうか？　男たちはそうしてきたのではないだろうか？　弱い者を守り、〝お山の大将〟に敢然として立ち向かってきたのでは？　その弱者がミルクマンの母親であり、〝お山の大将〟が父親であるという事実は、事情をより辛いものにしたが、しかし本質的な事柄に変わりはなかった。いや。母親を愛しているからだなどと言うつもりはなかった。ミルクマンの母親は愛するのにはあまりにも実体のない、影のような存在ですらあった。しかし、その霧のような実体のなさのために、なおさらルースは守ってやる必要があるのだった。ルースは心を打ちひしがれ、家事や、他の人間の世話をしなければならない重荷で背中が曲がり、熊のような男に虐待されながら、奴隷のように働く母親ではなかった。またルースは憎々しげな毒舌や、よく動く口で自分を守る、辛らつなじゃじゃ馬でもなかった。ルースは活気のない、しかし、回りくどくて極端に上品ぶったことの好きな、わかりにくい女性であった。まるでひじょうに多くのことを知りながら、ごくわずかしか理解していないという感じであった。これはなかなか面白い見方で、ミルクマンには初めての経験であった。ミルクマンは母親を、彼の生活を認めたり、あるいは彼の生活に干渉したりするのとは別な生活を持った人間、別個の個人として考えたことは一度もなかった。

ミルクマンは上着を着て家を出た。夕方の七時半で、まだ暗くはなかった。彼は外を歩いて別な空気を吸いたかった。何を考えたらいいのかわかるまでは、どう感じていいのかわかりそうにもなかった。そしてM・Dの頭文字のついた、背中が銀でできているブラシが明かりに輝き、父親の坐っていた椅子のクッションに、まだ尻のくぼみが残っている部屋では、ものを考えるのはむずかしかった。星が出てくるとミルクマンは何が真実で、また自分と少しでも関係があるのは、その真実のどの部分か考えようとした。父親が自分にぶちまけたこの新しい事実を、どう扱えばよいのだろうか？　責任を回避しようとしたのだろうか？　今自分は、両親のことをどういうふうに感じたらよいのだろうか？　まず第一に、本当なのだろうか？　自分の母親は……自分の母親は自分自身の実の父親とやったのだろうか？　メイコンはやってはいないと言った。医師は不能だったと。どうしてそれがわかったのだろう？　とにかく父親は自分の話していることについては、はっきりと知っていたにちがいない。あんなに熱心に、それが本当であることを願っていたのだから。もし少しでもそんなことがあったという可能性があったら、放っておくはずがない。それにしても父親は、女を喜ばせるために男ができることは〝他にもいろいろ〟あるということを認めていた。「畜生!」とミルクマンは声に出して言った。「一体何のために、あんなことをみんな俺に話したのだろう?」ミルクマンはそんなことを少しも知りたいとは思わなかった。彼にはどうすることもできはしなかった。医師は死んでしまって、もうこの世にいない。過去をやり直すことはできないのだ。

ミルクマンの困惑は急速に怒りに変わろうとしていた。「おかしな奴らだ、おかしな」とミルクマンはつぶやいた。もし俺にやめて欲しいなら、と彼は心の中で考えた、どうしてちゃんとそう言わないんだ? 男らしく俺のところへきて言えばいいじゃないか。「落ち着こう。お前も落ち着け。わしも落ち着く。両方とも冷静になろう」と。そうすれば俺も、「オーケー、わかった」と言ってやるんだ。ところがそうじゃない。俺のところにきて、どういうふうにして、なぜこうなったか、などと、とんでもない話をしやがる。

ミルクマンは南側《サウスサイド》のほうに向かって歩いていた。もしかしたらギターに会えるかもしれない。ギターと一杯やれたら一番いい。また、もしギターに会えなかったら、ヘイガーのところにいこう。いや。ヘイガーとは話したくなかった。今のところまだ、女とは誰とも話をしたくなかった。おかしな話を。それはそうと、本当におかしな人間の集まりであった。ミルクマンの一族全部が狂人の集まりだった。パイロットは一日じゅう歌をうたい、のべつまくなしにしゃべっていたし、リーバは男のこととなるともう夢中だった。そしてヘイガーは……そう、ヘイガーはまったく素晴らしかった。だがそれでも、ヘイガーは正常ではなかった。ヘイガーにはいくつかの奇妙な癖があった。だが少なくとも、この三人は面白かったし秘密だらけではなかった。

ギターはどこにいるだろう？　本当に会いたいときには、どこにいっても決していない。本当にひょっこりと出てくる。どんなところからでも、どんなときにでも。だが、ちょうどよいときに出てきたことは一度もない。ミルクマンは自分がときどき独り言をつぶやいていて、通りの人々が見ているのに気がついた。突然彼は、こんな時刻にしてはずいぶん人が出ているなという気がしてきた。みんな一体どこへいくんだろう？　ミルクマンは考えていることを口に出すまいと努力した。

「完全な人間になりたいと思えば、完全な真実を取り扱わなければならない」とミルクマンの父親は言った。あんなことを何もかも知らなくっちゃ、完全な人間になれないというのか？　「その手を振りあげる前に、ある程度のことを知っておいたほうがよい」オーケー。どんなことだ？　俺のママが自分のパパとつるんだってことだ。俺のじじいは黄色がかった黒ん坊で、エーテルが好きで、黒い皮膚が嫌いだったってことだ。じゃどうしてじじいは、自分の娘がお前と結婚するのを許したんだ？　近所の人間に気づかれないで、娘とつるむためにか？　お前は二人がやってる現場を見たことがあるのか？　ない。お前はただ、はっきりこうとは言えない何かを感じただけなんだ。じいさんの金だな、たぶん。

じじいはお前にその金に触らせなかった、そうだろう？　そして娘のほうも、お前を助けようとはしなかった、そうだな？　だからお前は、二人が手術台の上でやってるにちがいないと思ったんだ。もし、じじいがその四冊の預金通帳をお前に渡して、好きなようにさせてくれたら、エリー・ラッカワナの鉄道用地を買い占めさせてくれたら、娘を好きなようにしてもよかったんだ。ちがうか？　お前たちのベッドにのこのこ入り込んできて、三人で大いに楽しんでもよかったんだ。じじいが一方の乳首をくわえ、お前が……もう一方を……

ミルクマンはぴたりと足を止めた。首に冷たい汗が吹き出した。人々が彼らの道をふさいでいる孤独な人間の側を通り抜けようとして、ミルクマンにぶつかった。ミルクマンは何かを想い出したのだ。というより、何かを想い出したような気がしたのだ。もしかしたら彼は夢を見たので、想い出したのはその夢かもしれなかった。彼の母親のベッドに二人の男がいて、それぞれが一つずつ乳首をしゃぶっている画面が展開していたが、その画面が割れて、その隙間に別な画面が現われた。緑の部屋があった。ごく小さな緑の部屋が。そして彼の母親がその緑の部屋に胸をはだけて坐っており、誰かがその乳を吸っていた。その誰かは彼自身だった。だから？　だからどうしたというんだ？　俺のママが俺を育てたんだ。母親は赤ん坊に乳を飲ませるものだ。どうして汗が出るんだ？　ミルクマンはぶつかるようにして側を通り過ぎる人々の、迷惑そうな厳しい顔つきにはほとんど気づかないで歩き続けた。彼はその画面をもっとよく見ようとしたが、だめだった。すると今度は、確かその画面と関係があるはずの何かが聞こえてきた。笑い声だった。誰か彼には見えない人間が、部屋の中で笑っているのだった……彼のことを、そして彼の母親のことを。そして母親は恥ずかしがっている。母親は眼を伏せてミルクマンを見ようとはしない。「ぼくのほうを見て、ママ、ぼくのほうを見て」だが母親は見ようとはせず、笑い声は今や高まっている。みんなが笑っている。ズボンを濡らしたのだろうか？　彼の母は乳を飲ませている間に彼がズボンを濡らしたので、恥ずかしがっているのだろうか？　どんなズボンだろう？　その頃彼はズボンをはいてはいなかった。おむつをしていた。赤ん坊はいつだっておむつを濡らすものだ。どうしてズボンをはいていると思ったんだろう？　ふくらはぎのまわりにゴム帯の付いた青いズボン。小さな、青い、コール天の半ズボン。どうしてそんな服装をしているのだろう？　男が笑っているのはそのことだろうか？　青い半ズボンをはいた小さな赤ん坊だからだろうか？　ミルクマンの眼にはそこに立っている自分自身が見える。「ぼくのほうを見て」という言葉しかミルクマンには思いつかない。「ねえ、見てったら」立っているのだろうか？　彼はちっぽけな赤ん坊だ。母親に抱かれて乳を飲んでいるんだ。立ってるはずはない。

「俺は立てなかった」とミルクマンは声に出して言いながら、ショー・ウィンドウのほうを見た。そこには上着の襟を立てた中から覗いている、自分の顔が映っていた。そして彼は知った。「おふくろは俺がしゃべったり、立ちあがったり、半ズボンをはいたりできる年になってから、俺に乳を飲ませたんだ。そして誰かがそれを見て笑ったんだ。だから——だからみんなは、俺のことをミルクマンと呼ぶんだ。だから親父は絶対にそう呼ばないし、おふくろも絶対にそう呼ばないけど、ほかの者はみんなそう呼ぶんだ。俺はどうやってそのことを忘れてしまったんだろう？　また、なぜ？　そして、そんなことをしなければならない何の理由もないのに、俺がミルクでも、オバルチン（ココアのような飲み物）でも、そのほかのどんなものでもコップで飲んでいるのに、俺に向かってそんなことをしたとすれば、自分の父親と別なこともしたかもしれないではないか？

ミルクマンは眼を閉じ、そして開いた。通りは前よりももっと混雑していて、人々はみんなミルクマンとは反対の方向に歩いていた。みんな急ぎ足で、ミルクマンにぶつかりながら歩いていた。しばらくして、通りの反対側には誰も歩いていないことに気がついた。車の姿はまったく見えず、暗くなったので街燈がついていた。しかし通りの反対側の歩道には、まったく人影はなかった。ミルクマンは振り返って、みんながどこへ歩いていくのか見ようとしたが、見えるのはただ人々の背中と、夜の闇の中に急いで入り込んでゆく帽子だけであった。ミルクマンはもう一度ノット・ドクター・ストリートの向こう側に眼をやった。人っ子一人いなかった。

ミルクマンは側を通り過ぎようとしている、帽子をかぶった男の腕に触れた。「どうしてみんな通りのこっち側にばかりいるんです?」と彼はその男に尋ねた。

「気をつけな、あんちゃん」と、その男は噛みつくように言って、群衆と一緒にいってしまった。

ミルクマンはどうして自分が、誰一人歩いていない通りの反対側に渡ろうとしないのか、一度も疑ってもみないで、あい変わらず南《サウスサイド》側に向かって歩き続けた。

自分は冷静に、明瞭に考えているとミルクマンは思い込んでいた。彼は一度も自分の母親を愛したことはなかった。しかし母親が自分を愛していることは、ずっと前から知っていた。そして、それはいつも彼には当り前のこと、当然そうあるべきことに思われた。ミルクマンにたいする母親の変わることのない永遠の愛、彼が努力して得る必要はなく、受ける資格すら必要のない愛は、彼には当り前のことに思われた。ところが今、その信念は崩れかけていた。世界には一人でも、俺を好きな人間がいるのだろうかとミルクマンは思った。ただ俺という人間だけのために俺を好いてくれる人間が?　ワイン・ハウスで得られるものは(父親と話す以前には)彼が母親から当然受けられるものと考えるようになっていた愛情の延長であった。パイロットやリーバがミルクマンにたいして、ミルクマンの母親と同じような、所有欲的な愛情を抱いているというわけではない。けれども二人は何の疑いもなく、およそ屈託のない態度でミルクマンを受け入れてくれた。二人はまた本気になってミルクマンに応対してくれた。彼にいろいろと質問をしたり、物事にたいする彼のあらゆる反応は、それを笑ったり、そのことで彼と言い合ったりするだけの重要性を具えていると考えていた。ミルクマンが家で行うことはすべて、母親や姉たちの無言の理解（あるいは父親の無関心や批判）によって迎えられた。ワイン・ハウスの女たちは何にたいしても無関心ということはなく、また何一つ理解しなかった。どんな文句、どんな単語もこの家の女たちには珍しかった。そして女たちはミルクマンの言うことに、宇宙のあらゆる物音をとらえ、解釈したいというひたむきな願いに震えている、眼を輝かせた渡り鴉のように耳を傾けるのであった（北欧神話の主神オーディンは毎日二羽の渡り鴉を飛ばせて全世界で起こっていることを調べさせ、報告させたという）。今やミルクマンはパイロットたちをも疑った。すべての人間を疑った。彼の父親は壁伝いに這って歩き、それから二階にあがってきて、恐ろしいことを彼に知らせた。彼の母親はただ一人息子を溺愛しているだけの母親としてではなく、自分の父親であろうと息子であろうと、身近にいる男の誰とでもけがらわしい真似をする淫らな女として描かれた。彼が知っているあらゆる女性の中で、最も寛大で気の置けない姉たちでさえ容貌が変わり、眼の縁を赤く、また木炭の粉で隈取っていた。

ギターはどこにいるだろう？　ミルクマンはどうしてもこのただ一人残っている、彼にとって一度も不明瞭に思われたことのない人間を、探し出さねばならなかった。そしてギターが州にいないのでもないかぎり、必ず見つけてやるとミルクマンは決心した。

ミルクマンが最初にトミー理髪店に立ち寄ったのは成功であった。ギターはそこに他の何人かの男たちと一緒にいた。男たちはみんな思い思いの姿勢で身を傾けていたが、しかし、みんな何かに聞き入っていた。

中に入ってギターのうしろ姿に気づくと、ミルクマンはほっとして大声で呼んだ、「よお、ギター！」

「シッ！」とレイルロード・トミーが言った。ギターが振り向いて、入ってこい、だが静かにしてなきゃだめだぞ、という身振りをした。男たちはラジオに耳を傾け、ぶつぶつ言いながら首を振っているのだった。しばらくしてミルクマンは、みんな何のことでそんなに緊張しているのかわかった。ミシシッピ州のサンフラワー郡で、黒人の少年の踏み殺された死体が発見されたのだ。誰がその少年を踏み殺したかについては何の疑いもなかった——虐殺者たちが自慢そうに公言したのだ——その動機についても何の疑いもなかった。その少年は誰か白人の女性に口笛を吹き、他の何人かの白人の女性と寝たことがあるという事実を、否定するのを拒否したのだった。少年は北部の出身で、たまたま南部を訪ねていたのだった。名前はティルと言った。

レイルロード・トミーはニュース解説者の言葉を最後まで聞き取るために、静かにさせようとしていた。そのニュースは数秒で終わった。アナウンサーはごくわずかの推測しかできなかったし、事実についてはもっと知らなかったからだ。アナウンサーが他のニュースに移ったとたんに、理髪店の中は大きな話し声で騒然となった。静かにさせようとしていたレイルロード・トミー自身は、今や完全に黙り込んでいた。彼は剃刀の革砥《かわと》のところにいき、一方ホスピタル・トミーは、客を椅子から立たせまいとしていた。ポーター、ギター、用務員のフレディ、それに他の三、四人の男たちが部屋のあちこちで、大声で怒りの言葉をぶちまけていた。ミルクマンを別にすれば、黙っているのはレイルロード・トミーと、エンパイア・ステイトだけであった——レイルロード・トミーは剃刀を砥ぐのに夢中になっているために。そしてエンパイア・ステイトはちょっと足りなくて、それにたぶん口がきけないために。彼が口がきけないことをはっきりと知っているらしい者は誰もいなかったけれども、足りないことについてはまったく何の疑いもなかった。

ミルクマンは嚙み合わない会話に注意を集中しようとした。

「朝の新聞に出るだろう」

「出るかもしれないし、出ないかもしんねえな」とポーターが言った。

「ラジオで放送したんだ。新聞に出ないはずはないよ」とフレディが言った。

「白人の新聞にはそういう記事は載せないんだ。誰かを強姦でもすれば別だけどな」

「いくら賭ける？　いくら賭けるんだ？　出るさ」とフレディが言った。

「いくらでも賭けるぜ、お前の負けだよ」とポーターが答えた。

「五ドル賭けよう」

「ちょっと待て」とポーターが叫んだ。「どこだか言え」

「何のことだい、〝どこ〟ってのは？　俺は五ドル賭けて朝刊に出るって言ってるんだ」

「スポーツ欄にか？」とホスピタル・トミーが聞いた。

「それとも漫画欄かな？」とニアロウ・ブラウンが言った。

「いや、違う。一面だ。俺は一面に出るってことに五ドル賭ける」

「一体どこが違うってんだ？」とギターが叫んだ。「若い者が踏み殺されたっていうのに、お前たちはただ突っ立って、白ん坊《クラッカー》がそれを新聞に載せるかどうかなんてことを、ぎゃあぎゃあ言い合ってるんだ。踏みつぶされたんだぞ。そうじゃないか？　死んだんだぞ。違うか？　どっかのスカーレット・オハラみたいな女に口笛を吹いたというだけで」

「一体何だってそんなことをしたんだ？」とフレディが尋ねた。「自分がミシシッピにいることは知ってたんだ。ミシシッピをどんなところだと思っていたんだろう？　トム・ソーヤーの土地か？」

「だから口笛を吹いた！　だからどうしたというんだ！」ギターは湯気を立てていた。

「そのために殺されると思っただろうか？」

「奴は北部の人間なんだ」とフレディが言った。「ビルボウ（T・G・ビルボウ。一八七七～一九四七年。ミシシッピ州の知事と合衆国の上院議員を務めた。極端な人種差別論者となり、黒人、移民、労働組合を非難し、その利益となるようなすべての立法に反対した）の国で、でかそうな真似をしたんだ。一体自分を何さまだと思っていたんだろう？」

「人間だと思ったさ。そう思っていたよ」とレイルロード・トミーが言った。

「まあ、考え違いだな」とフレディが言った。「ビルボウの国じゃ黒人は人間じゃないんだ」

「いいや、人間だ」とギターが言った。

「誰が？」とフレディが聞いた。

「ティルさ、決まってるじゃないか」

「奴は死んだんだ。死人は人間じゃない。死んだ人間は死体だ。それだけさ。死体だよ」

「生きてる臆病者も人間じゃないぞ」とポーターが言った。

「誰に向かって言ってるんだ？」フレディは個人的に侮辱されると、すぐにかっとなるのだった。

「落ち着きな、二人とも」ホスピタル・トミーが言った。

「おまえだ！」とポーターがどなった。

「おめえ、俺のことを臆病者と言ったのか？」フレディはまず事実を知りたがった。

「もしその靴が合ったら、そのかびの生えたような足を突っ込みな」

「二人ともいつまでもやってるんなら、店から出てもらおう」

「そいつにちょっと教えてやるんだ」とポーターが言った。

「俺は本気なんだぞ」ホスピタル・トミーが続けて言った。「こんなことをしている理由はないんだ。その子供は死んだ。母親は泣き叫んでいる。埋葬させようとしないんだ。黒人の血を通りに流すのはこれで充分なはずだ。今度はその白ん坊どもの、その子の顔を踏みつぶした奴らの血を流さなきゃいけないんだ」

「そんな。警察がつかまえてくれるよ」とウォールターズが言った。

「警察がつかまえてくれるだって？　警察が？」ポーターは呆れてものが言えないというような顔をした。「お前、気でも狂ったのか？　警察はちゃんとそいつらを摑まえて、大パーティを開いて、そいつらに勲章をやるだろうよ」

「そうとも。町じゅうがパレードを計画してるぜ」とニアロウが言った。

「つかまえなくっちゃならないんだ」

「そう、警察はつかまえる。そいつらがムショ送りにでもなると思うのかい？　そんなことは絶対にないんだ」

「一体どうしてムショに送れないんだ？」ウォールターズの声は高ぶって引きつっていた。

「どうして？　ただ送らないってだけのことさ。それだけのことよ」ポーターは時計の鎖をもてあそんだ。

「だけど、もう今じゃ誰だって事件のことを知ってるんだぜ。娑婆《しゃば》じゅうに知れ渡ってるんだ。法律は法律だよ」

「お前、賭けるか？　こいつは間違いなくいただきだぜ」

「ばかだな、お前は、本当の大ばか野郎だ。黒人には法律などありゃしないんだ。電気椅子に送る法律のほかはな」とギターが言った。

「ティルはナイフを持ってたって話だぜ」とフレディが言った。

「いつだってそういうことを言うんだ。風船ガムをちょっと持っていたかもしれない。そうすると奴らは、間違いなく手榴弾だったと言うんだ」

「それでもやっぱり、奴は口をつぐんでいればよかったんだ、と俺は言いたいね」とフレディが言った。

「お前が自分の口をつぐんでいればいいんだ」とギターがフレディに言った。

「やい、てめえ！」フレディはまたしても逆上した。

「南部はひどいな」とポーターが言った。「ひどいもんだ。古き良きアメリカ合衆国では何一つ変わっちゃいない。きっとその子の親父は、太平洋のどこかできんたまを吹き飛ばされたんだぜ」

「もしまだ吹っ飛んでいなけりゃ、あの白ん坊どもがちゃんと取り計らってくれるだろうよ。一九一八年のあの兵隊たちのことを覚えているかい（一九一八年第一次世界大戦に従軍して帰国した黒人兵たちが南部人によって眼をつぶされたり、去勢されたりした）？」

「ウウウウ。そんな話を持ち出すなよ」

男たちは最初は他人から聞いた話、次に自分たちが目撃したこと、最後に自分たち自身の身に起こったことと、さまざまな残虐行為の話を語り合いはじめた。一人が話すと他の者たちが連禱《れんとう》のように反応する、個人的に受けた屈辱や無法な暴行、また感じた怒りについての話は、鎌のように曲がって、ユーモアとして男たち自身のところに戻って来た。そしてみんなは自分たちが逃げたときの逃げ足の速さ、自分たちの取ったポーズ、自分たちの男らしさ、人間らしさを脅かすものから逃れよう、あるいはその脅威を小さくしようとして、自分たちがたくらんだ計略のことで大笑いをした。ただエンパイア・ステイトだけは片手にほうきを持ち、口をだらしなく開けて、ひじょうに利口な十歳の子供のような表情で突っ立っていた。

ギターも笑わなかった。彼の生き生きした様子は消えてしまい、ただ眼にだけかすかにその名残りが残っていた。

ミルクマンはギターが注意を向けてくれるまで待っていた。それから二人ともそこを出て、黙って通りを歩いていった。

「どうしたんだ？　入ってきたときは、えらくしけた顔をしてたじゃないか」

「何でもないんだ」とミルクマンは言った。「どこで飲もう？」

「メアリーの店か？」

「いや、淫売どもがうるさすぎる」

「ちょうど八時半だ。シーダー・ラウンジは九時まで開かない」

「ばかな。考えてもみろよ。俺は疲れてるんだぞ」

「俺の部屋にいけば一杯やれるぜ」とギターが提案した。

「そいつはいい。レコードプレイヤーは使えるのか？」

「いや、だめだ。まだ故障している」

「俺はちょっと音楽が聞きたいんだ。音楽と一杯だ」

「それじゃどうしてもミス・メアリーだな。女たちは俺が近づかせないよ」

「へえ？　お前があの女たちに、どうしろこうしろと言いつけるのを見たいよ」

「さあ、いこう、ミルク。ここはニューヨークじゃない。選択は限られている」

「オーケー。メアリーの店だ」

二人は数ブロック離れた、ライ・ストリートと十丁目の角まで歩いていった。小さなケーキ屋の前を通ったとき、ギターは苦しそうに息を呑み込んで足を速めた。メアリーの店というのは血液銀行では一番はやっている、バー兼ラウンジであった。他の三つの角にもそれぞれ同じような店はあったけれども、この店が一番はやっているのは、なかなか美人だが化粧が濃すぎる、ホステス兼共同経営者のメアリーが、小気味がよくて面白く、客あしらいがうまかったからである。メアリーの店では、売春婦が客引きをしても文句を言われることもなく、孤独な酔っ払いもそこでは静かに飲むことができた。街を歩き回って相手を探す連中は、ひよこみたいな若い女でも、鷹《たか》みたいな年増でも——どちらでも好きなほうを——まだ十六歳にもならない小娘さえも見つけることができた。落ち着きのない主婦たちがここでは嬉しいことを言われ、足が立たなくなるまで踊った。十代の少年少女はここで〝人生の規則〟を学び、誰もがここで刺激になるものを見つけた。メアリーの店では照明のせいで誰もが美しく、あるいは美しくなくても、魅惑的に見えたからである。音楽は他の場所でだったら眠くなるような会話にも、調子と色彩を添えた。そして食物と飲み物に刺激されて客たちは、もったいぶった芝居としか言いようのないような行動を取るのであった。

けれども、そういったことはすべて十一時前後から始まった。ギターとミルクマンが入った夕方の八時半には、店にはほとんど客が入っていなかった。二人は一つの仕切り席に入って、スコッチの水割りを注文した。ミルクマンはたちまち一杯を飲み干して、もう一杯注文してからギターに尋ねた。「みんな俺のことをミルクマンと呼ぶのはどうしてなんだ？」

「俺が知ってるわけがないじゃないか。それはお前の名前じゃないか。そうだろう？」

「俺の名前はメイコン・デッドだ」

「お前わざわざここまで俺を引っ張ってきて、自分の名前を教えようってのか？」

「俺はどうしても知りたいんだ」

「まあ、飲めよ」

「お前は自分の名前を知ってるだろ？」

「いい加減にしろよ。一体何を考えてるんだ？」

「俺は親父をかわいがってやったんだ」

「かわいがった？」

「ああ、なぐったんだ。放熱器に叩きつけてやったんだ」

「お前に何をしたんだ？」

「何も」

「何も？　それなのにお前、手向かって張り飛ばしたのか？」

「ああ」

「理由もなしにか？」

「親父がおふくろをなぐったんだ」

「ほう」

「親父がおふくろをなぐり、俺が親父をなぐったんだ」

「そいつは辛いな」

「うん」

「俺はまじめに言ってるんだぞ」

「わかってる」ミルクマンが重々しく溜息をついた。「わかってる」

「いいか、俺にはお前の気持ちがわかるよ」

「いいや、わからないよ。自分の身に起こってみなければ、わかりっこないよ」

「いいや、わかる。いいか、俺はよく狩をしたんだ。子供の頃、国で……」

「ちぇっ、またアラバマの話かい？」

「アラバマじゃない。フロリダだ」

「どっちだって同じさ」

「まあ、聞けよ、ミルクマン。俺の言うことを聞くんだ。俺はよく狩りをしたんだ。ほとんど歩きはじめた頃から狩りがうまかったんだ。みんな俺のことを生まれついての狩人だと言った。俺はどんな物音でも聞きつけ、どんな匂いでも嗅ぎわけ、猫のように見ることができた。わかるかい、俺の言ってることが？　生まれつきなんだ。そして俺は一度もこわいと思ったことがない――暗闇でも、影でも、おかしな物音でも。そして俺は一度も、殺すのをこわがったことがない。どんなものでもだ。兎でも、小鳥でも、蛇でも、りすでも、鹿でも。俺はまだ小さかった。面倒だと思ったことは一度もない。どんなものだって狙った。大人たちはいつもそのことを笑っていた。俺のことを生まれついての狩人だと言った。おばあちゃんと一緒にこっちに引っ越してきてから、南部のことで懐かしいと思ったのはそれだけさ。だから夏になって、おばあちゃんが俺たち子供を故郷《くに》に帰してくれると、俺が考えたのはただ、もう一度狩りをすることだけだった。俺たちはバスに乗せられて、おばあちゃんの妹のフローレンスおばあさんのところで夏を過ごした。そこに着くとすぐに俺はおじさんたちを探して、林に入っていこうとした。そしてある年の夏――俺は確か十か十一だった――俺たちはみんなで出かけ、俺は自分一人で歩いた。鹿の足跡を見つけたと思ったんだ。鹿の季節ではなかったが、そんなことは少しも気にならなかった。一頭見つければ、一頭殺すんだ。その足跡についての俺の推測は当たっていた。鹿だった。ただ間隔がおかしいんだ――当然これくらいはあるはずだと思うほど、間が開いてないんだ。だがそれでも鹿には違いない。いいか、鹿という奴は自分の足跡の上を歩くんだ。前に鹿の足跡を見たことがなければ、二本足の動物が跳んで行ったんだと思ってしまうよ。とにかく、その足跡をつけていくと、灌木《かんぼく》の茂みがあった。明るさは充分で、突然俺は枝と枝との間に、動物のしりを見つけたんだ。俺は最初の一発でそれを倒し、次の一発で止めを刺した。まあ本当のところ、いい気分だったよ。おじさんたちに自分の取った獲物を見せている、自分の姿が目に浮かぶようだった。ところが近寄ってみると――もう一度撃たなければならないかもしれないと思って、ひどくゆっくりと近づいていってみると――雌鹿なんだ。若くはなかった。年取っていた。だがそれでも、雌鹿は雌鹿だった。俺は…厭な気分だったよ。わかるかい、俺の言ってることが？　俺は雌鹿を殺したんだ。雌鹿を、な」

ミルクマンは落ち着いた態度を見せようとしている人間の、大きく見開いた、ぐらつかない眼でギターをじっと見つめた。

「だから親父さんがお前のおふくろさんをなぐるのを見たとき、お前がどういう気がしたか俺にはわかるよ。あの雌鹿と同じことだ。男はそんなことをしちゃいけないんだ。お前がそういう気になったのは仕方がないよ」

ミルクマンはうなずいたが、しかし自分が言ったことで何一つ変わってはいないことが、ギターにははっきりわかっていた。もしかしたらミルクマンは、ドウ（雌鹿）というのは何のことかさえ知らないのかもしれなかった。とにかく、それはミルクマンの母親ではなかった。ギターはコップの縁を指でこすった。

「おふくろさんは何をやったんだ、ミルク？」

「何もしやしない。笑っただけなんだ。その笑い方が気にくわないというんだ」

「わからないな、お前の言ってることは。わかるように話せよ。それから、もっとピッチを落とせよ。お前は少しでも間をあけられないんだよ、な」

「どういうことだ、少しでも間をあけられないってのは？」

「すまない、勝手にやってくれ」

「俺はまじめな話をしようとしているんだ。ところがお前はくだらないことを言う」

「聞いているよ、俺は」

「そして俺は話してる」

「そうだ、お前は話してる。だが一体何を話してるんだ？　お前の親父さんが、笑いかけたからといっておふくろさんをぶんなぐる。そしておふくろさんをなぐったからといって、お前が親父さんをぶんなぐる。なあ、おい、お前のところではみんな、そんなふうにして晩を過ごしているのか？　それとも、ほかに何か言おうとしてることがあるのか？」

「後で俺のところに話しにきたんだ」

「誰が？」

「親父だ」

「何と言ったんだ？」

「俺に完全な人間になって、完全なことを知らなきゃいけないって言った」

「それで」

「親父はエリー・ラッカワナを買おうとしたんだが、おふくろがそうさせなかったんだ」

「へえ、そうか？　じゃ、なぐられても仕方がないかもしれないな」

「まったくおかしいよ、な」

「じゃ、どうして笑わないんだ？」

「笑ってるよ、腹の中で」

「ミルク？」

「うん？」

「お前の親父さんがおふくろさんをひっぱたいた、そうだな？」

「ああ、そうだよ」

「お前がお親父さんをなぐった、そうだな？」

「そうだ」

「誰もお前のやったことを嬉しがりはしない。そうだな？」

「よお、ギター。それも当たってるよ」

「おふくろさんも、姉さんたちも。そして親父さんは中でも特に喜ばない」

「中でも特に。その通りだ」

「そこで親父さんはお前にどなりつける」

「ああ、いや違うよ。親父は……」

「静かにお前に話したのか？」

「そうだ」

「いろんなことをお前に説明した」

「ああ」

「おふくろさんをなぐったことでか」

「うん」

「そして、それはみんなずっと昔に起こったことについてなんだな？　お前が生まれる前に起こった？」

「当たった！　お前はほんとに利口な黒んぼ小僧だよ。オックスフォード大学にお前のことを話してやろう」

「そしてお前は、親父さんがそんなことは、自分一人の胸にしまっておいてくれればよかったと思ってるんだ。お前には関係のないことだし、とにかくお前にはどうしようもないことなんだから」

「見事合格だ。哲学博士ギター・ベインズ」

「だが、それでもやっぱり気になるんだな？」

「ちょっと考えさせてくれ」ミルクマンは眼を閉じて、片方の手に顎を載せようとしたが、それはむずかしすぎた。ミルクマンはできるだけひどく、またできるだけ速く酔っ払おうとしていた。「ああ、そうだ。気になった。ここにくるまでは気になっていた。俺にはわからないんだよ、ギター」ミルクマンはまじめになり、彼の顔には吐くまいとしている……あるいは泣くまいとしている大人の、静かで落ち着いた表情が浮かんでいた。

「忘れるんだよ、ミルク。どんなことか知らないが、忘れてしまうんだ。何でもありやしない。親父さんがお前に何を話したにしろ、そんなことは忘れてしまうんだ」

「そうできればいいと思うよ。本当に忘れられればいいと思うよ」

「まあ聞けよ。いいかい。人間て奴はおかしなことをするもんだ。特に俺たちはな。俺たちは不利な立場に置かれている。そして何とか勝負を続けようとして、生き残って勝負を続けようとして、いろいろとおかしなことをしてしまうんだ。俺たちにはどうしようもないことを。おたがいに傷つけ合うようなことを。俺たちにはどうしてそんなことをするのか、その理由さえわからないんだ。だが、いいかい。思いつめちゃいけない。また他の誰にも話しちゃいけない。理解しようとするんだ。だが、もしだめだったら、そんなことはあっさりと忘れてしまって、くよくよしないんだ、な」

「俺にはわからないんだよ、ギター。いろんなことが俺を誘ってるみたいに見えるんだ、な？」

「誘われちゃだめだぜ。ちゃんとした計画があるんでなきゃ。ティルを見ろ。あいつも誘われたんだ。今じゃあいつはWJR放送の夕方のニュースの一つでしかない」

「あいつはいかれていたんだ」

「いいや、いかれていたんじゃない。若くはあったが、いかれていたんじゃない」

「奴が白人の女の子とやったからって、誰が気にするもんか。そんなことは誰にだってできる。何だってあいつは自慢するんだ。誰も気にしやしない」

「白ん坊どもは気にするぜ」

「だったら白ん坊は、あいつよりもっといかれているんだ」

「そりゃそうだ。だがあいつらは、生きていていかれてる」

「ああ、まあティルなどはどうでもいい。困っているのは俺なんだ」

「俺の聞き方はこれでよかったのか、きょうだい？」

「よかったとも。そんなつもりで言ったんじゃないんだ。俺は……」

「何で困ってるんだ？　自分の名前が気に入らないのか？」

「ああ」ミルクマンは仕切り席の背中に、倒れるようにして頭を押し当てた。「ああ、俺は自分の名前が気に食わない」

「言っておくけど、なあ、お前。黒人は他のすべてのものを手に入れるのと同じ仕方で、自分の名前も手に入れるんだ——精いっぱいの仕方でな。精いっぱいの」

ミルクマンの眼は今やかすんでおり、言葉もそうだった。「どうして俺たちはちゃんとした仕方で、ものを手に入れることができないんだ？」

「精いっぱいの仕方が、ちゃんとしたやり方なんだ。さあ、いこう。家まで送ってやるよ」

「いや、家へは戻れない」

「戻れない？　じゃ、どこへいくんだ？」

「お前の部屋に泊めてくれ」

「おい、お前、俺んとこの様子は知ってるじゃないか。どっちか一人が床に寝なきゃいけないぞ。それに……」

「俺が床に寝る」

「それに、仲間がいるかもしれないんだ」

「だめだってのか？」

「だめだ。さあ、いこう」

「俺は家へは帰らないんだ、ギター。聞いてるのか？」

「ヘイガーのところへ連れてってもらいたいのか？」ギターは勘定書を持ってくるように、ウェイトレスに合図をした。

「ヘイガーのところか。そうだ。優しいヘイガー。あいつの名前は何というんだろうな」

「今お前が言ったじゃないか」

「苗字のことだよ、俺の言ってるのは。父親の苗字だよ」

「リーバに聞くんだな」ギターはバーの勘定を払って、ミルクマンを助けてどうにかドアのところまで連れていった。風が出て、寒くなってきていた。ギターは両肘を叩いて寒さを追い払おうとした。

「誰に聞くにしろ、リーバだけはだめだな」とミルクマンは言った。「リーバは自分の苗字だって知らないよ」

「パイロットに聞けよ」

「ああ、パイロットに聞こう。パイロットなら知っている。パイロットの耳にぶらさがっている、あのばかみたいな箱の中に入ってるはずだ。自分の名前も、その他みんなの名前も。きっと俺の名前も入ってるぜ。俺の名は何というのか、パイロットに聞いてみよう。おい、俺の親父の親父の名は、どうやってついたか知ってるか？」

「いいや、どうやってだ？」

「白ん坊がつけたんだ」

「ほんとか？」

「ああ。そして、それをそのまま受け入れたんだ。間抜けな羊みたいにな。誰かに撃たれてしまえばよかったんだ」

「どうして？　もうすでにデッドだったじゃないか」

第四章

もう一度ミルクマンはレクソールのドラッグストアでクリスマスの買物をした。クリスマス・イヴの前日も遅くなってからで、ミルクマンにはもっと早く、またよく考えてその買物をするだけの熱意も、元気も、冷静さもなかった。軽い病気として始まった倦怠が、今やミルクマンを完全に支配していた。どんな活動もしてみる価値があるようには思われず、どんな会話も価値がありそうには思われなかった。家での慌しい準備は、まやかしで薄汚く見えた。ミルクマンの母親はいつもの年と同じように、ツリーやバターの信じられないような値段のことを、くどくどと話していた。まるで彼らの家のツリーはいつもの年と同じ、ルースの少女時代からの飾りつけをいっぱいにつけた、あの隅っこの、大きな陰をなす木ではないかのように。まるで自分の作るフルーツケーキは食べられ、自分の焼く七面鳥は、骨までよく火が通っているとでもいうみたいに。ミルクマンの父親はみんなに、それぞれ額の違う金の入った封筒を渡して、みんな一度くらいは、父親が実際にデパートにいって、自分で選んでくれたものをもらいたがっているかもしれないなどとは、決して思わなかった。

ミルクマンの買う贈り物は数も少なく、ドラッグストアで簡単に選べるものばかりだった。リーナと呼ばれるマグダリーンにはオー・デ・コロンと汗知らず、コリンシアンズにはコンパクト、母親には五ポンド入りのチョコレートの箱だった。そして父親には髭剃り用具だった。十五分でこれらの買物はすんだ。ただ一つ問題なのは、ヘイガーへの贈り物だった。ヘイガーへの贈り物を急いで買うのはむずかしかった。ヘイガーはどんなものでも気に入るが、そのくせ、このほうが好きというものはなかったからである。もっと重要なのは、ミルクマンには自分が続けたがっているという確信がないことだった。ヘイガーとの〝つき合い〟をそのままずっと続けたいという確信が。ミルクマンは映画以外に、ヘイガーをどこかに連れていったことはめったになかったし、また彼と同じような仲間が踊ったり、笑ったり、おたがいの間でこっそりと通じ合ったりするパーティには、一度も連れていったことがなかった。ミルクマンを知っている者は誰でも、ヘイガーのことは知っていた。しかし、ヘイガーはミルクマンの個人的な遊び相手と考えられ、本当の、あるいは正当なガールフレンド――ミルクマンが結婚するかもしれない相手とは考えられていなかった。そしてミルクマンが〝本気で〟デートしたさまざまな女たちの中で、ヘイガーのことで悶着を起こした女は、一人か二人しかいなかった。みんなヘイガーのことをライバルなどとは思っていなかったからである。

関係ができてから十数年を越える今、ミルクマンはヘイガーに飽きてきていた。ヘイガーのとっぴな行動はもはや刺激的ではなくなっていたし、ヘイガーの両脚の間に入り込み、そこに止まったときの呆気《あっけ》に取られるほどのたやすさは、最初にミルクマンが考えたようなひじょうな幸運から、そこに到達しようとしてはやり立ち、努力し、そのためには困難なこともするという楽しみを与えてくれないことへの、苛立ちに変わっていた。ミルクマンはそのために金を払う必要すらなかった。それはあまりにも自由に手に入り、あり余るほど豊かで、強烈さが失われていた。ヘイガーのことを思っても興奮したり、首や心臓で血が騒いだりすることはなかった。

ヘイガーは三杯目のビールだった。喉がほとんど涙を流しそうになるほどありがたがって受け取る、一杯目ではなかったし、最初の喜びをさらに高め、拡大する二杯目でもなかった。ただそこにあるから、別に害にもならないから、どうということもないから、という理由で飲む三杯目であった。

おそらく一年の終わりというのは、手を切るのにはよい時期であった。ヘイガーとの関係には終着駅はなかったし、それにその関係はミルクマンを、もう一《ひと》すくいするためにはただ前足を突き出しさえすればよく、そのために木に登ったり、蜂と戦ったりするときの敏捷さは失ってしまったが、しかし蜜を求めようとする努力がどんなに、わくわくするような興奮に満ちていたかということだけは忘れない、甘やかされたなまけ熊のように怠惰にしているのだった。ミルクマンはもちろんヘイガーのために、何かクリスマスのプレゼントを買うつもりであった。ヘイガーがいつまでも彼のことを覚えているような、しかし結婚などという考えは決して起こさせないような、何か素敵なものを。いくつかの模造装身具が陳列してあった。ヘイガーにはそれが気に入るかもしれない。しかし、リーバが着ている服の内側にくっつけているダイヤモンドの指輪の前では、そんなものは影を失うだろう。タイメックスは？　ヘイガーは決して時計などは見ないだろう。時計の入っているガラス管を眺めながら、ミルクマンはしだいに腹が立ってきているのに気がついた。ヘイガーのために何を買おうかと迷って、こんなにいつまでも決まらないことは初めてだった。これまでのクリスマスには、ミルクマンはただヘイガーが長々と列挙した、いろいろな品物の中から選ぶ（あるいは姉たちに選んでもらう）だけだった。ヘイガーが欲しがるのは、自分の家ではまったく場違いのものばかりだった。濃紺のしゅすでできた湯あがりの化粧着（浴室のない家に住んでいる女性がだ）、チャビー（短い、ずんぐりした形の傘）、びろうどの蝶形リボンのついたスヌード（袋形の帽子）、ラインストーン（クリスタルの一種）の腕輪と、それに合うイヤリング、エナメル革のパンプス、ホワイト・ショールダーズのオー・デ・コロン。ミルクマンはいつもヘイガーがどんなに変わり者で、またいろいろなものを欲しがるかということに驚き、そのうちにパイロットとリーバは、一度も祝日を祝ったことなどないことを想い出すのであった。しかし、二人のひたむきな甘やかしぶりは軽率とも思われるほどで、ヘイガーのどんな気まぐれな欲望でも満たしてやろうとして、精いっぱいの努力をするのであった。初めてミルクマンがヘイガーを自分の腕に抱いたとき、ヘイガーはひとりよがりの、よそよそしい女性であった。ミルクマンはそういうふうに想い出すのが好きであった——自分がヘイガーを抱いたのだと——しかし実際には、ミルクマンを寝室に呼び込み、ブラウスのボタンをはずしながら薄笑いを浮かべて、そこに立っていたのはヘイガーのほうであった。

初めてヘイガーに会った、ミルクマンが十二歳でヘイガーが十七歳のときから、ミルクマンはヘイガーに首ったけで、ヘイガーの前に出るときまり悪そうにもじもじするかと思えば、次にはおどけてふざけて見せたりするのであった。ヘイガーはミルクマンを赤ん坊扱いし、無視し、からかい、好きなように取り扱った。そしてミルクマンはただヘイガーが何かをするのを、あるいはそこにいるのを、見るだけで嬉しがっていた。ミルクマンが父親のために家賃を集めて歩くのに見せた熱意の大半は、そうすることでワイン・ハウスに行く暇ができ、うまくいけば、そこでヘイガーに会えるからであった。ミルクマンはいつでも自由にそこに立ち寄ることができたし、また放課後は必ず、ヘイガーに会えるように工夫した。

何年経っても、ヘイガーの前に出るとミルクマンの呼吸が、子犬のように速くなることには少しも変わりがなかった。ギターに連れられて初めて、南側《サウスサイド》のパーティにいってから、また自分が自分自身と同じ年頃の少女たちには、また自分自身の家の近所では、何も努力しなくても人気があることに気づいてから、やっとミルクマンはそれほどどきどきはしなくなった。しかし、もう子犬のように息をはずませることはなくなっても、ミルクマンが十七歳でヘイガーが二十二歳のときには、ヘイガーはまだミルクマンを激しく喘《あえ》がせることができた。記憶にある最高に退屈で面白くもない日、ミルクマンが父親のツートン・カラーのフォードを運転して、ぶどう酒を二本買いにヘイガーの家にいった、三月のあるつまらない日に、ヘイガーがしたことはそうであった。ミルクマンや、まだ二十一歳に達しないミルクマンの友人たちが、パーティには絶対欠かせないと信じている酒を確保するのに、ミルクマンはどうしても必要で、また大いに頼りにされていた。パイロットの家に着いて中に入ると、家では大事件が起こっていた。

リーバの新しい男友達がリーバに少し金を貸してくれと頼み、リーバはその男に、金は全然持っていないと言ったのだった。頼みもしないのにリーバから、二、三の素敵な贈り物をもらっていたその男は、リーバが嘘をついて、自分に出ていけと言おうとしているのだと思った。二人は裏庭で言い争っていた——というのは、その男が言い争っていたということである。リーバのほうは泣きながら、自分の言ったことは本当なんだと男に信じてもらおうとしていた。ミルクマンがドアを開けたとたんに、ヘイガーが寝室から走り出てきた。寝室の裏窓から外を覗いていたのだ。ヘイガーは金切り声でパイロットに言った。

「ママ、あいつ、なぐってるわよ！　わたし見たのよ！　げんこで、ママ！」

パイロットは読んでいた四年生の地理の教科書から顔をあげ、本を閉じた。ゆっくりと（ミルクマンにはそう見えた）パイロットは、乾いた流しの上に吊してある棚のところにいき、地理の本をそこに置いて庖丁を取り出した。あい変わらずゆっくりとパイロットは玄関のドア――裏口にはドアはなかった――から出ていった。パイロットが外に出るか出ないうちにミルクマンは、リーバが悲鳴をあげ、男が口汚く罵るのを聞いた。

パイロットを止めようという気持ちはミルクマンには起こらなかった――パイロットの口は動いてはおらず、イヤリングは火のように閃《ひらめ》いていた――だがミルクマンはヘイガーと同じように、家を回って裏までパイロットについていった。裏庭にくるとパイロットは背後から男に近づき、右腕をさっと男の首に巻きつけて、庖丁を男の心臓の縁に突きつけた。男が庖丁の刃先に気づくのを待ってから、パイロットは慣れた手つきで、ワイシャツの上から四分の一インチほど、庖丁を男の皮膚に突き刺した。シャツを濡らしているべとべとした血を感ずるだけで見ることができないように、まだ男の首に腕を巻きつけたまま、パイロットは男に話しかけた。

「いいかい、わたしは何もお前さんを殺そうというんじゃないよ、にいさん。じたばたするんじゃないの。ほんのちょっと静かにしておいで。心臓はちょうどここさ。だけど、これ以上深くは刺さないよ。これ以上刺すと、まっすぐに心臓を突き通してしまうからね。だから、ほんとにじっとしてなきゃいけないよ、聞いてるかい？　一インチだって動いちゃだめだよ。手が滑るといけないからね。今はほんの小さな穴が開いているだけだよ、にいさん。ピンで引っかいたくらいなものさ。スプーンに二杯くらいの血は出るかもしれないけど、それだけのことさ。そして、もしあんたがほんとにじっとしていたら、間違いなくうまく抜いてあげられるよ。だけど抜く前に、ちょっと話をしようと思ったんだ」

男は眼を閉じた。彼のこめかみから顔の両側を伝って、汗が流れ落ちた。リーバの悲鳴を聞きつけた近所の者たちが二、三人、パイロットの家の裏庭に集まってきた。近所の者たちにはすぐさま、その男が町には新しくやってきた人間だということがわかった。そうでなければ男は、リーバについて多少のことは知っているはずであった。その多少のことの中には、リーバは持っているものは全部人にやってしまうのが癖で、もしその家に四分の一ドルでも残っていたら彼に渡しただろうということも含まれていた。それよりももっと重要なのは、パイロットが持っているものはどんなものでも、もてあそんではならないということを知っているはずであった。パイロットは誰にも迷惑をかけず、誰にでも親切であった。しかし、パイロットはまた自分の皮膚の中から抜け出し、五十ヤード離れたところから灌木の茂みを燃えあがらせ、一人前の男を丸々としたルタバガ（かぶの一種。食用・飼料用）に変えてしまう力があると信じられていた。それもすべて、パイロットにへそがないという事実によるものであった。近所の者たちは男にあまり同情はせず、ただパイロットが男に話していることをもっとよく聞こうとして、首を伸ばしただけであった。

「わかるわね、にいさん、あれはわたしのたった一人の子供だってことは。わたしの生んだ最初の赤ん坊だってことは。そして振り返ってわたしの顔を見ることができたら、もちろん、わたしの手が滑るかもしれないからそんなことはできないけど、わたしの生んだ最後の子だってこともわかるはずだよ。女ってばかなものなんだよ、いいかい。そして母親は、中でも一番の大ばか者さ。あんただって母親がどんなものか知ってるだろう？　あんただってママはいるんだろ、え？　いるにちがいないさ。だから、わたしの言ってることはわかってるはずだ。自分の子供が誰かに好かれないときには、母親は気分を害し、怒りっぽくなるものなんだよ。わたしが生まれて初めて、本当にみじめな気持ちになったのは、誰かが――ちっぽけな男の子だったけど――わたしの娘を好きじゃないってことがわかったときだったよ。もう気が狂ったみたいになってしまって、どうしていいかわからなかったよ。わたしたちだって精いっぱいのことはするさ。でもわたしたちには、男みたいな力はないんだよ。だから一人前の男が、わたしたちの誰かをなぐったりしはじめると、こんなに悲しい気持ちになるんだよ。わかるわね、わたしの言ってることが？　わたしはこの庖丁を抜いて、またいつか別のときに、娘に卑劣な真似をしようとされたりするのが厭なんだ。わたしには一つのことがはっきりとわかっているから。この子が何をしたにせよ、この子はあんたに優しかったんだ。でもわたしは、この庖丁をもっと深く刺して、あんたのママにわたしと同じような気持ちを味わわせるのも厭なんだ。白状するけど、わたしにはどうしていいかわからないんだよ。もしかしたら、あんたがわたしを助けてくれるかもしれないね。教えておくれでないか、わたしはどうしたらいいか？」

男は息をつこうともがいた。パイロットは男の喉に当てた腕の力をゆるめたが、心臓の庖丁はそのままだった。

「離してくれ」と男は小さな声で言った。

「ああん？」

「離してくれ、俺は……二度と……この人に手をあげたりはしない。約束する」

「本当に約束するかい、にいさん？」

「ああ、本当だ。俺はもう二度と、あんたたちの前には顔を出さない」

リーバは地面に坐りこんで、両腕で膝をかかえ、別にはれあがってもいない眼でその光景を、まるで映画でも見るようにしてじっと見つめていた。リーバの唇は裂け、頬にはひどい打ち身ができていた。そしてリーバのスカートと両手は、鼻から溢れ出る血を止めようとしたために赤く染まっていたが、まだ少しばかりの血がしたたり落ちていた。

パイロットは男のワイシャツから庖丁を引き抜き、腕を離した。男は少しよろめき、下を向いて衣類についている血を見、顔をあげてパイロットを見た。それから唇をなめながら、パイロットにじっと睨みつけられたまま、家の横までずっと後じさりをしていった。男が一目散に逃げ出して見えなくなるまで、パイロットの唇はふたたび動き出すことはなかった。

今度はあらゆる注意がリーバに向けられた。リーバは立ちあがろうとして苦労していた。男に蹴られた場所の内側で、何かが折れたような気がすると言った。パイロットはリーバの肋骨のところに触ってみて、何も折れてはいないと言った。それでもリーバは病院にいきたいと言った。(病院の患者になるのはリーバの夢であった。リーバはいつも入院させてもらおうとしていた。リーバの映画的な想像力では、病院は素敵なホテルだったのだ。リーバは採血してもらえるときにはいつも、病院で献血をした。そして血液銀行がマーシーから少し離れた、役所風の診療所に移るまで、それをやめなかった)リーバは今や強硬に言い張った。そしてパイロットはリーバの判断に屈した。近所の人間が一人、車で送ってやろうと言い、三人は出かけた。残されたミルクマンはヘイガーからぶどう酒を買わなければならなかった。

ミルクマンは事件の成り行きにすっかり嬉しくなり、ヘイガーの後から家に入って、そのことで笑ったり、夢中になってしゃべったりした。ミルクマンが興奮すればするほどヘイガーは冷やかで、ミルクマンが饒舌になればなるほど、そっけなかった。

「見物だったじゃない？　ヤッホー！　あいつよりも二インチも背が高いのに、女は弱いもんだなんて言ってさ」

「わたしたちは弱いわよ」

「何とくらべてだい？　B‐52とかい？」

「女がみんな、ママほど強いわけじゃないわ」

「だといいけどね。あの半分でも強すぎるもの」

「そうね、腕力の強さも強さだわ。でもわたしが言っているのは、女は別の面で弱いってことよ」

「例をあげてみて。ぼくのためにいくつか例をあげて欲しいな。あんたはどこが弱いの？」

「わたしのことを言ってるんじゃないわ。ほかの女の人のことよ」

「あんたにはちっとも弱いところはないの？」

「今のところ気づいていないわ」

「きっと、ぼくを負かせると思ってるんだろ？」それは十七歳の少年の不断の関心事であった――誰が自分を負かせるかということは。

「たぶんね」とヘイガーが言った。

「へえ！　まあね。あんたが間違ってるってことを、証明してやろうなどとはしないほうがいいだろうな。パイロットが庖丁を持って帰ってくるかもしれないもの」

「パイロットがこわい？」

「うん。あんたはこわくないの？」

「ちっとも。あたし誰だって、こわい人なんかないわ」

「うん、あんたは強いんだ。知ってるよ、あんたの強いことは」

「強いんじゃないわ。あたしはただ、人にどうしろこうしろと言わせないだけなの。あたしはしたいことをするの」

「パイロットはあんたにどうしろって言うよ」

「でも、言われた通りにする必要はないのよ。もしそうしたくなければ」

「うちのおふくろにも、それと同じことが言えたらなあ」

「あなたのお母さんはあなたに、あれこれと命令するの？」

「そうだな……命令するというんでもないんだ」ミルクマンは自分がその被害者だと思っている、口うるさい小言のことをうまく言い表わす言葉はないかと模索した。

「あなた今いくつ？」とヘイガーが尋ねた。小さな子供の年齢に穏やかな関心を抱いている女性のように、ヘイガーは眉をあげた。

「十七」

「もうそろそろ結婚してもいい年頃ね」とヘイガーは、ミルクマンはもう自分のすることについて、母親に何か言わせたりしておくべきではないのだ、ということを強く匂わせながら言った。

「ぼく、あんたのことを待ってるんだよ」とミルクマンは、男性のきいたふうな態度を取り戻そう（というより身につけよう）として言った。

「いつまでも待つことになるわね」

「どうして？」

ヘイガーはまるで忍耐力が試されてでもいるみたいに、溜息をついた。「あたし、結婚する人と愛し合いたいのよ」

「ぼくのこと試してみたら。試してみればわかるよ」

「あなたはわたしには若すぎるわ」

「精神の問題だ」とミルクマンが言った。

「ううん、わたしの心よ」

「あんたもほかの女たちと同じなんだ。チャーミング王子（シンデレラと結婚する王子）が馬で通りを駆けてきて、自分の家の戸口の前で止まるのを待ってるんだ。それからあんたは階段を駆けおりてくる。そして二人の眼がばったりと合い、王子はあんたの手を取って自分の馬に乗せ、そして二人は風の中に走り去る。ヴァイオリンが演奏され、馬の尻には〝MGMの好意により〟というスタンプが押してあるってわけだよ。当たった？」

「当たったわ」とヘイガーは言った。

「それまではどうするの？」

「小さな男の子が大人になるのをじっと見守るというわけね」

ミルクマンは微笑したが、面白くはなかった。ヘイガーは声をあげて笑った。ミルクマンは飛びついてヘイガーをつかまえようとしたが、ヘイガーは寝室に逃げ込んでドアを閉じてしまった。ミルクマンは手の甲で顎をなでながら、ドアを見た。それから彼は肩をすくめると、二本のぶどう酒を取りあげた。

「ミルクマン？」ヘイガーがドアから首を突き出した。「こっちへ入っておいで」

ミルクマンは振り返って、ぶどう酒をテーブルの上に置いた。ドアは開いていたが、ヘイガーの姿は見えなかった。ただ笑い声だけが聞こえてきたが、それはまるで賭けにでも勝ったような、低い、秘密めいた笑い声だった。ミルクマンはすぐさま飛びこもうとしたが、あまり急いだので、天井から吊してある緑の袋にぶつからないように、頭をさげることを忘れてしまった。ヘイガーのところにきたときには、彼の額にはあざができていた。

「一体あの中には何が入ってるの？」とミルクマンはヘイガーに尋ねた。

「あれはパイロットのものよ。遺産だと言っているわ」ヘイガーはブラウスのボタンをはずしていた。

「何を相続したの？　煉瓦かい？」それからミルクマンはヘイガーの胸を見た。

「それまではこうするのよ」とヘイガーが言った。

二人は転がり回り、くすくす笑いながら、自由にあけっぴろげに振舞った。そして二人は、ギターが仕事に出ているときには、仕事がないときにギターが過ごすのと同じくらいの時間を、ギターの部屋で過ごすようになった。ヘイガーはミルクマンの生活の中で準秘密的な、しかし永久に振り切ることのできない存在になった。ヘイガーはときにはミルクマンの欲望を受け入れ、ときには拒んで、ひどくミルクマンを苛立たせた。いつヘイガーが受け入れ、いつ拒むか、またその理由は何なのか、ミルクマンには決してわからなかった。リーバとパイロットは知っているものとミルクマンは思っていたが、しかしヘイガーとの彼の関係の変化に、二人が触れたことは一度もなかった。ヘイガーにたいする十二歳の時からの、賛美とも言うべき感情はある程度失われたが、ヘイガーと寝ているのは楽しかった。ヘイガーは風変わりで奇妙な、気まぐれな相手だった。甘やかされてはいたが、しかし、天衣無縫《てんいむほう》のわがままさで、そのためにミルクマンと同年輩のたいていの女の子たちより、さわやかな感じがあった。ヘイガーが何カ月もミルクマンに会おうとしないでいながら、それからある日、ミルクマンが姿を見せると、にこにこ顔で歓迎するということがよくあった。

およそ三年くらいの間、冷たくなったかと思えばまた優しくなるといった、ヘイガーの気まぐれな態度が続いた後、ヘイガーがミルクマンを拒むことはしだいに少なくなり、ミルクマンが父親をなぐった頃には、もうまったくなくなっていた。それどころか、ヘイガーはミルクマンを待ちこがれるようになり、社会生活の他の面とのミルクマンのかかわりが増すのにつれて、ますますむら気ではなくなってきた。ヘイガーはすねたり、むくれたりしはじめ、ミルクマンがもう自分を愛していないとか、会いたがってくれないとか言って、なじるようになった。ミルクマンが自分の年齢のことを考えることはめったになかったけれども、ヘイガーは自分の年をひどく意識していた。ミルクマンは何の気苦労もない少年時代を引き伸ばして、三十一年間も続けていた。ヘイガーは三十六歳になり、精神的に落ち着かなくなってきていた。ヘイガーは二人の関係の真中に、まともに義務を持ちこんだ。ミルクマンは出口を探そうとした。

ミルクマンは店員に、選んだ贈り物の代金を支払い、手を切ろうと決心してドラッグストアを出た。

俺たちは血縁だということを想い出させてやろう、とミルクマンは考えた。彼はヘイガーへの贈り物はまったく買わないことにして、その代わりに、かなりの額の金を渡そうと思った。ヘイガーに自分で、何か本当に素敵なものを買って欲しい、自分が贈り物をするのはヘイガーの評判を落とすことになるんだと説明しよう。自分はヘイガーが必要とする人間ではないということを。ヘイガーには結婚することのできる、堅実な男性が必要なんだ。自分はヘイガーの邪魔になっている。自分たちは親戚だったりするのだから、ヘイガーは誰か別な人間を探しはじめるべきなのだ。心が痛む、と言ってやろう、本当に心が痛むと。こんなにも長い間つき合ってきたのだから。でも自分がヘイガーを愛しているように誰かを愛した場合には、人はまず相手のことを考えなければいけないのだと。愛している人間にたいして、利己的であることはできないのだと。

ヘイガーに向かって言う文句を苦心して考え出すと、ミルクマンはもうすでにその言葉を言い終わり、すべてを解決したような気持ちになった。ミルクマンは父親の事務所に戻り、金庫からいくらかの現金を取り出すと、ヘイガー宛に入念な手紙を書き、その最後を次のように結んだ。「またぼくはあなたにお礼を言いたいと思います。あなたがぼくにとって意味したすべてのものにたいするお礼を。これまでずっとぼくを幸福にしてくださったことにたいするお礼を。ぼくはこの手紙に、もちろん愛をこめて、しかし、それ以上のもの、つまり感謝をこめて、サインします」

そしてミルクマンはその手紙に愛をこめてサインした。しかし、ヘイガーを空気の稀薄な、常に沈黙が支配している、明るく青い場所に、こまのようにくるくる回しながら放り込んだのは、その〝感謝〟という言葉と〝あなたにお礼を〟という言葉に含まれた露骨な冷やかさであった。ヘイガーが放り込まれた場所では人々は小声でひそひそと話すか、さもなければまったく音を立てず、すべてのものは冷たく凍りついていて、ただ時折、ヘイガーの胸の内側の炎が燃えあがるだけであった。そしてヘイガーの胸はしだいに音を立ててひび割れていき、とうとう耐えられなくなったヘイガーは、ミルクマン・デッドを探そうとして通りに飛び出した。

金と手紙を折りたたんで、封筒に入れてしまってからも長い間、ミルクマンは父親の机に坐っていた。縦に並んでいる数字を何度も合計し、また合計し直したが、いくらやってみても八十セント足りないか、余るかするのであった。ミルクマンはまだ気持ちが乱れ、いらいらしていたが、それは必ずしも、ヘイガーの問題のせいばかりではなかった。ミルクマンはすこし前にギターと、犯人狩りのことで話し合ったのだった。十六歳になる少年が学校から帰る途中、ロープと思われるもので絞殺され、顔は打ちつぶされていたのだ。土地の警察と協力している州の騎馬警官たちは、この少年を殺した手口は、一九五三年の大みそかに、別な少年が殺されたときの手口、また一九五五年に、四人の大人が殺されたときの手口に似ている、つまり絞め殺してから、顔を叩きつぶしていると言った。玉突き場やトミーの理髪店での噂では、ウィニ・ルース・ジャッドがまたやったのだということだった。男たちは笑って、新しくきた者たちのために、一九三二年に斧で人を殺し、犠牲者をばらばらに切断してトランクに詰め、殺人罪を宣告されたウィニ・ルースが、犯罪を犯す危険性のある精神病者のための州立病院に収容され、毎年二、三回脱獄した話を繰り返して聞かせるのであった。

あるときウィニ・ルースは二つの州にまたがって、二百マイルも歩き回ってから逮捕された。ウィニ・ルースが逃亡中であったその年の十二月に、この市で残忍な殺人が行われたので、南側《サウスサイド》の人々は、ウィニ・ルースがやったのにちがいないと思い込んでいた。そのとき以来、何か特に忌わしい殺人事件があると、黒人たちはウィニ・ルースがやったと言うのだった。黒人たちがそう言うのは、ウィニ・ルースは白人で、犠牲者たちもまた白人だったからである。白人の狂気と黒人たちが信じているもの――まったく関係のない他人にたいして企てられ、狂気じみたやり方で行われる犯罪――を黒人たちはそういうふうにして説明するのだった。このような殺人を犯しうるのは、ただ白人の仲間の狂人だけであり、ウィニ・ルースはそういう説明にぴったり当てはまるのだった。黒人たちは自分たちの仲間がたがいに殺し合うときには、ちゃんとした理由があると信じていた。例えば、他家の芝生に立ち入ること（男が他人の妻と一緒にいるのを見つかる）、歓待の法則に従おうとしないこと（友人のマスタードのつぼの中に手を突っ込み、中身をひったくり取る）、あるいは人の男らしさや誠実、人間性や精神的健康を中傷するような、言葉による侮辱を加えることなどである。もっと重要なのは黒人たちが、自分たちの犯す罪は怒り、嫉妬、面子の喪失など、その場の激情に駆られて行うものである以上、正当なものだと信じていたことである。怪奇な殺人事件は、もちろん犠牲者が自分たちの仲間でない場合だが、黒人たちを面白がらせた。

黒人たちは、ウィニ・ルースがこの最近の殺人を犯した動機について、さまざまに臆測をめぐらした。この女は監禁されているうちにやりたくて仕方がなくなり、男を探しに出かけたのだと言う者もあった。しかし、一人前の男が自分を欲しがったりはしないことを知っていたので、学校の生徒を探したのだと。またウィニ・ルースはたぶんサドル・シューズが好きではないんだ、ところがウィニ・ルースが精神病院から逃げ出して、四百マイルも歩いて隠れ場所を探したとき、最初に眼についたのがサドル・シューズをはいた少年で、ウィニ・ルースにはそれが我慢できなかった――かっとして殺してしまったのだ、と言う者もあった。

けれども、こういった冗談の中には、口に出しては言われない恐怖感もまじっていた。警察の発表によれば、死体の発見された校庭から、〝もじゃもじゃ頭の黒人〟が走り去るのを見たような気がする、という目撃者があったそうだ。

「サム・シェパードが自分の女房を斧で殺したとき、みんなが見たと言ってるのと同じ、髪のもじゃもじゃもじゃの黒人なんだ」とポーターが言った。

「ハンマーでやったんだよ」とギターが言った。「ハンマーで二十七回ぶんなぐったんだ」

「おっそろしや。どうして二十七回もやったんだろう？　ひどい殺し方だな」

「殺しはどんな殺し方だって、ひどいもんさ」とホスピタル・トミーが言った。「誰を殺したってひどいもんだ。映画で、主人公が両手で誰かの首を絞めると、やられたほうはちょっとばかりぜいぜい言って、息が絶えるのがあるだろう？　あんなもの信用するんじゃないぜ、みんな。人間の身体ってのは強いものなんだ。生きるか死ぬかという瀬戸際になると、もの凄い力を出すものなんだ」

「戦争で誰かを殺したことがあるんだろ、トミー？」

「手にかけたのは二、三人だ」

「自分の手でか？」

「銃剣だよ、お前。第九二師団の兵隊は銃剣を使ったんだ。ベローの森（北フランスの森林。一九一八年六月、ここでドイツ軍にたいするアメリカ軍の攻撃が行われた）が銃剣で閃いたよ。本当にきらきらと閃いたよ」

「どんな気持ちがする？」

「厭な気持だ。もの凄く厭な気持ちだ。たとえ相手が、こっちに向かって同じことをするとわかっていても、やっぱりひどく野蛮な仕事だよ」

みんなはいつものように、トミーの独特な話し方に声をあげて笑った。

「それはお前が、どうしても軍隊にいたくなかったからだよ」と一人の太った男が言った。

「もし通りをぶらついていて、ばったりとオーヴァル・フォーバス（アーカンソー州知事。一九五七年九月、学校における人種差別は違憲であるという連邦最高裁判所の判決を無視し、登校しようとした九人の黒人生徒を、州兵を使って阻止した）に出くわしたらどうする？」

「そりゃ、お前、あの野郎だったら殺してやりたいよ」と、どっしりした身体つきの男が言った。

「まあ、そう言ってるんだな。じきに警察に取っつかまるさ」

「俺の髪はもじゃもじゃじゃないぞ」

「もじゃもじゃにしてくれるさ」

「ブラス・ナックルでお前の頭をぼろぼろにして、それを髪の毛だと言うよ」

エンパイア・ステイトがくすくすと笑ったのは本当におかしそうだったが、他の者たちのそのときの笑い声は、弱々しく不安そうにミルクマンには思われた。部屋にいる誰もが、通りを歩いているときに引っくくられるかもしれないこと、また自分がどういう人間で、殺人の行われたときにはどこにいたかを、どのように証明できたにしても、尋問の過程で、ひどく不愉快な思いをしなければならないだろうことを知っていた。

さらに、もう一つ心配なことがあった。しばらく前からミルクマンは、これらの殺人事件の一つ、あるいはそれ以上が、実際に、誰か黒人によって目撃されるか、あるいは行われるかしているのではないか、ということに薄々気づきはじめていた。誰かうっかりと洩らした者、誰か犠牲者について、ある程度詳しいことを知っている者がいるのではないか？　ウィニ・ルースはサドル・シューズが我慢できなかったかどうか、といったようなことを。その少年はサドル・シューズをはいていたんだろうか？　新聞にそう書いてあったのだろうか？　それとも、それもまた気の利いたふざけ屋が思いつきそうな、気まぐれな詳細の一つにすぎないのだろうか？

二人のトミーは片づけていた。「閉店だ」と二人は、ドアから首を突っ込んだ男に言った。「店は閉じるよ」話し声は静まり、ただたむろしていただけの男たちは、帰りたくなさそうであった。ギターも気が進まないようだったが、とうとう上着を引っかけ、エンパイア・ステイトを相手にボクシングの真似をし、それからドアのところにいるミルクマンのそばにきた。南側《サウスサイド》の商店は貧弱な花輪や照明が特徴であったが、市が街燈柱に吊した、安っぽいクリスマスの吹き流しやベルのために、ますます貧弱に見えた。ただ市の中心部の商店街だけが、大きくて明るい、お祭り気分の、希望に満ちた照明を誇っていた。

二人はギターの部屋に向かって十丁目を歩いていた。

「変てこだなあ」とミルクマンが言った。「変てこな話だよ」

「変てこな世の中だよ」とギターが言った。「変てこな、めちゃくちゃな世の中だ」

ミルクマンはうなずいた。「レイルロード・トミーは、その子がサドル・シューズをはいてたと言ったたな」

「そうか？」とギターが聞いた。

「そうかだって？　そう言ったのはお前も知ってるじゃないか。みんなと一緒にげらげら笑ってたじゃないか」

ギターはちらりとミルクマンを見た。「お前、何を嗅ぎつけようとしてるんだ？」

「ごまかされてるときにはわかるんだ」

「じゃ、それでいいじゃないか。その通りさ。まあ、俺は議論したいという気分じゃないんだろうな」

「俺とは議論したくないということだろ、それは。トミーの店では盛んに論じていたじゃないか」

「いいかい、ミルク。俺たちは長いこと仲よくやってきた。そうだな？　だが、だからと言って俺たちは、別な人間じゃないというわけじゃない。いつも同じような、ものの考え方ができるってわけじゃないんだ。そういうことで打ち切りにできないか？　この世の中には、いろいろさまざまな人間がいる。せんさく好きな奴もいれば、そうでない奴もいる。よくしゃべる奴もいれば、ぎゃあぎゃあわめく奴もいる。蹴飛ばす奴もいれば、蹴飛ばされる奴もいる。お前の親父さんを見てみろよ、な。あれは蹴飛ばすほうだ。俺が初めてあの人を見たとき、あの人は俺たちを家から追い出そうとしていた。そこがお前と俺の違うところなんだ。だがとにかく、俺たちは友だちになった……」

　ミルクマンは立ち止まり、ギターにも無理やりに立ち止まらせ、うしろを振り向かせた。

「俺にふざけた説教をしたりする気じゃないな」

「説教などしてないさ。お前にあることを話そうとしてるんだ」

「よし、聞こうじゃないか。くだらない説教なんぞするんじゃないぜ」

「お前はどういうことを説教だと言うんだ?」とギターが聞いた。「自分が二秒も口を利かないでいるときか? 自分がしゃべらないで、人の言うことを聞かなくちゃいけないときか? それが説教だと言うのか?」

「説教ってのは、三十一にもなった男をつかまえて、まるで十かそこらのじゃりにでも言い聞かすように、ものを言うことだ」

「お前は俺の言うことを聞きたいのか、そうでないのか?」

「続けろよ。話しな。ただ、さっきみたいなおかしな調子で、俺にものを言うんじゃないぜ。お前が教師で、俺が鼻たれ小僧みたいな調子でな」

「そこが厄介だな、ミルクマン。お前は俺の話してることよりも、話す調子のほうを気にしている。俺が言おうとしてるのは、俺たちは何もすべてのことについて、意見が一致しなきゃいけないってことはない、お前と俺とは違うんだ、そして……」

「何か俺には知られたくない、薄汚い秘密があるというんだな」

「俺には興味があって、お前にはないものもあるってことさ」

「俺に興味がないとどうしてわかるんだ?」

「俺はお前を知っている。ずっと前から知っている。お前はハイカラな友だちがいたり、オノレ島でピクニックをしたりする。頭の半分は、女のことを考えるのに使うこともできる。お前にはあの赤毛の女もいれば、南側《サウスサイド》の女もいる。そのほかにもどれだけいるか知れやしない」

「そんなことは信じないぞ。こんなにも長い友達づき合いのあとで、お前は俺のことを、住んでる場所のせいでばかにするのか？」

「住んでる場所じゃない――家のあるところじゃない。お前はどこにも住んでいない。ノット・ドクター・ストリートにも、南側《サウスサイド》にも」

「お前は俺のことをねたんで――」

「俺はお前のことを何一つねたんだりはしていない」

「俺は自分がどこへいこうと、お前を歓迎するぞ。オノレにもきてもらおうとした――」

「オノレなど糞くらえだ！　いいか？　俺があの黒人の天国にゆくことがあるとすれば、ダイナマイトのケースと、マッチの束を持ってゆくときだけだ」

「お前あそこが好きだったじゃないか」

「あんなところが好きだったことは一度もない。お前と一緒にいきはしたが、好きになったことは一度もない。一度も」

「黒人がビーチ・ハウスを持って、どこが悪いんだ？　お前は何が望みなんだ、ギター？　お前は床をこすり洗いしたり、綿を摘んだりしていない黒人には、誰にでもかっかとするんだ。ここはアラバマ州のモンゴメリーじゃないんだぜ」

ギターは最初かっとしてミルクマンを見たが、それから笑いだした。「その通りだ、ミルクマン。お前が今まで口にしたことの中で、これほど真実を突いた文句はなかったぜ。確かにここはアラバマ州モンゴメリーではない。教えてくれないか。もしそうだとしたら、お前はどうする？　ここもモンゴメリーのような場所だとしたら？」

「飛行機の切符を買うよ」

「その通り。さあ、これでお前も自分のことについて、今まで知らなかったことがいくらかわかったろう。自分が誰で、どういう人間かということが」

「ああ、アラバマ州モンゴメリーに住むことは、拒否する人間だよ」

「そうじゃない。あそこには住めない人間なんだ。もし少しでも事情が厳しくなれば、お前はへなへなとなってしまう。お前は真剣な人間じゃないんだ、ミルクマン」

「真剣だってのは、惨めだってのを言い変えただけのことさ。真剣だってことだったら、任しておいてくれ。俺の親父は真剣だ。二人の姉も真剣だ。そしておふくろときたら、あれほど真剣な人間はいないぜ。あんまり真剣なもんだから、どんどんやつれていくんだ。この間、裏庭でおふくろを見ていたんだ。裏庭はべらぼうな寒さだった。ところがおふくろは、どうしても十二月十五日より前に、球根を土に埋めなきゃいけないと言うんだ。それでおふくろはあそこで膝をついて、土に穴を掘ってるんだ」

「それで？　何を言いたいのかわからないが」

「おふくろはその球根を埋めたがったってことだよ、要点は。そんなことをする必要はなかったんだ。おふくろは花を植えるのが好きだ。本当に好きだ。だけど、あのときのおふくろの顔を見ればよかったよ。まるで世界じゅうで一番不幸な女って顔だったぜ。一番惨めな。一体何が面白いんだ？　俺は生まれてからまだ一度も、おふくろが声をあげて笑うのを聞いたことがない。微笑することはある。かすかに声を出すことさえある。でも、おふくろが大声で笑ったことなど、一度もないと俺は思うよ」

少しも調子も変えず、またそうとも気づかぬうちに、ミルクマンは母親について見た夢を、ギターに話しはじめていた。ミルクマンはそれを夢と言ったが、それは本当にそういうことが起こったこと、本当に自分はそういう光景を見たことを、ギターに話したくなかったからであった。

台所の流しに立ってコーヒーの残りを捨てながら、ミルクマンは窓から外を覗いて、ルースが庭で土を掘っているのを見た。ルースは小さな穴を掘り、その中に小さな玉ねぎのようなものを突っ込んでいた。ミルクマンがぼんやりと母親を見ながらそこに立っていると、ルースが掘った穴からチューリップが伸びてきはじめた。最初はほっそりとした管のような、ただ一本の緑の芽が、ついで二枚の葉が――両側に一枚ずつ――茎から出てきた。ミルクマンは眼をこすって、もう一度見た。今や母親のうしろの地面から、数本の茎が出てきた。それはルースがもう植えてしまった球根か、あまり長いこと袋の中に仕舞ってあったので、芽を出した球根かの、どちらかであった。茎はずんずんと伸びていき、間もなくおたがいにひしめき合い、また母親の服をも圧迫するほどの数になった。それでもまだルースはそれに気づかず、振り返りもしなかった。ルースはただ掘り続けていた。茎の何本かからは花が出てきた。血のように赤い花が揺れ動き、ルースの背中に触った。とうとうルースはチューリップが成長し、首を振り、自分に触っているのに気がついた。母親はこわがって、少なくともびっくりして、跳びあがるだろうとミルクマンは思った。だがそうではなかった。ルースはそり返って花から離れ、花に打ってかかりさえした。だがそれは楽しそうな、ふざけているような態度であった。花はどんどんと伸び続け、しまいには、花の上に出ている母親の肩と、揺れ動き、はじけている花の頭上高く、からざおのように動いている両腕しか見えなくなった。花は柔らかい、ぎざぎざの形をした唇でルースの息を奪い、ルースを窒息させようとしていた。そしてルースはただ微笑を浮かべ、まるで害のない蝶を相手にでもしているみたいに、花を押し返していた。

花が危険であることを、間もなく花が母親の周囲の空気を全部吸い尽くして、母親が力なく地面に横たわるだろうことを、ミルクマンは知っていた。だがルースはそれにはまったく気づかないようであった。とうとう花は母親をすっぽりと覆い、ミルクマンにはもつれ合って山のように、母親の身体にのしかかっているチューリップしか見えなくなった。ルースは息が絶えるまで足を蹴っていた。

ミルクマンはまるでこの夢が、真剣であることは危険だという、自分の言い分を強調しているとでもいうように、夢の一部始終をギターに話して聞かせた。話しながらミルクマンはできるだけ快活な態度を取ろうとしたが、話が終わるとギターはミルクマンの眼を覗き込んで、「どうしてお前は、おふくろさんを助けにいかなかったんだ？」と聞いた。

「何だって？」

「おふくろさんを助けにさ。花の下から引っぱり出してやりにさ」

「でも、おふくろは喜んでいたんだ。面白がっていたんだ。ああされるのが嬉しかったんだよ」

「本当か？」ギターは微笑していた。

「本当だとも。俺が見た夢だ」

「それに、お前のおふくろさんでもあったわけだ」

「おい、どうしてお前は、この夢からありもしないものをでっちあげようとしてるんだ？お前はただ自分の言い分を証明したいばっかりに、この夢全体を、何か超重大なものにしようとしているんだ。第一に、俺がアラバマに住んでいないのは間違っている。次に、俺が自分の夢の中で正しい行動を取らなかったのは間違っている。今度は、俺がそんな夢を見たのは間違ってるってわけだ。わかるか、俺の言ってることが？　ごくちっぽけな、取るにも足らないことが、お前にとっては生きるか死ぬかという問題なんだ。お前も、俺の親父にそっくりになってきたよ。親父は紙ばさみを入れる引き出しが間違っていると、もう俺は謝らなきゃいけないと考えるんだ。一体みんなはどうなってるというんだ？」

「お前以外はみんな間違った方向に進んでいる、とでもいうみたいじゃないか、え？」

ミルクマンは息を呑んだ。ずっと昔のあの晩、彼が父親をなぐった後、誰もが通りの一方にひしめいて、彼とは逆の方向に進んでいたのを想い出したのだ。ミルクマンと同じ方向に歩いている者は一人もなかった。まるでギターはあの夢の中にもいたみたいだった。

「もしかしたらな」とミルクマンは言った。「だが俺には、自分の行き場所はわかっている」

「どこだ？」

「どこでもパーティのあるところさ」

ギターは微笑した。ギターの歯は彼の上着に積もりかけている雪片と同じように白かった。「楽しいクリスマスをな」とギターは言った。「それから幸福な新年を」ギターは手を振って角を曲がり、自分のゆくほうの通りに入った。ミルクマンがギターに、自分にどこで待つように言おうとしていたのか聞くひまもないうちに、ギターの姿は南《サウスサイド》側の雪のちらつく暗がりの中に消えていた。

ミルクマンは今ソニー商店で帳簿を閉じ、縦に並んだ数字の計算をやめた。何かがギターに起ころうとしていた。すでに起こってしまっていた。ギターは絶えずミルクマンの生き方のことで、ミルクマンを怒らせていた。さっきのやり取りも、ギターがどんなに変わったかということを示す、もう一つの例にすぎなかった。もはやミルクマンにはギターの部屋に駆けあがっていって、パーティやバーに彼を引っ張り出すことはできなかった。それにギターは女の子のことや、麻薬のことを話したがらなかった。ギターが今でも夢中になるものといえばまずスポーツと、それに音楽だけであった。それ以外のときにはただ陰気臭い顔をして、金色の眼を光らせているのだった。それから政治があった。

ミルクマンにふだん以上に自分の家族のことを話させたり、また軽薄な言葉で、自分が送っているような種類の生活を弁護させるのは、ギターが作り出すそのきまじめな雰囲気であった。女の子とオノレのパーティ。それだけがミルクマンが興味を持っているものではないことは、ギターも知っているはずだ。そうではないだろうか？　ミルクマンがほかのことにも関心を抱いていることを、ギターは知っているはずだ。例えばどんな？　ミルクマンは自問した。まず第一に、ミルクマンは父親の仕事においてひじょうに有能であった。実際、素晴らしく有能だった。だがミルクマンはすぐに、不動産は自分にとって、本当に興味のあるものではないことを認めなければならなかった。もしこれから一生、家賃や土地のことを考えて暮らさなければならないとしたら、自分は気が狂ってしまうだろう。だが、自分はこれからずっと、正にそういうことをして、一生を送ろうとしているのではないだろうか？　俺の父親はそう思い込んでいるし、また俺自身もそう思い込んできたのではないだろうか、とミルクマンは思った。

もしかしたら、ギターの言うことは当たっているのかもしれなかった――ある程度までは。ミルクマンの人生は無意味で目的がなかった。そして確かに彼は、他の人々にはそれほど関心がなかった。ミルクマンには何かを賭けてまで、不自由な思いをしてまで、欲しいと思うものは何一つなかった。それにしても、ギターにはどんな権利があって、あんな大きな口を叩くのだろう？　ギターだってモンゴメリーには住んでいない。奴がしているのはただ自動車工場で働き、あちこちへこそこそと出かけていき――どこへかは誰も知らない――トミー理髪店でうろうろすることだけだ。ギターが同じ女性と二、三カ月以上つき合うことは決してなかった――それが女が、〝永久協定的御託〟を並べ出さないでいる、平均的期間だとギターは言うのだった。

ギターは結婚すべきなのだ、とミルクマンは思った。たぶん俺もそうすべきなのだ。誰と？　周りには女性はいくらでもいた。そしてミルクマンはオノレに群がる女性たちにとっては、きわめて望ましいタイプの独身者であった。たぶん誰かを選ぶことになるだろう――あの赤毛の女を。素敵な家を手に入れて。親父が家探しを手伝ってくれるだろう。親父と本当の共同経営者になって……そしてどうするのだ？　何かもっとよい将来の展望があるはずだ。ミルクマンには金に興味を持つことができなかった。今まで誰も、一度もミルクマンに金を与えることを拒んだ者はなかった。だから、金には何ら目新しい魅力はなかった。政治は――少なくとも床屋政談的な、ギターが興味を持つ種類の政治は――ミルクマンの睡気を誘った。ミルクマンは倦怠《けんたい》を感じていた。あらゆる人間に飽きていた。この市が退屈だった。ギターの心を燃やしている人種問題は、中でも特に退屈だった。もし黒人対白人の問題という話題がなかったら、奴らは一体どうするのだろうとミルクマンは思った。もし奴らの生活を（またテレビのニュースを）構成している侮辱と、暴力と、迫害について話すことができなかったら、奴らは一体どうなるだろう？　もしケネディ（一九六二年二月、人種差別撤廃法案を議会に提出）や、エライジャ（エライジャ・ムハマド。一九三四年より白人を悪魔と呼び、黒人王国の建設を叫ぶブラック・モスレム運動の指導者）のことで言い争うことができなかったら。奴らはどんなことにも理屈をつけて、自分自身を正当化している。果たされなかったすべての仕事、支払われなかったすべての勘定、すべての病気、すべての死が白人の責任なのだ。そしてギターも、そういう連中とまったく同じようになってきていた――ただギターは自己弁護はまったく行わず、耳にするあらゆる不平に、同意するだけのようにミルクマンには見えたけれども。

ミルクマンは食器室にもなっている浴室に入って、インスタント・コーヒーを入れるつもりで、電熱器のプラグを差し込んだ。浴室で彼は、窓ガラスを勢いよく叩く音を聞いた。事務所に戻ってみると、フレディがガラスの文字の隙間から覗いていた。ミルクマンはドアの錠をはずした。

「やあ、フレディ。何事だい？」

「あったかい場所を探しているんだ。今夜は走らされ通しでな。クリスマスがくるし、何やかやで、俺は通りをあっちへ走ったり、こっちへ走ったりのし通しさ」デパートの用務員としてのフレディの仕事には、使い走りや、荷物の配達人としての仕事も加わった。

「まだ新しいトラックはくれないのか？」とミルクマンはフレディに尋ねた。

「あんた気でも狂ったのかい？　エンジンが飛び出して地面に落っこちでもしなきゃ、ちゃんとした車などよこしっこないよ」

「今コーヒーを入れようとしていたところだ。一杯飲むかい？」

「ちょうど欲しいと思っていたところなんだ。あんたのとこの明かりを見て、あそこへいけば、熱いコーヒーが一杯飲めるにちがいないと思ったんだ。ところでそのコーヒーに、ちょっと入れる酒は置いてないだろうな？」

「そいつがちょうどあるんだ」

「いいぞ、大将」

ミルクマンは浴室に入り、洗面所の水槽の蓋を開けて、事務所ではアルコールを口にしないメイコンから隠しておいた、半パイントのびんを取り出した。ミルクマンはそのびんを事務所に持ってきてテーブルの上に置き、二杯のコーヒーを入れるのにまた浴室に戻った。事務所に戻ってくると、フレディはもうすでにびんを口に持っていった、などという様子は見せないようにしていた。二人はそれぞれのコーヒーに酒を入れ、ミルクマンは煙草を探して周囲を見回した。

「不景気だな、大将」と、一口すすった後でフレディがぼんやりと言った。「まったく不景気だよ」それから何かが足りないのに気づいたみたいに、フレディは聞いた。「相棒はどこにいるんだい？」

「ギターのことか？」

「そう、ギターだ。どこにいるんだ？」

「ここ二、三日会っていないんだ。ギターのことは知ってるだろう。あっという間に姿をくらましてしまうんだ」ミルクマンは、フレディの髪がすっかり白くなっているのに気づいた。

「いくつになったんだい、フレディ？」

「知るもんか。朝、土を作って、その日の午後俺を作ったんだ」フレディはくすりと笑った。「だが、もうずいぶん長いこと生きてるな」

「ここで生まれたのかい？」

「いいや、南部だ。フロリダ州のジャクスンヴィルだ。ひどいところだよ、あんた。まったく、ひどいところさ。ジャクスンヴィルには黒人の赤ん坊の入れる、孤児院さえないんだぜ。みなしごは豚箱に入れるんだ。俺は坐り込み《シット・イン》なんてことを言う連中に言ってやるんだ、俺は豚箱で育ったんだぞ、そんなものちっともこわいことはねえや、ってな」

「あんたがみなしごだったなんて知らなかったな」

「そうよな、正真正銘のみなしごってわけでもないんだ。いろいろと身内はいたんだ。ところが、おふくろが死ぬと、誰一人俺を引き取ってくれようとはしなかった。みんなが引き取ろうとしなかったのは、おふくろの死に方が原因なんだ」

「どんな死に方をしたんだい？」

「幽霊さ」

「幽霊？」

「幽霊なんて信じないだろうな？」

「そうだな」――ミルクマンは微笑した――「喜んで信じると思うよ」

「信じたほうがいいよ、あんた。ここにもいるんだ」

「ここに？」ミルクマンは事務所の中を見回しはしなかったが、そうしたい気持ちに駆られた。外では風が、闇の中で吼え猛っていた。そしてフレディは地の精のような顔をして、きらりと金歯を光らせた。「必ずしもこの部屋にいるというわけじゃないんだ。いるかもしれないけどな」フレディは首をかしげて、耳を澄ませた。「そうじゃないんだ。この世の中にいると言ってるんだ」

「見たことがあるのかい？」

「いくらでも。いくらでも見たよ。幽霊が俺のおふくろを殺したんだ。もちろん、その幽霊は見なかったがな。だけど、それからはいくらでも見たよ」

「その幽霊たちのことを話してくれないか」

「いや、だめだ。俺は自分の見た幽霊のことは、絶対にしゃべらない。幽霊が厭がるんだ」

「じゃ、あんたが見なかった幽霊のことを話してくれないか。おふくろさんを殺した幽霊のことを」

「よしきた。その幽霊のことなら。おふくろは近所の友達と、庭を横切っていたんだ。そして二人が顔をあげると、一人の女が道をやってくるのが見えた。二人は立ち止まって、その女が誰か見ようとして待っていた。その女が近づくと、近所の友達は、〝こんにちは〟と声をかけた。そう言ったとたんに、その女は白い雄牛に変わった。二人の見ているまん前で。そのとたんにおふくろは地面に倒れて、陣痛が始まった。俺が生まれると、みんなは俺をおふくろに見せた。するとおふくろは、金切り声をあげて息が絶えた。そして、そのまま二度と生き返らなかった。俺の親父は、俺が生まれるふた月前に死んでいた。そして俺の身内の者も、またそのほかの誰も、白い雄牛に連れられてきた赤ん坊を、引き取ろうとは言わなかったんだ」

　ミルクマンは声をあげて笑い出した。フレディの感情を害するつもりはなかったのだが、止めようとしても止まらなかった。止めようとすればするほど、ますますこみあげてくるのだった。

フレディは気を悪くしたというよりも、むしろびっくりしたような顔をした。「あんた、俺の言うことを本気にしてないんだな？」

ミルクマンには返事ができなかった。それほどひどく、笑いこけていたのだ。

「オーケー」とフレディは言って両手を振り上げた。「オーケー、笑っているがいいよ。だが、あんたなんぞがこれっぽちも知らないおかしなことが、いろいろあるんだ。今にわかるさ。いろいろとおかしなことが。俺たちの住んでるこの町でも、おかしなことが起こっているんだぜ」

ミルクマンはもう、笑いをこらえることができるようになっていた。「どんな？ どんなおかしなことがこの町で起こっているんだい？ 最近白い雄牛を見たことはないけどな」

「眼を開けるんだ。相棒に聞いてみな。あいつなら知っている」

「どの相棒だい？」

「あんたの相棒のギターさ。どんなおかしなことが起こっているか、あいつに聞いてみな。どうして急にエンパイア・ステイトと走り回ったりしてるんだと、聞いてみるんだよ」

「エンパイア・ステイト？」

「そうだよ、エンパイア・ステイトだよ」

「エンパイア・ステイトと走り回ったりする者はいないよ。あいつはばかだ。あいつはただ、ほうきを持ってその辺に突っ立って、よだれを垂らしているだけさ。口さえ利けないんだぜ」

「利かないいんだ。だからといって、利けないというわけじゃない。ただずっと昔、女房が別な男と寝ているのを見つけたから、口を利かなくなったというだけなんだ。それ以来話すことがなくなったんだ」

「それで、ギターはあいつと何をしているんだ？」

「いいことを聞いた。警察もその答えを知りたがるだろうよ」

「どうしてエンパイア・ステイトから、警察の話になるんだ？」

「あんた聞いていないのか？　校庭であの白人の子供を殺した黒人を、警察が探してるって話だぜ」

「それは知ってるよ。誰だって知ってるよ」

「それが、その男の人相が、ステイトにそっくりなんだ。そしてギターが、あっちこっちにあいつを連れ歩いているんだ。隠しているんだと思うよ、きっと」

「それがどうして、そんなにおかしいんだい？　あんたも知ってるように、ギターはああいう男だ。警察が探している人間だったら、誰だって隠してやるよ。あいつは白人が、特にデカが、大嫌いなんだ。警察に追われている人間だったら誰だって、間違いなくあいつの助けを当てにできるよ」

「あんたにはわかっていないんだ。奴とステイトは、ただステイトを隠そうとしているだけじゃないんだよ。ステイトがやったのと同じことを、やろうとしているんだ」

「ちょっと酔ってるのか、フレディ？」

「ああ、ちょっと酔ってる。だが、だからといって少しも変わりはない。いいかい？　エメット・ティルが殺されたときのことを覚えてるかい？　五三年に？　そして、そのすぐ後に、校庭で白人の子供が殺された。そうじゃないか？」

「知らないな。自分がやったんでもない殺しの、日付など覚えていられないよ」

「知らない？」フレディは信じられないようだった。

「ああ。ステイトがやったとでも言うのかい？」

「あいつはそういうことをすると俺は言ってるんだ。そしてギターは知ってると言ってるんだ。そして、何かおかしなことが起こっていると言ってるんだ。俺はそう言ってるんだよ」

こいつ俺のことを怒ってるんだ、俺がおふくろさんと白い雄牛の話を笑ったもんだから、とミルクマンは思った。だから俺に仕返しをしようとしているんだと。

「眼を開けておくんだね」とフレディは続けて言った。「ちゃんと開けておくんだぜ」フレディはびんの中を覗き、空になっているのを見ると、立ちあがって帰ろうとした。「そうなんだ。この辺で何かおかしなことが起こっているんだ。だけど何か聞いても、俺の名前を出すんじゃないぜ。あの保険会社の男が屋根から飛んだときも、ちょうどこんなふうだった。その男の話を聞いたことがあるかい？」

「聞いたような気がするな」

「あんたはまだちっぽけな赤ん坊だったにちがいない。一九三一年のことだ。そうさ、あれもやっぱりおかしな事件だった」フレディは外套のボタンを留め、耳当てのついた帽子をかぶれるだけ深くかぶった。

「じゃ、コーヒーをありがとうよ。おかげでぐんと元気が出たよ。ほんとに元気が出たよ」フレディはポケットから手袋を取り出して、ドアのほうに歩いていった。

「よくきてくれたよ、フレディ。楽しいクリスマスを、もしその前に会えなかったら」

「あんたもな。そして、うちの人たちにもそう言ってくれ。デッドさんとおふくろさんに、俺からメリー・クリスマスと言ってくれ」フレディはふたたび微笑を浮かべていた。ドアまでいくと、フレディは手袋をはめた。それからゆっくりと顔を回して、ミルクマンを見た。「きっとほかにも誰か、どういうことが起こってるか、知ってる人間がいるかもしれないぜ。コリンシアンズだ。コリンシアンズに聞いてみな」

フレディは陽気に金歯を光らせて、出ていった。

第五章

恐怖はどうにもしようがなかった。ミルクマンは陽光を浴びて顔を上に向け、アイスピックが首に刺さったら、どんな感じがするだろうと想像しながら、ギターのベッドに横になっていた。しかし、ぶどう酒のように赤い血が噴き出す光景を心に想い描いてみても、アイスピックで刺されたら咳が出るだろうかと考えてみても、何にもならなかった。恐怖は組み合わされた動物の前足のように、ミルクマンの胸の上に横たわっていた。

ミルクマンは眼を閉じ、腕で顔を覆って、自分の考えていることがあまりにも強く、光にさらされるのを防ごうとした。腕の陰になった闇の中でミルクマンは、アイスピックが、まだ幼い頃自分が舌で受け止めようとした雨粒よりも速く、落ちてくるのを見ることができた。

五時間前、ギターの部屋のドアをノックする前に、ミルクマンは階段の最上段に立って、まだ窓を叩いている夏の雨にぐっしょりと濡れながら、雨の雫が鋼鉄の切っ先だったらと想像していた。それからミルクマンはノックした。

「誰だ？」その声にはちょっと挑戦的な響きがあった。ギターは来訪者が誰か確かめるまでは、ノックをしても絶対にドアを開けないようになっていた。

「俺だよ——ミルクマンだ」と答えて彼は、三つの錠がはずされる、カチャカチャという音を待った。

ミルクマンは濡れた背広の上着の下で、背中を丸くしながら中に入った。「何か飲むものはあるかい？」

「いいや、そんなことは言わないでもわかってるじゃないか」ギターは金色の眼をちょっとの間曇らせて微笑していた。あのオノレ対アラバマについての議論の後、二人はあまり会ってはいなかった。しかし、あの言い争いはどちらにとっても、汚いものを洗い落とす役割を果たしてくれた。もったいぶる必要がなくなった今、二人はおたがいにたいして気楽に振舞えるようになっていた。話し合っているうちに、自分たちの相違についての議論が始まると、二人の言葉の上のやり取りは、気の利いたユーモアに満ちたものになった。その上、二人の友情は、もっと直接的な仕方で試練を受けていた。この六カ月はミルクマンにとっては危険に満ちた六カ月で、ギターが彼を何度も助けてくれたのだった。

「じゃ、コーヒーだ」とミルクマンは言ってひどく年取った人間のように、ぐったりとベッドの上に腰をおろした。「いつまでそんなことを続けているつもりなんだ？」

「永久にだよ。もうやめたんだ。酒は飲まないんだ。お茶はどうだい？」

「イエスさま」

「それにふしだらなこともだ。きっとお前、お茶は小さな袋に入って、なっていると思ってたんだろう」

「おお、キリストよ」

「ルイジアナの綿みたいにな。ただそれを摘んでいる黒人が、腰布とターバンを巻いてるところだけが違うんだ。インドじゅうどこでも、眼につくのはそれだけさ。灌木の茂みに、ちっちゃな白い茶の袋が咲いてるってわけだ。当たりか？」

「お茶をくれよ、ギター。お茶だけでいい。地理の勉強は結構だ」

「地理はいい？　オーケー、地理なしだ。じゃ、お茶に少し、歴史を入れるのはどうだい？　でなきゃ、ちょっと社会政治的——いや。それも、やっぱり地理だ。畜生め、ミルク、俺は自分の一生が、地理ばかりだとしか思えないぜ」

「人のために湯をわかすときには、その前にまずポットを洗うんじゃないのかい？」

「例えばだ、俺は今北部に住んでいる。だから、まず最初に頭に浮かぶ疑問は、どこの北部かということだ。もちろん、南部の北だ。だから北部が存在するのは、南部があるからだということになる。だが、それじゃ北部は南部と違うというのか？　全然！　南部はただ北部の南というだけだ……」

「煮え立っている湯の中に葉を入れるんじゃないよ。葉の上から湯を注ぐんだ。ポットで。

おい、ティー・ポットだよ！」

「だが、注目してみてもいい、ちょっとした違いはある。例えば、北部の人間は――生粋の北部人だが――食物にうるさい。いや、食物じゃない。実際には奴らは、食物などこれっぽちも問題にしてやいない。奴らがうるさいのは付属品だよ。わかるか、俺の言うことが？　ポットとか、その他のくだらないものさ。さて、奴らはポットのこととなると、もうまったく夢中だ。ところがお茶となるとどうだろう？　アール・グレイとリプトンじいさんのインスタントとの違いもわからないんだ」

「俺はお茶が欲しいんだぜ、おい。ワンタンみたいなひき割り小麦じゃないぞ」

「リプトンじいさんは《ニューヨーク・タイムズ》の切れっ端に着色して、それを洒落た小さな白い袋に入れる。そして北部の黒人は狂い出す。辛抱することができないんだ。気がついたことがあるかい？　奴らがあの白い小さな袋をどんなに好きか？」

「おお、イエスさま」

「イエスもやっぱり北部人だ。イスラエルに住んでいたが、心の中では北部人さ。血の流れている心ではな。洒落た、愛すべき、血の流れている赤い心さ。南部の連中はキリストは自分たちのものだと思っているが、それはただ、初めて奴らがキリストを見たとき、キリストは木に吊されていたからってだけのことさ。奴らはそれに共感することができるんだ、いいか。吊したほうも吊されるほうも。だが北部人はもっと利口で……」

「お前は誰のことを言ってるんだ？　黒人か、それとも白人か？」

「黒人？　白人？　お前もあの人種意識の強い黒人の仲間だ、なんて言うのはやめてくれよ。誰が黒人のことなど話した？　これはただ地理の勉強なんだ」ギターはミルクマンに湯気の立っている茶を渡した。

「へえ、これがお茶なら、俺は半熟の目玉焼きだ」

「わかるか俺の言ってることが？　うるさいの。どうしてお前は半熟の目玉焼きでなきゃいけないんだ？　どうしてただの目玉焼きじゃいけないんだ？　でなきゃ、ただのふつうの卵じゃ？　それに、とにかく、どうして卵でなきゃいけないんだ？　黒人はいろいろなものになってきたが、卵になったことはまだ一度もないぞ」

ミルクマンは笑い出した。またしてもギターのやり方だった。ミルクマンはずぶ濡れになり、今にも転がり回って死にそうな状態で、ドアまで辿り着いた。ところが今彼は笑い声をあげ、茶をこぼし、むせ返って返事もできないでいるのだった。「どうしてだ？　どうして黒ん坊は卵になれないんだ？　なりたいと思えば卵にだってなれるぞ」

「いいや、卵にはなれない。そういう素質はない。遺伝子の何かだ。遺伝子が黒ん坊を、どんなに頑張っても卵にはさせないんだ。自然がだめだと言うんだ。〝だめだ、お前は卵にはなれない、黒ん坊よ。なりたければ鴉《からす》にはなれる。あるいは、大きなひひにもなれる。だが卵はだめだ。卵はむずかしくて複雑だ。それに、こわれやすい。そして白い〟ってな」

「茶色の卵だってあるぜ」

「それは雑婚のせいだ。それに、誰もそんな卵は欲しがらない」

「フランス人は欲しがるぜ」

「フランスではな。だがコンゴじゃちがう。コンゴのフランス人は、茶色の卵には手も触れないよ」

「どうして触れないんだ？」

「こわがるんだよ。皮膚に何かの影響がないかって。太陽と同じようにな」

「フランス人は太陽が好きだよ。いつだって太陽を吸収しようとしている。リヴィエラ海岸では――」

「フランスの太陽は吸収しようとするが、コンゴの太陽は別だ。コンゴでは奴らは太陽を憎んでいる」

「とにかく俺には、自分の好きなものになる権利がある。そして俺は卵になりたいんだ」

「目玉焼きにか？」

「目玉焼きだ」

「じゃ誰かが、お前の殻を割らなきゃいけない」

脈搏よりも速く、ギターは空気を変えてしまっていた。ミルクマンはギターの眼を避けながら口を拭《ぬぐ》った。その眼の奥には、また燐《りん》のように燃えているものがあるのを知っていたからである。その小さな部屋は静けさの中で、ぴりぴりして立っていた。それはこの家の女主人が、収入にもなり、また夜警を置くことにもなるようにと、二階のポーチを壁で囲んで作った貸間だった。家の外にある階段から出入りできるようになっているために、独身者にとっては申し分がなかった。特にギター・ベインズのような、秘密主義の独身者にとっては。

「今夜この部屋を使っていいかい？」とミルクマンはギターに聞いた。ミルクマンは自分の指の爪を仔細に眺めた。

「女を引っぱり込むためにか？」

ミルクマンは首を横にふった。

ギターは相手を信用しなかった。自分自身が殺される前の晩、本当に一人きりでいたいと、友人が思っているなどとは信じなかった。「そいつはおっかない、お前。本当におっかないぞ」

ミルクマンは答えなかった。

「何も格好つけることはないんだぞ、いいか。俺にたいしてはな。お前がその気になれば勇敢なことは、誰でも知っている」

ミルクマンは顔をあげたが、やはり答えなかった。

「結局」とギターは注意深く続けた、「心臓をえぐり取られるかもしれないな。そうすればお前は、無駄に死んだ勇敢な黒人がまた一人増えた、というだけのことになる」

ミルクマンはペルメルの箱に手を伸ばした。中は空だった。そこで彼はギターがその日、灰皿代わりに使った、プランターのピーナッツバターの容器の蓋から、やや長めの吸いさしを抜き出した。ミルクマンはベッドの上に大の字になり、長い指で、マッチが入っているかもしれないポケットのあたりに触ってみた。「何もかも冷えてしまったよ」とミルクマンは言った。

「ばかな」とギターが言った。「何一つ冷えてなどいないさ。何一つ、どんな場所だって。北極でさえ冷えてなどいない。そう思うんだったら北極にいって、氷河で尻でも冷やしてみな。氷河が引き受けないものは、白熊が引き受けるぜ」ギターは立ちあがった。彼の頭はほとんど天井に届きそうだった。ミルクマンの冷やかな無関心さに苛立ったギターは、部屋を片づけることで高ぶった心を静めた。ギターは隅っこに立てかけてある、背中のまっすぐな椅子の下から、空っぽの箱を引っ張り出し、その中に窓敷居にあった火のつかないマッチ、前の日に食べたバーベキューの豚の骨など、ごみ屑を放り込みはじめた。彼はコールスローがこぼれるほどに詰まっていた、ひだのある紙コップをくしゃくしゃに丸めて、箱の中に投げ込んだ。「俺の知っている黒人はみんな、冷静でいたがる。自分を抑えるのはちっとも悪いことじゃない。だが、誰にも、他の人間を抑えるなんてことはできないんだ」ギターは何かの徴候がないか、何か言い出しそうな様子はないかと注意して、ミルクマンの顔を横目使いに見た。こういう種類の沈黙は珍しかった。何かあったのにちがいない。ギターは心から友人のことを心配していた。しかしギターはまた自分の部屋で、警察がくるような事件を起こしてもらいたくはなかった。彼は灰皿にしていたピーナッツバターの蓋を取りあげた。

「待った。まだ吸える吸いさしが何本かある」とミルクマンがもの静かに言った。

ギターは灰皿ごと全部を、箱の中に放り込んだ。

「どうしてそんなことをするんだ？　煙草が全然ないのは知ってるじゃないか」

「じゃ尻をあげて買いに行ってきな」

「おいギター。そんな言い方はやめろよ」ミルクマンはベッドから起きあがって箱のほうに手を伸ばした。彼がもう少しで届きそうになったときにギターがきて、箱を部屋の向こう側まで放り出し、ごみ屑はまた元のように散らばってしまった。猫のように優雅で無駄のない身のこなしで、ギターは腕を大きく振って弧を描き、壁にぴしゃりとこぶしを叩きつけて、ミルクマンがどんな動きもできないように通せんぼをした。

「気をつけな」ギターは低い声で言った。「俺がお前にものを言おうとしているときには、気をつけて聞くんだ」

二人は真正面から向かい合って立った。ミルクマンの左足は、ちょっと床から離れて浮いていた。燐光のように妖しく閃くギターの眼は、ミルクマンの心を少しひるませたが、彼はその眼を受け止めた。「それで、もし俺が気をつけなかったら？　そのときはどうするんだ、おい？　俺を殺そうってのか？　俺の名前はメイコンだ、覚えてるな？　俺はもうすでにデッドなんだ」

ギターはそのいつもの冗談を聞いてもにこりともしなかったが、しかし彼が充分それに気づいていることは、ぎらぎらとにらみつけている眼の色が、和らいだことからも知れた。「お前を殺そうとしてる奴に、誰かがそのことを教えてやらなきゃいけないんだ」とギターは言った。

ミルクマンは短く笑って、ベッドに戻った。「お前は心配しすぎるよ、ギター」「俺が心配するくらいでちょうどいいんだ。だが、ここでちょっと聞いておかなくっちゃいけないが、どうしてお前は全然気にしないんだ？　今日が三十日目だということを知っていながら、お前はここへやってくる。もし誰かがお前を見つけたいと思ったら、最初にではないにしても、最後にはここへやってくる、ということを知っているくせにだ。そして俺に一人にしておいてくれと頼む。一体どうするつもりなんだ、教えてくれ」「いいか」とミルクマンは言った。「今まで何度もあった中で、俺がこわいと思ったのは二度だけだ。最初のときと三度目と。それから後はうまくやってきている。そうじゃないか？」

「ああ、だが今度は何かおかしい」

「何もおかしいことはないさ」

「いいや、俺はおかしい。お前だ。お前がおかしいんだ」

「いや、俺はおかしくなんかない。ただ疲れているだけだ。俺は疲れたんだ、狂った連中から逃げることに。このくだらない町に、通りをあっちへ走り、こっちへ走りしながら、どこにも着きはしないことに……」

「よし、ただ疲れているだけだというんなら、自由にしておいてやろう。じきに、必要なだけの休息が得られるさ。ベッドが寝心地がいいという約束はできないぜ。だが葬儀屋はマットレスなど敷きやしない」

「もしかしたら、今度はこないかもしれないぜ」

「今まで六カ月、一度もこないことはなかったんだぞ。お前はあの女が休暇でも取ることを当てにしてるのか？」

「俺はもうあの女から隠れることはできないよ。やめさせなきゃいけない。今からまた一カ月後に、こんな思いをしたくはないよ」

「どうしてあの女の身内の者に、何とかしてもらわないんだ？」

「俺もあいつの身内だぜ」

「いいか、ミルク、お前がそう言うんなら俺はいくよ。だが、ちょっとだけ聞いてくれ。

あの女はこの前、カールスンの皮はぎナイフを持っていた。カールスンの皮はぎナイフがどんなに鋭いか知っているな？　まるで剃刀みたいによく切れるんだぞ」

「知っている」

「いいや、知らない。俺とムーンがあの女を押さえたとき、お前はカウンターの下に隠れていたんだからな」

「あいつが何を持っていたかは知ってるよ」

「明日はこの部屋にはムーンはいないんだぞ。それにギターもいないわけだ、もし俺がお前の言うことを聞くとすれば。今度はあの女はピストルを持っているかもしれないぜ」

「黒ん坊の女にどこのばかが、ピストルなど売るんだ？」

「ポーターに猟銃を売ったのと同じばかさ」

「あれはもう何年も昔のことだ」

「俺が心配してるのはそのことでさえないんだ。お前の行動だよ。まるでそうなることを望んでるみたいじゃないか。そうなることを待ってるみたいじゃないか」

「どうしてそんなことを考えるんだ？」

「自分を見てみろよ。盛装してるじゃないか」

「ソニー商店で仕事があったんだ。机の向こう側に坐っているときには、親父が俺にこういう服装をさせるのは、お前も知ってるはずだ」

「着替える暇はあったはずだ。もう真夜中を過ぎてるんだぞ」

「オーケー。そう、俺はきちんとしている。そうだ、俺は待っているんだ。たった今、もうこれ以上隠れるのは厭だと言ったじゃないか……」

「秘密があるんだ、そうだろ？　お前は何か隠し立てをしているんだ」

「俺たち二人ともな」

「二人？　お前とあの女か？」

「いや、お前と俺だ。お前近頃、何か妙に煙幕を張ってるじゃないか」ミルクマンは顔をあげてギターを見た。そして微笑した。「俺が気づいていないなんて、思うんじゃないぜ」

ギターもにやりと笑い返した。秘密があることがわかった今、ギターは二人の間のいつものやり方に腰を据えた。

「オーケー、デッドの旦那。お前の好きなようにしな。お前のお客さんに、お帰りになる前にちょっと、片づけていってくれるように頼んでくれないか？　帰ってきて、山のような吸いがらの中から、お前の首を探すんじゃかなわないからな。すぐさま見つかるところに、転がっていてくれるとありがたいんだ。それから、もし残っているのが女のほうの首だったら、うしろの棚の上の押入れに、いくらかタオルが入ってるぜ」

「安心しな。誰も首など渡しゃしないよ」

二人はそれから、この意図しない駄洒落の面白さに声をあげて笑った。そしてこの笑い声の中でギターは、茶色の革の上着を取りあげて、ドアから出ていこうとした。

「煙草だ」とミルクマンがうしろから声をかけた。「姿を消してしまう前に、煙草を少し持ってきてくれないか」

「わかった」ギターはもう階段を半分降りていた。彼の心はすでにミルクマンから離れて、六人の仲間が待っている家のほうに飛んでいた。

ギターはその晩帰って来なかった。

ミルクマンは陽ざしの中に静かに横になっていたが、頭は空っぽで、肺はしきりに煙を欲しがっていた。しだいに死を恐れる気持ちと、切望する気持ちがよみがえってきた。何よりもミルクマンは自分の知っていること、自分に打ち明けられた、煩《わずら》わしいかかわり合いから逃げ出したかった。そしてミルクマンがこの世で、この世について知っていることはすべて、他の人間から聞かされたことばかりであった。ミルクマンは自分が他の人間の行動や憎しみを受け入れる、ごみ箱ででもあるような気がした。彼は自分自身では何一つしなかった。一度だけ父親をなぐったときのほかは、ミルクマンが自主的に行動したことは一度もなかった。そして彼が取った、そのたった一度の自主的な行動はミルクマンに、望んでもいなかった知識と、その知識にたいする若干の責任をもたらした。父親がミルクマンにルースのことを話したとき、ミルクマンは父親と一緒になって母親を軽蔑した。しかしミルクマンはつけ込まれたような気持ちもした。何か自分に重荷が与えられた、そして自分にはそんなものを負わされる理由はないのだ、というような気がした。まったくミルクマンの責任ではなかった。そしてミルクマンは少しでも、それについて何かを考えたり、行ったりする責任を負わされるのは厭であった。

自分は正しいのだという、そういう怠惰な気分でミルクマンは、ギターのベッドの中に転がっていた。それは一週間ほど前に母親が家を出たとき、まるでスパイのように母親のあとをつけたときの、正義感と同じであった。

パーティから帰宅して、メイコンのビュイックを歩道の縁石のところに寄せ、ライトを消すか消さないかに、ミルクマンは母親が、ノット・ドクター・ストリートの、自分の少し前を歩いていくのを見た。午前一時半だった。しかし、このような時刻で、しかもコートの襟を立ててはいたけれども、母親の様子には人目を避けているという感じはまったくなかった。ルースはミルクマンの眼には、決然としたとでもいうふうに映る態度で歩いていた。急いでいるわけでもなく、当てがないわけでもなさそうであった。つつましくはあるが、しかしちゃんとした仕事に出かける婦人の、落ち着いた足取りであった。徐行し、ルースが角を曲がると、ミルクマンはちょっと待ってから車を走らせはじめた。

速度をあげないようにしながら、角を曲がった。母親はバスの停留所に立っていた。そこで、バスがきて母親が乗り込むまで、暗がりで待っていた。

逢引きでないのは確かだった。逢引きだとしたら相手の男は、どこか近くでルースを車に乗せるだろう。自分が少しでも愛情を抱いている女性が、ルースくらいの年輩の女性であればなおさら、真夜中に公共の輸送機関で、自分のところにくるのを許す男性はいないだろう。それにとにかく、六十歳を越えた女性を欲しがる男があるだろうか？

バスの後を追うのは悪夢のようであった。バスはあまりにもしばしば、またあまりにも長く、停車した。その後をつけ、見つからないように隠れ、しかも母親が降りたかどうか注意して見張るのは、骨の折れる仕事だった。ミルクマンは車のラジオを入れたが、神経を鎮めてくれると思った音楽は、むしろ苛立たせるだけだった。彼はひどく気が高ぶって、引き返そうかと本気に考えた。

やっとバスは郡内鉄道の駅に止まった。そこが終点であった。そこでミルクマンは母親が、残っていた二、三の乗客に混じって、駅の待合室に入っていくのを見た。彼はてっきり母親を見失ったものと思った。母親がどの列車に乗るかは絶対にわからないだろう。ミルクマンはもう一度、家に引き返そうかと思った。時刻は遅く、彼はへとへとに疲れていたし、それ以上どうしても、母親のことを知りたいという気持ちもなかった。しかし、ここまできてから引き返し、問題をいつまでも宙ぶらりんにしておくのはばかげている、ということにミルクマンは気がついた。ミルクマンは駐車場に車を停め、ゆっくりと駅のほうに歩いていった。もしかしたら列車に乗るのではないかもしれない、と彼は思った。男は駅で母親に会うのかもしれない。

ミルクマンは注意深くあたりを見回してから、ドアを押し開けた。中には母親の姿はまったく見当たらなかった。小さくて質素な建物だった。古びてはいるが、しかし充分に明るかった。つつましやかな待合室を見おろすようにして、ミシガン州の紋章が鮮やかなテクニカラーで浮かびあがっていた。おそらくどこかの高校の美術クラスの作品であろう。二頭のピンクの鹿が、後足で立ってたがいに向かい合い、その二頭の間の眼の高さのところに、一羽の鷲が止まっていた。鷲は両翼を広げ、まるで肩をいからせているように見えた。頭は左に向けられ、猛々しい眼が食い入るようにして、鹿の眼を覗き込んでいた。深紅色のラテン語の文字が、紋章の下の長いリボンに記されていた。*Si Quaeris Peninsulam Amoenam Circumspice*（もし麗わしき半島を見んと欲せば、周囲を見よ《シ・クワエリス・ペニンスラム・アモエナム・キルクムスピケ》）。ミルクマンにはラテン語はわからなかったし、また、なぜこのくずりの州（くずりが多くいることから付いたミシガン州の俗称）が、紋章に雄鹿を描いているのかもわからなかった。それともこれは雌鹿だろうか？　ミルクマンはギターが雌鹿を殺した話を想い出した。「男はそんなことをしちゃいけないんだ」という言葉を。ミルクマンは何か悔恨にも似たものが素早く脈打つのを感じたが、それを払いのけてまた母親の姿を探しはじめた。彼は駅の裏手に回ってみた。やはり母親の姿はなかった。それからミルクマンは上にもプラットフォームがあり、そこに昇る階段があること、また〝フェアフィールドおよび東北郊外〟と、ペンキで記した矢印があることに気づいた。たぶん母親はそのプラットフォームにいるのだろう。ミルクマンは用心深く階段のほうに歩いていき、ばったりと出会ったり、見落としたりすることのないように、上のほうや周囲一面に眼をくばった。ラウドスピーカーが沈黙を破り、フェアフィールド・ハイツ行き、二時十五分の列車が到着し、上のプラットフォームから発車することをアナウンスした。それを聞くとミルクマンは大急ぎで階段を駆けあがり、やっとルースが乗り込むのを見つけ、自分自身も別の車輛に飛びこむことができた。

列車は十分置きくらいの間隔で、十カ所に停車した。停車するたびにミルクマンは、車輛の間から身を乗り出して、母親が降りるかどうかを見た。六つ目の駅で停まった後でミルクマンは車掌に、市内に帰る次の列車は、何時に出るかと尋ねた。「午前五時四十五分です」と車掌は答えた。

ミルクマンは自分の時計を見た。もう三時になっていた。三十分後に車掌が、「終着フェアフィールド・ハイツ」と大声で案内すると、ミルクマンはもう一度外を見て、今度は母親が下車するのを見た。ミルクマンは走って、待っている客を風から守るための、三方を囲んだ木造建造物の陰に隠れ、やがて母親の幅の広い、ゴム踵の靴が階段を降りてくる音を聞いた。

風除けのための建物の向こうの、下の通りには店が並んでいたが、この時間にはみんな閉まっていた。新聞の売店、コーヒー・ショップ、文房具店。しかし住宅はなかった。フェアフィールドの裕福な人々は駅の近くには住まなかったし、また道路から見える家さえ数えるほどしかなかった。それでもルースはあの落ち着いた足取りで通りを歩いていき、ほんの数分後には、フェアフィールド墓地に通ずる、広い曲がりくねった道に出ていた。入口を覆っている鉄のアーチをじっと見ているうちにミルクマンは、医師の遺体を埋葬する墓地——どこか、黒人たちがみんな一緒に、一ヵ所に埋められているのとは違った場所——を探すのにひどく気を使った、と母親が話していたのを断片的に想い出した。そして四十年前には、フェアフィールドは農場地域で、そこにあった郡営墓地はあまりにも小さく、埋葬される死者が白人か黒人か、などということを気にする者は誰もいなかったのである。

ミルクマンは木にもたれて、入口のところで待っていた。これまで少しでも疑っていたとすれば、今こそ彼は、父親が彼に話したことがすべて本当だ、ということをはっきりと知ったのだ。ルースは愚かで身勝手な、いかがわしく弱々しい、淫らな女だった。またしてもミルクマンは侮辱を感じた。どうして自分の一族には誰一人として、ちゃんとして正常でいられる者はないのだろう？

ミルクマンが一時間ほど待っていると、母親が出てきた。

「やあ、ママ」とミルクマンは言った。彼は不意に木の陰から出てきて母親をおどかそうとしながら、自分の気持ちのままの、冷やかで残酷な声を出そうとした。

ミルクマンの計画はうまくいった。ルースは驚きのあまりよろよろとつまずくようにして、大きな息をごくりと呑み込んだ。

「まあメイコン！　あなたなの？　ここにきていたの？　まあ、ほんとにわたし……」ルースはちゃんとした言葉や態度、また品位を取り戻そうとして弱々しく微笑し、眼をしばたたいて、必死になってその場を正常なものにしようとした。

ミルクマンは母親の言葉を遮った。「自分の父親の墓で寝にくるんだね？　これまでずっと、そんなことをしていたのかい？　時々自分の父親と一緒に夜を過ごして？」

ルースはがっくりと肩を落とした。しかしルースは驚くほど落ち着いた声で言った。

「駅まで歩きましょう」

あの小さな風除けの中で、市内に戻る列車を待っている四十五分の間、二人とも一言も口を利かなかった。太陽が昇って、壁に落書きされた若い恋人たちの名前を照らし出した。二、三人の男たちがプラットフォームへの階段を昇っていった。

列車が側線からプラットフォームに入ってきたときも、二人はまだ口を利いてはいなかった。車輪が実際に回転し、エンジンの調子が出てきて、初めてルースは口を切った。そしてルースは文章の途中から話しはじめた。自分と息子がフェアフィールドの墓地の入口を去ってから、ずっと考え続けていたとでもいうみたいに。

「……だって本当はわたし、小さな女なんだもの。かわいいというんじゃないのよ。小さいの。そして小さいのは、小さく押し込まれていたからなの。わたしは自分を小さな包みの中に押し込む、大きな家に住んでいたのよ。わたしには本当のお友達は一人もいなかった。ただわたしの服や、白い絹のストッキングに触りたがる、学校のお友達だけ。でもわたしパパがいたから、お友達が必要だなんて思ったこと一度もなかったわ。わたしは小さかったけど、パパは大きかった。わたしが生きるか死ぬかということを、本当に心配してくれたただ一人の人よ。わたしが生きるか死ぬかに、興味を持つ人はいくらでもいたわ。でもパパは、心配してくれたの。パパはいい人じゃなかったわ、メイコン。確かに横柄な人だったわ。そして愚かな、破壊的なこともよくしたわ。でもパパは、わたしが生きてるかどうか、またどんなふうに生きてるかを心配してくれたわ。そういう心配をしてくれた人は、ほかには一人もいなかったし、今もいないわ。そのお返しにわたしは、どんなことだってするの。パパのそばに、パパの持ち物、パパが使ったもの、触ったものの中にいるのは、わたしには大切なことなの。後になってからはわたしには、パパがこの世にいるということを知るのが本当に大切だったわ。パパがこの世にいなくなってからはわたしは、パパから得た、あの心配してもらっているという気持ちに、いつも新しく火を点けてきたの。

わたしは奇妙な女じゃないわ。小さな女なの。あなたたち二人がいるあの店で、お父さんがあなたに、わたしのことでどんなことを話したかは知らないわ。でもあの人があなたに、ただ自分にとって都合のいいことしか話さなかったということは、わたしには自分の名前と同じようによくわかるの。あの人があなたに、あの人はわたしのお父さんを殺し、あなたを殺そうとしたことなど、一度も話したことがないのはわかってるわ。パパもあなたも二人とも、わたしの注意をあの人から奪ったからなのよ。あの人があなたに、そんなこと一度も話したことがないのはわかってるわ。わたしのお父さんの薬を投げ棄ててしまったことなど、一度も話してないのはわかってるわ。でも本当なのよ。そしてわたしには、自分の父親を救うことができなかったの。メイコンがお父さんの薬を持っていってしまったのに、わたしそのことを全然知らなかったの。それに、もしパイロットがいなかったら、わたしはあなたを助けることもできなかったわ。パイロットが最初に、あなたをこの世に連れてきてくれたのよ」

「パイロットが？」ミルクマンは警戒しはじめていた。彼はだまされようとしていて、しかもそのことを知っている人間のような、ぼんやりとした耳で母親の話を聞きはじめていた。

「パイロットよ。親切で優しいパイロットよ。あなたのお父さんとわたしは、わたしのパパが死んでから、身体の関係はなかったの。リーナとコリンシアンズがまだよちよち歩きの頃よ。わたしたちもの凄い喧嘩をしたの。あの人、わたしのことを殺すと脅したわ。わたしはあの人がパパにしたことで、警察にいくと言ってやったの。二人ともそんなことはしなかったけど。きっとわたしのパパのお金のほうがあの人には、わたしを殺す満足よりも大切だったんだわ。そしてわたしは、もし赤ちゃんがいなかったら、死んだほうが幸福だったわ。あの人は別な部屋に移り、そんな状態が続いて、わたしにはもう耐えられなくなったの。そんなふうにして生きていかなくっちゃいけないんだったら、本当に死んでしまうだろうと思うほどだったわ。誰一人わたしに触ってくれない。触りたそうな顔さえしてくれないんだものね。その頃からよ、わたしがフェアフィールドにくるようになったのは。話をするために。わたしの話すことを聞きたがって、わたしのことを笑ったりしない人に話をするために。わたしが信頼できる人。わたしを信頼してくれる人。わたしに……関心を持ってくれる人。わたし自身のためにね。その人が土の下にいたってかまわなかったの。いい、あなたのお父さんがわたしと一緒に寝るのをやめたとき、わたしはまだ二十歳だったのよ。辛いものよ、メイコン、ほんとに辛いものよ。三十歳になる頃までには……わたしはそんなふうなままで死ぬものだと、思っていたような気がするわ。

その頃パイロットがこの町にやってきたの。まるでこの市が自分のものみたいな顔をしてやってきたわ。パイロットと、リーバのちっちゃな赤ちゃんと。ヘイガーよ。パイロットはすぐにメイコンを訪ねてきたわ。そして、わたしに会ったとたんに、わたしが何で悩んでいるか見て取ったの。そして、ある日パイロットはわたしに聞いたの、〝あんたはあの人が欲しいかい？〟って。〝わたし誰かが欲しいわ〟ってわたしは答えたわ。〝あの人は誰にも負けないほど達者だ〟とパイロットは言ったの。〝それにあんたは身ごもって、その赤ちゃんはあの人の子供でなきゃいけない。あの人は男の子を持たなきゃいけない。でないと、あたしたちの一族はこれで終わってしまう〟って。

パイロットはわたしに、おかしなことをするように教えてくれたわ。そして緑がかった灰色の草みたいなものをくれて、それをメイコンの食物に入れろって言うの」ルースは笑い出した。「わたしはお医者さんになったような、何かひどく重要な科学的実験をしている、化学者になったような気がしたわ。それに効き目もあったの。メイコンは四日間わたしのところにきたの。真昼間に事務所から帰ってきて、わたしのところにきたことさえあったわ。面食らったような顔をしてたけど、でも、とにかくきたの。それから、おしまいになったの。そして二カ月後に、わたしは妊娠していたってわけ。そのことを知るとすぐにあの人は、パイロットのことを怪しいとにらんで、わたしにお腹の子供を始末しろと言うの。でもわたしは言うことを聞かなかったし、パイロットがわたしを助けてくれて、メイコンを近づかせなかったの。もしパイロットがいなかったら、わたしにはそれだけの強さはなかったわ。パイロットがわたしの命を助けてくれたの。そしてあなたの命もよ、メイコン。パイロットはあなたの命も助けてくれたのよ。まるで自分の子供みたいに、あなたのことを見守ってくれたわ。あなたのお父さんがあの人を放り出すまで」

ミルクマンは自分の前の座席に取り付けられた、冷たいハンドバーに額を押しつけた。

そのままの姿勢で彼は、棒の冷たさに頭を冷やした。それから彼は母親のほうを向いた。

「ママのお父さんが死んだとき、ママはお父さんと一緒にベッドにいたの？　裸で？」

「いいえ、でもスリップを着て、パパのベッドのそばにひざまずき、パパの美しい指にキスはしたわ。指だけがパパの身体で……」

「ママはぼくに乳を飲ませたね」

「ええ」

「ぼくが……大きくなるまで。大きすぎるようになるまで」

ルースは息子のほうに身を向けた。そして顔をあげて深く息子の眼を覗き込んだ。「そしてわたしは、あなたのためにお祈りもしましたよ。毎日毎晩。ひざまずいて。ねえ、言っておくれ。わたしが膝に抱いて、あなたにどんな悪いことをしたというの？」


それが始まりであった。今やすべては終わろうとしていた。もう少しすれば、ヘイガーがドアから入ってくるだろう。そして今度はミルクマンは、ヘイガーのなすがままになるつもりであった。その後は自分が誰で、どこにいたかを想い出すこともないだろう。リーナと呼ばれるマグダリーンや、ファースト・コリンシアンズのことも、自分が生まれる前に自分を殺そうとした、父親のことも。自分の父親と母親の間のはなばなしい確執、鋼鉄のように滑らかで堅牢な確執のことも。またあの白昼夢を見ることも、母親が自分に向かって言った、あの恐ろしい言葉を聞くこともないだろう。「どんな悪いことを？　わたしが膝に抱いて、あなたにどんな悪いことをしたというの？」

ミルクマンはヘイガーの足音を聞くことができた。それからドアのノブが回るのを。ためらい、そして、また回るのを。眼を覆っている腕をはずさなくても、ヘイガーがすぐそこで、窓から自分を見ているのはわかった。

ヘイガー。ミルクマンを殺そうとして、アイスピックを揮《ふる》うヘイガー。クリスマスに感謝の手紙を受け取ってからしばらくして、毎月気がついてみるとヘイガーは、自分の本当の恋人を殺すための、持ち運びに手頃な凶器を求めて、樽の中や、食器棚や、地下室の棚を探し回っているのであった。

あの〝あなたにお礼を〟という言葉は、ヘイガーの心を深く傷つけた。しかしヘイガーが凶器を求めて、忙しく食器棚の中を探し回るのはそのためではなかった。ヘイガーの気持ちをそこまで駆り立てたのは、ミルクマンが若い女性の肩に腕を回し、その女性の絹のようにつややかな赤褐色の髪が、ミルクマンの外套の袖に、豊かに垂れさがっているのを見たことであった。二人はメアリーの店で、オンザロックにしたジャック・ダニエルズのコップを覗き込みながら、にこにこして坐っていた。うしろから見るとその女性は、少しばかりコリンシアンズかリーナに似ていた。そして、その女性が笑いながらミルクマンのほうに顔を向け、その女性の灰色の眼をヘイガーが見たとき、クリスマス以来、ヘイガーの胸の中で握りしめられていたこぶしが、皮はぎナイフの刃のように、その人差し指を弛《ゆる》めたのだ。新月が潮を求めるのと同じように規則的に、ヘイガーは凶器を探し、こっそりと家を脱け出し、自分がこの世に生まれてきたのは彼のためだと信じている男を、探しに出かけるのであった。自分のほうが男より五歳年長であることも、また彼と血がつながっていることも同じように、少しもヘイガーの激情に水をかけはしなかった。それどころか、ヘイガーが女盛《ざか》りで、しかもミルクマンと血縁であることは、ヘイガーの激情を熱病に変え、そのためにそれは愛情というよりも、むしろ苦痛になっていた。それは夜になると文字通りヘイガーをノックダウンし、朝になると引き起こした。またしてもミルクマンがいない一日を過ごした後、自分自身を引きずるようにしてベッドに入るとき、ヘイガーの心臓はまるでグラブをはめたこぶしのように、肋骨に打ち当たったからである。そして朝になると、まだ完全に眼が覚めるずっと前から、ヘイガーは激しい、締めつけられるような慕情に駆られ、そのためにきれいに夢を忘れて、眠りから引き起こされるのだった。

ヘイガーは家を回ってポーチに出ると、果物屋や肉屋へと、迷っている亡霊のように通りを歩き回り、どこにも、またどんなものにも、安らぎを見つけることができないのであった。祖母がヘイガーの前に置いてくれる、ぽかりと割って軽く塩を振った初もぎのトマトにも。リーバがティヴォリ劇場で当てた、六枚セットのピンクのガラス皿にも。パイロットが芯をつけ、リーバが爪やすりで小さな花を描き、店で買った本物の燭台に立てて、ヘイガーのベッドのそばに置いてくれた、二人で作った彫刻入りのろうそくにも。正午の高い強烈な太陽にも、海のように暗い夕暮れにも。ミルクマンがキスをしてくれていない口、ミルクマンのほうに向かって走ってはいない足、もはやミルクマンを見ていない眼、ミルクマンの身体に触ってはいない手から、ヘイガーの心を引き離すことのできるものは何もなかった。

ときにはヘイガーは、誰も吸ってくれる者のない乳房をもてあそぶこともあった。しかしある点までくると、ヘイガーの気抜けしたような状態はひとりでに消え失せ、そのあとには荒々しい、集中的に襲ってくる洪水か、雪崩《なだれ》のような卑劣さが残った。それが誰を憎んでいるのでもない、単なる自然現象だと信ずるのは、ただ救助のヘリコプターで飛んでいる目撃者だけで、最後の息を呑み込もうとしている犠牲者は、それが自分に向けられた、個人的なものであることを知っているのであった。鮫に見られるような計算された凶暴さが、ヘイガーの内部で膨れあがった。そして幼児殺しの儀式に出かけようと、ほうきに乗ってまっすぐに夜の中を飛びながら、股の間のほうきの柄だけでなく、黒い風にもぞくぞくするような興奮を感じている、あらゆる魔女たちと同じように、夫に向かって投げつけたとうもろこしの堅さと、それにまぜた灰汁（とうもろこしの殻を取るのに用いられる）の効果とを気づかっている、つくづくうんざりしたあらゆる新妻のように、毒を塗ったエメラルドの指輪を年代ものの赤ぶどう酒に浸しながら、指輪の美しさにうっとりとしている、あらゆる女王や高級娼婦と同じように、ヘイガーは自分の使命の、こまごまとした点に刺激された。ヘイガーはミルクマンを付け狙った。ヘイガーの胸の中で激しく脈打っているあのこぶしが、あの皮はぎ用ナイフの刃のような人差し指に変わるときにはいつも、ミルクマンとまったく接触しないでいるよりは、どんな種類の接触でもしたほうがよいときには、ヘイガーはミルクマンを付け狙った。ヘイガーはミルクマンの愛を得ることができなかった（そしてミルクマンは自分のことを全然考えてもいないのかもしれない、と考えるのは耐えられなかった）。だからヘイガーはミルクマンの恐怖で満足した。

そういう日にはヘイガーは、髪を雷雲のように逆立てながら、ミルクマンの姿を見つけるまで、南側《サウスサイド》やノット・ドクター・ストリートをうろつき回った。ときには二日かかることも、また三日かかることもあった。そしてヘイガーを見かけた人々は、ヘイガーが〝またミルクマンの後を追っかけはじめたぞ〟という噂を広めた。女たちは窓から覗いてヘイガーを見た。男たちはチェッカーの勝負から顔をあげ、今度は本当にやってしまうだろうかと考えるのだった。失恋した男や女が、どんなに思いきったことをするものかということには、彼らは決して驚かなかった。彼らは女たちが、着ているものを頭からすっぽ

り と脱ぎ、失った愛のために犬のように泣きわめくのを、見たり聞いたりしていた。また失恋のために、銅貨を口にくわえて戸口に坐っている男たちを。「やれやれ」と彼らは心の中でつぶやくのだった。「あんな破滅的な恋は、一度もしたことがなくて助かった」エンパイア・ステイト自身がよい例であった。彼はフランスで白人の娘と結婚して、故郷に連れ帰った。羽虫のように幸福に、また羽虫のように勤勉に、彼は六年間その女性と一緒に暮らしたが、ある日家に帰ってみると、妻は別な男と一緒にいた。相手の男もやはり黒人だった。自分の白人の妻が愛しているのは、自分一人ではなく、このもう一人の黒人だけでもなく、黒人全体だということを知ったとき、エンパイア・ステイトは坐りこんで口をつぐみ、それっきり二度とものを言わなくなった。レイルロード・トミーが彼を救貧院や、懲治監や、精神病院などのどれかにいかなくてもすむように、店の雑用に使ってやることになったのだった。

そういうわけで、ヘイガーがミルクマンを探してうろつき回るのは、恋によって〝生命を与えられる〟という神秘の本質的な部分であって、その現われ方こそ、みんなのたいへんな興味を呼び起こしたけれども、結果はすこしも意外ではなかった。結局のところ、自分自身と血のつながった女に手を出したミルクマンには、当然な報いなのであった。

ミルクマンにとって運がよかったことに、これまでのところヘイガーは、世界一間の抜けた殺し屋であった。生贄《いけにえ》の前に出ると（怒りの絶頂にいてさえ）ヘイガーはこわくなって激しく震え、ナイフで刺そうとしても、ハンマーを振っても、アイスピックで突こうとしても、いつも手元が狂ってしまうのであった。うしろから手首をつかまれたり、正面からボディ・タックルを受けたり、顎に鮮やかに一発入れられたりして阻止されるとたちまち、ヘイガーは身を折り曲げるようにしてその場に泣き崩れ、また後ではパイロットに鞭打たれて、贖罪の涙を流した。パイロットに鞭打たれていると、ヘイガーは心が安まってくるのであった。パイロットはヘイガーを打ち、リーバは声をあげて泣き、ヘイガーはうずくまった。次のときまで。ギターの小さな独り者部屋のドアのノブを回している、今のような。

ドアには鍵がかかっていた。そこでヘイガーはポーチの手すりに片足を引っかけ、窓をいじくった。ミルクマンはその音を聞き、窓が揺れるのを聞いた。しかしミルクマンは動こうとも、眼を覆っている腕をはずそうともしなかった。ガラスががちゃがちゃ、ががらと音を立てても彼は動かなかった。

ヘイガーはまた靴をはいてから、窓に開けた穴に手を突っ込んで、掛け金をはずした。窓を押しあげるのには一番時間がかかった。ヘイガーは片足で体重を支えながら、不安定な姿勢で、手すりの上に身を乗り出していた。窓がゆがみながら上にあがっていった。

ミルクマンはあくまでも見ようとはしなかった。汗が腰のあたりにたまり、また腋の下から流れ落ちた。しかし恐怖は消えていた。彼はそこに朝の光のように静かに横たわり、世界のエネルギーを自分の意志の中に吸い込んでいた。そしてヘイガーを殺すつもりでいた。自分が殺されるか、相手が死ぬかのどちらかだ。俺は自分の好きなようにしてこの世で生きていくか、さもなければこの世から消えるかのどちらかだ。もし俺がこの世に生きていくとすれば、その場合にはヘイガーに死んでもらわなければならない。どちらか一方だ。俺かヘイガーかだ。選ぶんだ。

死ね、ヘイガー。死ね。死ね。死ね。

だがヘイガーは死ななかった。ヘイガーは部屋の中に這い込んで、小さな鉄製のベッドに近づいてきた。手には肉切り庖丁が握られていた。その庖丁をヘイガーは頭上高くかざし、ミルクマンのワイシャツの襟の上に出ている、つやつやした首の肉めがけてどさりと振りおろした。庖丁はミルクマンの鎖骨に当たり、肩のほうにそれた。皮膚にできた小さな裂け目から血が流れ出した。ミルクマンはぴくりとしたが、しかし腕を動かしも、眼を開けもしなかった。ヘイガーはもう一度庖丁を、今度は両手を使って持ちあげたが、腕を振りおろすことはできなかった。振りおろそうとしても、肩の関節が動かないのであった。十秒が過ぎた。十五秒。麻痺した女と、凍りついた男。

三十秒経ったときにミルクマンは、自分が勝ったことを知った。彼は腕をずらして両眼を開けた。彼の視線は振りあげたままおろせないでいる、ヘイガーの緊張した両腕のほうに動いていった。

ていたわ。

まあ、とミルクマンの顔を見たときヘイガーは思った、この人がどんなに美しいか忘れていたわ。

ミルクマンは上体を起こし、ベッドの横から両脚をぶらさげ、そして立った。

「両手をそのままにして」とミルクマンは言った。「それからまっすぐに、まっすぐに素早く振りおろしたら、その庖丁でまともにあんたの穴を刺し通せるぜ。どうしてそうしないんだい？　そうすればあんたの問題は、みんな解決するぜ」ミルクマンはヘイガーの頬を軽く叩くと、ヘイガーの大きく見開いた、黒い、哀願するような、うつろな眼から離れていった。

ヘイガーは長い間そうして立っていた。そしてもっと時間が経っても、誰もヘイガーを見つける者はなかった。けれども、ヘイガーがどこにいるかは、みんなには見当がついたはずであった。もししばらくヘイガーが姿を見せなければ、誰にでも見当はついた。ルースでさえ今は知っていた。一週間前にルースはフレディから、ヘイガーが六カ月の間に六回、ミルクマンを殺そうとしたことを聞いたのである。ルースはフレディの金歯をじっと見つめながら、「ヘイガーが？」と聞いた。ルースは長年の間ヘイガーを見ていなかった。ルースはこれまでにたった一度——ずっと昔——パイロットの家を訪ねたことがあるだけであった。

「ヘイガーが？」

「ヘイガーですよ。確かにヘイガーですよ」

「パイロットは知ってるんですか？」

「もちろん知ってますよ。そのたんびにひっぱたくんです。でも何の効果もないんですよ」

ルースはほっとした。一瞬ルースは、自分の息子を最初にこの世に生まれさせてくれたパイロットが、今度は彼の死ぬのを見なければならないのではないかと思った。けれども、そのほっとした次の瞬間、ルースは不快になった。ミルクマンが自分でルースに話さなかったからだ。それからルースは息子が自分には、本当に何一つ話さないこと、しかも、そうなってからもう何年にもなることに気がついた。ルースにとって息子が一人の人間、自分とは別の、本当の人間であったことは一度もなかった。息子はいつも一つの情熱であった。ルースは夫と寝て、夫によってもう一人の子供を得ることを必死になって望んでいたので、自分の生んだ息子は何よりもまず、自分自身とメイコンとの間の待望のきずな、二人を結びつけ、二人の性生活を元に戻してくれるはずのものであった。生まれないうちからすでに息子は、一つの強烈な感情、パイロットが雨水にかきまぜて食物に入れるようにと言ってルースにくれた、あのむかむかするような、緑がかった、灰色の粉末についての感情であった。けれどもメイコンは、数日間の性的催眠状態から激怒して脱け出し、後になってルースの妊娠に気づくと、中絶させようとした。それから子供をおろすためにルースは、メイコンに半オンスのひまし油を飲まされて嘔吐し、次には火傷を負いそうな熱湯を空けたばかりの、熱い鍋の上に坐らされ、次には石鹼水で浣腸させられ、編み針で（浴室にしゃがんで、ドアの外をいったりきたりしている夫を恐れて、泣き声を出しながら、先端をほんのちょっと差し入れただけであった）突くことを強いられた。そして最後に夫がルースの下腹部をなぐったとき（夫の朝食の皿を片づけるために取りあげようとしたとき、メイコンはルースの下腹部を見てなぐりつけたのだ）ルースはパイロットに会おうと南側《サウスサイド》に走っていった。ルースはそのあたりは一度も歩いたことがなかったけれども、パイロットの住んでいる家は知らないにしても、通りは知っていた。パイロットの家には電話もなく、番地もなかった。ルースは通りがかりの人間にパイロットの住んでいる場所を聞き、舗装をしてない道路から引っ込んだ、貧弱な茶色の家を教えられた。パイロットは椅子に坐り、リーバが理髪用の鋏《はさみ》で、パイロットの髪をカットしていた。ルースがヘイガーを見たのは、そのときが初めてだった。ヘイガーはその頃、四歳か五歳くらいだった。丸々と太って、長く四つに編んだ髪を、二つは耳の上に角のようにかぶせ、二つは尻尾のように、首のうしろに垂らしていた。パイロットはルースを慰め、桃を一個くれたが、ルースは綿毛でむかむかして食べられなかった。パイロットはルースの話を聞き、リーバを店にやって、アーゴのコーンスターチを一箱買ってこさせた。パイロットはコーンスターチを少しばかり手の中にこぼし、それをルースに差し出した。ルースは素直に固まりを一つ取って、口に入れた。それを味わい、そのぱりぱりした歯ざわりを感じたとたんに、ルースはもっと欲しいと言い、帰る前に一箱の半分を食べてしまった。（それからというもののルースはコーンスターチやぶっかき氷、ナッツなどを食べ、あるときなどは発作的に、小さな砂利石を数粒口に入れたこともあった。「赤ん坊が生まれるときには、赤ん坊が欲しがるものを食べなきゃいけないんだよ」とパイロットは言った。「でないと、食べさせてもらえなかったものに餓えて、生まれてくるからね」ルースはいくら嚙んでも、それで足りるということはなかった。ルースの歯は嚙みたがってうずうずしていた。猫が爪でかかないではいられないのと同じように、ルースはぱりぱりしたものを探し求めた。そして何もないときには歯ぎしりをするのであった）

コーンスターチをばりばり嚙みながらルースは、パイロットに導かれるままに寝室に入った。そこでパイロットはルースに即席手作りのガードル――股のところがぴったりしていた――を着けさせ、四カ月目まではそれをずっと身につけているように、そして、「もうメイコンと交わってはいけないし、お腹に棒を突っ込んではいけないのよ」と言った。パイロットはまたルースに、気にしないでよいと言った。メイコンはもうルースを困らせることはないだろう。自分が、パイロットが、そのように取り計らってやるというのであった。(何年も後になってルースは、パイロットが事務所のメイコンの椅子に、小さな人形を置いたことを知った。それは小さな、色を塗った鶏の骨を股ぐらに突っ込み、腹部に丸い、赤い円を描いた男の人形であった。メイコンはその人形を椅子から叩き落とし、ヤードさお尺で浴室に放り込んだ。そして浴室でメイコンは、人形にアルコールをかけて焼いた。内側に詰めた麦わらと、綿のふとんがわ地まで火が届くのには、九回も焼き直さなければならなかった。だがメイコンはその丸い、火のように赤い人形の腹を覚えていたのにちがいない。それ以後はルースに手を出すことはなかったからである)

ルースが足元にはびろうどの薔薇を、頭上には青い翼を生やした男を眺めながら、雪の中に立っていた日の翌日その子が生まれると、ルースはその子を素晴らしい玩具、苦痛を一時的に鎮め、気をまぎらわしてくれるもの、また乳房をふくませるときには、肉体的な喜びとして眺めた——やがてフレディに(またしてもフレディだ)その現場を見つかるまでは。それからもはや息子は、ルースの別珍製の玩具ではなくなった。ミルクマンはまるで映画に出てくる、カウボーイとインディアンが戦う大平原のように、ルースと夫が戦う戦場となった。どちらも相手をどう評価してよいのか戸惑い、どちらも自分の純粋さを確信し、相手の中に認められる愚かさに激怒しながら、二人は戦った。ルースはもちろんインディアンのほうであった。そして自分の土地と、習慣と、高潔さをカウボーイに奪われ、自分の運命に忍従し、小さな、的はずれの反抗に固執している誇り高い足台になった。

だがルースのこの息子は、一体誰なのだろう？　この外側には肉をつけ、内側には、ルースのうかがい知ることのできない感情を持った、背の高い男は？　だが誰かが知っているのだった。彼を殺してやりたいと思うほどに充分に知っているのだった。突然世界はルースにたいして、ルースの育てているインペリアル・チューリップの一つのように開き、その不吉な、黄色い雌しべをあらわした。ルースは自分自身の不幸を育て、形成し、それを一つの芸術、一つの生き方にしてきた。今やルースは自分自身の世界の外部にある、もっと大きな、もっと悪意に満ちた世界を見た。医師がそこに寝て、おくびをしながらやせ衰えていった（孫息子が受け継いだものといえばそれだけの、あの美しい手以外の部分はすべてそうだった）四柱式ベッドの外の世界を。自分の庭と、自分の金魚が死んだ水槽の外の世界を。ルースはすべては終わったと思っていた。自分はひまし油にも、排尿をすることも、娘たちが裁断をしたり縫ったりしながら坐っているテーブルに、一緒に坐ることもできないほどに皮膚を焼けただれさせた、あの熱い湯気の立っている鍋にも、負けないで切り抜けたのだと。とにかくルースは子供を生んだのだった。そして、それによってルースとメイコンの間の裂け目は少しもふさがりはしなかったけれども、息子は現実に、ルースのただ一つの勝利として存在していた。

ところが今フレディはルースに向かって、まだ終わってしまったわけではないと言っていた。誰かがまだ息子を殺そうと狙っているのだった。ルースが完璧に成し遂げた、ただ一つの積極的な攻撃の成果をルースから奪おうとして。そして息子の生命を脅しているのは、メイコンと血を分けた人間なのだった。

「不愉快だわね」とルースは、フレディが渡した家賃を折りたたんでポケットに入れながら、大きな声でフレディに言った。「本当に不愉快だわ」

ルースはポーチの上り段を昇って、台所に入っていった。自分の足が何をしようとしているのか気づかないうちに、ルースは流しの下の、錠がだめになった戸棚のドアを蹴飛ばしていた。ドアはルースに蹴られて、小さな不平そうな音を立てたが、またいつの間にか開いていた。ルースはそれを見て、もう一度足で蹴って閉めた。ふたたびドアは不平をこぼし、またすぐに開いてしまった。

「閉まっていて欲しいのよ」とルースはささやいた。「閉まっていて」

ドアは開いたままだった。

「閉まっていて。聞こえるの？　閉まっていて。閉まっていて。閉まっていて」ルースは今や金切り声をあげていた。

リーナと呼ばれるマグダリーンが母親の金切り声を聞きつけ、階段を駆け降りて台所に入ってきた。見ると母親は流しをにらみつけて命令していた。

「お母さん？」リーナはこわくなった。「なあに？」

ルースは顔をあげて娘を見た。

「わかんないわ……お母さんが何か言ってるのが聞こえたような気がしたの」

「誰かにそのドアを直させて。閉まっていて欲しいのよ。しっかりと」

ルースが急いで出てゆく姿をリーナは眼を見張って眺め、母親が階段を駆けあがる音を聞くと、信じられないというように唇に指を当てた。ルースはもう六十二歳だった。母親がそんなに速く動けるなどとは、リーナは思ってもいなかった。


ルースの情熱は狭くはあったが、しかし深かった。長い間性生活を奪われ、長い間自分で自分を処理してこなければならなかったルースは、息子に差し迫っている死を、自分が肉体的に愛された最後の機会の消滅として眺めた。

一年に六回か七回墓地に出かけるときと同じ、決然とした足取りで、ルースは家を出て二十六番のバスに乗り、運転手のすぐうしろに坐った。ルースは眼鏡をはずしてスカートの裾で拭いた。誰か自分のものである人間に、死が注意を向けたときにはいつもそうだったように、父親のまばらな髪を死の吐息が乱したときと同じように、ルースは冷静で果断であった。医師の看病をし、死の胸に手を当てて押し返し、死を拒否し、父親がもう生きていたいとは思わなくなるまで、苦しみを通り越して、次に吸い込む息では、自分自身の悪臭をかがなければならないことにむかつき、ぞっとするような気分を味わうまで、父親を生かしておいたときと同じ、あの落ち着きと手際のよさを今もルースは持っていた。しまいには父親はすっかりうんざりして、自分を生かそうとする娘の努力と戦う気力も失い、自分に平和を与えようとはせず、まるで憧れ望んでいる狭い土地から自分を引き離している磁石のように、きらきらと輝く眼を自分に据えているこの女を完全に憎みながら、ぐずぐずと生き延びているのであった。

ルースは眼の前を通り過ぎていく街路標がよく見えるように、眼鏡をきれいに拭った。（「桜んぼを食べなさい」とパイロットがルースに言ったものだ、「そうすれば眼の上に、その小さな窓をかけなくてもよくなるから」）ルースの心はただその場所に――パイロットが住んでおり、たぶんヘイガーも住んでいると思われるダーリング・ストリートへ――いくこと以外には何も考えていなかった。どうしてあの丸々と太った、髪の毛の重さでつぶれそうに見えたあの小さな女の子が、わたしの息子を殺そうとして、ナイフを振り回す女になどなったのだろう？　きっとフレディが嘘をついてるんだわ。きっと。確かめて見なくては。いくつかの銀行が消えてゆき、今にもつぶれそうな家々にはさまれた、小さな商店がいくつか視野に入ってくると、ルースはコードを引いて合図した。バスを降りるとルースは、ダーリング・ストリートを横に突っ切っているガード下のほうに歩いていった。長い道のりで、パイロットの家に着く頃にはルースは汗をかいていた。ドアは開いていたが、中には誰もいなかった。家の中には果物の匂いが漂っており、この前ここにきたとき、桃のために吐き気を催したことをルースは想い出した。ルースが崩れるように坐り込んだ椅子はここにあった。あそこにはろうそくを作るためのラック、パイロットが手作りの石鹼を、黄色がかった褐色の厚板に固める平鍋があった。あのときにはこの家は避難所であった。今ルースは冷たい怒りを感じてはいたけれども、それでもなおこの家は憩いの場所、安全な港のように見えた。全然はえのくっついていないはえ取り紙が、やはり天井から吊されている袋とあまり離れていないところに、ねじれてさがっていた。寝室を覗くと三つの小さなベッドが見えた。そしてゴールディロックス（英米の子供たちによく知られた童話『三匹の熊』の主人公。母親の言いつけを守らないで森に行って熊の家に入り、小熊の朝食を食べ、小熊のベッドに寝て、熊の家族が散歩から帰って来ると慌てて逃げ出す）と同じように、ルースは一番近くのベッドのところにいって腰をおろした。みんなが生活している大きな居間と、この寝室の二部屋しかないこの家には、裏口がなかった。この家には地下室があったが、そこには外からしか入れず、家から斜めになってついている金属のドアを開けると、その下に石の階段があるのだった。

怒りと決意を固めながら、ルースは静かに坐っていた。自分の坐っているのは誰のベッドだろうと思って毛布をめくると、その下にはただ、ふとんがわ地に包まれたマットレスしかなかった。隣のベッドも同じだったが、その次のベッドはそうではなかった。三番目のベッドにはシーツと枕と枕カバーがあった。ヘイガーのベッドだとルースは思った。固まっていた怒りが溶けて身体じゅうに溢れた。ルースはその部屋を出て、待てるように、誰かが帰ってくるまで待てるように、激しい怒りを押し戻した。両手で両肘を押さえて、居間の床をいったりきたりしていると、突然家の裏のほうから響いてくるように思われるハミングが聞こえた。パイロットだとルースは思った。パイロットはしょっちゅう、ハミングしながら何かを噛んでいた。ルースはまず最初にパイロットに、フレディが言ったことは本当かどうか聞くつもりであった。ルースにはパイロットの冷静な見方が、パイロットの誠実さと心の平衡状態が必要であった。そうすれば、どうしたらよいかわかるだろう。組んでいる腕をほどいて怒りを爆発させ、どんなことでもやってのけるか、それとも……
ルースはもう一度アーゴのコーンスターチを味わい、それが自分に与えてくれたあの素晴らしい噛み心地と、ぱりぱりとした歯ざわりを感じた。今ポーチを出て、家の横を回り、手のつけようもないほどはびこっている野生の煙草の中を歩きながら、ルースはただ歯ぎしりをしていた。

一人の女性が両手を握り締め膝の間にはさんで坐っていた。パイロットではなかった。ルースはじっと立って、その女性のうしろ姿を見つめていた。それは死のうしろ姿のようには、まったく見えなかった。そのうしろ姿は固い骨が詰まっていながら、ちょっとした痛みにもすぐに飛びあがる、攻撃のきわめて容易な向こうずねのように、傷つき易く脆《もろ》そうに見えた。

「リーバなの？」とルースは声をかけた。

その女性は振り返って、ルースがこれまでに見たこともないほど、悲しそうな眼をじっとルースに据えた。

「リーバはいってしまったわ」とその女性は言ったが、その〝いってしまった〟という言葉は、まるでリーバが永遠にいなくなったとでもいうように聞こえた。「何かご用?」

「わたしはルース・フォスターなの」

ヘイガーは身を固くした。激しい感情が稲妻か弾丸のように、ヘイガーの全身を貫いた。ミルクマンの母親だ。最初はミルクマンをつかまえたいと思い、次には彼の姿だけでも見たいと思い、最後には彼がふだん、慣れ親しんでいるものの近くにいるだけでもいいと思って、通りの反対側に立っていた晩に、二階の窓のカーテンの向こう側によく見た、あの黒い影の人だ。それは夜を徹しての秘密の祈りであった。誰もが知っている狂気の沙汰の表われであるが故に、ますます秘密な祈りなのであった。わきのドアが開いて、誰か婦人がテーブルクロスのパン屑や、毛せんのほこりを地面に払い落としたとき、一、二度輪郭だけ見たあの人だ。ミルクマンが母親について話したどんなことも、パイロットやリーバから聞いたどんなことも、ヘイガーは想い出すことができなかった。あの人の母親の前にいて、ヘイガーはまったくどうしてよいかわからないのであった。ヘイガーは自分の感じている病的な喜びを、微笑という形で顔いっぱいに広げた。

ルースはその微笑に何の感銘も受けなかった。死はいつだって微笑するものだった。そして吐息を吹きかけるものだった。そして向こうずねの骨のように、あるいはクイーン・

エリザベス薔薇の小さな黒い斑点のように、あるいは死んだ金魚の眼の薄い膜のように、頼りなげに見えるものであった。

「あなた、あの子を殺そうとしているのね」ルースの声は淡々とした、事務的な響きを帯びていた。「あの子の髪の毛一本曲げるようなことがあっても、きっとあなたの喉笛《のどぶえ》をかき切ってみせますからね」

ヘイガーはびっくりした表情を浮かべた。ヘイガーは世界じゅうで、この女性の息子しか愛していないのだった。ほかの誰よりも彼が生きていることを望んでいた。ただヘイガーは自分の内部に住んでいる猛獣を、どうすることもできなかったのだ。大蛇のような愛にすっかりとりこになってしまったヘイガーには、自分自身のものと言える自己も、恐怖も、欲望も、思考力もまったく残ってはいなかった。だからヘイガーがルースに、「そうしないようにやって見ます。でも確かには約束できません」と答えたのは、本当に真剣な気持ちからだったのだ。

ルースはヘイガーの言葉にこめられている、哀願するような響きを聞き取った。そしてルースには自分が見ているのは、人間ではなくて一つの衝動、一つの細胞、暗いトンネルの中を、自分が栄養を運んでやりもし、また与えられてもいる心臓の筋肉や、視神経の末端に向かって泳ぎながら、どうして自分は生きている間じゅうずっと、一つのものを追いかけて過ごすように駆り立てられるのか、知ることも理解することもない、一個の赤血球であるように思われた。

ヘイガーは目を細め、自分にとってはただシルエットでしかなかった女性の姿を貪《むさぼ》るように見つめた。ミルクマンと同じ家に眠り、ミルクマンを家に呼び戻すことができ、ミルクマンの肉体の神秘を知り、ミルクマンについて彼のこれまでの人生と同じ長さの想い出を持っている女性の姿を。ミルクマンを知り、ミルクマンの歯が生えてくるのを見、ミルクマンの口に指を突っ込んで歯茎をさすってやった女性を。ミルクマンの尻をきれいに拭いてやり、おちんちんにワセリンを塗り、吐いたものを新しい白いおむつに受け取ってやった女性。自分自身の乳首からミルクマンに乳を飲ませ、ミルクマンを胸にぴったりと、暖かく安全に抱き、自分が彼のために開いたよりもずっとずっと広く、ミルクマンのために両脚を開いた女性。今だって、そうしたければ自由にミルクマンの部屋に入り、ミルクマンの衣類の匂いをかぎ、ミルクマンの靴をなで、彼が頭を横たえたその場所に自分の頭を横たえることのできる女性。だが、それよりももっと大事なこと、もっともっと大事なことは、このやせた、レモンのように黄色い顔をした女性は、それを知るためだったら喜んで喉笛をかき切られてもよい、とヘイガーが思うようなこと、つまり今日ミルクマンに会えるということを絶対的に確信しているということだった。嫉妬が内部で大きく膨れあがって、ヘイガーは身震いをした。もしかしたらあんただわ、とヘイガーは思った。もしかしたらあんたよ、わたしが殺さなくっちゃいけないのは。そうすればあの人、わたしのところにくるかもしれないし、わたしがあの人のところにいくのを許すかもしれないわ。あの人はこの世で、わたしの帰るただ一つの家なんだわ。それからヘイガーは、「あの人はこの世で、わたしの帰るただ一つの家なんだわ」と声に出して言った。

「そしてあの子にとっては、わたしがそうなのよ」とルースが言った。

「そしてあの子はお前さんたちどちらにも、洟もひっかけないだろうよ」

その声に二人が振り向くと、パイロットが窓敷居にもたれていた。いつからパイロットがそこにいたのか、二人とも知らなかった。

「それに、あの子が悪いとも言えないね。一人前の女が二人して、まるであの子が家みたいな、また家が必要みたいな話をしてるんだからね。あの子は家じゃないよ。人間だよ。それにあの子にどんなものが必要だとしても、お前さんたちどちらも、それは持っていないよ」

「ほっといて、ママ。いいからわたしを一人にしておいて」

「お前は今だってもう、一人っきりじゃないか。もっと一人っきりになりたければ、なぐり倒して来週の真中へんに放り込み、そこで放っておいたっていいんだよ」

「わたしに厭がらせをして！」ヘイガーは大声で叫んで、髪の中に指を突っ込んでいた。それは欲求不満のふつうのしぐさであったが、その不様《ぶざま》さからルースは、この娘には何か、本当にまともでないところがあることを知った。南側《サウスサイド》の荒々しさがあるということを。

それは貧しさでも、不潔さでも、騒々しさでもなく、愛ですらアイスピックを持って入り込んでくる、ただ極端に無規律な激しさというのでもなく、抑制のなさであった。ここに生活しているといつ、誰が、どんなことをやり出すか、まったく見当がつかないのであった。ライオンと、木々と、ひきがえると、鳥の秩序、あるいは論理が存在する荒々しさではなく、そういうもののまったく存在しない、狂気じみた荒々しさであった。

パイロットにそういうところがあるとは、ルースは思っていなかった。パイロットがどんなに奇矯な行動を取ってもそれはパイロットが安定した精神の平衡を保っているために目立たなかったし、それにとにかくパイロットは、ルースが知っている中では、メイコンに対抗できるだけの強さを持ったただ一人の人間であった。初めてパイロットに会ったとき——ずっと昔パイロットが台所のドアをノックして、兄のメイコンに会いたいと言ったとき——ルースはパイロットのことをこわいとは思ったけれども。（ルースは今もまだ、パイロットのことを少し恐れていた。男のようにきちんと刈りあげた短い髪、大きくて眠そうな眼と、よく動く唇、あるいは毛もなく、傷もなく、皺もない、つるつるとして滑らかな肌だけではなかった。ルースは実際に見たのだった。パイロットの腹部の、かつてはへそがあったはずで、今はない部分を。人々はへそのない女性をこわいとは思わないまでも、きわめて重大に受け取ることは間違いない）

今やパイロットは厳然として片手を差しあげ、ヘイガーの泣き言を黙らせた。

「そこにお坐り。坐って、この庭から出てはいけないよ」ヘイガーはがっくりとして、のろのろとベンチに戻った。パイロットはルースのほうに眼を向けた。「お入り。帰りのバスに乗る前に、休んでいきなさい」

二人は向かい合ってテーブルに腰をおろした。

「この暑さで桃はちょっと干からびたけど」とパイロットは言って、五、六個入っている一ペック・バスケットに手を伸ばした。「でもまだこの中に、いくらかちゃんとしたのが残ってるだろう。切ってあげようか？」

「いえ、結構です」とルースは言った。ルースは今、少し震えていた。さっきまでの緊張と怒りと、力みかえっていた強がりのあとで、またパイロットがあんなにも荒々しく孫娘を叱りつけたあとで、こんなにも穏やかに、社交的なお茶の席でのような調子で話しかけてくると、ルースはあっけなく武装を解き、たちまちいつもの、ちょっと気取った、もったいぶった態度に戻ってしまった。ルースは震えを止めようとして、膝の上で両手をしっかりと握り合わせていた。

本当にひどく違っていた、この二人の女性は。一人は真黒い肌をし、もう一人はレモンのような肌であった。一方はコルセットをし、もう一方は服の下に何も着けていなかった。一方はよく本を読んでいたが、旅の経験はほとんどなかった。もう一方は、読んだ本といえば地理の教科書だけだったが、国じゅうを端から端まで歩いていた。一方は生きていくために完全に金に頼っていたが、もう一方は金には無関心であった。しかし、そういった相違はたいしたことではなかった。二人の間には深い類似点があった。どちらもメイコン・デッドの息子に重大な関心を抱いていた。そしてどちらも父親との間に、父親が死んでからも、密接な交わりを保つことで支えられていた。

「この前ここにきたとき、桃を出してくれましたね。あのときも息子のことできたのでした」

パイロットはうなずき、右手の親指の爪で桃を切り割った。

「あんたは絶対にあの子のことを許せないだろうね。やろうとしただけでも絶対に許せないだろうさ。でも、あの子の気持ちをわかってやることはできるはずだ、という気がするんだよ。まあ、ちょっと考えてごらん。今のあんたはすぐにでも、あの子を殺してやりたい――まあ、せめて手足の一本くらいはへし折ってやりたい――という気持ちだろう。あんたの息子を奪おうとしてるんだからね。あんたにとっては敵さ。あんたの生活から息子を奪いたがっているんだから。ところがあの子から見ればやっぱり、自分の生活からあんたの息子を奪いたがってる者がいるんだよ――それがあんたの息子さ。だからあんたの息子は、自分の子は、あの子の敵ということになるわけなんだよ。あの子の生活からあんたの息子は、自分自身を奪い取ろうとしている。そしてあの子は、そんなことをされるくらいだったら殺してしまいたいと思っているんだよ。わたしが言ってるのは、あんたたちは二人とも、同じことを考えてるんだということだよ。

わたしはあの子にそんなことをさせないように、精いっぱいのことをしてるよ。あの子だってやっぱり、わたしのベイビーだよ、そうだろ。でもわたしはあの子がやろうとするたびに、思いきりあの子を折檻《せっかん》してるよ。やろうとしただけでもだよ、いいかい。それというのもわたしには、一つはっきりとわかっていることがあるからだよ。それは、あの子は絶対に、本当にやれはしないということだよ。あんたの息子は殺されないでいようと頑張りながら、この世に出てきた。あんたのお腹にいるとき、自分の実の父親が殺そうとしていたんだからね。それに、あんたもいくらか手伝った。あの子はひまし油や編み針と戦い、熱い湯気で殺されそうになるのと戦い、そのほかにも、あんたとメイコンがやった、いろいろなことと戦わなければいけなかった。でもあの子は勝ち抜いた。一番無力な頼りないときに、あの子は勝ち抜いたんだよ。あの子が自分でばかなことでもしないかぎり、どんなことがあってもあの子は死にはしないよ。女なんかに殺されることは決してないよ。むしろあの子は、女に命を助けられる見込みのほうが大きいよ」

「誰だっていつまでも生きるわけじゃないのよ、パイロット」

「生きない？」

「もちろん、そうよ」

「誰も？」

「もちろん誰だってだめよ」

「どうしてだめなのか、わたしにはわからないね」

「死ぬことは生きることと同じように、自然なことなのよ」

「死ぬってことについては、自然なことなんてまったくないね。死ぬってのは一番不自然なことだよ」

「人間は永久に生きるべきだって思ってるの？」

「人によってはね」

「誰が決めるの？　どの人間が生きて、どの人間が生きるべきでないって？」

「人間が自分で決めるのさ。いつまでも生きていたいと思う人間もあるし、そうでない者もある。とにかくそれを決めるのは人間だって、わたしは信じてるよ。人間は死にたいと思うとき、また死にたいと思ったら死ぬんだよ。もし死にたくなかったら、誰だって死ぬ必要はないんだよ」

ルースはひやりと冷たいものを感じた。自分の父親は死にたがっていたのだと、ルースはいつも信じていた。「わたしの息子に関するかぎり、あなたの信念に頼れたらいいと思うわ。でもそんなことしたら、わたしは本当にばかな女になってしまうでしょう。あなたは自分のお父さんが死ぬのを見たじゃない。わたしと同じように。お父さんが殺されるのを見たでしょ。あなた、お父さんが死にたがっていたと思うの？」

「わたしはパパが撃たれるのを見たよ。柵から五フィートも空中に吹っ飛ばされるのを。わたしはパパが地面でもがいているのを見たよ。でもわたしは、パパが死ぬところを見ていないばかりか、撃たれてからもパパを見たんだよ」

「パイロット。あなたたち二人でお父さんを埋葬したのよ」ルースはまるで、子供に言い聞かせているような口ぶりであった。

「メイコンが埋めたのさ」

「同じことだわ」

「メイコンもパパを見たんだよ。埋めてしまったあとで。柵から吹っ飛ばされたあとで。わたしたちは二人ともパパを見たんだよ。わたしは今でもパパに会うよ。わたしを助けてくれるんだ。本当によく助けてくれるんだ。わたしが知らなきゃいけない、いろんなことを教えてくれるんだよ」

「どんなこと？」

「いろんなことだよ。パパが近くにいるってわかってるのは、力強いものだよ。嘘じゃなくって、わたしは本当に、いつもパパに頼ることができるんだよ。ほかのことも教えてあげよう。パパはただ一人の人なんだよ。わたしは小さいときに、みんなから切り離された。それがどんなものか、あんたにはわかりっこないよ。パパが柵から吹っ飛ばされたあと、わたしとメイコンは二、三日さまよい歩いた。そのうちわたしたちは仲たがいをして、わたしは自分一人で歩き出した。わたしはたぶん十二くらいだったと思うよ。一人で歩くようになるとわたしは、ヴァージニアに向かった。そこにパパの身内がいるって、聞いたことがあるような気がしたんだよ。でなければママの身内がね。誰かがそう言ってたのを、覚えてるような気がしたんだよ。わたしはママのことは覚えていない。だってわたしの生まれる前に死んだんだからね」

「あなたが生まれる前に？　どうしてそんな……？」

「ママが死んで、次の瞬間にわたしが生まれたんだよ。でもわたしが息を吸ったときには、もう死んでいた。わたしは一度もママの顔を見たことがない。何という名前だったのかさえ知らないんだよ。でも、ママはヴァージニアの出だ、と思ってたことは覚えている。とにかくわたしは、ヴァージニアに向かって歩き出したんだよ。わたしは自分を泊めてくれて、ヴァージニアまでいく金をいくらか稼げるように、ちょっとした仕事をさせてくれる人を探した。七日間歩いてやっとわたしは、ある牧師さんの家に住み込ませてもらった。素敵な家だったよ。靴をはかされたのには閉口したけどね。でも、学校にやってくれたよ。教室が一つしかない学校でね、みんなが坐るんだ。わたしは十二になっていたけど、学校にいったのはそれが初めてだったから、ちっちゃな子供たちと一緒に坐らなければならなかった。そのことはそんなに気にならなかった。本当言うと、とても楽しかった。わたしは地理の授業が好きだった。地理の勉強のおかげでわたしは本を読みたくなった。そして先生は、わたしがそんなに地理が好きだってことを喜びなさってね。わたしに本を貸してくださって、わたしはそれを持って帰って見たもんだよ。ところがその頃、牧師さんがわたしをかわいがりはじめた。わたしはもうびっくりしてものも言えず、やめさせるだけの知恵もなかった。ところが奥さんが現場を、牧師さんがわたしのおっぱいをいじくっている、現場を見つけたんだよ。そしてわたしは追い出された。わたしは自分の地理の本も一緒に持って出た。その町にいようと思えば、いることもできた。わたしを引き取ってくれる黒人はたくさんいたからね。その時分は、年を取って動けない人間は誰でも、子供の面倒を見たものなんだ。大人たちは働いて、子供はよその家に預けたんだよ。だけどその人は牧師さんだったり、何やかやするので、わたしは町を出たほうがいいと思ったの。わたしは一文無しで追い出されたんだよ。その家ではお給金をくれなかったんでね。ただ寝かせて、食べさせてくれるだけさ。そういうわけでわたしは地理の本と、想い出に拾った石ころを一つ持って、急いで町を出たんだよ。

わたしが摘み手たちの群れと出会ったのは、ある日曜日のことだったよ。この頃じゃああいう人たちのことを、移動労働者なんて呼んでるけど、あの時分はただ摘み手と言っていたものさ。その人たちがわたしを引き取って、かわいがってくれたよ。ニューヨーク州で豆もぎをして働くと、今度は別な場所に移って、別な作物を摘むというわけさ。ゆく先先でわたしは石ころを拾った。仲間はみんなで四、五組の家族だった。みんな何やかにやで縁続きだった。でもみんないい人たちで、わたしのことをかわいがってくれたよ。確かわたしはその人たちと一緒に、三年暮らした。そして一緒に暮らした主な理由は、そのうちの一人の女の人に、すっかり懐いてしまったからなんだよ。薬草療法をする人だった。その人がわたしにいろいろ教えてくれ、家族がいなくても、メイコンやパパがいなくても、寂しい思いをさせないでくれた。わたしはその人たちと別れようなどとは、少しも思っていなかった。でも別れてしまった。別れなくてはいけなかったんだよ。しばらくすると、みんなはもうわたしに、まわりにいて欲しいとは思わなくなったんだよ」パイロットは桃の種子を吸った。その顔はそんなにも早く他の人々から〝切り離された〟想い出に、暗く沈んでいた。

あの少年。あの薬草療法をする人の甥、それともいとこだったろうか？　パイロットが十五歳のとき、ひどい豪雨でみんな小屋の中に（小屋のある者は——他の者たちはテントに）閉じこもっていなければならないことがあった。その土砂降りの雨では何一つ取り入れなどできなかったので、少年とパイロットは一緒に横になった。少年はパイロットと同じくらいの年頃で、パイロットのことならどんなことにでも喜び、どんなことにも驚かなかった。だからある晩、夕食のあとで、少年が男たちの何人かに向かって（女たちからも聞こえるところだった）どうしてへそのある人間と、ない人間があるのかわからないと言ったのは、少しも悪意があってのことではなかった。男たちと女たちは少年の言葉を聞いて眼をあげ、何を言おうとしているのか説明して欲しいと言った。少年は何度も間違った説明を始めたあとで、とうとうみんなに教えてしまった――少年はみんなが驚いているのは、そのイヤリングを一つさげたかわいい女の子を、自分がベッドに連れ込んだからだと思っていた――だが間もなく彼は、みんなを戸惑わせているのはへその問題だということに気がついた。

薬草療法をする女性が、少年が言ったことが本当かどうか、調べてみるようにみんなから頼まれた。その後のある日、女性はパイロットを自分の小屋に呼んだ。「横になってごらん」と女性は言った。「ちょっと調べたいことがあるの」パイロットはわらぶとんの上に横になった。「さあ、服をまくってごらん」と女性は言った。「もっと。ずっと上まで。もっと」それから女性は目玉が飛び出すほど大きく眼を見開き、片手で口を覆った。パイロットは飛びあがるようにして身を起こした。「何？　何なの？」パイロットは自分の脚を蛇か毒ぐもが這っていたのだと思って、自分の身体を見おろした。「何でもないの」と女性は言った。それから、「ねえ、お前、お前のへそはどこにあるの？」と聞いた。

パイロットはそれまで一度も〝へそ〟という言葉を聞いたことがなかったので、相手が何のことを言っているのかわからなかった。パイロットは粗いふとんがわ地の上で開いている自分の両脚を見おろした。「へそ？」パイロットは聞いた。

「ほら、これよ」そう言うと女性は自分の服をまくりあげ、ブルーマーのゴムをさげて、太った腹部を出して見せた。パイロットは真中のらせん状のもの、まるで水が流れ込むためにできているような、小川のほとりの小さな渦巻きのような、その小さな皮膚の一片を見た。それは自分の兄の腹部にあったものとそっくりだった。兄にはそれがあった。パイロットにはなかった。メイコンは立ったままおしっこをした。パイロットはしゃがんだ。メイコンには雄馬と同じようにおちんちんがあった。パイロットには雌馬と同じように割れ目があった。メイコンの胸はぺしゃんこで、乳頭が二つぽつんと付いていた。パイロットには雌牛のような乳首があった。メイコンの腹部には渦巻きがあった。パイロットにはなかった。パイロットはそれもまた、男と女の違いの一つだと思っていたのだ。パイロットが一緒に寝た少年にもやはりそれがあった。けれどもパイロットはそれまで、自分以外の女性の腹部を見たことがなかったのだ。そして年上の女性の顔に浮かんだ恐怖の色から、へそがないのは何かおかしいことなのだとパイロットは知った。

「それは何のためにあるの？」とパイロットは尋ねた。

女性はごくりと息を吞み込んだ。「これは……これは自然に生まれた人間のためのものなんだよ」

パイロットにはそれが何のことかわからなかった。しかし、あとでその薬草療法をする女性や、キャンプの他の女性たちと交した会話は理解した。パイロットはみんなと別れなければならないのだった。みんなはひどくすまないと思っていた。みんなはパイロットのことを本当に好きだったし、またパイロットは本当によく働いたから、みんな大いに助かっていたのだった。だが、それでもやはり、パイロットは去らなければならないのだった。

「わたしのお腹のせいで？」だが女たちは答えようとしなかった。女たちは地面を見ていた。

パイロットは自分が働いた取り分以上のものをもらって、みんなと別れた。女たちは、パイロットが腹を立てて去っていくのを望まなかったのだ。腹を立てればパイロットは、何か自分たちに害をするかもしれないと思ったのだ。それにまた女たちは、決して神さまが作ったのではないものと一緒に過ごしてきたことにたいする恐怖と同時に、憐みも感じていたのだ。

パイロットは去っていった。ふたたび彼女はヴァージニアに向かった。だが今はパイロットは、みんなと一緒になって取り入れをすることを知っていた。パイロットは別な移動労働者の群れ、あるいは煉瓦造りや、鉄骨組立て職人や、造船所の職工として季節労働に出かける男について歩く、女たちの群れを探した。摘み手として働いた三年間にパイロットは、多くのそういう女性たちを見ていた。そういう女性は、黒人たちを探し出して、天候が許すときにしかできないような、さまざまな仕事に連れて行く荷馬車に、荷物と一緒に詰め込まれて、いろいろな町や市に向かっているのだった。会社はこういう女性たちがやって来ることを奨励はしなかった――会社は貧しい黒人たちがどっと町に入り込んできて、腰を据えるのを望まなかった――だがとにかく女たちはやってきて、町で召使いや農場の手伝いとしての仕事につき、住宅がただだったり、ただみたいに安いところにはどこにでも住みついた。だがパイロットは大勢の黒人が住んでいる町での、安定した仕事は望まなかった。それらの中西部の小さな町で、独立して事業や商売をやっている黒人に出会って、パイロットがよい感じを持ったことは一度もなかった。そういう黒人の妻たちは、パイロットの服の下で自由に揺れ動いている乳房が気に入らず、また口に出してパイロットにそう言った。そして男たちは、ぼろぼろの服装をした黒人の子供たちはいくらでも見ていたけれども、パイロットくらいの年になると、彼らに見苦しいという感じを与えた。それにパイロットはいつも動いていたかった。

最後にパイロットは、あちらこちらで、仕事があるところではどこででも、一週間ほど滞在しては働きながら、故郷に向かっている摘み手たちに拾われた。そして、ふたたびパイロットは男と一緒に寝て、またしても追い出された。ただ今度は丁寧にではなく、きっぱりと言い渡されたのであり、また稼いだ金を気前よく分けてもらうということもなかった。彼らはある日、パイロットが町で糸を買っている間に、パイロットを残してあっさりと去ってしまったのだった。キャンプの場所に戻ったときパイロットが見たのは、ただ消えかかった火と、石ころの入った袋と、木に立てかけた地理の本だけであった。彼らはパイロットのブリキのコップまで持っていってしまっていた。

パイロットが持っているのは銅貨六枚、石ころ五個、地理の本一冊、そして三十番の黒糸二巻きであった。その場でパイロットは、ヴァージニアまでいくか、それとも、おそらくは靴をはかなければならない町に腰を据えるか、どちらかに決めなければならないことを知った。そこでパイロットはその両方に決めた——ヴァージニアにいけるようにするために、一時どこかに腰を据えることにしたのである。六枚の銅貨と、本と石ころと糸を持って、パイロットは町に引き返した。黒人の女性が大勢働いているところが、町には二カ所あった。洗濯屋と、その店と通り一つを隔てた向かい側のホテル、つまり淫売宿であった。パイロットは洗濯屋のほうを選んで中に入り、肘まで水の中に浸っている三人の少女に、「今夜ここに泊めてもらえますか?」と尋ねた。

「夜はここには誰もいないのよ」

「知ってます。わたしは泊まってもいいですか?」

少女たちは肩をすくめた。翌日パイロットは、洗濯係として一日十セントで雇われた。

パイロットはそこで働き、そこで食事をし、そこで寝て貯金をした。何年も取り入れを手伝っていたために固くなっていた手から、固さが取れ、洗濯のお湯の中で柔らかくなった。

パイロットの両手に今までとは違った、しかし同じように固い、洗濯係の皮膚ができるまでは、指の関節は揉んだり絞ったりするために裂け、すすぎのたらいの中に血が流れた。パイロットはもう少しで、一回分のシーツを全部だめにするところだったが、他の少女たちがもう一度そのシーツをすすいで助けてくれた。

ある日パイロットは、汽車が蒸気を吐きながら町から出ていくのを見た。「あれはどこへいくの？」とパイロットは尋ねた。「南部よ」とみんなは答えた。「いくらくらいかかるの？」みんなは笑った。「あれは貨物列車なの」と少女たちは教えてくれた。客車は二輛しかなく、黒人の乗車は許されないのであった。「じゃ黒人は、自分のいきたいところへはどうやっていくの？」「黒人はどこへもいったりするものじゃないの」と少女らは言った。「でもいくとすれば、荷馬車でいかなくちゃいけないわ。貸馬車屋で、今度南部へいく馬車はいつ出るか聞くといいよ。貸馬車屋の人たちはいつも、誰かが出かけようとしているときを知ってるから」

パイロットは教えられたようにした。そして十月の終わり、寒い季節が始まるすぐ前には、ウェスト・ヴァージニアに向かっていた。とにかくパイロットの地理の本で見ると、ウェスト・ヴァージニアのほうが近かったのである。ヴァージニアそのものに着いたとき、パイロットは、この州のどの辺で、自分の身内を探したらよいのかわからないことに気がついた。そこには今まで見たことがないほど多くの黒人たちがいた。そして、その黒人たちの中で感じた安らぎを、パイロットはそれ以後ずっと忘れなかった。

パイロットは名前を聞かれたときにはいつも、ファースト・ネームだけ言って苗字は言わないことを覚えていた。苗字を言うと人々は厭がるのだった。今やパイロットはどうしても、誰かデッドという家族を知らないだろうか、と聞いて歩かざるを得なかった。人々は顔をしかめて言った、「いや、そんな名前は一度も聞いたことがないな」と。

ヴァージニア州カルペパーのあるホテルで、洗濯係として働いているときパイロットは、ヴァージニア州の海岸の沖合いのある島に、黒人農民の開拓地があるということを知った。黒人たちは野菜を栽培し、牛を飼い、ウィスキーを作り、わずかばかりの煙草を売っていた。その黒人たちは他の黒人たちとはあまり交わらなかったが、他の黒人たちの尊敬を受けて自活していた。その島へいくのには船に乗るしかなかった。ある日曜日にパイロットは渡し守に頼んで、彼の仕事がすんだら、小舟で自分をその島に連れてゆくことを承知させた。

「あの島で何をしたいんだ?」と渡し守は尋ねた。

「働きたいの?」

「あの島で働きたいなんて思わないほうがいいよ」

「どうしていけないの?」

「あそこの連中はよそ者を入れるのをひどく厭がるからな」

「連れてって。お金は払うわ」

「いくら？」

「五セント」

「ほう！　よしきた。九時半にここにきな」

島には二十五組か三十組くらいの家族がいたが、パイロットが仕事が厭なのではないけれども、本土が嫌いで、町に縛りつけられるのが厭なのだと言うと、パイロットを受け入れてくれた。パイロットはこの島で三ヵ月働き、くわやすきで耕し、魚を取り、作物を植え、ウィスキーを造るのを手伝った。パイロットはただ腹部さえ出さないようにしていればよいのだと思った。そしてその考えは間違っていなかった。今や十六歳になっていたパイロットは島のある家族の若者を恋人にし、腹部に直接に光が当たることは絶対にないように工夫をした。パイロットはまた何とかして妊娠しようとして、うまくそれに成功した。そして自分たちの島の男たちが、地上で最も望ましい男性たちだと信じている――この島の家族たちが彼ら同士の間でばかり結婚するのはそのためであった――女たちがひどく驚いたことには、ぜひとも彼女を妻にしたいと切望している、その男と結婚することをパイロットは断った。夫に永久に腹部を見せないでおくことはできないだろう、ということを恐れたのである。一旦その何もない、のっぺりした腹部を見たら、その男もまた、他のすべての者たちと同じ反応を示すはずであった。しかしパイロットの決心を信じがたいとは思いながらも、彼女に島を出ていくように求める者は誰もいなかった。みんなは注意深くパイロットを見守り、出産の時期が近づくのにつれて、しだいにパイロットにさせる仕事を減らし、また楽な仕事をさせるようにした。赤ん坊が、女の子が生まれたときには、付き添った二人の助産婦は、パイロットの両脚の間で起こっていることにばかり気を取られて、つるつるした風船のような腹部にはまったく気づかなかった。

母親になったばかりのパイロットが、自分の生んだ女の子についてまっ先に調べたのは、へそであった。へそを見てパイロットは本当にほっとした。折りたたんで耳に吊してある自分の名前が、どういうふうにしてつけられたかを想い出して、九日間が過ぎるとパイロットは、女たちの一人に聖書を貸してくれるように頼んだ。島には賛美歌集はあるけれども、聖書は一冊もないということだった。礼拝にいきたい者は誰でも、本土までいかなければならないのだった。

「聖書の中にある名前で、女の子にいい名前を知っていますか」とパイロットは尋ねた。「ああ、いくらでもあるよ」とみんなは言い、たちまち二十くらいの名前を並べあげた。その中からパイロットはレベッカという名前を選び、それを縮めてリーバにした。

リーバが生まれたすぐ後に、パイロットの父親がふたたび娘を訪れたのは時宜《じぎ》を得ていた。パイロットは産後ひどく気分が滅入り、孤独になっていたのだ。赤ん坊の父親は、パイロットがまだ〝回復〟していないので、パイロットに会うことを禁じられていた。そしてパイロットは赤ん坊と一緒に楽しい時を過ごすこともあると同時に、暗い寂しい気持ちに襲われることもあったのだ。明瞭に、まぎれもなく父親は言った、「歌え《シング》、歌うんだ《シング》」と。その後で父親は、窓によりかかって中を覗き込みながら、「飛んで逃げて、人を置いていったりしちゃだめだよ」と言った。

パイロットは父親から言われたことをすべて理解した。歌っていると――パイロットは歌うのが素晴らしくうまかった――すぐさま暗い気持ちは晴れた。またパイロットは父親が自分にペンシルヴェニアに戻って、自分とメイコンが殺した男の遺骨を、拾い集めるように教えていることを知った。(パイロットが自分ではまったく手をくだしていない、ということは関係がなかった。パイロットは兄の行為の一部だった。そのときにはパイロットとメイコンは一体だったからだ)。子供が六カ月になると、パイロットは赤ん坊の父親である男の母親に、子供を預ってくれるように頼み、島を出てペンシルヴェニアに向かった。季節は冬に入ろうとしていたのでみんなは思い止まらせようとしたが、パイロットは彼らの言うことに一顧も与えなかった。

一カ月後にパイロットは一つの袋――その袋の中身のことをパイロットは決して口にしなかった――を持って帰ってきて、地理の本と、石ころと、二巻きの糸にそれを加えた。

リーバが二歳になると、パイロットは落ち着かない気持ちに捉えられた。まるでパイロットの地理の本が彼女に国じゅうをさまよい歩いて、桃色、黄色、青あるいは緑の州の、それぞれに足を踏み入れるべき運命を負わせているとでもいうみたいであった。パイロットは島を去って放浪の生活に入り、二十数年間、そういう生活を続けた後、リーバが赤ん坊を産んで初めて、その生活に終止符を打った。あの島のような場所をパイロットは二度とふたたび見ることはなかった。一人の男性と長い間関係を持ったパイロットは、またそういう男性を求めたが、あの島の男のような男性に出会うことも二度となかった。しばらくするとパイロットは自分の腹部のことを気にするのをやめ、もはや隠そうとはしなくなった。男たちは腕のない女、片足しかない女、せむしや、盲目の女、酔っぱらい女、剃刀を持った女、小人、小さな子供、囚人、少年、羊、犬、山羊、レバー、おたがい同士、またある種の植物とさえ性交するくせに、パイロットとは、へそのない女とは、性交するのを恐れるということをパイロットは知った。背中のように見える腹部を見ると、男たちはぎょっとした。パイロットが着ているものを完全に脱いで、膝小僧のようにのっぺりした腹部をわざと見せびらかしながら、まっすぐに近づいてゆくと、男たちはへなへなになり、冷たくなりさえした。

「何だ、お前は？　人魚か何かか？」とある男は叫んで、慌てて靴下に手を伸ばした。

そのためにパイロットは孤立した。すでに家族を持たないパイロットは、その上自分と同じ仲間たちからも孤立した。島で比較的幸福な生活を送ったほかは、配偶者も、何でも打ち明けることのできる親しい友人も、共同の宗教も、すべてパイロットには拒否されたからである。男たちは眉をひそめ、女たちはひそひそ声で話し合い、慌てて子供たちをうしろに隠した。旅回りの見世物でもパイロットは拒否したであろう。パイロットの奇形にはあの重要な要素、つまりグロテスクなところが欠けていたからである。実際、見るべきものは何もなかった。パイロットの欠陥はぎょっとするような風変わりなものではあったけれども、興行的にも成功する可能性はなかった。好奇心がドラマになるためには馴れ馴れしさと、ゴシップと、時間が必要であった。

しまいにパイロットは腹を立てはじめた。パイロットはたいへんな無知というハンディキャップを負ってはいたけれども、知能が低いというわけでは決してなかった。世の中での自分の置かれた立場がどのようなものであるか、また今後ずっとどのようなものであるだろうか、ということを悟ったとき、パイロットはそれまでに学んだすべての考えを投げ棄て、ゼロから出発した。まず最初にパイロットは髪を切った。パイロットがもうこれ以上心を煩わしたくないと思う一つのものは髪であった。次にパイロットは自分はどのような生き方を望むのか、また自分にとって価値があるのは何かを、決めるという問題と取り組んだ。自分はどういうときに幸福で、どういうときに悲しいか、またその相違は何か？生きていくために自分が知らなければならないのは何か？　この世で真実なものは何か？

パイロットの心は曲がりくねった通りや、当てもない山羊の通う道をさまよい歩き、ときには深遠な事実に到達し、またときには、三歳の幼児のような新発見に到達することもあった。この粗野ではあるにしても新鮮な知識の追求を通じて、パイロットの努力の最後を飾ったのは、死が自分にとって少しも恐ろしいものではない以上(パイロットはしばしば死者と語った)自分は何一つ恐れる必要はない、という一つの信念であった。この信念と、苦しんでいる人々にたいする、誰にも相手にされない者だけが知っている同情がパイロットを円熟させ——彼女が作りあげ、あるいは獲得した知識の結果として——精巧に社会化された黒人世界の境界内にかろうじてパイロットを引き止めていた。パイロットの服装は他の黒人たちには無茶なものだったかもしれない。しかし他人のプライヴァシー——これを守ることについてはみんなひどく真剣だった——を尊重しようとするパイロットの態度は、その欠点を補った。パイロットにはじっと人を見つめる癖があった。そしてこの当時、黒人たちの間では、他人の眼をまっすぐに覗き込むことは最高の無礼、ただ子供たちや、ある種の無法者の場合にのみ許される行為と考えられていた——しかしパイロットが無礼な言葉を用いることは決してなかった。そして自分の血管の中を流れているパーム油に忠実に従って、来客があるとパイロットは、商売の話にせよ社交的なものにせよ、一言でも話しはじめる前に、必ず何か食べるものを出すのであった。パイロットは声をあげて笑うことはあったが、微笑を浮かべることは決してなかった。そして六十八歳になった一九六三年までパイロットは、サーシーが朝食にチェリージャムを持ってきてくれたとき以来、一滴の涙も流したことがないのであった。

パイロットはどうやら、テーブル・マナーや衛生についての関心はまったく失っているらしかったが、しかし人間関係についてはひじょうに深い関心を抱いていた。父親と兄から優しく取り扱われ、また自分自身も世話している農場の動物たちを助けてやる立場にあった、あのモントゥア郡での十二年間に、パイロットはどういう種類の行動が望ましいかを学び知っていた。自分を人魚と呼んだ男たちや、自分の足跡を掃き消したり、自分の家のドアに鏡を置いた女たちの行動より、望ましい行動とはどういうものかを。

パイロットは天性の調停者であり、言い争っている酔っぱらいや、取っ組み合っている女たちの中で、自分の立場を失わないでいることができた。そしてときにはパイロットが中に入って成立した仲直りは、別な人間が仲裁した場合よりずっと長く続くことがあったが、それは調停者が当事者たちとは違った人間だったからであった。だが一番重要なのは、パイロットは自分の助言者――時折自分の前に姿を見せてあれこれと教えてくれる父親――に細心の注意を払ったということである。リーバが生まれてからは父親はもはや、パイロットとメイコンがサーシーの家を出たときの、林のはずれや洞穴の中でしていたのと同じ服装をして、パイロットの前に現われることはなかった。その頃には父親は、撃たれたときに身に着けていた作業ズボンと靴をはいていた。今はワイシャツにブルーのカラー、それに茶色のひさしの付いた帽子という服装で現われた。靴ははいていなかった（靴は紐でつないで肩から吊していた）。パイロットのベッドの近くやポーチに坐ったり、あるいはウィスキーの蒸留器にもたれかかったりしながら、ひどく足指をさすっていたところを見ると、おそらく足が痛んだからであろう。ぶどう酒醸造と同時にウィスキーを造ることが、パイロットが安定した生活を始める手段となっていた。その技術は何の資産もなく、また金のために春をひさぐ気持ちもない女が選ぶことのできる、他のどんな仕事よりも多くの自由を、毎日毎時間パイロットに与えた。どこかの町の黒人地区に、ちっぽけな密造者として腰を据えてしまうと、パイロットが警察や郡保安官の厄介になるような問題を起こすことは、ごく稀にしかなかった。ワイン・ハウスにしばしば伴うさまざまな事柄――女、賭博――をパイロットは決して許さなかったし、客が自分から買ったものをその場で飲むことを、たいていは断ったからである。パイロットはウィスキーを造って売る、ただそれだけであった。

リーバが成長して、次から次へとオルガスムスを求めるような生活を始め、ちょっと休んで一人の子供ヘイガーを生むと、パイロットはそろそろ生活を変えるときかもしれないと考えた。母親と自分の送っている生活に満足しきっているリーバのためではなく、孫娘のためであった。ヘイガーは気取り屋であった。ヘイガーは二歳の幼児のときでさえ、不潔さと乱雑さを嫌った。三歳ですでにヘイガーは虚栄心があり、自負心に目覚めはじめていた。ヘイガーは美しい着物が好きであった。ヘイガーの願望に驚きながらも、パイロットとリーバはその願望を満たしてやろうと努力することを楽しんだ。二人はヘイガーを甘やかした。そしてヘイガーは二人の溺愛《できあい》ぶりにたいする好意として、二人の甘やかしが自分にとっては迷惑だという事実をできるだけ隠そうとした。

パイロットはもし兄がまだ生きているなら、探し出そうと決心した。子供のヘイガーには家族が、身内が、パイロットとリーバが与えてやることのできるものとは、まったく違った生活が必要であった。そしてもし兄についてのパイロットの記憶が少しでも正しければ、メイコンは自分たちとは違った生活を送っているはずであった。繁栄し、世間のしきたりに忠実で、ヘイガーが賞賛しているように思われるものや人々に、より近いはずであった。それにパイロットは兄と仲直りがしたかった。パイロットは父親に兄がどこにいるか尋ねたが、父親はただ足をさするだけで、首を横に振った。そこで生まれて初めてパイロットは、自分のほうから警察に出かけた。警察は赤十字社にいくように言った。赤十字社は救世軍にいくように言い、救世軍はフレンド教会にいけと言った。フレンド教会はもう一度救世軍にいくように言い、救世軍はニューヨークからセントルイス、デトロイトやルイジアナに至る、大きな都市の司令所に手紙を書き、電話帳を調べてみるように依頼してくれた。そして本当に、電話帳にメイコンの名前が載っているのを、ある大尉の秘書が発見した。パイロットはその成功に驚いたが、大尉は驚かなかった。そんな名前の人間が、大勢いるはずはまずなかったからである。

三人は豪勢な旅をした（汽車に一度、バスに二度乗り継いで）。パイロットはふんだんに金を持っていた。一九二九年の大恐慌で、安い密造酒を買う人間が激増したので、パイロットは救世軍が自分のために集めてくれた募金さえも必要としないほどであった。パイロットはいくつかのスーツケースと緑の袋を一つ持ち、完全に大人になった娘と、幼い孫娘を、それぞれ一人ずつ連れて到着したが、会ってみるとメイコンはじゃけんで、いい顔をせず、迷惑そうで、妹を許そうとはしなかった。その頃、愛のない生活に死にそうになっていた兄の妻がいなかったら、パイロットはすぐさま他の場所に移ったことであろう。その兄嫁は今またテーブルの向こう側に坐って、義妹の身の上話に耳を傾けながら、愛のない生活に死にそうな顔をしていた。パイロットはその話を、ルースの心をヘイガーから引き離しておくために、わざと長引かせていた。

第六章

「俺があの女を家に連れていってやったんだ。俺が帰ったら、部屋の真中に突っ立っていた。だから俺は連れていってやった。かわいそうだった。本当にかわいそうだったよ」

ミルクマンは肩をすくめた。彼はヘイガーのことは話したくなかった。だがギターを坐らせて、ほかのことを聞くためにはそうしなければならなかった。

「お前、あの女に何をしたんだ？」

「い、い、あの女に何をしたかだって？　あの女が肉切り庖丁を持っていたのを見ていて、俺にそんなことを聞くのか？」

「俺が聞いているのはもっと前のことだ。あの女、すっかり取り乱してるぜ」

「お前が六カ月ごとに女にしてることだよ——完全に手を引いたんだ」

「そんなことは信用しないぞ」

「本当のことだ」

「違う。何かもっとわけがあるにちがいない」

「俺のことを嘘つきだと言うのか？」

「どうにでも好きなように取りな。だがあの女は傷ついている——そしてその傷は、お前が与えたんだ」

「お前一体どうしたんだ？　あいつが俺を殺そうとするのは、何カ月も見てきているじゃないか。そして俺は一度も、あいつに手をあげたことはないんだぜ。ところが今お前は、そこに坐ってあいつのことを心配している。出しぬけに警察になったたってわけだ。お前こんとところ、しょっちゅう光輪をかぶっていたが、白い法服も持ってるのか？」

「それはどういうつもりで言ってるんだ？」

「お前にあれこれ言われるのは、もううんざりだと言ってるんだ。俺たちは、いろいろと意見の合わないことがあるのはわかってる。お前が俺のことを、なまくらだと思ってるのもわかっている——お前に言わせれば真剣じゃないってわけだ——だが、もし俺たちが友達だったら、俺はお前によけいなおせっかいを焼いたりはしない。焼いてるか？」

「いいや、全然」

ミルクマンがビールをもてあそび、ギターが茶をすすりながら、数分が過ぎた。ヘイガーが最後にミルクマンの命を狙ったときから二、三日後の、ある日曜日の午後、二人はメアリーの店に坐っていた。

「煙草は吸わないのか？」とミルクマンが尋ねた。

「ああ、やめたんだ。ずっと身体の調子がよくなったよ」しばらく合間を置いてからギターは続けた。「お前もやめたほうがいい」

ミルクマンはうなずいた。「ああ、もしこれからもお前のまわりにいるとしたら、やめるよ。煙草も、女とやるのも、酒を飲むのも――何もかもやめるよ。俺は秘密の生活に入って、エンパイア・ステイトと一緒にうろつくよ」

ギターは眉をひそめた。「ところで誰がおせっかいを焼いてるんだ?」

ミルクマンは溜息をついて、まっすぐに友人を見つめた。「俺だよ。俺はどうしてお前が去年のクリスマスに、エンパイア・ステイトと一緒に走り回っていたのか知りたいんだ」

「奴は困ったことになっていたんだよ。俺が助けてやったんだ」

「それだけか?」

「ほかに何がある?」

「ほかに何があるか俺は知らない。しかし、何かそれ以外のことがあるのはわかっている。ところでその何かが、俺に知られちゃいけないことだったら、かまわないからそう言ってくれ。だが何かがお前に起こっている。そして俺は、それが何なのか知りたいんだ」

ギターは答えなかった。

「俺たちはずっと前から友達だったな、ギター。俺のことでお前が知らないことは何一つない。お前にはどんなことだって話せる――俺たちにどんな違いがあるにしても、お前が信用できる奴だということはわかっている。だが、ここしばらく前から一方通行だ。わかるか、俺の言ってることが？　俺はお前に話すが、お前のほうからは俺に話さない。俺が信用できないと思ってるわけじゃないだろうな？」

「お前が信用できるかできないか、俺にはわからないよ」

「試してみたらいいじゃないか」

「それはできない。ほかの人間にもかかわりがあるんだ」

「じゃ、ほかの人間のことは話さなくてもいい。自分のことを話せよ」

ギターは長い間、友人の顔を見ていた。もしかしたら、とギターは思った。もしかしたら、お前は信用してもいいかもしれない。もしかしたら、いけないかもしれない。だがとにかく、思いきって言ってしまおう。どの道いつかは……

「オーケー」とギターは声に出して言った。「だが、俺がお前に話すことは、絶対にほかに洩れちゃいけないってことは、知っておいてもらわなくちゃ困るぜ。もし洩れたら、お前は俺の首に縄をかけることになるんだ。どうだ、それでもまだ知りたいか？」

「ああ」

「確かか？」

「確かだ」

ギターは自分のお茶の上に、お湯をいくらか注ぎ足した。彼はしばらく茶碗の中を覗き込んでいたが、お茶の葉はゆっくりと底に沈んだ。「白人がときどき黒人を殺すのは、お前も知ってるだろうな。そして、たいていの連中は首を横に振って、〝えっ、えっ、そいつはまたひどい話じゃないか〟と言う」

ミルクマンは眉をあげた。ギターは彼に、自分のしていることをいくらか打ち明けるものとミルクマンは思っていた。ところがギターはいつの間にか、お得意の人種問題に入っていた。ギターはまるで一つ一つの単語が重大だとでもいうように、まるで自分自身の言葉に慎重に耳を傾けているかのように、ゆっくりと話していた。「俺にはよだれを吸い込んだり、〝えっ、えっ〟なんて言うことはできない。俺は何かをしなくちゃいけなかったんだ。そして残っているただ一つの行動は、借りを返すことだ。釣合いを保たせることだ。どんな男でもどんな女でも、いやどんな子供でも、その子孫がだめになる前に、五代から七代は続くんだ。だから、人が一人殺されるたびに、五代から七代の人間が殺されたことになる。奴らが俺たちを殺すことを、俺たちを根絶やしにしようとするのを、やめさせることはできない。そして成功するたびに奴らは、五代から七代の人間を始末したことになる。俺はその数を同じにしておく、手伝いをしているんだ。

ある結社があるんだ。進んで危険を冒そうとする少数の人間でできている。自分たちの方から何かを始めることは決してしてない。選ぶことさえない。みんな至って無頓着だ。けれども黒人の子供、黒人の女、あるいは黒人の男が白人に殺され、それについて奴らの法律、奴らの法廷によって何の処置もなされない場合には、この結社は手当りしだいに同じような犠牲者を選び、できれば同じような仕方で、その男、あるいはその女を処刑するんだ。もし黒人が縛り首にされれば、縛り首にする。黒人が焼き殺されれば、焼き殺す。強姦して殺されれば、強姦して殺す。できればだ。そっくり同じ仕方でやれない場合には、どんなやり方でも、やれる方法でやる。だが、やることは間違いない。みんなは自分たちのことを、七曜日と呼んでいる。七人の仲間でできているんだ。いつでも七人で、七人だけだ。もし誰かが死んだり、脱退したりしたら、あるいは、もう仕事ができなくなったような場合には、別な人間が選ばれる。すぐにじゃない。こういった人間を選ぶのには時間がかかるからな。だが、みんな急いでいるようにも見えない。みんなの秘密はゆっくりとやること、いつまでも続けることなんだ。大きくなることじゃない。大きくなったりしたら、ばれるかもしれないから危険なんだ。便所に自分の名前を書いたり、女に向かって自慢するようなことはしない。ゆっくりと慌てず、そして黙っていること。これがみんなの武器だ。そして永久に続けるんだ。

結社ができたのは一九二〇年、あのジョージア州からきた兵隊が、きんたまを切り落とされてから殺されたとき、またあの第一次世界大戦に従軍して、フランスから帰ってきた兵隊が眼を潰された後だ。それ以来ずっと続いている。今じゃ俺も仲間の一人というわけだ」

　ギターが話している間ずっと、ミルクマンはじっと静かにしていた。今やミルクマンは、身体が固く縮みあがっているような感じで、寒気がした。

「お前が？　お前が人を殺そうとしてるのか？」

「人じゃない。白人だ」

「だけど、どうして？」

「今話したじゃないか。必要なんだ。そうしなきゃいけないんだ。割合を同じにしておくためにな」

「それで、もしそうしなければ？　ただ、今までと同じようにやっていけば？」

「それじゃ世の中は動物園だ。俺はそんなところで生きちゃいられない」

「どうして殺した奴らだけを、追いつめようとしないんだ？　どうして罪もない人たちを殺すんだ？　どうしてやった奴らだけにしないんだ？」

「誰がやったかなんて問題じゃない。奴らは一人一人がやる可能性を持っているんだ。だから、奴らの誰だってかまやしない。罪のない白人などはいない。奴らはみんな実際に殺さないまでも、いつかは黒人を殺すかもしれない危険性を潜めているんだ。奴らはヒトラーにびっくりしたと思うかい？　奴らが戦争を始めたというだけで、奴らはヒトラーのことを変り者だと考えたと思うかい？　ヒトラーは世界じゅうで一番白人らしい白人なんだ。

奴がユダヤ人やジプシーを殺したのは、黒人がいなかったからだよ。あのクー・クラックス・クランの奴らが、ヒトラーにショックを受けることなど想像できるか？　そう、できやしないよ」

「だけどリンチをしたり、人のきんたまを切り取ったりする連中は――あの連中は気が狂ってるんだぜ、ギター。気が狂ってるんだ」

「俺たちの仲間に誰かがそんなことをするたびに、やった奴らは狂ってたんだとか、無知なんだとか世間では言う。それは、奴らは酔っぱらっていたんだと、言うのと同じようなものさ。でなきゃ便秘をしてたってわけだ。どうして人の目玉をくり抜いたり、首を切り取ったりなんてことが絶対にできないほど、酔っぱらったり無知になったりすることはないんだ？　そんなことができないほどに狂うことは？　そんなことができないほどに便秘することは？　もっと的を射た言い方をすれば、どうしてアメリカじゅうで一番狂って、一番無知な黒人は、そんなことをするほど狂ったり無知になったりはしないんだ？　黒人はそんなことはしやしない。白人たちは異常なんだ。人種として異常なんだ。そして、異常な敵に打ち勝つのには、たいへんな意志の努力が必要なんだ」

「りっぱな人たちはどうなんだ？　白人の中には、黒人のために犠牲を払った人たちもいるぜ。本当の犠牲を」

「それは、一人か二人の、まともな人間がいるってだけのことだ。だがそういう連中も、殺しをやめさせることはできなかった。そういう連中は憤慨している。だが、それでやみはしない。声をあげて非難さえするかもしれない。だが、それでもやっぱりやみはしない。犠牲を払ってさえくれるかもしれない。だが、それでも、殺しはいつまでも続く。だから俺たちも続けるんだ」

「お前は思い違いをしている。そういう人たちは一人や二人じゃない。大勢いる」

「そうかな？」ミルクマン。「もしケネディが酔っぱらって退屈しながら、ミシシッピでだるまストーヴのそばに坐っていたら、奴だってただ面白半分に、リンチの仲間に加わるかもしれないぜ。そういう情況に置かれると、奴の異常さが表面に出てくるんだ。だが俺は自分がどんなに酔っぱらっていても、またどんなに退屈していても、そういう仲間には入らないことを知っている。またお前も、俺の知っている、あるいは噂を聞いているどんな黒人も、仲間入りはしないことを知っている。絶対にだ。どんな世の中でも、どんな時代でも、気軽に立ちあがって、誰かめった切りにする白い奴を探しにゆくなんてことはな。ところが奴らにはそれができる、できるんだ。そしてそれは、奴らのたいていの行動の理由である、利益のためでさえないんだ。奴らは面白がって、そういうことをやるんだ。異常だよ」

「じゃ例えば……」ミルクマンは記憶の中から、誰か明白に黒人の味方であることを表明した白人を探そうとした。「シュヴァイツァーはどうなんだ？　アルバート・シュヴァイツァーは？　あの人もそういうことをするだろうか？」

「簡単にやるさ。奴はあのアフリカ人のことなんかどうでもよかったんだ。ねずみだってよかったんだ。実験室で自分自身を試していたんだ——自分は人間の姿をした犬を動かすことができる、ということを証明しようとしてな」

「エリナー・ルーズヴェルトはどうだ？」

「女たちのことは知らない。女たちがどういうことをするか、俺にはわからない。だが俺は、木の上で焼かれている何人かの黒人をよく見せてやろうとして、赤ん坊を差しあげている白人の母親たちの写真を覚えているよ。だから俺は、エリナー・ルーズヴェルトも怪しいもんだと思う。だが、亭主のほうのルーズヴェルトとなると、これはもうはっきりしている。奴と奴の車椅子を押して、どこかアラバマ州のほこりっぽい町に連れてゆき、煙草とチェッカー盤とウィスキーと、それにロープを渡したとすれば、奴もやっぱりやっただろうよ。俺が言ってるのは、ある情況に置かれれば、奴らはみんなやるということなんだ。そして同じ情況に置かれても、俺たちだったらやりはしない。だから、やったことがない者があるなんてことは、問題じゃないんだ。俺は人から聞いたり、読んだりする。そして今俺は、奴らもそれを知ってるってことがわかっているんだ。奴らも、自分たちが異常だってことは知っている。奴らの作家や芸術家たちは、ずっと前からそれを口にしている。自分たちは異常だということを教えている。奴らは堕落しているということを教えている。奴らはそれを悲劇と呼ぶ。映画の中では、それを異常な事件だと言う。奴らはただ堕落を素晴らしいもの、自然なものにしようとしてるんだ。だが、そんなものじゃない。奴らの病気は奴らの血の中に、奴らの染色体の構造の中にあるんだ」

「それは証明できるんだろうな、科学的に？」

「いや」

「そんなことに基づいて行動を始める前に、それを証明できなくちゃいけないんじゃないのか？」

「奴らは俺たちを殺す前に、何か俺たちのことを科学的に証明したか？　しやしない。奴らはまず俺たちを殺しておいて、それから、俺たちがどうして死ななければならないかということについて、何か科学的な証明を手に入れようとしたんだ」

「ちょっと待ってくれ、ギター。もし奴らがお前の言うように、悪党で異常だとすれば、どうしてお前は奴らと同じようになりたがるんだ？　奴らよりりっぱになりたいとは思わないのか？」

「俺は奴らよりりっぱさ」

「だけど今お前は、奴らの中でも一番の悪党がやることをしてるんだぜ」

「そうだ。だが俺には理由がある」

「理由が？　どんな？」

「一つ、俺は面白がってやってるんじゃない。二つ、権力や、一般の関心や、金や、土地を手に入れようとしているんじゃない。三つ、俺は誰にたいしても怒っていない」

「怒っていない？　怒ってるに決まってるじゃないか」

「ちっとも怒ってなどいない。俺はやるのが厭でたまらない。やるのが恐ろしい。怒ってもおらず、酔っぱらってもおらず、麻薬が利いているわけでもなく、相手に個人的な恨みがあるわけでもないのに、やるのは辛いもんだ」

「それが何の役に立つのか、俺にはわからない。そんなことが誰のために、何の役に立つのかわからない」

「教えてやったろ。数だよ。釣合いを取らせるんだ。割合だよ。そして大地だ。土地だ」

「どうも言うことがわからないな」

「大地は黒人の血でぐっしょりと濡れている。そして俺たちがくる前には、インディアンの血で。奴らはどんなことをしたって改まりはしない。そして、もしこのままいけば、俺たちは誰一人残らないだろう。そしてまた残っている者には、全然土地が無くなるだろう。だから数は変わってはいけないんだ」

「だが白人のほうが、俺たちより数が多いぜ」

「西部だけだ。だがそれでも、割合を奴らの有利になるようにさせてはいけない」

「だがそういう結社があることを、みんなに知ってもらうべきだ。そうすれば、もしかしたら、やめさせるのに役立つかもしれない。どうして秘密にしておくんだ？」

「つかまらないためさ」

「ほかの黒人たちにさえ、知らせることはできないのか？　俺たちに希望を与えるためにという意味でだ」

「だめだ」

「どうしてだめなんだ？」

「裏切りだよ。裏切りの恐れだよ」

「じゃ、奴らに知らせたらいいじゃないか。白人に知らせるんだ。マフィアとかクー・クラックス・クランのような。奴らをおどかして、おとなしくさせるんだ」

「お前、ばかなことを言ってるな。一方に知らせておいてどうしてもう一方に知らせないことができるんだ？　それに、俺たちは奴らとは違うんだ。マフィアは異常だし、クー・クラックス・クランも異常だ。一方は金のために殺し、もう一方は面白がって殺すんだ。そして奴らは、とてつもなく大きな利益や保護を、思いのままに手に入れることができる。俺たちにはそんなことはできない。だが問題は、他の人間に知らせるかどうかではないんだ。俺たちは犠牲者にさえ話さない。ただ相手に、〝お前の日がきたぞ〟とささやくだけなんだ。俺たちのやってることの美しさは、その秘密性とささやかさだ。誰もが、それについて話すことから得られる、不自然な満足を必要としないという事実だ。そんなことを人に話す必要はないんだ。俺たちは自分たち同士の間でさえ、細かいことは話し合わない。

ただ仕事を割り当てられるだけだ。もし黒人が殺されたのが水曜日なら、水曜日の男がそれを引き受ける。もし月曜日に殺されれば、月曜日の男がやるってわけだ。そして仕事が終わると、おたがいに知らせ合うだけで、どういうやり方で、誰をやったなんてことは話さない。そしてもし、ロバート・スミスがそうだったように、仕事が手に余るようになると、偉そうな顔をして誰かに話したりするよりも、俺たちがそれをやる。ポーターみたいに。ポーターはこの仕事で参りそうになったんだ。みんなは誰かが、あいつの曜日を引き受けなくちゃいけないだろうと思っていた。あいつはただ休息が必要だったんだ。今じゃもう大丈夫だよ」

ミルクマンは友人をじっと見つめ、それから、それまで抑えていたけいれんに全身を震わせた。「そいつは買えないよ、ギター」

「わかってる」

「あまりにもまずいことが多すぎるよ」

「言ってみな」

「そう、一つには、結局はつかまるだろうってことだ」

「たぶんな。だが、たとえつかまったとしても、予定より早く死ぬってだけのことだ——死ぬことに変わりはないさ。それにいつ、どういう死に方をするかなんてことは、俺には興味がないんだ。俺にとって大事なのは、何のために死ぬかってことだ。それは何のために生きるかというのと同じことだ。それにつかまったとしても、一つの罪に、まあ二つかもしれないが、問われて殺されるだけだ。全部の罪を告発されはしないよ。それに週には、まだほかに六つの曜日がある。俺たちはずっとずっと前からやってきたんだ。そして、嘘だと思うなよ、これからも、いつまでもやっていくんだ」

「結婚できないぜ」

「そうだ」

「子供も持てないぜ」

「そうだ」

「そういう生活はどんなものなんだ？」

「ひじょうに満足だ」

「愛なんか全然ないじゃないか」

「愛がない？　愛がないだって？　俺の言うことを聞いてなかったのか？　俺がやってることは白人が憎いということじゃないんだ。俺たちを愛するってことなんだ。お前を愛するってことなんだ。俺の生活の全部が愛なんだ」

「なあ、おい、お前の言うことはめちゃくちゃだよ」

「めちゃくちゃだ？　ナチスを追い詰めている、強制収容所に監禁されていたユダヤ人は、ナチスを憎んでいるのか？　それとも死んだユダヤ人を愛しているのか？」

「それとこれとは話が違うよ」

「ユダヤ人には金と、世界に広く訴える力があるってだけのことだ」

「そうじゃない。ユダヤ人はナチスを法廷に引き渡している。お前たちは殺すんだ。それもやった奴を殺すんじゃない。罪もない人たちを殺すんだ」

「だから言ったじゃないか。何も――」

「そして、それによって何一つ良くなりはしない――」

「俺たちは貧乏なんだ、ミルクマン。俺は自動車工場で働いている。ほかの連中は食っていくのがやっとなんだ。俺たちの裁判を賄《まかな》ってくれる金や、州や、国などどこにあるというんだ？　ユダヤ人はつかまえた人間を法廷で裁くとお前は言う。俺たちには法廷があるのか？　陪審が奴らに有罪を宣告してくれるような裁判所が一つでもある市が、一つでもこの国にあるのか？　今だってまだ黒人が、白人に不利な証言をすることができない場所が、いくらでもある。裁判官が、陪審が、法廷が、黒人の言い分はすべて無視するように、法的に義務づけられている場所が。ということはつまりだ、黒人が犯罪の犠牲者と見なされるのは、白人がそうだと言うときだけだということだ。そのときだけなんだ。白ん坊が黒人を殺すとき、何か裁判か法廷のようなものが、あるいはそれに近いものがあれば、七曜日などというものはまったく必要がない。ところが、そんなものはない。だから俺たちが存在するってわけだ。そして俺たちはそれを金も、支持も、衣裳も、新聞も、上院議員も、ロビイストも、また幻想も持たずにやってるんだ」

「お前の言ってることはまるで、あのX（ブラック・モスレムの指導者で一九六五年二月に暗殺されたマルコムXのこと）という名前の赤毛の黒人みたいだな。どうしてXの仲間になってギターXと名乗らないんだ？」

「X、ベインズ——それがどう違うんだ？　俺は名前なんか問題じゃないんだ」

「お前はXの言ってることを誤解してるよ。あの男が言ってるのは、俺たちは奴隷の名前を受け入れないっていうことを、白人たちに知らせてやるってことなんだ」

「白人が何を知ろうと、あるいは考えさえしようと、そんなことは俺にはどうでもいい。それどころか、俺は受け入れるよ。それは俺が誰かということの一部なんだ。ギターというのが俺の名前だ。ベインズというのは奴隷の主人の名前だ。そして俺はそのすべてなんだ。奴隷の名前は俺には気にならない。だが奴隷の身分が気になるんだ」

「そして白人の首を叩き落とせば、奴隷の身分が変わるっていうのか？」

「信じろよ」

「俺の奴隷の身分に何か役に立つかい？」

ギターは微笑した。「そうさな、立たないか？」

「立つもんか」ミルクマンは顔をしかめた。「お前たちみんなが新聞を読んで、それから誰かかわいそうな白人の老人を待ち伏せしたからって、そのために俺が少しでも長く生きるとでもいうのか？」

「長生きするかどうかということじゃない。問題はどうやって、また、なぜ、生きるかってことなんだ。子供たちが子供を作れるかどうかということなんだ。いつか白人たちが、リンチをする前に考えるようになる、そういう世の中を作ろうということなんだ」

「ギター、そんなことをいくらしたって、俺の生き方も、ほかのどんな黒人の生き方も、変わりっこないよ。お前のやってることは狂気の沙汰だ。それから狂気の沙汰以外の何かでもある。そいつは習慣だ。いつまでもそんなことをやっていると、誰にたいしてでもやれるようになるぞ。わかるか、俺のいうことが？　殺し屋は殺し屋だ。理屈などはどうでもいい。気に入らない奴は誰だってやれるんだ。俺をだってやれるんだぞ」

「黒人をやりはしない」

「お前、自分の今使った言葉が聞こえたか？　黒人と言ったんだぜ。ミルクマンと言ったんじゃないんだぜ。〝いや、お前に手は出せないよ、ミルクマン〟というんじゃなくて、〝黒人をやりはしない〟って言ったんだぜ。へん、ばかばかしい。お前たちみんな議会の規則を変えたらどうなんだ？」

「七曜日は七曜日さ。ずっと前からそうだったんだ」

ミルクマンはそのことについて考えた。「仲間には、ほかに若い奴がいるのか？　ほかの連中はみんな年寄りか？　若いのはお前一人か？」

「どうしてだ？」

「若い奴は規則を変えたがるからな」

「お前、自分のことで悩んだことがあるのか、ミルクマン？」ギターは興味を持ったような顔をした。

「いや、本当に悩んだことはない」ミルクマンは煙草を消して、もう一本に手を伸ばした。

「教えてくれないか。お前は何曜日なんだ？」

「日曜日だ。俺は日曜日の男だ」

ミルクマンは短いほうの足のくるぶしをさすった。「俺はお前がこわくなったよ、おい」

「そいつは面白いな。俺もお前がこわいよ」

第七章

本当に陸地に囲まれている人々は、そのことを知っている。時折出会う、ワイオミング州を流れているビター・クリークやパウダー川、ユタ州の大きな広々としたソルト・レイクだけが、自分たちの持っている、海に似たすべてであること、また自分たちは沿海地帯と言えるものを持たない以上、堤や、岸辺や、渚で満足しなければならないことを知っている。そして、まったく海に接していないので、脱出を夢みることはめったにない。しかし五大湖地方に住んでいる人々は国の果て——国境ではあるが、しかし海に接していない果て——の、自分たちのいる位置に当惑する。この地方の人々は沿海地帯の人々と同じように、自分たちはただ一歩踏み出せば、最終的に出国し、完全に逃亡したことになる、境界地方に住んでいるのだと信じて、長い間生活していくことができるように見える。しかし、セント・ロレンス川が海の想い出を運ぶその五大湖にしてからが、このさすらいの川がそれらの湖を大西洋と結びつけているにしても、やはり陸地に囲まれている。五大湖地方の人々が一度このことに気づくと、この土地を離れたいという願望は痛切なものとなる。

したがって、この地方から脱出したいという気持ちには必然的に夢のようなところがあるが、しかし、それにもかかわらず、それは必要なものである。それは他の土地の街路、他の土地の斜めに降り注ぐ陽光に、接したいという願望であるかもしれない。あるいは、見知らぬ人々に取り巻かれたいという憧れであるかもしれない。自分の背後にドアが閉まる、カチリという硬い音を聞きたいという願いですらあるかもしれぬ。

ミルクマンが望んだのはドアの閉まる音であった。ミルクマンはノット・ドクター・ストリートに面した重々しい白いドアが、自分の背後で閉じるのを感じ、掛け金がみぞに納まる音を聞くのは、これが最後かもしれないという気分を味わいたかった。

「みんなお前のものになるんだぞ。何もかもだ。お前は自由になるんだ。金が自由なんだ、メイコン。この世にあるただ一つの、本当の自由なんだ」

「わかってるよ、パパ、わかっているんだ。だけど、それでもやっぱり、ぼくはいかなくちゃいけないんだ。国を出るわけじゃない。ただ独り立ちしたいだけなんだ。自分で仕事を探し、自分で生きていきたいんだ。パパは十六のときにそうした。ギターは十七のときだ。みんなそうしてる。ぼくはまだ家で暮らして、パパのために働いている——ぼくが苦労してこの仕事を手に入れたからじゃなくて、ぼくがパパの息子だからだ。ぼくはもう三十を過ぎてるんだぜ」

「わしにはお前がここで必要なんだ、メイコン。もしお前が出ていくというんなら、五年前に出ていくべきだった。今じゃわしには、お前が頼りなんだ」父親としては頭をさげて頼むことは困難だったが、メイコンは精いっぱいそれに近いところまでいった。

「一年だけだよ。たった一年だ。一年分の手当てをくれて、いかしてくれよ。戻ってきたら、一年間無料で働いて返すから」

「金じゃないんだ。お前にここにいて、仕事を見てもらいたいんだ。わしがお前に残してゆくつもりのすべての仕事を。覚えてもらいたいんだ、商売のやり方を」

「ぼくに金が必要な今、いくらか使わせてくれよ。パイロットみたいに緑の袋に入れて、誰も手をつけられないように壁から吊すなんてことはしないでくれよ。いつまでもぼくを待たせて――」

「今、何と言った?」老いぼれ犬が生肉の匂いを嗅いで、靴の片方を落とすときのように不意に、メイコン・デッドは懇願するような表情を捨てて、新しい関心に鼻孔をふくらませた。

「ぼくが言ったのは、ちょっとばかり都合して……」

「いや、そのことじゃない。パイロットと袋のことだ」

「ああ、あの袋のことか。パパはあの袋を見たことがあるんじゃないの? 天井から吊してあるあの緑の袋を? パイロットはあれを、自分が相続したんだって言ってるよ。あの部屋の一方からもう一方に移ると、きまってあいつに頭をぶつけるんだ。覚えてないの？」

　メイコンは忙しなくまばたきをしていたが、どうにか気を落ち着けて言った。「わしはまだ一度も、パイロットの家に足を踏み入れたことがないんだ。一度中を覗いたことはあるが、暗くて天井からさがっているものなど、何も見えなかった。お前が最後にそれを見たのはいつだ？」

「たぶん九ヵ月か十ヵ月前だな。それがどうしたの？」

「まだそこにあると思うか？」

「あるにきまってるじゃないか」

「緑だと言ったな。確かに緑なんだな？」

「ああ、緑だよ。草のような緑だよ。どうしたの？　何を心配してるんだい？」

「自分が相続したとお前に言ったんだな、ええ？」メイコンは薄笑いを浮かべていたが、いかにもずるそうな笑いだったので、ミルクマンにはそれが笑いとはちょっと思えなかった。

「いや、パイロットがそう言ったんじゃないよ。ヘイガーが言ったんだ。ぼくは部屋を横切って……そのう……向こう側にいこうとしたんだ。そしたらぼくは背が高いもんで、その袋が邪魔になったんだ。ぼくはそれに頭をぶつけてね。あざまで作ってしまった。ヘイガーに何だって聞いたら、〝パイロットの相続したもの〟だって言ったんだ」

「それでお前の頭にあざができたんだな？」

「ああ、まるで煉瓦みたいだったよ。どうしようっていうんだい？　パイロットを訴えるつもりか？」

「お前、昼飯は食べたか？」

「まだ十時半だよ、パパ」

「メアリーの店にいって、バーベキューを二人前注文するんだ。マーシーの向かい側の公園でわしを待っていろ。あそこで昼飯を食べよう」

「パパ……」

「さあ、いくんだ。わしの言った通りにしろ。さあ、メイコン」


二人はマーシー病院から、通り一つ隔てた小さな公園で会った。公園は鳩や、学生や、酔っぱらい、犬、りす、子供、木、それに秘書などでいっぱいだった。二人の黒人は一番混雑した場所からちょっと離れた、しかし端ではない場所の鉄のベンチに腰をおろした。二人はひじょうにりっぱな服装をしていた。ボックス席ではないところで、豚肉のバーベキューなど食べるのには、ふさわしくないほどりっぱな服装をしていたが、その暖かい九月の一日にはいかにも自然で、公園にみなぎっている豊かなのどかさには、打ってつけの添景に見えた。

ミルクマンは父親の興奮に好奇心は持ったが、驚いてはいなかった。さまざまなことが起こり、さまざまな変化があった。それにミルクマンは、父親がそわそわと落ち着かず、誰か近すぎるところに人はいないかと、あたりを見回すのが何のためであるにせよ、それは何か父親が望んでいることと関係があり、自分自身の望んでいることとは無関係であるのを知っていた。あの列車に坐って、母親の悲しい悲しい歌を聞いてしまった今は、ミルクマンは冷やかに父親を眺めることができた。母親の言葉はまだミルクマンの頭の中で踊り回っていた。「わたしが膝に抱いて、あなたにどんな悪いことをしたというの?」

自分の心が隠れているあの深い奥底で、ミルクマンは利用されていることを感じていた。何らかの仕方で誰もがミルクマンを、何かのために、あるいは何らかのものとして、利用していた。ミルクマンを土台にして自分たち自身の計画を立て、彼を、富や愛、あるいは犠牲的献身といったものについての、自分たちの夢の対象にしていた。みんなが行うことはすべてミルクマンに関係したものであるように見えた。そのくせ、ミルクマンの望んでいることは何一つ、そこには含まれていなかった。以前に一度ミルクマンは、父親と長い間話し合ったことがあった。その結果ミルクマンはますます、母親から遠ざかることになった。今度は母親から打ち明け話を聞かされたが、その結果はただ、自分が生まれる前に、最初の神経繊維の末端が、母親の胎内でできあがる前に、自分はたいへんな議論と闘争の種であったことを知っただけであった。そして今、生命よりも、自分の生命よりもミルクマンを愛していると主張する一人の女性が、実際には彼の生命以上に彼を愛していた。ヘイガーはこの半年間を、ミルクマンの生命を奪おうとして過ごしたからである。そしてギターだ。ミルクマンの知っているただ一人の、まともで、いつも変わらぬ人間がおかしくなり、ぱかんと傷口を開いて、会話ではなく血と愚かさを流していた。ギターはエンパイア・ステイトにふさわしい相棒なのだった。そういうわけで今ミルクマンは好奇心を抱いて、しかし興奮も希望もなく、父親が語ろうとするこの一番新しい主張を聞こうとして待っていた。

「わしの話を聞いてくれ。ただ食事をしながら、黙って聞いてくれ。途中で口を出してはいけない。考えの脈絡を失うといけないから。

ずっと昔のことだ。子供の頃、農場にいたときのことは、もうお前に話した。パイロットとわしのことだ。わしの父親が殺されたことだ。あの話はまだ終わってはいない。わしはお前に、全部を話したわけではないのだ。わしが省いたのは、わしとパイロットのことだ。わしはお前をパイロットに近づけまいとして、あの女は蛇だと言った。今その理由を話してやろう」

赤いボールがメイコンの足元に転がってきた。メイコンはそれを拾いあげ、小さな女の子に投げ返してやった。その少女が無事に、母親の眼の届くところに戻ったのを確かめてから、メイコンは話しはじめた。

メイコン・デッド一世が死んで六日後に、彼の子供たち、十二歳のパイロットと十六歳のメイコン・デッドには、住む家がなくなった。途方に暮れ、悲しみながら二人は、自分たちが知っているうちで一番近くに住んでいる黒人の家にいった。自分たち二人を取りあげてくれ、母親が死んだとき、パイロットに名前が付けられたとき、その場に居合わせた助産婦のサーシーだった。サーシーはダンヴィルの外の大きな家――大邸宅――で、当時豪農と呼ばれていた階級の、ある家族の使用人として働いていた。朝早く、料理用こんろから煙が立ち昇るのを見るとすぐに、孤児たちは菜園からサーシーに声をかけた。サーシーは二人を中に入れ、ほっとして両手を握りしめながら、二人が生きているのを見て本当に嬉しいと言った。父親が殺された後、二人がどうなったかサーシーは知らなかった。メイコンは彼が自分で父親を、〝リンカーンの天国〟を流れている川の、彼がよく父親と一緒に釣りをしたあたり、彼が九ポンドの鱒を捕えた場所に、埋葬したことを説明した。墓は充分な深さではなかったが、メイコンはその上に石を積んだ。

サーシーはみんなでどうすればよいか考えを決めることができるまで、どこか二人の行き先が見つかるまで、自分のところにいるように言った。サーシーがその家で二人を隠すのは容易だった。家族の者たちがめったに入らない部屋がいくつもあった。けれども、もしそれらの部屋が安全でないとすれば、自分の部屋（その部屋には家じゅうの誰も入れなかった）に一緒にいてもよいとサーシーは言った。けれどもサーシーの部屋は小さかったので、二人は三階の、物置きにしか使われていない、二つの部屋に隠れることに同意した。サーシーが食物や洗顔用の水を運んでくれ、使った後の水を捨ててくれることになった。メイコンはその家で使ってもらうことはできないだろうか、その家の女主人は二人を、台所や作業場の手伝いか何かに雇ってはくれないだろうかと尋ねた。

サーシーは言葉を口に出そうとして、舌を噛んだ。「あんた気でも狂ったの？　あんた、パパを殺した男たちを見たと言ったでしょ。あんたに見られたことを、そいつらが知らないとでも思ってるの？　そいつらが一人前の大人さえ殺したんだったら、あんたたちにどんなことをすると思うの？　ばかなことを言うもんじゃないわ。よくよく考えて、計画を立てなきゃいけないのよ」

メイコンとパイロットはちょうど二週間その家にいたが、それ以上は一日も耐えられなかった。メイコンは五つか六つの頃から農場で一所懸命に働いてきたし、パイロットは生まれながらの野生児だった。二人は周囲の静けさ、自分たちを閉じ込めている壁、食事をし、用足しにいくという刺激を待つ以外は、一日じゅう何もすることがない退屈さに耐えられなかった。一日じゅう敷物の上を歩き、白人の食べる、柔かくて口当たりのよい食物を食べ、象牙色のカーテンの陰から空を盗み見なければならないような生活よりは、どんな生活だってましだった。

サーシーが朝食に白いトーストとチェリージャムを持ってきてくれた日、パイロットは泣き出した。パイロットは潰してとろとろにした、甘すぎる桜んぼではなく、自分の家の桜の木からもいだ、果柄も種子もある、自分の家の桜んぼが食べたかったのだ。ユリシーズ・S・グラントの乳首の下に口を開けて、温かいミルクを自分の口の中にほとばしらせたり、トマトをなっている枝からもぎ取って、その場で食べたりできなかったら、自分は死んでしまうだろうとパイロットは思った。ある種の特定の食物を食べたいという願望に、パイロットはほとんど押しつぶされそうだった。それに耳たぶが、パイロットが自分で施した手術のためにずきずきと痛むという事情が加わって、パイロットはほとんどヒステリー状態になった。農場を去る前にパイロットは、聖書から取った自分の名前の書いてある、包装紙の切れはしを持って出た。またかぎ煙草入れにしようか、それともブルーのリボンの付いた日除け帽にしようかと、さんざん迷ったあげくに、パイロットは母親の持ち物だった小さな真ちゅうの箱を持って出た。大邸宅でのみじめな日々をパイロットは、何とかしてその箱でイヤリングを作り、その中に自分の名前を納めようと工夫して過ごした。パイロットは針金を一本見つけたが、それを通すことはできなかった。とうとう、さんざんに泣きつかれ、哀願されて、サーシーは黒人のかじ屋に頼んでその箱に、金の針金をはんだ付けしてもらってやった。パイロットは自分の耳を感覚が無くなるまでこすり、それから、針金の端を焼いて耳たぶに突き通した。メイコンが針金の両端をしっかりと結んで、留めてやった。しかし耳たぶははれあがって膿汁が流れ出た。サーシーに教えられてパイロットは、傷口にくもの巣を置き、膿汁を吸わせて出血を止めた。

桜んぼのことでひどく泣いた日の晩、二人はパイロットの耳がよくなったら出てゆこうと決心した。いずれにしろ二人をそこに置いておくことは、サーシーにとってはたいへんな苦労だった。そして、もし主人の白人たちに二人のことが知れたら、サーシーは追い出されるかもしれなかった。

ある朝サーシーがスクラプル（豚肉のこまぎれととうもろこしを一緒に煮固め、油で揚げたもの）を入れた皿に覆いをして、三階まであがってゆくと、部屋は二つとも空っぽになっていた。二人は毛布一枚持っていってはいなかった。ただナイフを一つと、ブリキのコップだけだった。

サーシーのところを出た最初の日は、二人には楽しいものだった。二人は木いちごやりんごを取って食べ、靴を脱いで、露に濡れた草や、陽射しに暖まった土で足を楽しませた。夜になると二人は干し草の山の中で眠ったが、戸外の空気は本当に快く、野ねずみやダニさえも、嬉しい仲間だった。

翌日も楽しかったが、興奮は前の日ほどではなかった。二人はサスケハナ川の曲がっているところで水浴をし、それから野原や、林や、川床や、ほとんど人の通らない小径ばかりを通って、南のほうにさまよっていった。二人の考えでは、身内がいるにちがいないとメイコンが信じている、ヴァージニアに向かっているのだった。

三日目に二人が眼を覚ますと、五十ヤードと離れていない木の切り株に二人の父親とそっくりの様子をした男が坐っていた。その男は二人のほうを見てはいなかった。ただそこに坐っているだけであった。二人はもう少しで大声で呼びかけ、その男のところに走り寄ろうとしたが、男はいかにも遠いところを眺めているような眼つきで、まっすぐに二人のいるところより先のほうを見つめているので、二人はこわくなって逃げ出した。一日じゅう二人は、さまざまな合間を置いてその男を見た。男は鴨のいる池をじっと覗き込んだり、Yの字形のすずかけの木を背にして立ったり、岩から身を乗り出して眼下の広い谷底を覗きながら、眼に手をかざして陽射しを遮ったりしていた。その男の姿を見るたびに二人は後戻りをして、逆の方向に進んだ。今度は土地そのものが、二人が知っている、詳しく知っているただ一つの土地が、二人を脅かしはじめた。太陽はぎらぎらと照りつけ、空気は甘美だった。けれども木の葉が風にそよぐたびに、雌のきじが毒麦草のやぶの中でがさごそという音を立てるたびに、二人の血管を針のような恐怖が走った。猩々紅冠鳥、灰色りす、庭蛇、蝶、マーモット、兎——生まれたときからずっと二人の生活を彩ってきた愛すべきものがすべて、二人を探し、二人を追っている存在を不気味に暗示した。さらさらと流れる川の音さえ、待っている、二人を待ち受けている、水のような喉の呼び声かと思われた。明るい日中でそうだった。夜の恐ろしさはどんなにか強まったろう。

太陽が沈んで二人だけが取り残された、暗くなる直前に、もしかしたら農場か、使われなくなった小屋――どんなところにせよ夜を過ごせる場所――を見つけることができるかもしれないような丘の頂上を探してあたりを見回しながら、二人がある林から出てくると、洞穴が見え、その入口に父親が立っていた。このときには父親は、二人についてくるように合図をした。限りない夜のような林と、自分たちの父親のように見える男のどちらを選ぶかに直面して、二人は父親を選んだ。何といっても、もし自分たちの父親だったら、自分たちに危害を加えるはずはないではないか、そう思ったのだ。父親が手招きし、時折振り返って見るのに従って、二人はゆっくりと洞穴の入口に近づいた。

洞穴の中を覗き込むと、ただ大きな胃袋のような闇ばかりで、何一つ見えなかった。父親の姿は消えていた。入口の近くにいれば、夜を過ごすのには絶好の場所だと二人は思った。たぶん父親は二人にどういうことをし、どこへいけばよいかを教えながら、二人を見守っているだけなのだろう。二人は腰くらいまでの高さの大きな岩塊から棚のように張り出した平らな石の上で、できるだけ楽な姿勢を取った。背後にはまったく何も見えず、ただこうもりに煩わされることだけは確かであるように思われた。しかし、その暗さはもう一つの暗さ――戸外の暗さにくらべれば何でもなかった。

明け方メイコンは浅く断続的な眠りから、三日間野生の果物ばかり食べていた結果として、猛烈な便意を催して眼が覚めた。妹の眼を覚まさないようにしてメイコンは岩棚から降り、新しい太陽の光を浴びながら丘の上でしゃがみこむのが恥ずかしくて、洞穴のもう少し奥まで入り込んだ。用を足し終わった頃には闇はいくらか薄れていて、メイコンは自分の十五フィートほど前に、一人の男が眠りながら身体を動かしているのを見た。メイコンはズボンのボタンを留め、その男の眼を覚まさないで離れようとしたが、足元の木の葉や小枝の踏みしだかれる音で、男は完全に眼を覚ましてしまった。男は顔をあげてごろりと転がり、メイコンのほうを向いてにやりと笑った。メイコンは男がひじょうな老人で、真白な髪をしているのを見た。そして男の笑い顔はもの凄かった。

メイコンは背中のうしろで片手を広げ、父親の身体が土の上で何分間もぴくぴくとけいれんし、のたうったときの様子をずっと想い浮かべながら、後じさりをした。洞穴の壁に触れると、壁の一片が崩れてメイコンの手に入った。その一片を握り締めて、にやにや笑っている男の顔に投げつけると、ちょうど相手の眼の上に当たった。血が噴き出し、青ざめた顔のにやにや笑いはかき消されたが、それでも相手は顔の血を拭い、その血をシャツにこすりつけながら、じりじりと迫ってきた。メイコンはもう一つ岩のかけらを握ったが、今度は当たらなかった。相手はなおも迫ってきた。

トンネルのような洞穴いっぱいに響き渡り、眠っていたこうもりたちを眼覚めさせる悲鳴が起こったのは、メイコンがもうおしまいだと思った、ちょうどそのときであった。血を流している男が悲鳴のしてくる方向に顔を向け、黒人の少女を見ている隙に、メイコンはナイフを抜いて男の背中に振りおろした。男は崩れるように前に倒れ、振り向いて二人を見あげた。男は口を動かして何かもぐもぐと言ったが、それは、「何のために？」と言っているように聞こえた。メイコンが何度も何度も突き刺しているうちに、相手は口を動かすのをやめ、話そうとするのをやめ、地面でのたうち、ぴくぴくとけいれんするのをやめた。

精いっぱいの力を出して老人の胸板を突き通したメイコンは、喘ぎながら、老人が敷いて寝ていた毛布を取りに駆け戻った。メイコンは死んだ男が消え、覆われ、隠され、いなくなってしまうことを望んでいた。毛布をひったくると、毛布と一緒に大きな防水布がめくれてきた。そしてメイコンは浅い穴のようなものの上に、三枚の板が渡してあるのを見た。メイコンはしばらく立って見ていたが、それから足で蹴って板を除けた。板の下には小さな灰色の袋が、針金で口をくくって、まるで巣の中の卵のように並べてあった。メイコンは袋の一つを取りあげて、その重さに驚いた。

「パイロット」とメイコンは呼んだ。「パイロット」

しかしパイロットは根が生えたようにその場に立ちつくしたまま、口を大きく開けて死んだ男を見つめていた。メイコンは妹の腕を引っ張って、袋が並んでいる穴のところまで連れてこなければならなかった。針金をほどくのに少し苦労した後で（しまいには歯を使わなければならなかった）、メイコンは袋の一つの口を開け、中に入っていた金塊を、洞穴の床の木の葉や小枝の中に振るい落とした。

「金だ」とメイコンはつぶやいて、すぐさま、初めての仕事に出かけた夜盗のように、立ちあがって小便をした。

生命と、安全と、ぜいたくな生活が、孔雀の尾のようにメイコンの前に広がった。そこに立って、それぞれの金塊の素晴らしい色を見分けようとしているときに、メイコンは父親のほこりだらけの長靴が、その浅い穴のすぐ向こう側に立っているのを見た。

「パパだわ」とパイロットが言った。すると、パイロットが気づいたことに答えるかのように父親は大きく息を吸い、眼をぐるぐるさせて、うつろな声で、「歌え《シング》、歌うんだ《シング》」とささやき、ふたたび溶け去るように見えなくなった。

パイロットは洞穴の中を走り回って父親を呼び求め、父親の姿を探した。その間にメイコンは、金塊の袋を防水布の中に詰め込んだ。

「さあ、いこう、パイロット。ここから出よう」

「それを持っていっちゃいけないわ」パイロットはメイコンの持っている包みを指差して言った。

「何だって？　持っていかないって？　お前、気でも狂ったのか？」

「それじゃ泥棒だわ。あたしたち人を殺してしまった。あたしたち追われるわ、どこへいっても。もしこの人のお金を持っていったりしたら、そのためにやったんだと思われるわ。

それは置いていかなくっちゃいけないわ、メイコン。お金の袋を持ってつかまったりできないわ」

「これはお金じゃない。金塊なんだ。これで一生食っていけるんだぞ、パイロット。別な農場を買うこともできる。それに――」

「置いていくのよ、メイコン！　置いていくの！　元通りの場所にあるのを見つけてもらいましょう」それからパイロットは大声で呼びはじめた。「パパ！　パパ！」

メイコンがパイロットに平手打ちを食わせると、小さな真ちゅうの箱がパイロットの耳でぶらぶらと揺れた。パイロットはちょっとの間両手でそれを押さえ、それから、かもしれないかのように兄に飛びかかった。二人は死んだ男がぎょろりと眼を見開いているすぐ前で、取っ組み合った。パイロットもほとんどメイコンに負けないくらいの腕力があったが、本当に兄に勝てるはずはなかった。おそらくメイコンはパイロットが意識を失うまでなぐりつけたことであろう。ところがパイロットは、まだ老人の血が乾いていないメイコンのナイフを取り、それを兄の心臓に突きつけたのだ。

メイコンは身動きもしないで、じっと立ったまま妹の眼を見つめた。彼は妹をさんざんに罵りはじめたが、パイロットは答えなかった。メイコンは後じさりをして洞穴から出ると、少し離れたところまで遠ざかった。

一日じゅうメイコンはパイロットが出てくるのを待っていた。一日じゅうパイロットは洞穴の中にいた。夜になるとメイコンは木の根元に腰をおろし、それまではこわいと思った夜のさまざまなものをも恐れず、眼を大きく見開いて、パイロットがもじゃもじゃの頭を洞穴から突き出すのを待っていた。パイロットのいる方角からは物音一つ聞こえず、メイコンは一晩じゅう待っていた。明け方にメイコンは妹の眠っているところをつかまえたいと思って、一足ずつそろそろと忍び寄っていった。ちょうどそのときメイコンは何頭かの犬の吠え声を聞き、近くを猟師が歩いていることを知った。メイコンは犬の声がもはや聞こえなくなるまで、精いっぱいの速さで林の中を逃げ出した。

もう一日と一晩メイコンは、もし猟師たちがまだその辺にいるなら見つからないようにして、何とかしてもう一度洞穴に戻ろうとして過ごした。とうとうメイコンは、三日二晩後にそこに戻った。洞穴の中ではまだ死んだ男が、静かにメイコンを見あげていたが、防水布と金塊はなくなっていた。

秘書たちはいなくなった。子供たちと犬も姿を消した。ただ鳩と、酔っぱらいと、立木だけがその小さな公園に残っていた。

ミルクマンはバーベキューにほとんど口をつけていなかった。彼は汗と、想い出がもたらす感情で輝いている、父親の顔をじっと見守っていた。

「あいつが取ったんだよ、メイコン。あんなことを言っておきながら、あいつが金塊を取ったんだ」

「どうしてわかるんだい？　あの人が取るところを見たわけでもないのに」とミルクマンが言った。

「その防水布は緑色だったんだ」メイコン・デッドは、両手をこすり合わせた。「パイロットがこの市にきたのは一九三〇年だ。二年後に金は全部回収される（一九三四年の金準備法で民間人の金保有、売買、輸出入が禁止されたことか）。わしがあいつと別れてから二十年かそこらの間に、あいつはあの金を全部使い果たしたものとわしは思っていたんだ。ここにきたときあいつは、まるで人間の屑みたいな貧乏な生活をしていたからな。あいつはあの金を全部使ってしまったのにちがいない、とわしが思っても当然だったんだ。ところが今お前の話では、あいつは、お前がぶつかったら、頭にあざができるほど固いものがいっぱいに詰まった、緑色の袋を持っているという。それがあの金だよ、お前。そいつだよ！」

メイコンは息子に正面から顔を向けて唇をなめた。「メイコン、そいつを取ってくるんだ。そうすれば半分お前にやる。お前はどこへでも好きなところにいっていい。取ってくるんだ。わしら二人のためにな。頼むから取ってきてくれ。あの金を手に入れるんだ」

第八章

この頃は毎晩ギターは、日曜日の晴れ着の小さな断片を見ていた——白と真紅、藤紫、ピンクと白、レースとボイル、びろうどと絹、綿としゅす、紐穴とグログランのリボン。それらの断片は一晩じゅうギターに付きまとった。そしてギターはリーナと呼ばれるマグダリーンと、コリンシアンズが、風の中で身を屈めて、ロバート・スミス氏が見ている眼の下で風に舞っている、ハートのように紅いびろうどの切れを拾おうとしている姿を想い出した。ただギターの見る断片はそれとは違っていた。ギターが見る晴れ着の断片は飛びはしなかった。それらは復活祭の賛美歌の、最後の小節の音符のように空中に静止していた。

四人の黒人少女が教会から吹き飛ばされたのだった。そしてギターの仕事はいつか日曜日に、できるだけそれに似たやり方で、白人の少女を四人殺すことであった。ギターは日曜日の男だったからである。この仕事は針金や飛び出しナイフではできなかった。この仕事には爆薬か、ピストルか、手榴弾が必要であった。そして、それには金が必要だった。

七曜日の仕事は白人を集団で殺すことだ、という場合がだんだんと増えてくるだろうことをギターは知っていた。ますます多くの黒人が集団で殺されていたからである。たった一人の人間が単独で殺されるという事件は、急速に減少してきていた。七曜日もそれに対応できるように、用意しておいたほうがよかった。

そういうわけでミルクマンがギターのところにきて、隠してある金塊を盗んで山分けにしないかという話を持ちかけたとき、ギターはにやりとした。「金塊だって？」ギターにはほとんど信じられなかった。

「金塊だ」

「誰も金塊など持ってないぜ、ミルクマン」

「パイロットが持っている」

「金を持っているのは違法なんだぞ」

「だから持っているんだよ。パイロットはその金塊を使えないんだ。そして盗まれても届け出ることはできないんだ。最初から持っていてはいけないんだからな」

「その金塊をどうやって処分する――どうやって札に換えるんだ？」

「そいつは俺の親父に任せておけばいい。親父は銀行の人間を知ってるし、その連中はまたほかの銀行の人間を知っている。法定貨幣《リーガル・テンダー》に換えてくれるよ」

「法定貨幣《リーガル・テンダー》か」ギターは穏やかな声で笑った。「その金塊でどれくらいの法定貨幣《リーガル・テンダー》が手に入るんだ？」

「そいつはやってみなければわからない」

「分け前は？」

「三等分だ」

「親父さんはそれを知ってるのか？」

「まだ知らない。親父は三等分だと思っている」

「いつ話すんだ？」

「終わってからだ」

「承知するかな？」

「承知しない、いなんてことができるわけがないじゃないか」

「いつ手に入れるんだ？」

「いつでも俺たちの好きなときだ」

ギターは手のひらを広げた。「よし決まった」ミルクマンがその手をぴしゃりと叩いた。「法定貨幣《リーガル・テンダー》。法定貨幣《リーガル・テンダー》。いい文句だな。まるで生娘の花嫁って感じだ」ギターは首のうしろをこすり、豪華さに胸が膨らむといった身振りで、顔をあげて太陽を仰いだ。

「ところで、ちょっと打ち合わせておかなくっちゃいけない。どうやって手に入れるかだ」とミルクマンが言った。

「そよ風だ。涼しい涼しいそよ風だ」ギターは太陽の黄金を少したためしてみることで、その金塊にたいする心構えを作ろうとでもするみたいに、両眼を閉じて、太陽にほほえみかけながら言葉を続けた。

「そよ風?」ギターがすっかり夢中になってしまうと、ミルクマン自身の興奮はそがれた。何かいこじな気持ちからミルクマンは、獲物をすべて皿に盛って友人に渡すことを望まなかった。この仕事には多少の困難が、多少は厄介なところがなくてはいけなかった。「俺たちはまっすぐにあそこに歩いていって、壁からひったくり取る、そうだな? そしてもしパイロットかリーバが何か言ったら、邪魔ができないようになぐり倒す。そうお前は考えてるんだろ?」ミルクマンは精いっぱいの皮肉を声にこめて言った。

「敗北主義だ。それだよ、お前のは。敗北主義だ」

「常識だよ、俺の持ってるのは」

「なあ、おい。お前の親父さんがお前にいいものをくれるというのに、お前はそれに文句をつけたがるんだ」

「俺は文句をつけてるんじゃない。俺はただ、自分がひったくり取るものでちょっとはいい思いができるように、生きて呼吸をしながら出てきたいんだ。脳外科医に俺の後頭部からアイスピックを抜いてもらうために、取ってきたものを渡さなくっちゃいけないなんてことになるのは厭なんだ」

「アイスピックで後頭部を突き通すなんてことはできないよ」

「心臓は突き通せるさ」

「とにかく、心臓でどうしようってんだい？」

「血液を送るさ。そして俺はいつまでも送り続けたいんだ」

「オーケー。俺たちには問題がある。ごく小さな問題が。大男が二人で女三人の——三人一緒にしても三百ポンドもない女たちの——家からどうすれば、五十ポンドの袋を持ち出せるかってことだ」

「引き金を引くのに、体重がどんな関係があるんだ？」

「何の引き金だ？　あの家の誰もピストルなど持ってないぜ」

「ヘイガーが何を持っているか、わかったもんじゃないさ」

「いいか、ミルク。あの女がお前を殺そうと付け狙いはじめてから、もうかれこれ一年になるんだぜ。手にすることのできるものは何でも使ったんだ。そしてまだ一度も、ピストルを使ったことはないんだ」

「それで？　もしかしたら使おうと思ってるかもしれないぜ。まあ来月まで待ってみるんだな」

「来月じゃ間に合わないじゃないか、そうだろ？」ギターは一方に首をかしげてミルクマンに笑いかけたが、それはいかにも愛嬌のよい、少年のような微笑だった。ミルクマンはギターがこんなになごやかで温かい態度を取るのを、もうずっと長いこと見ていなかった。自分がギターを仲間に引き入れたのはそのためだろうかと、ミルクマンは思った。ミルクマンが自分一人で、うまくそれをやりおおせることは明らかだった。たぶんミルクマンは、ギターが残忍な死神のような顔つきではなくて、率直でにこにこした顔をしながら、親しげに冗談を言っているのを、もう一度見たかったのかもしれない。

二人は町の黒人区域から離れた六号線で、日曜日にもう一度会った。中古車センターやデイリー・クイーンズのアイスクリームの店やホワイト・キャッスルのハンバーグステーキの店が並んでいる道路である。その朝は買物客はいなかった——墓石のようにずらりと敷地に並んだ中古車の、墓場のような静けさを時折自動車の音が破る以外は、何の物音もなかった。

あの最後の会話——その後にも何度か交した、短い偶然的な話ではなく、ギターが自分の仕事のことを説明したあの重大な会話——のとき以来ミルクマンは、自分を苦しめている疑問をギターに尋ねる勇気があったらと思っていた。それは、「あいつはやったことがあるのだろうか?」という疑問であった。ミルクマンには心の中でさえ、その疑問を言葉にすることはむずかしかった。まして声に出してそれを尋ねることは、とてもできなかった。ギターはミルクマンに七曜日の仕事の真剣さと恐ろしさ、そしてまた危険さを強く印象づけた。七曜日の男たちは仲間同士の間でさえ、細かいことを話し合うことは決してないとギターは言った。だからミルクマンは、少しでもギターに聞き出そうとすれば、ギターはふたたび不機嫌になるだけにちがいないと思っていた。そして冷やかになるだけにちがいないと。しかしその疑問は存在した。「ギターはその仕事をやったことがあるのだろうか？　本当に誰かを殺したことがあるのだろうか？」十丁目の老人たちと同じように、ミルクマンも今は朝刊と夕刊を買い、また一週間置きに黒人新聞を買って、うさん臭く、要領を得ないように思われる殺人の記事を探して、神経質に読み耽るようになっていた。そういう記事を見つけるとミルクマンは容疑者が見つかるまで、その事件についての報道を追った。それからまたミルクマンは、自分たちの仲間以外の誰かに、殺された黒人がいるかどうかも調べなければならなかった。

「もうやったのか？」ミルクマンは友人が——いつもとは違った、よそよそしく、何か思いつめたような感じの——今までにはなかった様子と態度を示す友人が、処女性を失ったのかどうか知りたがっている、十代の少女のようであった。「もうやったの？　わたしがまだ知らない、珍しくもあり、また当たり前でもあることを、あなたは知ってるの？　たった一つしかない自己を賭けることがどんなものなのか、あなたは知ってるの？　どんな気持がした？　こわかった？　そのためにあなた変わった？　もしわたしがやったら、わたしもやっぱり変わるかしら？」と尋ねたがっている少女のようであった。

いつかは尋ねることができるかもしれない。しかし、すっかり昔に返ったような今日は、だめだ。ミルクマンが十二歳で、ギターがまだ二十歳にならなかった頃そうだったように、二人で一緒に危険を冒そうとしている今日は。その頃には二人はそっくり返って歩いたり、しゃがみ込んだり、もたれたり、両足を広げてふんばったり、けんかを売ろうとして、少なくとも誰かを、他の少年たち、少女たち、犬、鳩、老婆、学校の校長、酔っぱらい、アイスクリーム売り、また屑屋の馬などを脅かそうとして、町じゅうを走り回ったりしたものだった。うまくいったときには二人は風に乗り、口を覆って笑い声をますます大きく響かせようとした。うまくいかなかったときには、誰かに逆に侮辱されたり、無視されたり、負けて逃げ帰ったりしたときには、両方の手のひらからきまり悪さのための汗が乾いてしまうまで、強がりを言ったり毒づいたりした。大人になった今、自分たち自身が恐怖を味わいたいというだけの理由からであるにしても、他人に恐怖心を呼び起こしたいという欲望は、子供のときほどしばしばではなかったが、決して衰えてはいなかった。恐怖によって獲得され、恐怖によって確保される支配権は今なお、他の手段で得られるどんな支配権よりも甘美であった。(女性の場合は別であった。女性を彼らは魅力で獲得し、冷淡さで引き止めておくことを好んだ)

もう一度あの頃に帰ったようであった。ミルクマンはそれを失いたくなかった。

それにまた他の要素もあった。ギターは刃物のように冷たい恐怖に近いものをいつも味わわなければならないような、生涯をかけた目的に、進んで、また熱烈に、身を投じた。

自分自身の欲求はもっと穏やかなものであることを、ミルクマンは知っていた。ミルクマンは恐怖を吹き込む人間の前で、うまくやっていくことができたからである。自分の父親、パイロット、ギター。三人のそれぞれにミルクマンは、今は三人の恐れ知らずの不敵さを羨みながら、引き付けられた。ヘイガーの大胆さにさえも。ヘイガーはもはや脅威を与えるような存在ではなく、ミルクマンの死よりも、むしろ関心を望んでいる愚かな女にすぎなかったけれども。ギターは今なお、刃物の切っ先で生きているような危険の意識と、生きているという充実感を生み出すことができた。だからギターの援助を求めるということは、ミルクマンがギターをこの計画に引き込んだ目的の、ごく一部にすぎなかった。ミルクマンがギターを誘ったのは主として、この仕事の浮かれたような気分と同時に、刃物の切っ先を渡るような危険の意識がどうしても欲しかったからである。共謀者としてギターを巻き込めば、ミルクマンは面白さと恐怖の両方を期待できるはずであった。

二人は何度も足を止めて車を仔細に眺め、ギターの言葉で言えば、「錠のかかるドアも窓もない」あばら屋に押し入るのには、どうすれば一番いいかと、身振り手振りでふざけ合いながら、六号線をぶらぶらと歩いていった。

「だけど人間はいるぜ」とミルクマンが主張した。「三人。みんな頭のおかしいのが」

「女たちだ」

「いかれた女どもだ」

「女たちだ」

「パイロットが最初どうやってその金塊を手に入れたか、お前忘れてるぜ、ギター。洞穴の中で三日間、死んだ男と一緒に過ごして待ってから、運び出したんだ。それが十二のときだったんだぜ。十二のときに、金塊を手に入れるためにそれだけのことをしたとすれば、七十に手の届く今は、それを守るためにどんなことをすると思う？」

「手荒な真似はしなくていい。大事なのはただうまくやることだ」

「オーケー。どうやってあの連中をうまく家から追い出すのか、教えてもらいたいな」

「そう、そいつをこれから考えるんだ」ギターは立ち止まって電柱で背中をこすった。かゆみがとれて気持ちがいいのか、それとも激しく精神を集中しているのか、ギターは両眼を閉じた。ミルクマンは何かいい考えはないかとじっと空を見つめたが、中古車センターの屋根のほうに眼をやったとき、ネルソン・ビュイックの本部になっている長くて低い建物の屋根に一羽の白い孔雀が止まっているのを見た。その孔雀の存在を、現実に直面して決断がつかないとき、いつも自分が陥る白昼夢の一つとしてミルクマンが受け入れようとしたとき、ギターが眼を開けて言った。「何だあれは！　どこからきたんだろう？」

ミルクマンはほっとした。「きっと動物園だろ」

「あのおんぼろ動物園か？　あそこにはくたびれた猿が二匹と、蛇が何匹かいるだけだ？」

「へえ、それじゃどこからだろう？」

「わからないなあ」

「見ろよ。降りてくるぜ」ミルクマンはまたしても、どんなものにせよ飛ぶことのできるものを見たときの、いつもの奔放な喜びを感じた。「飛びながらダンスをする奴もいるが、見ろよ、あの雌鳥の気取った歩きぶりを」

「雄だよ」

「まさか」

「雄だよ。あいつは雄だ。尻尾にあんなに宝石を撒き散らしたようなのは、雄だけなんだ。畜生、あれを見ろよ」孔雀は尾をいっぱいに広げた。「つかまえてやろう。こい、ミルク」そう言ってギターは柵のほうに走り出した。

「何のために？」ミルクマンはギターのうしろから走りながら尋ねた。「つかまえたらどうするんだ？」

「食べるんだ」ギターがどなった。ギターは敷地の境になっている二重パイプを軽々と乗り越えて、孔雀をだますために首をちょっと片方にかしげ、遠くから孔雀の周囲を回りはじめた。孔雀は藤紫色のビュイックの回りを歩いていた。孔雀は尾を閉じ、先端を砂利の中に引きずっていた。二人はじっと立って見守っていた。

「どうして鶏みたいに、飛ぶのがへたなんだろう？」とミルクマンが尋ねた。

「尻尾がでかすぎるのさ。あのいっぱいの宝石で参ってしまうんだよ。うぬぼれと同じさ。あんなにごてごてと飾り立てていたんじゃ、誰だって飛べやしない。飛びたかったら、自分を押しつぶしているごてごてとしたものを捨てなきゃいけない」

孔雀はビュイックのフードの上に飛び乗って、もう一度尾を広げた。そのためにけばけばしいビュイックも影が薄く見えた。

「おかま野郎だ」ギターが穏やかな声で笑った。「白いおかまだ」

ミルクマンも笑った。そしてもう少し見ていてから二人は中古車の群れと、純白の孔雀をあとにして去った。

だが孔雀のために二人は元気づいていた。どうやって盗み出すかということを話し合うのをやめて、二人はその金塊が法定貨幣《リーガル・テンダー》になったら何が買えるか、ということを空想しはじめた。ギターは最近の禁欲主義をしばらく忘れて、昔の夢をよみがえらせる楽しみに耽った。自分の父親が死んだ後、子供たちみんなを育てるのを助けるためにフロリダから出てきてくれた祖母と、祖母の兄弟のビリーおじさんに買ってやるもの、父親の墓のために買うつもりの〝ピンクで百合の花の彫刻のある〟墓標、弟や妹たち、また妹たちの子供たちに買ってやるものなどについての夢を。ミルクマンも空想に耽っていたが、ミルクマンの欲しがっているのはギターが話すような、動かないものではなかった。ミルクマンが望んでいるのは船や、車や、飛行機、また多くの乗組員を指揮する船長になることだった。

ミルクマンは気まぐれに、気前よく、わけのわからないような金の使い方をするつもりだった。しかし、笑いながら自分がしようと思っていること、計画している生き方について話している間じゅうずっと自分の声に偽りがあることに気づいていた。——しかし、ミルクマンはその金が欲しかった——死ぬほど欲しいんだと自分では思っていた——しかし、この市から、ノット・ドクター・ストリートや、ソニー商店、メアリーの店、そしてヘイガーから遠く離れたところに逃げ出すこと以外には、ミルクマンには現在の生活とそれほど違った生活を想像することはできなかった。新しい人々。新しい場所。支配すること。

それがミルクマンが自分の生活に望んでいることだった。そしてミルクマンは、ギターが自分や弟には優雅な服装、豪勢な食事、また百五十ドル、それから二百二十五ドルも賭けるようなトランプ賭博を、一週間もぶっ続けでやることを話すのにあまり興味を持つことができなかった。ギターがいろいろと並べ立てるのにミルクマンは悲鳴をあげ、「ウーイー！」と叫んだが、しかしミルクマンの生活は不快なものではなく、不自由がないばかりか、ある程度ぜいたくでさえあったので、自分はちょっと違うんだという感じをミルクマンは抱いた。ミルクマンはただ両親の過去から逃げ出したいのだった。その過去は両親の現在でもあり、またミルクマンの現在にもなろうとしていた。ミルクマンは母親と父親の激しい確執、二人がそれぞれ両手でしがみついている、自分のほうが正しいのだという信念を憎んでいた。そしてそれを無視しよう、それを超越しようとするミルクマンの努力はただ、何にせよ気軽なもの、重大な結果を伴わないものを求めて、日を過ごしているときにのみ、効果があるようであった。ミルクマンは何かに掛かり合うことや強烈な感情を避け、決断をくだすことからは尻込みした。ミルクマンはできるだけ何も知らないですませ、他人に好感を与えながら日を過ごせる程度の感情を持ち、他人の好奇心は呼び起こすが、しかし何もかも焼き尽くすような激しい情熱を呼び起こすようなことは決してない程度の、面白さを持った人間になりたいと思っていた。ヘイガーはミルクマンにそういう情熱を注ぎ、彼が二度と出会いたいとは思わないような、芝居がかった事件を引き起こしてくれた。ミルクマンはいつも、自分の幼年時代は無菌状態で過ごされたと信じていた。しかしメイコンとルースがミルクマンに与えた知識は、彼の幼年時代の記憶を、病気と、不幸と、許すことを知らない心の悪臭がたっぷりと染み込んだ、腐敗性のシーツの中に包み込んだ。ミルクマンのこれまでの反逆は、ささやかなものではあったけれども、いずれもギターと一緒に、あるいはギターと共同して、なされたものであった。そしてこの最後の、ジャックと豆の木の話に出てくるような自由への努力は、たとえ父親から与えられた——ほとんど押しつけられた——ものであったとしても、ある程度成功の可能性がありそうであった。

ミルクマンは友人に笑われること、ギターは今や神秘の男、ぐっしょりと血に塗れた任務を負うた男であることを想い出させるような、辛らつな言葉で拒否されることを半ば予想していた。しかし、欲しいと言えばほとんど即座に手に入るとでもいうみたいに、いろいろなものを並べ立てているギターの顔を見て、ミルクマンはすぐさま、自分の推測が間違ってはいなかったことを知った。おそらくこの職業的な殺し屋ももううんざりしているのだろう。あるいは気持ちが変わったのかもしれない。ギターはもう……？　「お前もう……？」食事や、服装や、墓標のことをこまごまと語る友人の言葉に耳を傾けているうちにミルクマンは、ギターはまだ一度も持ったことのないもの——金——の誘惑にまったく抵抗できないのではないだろうかと思った。

ギターは太陽に向かって微笑し、テレビや真ちゅうのベッド、また一週間ぶっ続けのトランプ賭博のことを嬉しそうに話していたが、心はＴＮＴ火薬（高性能の爆薬）の素晴らしさに向けられていた。

空想の中で金を使い果たしてしまった頃にはもうほとんど正午で、二人は南側《サウスサイド》のはずれに戻っていた。二人はこの計画についての議論が途切れたところから、ふたたび始めた。ギターはもう腹が決まっていた。ミルクマンはまだ慎重に構えていた。ギターから見るとあまりにも慎重すぎた。

「俺にはどうもわからない。お前が俺を追っかけてきて、ダイナマイトみたいな話を持ちかける。そして俺たちは三日間、そのことで話し合う。近頃聞いたことのないようなうまい話だ。ところがいよいよ仕事に取りかかろうとすると、お前はできないとか何とか、くだらないことを言い出す。お前、俺をだまそうとでもいうのか？」

「何のためにだましたりするんだ？　お前にこんな話をしなくたってよかったんだぜ」

「どうもわからない。どうしてお前がこんなことをしようとするのかさえ、俺にはわからないんだ。お前は俺のことを知っている——俺がどうしてこの話に乗ったかはわかるはずだ。だが、お前が金が必要だったとか、手に入らなかったとかいうことは一度もないんだ」

ミルクマンはギターが〝話に乗った〟理由について触れたのは無視して、できるだけ穏やかな口調で言った。「俺は逃げ出さなくっちゃいけないんだ。話したろ、お前に。俺はここから出なきゃいけないんだ。独り立ちしたいんだ」

「独り立ち？　百万ドルの財布を持って、それを独り立ちって言うのかい？」

「へん、俺がなぜ金が欲しいかなんてことがどうだっていうんだ？」

「お前が本当に欲しがってるとは思えないからだ。少なくとも、人を出し抜いて盗み出すほど欲しがってるとはな」

「俺はただうまく手に入れたいだけなんだ。ごたごたするのは厭なんだ。ごたごたするのは……。押し入り強盗はたいへんな罪なんだぜ。俺はご免だよ、おしまいには——」

「何が押し入りだ。これは押し入りじゃない。パイロットだ」

「それで？」

「お前の身内じゃないか」

「それでも人間は人間だ。そして人間は大声を出す」

「一番困るのはどんなことだ？　起こって一番困るのはどんなことだ？　俺たちが押し入る、いいか？　三人ともそこにいるとする。三人とも女だ。どんなことができる？　俺たちをなぐりつけるか？」

「もしかしたらな」

「よしきた！　誰だ？　ヘイガーか？　あの女はお前の顔を見たら、とたんにへなへなとなってしまうさ。パイロットか。あの婆さんはお前を愛してる。お前に手を出したりはしないよ」

「本当にそう思うか？」

「ああ、本当だとも。おい、お前は何か気にしてるな。話してみろよ、そのことを。身内だからか？　お前の親父さんのほうがお前よりもっと血は濃いんだ。そしてこの仕事を思いついたのは親父さんなんだぞ」

「そんなことじゃない」

「じゃ何だ？」

「あの連中は頭がおかしいんだぜ、ギター。何をしでかすかわかったもんじゃないんだ。自分たちでさえわかりゃしないよ」

「頭がおかしいのはわかっている。五十セントのぶどう酒を売り、バケツに小便をして、頭の上に百万ドルぶらさげながらあんな生活をしているとしたら、誰だって頭がおかしいにちがいない。お前、狂ってるのがこわいのか？　だったらお前も狂ってるぜ」

「俺はつかまりたくない、ただそれだけだ。俺は豚箱に入りたくないんだ。つかまりも放り込まれもしないように、この仕事を計画したいんだ。どうしてそれが欲張りすぎなんだ？　計画することが？」

「計画してるようには見えないな。まるで立往生してるみたいだぜ」

「計画だよ。どうやってあいつらを家から出すか計画してるんだ。どうやってあの家に入り込むか。どうやってあの袋を天井から切り落とし、それから家を逃げ出して通りに出るか。あの連中が相手じゃ計画はむずかしいぜ。あの連中は規則的じゃないんだ。規則的な習慣などないんだよ。それから、あのぶどう酒の客たちだ。誰がいつ立ち寄るかわかったものじゃない。あの連中は時計など見る人間じゃないんだよ、ギター。パイロットはきっと太陽で知る以外には、時間の見方など知らないだろうと思うよ」

「夜は眠るだろう」

「眠っている者は誰でも、眼を覚ますことがある」

「眼を覚ました奴は誰でも、なぐり倒すことができる」

「俺は誰もなぐり倒したりしたくない。俺たちが入るとき留守にしていてもらいたいんだ」

「それでどうすれば家を留守にするんだ？」

ミルクマンは首を横に振った。「地震でもあればだろうな、たぶん」

「じゃ地震を起こそうじゃないか」

「どうやって？」

「あの家に火をつける。スカンクを放り込む。熊でもいい。何かやるんだ。どんなことでもいい」

「まじめに考えろよ、おい」

「考えようとしてるんだよ、俺は。考えようとしてるんだ。あの連中、どこへも出かけないのか？」

「みんな一緒にか？」

「みんな一緒にだ」

ミルクマンは肩をすくめた。「葬式だ。葬式にいくよ。それからサーカスだ」

「おい、おい。俺たちは誰かが死ぬのを待ってなくっちゃいけないのか？　でなけりゃリングリング・ブラザーズ（一九二九年全部で十一の大きなサーカス団を統一して傘下に収めた）が町にやってくるのを？」

「俺はただ、うまい方法を探しているだけだ。今のところ見込みはない」

「見込みがないとなれば、一か八かやってみるより仕方がない」

「無茶言うなよ」

「無茶だって？　無茶をしないで金のつぼを手に入れることなどできないぜ。無茶をしないで金を手に入れることなど、誰にもできないんだ。無茶をしなきゃいけないんだよ。どうしてそんなことがわからないんだ？」

「まあ聞けよ、俺の言うことを……」

「俺は聞くのをやめたんだ。お前こそ聞け。お前には人生があるのか？　そいつを生きるんだ！　生きるんだよ、この糞いまいましい人生を！　生きるんだ！」

ミルクマンは眼を大きく見開いた。彼は飲み込むまいとして懸命に努力したが、ギターの声にこめられている明快ならっぱのような響きは、ミルクマンの口を塩で満たした。海底にあるのと同じ、また馬の首の汗の中にあるのと同じ塩で。それは種馬が欲しがって何マイルも何日も疾駆するほど強烈な、なくてはならない味であった。それは初めて味わう甘美な味で、しかも自分自身のものであった。それまでミルクマンを苦しめていたためらい、疑惑、頼りなさはすべて、音一つ立てず、跡形もなく滑り去った。

今やミルクマンは、自分が一体何をためらっていたのかをはっきりと知った。それは単純な仕事を不自然に複雑にするためでも、ギターを引き止めておくためでもなかった。ミルクマンはそれまで、金塊の存在をまったく信じていなかったのだ。父親があの長い話を彼にしたとき、本当にジャックと豆の木のように……何かおとぎ話のようなでっちあげに思われたのだ。それが本当にあるということ、本当に金塊だということ、あるいは奪いさえすれば本当に自分のものになるんだということを、ミルクマンは信じてはいなかった。それはあまりにも単純すぎた。だがギターはそれを信じ、それに明確な具体性を与え、その上、それを一つの行為、重要で、現実性を持った、大胆な行為にした。ミルクマンは自分自身の内部の自我が、はっきりした輪郭を持った明確な自我が、表面に浮かびあがってくるのを感じた。レイルロード・トミーの店でのコーラスに、笑い声以上のもので加わることのできる自我が。ミルクマンにははっきりとそれがわかった。ミルクマンがそれまでに経験した本当の対決といえば、ほかにはただ父親をなぐったことしかなかったが、それはトミーの店に集まる老人たちの眼を輝かさせるような種類の話ではなかった。

ミルクマンはこういったことを何一つ明瞭に考えたわけではなかった。彼はただ塩を味わい、ギターの声の中に響く、猟人の角笛《つのぶえ》を聞いただけであった。

「明日だ」とミルクマンは言った。「明日の夜だ」

「何時だ？」

「一時半だ。俺がお前を呼びにゆくよ」

「いいぞ」

道のずっと向こうの、ミルクマンとギターから遠く離れたところで、孔雀が尾を広げた。

秋の夜には市の一部では、湖を渡る風が岸辺に甘ったるい匂いを運んでくる。砂糖漬けにしたしょうがのような、あるいは黒っぽい色をした丁子《ちょうじ》が浮かんでいる、甘いアイスティーのような香りを。その匂いはまた説明のしようもなかった。というのは一九六三年九月十九日には、湖はいろいろな工場から出るごみや、プラスチック製造所の化学的廃棄物でいっぱいで、岸辺近くに生えている柳の葉は衰え、色褪せていたからである。鯉が腹を出して渚に漂ってきた。そしてマーシーで働く医師たちは、この湖水で泳ぐ者は必ず耳の病気を患うことを知っていたが、それを公表はしなかった。

だがこの重苦しい、甘い香料のような匂いは東洋と、縞のテントと、足枷のシャーシャーシャーという音を想い出させた。湖の近くに住む人々は、もうずっと前からこの匂いに気づかなくなっていた。冷暖房装置ができてから人々は窓を閉め、モーターの鈍い音の下で浅い、落ち着かない睡眠を取るようになったからである。

そういうわけで砂糖漬けのしょうがのような匂いは、誰にも気づかれずに通りを吹き抜け、木立ちを回り、屋根を越え、少しばかり薄められ、弱められて、南側《サウスサイド》に達するのであった。冷暖房装置はおろか網戸さえない家もある南側《サウスサイド》では、家々の窓はいっぱいに開かれ、夜のもたらすものは何でも受け入れていた。そしてそこでは、しょうがの匂いは強烈であった。夢をゆがめ、眠っている人間に、自分が欲しがっているものはすぐそばにあると思わせるほどに強烈であった。このような夜に眼を覚ましている南側《サウスサイド》の住人にとっては、その匂いは彼らの思考と活動のすべてに、親しくもあり、また同時に疎遠でもあるような性質を与えた。ダーリング・ストリートの松の木の近く――ぶどう酒を飲む者たちが通う茶色の家のすぐ近く――に立っている二人の男は、その匂いを嗅ぐことができたが、しかし二人はしょうがを思い出しはしなかった。二人はそれぞれ、それは自由の、あるいは正義の、ぜいたくの、あるいは復讐の匂いだと思った。

アクラ（ガーナの首都）の市場から直接吹いてきたといってもおかしくないような空気を吸い込みながら、二人は彼らにはひどく長く思われる時間立っていた。一人は木にもたれ、片足を地面から浮かせていた。とうとう一人がもう一人の肘に触り、二人は開いている窓のほうに近づいた。まったく何の苦労もなく彼らは中に入った。二人はあらかじめ松の木蔭の闇の中に立っていたのだけれども、部屋の中で二人を迎えた、もっと深い闇にたいする用意はできていなかった。どちらもそういう種類の闇には、目蓋のうしろでさえ会ったことがなかった。けれども、闇よりももっと二人を不安にしたのは、外の暑さ（人々に絶えず首のひだから汗を拭わせるような、どんよりとした、しょうがの匂いのこもった暑さ）とは対照的に、パイロットの家の中は、氷のように冷んやりとしていることであった。

不意に月が出て、フラッシュの明かりのように、まっすぐに部屋の中に射し込んだ。二人とも同時に袋を見た。袋はずっしりと重そうに、あまりにも長い時間染料に浸しすぎた、復活祭の卵のような緑色をしてさがっていた。そして復活祭と同じように、それはすべてのものを約束した。よみがえった御子と、心の孤独な願望を。十全の力、完全な自由、完璧な正義を。ギターはその袋の前に膝をつき、両手の指を組み合わせて足台にした。ミルクマンはギターの頭に片手を置き、ひょいとその足台に乗って、ギターの両肩に坐った格好になるまで身体をずらせた。ゆっくりとギターは立ちあがった。ミルクマンは袋の口に触れるまで、上のほうに手探りをしていった。ミルクマンはロープを切らなければならないだろうと思っていたが、袋を吊しているのはロープではなく、針金であるのを知って当惑した。ナイフで間に合えばいいがとミルクマンは思った。二人は針金だなどとは思ってもおらず、ペンチも針金切りも持ってきていなかったからである。ナイフの軋《きし》る音が部屋いっぱいに広がった。そんな音の中では誰一人、眠れる者はないだろうとミルクマンは思った。とうとう数本のよりが切れ、次の瞬間には黒い針金が完全に切断された。袋の重さは、切り離されたとたんに自分たちがひっくり返るほどのものだろうと二人は予想していた。それで二人は、小声で合図したら、ほとんど即座にミルクマンの足が床に着くように、ギターが膝を曲げてしゃがみ込む手はずにしていた。けれども、そんな鮮やかな脚技を見せる必要はなかった。袋は二人が予想していたよりはずっと軽く、ミルクマンは易々とそれを下に取りおろした。二人が身体の平衡を取り戻すと同時に、大きく息を吐き出す音が聞こえたが、二人はそれぞれ、相手の溜息だと思い込んでいた。ミルクマンはナイフをギターに渡し、ギターはそれを閉じてうしろのポケットに突っ込んだ。もう一度深い溜息が聞こえ、そしてさらに冷たい、刺すような冷気が感じられた。袋の口と底を持って、ミルクマンはギターの後から窓際にいった。窓敷居を越えるとギターは、ミルクマンが乗り越えるのを手伝おうと手を伸ばした。ギターは月明かりにだまされていた。友人のすぐうしろに立っている、男の姿を見たような気がしたからである。ついさっき離れたばかりの熱気にふたたび包まれながら、二人は足早にその家から離れて道路に出た。

家の同じほうの側のもう一つの開いた窓、ヘイガーが髪を洗い、リーバがうずら豆を浸す流しの隣の窓に、一人の女性の顔が覗いた。「一体何だってあんなものを欲しがるんだろう?」とその女性はいぶかった。それから女性は窓敷居を指で探し、木の破片を一つ拾って口に入れた。

第九章

筆記生《アマニユエンシス》。これがコリンシアンズの選んだ言葉であった。そしてそれは十九世紀から直接取ったものだったので、コリンシアンズの母親もこの言葉に賛成し、自分の娘が州の桂冠詩人のところでどういう仕事をしているのか、ということを婦人の客たちに話すとき、客たちが自分に向けるぽかんとした視線を楽しむのであった。「あの子はマイクル＝メアリー・グレアムの筆記生をしているんですよ」この落ち着きのわるいラテン語で言うと、娘のしている仕事（結局のところ、コリンシアンズは仕事をする必要などなかったのだ）は複雑で、いかめしく、いかにも彼女の受けた教育にふさわしいように聞こえた。そして女たちはそれ以上詳しいことを聞こうとはしなかった（女たちはその言葉の発音を覚えようとしたが、まだ辞書にその言葉を見つけられないでいた）。マイクル＝メアリー・グレアムという名前に相応の感銘を受けていたからである。それはもちろん嘘であった。もっと簡単な、〝秘書〟という言葉でさえ嘘であった。しかしルースはそれを自信をもって繰り返した。それを本当だと信じ込んでいたからである。コリンシアンズがミス・グレアムのメイドをしているということを、ルースはそのときも知らなかったし、その後も決して気づくことはなかった。

赤いびろうどの薔薇を作る以外にはちゃんとできる仕事は何もなかったので、コリンシアンズは大学出という資格にふさわしい仕事を見つけるのに苦労をした。カレッジで過ごした三年間、三年生のときフランスで過ごした一年間、それに著名なフォスター先生の孫娘であるということを考えれば、ミス・グレアムの家の地下室の、ドアにかかっている二着のユニフォームよりは、何かもっと上品な仕事がありそうなものであった。これらの利点が役に立たないということは、まだコリンシアンズには信じられなかった。コリンシアンズと、リーナと呼ばれているマグダリーンは、りっぱな結婚をするものと思われていた──しかしコリンシアンズの場合は特に期待が大きかった。コリンシアンズはカレッジにいっていたからである。コリンシアンズは教育によって、どのようにしたら開けた妻や母になれるか、自分の属する社会の文明に──というよりコリンシアンズの場合は、その社会を文明化することに──貢献できるかということを学んでいた。そしてもし結婚がだめなら、何かそれに代わる仕事、教師、図書館員、あるいは……とにかく、何か知的で、公共的精神を満たすものがあるはずであった。このどちらの運命もすぐにはコリンシアンズの額を叩かなかったので、コリンシアンズはひたすらに待った。教養も高く、皮膚の色も白人に近いので、コリンシアンズは母親が信じているのと同じように、自分は知的職業に就いている黒人の男性たちから、争って求められるものと信じ込んでいた。そういうわけでコリンシアンズは、自分自身の住んでいる市で他家を訪問したり、お茶の席に出たりするばかりでなく、他のいろいろな市で休暇や週末を過ごし、そういう男性の現われそうな場所や機会には、できるだけ顔を出した。コリンシアンズが卒業した四〇年代に、最初にこの市に移ってきた黒人医師には、コリンシアンズより五歳年少の息子があった。二番目の歯科医には、小さな女の子が二人いた。三番目はひじょうに老齢の内科医で（アルコール中毒だという噂があった）、その二人の息子はすでに子供を育てていた。それから数人の教師、弁護士が二人、葬儀屋が一人あったが、ふさわしい独身者がたまに中にいても、コリンシアンズはそういう男性たちの選ぶところとはならなかった。コリンシアンズは充分に美しく、充分に愛嬌もあり、また父親には、いざという場合に頼ることのできる財産もあったが、しかしコリンシアンズには積極性が欠けていた。これらの男性たちはやりくりのできる妻、野心も、渇望も、活力もないほどに、中流生活に慣れてしまってはいない妻を望んでいた。彼らは上に這いあがることの好きな、獲得することの好きな、そして一旦地位を達成したら、それを維持するのに必要な仕事の好きな、妻を望んでいた。彼らは自分を犠牲にし、また夫の勤勉や犠牲的努力に、感謝するような妻を望んでいたのである。コリンシアンズは少しばかり上品すぎた。一九四〇年にブリン・モー（ペンシルヴェニア州ブリン・モーにある一八八五年創立の名門女子大学）。一九三九年にはフランス。これは少しばかり度を越していた。フィスク（フィスク大学。一八六五年テネシー州ナッシュヴィルに設立され、南部黒人のためにキリスト教教育を施すことを目的とする）、ハウアド（ハウアド大学。一八六七年ワシントンDCに設立され、黒人の高等教育を目的とするが、あらゆる人種、宗教の学生に開放されている）、タラディーガ（タラディーガ・カレッジ。一八六七年アラバマ州タラディーガに設立され、組合キリスト教会、およびアラバマ聾盲学校と合併された男女共学の大学）、トゥガル（ミシシッピ州トゥガルにある男女共学の黒人のための大学。一八六九年に創立され、一八九七年四年制大学課程が置かれた）――それが彼らの狩猟範囲であった。フランス語を話し、クイーン・メアリー号（一九三四年キュナード・ホワイトスター汽船会社が進水させた八万一千二百三十七トンのイギリス豪華船）で航海をしたことのある女性は、将来の患者や訴訟依頼人に適当な態度を取ることができないかもしれないし、また相手の男性が教師の場合には、その男性は自分よりよい教育を受けた女性を敬遠した。一時、郵便局の職員がリーナやコリンシアンズにふさわしいと考えられたことさえあったが、それは二人が三十五歳を超え、ルースが、自分の娘たちは医者と結婚することはないだろう、という残酷な事実を甘受したずっと後のことであった。それは母親と娘たちのみんなにとってショックであったが、三人はもっと完全な真実、つまりリーナとコリンシアンズはおそらく、誰とも結婚することはないであろうという見通しを受け入れないことによって、かろうじてそのショックに耐えた。

　リーナと呼ばれるマグダリーンは、自分の一生を諦めているようであった。けれどもコリンシアンズはある日眼が覚めて、自分が四十二歳にもなっていながら、ただ薔薇の花びらを作るだけの毎日であることに気がつくと、猛烈に気分がふさぎ込み、その状態は家を出ようと決心するまで続いた。そういうわけでコリンシアンズの仕事探しは――これが第二のショックであったが――真剣なものであった。大学を出てから二十一年も経っていることは、コリンシアンズが教職に就くことには不利に働いた。コリンシアンズは現在教育委員会が要求している、〝新しい〟課程を何一つ取得してはいなかった。コリンシアンズは必要な課程を取るために、州の教員養成学校に通うことを考え、登録のために学校の事務所まで出かけさえした。しかし、けばだったブルーのセーターの下の魚雷のような乳房、若い人々の顔に浮かんだまったくむき出しの表情を見ると、コリンシアンズはまるで雹《ひょう》に襲われた木の葉のように、事務所のある建物から飛び出し、構内から逃げ出した。これはまったく不幸なことであった。コリンシアンズには何一つ、本当の技術といえるものはなかったからである。ブリン・モーは四年間の高等教育が目的としていることを、りっぱに果たしていた。つまりコリンシアンズを実社会で役に立つ仕事の八十パーセントにたいして、不適格者にしていたのである。まず第一に、コリンシアンズを余暇に恵まれた女性として、豊かで豪華な生活を送り、家事には無知であるように教育することによって。第二に、コリンシアンズは家事などという下等な仕事をする人間ではない、ということをはっきりと教え込むことによって。卒業後コリンシアンズは、黒人の女性は経歴のいかんにかかわらず、一つの、ただ一つの種類の仕事にしか必要とされていない、労働の世界に戻った。そして一九六三年には、コリンシアンズが一番気にしているのは、過去二年間自分がしてきたのはそういう黒人女性の仕事だということを、家族の者たちに知られないことであった。

コリンシアンズは街では、他のメイドたちを避けた。そしてコリンシアンズがいつもバスで一緒になる女たちは、彼女が家庭内で、自分たちよりも高い地位にいるものと思い込んでいた。というのはコリンシアンズは仕事に出かけるときハイヒールをはいていたが、家に帰るときバスの中での長い時間、ハイヒールの圧迫に耐えることのできるのは、一日じゅう立っている必要のない女性だけだったからである。コリンシアンズは用心深かった。彼女は靴や、エプロンや、ユニフォームを入れた買物袋を、持ち歩くようなことはしなかった。その代わりにコリンシアンズは本を持っていた。『ドーデ短篇集』というフランス語の題名が、表紙に金文字で印刷されている、小さな灰色の本を。ミス・グレアムの家の中に入ってしまうとコリンシアンズは、石鹸水の入ったバケツを持ってひざまずく前に、ユニフォーム（とにかく白ではなく、賢明にもブルーのユニフォームだった）に着替え、踵の低い仕事靴をはいた。

ミス・グレアムはコリンシアンズの服装と、ちょっとばかり上品ぶったところのある態度が気に入った。コリンシアンズのおかげでこの家には、ミス・グレアムが好んで装いたがる外国的な雰囲気が漂った。ミス・グレアムはこの市の文学界の中心、心臓の鼓動そのものだったからである。マイクル＝メアリー・グレアムは、コリンシアンズにたいしてひじょうに思いやりがあった。大きな晩餐会を開くときにはミス・グレアムは、スウェーデン人の料理人を雇い、骨の折れる仕事はグッドウィル・インダストリーズ（一九〇七年マサチューセッツ州ボストンで起こった、ハンディキャップを負った職のない人々に、不用になった衣類、家具その他を、再販できるように修理させることによって、生計を立てる機会を与えることを目的とした団体。最初メソディストが始めたが、後には各宗派共通のものとなり全米に広がった）と共同で使っている、年取った白人が引き受けた。またミス・グレアムはコリンシアンズが毎日作る、平凡で取り柄のない料理に我慢できないということもなかった。マイクル＝メアリーはちょっとした、簡単な食事を何度もとったのである。また本を読み、文豪の何人かを知っているらしいメイドを使っていることは、楽しくもあり、気の休まることでもあった。クリスマスにわびしい包み金ではなく『ウォールデン』を一冊メイドにプレゼントして、友人たちにそのことを話せるのは素晴らしいことであった。マイクル＝メアリー・グレアムの住んでいる世界では、彼女のボヘミアン的青春時代の名残りである、穏やかな自由主義、また感受性の強い閨秀詩人としての彼女のポーズは、無政府主義として通っていた。

コリンシアンズは気が利かなくはあったけれども、まったくの愚か者というわけではなかった。カレッジやヨーロッパにいったことがあること、またミス・グレアムが教えたことのないフランス語の命令（たとえば、〝お入り《アントレ》〟）でも理解できることを、コリンシアンズは決して主人には話さなかった。実際に、コリンシアンズのしている仕事は彼女のためになった。その家でコリンシアンズは自分の家では決して持ったことのないもの、責任を与えられていた。コリンシアンズはある意味では生き生きとして、ときには尊大さの代わりに自信を得ることもあった。たとえブルーであってもユニフォームを身に着け、人々をだましていることの屈辱感は、子供みたいに小遣いをもらうのではなく、自分自身の金を持っていることから生まれる純粋な高揚感によって和らげられた。そしてコリンシアンズはマイクル＝メアリーが毎週土曜日の正午に、きちんと折りたたんで自分に渡してくれる紙幣の額が、本当の秘書たちが毎週家に持ち帰る金額とくらべて、二ドルと違わないことを知って驚いた。

台所のタイルをごしごしと磨き、木の床をぴかぴかに光らせておくことのほかには、仕事は辛くはなかった。この閨秀詩人は独り暮らしで、芸術的責任の重い要求に応えるために、時間と活動を注意深く配分していた。詩人であってみればもちろん、ミス・グレアムにはほかにできることはほとんどなかった。結婚も子供を生むことも――すべてはあの偉大な苦悶への犠牲にされなければならなかった。そしてミス・グレアムの家庭はこの閨秀詩人の献身の潔癖さ（そして彼女の父親が遺した財産の豊かさ）のあかしであった。色彩も、服飾品も、家具も、それらが持つ、インスピレーションを呼び起こす効果のために選ばれた。そしてミス・グレアムは何かの品物に反対する場合には、「あんなもの、あんなものが家にあったんじゃ、一行だって書けないわ」と言うのが好きであった。あんなものは花びんのこともあれば、鉛管工が引っ張り込んだ新しい便器、植物、あるいはセント・ジョン高等学校の三年生の生徒たちが、休日集会にミス・グレアムにしてもらった感動的な詩の朗読へのお礼として贈った、クリスマスの花輪であることさえあった。毎日ミス・グレアムは朝の十時から正午まで、そして午後三時から四時十五分まで詩作をした。晩はしばしば土地の詩人や画家、音楽家、また小説家たちとの議論や会合に当てられたが、そうした会合に集まる人々は、他の芸術家たちを賞賛したり非難したり、市場を軽蔑したり求めたりした。このグループではマイクル＝メアリー・グレアムは、女王のような存在であった。この閨秀詩人はすでに、一九三八年に『わが魂の四季』という題の最初の詩集、そして一九四一年には『かなたの岸辺』という第二詩集を出版していたからである。その上、彼女の作品は少くとも二十くらいの小さな文学雑誌、光沢紙を用いた二つの高級雑誌《スリック》、六つの大学の雑誌、そして無数の新聞の日曜付録に発表されていた。ミス・グレアムはまた一九三八年から一九五八年にかけて九回、〝年間最優秀詩人賞〟を獲得し、ついには多くの人々から羨まれる、州の桂冠詩人という頂点に到達した。儀式のときにはこの詩人の最も有名な作品である『合い言葉』が、セント・ジョン高等学校の合唱弁論会によって上演された。けれども、それでもミス・グレアムの出版社が、彼女の詩の全集（『最も遠い岸辺』という仮題がついている）を出すことを渋る気持ちは変わらなかった。しかし出版社がいずれは出す気になるだろうということを、ミス・グレアムは少しも疑ってはいなかった。

初めてコリンシアンズに会ったとき、ミス・グレアムは全然コリンシアンズから感銘を受けなかった。まず第一に、このメイド志願者は、約束の時間より十分早く面接にやってきたために、一分一秒まで予定の時間割に固執するマイクル＝メアリーは、プリントの化粧着で応接に出なければならなかった。すでにこの失策でいらいらさせられていた上に、ミス・グレアムは相手のきゃしゃな身体つきに失望した。この女性が網戸をはめたり、雨戸をはずしたり、骨の折れる掃除や洗濯に、持続的に耐えることができないのは明らかであった。けれどもこの女性の名前をきいたとき、マイクル＝メアリーはコリンシアンズ・デッドという言葉の響きにすっかり魅せられてしまい、その場でコリンシアンズを雇うことに決めてしまった。後で彼女が友人たちに語ったように、マイクル＝メアリーの詩的感受性が、彼女の判断力を圧倒したのである。

この女主人とメイドはうまく呼吸が合い、コリンシアンズがくるようになって半年目くらいには、マイクル＝メアリーはコリンシアンズにタイプライターを習うことを勧めた。そういうわけでコリンシアンズは、結局、本当に筆記生になるところであった。

ミス・グレアムに自分の仕事をいくらか手伝うことができるようにと、タイプを習うことを勧められて間もなく、一人の黒人の男性がバスの中で、コリンシアンズの隣に坐った。コリンシアンズはその男性のことを、服装がみすぼらしく、かなりの年輩だということ以外には、ほとんど気にも留めなかった。けれども、やがてコリンシアンズは、その男性がじっと自分を見つめているのに気がついた。確かめようとして素早く横目で見ると、相手はにこにこと微笑してそれに応えた。コリンシアンズは顔をそむけ、相手が降りるまでそむけたままであった。

翌日もその男は同じ座席にいた。もう一度コリンシアンズは軽蔑の態度をはっきりと示した。その週の残りは、男にじっと見つめられることはなく過ぎた。けれども次の月曜日には、男はまたそこにいて、ほとんど流し目に近いような表情でコリンシアンズを見ていた。こういった時折の出会いが一ヵ月くらい続いた。コリンシアンズは男を恐れるべきだと思った。というのはその男の態度にはどこか、待っている――自信満々で図々しく待っている――ということを感じさせるところがあったからである。それからある朝、男はバスを降りる直前に、コリンシアンズのそばの座席に白い封筒を落としていった。コリンシアンズは自分が降りるところにくるまで、その封筒をそのままにしておいたが、立ちあがってコードを引くとき、人目につかないようにできるだけこっそりと、それを拾いあげないではいられなかった。

マイクル＝メアリーのミルクに上皮ができるのを待ってストーヴのそばに立ちながら、コリンシアンズは封筒を開いて、グリーティング・カードを取り出した。〝友情〟という文字が青と黄色の花束の上に、浮き出し文字で印刷されており、内側にもう一度記されていて、その下に次のような詩が書いてあった。

友情は差し伸ばされた手
熱烈な献身の微笑
その両方を今日わたしはあなたに捧げる

心からの感情をこめて

男性とも女性ともつかぬ白い手がもう一つの、もっと小さな、青と黄色の花束を差し出していた。署名はなかった。

コリンシアンズはそれを、その日の屑を入れるために開けてある、茶色の袋の中に放り込んだ。カードはその日一日じゅう袋の中に入っていたが、また同時にコリンシアンズの心にもかかっていた。夕方になるとコリンシアンズはグレープフルーツの皮や、お茶の葉や、サラミソーセージの皮の中に手を突っ込んで、カードを拾い出し、きれいに払って、ハンドバッグの中に移した。コリンシアンズには自分でも、どうしてそんなことをするのかわからなかった。男はまったく厭な奴だったし、そんな男にふざけた真似をされたりすることは侮辱であった。けれども長い間、コリンシアンズに恋をしかけようと（本気になってしかけようと）した男は一人も、ただの一人もいなかったのだ。少なくともそのカードは、いい話の種にはなった。コリンシアンズは署名がしてあればいいのにと思ったが、それは男の名前を知りたいからではなく、もっと本当らしく見えるようにという気持ちからであった――でないと、コリンシアンズが自分でそのカードを買ったのだ、と思う人もあるかもしれなかった。

それから二週間、男はバスには乗り合わせなかった。男が姿を見せたときコリンシアンズには、口を利かなかったり男を無視したりすることはむずかしかった。いつも下車する停留所に近づくと、男はコリンシアンズのほうに身を乗り出して、「本当にお気になさらなければよかったと思っています」と言った。コリンシアンズは顔をあげ、かすかに男にほほえみかけて、首を横に振った。男はそれ以上は言わなかった。

けれども、それからは二人は会釈を交すようになり、しまいには話し合うようになった。しばらくすると二人は雑談をし合う（注意して用心深く）ようになり、少なくともコリンシアンズは、男がそこにいることを心待ちにするようになった。男の名前がヘンリー・ポーターと言い、そのあたりで時折雑役をしているのだということを知る頃には、コリンシアンズは誰にもそのカードを見せたり、男のことを話したりしなくてよかったと思うようになっていた。

会話は楽しいものであったが、二人はまた好奇心も抱いていた。二人はどちらも、相手にある種の質問をすることを用心深く避けたが、それは自分のほうからも進んで、同じ事柄について打ち明けなければならなくなることを恐れたからであった。町のどの辺に住んでいるのか？　誰々さんを知っているか？　といったことを。

とうとうポーター氏は仕事が終わった後、コリンシアンズを車に乗せてやろうと言い出した。ポーター氏は自分の車は持っていなかったが、時々友人の車を借りるのだということだった。コリンシアンズは同意し、その結果は二人の中年者が、まるで、まだ早すぎる恋愛関係にあるのを両親に見つけられることを恐れている、十代の恋人同士のように振舞うことになった。ポーターはコリンシアンズを古いグレーのオールズモービルに乗せてドライヴに連れ出し、田園地域やドライヴインの映画館にいった。また二人は、自分たちだと気づかれる恐れの少ないダイム・ストアのカウンターで、まずいコーヒーを飲みながら坐っていた。

コリンシアンズは自分がポーターのことを恥ずかしく思っていること、ポーターのこともまた、自分のしている仕事の性質と同じように、秘密にしておかなくてはならないこと、そしてポーターは決して自分の家に足を踏み入れることはできないことを知っていた。そしてコリンシアンズは自分の感じているその恥ずかしさのために、ポーターのことをひどく憎んでいた。ときにはポーターが露骨に自分を賛美し、自分の容貌や物腰、自分の声についての賞賛を繰り返している真最中に、ポーターのことが憎くなることもあった。しかし、そういうときに素早くコリンシアンズの心をよぎる軽蔑感が、あのドライヴインの映画を見にゆくことを断るほどに、長く続くことは決してなかった。何といってもそういうときには、コリンシアンズは誰かに渇望され、また満足を与え得る唯一の対象だったのである。

ある時点でコリンシアンズは、ポーターが慎重なのは、単に自分という人間（自分の地位やその他のすべて）に敬意を払っているからだけではなく、ポーターのほうでも知られたくないことがあるからではないかと疑いはじめた。最初にコリンシアンズが考えたのは、ポーターは結婚しているのではないかということであった。ポーターが悲しげに微笑しながら――その微笑をコリンシアンズはずるいごまかし笑いだと解釈した――何度も否定しても、コリンシアンズの疑惑はますます深まるばかりであった。とうとう自分が独身であることを証明し、また同時に本当のベッドで楽しむために、ポーターはコリンシアンズを自分の部屋に招待した。コリンシアンズは即座に断り、また数日それを繰り返したが、しまいにポーターは完全に真実であること、コリンシアンズがポーターのことを恥じているという、その事実を指摘してコリンシアンズを責めた。

「あなたのことを恥ずかしがっているですって？」コリンシアンズは驚きのあまり（それは正真正銘の驚きであった。ポーターがそれに気づくだろうなどとは夢にも思っていなかったから）眼を大きく見開き、口をぽかんと開けた。「もし恥ずかしいなんて思っていたら、あなたに会ったりはしないわ。ましてやこんな仕方で」コリンシアンズの手は二人が坐っている車の外の世界、暑いドライヴインの映画館の敷地に、何列にも重なってずらりと並んでいる自動車のほうを指していた。

ポーターは指の関節でコリンシアンズの頰の線をなぞりながら言った。「ふん、それで？　あんたが俺に言ってることは本当であるはずがないし、また本当じゃないんだ」

「わたし、あなたに、本当のこと以外は一度も言ったことがないわ。わたし思っていたの、わたしたちどちらも、わかっているんだって……理解しているんだって……問題を」

「まあね」とポーターは言った。「聞こうじゃないか、コリー」ポーターの指関節はコリンシアンズの顎の線をなでた。「聞こうじゃないか、その問題というのを」

「わたしのお父さんよ。お父さんだけなの、問題は……お父さんがどういう人かということよ」

「どういう人なんだい？」

コリンシアンズは肩をすくめた。「わたしと同じようによく知ってるじゃない。パパは決してわたしたちが交わるのを望んでいないのよ……人々と。とても厳しいのよ」

「だから一緒に俺の家にはこないと言うんだな？」

「すみません。わたしあそこに住まなきゃいけないの。お父さんにわたしたちのことを知られてはいけないのよ、まだ」でも、いつになったらいいというのだろう？　とコリンシアンズは思った。四十四歳になってもだめだとしたら、いつになったらいいというのだろう？　陰毛さえ白くなりはじめ、乳房がひとりでにぺしゃんこになってしまった、今でさえだめだとしたら――一体いつになったらいいというのだろう？

ポーターがコリンシアンズの疑問を声に出して言った。

「じゃ、いつならいいんだ？」そしてコリンシアンズにはすぐには答えられなかった。コリンシアンズは額に指を当てて言った、「わからないわ。正直いってわからないわ」

それは子として父親に従わなくてはならないという、コリンシアンズのうわべだけの道徳的感情にはぴったりの、いかにもまやかしの身振りだったので、コリンシアンズにはすぐさま、自分がどんなにばかげて見えるかということがわかった。つい五分前までは、この古ぼけた車の中であんなことをし、自分の舌にあんなことを言わせていたのに、今はこめかみをなでながら、マイクル＝メアリーが詩を朗読するような声で、「わからないわ」と言うことに、コリンシアンズはきまりの悪い思いをし、またポーターは不愉快になったのにちがいなかった。ポーターはコリンシアンズの顔から手を離して、ハンドルの上に置いた。二本目の映画が始まるとすぐに、ポーターは車を出し、砂利を敷いた通路をのろのろと走らせた。

商店街の交通の中に入り込むまでは、どちらも口を利かなかった。十時半になっていた。コリンシアンズは母親に、遅くまでミス・グレアムの原稿をタイプすることになるだろうと言ってあった。「こんな暑いときに？」と母親は言っただけであった。コリンシアンズは恥ずかしさを感じながら、しかし恥ずかしいという言葉は思いつかないで、静かに坐っていたが、やがてポーターがいつも自分を降ろし、ふだん歩く道を歩いて帰らせる、停留所に向かって車を走らせていることに気がついた。突然コリンシアンズの頭の中に、この男はもう二度と、自分に会うつもりはないだろうという考えが閃いた。そしてこれまでの日々が、家具もなく人々もいない貸ホールに敷いてある、うす汚れた灰色のじゅうたんのようにコリンシアンズの前に展開した。

「わたしを送ろうとしてるの？」コリンシアンズは自分の感じている不安を声に出さないことに成功した——あまりにもうまく成功しすぎた。コリンシアンズの言葉は傲慢でぞんざいに聞こえたのである。

ポーターはうなずいて言った、「俺は人形は欲しくないんだ。俺は女が欲しいんだ。父親をこわがったりはしない、一人前の女が。きっとあんたは、一人前の女にはなりたくないんだな、コリー」

コリンシアンズは風防ガラスの前方を、じっと凝視した。一人前の女？　コリンシアンズは誰かそういう女性を想い出そうとした。自分の母親は？　リーナは？　ブリン・モーの学生部長は？　マイクル＝メアリーは？　自分の母親のところにきてケーキを食べる婦人たちは？　どういうものか誰一人、一人前の女という言葉にぴったりの女性はいなかった。コリンシアンズは一人前の女を一人も知らなかった。コリンシアンズが知っている女性たちはみな人形だった。ポーターが言っているのは、バスに乗っているような種類の女性たちなのだろうか？　自分たちの本当の姿を隠そうとしない、他のメイドたちのような？　それとも夜になると、通りを徘徊する黒人の女たちのことだろうか？

「あなたの言ってるのは、あのバスに乗ってるような女の人たちのこと？　あ、あ、あの人たちの誰かをものにしたらいいわ。そうでしょ。どうしてあ、あ、あの人たちのうちの誰かの膝に、グリーティング・カードを落とさないの？」ポーターの言ったことは核心を突いていた。自分は不都合にも――とコリンシアンズは信じていた――この人たちよりは自分のほうが優れているということが確かにわかっている、そのただ一つの階級の人々と比較されていたのだ。「あの人たち、膝にグリーティング・カードを落とされたら喜ぶわ。ほんとに喜ぶわ。でも、あら忘れていた。そんなことしても無駄よ。そうじゃない？　だってあの人たちにはそのカードが読めないでしょうからね。家に持ち帰って日曜日まで待ち、それから牧師さんに渡して読んでもらわなくっちゃいけないわ。もちろん読んでもらったって、どういう意味かわからないかもしれないけど。でもそんなこと問題じゃないわ――花と、文字のまわりの飾り書きを見て、嬉しがるでしょうよ。ドラッグストアで売っている最高にばかげた、最高にありふれた、最高に営利本位の、くだらない品物だなんてことはちっとも問題にならないでしょうよ。丸々と太った顔をぴしゃりとそれでひっぱたかれたら、ありきたりだなんてことはわからないわ。声をあげて笑って、太った腿をぴしゃりと叩いて、すぐにあなたを台所に引っ張り込むわ。すぐに朝食のテーブルの上に引っ張りあげるわ。でも、あなたはあの人たちに、十五セントのグリーティング・カードをやったりはしないわ。そうでしょ？――どんなに愚かで、ばかげたことであっても――だってあの人たちは一人前の女で、あなたにはあの人たちに、求愛したりする必要はないんですものね。ただやってきて、「よう、どうだい、今夜俺の部屋へこいよ」って、そう言えばいいんですものね。

どう、当たった？　そうじゃない？　ね、そうじゃないの？」コリンシアンズの声はほとんど金切り声に近かった。「でも違うわ。あなたはちゃんとした婦人が欲しかったのよ。座り方や着付けの仕方、皿に盛ったお料理の食べ方を心得ている人が。そうだわ、女と婦人は違うんだわ。そして、わたしがそのどっちか、あなたが知ってるんだってことはわかっているわ」

　ポーターは縁石に車を寄せ、エンジンをかけたまま、コリンシアンズの前に身を乗り出してドアを開けた。コリンシアンズは車を降りると、思いきり力をこめて、ぴしゃりとドアを閉じようとしたが、借りたオールズモービルの錆びついた蝶番は、コリンシアンズに調子を合わせようとはしなかった。コリンシアンズはその身振りだけで満足しなければならなかった。

　ノット・ドクター・ストリートの十二番地に着く頃には、コリンシアンズは身体の震えをどうにも抑えることができなくなっていた。突然震えが止まって、コリンシアンズは上り段のところで凍ったように立ちすくんだ。二秒後にコリンシアンズはくるりと踵を返すと、ポーターが車を停めた場所に向かって通りを駆け戻っていった。ポーチに昇る上り段に足をかけたとたんに、コリンシアンズは熟れきった自分の果実が、円いオークのテーブルの上の、赤いびろうどの断片の山の前で、柔らかくとろけて腐りはじめるのを見たのだ。車はまだエンジンを鳴らしながらそこにいた。コリンシアンズは生まれてこの方、そんなに速く走ったことがないほどに速く、五歳のとき、家じゅうでオノレ島に遊びに出かけて、そこの芝生を横切って走ったときよりももっと速く、車に向かって走っていった。病気のために祖父がどうなったかを初めて見て、階段を駆け降りたときよりももっと速く。ドアの把手《とって》に手をかけて、ドアには鍵がかかっているのをコリンシアンズは知った。ポーターは、コリンシアンズがぴしゃりとドアを閉じようとしたときと、ほとんど同じ姿勢で坐っていた。コリンシアンズは身を屈めて、窓を激しく叩いた。ポーターの横顔は動かなかった。コリンシアンズは前よりももっと激しく、家から角一つ曲がったところの、灰色のぶなの木の下で、誰かが見ているかもしれないなどということは気にもかけずに、もう一度叩いた。そんなにも近くにいながら、しかもそんなにも遠い。コリンシアンズはまるで夢の中にいるような気がした。そこに、だが、そこではない。髪の毛一筋の隔たりもないほど近く、そのくせ手が届かない。

彼女はファースト・コリンシアンズ・デッド、豊かな家作主と優雅なルース・フォスターの娘、市内で二番目に二頭立ての馬車を持ち、堂々として世間の尊敬を集めたフォスター先生の孫娘、そしてクイーン・メアリー号のどの甲板でも人々を恍惚とさせ、パリの至るところで、フランス人の男性によだれを流させたことのある女性であった。これまでずっと純潔に（ほとんどずっと、そして、ほとんど純潔に）身を保ってきたコリンシアンズ・デッドが今、雑役夫の車のドアの窓を、どんどんと叩いているのであった。だがコリンシアンズはびろうどから逃げるためには、いつまでも叩き続けるつもりであった。自分と、リーナと、母親が、デパートにゆく途中で病院の前を通り過ぎたあの日、雪の上に一面に散乱した、あの赤いびろうどから逃れるためには。母親は妊娠していた——初めてそのことを知ったとき、コリンシアンズはきまりが悪いと思った。考えられるのはただ、妊娠している母親がいるとわかったら、友人たちにどんなに笑われるだろうかということだけであった。まだ妊娠の初期で人にはわからないと知ったときの、コリンシアンズの安堵感は甘美なものであった。だが二月には母親は大きなお腹をかかえて、少しは運動するために外に出なければならなかった。三人は氷の張っている場所はないかと注意して眼を配りながら、ゆっくりと歩いていた。それからマーシーの前を通りかかると、大勢の人々が集まって、屋根の上にいる男を見守っていた。コリンシアンズのほうが母親より先に、その男に気がついたが、ルースは見あげると驚きのあまりバスケットを取り落とし、あたり一面に薔薇の花を撒き散らしてしまった。コリンシアンズとリーナは忙しくそれを拾い集め、外套の上でびろうどの雪を拭い取りながら、その間もずっと病院の屋根の上の、青い翼を着けた男を盗み見ていた。二人は笑っていた、リーナとコリンシアンズは。薔薇の花びらを拾い集め、屋根の上の男を見あげながら、恐ろしさと、きまりの悪さと、目まいがするような気持ちのために笑っていた。すべては入り混じっていた——赤いびろうどと、悲鳴と、舗道の上に墜落してくる男。コリンシアンズはその男の死体をはっきりと見た。驚いたことに血は流れていなかった。眼に見える赤いものといえば、ただ二人の手の中と、バスケットの中にしかなかった。母親のうめき声はますます高まり、身体は今にも土の中に沈んでいきそうに見えた。やっと、こわれた人形のような死体（血が一滴も流れていないために、余計に人形のように見えた）を運ぶための担架がきた。そして最後に、もうすっかり陣痛の始まっている母親を運ぶための車椅子が。

コリンシアンズはその後も薔薇を作り続けた。だがコリンシアンズはこのばかげた趣味が大嫌いで、リーナにどんな口実でも設けて、それを避けようとした。薔薇の花びらはコリンシアンズに死を語った。最初はあの青い翼を着けた男の死を。そして今は、自分自身の死を。もしポーターが顔を向けて、ドアのほうに身を屈めて開けてくれなければ、自分はきっと死んでしまうだろうとコリンシアンズは思った。コリンシアンズはガラスの奥の生きている肉体の注意を引くために、指関節が痛くなるまでどんどんと叩き続けた。そして、ただポーターに触るだけのために、ポーターの体温を感じるために、無味乾燥な薔薇の窒息するような死から、自分を守ってくれることができる唯一のもののために、こぶしで窓を突き破ってもよいつもりであった。

ポーターは動かなかった。ポーターがギアを変え、通りに自分をただ一人残して、走り去ってしまうのではないかという不安に狂気のようになって、コリンシアンズはフェンダーの上に乗り、車のフードに腹這いになった。コリンシアンズは風防ガラスの奥のポーターを見はしなかった。ただそこに、車の上に腹這いになって、指でスチールを摑もうとしていた。コリンシアンズは何も考えなかった。しがみついていて決して離れないためには、自分の身体はどうすればよいのかということ以外には何も考えなかった。たとえポーターが時速百マイルで走り出しても、しがみついているつもりであった。コリンシアンズの眼はフードにしがみつこうとする努力のために、しっかりと閉じられていた。コリンシアンズにはドアが開いてまた閉じた音も、車の前のほうに回ってくるポーターの足音も聞こえなかった。ポーターがコリンシアンズの肩に手をかけ、優しく自分の腕の中に抱き込もうとすると、最初コリンシアンズは悲鳴をあげた。ポーターはコリンシアンズを運転席の反対側まで抱いてゆき、そこでおろして立たせると、ドアを開いて彼女が座席に落ち着くのを助けた。車の中で彼はコリンシアンズの頭を自分の肩に押しつけ、コリンシアンズのすすり泣きが静まるのを待ってから、運転席を離れて、コリンシアンズが歩道に落としたハンドバッグを拾いにいった。それからポーターは十五丁目の三番地に車を走らせた。その家はメイコン・デッドの所有物で、十六人の間借り人が住んでいた。そしてこの家の屋根裏の窓から、ほかならぬこのヘンリー・ポーターが絶叫し、泣きわめき、猟銃を振り回し、中庭の女たちの頭の上に放尿したのであった。

まだ真夜中にはなっていなくて暑かった――空気にこもっている、甘いしょうがのような快い匂いがなかったら、充分人々が怒り出すような暑さであった。コリンシアンズとポーターは、正面のドアを開けてホールに入った。トランプが行われている真最中の、台所のドアの下に、境目のように光が洩れているほかは、ほかに人がいる様子はまったくなかった。

コリンシアンズの眼にはただベッドしか入らなかった。病院のベッドのように白く塗った、鉄のベッドだった。部屋に入ったとたんにコリンシアンズは、崩れるようにそのベッドに坐り込み、入浴させられ、ごしごしと洗われ、それから真空乾燥機で乾かされたような感じを味わいながら、そして初めて素直な気持ちになって横になった。コリンシアンズに続いてポーターも着ているものを脱ぎ、彼女と並んで横になった。二人はしばらく静かにしていたが、それからポーターはぐるりとコリンシアンズのほうに向いて、自分の脚でコリンシアンズの両脚を開かせた。

コリンシアンズは男の身体の下のほうを見た。「これ、わたしのものなの?」コリンシアンズは聞いた。

「ああ」とポーターは言った。「そうさ、これはあんたのものだよ」

「ポーター」

「これは……あんたのものだよ。薔薇じゃなくて。それから絹の下着や、香水などじゃなくて」

「ポーター」

「ハート形の箱に入ったチョコレート・クリームじゃなくて。大きな家や、大きな車じゃなくて。きれいな白い船での……」

「ポーター」

「……長い航海じゃなくて」

「そうよ」

「ピクニックじゃなく……」

「そうよ」

「……釣りでも……」

「そうよ」

「……年を取って二人でポーチにいるのでもなくて」

「そうよ」

「これはあんたのものだよ。ああ、そうとも。これはあんたのものなんだ」

二人は、というよりもコリンシアンズは、朝の四時に眼を覚ました。眼を開けると、ポーターがじっとコリンシアンズを見つめていた。そしてポーターの眼にあるのは、涙か汗かのどちらかであった。窓を開けていても、部屋の中はひどく暑かった。

「浴室は」とコリンシアンズはつぶやいた。「浴室はどこにあるの？」

「ホールの奥だ」とポーターは言った。それから言いわけでもするみたいに、「何か持ってきてあげようか？」と。

「ええ」コリンシアンズは額から、じっとりと汗ばんでもつれた、二、三の房毛をかきあげた。「何か飲み物を。お願い、何か冷たいものを」

ポーターは素早く下着とズボンを身に着け、ワイシャツと靴下は着けないで部屋を出た。コリンシアンズも起きあがって衣類を着けはじめた。部屋には鏡はなさそうだったので、コリンシアンズは開いている窓の前に立ち、充分自分の姿が映るほどに暗い、ガラスの上のほうを使って、髪をなでつけはじめた。それからコリンシアンズは壁に気がついた。部屋に入ってベッドの上に倒れたとき、コリンシアンズが壁紙だと思っていたものは、実はカレンダーであった。カレンダーが何列も続いて並んでいるのであった。一九三九年のハドソンを大きく取りあげた、S&J自動車部品、カイアホガ川建設会社（「わたしたちは喜んでいただくために建設します――わたしたちは建設することを喜びます」）、ラッキー・ハート化粧品（髪を波打たせた女性が、厚化粧の下からにっこりとほほえみかけている）、コール・アンド・ポスト新聞。しかしカレンダーのほとんどは、ノース・カロライナ相互生命保険会社のものであった。カレンダーはどれも十二月までめくられて、文字通り壁を蔽っていた。まるで一九三九年以来の、すべてのカレンダーを取ってあるとでもいうみたいに。中には十二カ月全部を、一枚に印刷した大きなカレンダーもあったが、そういうカレンダーには、日付のまわりに丸が付けてあるのにコリンシアンズは気がついた。

コリンシアンズがカレンダーを眺めているうちに、ポーターが戻ってきた。ポーターは四角い氷が縁まで詰まった、アイス・ウォーターのコップを持っていた。

「どうしてカレンダーを取っておくの？」とコリンシアンズは尋ねた。

ポーターは微笑して言った。「時間潰しさ。さあ、これをお飲み。涼しくなるよ」

コリンシアンズはコップを受け取り、コップの縁越しにポーターを見ながら、氷が歯に触らないようにして少しすすった。素足のまま、汗でべっとりとした髪を、絵具のように頬にへばりつかせてそこに立ちながら、コリンシアンズは安らかな、くつろぎを感じていた。うぬぼれのかわりにコリンシアンズは今、まったく初めての新しい自尊心を感じていた。コリンシアンズはポーターに、自分の父親からちっぽけな部屋を借り、ナイフでものを食べ、礼装用の靴一足持たないこの男に、感謝の気持ちを抱いていた。こういう男は自分の女をなぐり、裏切り、辱しめ、棄てるのがふつうだという理由で、これまでずっと両親が近づかせなかった（またコリンシアンズ自身も近づかなかった）男たちの典型のようなこの男に。コリンシアンズはポーターに近寄り、指で相手の顎を上向かせて、喉に軽く唇を触れた。ポーターはコリンシアンズが眼を閉じ、コップを小さなテーブルの上に置こうとするまで、両手でコリンシアンズの頭を抱いていた。

「いや、もうすぐに明るくなる。そろそろ帰らなきゃいけないよ」

コリンシアンズは言われる通りにして、身支度を終えた。二人はできるだけ静かに階段を降り、台所のドアの前の床に、広い三角形になって落ちている光のそばを通り過ぎた。男たちはまだトランプをしていたが、ドアは今は半開きになっていたのだ。ポーターとコリンシアンズは、光の当たっていないところを足早に通り過ぎた。

それでも誰かが、「誰だい、そこへいくのは？　メアリーか？」と声をかけた。

「いや、俺だけだ。ポーターだよ」

「ポーターだ？」信用していないような声だった。「お前、今どの出番なんだ？」

「後でな」そう言ってポーターは、その男が好奇心からホールに出てこないうちに、正面のドアを開けた。

コリンシアンズは座席の背中に頭を載せて、車のフロアシフトが許すかぎりに近く、ポーターに身をすり寄せた。コリンシアンズはもう一度眼を閉じ、弟が三時間前に吸っていた甘い空気を深々と吸い込んだ。

「髪を直したほうがよくはないかい？」とポーターが言った。そのままのほうがコリンシアンズは少女っぽくて美しいとポーターは思ったが、もしまだ両親が起きていたらしなければならない言い訳が、おかしく聞こえては困ると思ったのだ。

コリンシアンズは首を横に振った。えり首のところで髪を玉のように束ねるのは、今のコリンシアンズにはどうしても厭だったのだ。

ポーターは、コリンシアンズが車のフードの上に腹這いになったときと同じ木の下に、車を停めた。今、ひそかに愛を告白した後で、コリンシアンズはもはやポーチの上り段を昇ることを恐れないで、四つのブロックを歩いていった。

ドアを閉じたとたんに話し声が耳に入り、コリンシアンズは本能的に乱れた髪に手をやった。話し声は食堂の向こうから、閉じた台所のドアの奥から聞こえてきた。男たちの声だった。コリンシアンズは眼をぱちくりさせた。男たちが明かりのついた台所で、大きな興奮した声で話している家から、たった今帰ってきてみると、うちでもまったくそっくりの場面が展開しているのだった。夜のこの時刻、自分があまり起きていたことのないこの時刻は、男たちのもの、ずっと前から男たちのものだったのだろうか、とコリンシアンズはいぶかった。もしかしたらこの時刻は、キャドマスが退治した竜の歯から生え出たという兵士たちのように、男たちが起き出して、女たちが眠っている間台所に群がる、秘密の時刻だったのだろうかと。コリンシアンズは爪先でそっとドアのところに忍び寄った。話しているのは父親だった。

「どうしてあいつを連れていったのか、まだわしに説明してないじゃないか」

「今になってそんなことしたってどうなるっていうんだい？」これは弟の声だった。

「あいつが知っている」と父親は言った。「そこが大事なところだ」

「何を？　知ることなど何もありはしないよ。失敗だったんだ」ミルクマンの声は火ぶくれのようにふくれあがった。

「間違いだったんだ。失敗じゃない。どこか違うところにあるというだけのことだ。それだけだ」

「ああ、造幣局だ。ぼくに造幣局にいけって言うのかい?」

「違う!」メイコンがテーブルを叩いた。「あそこにあるにちがいないんだ。必ず」

コリンシアンズは二人が何のことを、そんなに激しく言い合っているのか理解できなかった。また、そこにいて言い争いの原因を知ることで、今自分が感じている満足を乱されたくもなかった。コリンシアンズはそこを離れて、二階の自分のベッドにいった。

下の台所では、ミルクマンがテーブルの上で腕を組み、顔をおろした。「ぼくはどうでもいいよ。どこにあろうとかまやしない」

「ただの間違いだったんだ」と父親は言った。「ほんのちょっとした、しくじりだったんだ。手を引かなきゃならんというわけじゃない」

「豚箱に放り込まれるのを、ちょっとしたしくじりだって言うのかい?」

「出てきたじゃないか、そうだろう? たった二十分入っていただけだ」

「二時間だよ」

「着いたらすぐにわしを呼べば、二分もいなくてすんだろう。いや、もっと前に、つかまったときすぐに、わしを呼べばよかったんだ」

「警察の車には電話など付いちゃいないよ」ミルクマンは疲れていた。彼は顔をあげて片手の手のひらに置き、ワイシャツの袖の中に向かって話していた。

「お前だけだったら見逃してくれたろう。お前が名前を言ったとたんに釈放してくれたはずだ。ところがあの南側《サウスサイド》の野郎がいた。だからあんな目に会ったんだ」

「それが理由じゃないよ。石ころと人間の骨を入れた袋を持って、うろうろしていたからだ。人間の骨だぜ。ちょっと気の利いたポリ公ならすぐに、いつかその骨の主だった人間がいたにちがいない、と気がつくじゃないか」

「もちろん、いつかはな。だが今夜じゃない。昨日その骨にくっついていた人間がいるはずもない。死んだ人間が骸骨になるのには、時間がかかるんだ。そんなこと、連中にはわかっている。連中が疑っていたのはギターじゃない、なんて言ってもだめだぞ。あの金色の眼をした野郎は、どんなことだってしでかしそうな顔をしている」

「車を寄せろって言ったとき、奴らはあいつの眼を見たわけじゃないんだぜ。何も見やしなかった。ただ奴らの車でかするようにして俺たちの車を止め、外に出ろって言ったんだ。ねえ、一体何のためにそんなことをしたんだい？　どうして俺たちを止めたりしたんだ？　スピード違反をしていたわけじゃない。ただふつうに走っていたんだ」ミルクマンは煙草を探した。両脚を広げ、両手をフードの上に置いて、車の上に上半身を曲げ、警察官から両脚、背中、尻、両腕を調べられたときのことを想い出すと、ミルクマンはまたしても怒りがこみあげてきた。「何の権利があってあいつらは、スピード違反もしてない車を止めたりするんだ？」

「あの連中は、そうしようと思えば誰でも止めるんだ。お前が黒人なのに気がついたというだけのことさ。あの男の子を殺した黒人を探しているんだ」

「犯人が黒人だなんて、誰が言ったんだ？」

「新聞さ」

「新聞はいつだってそうなんだ。何かあるたびに……」

「だからどうだって言うんだ？　もしお前が一人っきりで、自分の名前を言っていたら、お前を放り込んだり、車の中を調べたり、あの袋を開けたりはしなかったはずだ。警察はわしのことを知っている。わしがいったらどういう態度を取ったか、お前も見たろう」

「パパがきたからって、別に態度が変わったりはしなかったよ……」

「何だって？」

「態度が変わったのは、パパがあん畜生を隅っこに連れていって、財布を開けたときさ」

「わしが財布を持っていたのを、感謝したほうがいいな」

「そりゃ、してるよ。ほんとに感謝してるよ」

「そして、それで片がついたはずなんだ、あの南側《サウスサイド》の野郎さえいなければな。あいつさえいなければ、パイロットを呼んだりする必要はなかったんだ」メイコンは膝をこすった。息子を留置所から出してもらうのに、パイロットの世話にならなければならなかったことを考えると、メイコンは屈辱感に襲われた。「あのうす汚い、密造酒売りのあばずれを」

「あい変わらずあばずれかい？」ミルクマンはくすくすと笑い出した。激しい疲労と、緊張からのゆるやかな解放のために、ミルクマンは上っ調子になっていた。「パパはパイロットが盗んだと思った。これまでずっと……これまでずっと、そのことを根に持っていたんだ」ミルクマンは今や大声で笑い出していた。「どっかの洞穴から、百ポンドの目方はあったにちがいない、大きな金塊の袋を肩にかついでこっそりと抜け出し、五十年間あっちこっちを歩き回って、それをびた一文使わないで、ただ天井から、まるで玉ねぎの袋みたいに吊していたってわけだ」ミルクマンは顔をのけぞらして、台所いっぱいに笑い声を響かせた。メイコンは無言だった。「五十年間……パパはその金塊のことを五十年間、考え続けていたんだ。ばかばかしい。まったくどうかしてるよ……」あんまり笑ったために、ミルクマンの眼からは涙が流れていた。「どうかしてるよ、パパたちはみんな。まったく徹底した、のんびり屋の狂人だよ。ぼくは気がつくべきだったんだ。全体が狂っていたんだ。何もかも狂っていたんだ――この考え全体が」

「どっちがよけいに狂っている？　今までずっと金塊の袋を持ち歩いているのと、死んだ人間の骨を持ち歩いているのと？　え？　どっちだ？」とメイコンが尋ねた。

「わからないよ。ほんとにわからないよ」

「骨を持ち歩いたとすれば、金だって持ち歩けるはずじゃないか。あいつこそ留めておかれればよかったんだ。お前たちが骨はあいつのものだと言ったら、あいつがドアから入ってきたとたんに、閉じ込めてしまえばよかったんだ」

ミルクマンは袖で涙を拭った。「何のために閉じ込めるんだい？　パイロットがああいう話をしたあとでかい？」ミルクマンはふたたび笑い出した。「あそこに入ってきたときのパイロットはまるで、ルイーズ・ビーヴァーとバタフライ・マックィーン（どちらも黒人の映画女優で、主人を愛している従順で卑屈な召使いの役を演じた）を、丸めて一つにしたみたいだったね。〝へい、旦那。へい旦那……って〟」

「そんなことは言わなかった」

「ほとんどそんなふうだったよ。声まで変えちゃってさ」

「あいつは蛇だとお前に教えたはずだ。あっという間に皮を脱ぐんだ」

「見た感じだって、いつもと同じじゃなかったよ。小さく見えたよ。小さくて哀れっぽい、って感じだった」

「返してもらいたかったからだよ。あの骨を返してもらいたかったんだ」

「死んだ亭主の骨か、金がなくて埋葬することのできなかった。パイロットはどっかに亭主がいたのかな？」

「そんなこと誰が知るもんか」

「とにかく、あれは返してもらったよ。あいつらはちゃんと渡していたよ」

「あいつには自分のやっていることがわかっていたんだ、何もかも」

「そうだ、わかっていたんだ。だけど、どうしてあんなに早くわかったんだろうな？　つまり、あそこにきたときには……わかるだろ？……ちゃんと心構えができていたんだ。あそこへ着いたときには、何もかも心得ていたんだ。きっとポリ公が、パイロットを乗せて警察に連れてくるとき、みんな話してしまったんだな」

「いや、警察はそんなことはしない」

「じゃ、どうやってわかったんだろう？」

「パイロットが何を知ってるかなんてことは、誰にもわかりゃしない」

　ミルクマンは首を横に振った。「知っているのはただ影のみ」（影という超人が活躍する放送番組の最後に言われた決まり文句）

　ミルクマンはまだ面白がっていたが、もっと前、ギターと二人で手錠をかけられて木のベンチに坐っていたときには、ミルクマンの首すじは恐怖でぞくぞくしたのだ。

「白人の骨だ」そう言ってメイコンは、立ちあがってあくびをした。空の暗さは今は和らいでいた。「黒ん坊のあばずれが、白人の骨を持ってうろつき回るなんて」メイコンはもう一度あくびをした。「わしには、あの女がわかることは絶対にないだろう。わしはもう七十二になるが、あの女のことだけは、とうとう一つもわからないで死んでいくわけだ」

　メイコンは歩いていって台所のドアを開けた。それからメイコンは振り返ってミルクマンに言った。「だが、お前にはそれがどういうことかわかるな、どうだ？　もしあいつがあの白人の骨を持って、金塊はそのままにしてきたとすれば、金塊はまだあそこにあるはずだ」メイコンは息子が文句を言う暇もないうちに、ドアを閉じた。

「まあ、そこで腐るさ」とミルクマンは思った。「もし〝金塊〟なんて言葉を口にさえ出す奴がいたら、そいつの舌を引っこ抜いてやらなくっちゃいけない」ミルクマンはまだ台所に坐っていて、もっとコーヒーを欲しいと思ったが、すっかり疲れていて、自分で立ちあがって入れる気にはなれなかった。もうすぐに母親が降りてくるだろう。ミルクマンとメイコンが帰ってきたとき、ルースは起きたのだが、メイコンが二階に戻らせたのだった。ミルクマンはもう一本煙草を引き抜き、夜が明けるのにつれて、流しの上の電燈の光が衰えていくのを見守った。明るい太陽で、今日もまた暑くなることを思わせた。しかし太陽の光が強まるのにつれて、ミルクマンはしだいに侘《わび》しい気分になっていった。ただ一人、メイコンのいない台所で、ミルクマンはその夜の出来事を想い出した——ミルクマンはこまごまとした事柄を、その細部まで覚えていた。そのくせ、それらの事柄が本当に起こったのだ、という確かな実感はなかった。もしかしたら自分のでっちあげかもしれない。パイロットはいつもより背が低かった。警察の取調室でパイロットは、巡査部長の肩までの背丈もなかった。そして巡査部長の頭は、ほとんどミルクマンの顎にも届かなかった。だがパイロットは、ミルクマンと同じくらいの背丈があるのだ。二人がその袋を切り落としたのは、老婆にたいする冗談だったという、ミルクマンとギターの嘘を本当だと、哀れっぽい声で警官に証言したとき、パイロットは警官の顔を見あげなければならなかった。そして警官に起こされるまで、袋がなくなったのを知らなかった、夫の骨を盗んで逃げる者があろうなどとは思いも寄らなかった、夫は十五年前にミシシッピでリンチを受け、死体を切り落とすことは許されなかった、それで自分は町を出たが、戻ってみると死体はひとりでにロープから落ちていた、そこで骨を拾い集めて埋葬しようとしたが、〝葬式屋たち〟は棺桶に五十ドル要求し、また大工は松の箱に十二ドル五十セント要求した、自分には十二ドル五十セントなどという金はとてもできなかったので、そのままソロモンさん（自分はいつも夫のことをソロモンさんと呼んでいたが、それは夫がひじょうに威厳のある黒人だったからだ）の遺骨を持ち帰り、袋に納めて身近に置いたのだ、といったことをくどくどと語ったとき、パイロットは両手を震わせていた。「聖書には、何にせよ主が一緒にされたものを、誰も引き離してはならないと書いてごぜえますだ――マタイ伝、第二十一章、第二節（パイロットの言う場所にはこの言葉はないが、マタイ伝第十九章第六節には、「神が合わせられたものを、人は離してはならない」とある）。わしらは実《じつ》のある、そして正式の夫婦《めおと》だったのでごぜえます、旦那」とパイロットは哀願するような調子で言った。話しているパイロットの眼でさえ、あの大きな、眠そうな、年老いた眼でさえ、小さくなっていた。「それでわしは、あの人をわしのそばに置いておけばいい、わしが死んだら、あの人もわしと同じ穴に、葬ってもらえるだろうと思ったのでごぜえます。最後の審判の日には、わしらは一緒に生き返ります。手をつないで」

ミルクマンは驚いた。パイロットの聖書についての知識は、そこから名前を取ることだけだとミルクマンは思っていた。ところがパイロットは、聖書の言葉を引用し、その出所まで明らかにしたらしいのだ。その上パイロットは、ミルクマンとギターとメイコンを、三人が誰であるかよく知らないような顔をして眺めた。それどころか、三人を知っているかと尋ねられると、自分の兄を見ながらはっきりと言ったのだ、「ここにいるこの人は、知りません」と。「でも確かこの男は、近所で見かけたことがあります」こう言ってパイロットは、死んだ人間のような眼をして、大理石のようにそこに坐っている、ギターのほうに顎をしゃくった。後でメイコンがみんなを車で送ったとき――パイロットは前に、ギターとミルクマンはうしろの席に坐っていた――ギターは一言も口を利かなかった。ギターの怒りは皮膚から発散している熱気のようで、それにくらべれば、開いている窓から吹き込む暑い空気は、むしろ爽やかなくらいであった。

そして、またしても変化が起こった。パイロットは元の身長に戻っていたのだ。絹のぼろに包まれたパイロットの頭の頂部は、みんなと同じように、ほとんど車の天井にくっつきそうになっていた。そして、パイロット本来の声も戻っていた。パイロットは話をしたが、メイコンを相手にしているだけで、ほかの者は誰もまったく口を利かなかった。話しっていて中断した話題を、また取りあげるような打ち解けた調子で、パイロットは兄に向かって、警官たちに話したのとはまったく違ったことを話した。

「わたしは丸一昼夜、あそこにいたんだよ。そして翌朝、外を覗いたら、あんたはいなくなっていた。わたしはもうこわくて、あんたのところに逃げていこうと思ったんだ。でも、あんたは、影も形も見えないじゃないの。それから三年か、もう少し経ってから、あそこに戻ってみたの。冬だった。どこもここも雪ばかりでね、道もろくにわからなかったよ。最初にサーシーのところにいって、それからあの洞穴を探しにいった。ひどい旅だったよ、本当に。それにわたしは身体が弱っていた。どこもかしこも山のような雪さ。でも、わたしが、あのちっぽけな古ぼけた袋を取りにいったなんて、ばかなことは考えるんじゃないよ。初めて見たときに欲しいとは思わなかったんだ。三年後にはあんな袋のこと、ほんとに考えてもいなかったよ。わたしはパパにそうしろと言われたからいったんだ。パパはあれからも時々、わたしのところへきてくれたんだよ。どうすればいいかと、いろいろと教えてくれるために、最初はただわたしに歌をうたうように、いつもうたっているようにと言ったわ。〝歌え《シング》〟ってささやくの。〝歌え《シング》、歌うん《シング》だ〟って。それからリーバが生まれたすぐ後にきて、はっきりと言ったの、〝飛んで逃げて、人を置いていったりしちゃだめだよ〟って。人間の命は大切なんだ。逃げ出して、死体を放っておいたりしちゃいけないんだ。だからわたしには、すぐにパパの言ってることがわかった。だってパパは、わたしたちがやったとき、すぐそばにいたんだものね。パパは人の命を奪ったら、その命は自分のものだって言ってたんだよ。その命に責任があるんだって。誰だって、殺すことで片づけてしまうなんてことはできないんだよ。その人たちはまだ、そこにいるんだ。そして今は、やった人間のものなんだ。だからわたしは、探しに戻らなきゃいけなかったのさ。そして洞穴を見つけた。あの人はそこにいたよ。狼か何かに引きずられたんだね。洞穴のすぐ入口にいたよ。身体を起こして、ほとんど坐っているみたいな格好で、わたしたちが寝たあの岩の上に。わたしはあの人を自分の袋に入れた、一本ずつ。まだいくらか布切れがくっついていたけど、骨はきれいに干からびてしまっていたよ。それ以来わたしはずっと、あの骨を持っているんだ。パパがそうしろって言ったんだよ。そしてパパの言ったことは本当だよ、そうじゃないか。人の命を奪っておいて、そのままにして逃げてしまうなんてことはできないんだよ。命は命だ。大事なものなんだよ。そして、自分の殺した死人は、自分のものになる。とにかく、いつまでもついて回るんだよ、心の中に。だからどこへいくにしても、その骨を一緒に持って歩いたほうがいいんだよ。ずっといいんだよ。そうやって、こっちの気持ちが救われるんだよ」

てめえの気持ちなど、どうにでもなれってんだ、永久にどうにでもなれってんだとミルクマンは思い、テーブルから立ちあがった。ギターを探しにゆく前に、少しは眠っておかなければならなかった。

よろよろと階段を昇りながらミルクマンは、ビュイックを降りるときの、パイロットの背中を想い出した——重い袋をかついでいても、少しも曲がってはいなかった。またミルクマンは、車から離れていくパイロットをにらみつけていた。ギターの凄まじい眼つきを想い出した。メイコンがギターを降ろしたとき、「後でな」とミルクマンが声をかけても、ギターは返事もしなければ、振り返りもしなかった。

ミルクマンは正午に眼を覚ました。誰かが彼の部屋に入って、ベッドの足の近くの床に、小さな扇風機を置いていってあった。ミルクマンは長い間、扇風機の音に耳を傾けていた後で、起きあがって浴室に入り、浴槽にお湯を満たした。彼はまだ汗をかきながら、暑さと疲労のために石鹼を使う気にもなれず、ぬるい湯の中に身を横たえていた。時々ミルクマンは顔にお湯をかけて、二日間剃ってないひげを濡らした。顎を切らないで剃れるだろうかと彼は危ぶんだ。浴槽は窮屈だった。小さすぎて、身体を伸ばすこともできないのだ。その中で泳ぐことさえできそうだった頃のことを、ミルクマンはまだ覚えていたけれども。今度はミルクマンは両脚を眺めた。左脚も、右脚とまったく同じ長さに見えた。ミルクマンはだんだんと身体の上のほうに視線を移した。警官の手の跡がまだそこにあった——あぶが止まるとぶるっと震える馬の脇腹のように、ミルクマンの筋肉を引きつらせた手の跡が。まだそれ以上のものがあった。何か恥ずかしさのようなものが、ミルクマンの肌に突き刺さっていた。両手両足を広げて、全身を指で触られ、手錠をかけられたことへの恥ずかしさが。ひと山当てようとしている大人というより、万聖節の前夜に、〝トリック・オア・トリート〟と言って、家々を回り歩いている子供の悪ふざけみたいに、人間の骨などを盗み出したことへの恥ずかしさが。父親と叔母の二人がかりで、釈放してもらわなければならなかったことへの恥ずかしさが。それ以上に、自分の父親が〝事情はよくわかっております〟といったような、ご機嫌取りのうす笑いを浮かべて、警官たちの前でぺこぺこするのを見たことへの恥ずかしさが。けれども、しゃべっているパイロットを、見たり聴いたりしているときに感じた恥ずかしさは、どんなものにもたとえようがなかった。パイロットはジマイマ叔母さん（同名のパンケーキ用の小麦粉の商標に描かれている太った黒人女性。ここではお人好しで従順な、白人にとって好都合な黒人のシンボル）の役割を演じただけではなく、それをひじょうにうまく、また喜んでやったのだ——ミルクマンのために。パイロットの遺産だと信じて、パイロットの家から袋を盗み出したばかりの男のために。ミルクマンがまた、パイロットもそれを〝盗んだ〟のだ、と思っていたことなどは問題ではなかった……誰から盗んだというのだろう？　死んだ男からだろうか？　ミルクマンの父親からだろうか？　その父親もまた、それを盗もうとしていたではないか？　そのときもだし、今も盗もうとしているではないか？　そして、ミルクマンもまたそれを盗んだのだ。それどころかミルクマンは、もし盗んでいる最中にパイロットが部屋に帰ってきたら、なぐり倒す腹を決めていたのだ——少なくとも、決めていると自分では思っていた。年老いた黒人の婦人を、なぐり倒す腹を。しかも、その人はミルクマンに、生まれて初めて食べるような、素晴らしいゆで方の卵をゆでてくれ、ミルクマンに空を、その人の母親のリボンの色に似た、空の青さを見せてくれたのだ。そのために、それ以来空を見ると、空はミルクマンにとって遠いはるかなものではなく、自分が住んでいる部屋、自分が所属している場所のように、近くて親しいものになったのだ。その人はミルクマンにさまざまな話をして聞かせ、歌をうたってくれ、バナナやとうもろこしパンを食べさせ、一年で最初の寒い日には、熱い木の実のスープを作ってくれたのだ。そして、もしミルクマンの母親の言うことが本当なら、この六十代も終わりに近づきながら、十代の少女のような肌と敏捷さを持った黒人の老女は、奇跡でも起こらなければ不可能と思われたときにミルクマンをこの世に生まれさせてくれたのだ。ミルクマンがもう少しで、なぐり倒して気絶させるところだったこの婦人が、足を引きずるようにして警察署に入ってきて、警官たちを相手に一芝居打ってくれたのだ――警官たちを面白がらせ、警官たちの憐みや、軽蔑、あざけりや、不信、警官たちの卑劣さ、気まぐれ、当惑、彼らの権力や、怒りや、倦怠――何にせよ、自分とミルクマンにとって役に立ちそうなものを呼び起こすために、大げさな身の上話をしてくれたのだ。

ミルクマンは湯の中で足をばしゃばしゃさせた。ミルクマンはもう一度、パイロットを見たときのギターの眼つきを想い出した――ギターの眼にこもっていた、宝石のように閃く憎しみを。ギターには、あんな眼つきをする権利はないはずだ。突然ミルクマンは、これまでどうしてもギターに尋ねることのできなかった質問への、答えを知った。ギターは人を殺すことができるし、殺すつもりでいるし、またおそらく、もうすでに殺しているのだ。七曜日はそういう殺人の能力の結果であって、原因ではないのだ。そうだ。ギターにはあんなふうにして、パイロットを見る理由は何もない。そう考えながらミルクマンは、浴槽の中でまっすぐに身を起こし、急いで石鹸をこすりつけた。

外に出たとたんに、九月の暑さが、ミルクマンに襲いかかり、入浴した後の快い気分は、いっぺんに吹き飛んでしまった。ビュイックはメイコンが乗っていってしまっていた——年齢のためにメイコンは、どうしても歩くことが少なくなってしまうのだった——それでミルクマンは歩いて、ギターのところにいった。角を曲がると、後部の窓にぎざぎざのひびの入った、見覚えがあるような気のするグレーのオールズモービルが、家の前に停まっていた。中には数人の男が乗っていて、外に二人の男が立っていた。ギターとレイルロード・トミーだった。ミルクマンは足をゆるめた。トミーがしゃべり、ギターはうなずいていた。それから二人は握手したが、ミルクマンが見たこともないような握手の仕方だった。最初にトミーが、ギターの片手を両方の手で握り、それからギターが、トミーの一方の手を両手ではさむのだった。トミーが車に乗り込むと、ギターは猛烈な速さで家を回り、自分の部屋に上がる、脇階段のほうに走っていった。オールズモービルは——一九五三年型か一九五四年型だとミルクマンは思った——窮屈そうにUターンをすると、ミルクマンのほうに走ってきた。通り過ぎるとき、乗っている者たちはみな、まっすぐに前のほうを見ていた。運転しているのはポーターで、真中にエンパイア・ステイト、その向こうにレイルロード・トミーが坐っていた。後部の座席にはホスピタル・トミーと、ニアロウという名前の男が坐っていた。もう一人はミルクマンの知らない男だった。

一味にちがいない、とミルクマンは思った。心臓が激しく打った。ポーターも入れて六人。それにギター。それが七曜日だ。それにあの車。あれは時々、家の近くでコリンシアンズを降ろす車だ。最初ミルクマンは、姉が仕事の帰りに時折、車に乗せてもらっているのだと思っていた。コリンシアンズはそのことを一度も口にせず、また近頃は前より穏やかになり、丸味を帯びてきたように見えるので、こっそりと誰か男に会っているのだと、今では決めていた。ミルクマンはそのことをおかしくもあり、楽しくもあり、また少しばかり悲しくも感じていた。だが今やミルクマンは、姉が会っているのが誰であるにせよ、その男はあの車に乗っていた男であり、七曜日の仲間なのだということを知った。ばかな女だ、とミルクマンは思った。よりによってそんな男を選ぶとは。ほんとに、何というばかなんだろう！

ミルクマンは、今ギターに会う気持ちにはなれなかった。また後にしようとミルクマンは思った。

ミルクマンが酔っているときには、人々ははるかに行儀がよく、はるかに礼儀正しく、はるかに理解があった。アルコールはミルクマンを少しも変えはしなかったが、しかし、アルコールが入っているときにミルクマンが会う人は誰も、いつもとはひどく違っていた。人々はいつもより善良に見え、決してささやき以上の声を出さなかった。また、たとえミルクマンが台所の流しに小便をしたために、彼をハウス・パーティから放り出すためであっても、あるいはバスの停留所のベンチで眠っている彼の財布をするためでも、ミルクマンに触れるとき人々は優しく、情がこもっていた。

ミルクマンは二日と一晩、ほろ酔いから泥酔の間を揺れ動きながら、そんな状態でいた。そして九学年生のとき以来、四言以上続けて話したことは一度もなかった、リーナと呼ばれるマグダリーンと話し合って酔いをさまされなければ、少なくとももう一日は、そんな状態でいたであろう。

ある朝早くミルクマンが家に帰ってくると、リーナが階段の上でミルクマンを待っていた。裾まで垂れる、ゆったりとしたレーヨンのローブに身を包み、眼鏡をはずしているリーナは、ついさっきミルクマンの財布をすった男と同じように非現実的で、そのくせ優しく見えた。

「こっちへいらっしゃい。見せたいものがあるの。ちょっと入ってくれない?」リーナはささやくような低い声で言った。

「後でもいいかい？」ミルクマンのほうも優しかった。そしてミルクマンは自分がどんなに疲れているかを考えると、自分の声が丁寧であることが誇らしかった。

「いいえ、だめよ。今でなくっちゃいけないの。今日でなきゃ。ちょっと見て」

「リーナ、ぼくはほんとにくたくたなんだ……」ミルクマンは穏やかに、ことを分けて話しはじめた。

「一分もかからないわよ。大事なことなの」

ミルクマンは溜息をついて、姉の後から廊下伝いに、リーナの寝室にいった。リーナは窓辺に寄って指差した。「あそこを見てごらん」

ちょっとのろいにしても、自分には優雅に思われる動作でミルクマンは窓のところにゆき、カーテンを開いて姉の指差すほうを見た。見えるのはただ家の横の芝生だけだった。何一つ動いているものはなかったが、早朝の光の中で自分は何かを見落としたのかもしれないとミルクマンは思った。

「何だい？」

「あの小さなかえでよ。ほら、そこの」リーナは四フィートほどの高さの、ちっぽけなかえでの木を指差した。「もうそろそろ葉が紅くなってもいいはずよ。九月も、もう終わったようなものだものね。ところが紅くならないの。ただ縮れて、青いまま落ちるのよ」

ミルクマンは姉のほうを向いて微笑した。「それが大事なことだと言ったんだね」ミルクマンは怒ってはいなかったし、いらだってさえいなかった。そしてミルクマンは自分の落ち着いているのが嬉しかった。

「大事なことよ。とっても大事なことよ」リーナの声は優しかった。リーナは木から視線を離さなかった。

「じゃ話してよ。ぼくはもうすぐに、仕事に出かけなくちゃいけないんだ」

「わかってるわ。でも、一分くらい割《さ》いてくれたっていいでしょ？」

「枯れた木を見ていたりする暇はないよ」

「まだ枯れてはいないわ。でも、じきに枯れるわね。今年は紅葉しないもの」

「リーナ、酔ってるのかい？」

「ふざけないでよ」とリーナは言ったが、その声にははがねを思わせるようなものがあった。

「でも酔ってる、そうじゃないか？」

「あなたはちっともわたしの言うことを聞いてくれないのね」

「聞いてるよ。ここに立って、姉さんの今日のニュース——木が枯れかけているという話を聞いてるよ」

「あなた覚えてないのね、そうでしょう？」

「覚えてるって？」

「あの木におしっこしたことよ」

「ぼくが何をしたって？」

「あの木におしっこをしたのよ」

「リーナ、そんなことを話し合うのは後にしても……」

「そして、わたしにも」

「そりゃ……リーナ、ぼくはこれまでに何かをしてきたさ。自分でもあまり感心しないことをね。でも誓って言うけど、ぼくは姉さんにおしっこをかけたことなど、絶対にないよ」

「夏だったわ。パパがあのパッカードを買った年よ。わたしたちドライヴに出かけて、あなたがおしっこにいきたくなったの。覚えてる？」

ミルクマンは首を横に振った。「いや、そんなこと覚えてないよ」

「わたしがあなたを連れてったの。郊外で、どこにもいくところがなかったの。それで、わたしに連れてけって言われたの。ママが連れてくって言ったけど、パパがだめだって言ったのよ。そのくせパパは、自分でいく気もなかったの。コリンシアンズはふんと言って、あっさりと断ったわ。それで、わたしがいかされたのよ。しかも、わたしはハイヒールをはいていたし、それにまだ少女だったわ。それでもいかされたの。あなたとわたしは、路肩がちょっと坂になったところを、降りていかなければならなかったわ。かなり奥まで入ったの。わたし、あなたのズボンのボタンをはずしてやって、それから、あなたが誰にも見られないでできるように、その場を離れたの。紫色の菫《すみれ》が草原一面に咲いていて、それに野生の黄水仙もあった。わたしそれらの花を摘み、木の小枝を何本か折り取ったの。家に帰るとわたしはそれを、そこの地面にさしてやったの」リーナは窓のほうに向かってうなずいた。「ちょっと穴を掘ってさしてやったのよ。わたしが昔から花を好きだったのは、あなたも知ってるでしょ。あの薔薇の模造花を始めたのもわたしよ。ママでもないし、コリンシアンズでもないわ。わたしよ。わたし、あの仕事が好きだったの。あの仕事のおかげでわたしは……気持ちが落ち着いていられたの。精神病院の患者たちがバスケットを編まされたり、端切れで敷物を作らされたりするのも、そのためよ。それで患者は落ち着いていられるの。バスケットがなかったらあの人たち、本当に間違っているのは何かということに気づいて……何かするかもしれないわ。何か恐ろしいことを。あなたにおしっこをかけられた後、わたし、あなたを殺してやりたいと思ったわ。一、二度、本当に殺そうとしたことさえあったわ。つまらないやり方だったけど。あなたの入る浴槽に石鹸を残しておいたり、そんなようなことよ。でも、あなたは滑って転ぶことも、首の骨を折ることも、階段から落ちることも、どんな事故もとうとうなかった」リーナはかすかに笑い声をあげた。「でも、それからわたしは、あることに気がついたの。わたしが地面に植えてやった花、あなたがおしっこをかけた花——そう、もちろん、あれらの花は枯れてしまったけれど、でも小枝は枯れなかったの。小枝は生きていたの。それがあのかえでよ。だからわたし、そのことでそれ以上は怒らなかったの——おしっこのことよ、わたしの言ってるのは——だってあの木が育っていたんだもの。ところが今、その木が枯れかけているのよ、メイコン」

ミルクマンは左手の薬指で、眼の縁をこすった。眠くてたまらなかったのだ。「へえ、それで、とんでもない小便だった、そう言いたいんだね？　もう一度かけてもらいたいの？」

リーナと呼ばれるマグダリーンは、ローブのポケットから片手を出し、ミルクマンの顔を横からぴしゃりと張った。ミルクマンはむっとして、姉に向かって中途半端なそぶりを見せた。リーナはそれを無視して言った。「わたしは必ずあなたを踏み越えてやるわ。あの木が生きているから、これでいいんだとわたしは思っていたの。でもわたしは、人におしっこをかけるのには、いろんなやり方があるということを忘れていたんだわ」

「おい、聞けよ」ミルクマンはもう酔いは醒めていて、できるだけ落ち着いた口調で話した。「酔っているのはまあ大目に見てやろう——ある程度まではな。だが俺に手を出したりするんじゃないぜ。一体どういうことなんだ？　その、人に小便をかけるというのは？」

「あなたは生まれてからずっと、わたしたちにおしっこをかけてきたのよ」

「あんた、どうかしてるぜ。いつ俺が、この家の誰かに、よけいなおせっかいを焼いた？　俺が誰かにああしろこうしろと言ったり、命令したりしているのを、いつ見たというんだ？　俺は偉そうに棒を持ち歩いたりはしない。俺は自分も好きなように生きるし、人にも好きなようにさせるんだ。そんなことはわかってるじゃないか」

「わたし知ってるのよ、あなたがパパにコリンシアンズのことを話したのを。こっそりと男の人に会っているって。そして――」

「それは仕方がなかったんだ。ぼくだって姉さんに、誰かを見つけてもらいたいよ。でも、ぼくはあの男を知ってるんだ。ぼくは――ぼくはずっと、その男の近くにいたんだよ。そして、ぼくはだめだと思うんだ、あの男は……」ミルクマンは何と説明してよいかわからなくて、口をつぐんだ。七曜日のことを。自分の疑っていることを。

「あら」リーナは皮肉たっぷりの声で言った。「あなた、あの人のために、ほかの誰かを考えているの？」

「そうじゃない」

「そうじゃない？　でも、その人は南側《サウスサイド》だから、コリンシアンズにふさわしくないってわけ？　あなたにはふさわしいけど、でもあの人にはだめってわけね、当たった？」

「リーナ……」

「ある人間が、ほかの誰かにふさわしくないなんてこと、あなたに何がわかるの？　そしていつからあなたは、コリンシアンズが立ったか、転んだかなんてことを気にするようになったの？　あなたは生まれたときからずっと、わたしたちのことをあざわらってきたんだわ。コリンシアンズも、ママも、わたしも。わたしたちを利用し、わたしたちに命令し、わたしたちを批判しながら。あなたの食事をわたしたちがどう料理するか、あなたの家をどう管理するかって。ところが今度は、あなたは急にコリンシアンズの幸福のことを考えて、あなたが賛成しない男から、あの人を引き離そうというのだわ。一体あなたは何さまだからって、誰かに、また何かに、賛成したり反対したりする権利があるの？　あなたなんかまだ肺臓もできないうちに、わたしは十三年間この世の空気を吸っていたのよ。コリンシアンズは十二年間。あなたはわたしたち二人のどちらのことも、何一つ知ってなんかいないわ――わたしたちは薔薇を作っていた、それだけがあなたの知ってることよ――ところが今あなたは、まだ小さくて唾の吐き方も知らないあなたの顎から、よだれを拭いてやったその姉さんのために、何が一番よいことかわかってるっていうんだわ。わたしたちの少女時代は、まるで拾った五セント白銅貨みたいに惜しげもなく、あなたのために使われてしまった。あなたが眠ってるときは、わたしたちは静かにしていた。お腹がすいたと言えば、食事を作ってやった。遊びたがるときには、相手をしてやった。そして、あなたが女性とツートン・カラーのフォードの違いがわかるようになってから、この家の何もかも、あなたのために止まってしまったんだわ。あなたは一度だって自分の下着を洗ったこともないし、ベッドを用意したことも、自分の入った浴槽の汚れを落としたことも、自分のつけた汚いしみを取り除いたこともない。そして今日までただの一度も、あなたがわたしたちの誰かに疲れてるのとか、悲しいのとか、コーヒーを一杯どう、などと言ったことはないんだわ。あなたは自分の足より重いものを持ちあげたことは一度もないし、四学年の算数以上に難しい問題を解いたこともないんだわ。どこであなたは、わたしたちの生活を決定する権利を手に入れたの？」

「リーナ、冷静になってくれよ。そんなこと聞きたくないよ」

「どこで手に入れたか教えてあげようか。股の間にぶらさがっている、そのソーセージからよ。そうだわ。あなたに教えてあげることがあるわ、ねえ坊や、それ以上にもっと必要なものがあるのよ。どこであなたがそれを手に入れるか、誰があなたにそれを与えるか知らないけど、でもよく聞いておいてよ。あなたにはそれ以上のものが必要なの。パパはコリンシアンズに家を出ることを禁じ、仕事をやめさせ、相手の人に立ち退きを言い渡し、その人の賃金を差し止めたのよ。みんなあなたのせいよ。あなたはパパにそっくりだわ。ほんとにそっくりだわ。わたしがカレッジにいかなかったのは、パパのせいなのよ。ママに何をするか心配だったからよ。あなたは一度パパをなぐったから、わたしたちみんな、あなたがママを護ったと信じてる、と思ってるんでしょ。ママの味方だって。嘘だわ、そんなこと。あなたはパパの後釜に坐ろうとしてたんだわ。わたしたちに、自分がママにも、わたしたちみんなにも、どうしろって命令する権利があるってことを知らせることで」

リーナは不意に言葉を切った。ミルクマンは姉の息づかいを聞くことができた。ふたたび話しはじめたとき、リーナの声は変わっていた。あのはがねのような感じは消え、その代わりに微風のような快い調《しら》べがあった。「まだあなたが生まれない、わたしたちが小さな女の子だったとき、パパは一度わたしたちを、氷室に連れていってくれたわ。自分のハドソンに乗せて連れてってくれたの。わたしたちみんなきれいな服を着て、汗を流して働いている黒人たちの前に立って、服に水を滴らさないようにちょっと前かがみになりながら、ハンカチに包んだ氷をしゃぶったの。そこには、ほかの子供たちもいたわ。素足で、腰まで裸で、汚い格好をして。でも、わたしたちはその子たちと離れて、車の近くで、白い靴下をはき、白のリボンと手袋を着けて立っていた。そして、働いている人たちに話しかけながら、パパはしょっちゅう、わたしたちのほうを見ていたわ。わたしたちと車のほうを。車とわたしたちを。わかるでしょ？　パパがわたしたちをそこに連れていったのは、わたしたちを見せびらかすためなのよ。わたしたちを羨ましがらせ、自分のことを羨ましがらせるためなのよ。そのとき、小さな男の子たちのうちの一人が近寄ってきて、コリンシアンズの髪に手を置いたの。コリンシアンズはその子に、自分の氷をあげようとしたわ。そしたら、いつの間にかパパが駆けつけてきたの。パパはその氷を、コリンシアンズの手から土の上に叩き落とし、わたしたち二人を車の中に押し込んだわ。まず、わたしたちを見せびらかしておいて、それから、わたしたちに恥をかかせたのよ。わたしたちは、これまでずっとそんなふうだった。パパはまるで純潔な処女のように、わたしたちを誇示してバビロンじゅうを練り歩き、それからバビロンの娼婦のように、わたしたちに屈辱を与えてきた。今またしてもパパは、コリンシアンズの手から氷を叩き落としたのよ。「その責任はあなたにあるのよ」リーナと呼ばれるマグダリーンは泣き声をあげていた。「その責任はあなたにあるのよ。あなたってやくざで、卑しくって、愚かで、身勝手で、憎らしい人間だわ。あなたの、そのくだらないソーセージが、役に立つといいわね。大切にするがいいわ。あなたには、それ以外には何もないんだから。でもわたし、あなたに警告しておきたいの」リーナはポケットから眼鏡を取り出してかけた。レンズの奥でリーナの眼は二倍の大きさになり、ひどくぼんやりとして冷たく見えた。「わたしはもう二度と薔薇は作らないわ。そして、今度この家でおしっこしたら、ただではおかないわよ」

ミルクマンは黙っていた。

「もういいわ」とリーナは低い声で言った。「出てってちょうだい」

ミルクマンはうしろを向いて、部屋の向こう側に歩いていった。いい忠告だとミルクマンは思った。もちろん受け入れよう。ミルクマンはドアを閉じた。

第二部

第十章

ヘンゼルとグレーテルが森の中に佇《たたず》み、眼の前の、木を切り開いた場所に立っている家を見たとき、二人の首すじの毛はおののいたにちがいない。二人の膝はすっかり弱っており、ただ眼もくらむようなひもじさだけが、二人を前に進ませることができたであろう。二人に注意する者も、引き止める者もそこにはいない。後悔し、悲しんでいる両親は遠く離れている。だから二人はできるかぎりの速さで、死神よりも年老いた老婆が住んでいるその家まで走っていき、首すじの毛のおののきも、がくがくする膝も無視する。大人でもやはり餓えに駆りたてられることがある。そして自分の飢えが癒されそうだと思えば、膝の弱さも、心臓の鼓動の不規則さも、たちまち消えてしまう。殊《こと》にその渇望の対象が、しょうが入り菓子パンや、ガムドロップではなく、黄金だとなればなおさらである。

ミルクマンは黒いくるみの木の大枝の下を、ひょいひょいと頭をさげてくぐりながら、その大きな、崩れかけた家のほうにまっすぐに歩いていった。その家にはかつて、一人の老女が住んでいたことをミルクマンは知っていたが、今そこには、人が住んでいそうな様子はまったくなかった。ミルクマンは、自分の腕を肘までも入れることができるほど幾重にも重なって、うっそうと生い茂った蔦《つた》の中に住んでいる、林の生物の世界にはまったく無頓着であった。這っている生き物、こそこそと忍び歩いて、決して眼を閉じることのない生き物、土の中にもぐり、小刻みに慌てふためいて走る生き物、くっついている蔦の茎と見分けがつかないほどに、じっとして動かない生き物。誕生、生、死――そのそれぞれが、一枚の葉の隠れて見えない側で起こっているのだ。ミルクマンが立っているところからは、その家は奔馬《ほんば》性の疾病に蝕《むしば》まれて、ただれた部分は黒ずんで膿汁がたまっているみたいに見えた。

ミルクマンの一マイルうしろにはマカダム道路があり、一台や二台は自動車の走っている、心強い音がしていた――そのうちの一台はクーパー尊師の車で、十三歳になる、クーパー尊師の甥が運転しているのであった。

正午に、とミルクマンはその少年に言っておいた。正午にまたきてくれるようにと。二十分でと言うこともできたのだ。そして今、一人っきりになり、都会人を落ち着かなくさせる静寂に襲われてみると、五分でと言えばよかったという気がした。しかし、たとえ少年に雑用がなかったとしても、ダンヴィルから十五マイルも離れたところに、〝仕事〟でよこされ、残っていて面白くもない時間を過ごすのはばかげたことであろう。洞穴を探している目的をごまかすために、あんな念入りな話をでっちあげるのではなかった。誰かにそのことで質問されるかもしれない。それに嘘というものは、真実と同じように、単純であるべきものなのだ。細かいことをごてごてと過剰に並べたてるのは、まったくの過剰なのだ。けれどもミルクマンは、ぜいたくな空の旅のすぐ後で、ピッツバーグから長時間バスに乗ってきて、ひどく疲れていたために、自分の言うことに説得力がないのではないかと恐れたのだ。

飛行機に乗ったことでミルクマンは気持ちが浮き浮きとし、錯覚を起こして、自分は不死身であるような気分になっていた。厚く垂れこめてはいるが、そのくせ軽い雲のはるか上方で、速度の大きさから生ずる静止したような感じ（〝巡航〟だとパイロットは言った）に捉えられながら、きらきらと輝く鳥になった、複雑な金属機械の中に坐っていると、自分が間違いを犯したことがあるとか、犯し得るなどと信ずることはとてもできなかった。ただ一つ、些細なことがミルクマンの気にかかっていた――ギターが一緒にいないということであった。ギターがいたら喜んだろう――この眺め、この食事、またスチュワーデスを。だがミルクマンは単独行動を望んだのだ。自分一人でやりたかったのだ。今度だけは、ミルクマンは誰からも力を借りないで、現実の生活から離れた空中では、ミルクマンは解放感を味わった。しかし出発の直前にギターと話し合った地上では、他のすべての人々の夢魔の翼が、ミルクマンの顔にはためき、ミルクマンを束縛した。リーナの怒り、コリンシアンズのだらしなく弛んだ唇と、それに釣り合うような、乱れて櫛も入れてない髪、ルースの強まった監視の眼、父親の底知らずの貪欲、ヘイガーのうつろな眼——自分がそういうもののどれ一つにでも、値するようなことをしたかどうか、ミルクマンにはわからなかった。しかし、もううんざりだということ、すぐに逃げ出さなければならないということは、はっきりしていた。ミルクマンは自分の決心を、父親より先にギターに話した。

「親父はまだ、その洞穴にあると思っているんだ」

「あるかもしれないな」ギターはお茶をすすった。

「とにかく、調べてみるだけの値打ちはあるな。少なくとも、それで決着がつくよ」

「まったく大賛成だな」

「だから俺は探しにいこうと思うんだ」

「お前一人でか？」

ミルクマンは溜息をついた。「ああ、そうだ。俺一人でだ。俺はここから出ていかなきゃいけない。本当に、どっかへ逃げ出さなきゃいけないんだ」

ギターは茶碗を下に置いて、口の前で両手を組んだ。「俺たち二人でやったほうが楽じゃないか？　もし困ったことが起きたりしたらどうする？」

「楽かもしれない。だけど、一人じゃなくて二人の男が、林のまわりをうろついていたりしたら、よけい怪しげに見えるんじゃないかな。もし見つけたらちゃんと持ち帰って、最初の約束通りに分配するよ。もし見つからなかったら、とにかく、その場合でも帰ってくるよ」

「いつ出発するんだ？」

「明日の朝だ」

「一人でゆくことについて、親父さんはどう言ってる？」

「親父にはまだ話してないんだ。今までのところ、お前にしか教えてないんだ」

ミルクマンは立ちあがって、ギターの部屋の、小さなポーチが見える窓辺にいった。

「くそっ！」

ギターは注意深くミルクマンを眺めていた。「どうしたんだ？」とギターは尋ねた。「どうしてそんなにふさぎ込んでるんだ？　虹の果てにいこうとしてる人間らしくもないじゃないか」

ミルクマンは向き直って、窓敷居に腰をかけた。「本当に虹で、誰も持ち逃げしてなきゃいいんだがな。俺はどうしても欲しいんだ」

「誰だって欲しいよ」

「俺ほど欲しがってる奴はいないさ」

ギターはうす笑いをした。「どうやら本当に、欲しくて仕方がなくなったらしいな。前以上に」

「そうなんだ、まったく。何もかも前よりひどくなったんだ。というより、何もかも前と同じということかな。どっちでもいいや。はっきりしてるのは、俺は自分の生活がしたいということだけさ。俺はもうこれ以上、親父の事務所で使われているのが厭なんだ。そして、ここにいるかぎりは使われるんだ。自分の金を持たないかぎりはな。俺はどうしてもあの家を出たいんだが、出ていくときに、誰の世話にもなりたくないんだ。家の者たちを見ていると、気が狂いそうになるんだ。親父は俺に自分みたいな人間になって、おふくろを憎んで欲しいと思っている。おふくろは俺に自分と同じような考え方をして、親父を憎んでもらいたいと思っている。コリンシアンズは俺には口も利かない。リーナは俺に出ていって欲しいと思っている。そしてヘイガーは、俺を自分のベッドに縛りつけるか、でなきゃ殺してしまいたいと思っている。誰もかれもが、俺に何かを望んでいるんだ。わかるか、俺の言ってることが？　その何かは、ほかのどこへいっても得られないとあいつらは考えている。俺にしかないと思っている。俺には何なのかわからない——あいつらが本当に望んでいるのは、何なのかということだ」

ギターは両脚を伸ばした。「お前の命を望んでいるんだよ」

「俺の命を？」

「ほかに何を欲しがる？」

「いや。ヘイガーは俺の命を欲しがっている。家の者たちは……あいつらが欲しがっているのは――」

「俺の言ってるのは、そういうことじゃないんだ。お前の死んだ命を欲しがってる、って言ってるんじゃないんだ。お前の生きてる命を欲しがっているんだよ」

「ついていけないな、お前の言うことには」

「いいか。それが俺たちの置かれている状況なんだ。誰もが黒人の命を欲しがっている。誰もがだ。白人の男たちは俺たちに死ぬか、おとなしくするかしてもらいたがっている――おとなしくするってのは、死ぬのと同じことだ。白人の女たちも、同じことだ。あいつらは俺たちに、いいか、〝普遍的〟であること、人間的であることを望んでいる。〝人種意識〟など持って欲しくはないんだ。従順であってもらいたいんだ、ベッドの中で以外はな。ベッドの中では、黒人の腰巻きをちょっと着けているほうを喜ぶ。だけどベッドを出たら、俺たちには個々の人間であって欲しいんだ。〝だけどあの連中は、俺のパパをリンチにかけたんだ〟と、こっちが言うと、向こうは、〝そうよ、でも、あなたは、リンチなど加える人たちより善良だわ。だから忘れなさい〟と言うんだ。それから黒人の女たち、こいつは男のすべてを欲しがる。愛だ、と女たちは言う、それから理解だと。〝どうしてわたしのことを理解してくれないの？〟と女たちは言う。それは、わたし以外には、地球上のどんなものも愛してはだめ、ってことなんだ。また、〝責任を取って〟と言う。これは、わたしのいないところには、どこへもいっちゃだめ、という意味だ。こっちがエベレスト山に登ろうとすると、ロープを使えなくしてしまう。海の底に潜りたい——一目だけ見るために——と言ってみな。女どもは酸素ボンベを隠してしまうよ。いや、そこまでやる必要さえない。ホルンを買って吹きたいって言ってみな。まあ、音楽って大好き。でもちゃんと郵便局で八時間働いてからにしてってわけだ。たとえうまくやっても、たとえしぶとく頑張ってエベレストの頂上に登っても、あるいはホルンを吹いて、うまくっても、本当にうまくっても——それだけじゃまだ足りないんだ。肺が空っぽになるほどホルンを吹いても、女って奴は残っている息で、どんなに自分を愛してるか言ってもらいたがるんだ。こっちの注意を全部引きつけたがるんだ。危険でも冒してみろ、真剣じゃないって言うから。自分たちを愛してないって。俺たちの命を賭けさせてもくれないよ、俺たち自身の命を——あいつらのためでなければな。あいつらのことでなければ、死ぬこともできないんだ。何のために死ぬかさえ自分で決められないんじゃ、男の命なんぞ何の役に立つんだ？」

「誰だって何のために死ぬか、自分で決めたりできないよ」

「いいや、できる。もしできなくても、決めようと、やってみることは充分できる」

「お前の言うことはひどいよ。もしそれがお前の気持ちなら、どうして数のゲームなどしているんだ？　人種の割合を同じにしておくとか何とか？　何のためにそんなことをしているんだと、俺が聞くといつも、お前は愛だと言う。黒人を愛しているんだと。ところが今お前の言ってることは――」

「愛だよ。愛のほかに何がある？　俺は自分が批判するものを愛せないってのか？」

「愛せるさ。だが肌の色を別にすれば、俺には白人の女が俺たちに望むものと、黒人の女の望むものの違いなどわからないな。みんな俺たちの命を、俺たちの生きている命を、欲しがってるんだとお前は言う。それじゃ黒人の女が強姦されて殺されると、どうして七曜日は白人の女を強姦して殺すんだ？　どうして黒人の女のことを気にするんだ？」

ギターは顔をかしげて、斜めにミルクマンを見た。鼻孔が少しふくらんだ。「それは俺の女だからさ」

「ふん、確かにな」ミルクマンはつい声に出る、不信の気持ちを隠そうとはしなかった。

「だから誰もが俺たちを殺したがっている、黒人以外は、そうだな？」

「そうだ」

「じゃ、どうして俺の親父は――ほんとにまっ黒な黒人が――まだ生まれもしないうちから、俺を殺そうとしたんだ？」

「たぶん女の子だとでも思ったんじゃないか。俺にはわからないよ。だがお前の親父さんは、それほどひどく変わった黒ん坊だということもない。親父さんは俺たちが蒔くものの利益を、刈り取るんだ。俺たちにはそれをどうすることもできやしない。あの人は白人のように振舞い、白人のようなものの考え方をするんだ。本当言って、お前が親父さんのことを持ち出してくれて嬉しいよ。お前なら俺に教えてくれることができるかもしれないな。どうして自分の父親が働いて手に入れたすべてのものが、どこかの白人に奪われた後で、自分の父親が白人に撃ち殺されるのを見た後で、親父さんはあい変わらずぺこぺこしていられるんだい？　どうして白人のことがあんなに好きなんだ？　それにパイロットだ。こっちのほうがもっとひどい。パイロットもやっぱりそれを見ていて、まず自分を罰したいという何か狂ったような気持ちから、白人の骨を拾いに戻り、それからその白人の金塊を、そのままあったところに置いてくるという始末だ。自分から進んで奴隷になろうとでもいうのか、え、おい？　パイロットがジマイマの靴をはいたのは、自分の足に合うからなんだ」

「いいか、ギター。まず第一に、親父は白人が生きようと灰汁を飲もうと、そんなことはどうでもいいんだ。親父はただ、白人の持っているものが欲しいだけなんだ。それからパイロットは、ちょっとばかり頭はおかしいが、俺たちをあそこから出してくれようとしたんだ。もしパイロットがうまくやってくれなかったら、俺たち二人とも今頃は、豚箱でけつを冷やしているんだぜ」

「俺のけつだ。お前は別だ。パイロットはお前を出したがったんだ。俺じゃない」

「おい、そいつは公平でさえないぜ」

「そうだ、公平ってやつも俺は棄てたんだ」

「だがパイロットにたいしてもか？　何のためにだ？　パイロットは俺たちが何をしたか知っていながら、それでも俺たちを助け出してくれたんだぜ。わざわざ俺たちのためにやってきて、道化役を演じ、這いつくばってくれたんだぜ。あのときのパイロットの顔を見たろ。今までにあんな顔を見たことがあるかい？」

「一度ある。一度だけ」とギターは言った。そしてギターは改めて、あの白人が自分の母親に十ドル札を四枚渡したときの、母親の笑い顔を想い出した。母親の眼には感謝以上のものが現われていた。感謝以上のものが。それは愛ではなかったが、しかし進んで愛そうとする態度であった。母親の夫は頭から真二つに切断されて、そのまま棺に入れられたのであった。ギターは製材所の工員たちが、二つに切断された死体が合わされもしないで、切断面を下に、皮膚のある方を上にして、棺に入れられたと話しているのを聞いた。おたがいに向かい合って。それぞれの眼がもう一方の眼を深く覗き込んで。それぞれの鼻孔が、もう一方の吐き出した息を吸い込みながら。右の頬が左の頬と向かい合って。右の肘が左の肘の上に交叉して置かれて。そのときギターは子供ながらも、最後の審判の日に、自分の父親が眼覚めて最初に見るのは、天国でも、壮厳な神の頭でもなく――虹ですらなく――自分自身のもう一方の眼だろうと心配になった。

それでもギターの母親は、父親を永遠に、二つに切断したことへの責任を負う男に向かって微笑し、愛そうとする態度さえ示したのだ。ギターをむかむかさせたのは、親方の奥さんからのディヴィニティではなかった。それはもっと後のことだ。ギターをむかつかせたのは、製材所の経営者が生命保険ではなく、「あんたも、あの子供たちもやっていけるように」と四十ドルを自分の母親に与え、母親がそれを喜んで受け取り、葬式の当日に子供たちみんなに、大きなペパミントの棒を買ってくれたことであった。ギターの二人の妹と、まだ赤ん坊だった弟は、その骨のように白く、血のように赤い棒を一所懸命にしゃぶっていたが、ギターにはしゃぶれなかった。ギターは手にくっついて離れなくなるまで、その棒を握っていた。一日じゅうギターはそれを握っていた。墓のそばでも、葬式の日の夕食のときも、眠られぬ夜の間もずっと。他の者たちはそれを、ギターがけちなためだと思ってからかったが、ギターにはそれをしゃぶることも、投げ棄てることもできなかったのだ。とうとう最後にギターはそれを屋外便所で、悪臭を放つ穴の中に落とした。

「一度ある。一度だけだ」とギターは言って、もう一度あのむかむかするような気分を味わった。「大事なのはここなんだ」とギターは言った。「一番大事なのは。あのケネディなんて連中にだまされるんじゃないぜ。俺が本当のことを教えてやる。お前の親父さんがその洞穴にあると言うのが当たっていればいいと思う。そしてお前がそれを取り戻してくることを、思い直したりしなければいいがと本当に思う」

「それはどういう意味だ？」

「俺は心配だってことだ。本当に心配だってことだ。俺には金がいるんだ」

「もしお前が気を悪くしてるんなら、お前に――」

「俺じゃない。俺たちだ。俺たちにはやる仕事があるんだ。つい最近」――ギターは眼を細くしてミルクマンを見た――「つい最近、俺たちの仲間が一人街に放り出された。放り出した人間の名前は言う必要もないがな。そして仲間の賃金は差し押さえになった。放り出した奴の言い分では、二カ月分の間代がたまっているというんだ。そいつは壁に開いた穴みたいな、十二フィート四方の部屋のために、自分にとっては屁でもない、二カ月分の間代をよこせと言うんだ。俺たちは今その仲間の面倒を見て、そいつの寝る場所を探し、そのたまっているという間代を払い、そして――」

「そいつは俺が悪かったんだ。どういう事情かというと……」

「いや、何も言うな。お前が家主じゃないし、お前が放り出したのでもない。ピストルを渡したのはお前かもしれないが、引き金を引いたのはお前じゃない。お前を責めているんじゃない」

「どうして責めないんだ？　お前は俺の親父や、親父の妹のことを言っているし、黙っていれば俺の姉のことだって言うだろう。どうして俺を信用するんだ？」

「なあ、おい、俺は今お前が聞いたことを、俺自身に尋ねなきゃいけないなんてことが、絶対にないように願っているよ」

それでその面白くもない話は打ち切りになった。本当に腹を立てたわけでもなかったし、取り返しのつかないような言葉が口にされたわけでもなかった。別れるときギターはいつものように手を開き、ミルクマンはその手をぴしゃりと叩いた。もしかしたら疲れていたせいかもしれないが、手にこもった力はちょっとばかり弱いような感じがした。

ピッツバーグの空港でミルクマンは、ダンヴィルは東北二百四十マイルのところにあり、そこへいくのにはグレイハウンドのバスに乗る以外に、交通機関はまったくないことを知った。しぶしぶ、飛行機で感じた優雅な気分を棄てるのを残念に思いながら、ミルクマンは空港からバスの発着所までタクシーを拾い、グレイハウンドが出るまで二時間ほど、ぶらぶらと時間をつぶした。バスに乗り込む頃にはミルクマンは、ぼんやりとして過ごした時間や、読んだ絵入り雑誌、また発着所の近くの通りでのぶらぶら歩きなどのために、すっかり疲れ果てていた。ピッツバーグを出て十五分もすると、ミルクマンは眠り込んだ。眼を覚ましたときにはもう午後も遅く、ダンヴィルまではあと一時間だった。ミルクマンの父親は、このあたりの風景の美しさを夢中になって話したことがあったが、ミルクマンはただ、青いと思って眺めただけであった。このあたりはすでに小春日和の中に深く入り込んでおり、ミルクマンの住んでいる市よりは南に位置しているにもかかわらず、こちらのほうが涼しかった。気温の違いは山があるせいにちがいない、とミルクマンは思った。しばらくミルクマンは窓の外を走り過ぎる景色を楽しもうとしたが、自然の単調な繰り返しへの、都会人の倦怠がやがて彼を襲った。木の多いところもあれば、そうでないところもあった。青々とした野原もあれば、そうでない野原もあった。そして遠くに見える山々は、どこの遠くにでもある山々と同じであった。それからミルクマンは道路標——前方二十二マイル、東に十七マイル、東北に五マイルなどの地点にある町々の名前——を眺めはじめた。また接合点や郡、交差点、橋、駅、トンネル、山、川、小川、荷揚げ場、公園、眺望地点の名前などを。誰にもその人なりの仕事があるんだ、とミルクマンは思った。確かに、ダッドベリー・ポイントに興味を持っている者は誰でも、道路標などなくてもその場所がどこにあるかを知っているのだから。

ミルクマンはスーツケースにワイシャツ二枚、下着何枚かと一緒に、カティ・サークを二本入れていた。この大きなスーツケースには、帰りのときに本当の荷物が入るはずだとミルクマンは思っていた。彼はスーツケースを、バスに預けなければよかったと思いはじめた。今すぐ一杯飲みたかったのである。ミルクマンの時計、母親からもらったロンジンの金時計で見ると、次の停留所まではあと二十分かかるはずだった。ミルクマンは頭支えにもたれかかって、眠ろうとした。何の変哲もない田園の風景を持続して眺めていたために、眼がすっかり疲れていた。

ダンヴィルに着くとミルクマンは、バスの発着所が十一号線に面した簡易食堂になっていて、カウンターの男がバスの切符、ハンバーガー、コーヒー、チーズ・クラッカーやピーナッツバター・クラッカー、煙草、キャンディ、それにチーズ、サラミ、スライス・ハムなどを皿に盛ったものを売っているのを見て驚いた。ロッカーも、手荷物預り所も、タクシーもなく、それに手洗いもないことにミルクマンは気がついた。

不意にミルクマンは、ばかばかしい気分になった。一体自分は何をすればいいのだろう？ スーツケースをおろして、カウンターの男に、「五十八年前、ぼくの父が住んでいた農場の近くの、洞穴というのはどこにあるのでしょう？」と聞けとでもいうのだろうか？ ミルクマンには誰一人知っている人間はおらず、それに、もう死んでしまっている老婦人の洗礼名のほかは、名前を知っている人間もいなかった。この小さな農業の町で、ミルクマンのベージュの三つ揃いの背広、ボタンダウンの淡いブルーのワイシャツ、黒のストリング・タイ、また美しいフロアシャイムの靴はすでに人目を引いていたが、それ以上注目されないうちにミルクマンはカウンターの男に、荷物をそこに預けることができるかと尋ねた。男はスーツケースをじっと見つめ、どうしたものかと、心の中で考えているようだった。

「金は払います」とミルクマンは言った。

「ここに置いていきな。炭酸飲料の箱のうしろに」と男は言った。「いつ取りにくるんだい?」

「今日の夕方」とミルクマンは答えた。

「よしきた。ちゃんと預かっておくよ」

ミルクマンは髭剃り用具を入れた小さな鞄を持ち、その簡易食堂を兼ねたバスの発着所を出て、ペンシルヴェニア州ダンヴィルの通りに歩いていった。ミルクマンはもちろんミシガンでも、これに似た場所はいくつも見たことがあった。しかしそれらの場所では、ガソリンを買う以外に用のあったことはなかった。通りに面した三つの商店は、夜になるので閉じようとしていた。時刻は五時十五分で、全部で十二、三人の人々が歩道を歩いていた。そのうちの一人は黒人だった。背の高い年輩の男で、ひさしの付いた茶色の帽子をかぶり、古風な襟をしたワイシャツを着ていた。ミルクマンはしばらくその黒人のあとから歩いていき、それから追いついて言った、「もしもし、ちょっとお尋ねしたいんですが」話しながらミルクマンは微笑した。

男は振り返ったが答えなかった。何か気にさわるようなことでもしたのだろうかと、ミルクマンは思った。やっと男はうなずいて言った。「わかることだったら」この男の話しぶりにもさっきのカウンターの白人と同じように、ちょっと田舎っぽい調子があった。

「実は……サーシー、サーシーという名前の女の人を探しているんですが。いえ、その人ではなく、その人の家なんです。その人がどこに住んでいたか、ご存知ありませんか?

わたしはこの町の人間じゃないんです。今バスから降りたばかりなんです。ここにちょっとした仕事がありまして。保険契約のことなんです。そこの地所のことを、ちょっと調べなければいけないものですから」

男は黙って聞いていて、口を入れそうな様子はなかった。それでミルクマンは、「ご存知ないでしょうか？」という、不器用な文句で言葉を終わらねばならなかった。

「クーパー尊師だったら知っているだろう」と男は言った。

「その方には、どこにいったらお目にかかれるでしょう？」ミルクマンは何かが会話に欠けているような気がした。

「ストーン・レインだ。この通りを郵便局に出るまで歩いていくんだ。その郵便局のところを曲がるとウィンザーだ。そして、その次の通りがストーン・レインだ。クーパー尊師はそこに住んでいなさる」

「そこには教会がありますか？」ミルクマンは伝導者が、自分の教会の隣に住んでいるものと思ったのだ。

「いや、いや、教会には、牧師さんの住むところはない。クーパー尊師はストーン・レインに住んでいなさるんだ。確か、黄色い家だったと思うよ」

「どうも、ほんとにありがとうございました」とミルクマンは言った。

「なんのなんの」それから男は、「それじゃ、これで」と言って歩き去った。

ミルクマンはスーツケースを取りに戻ったものかどうかと迷ったが、それはやめにして、教えられた方向に歩いていった。郵便局はアメリカの国旗でそれと知れた。木造の建物で、ウェスタン・ユニオンの電報局にもなっているドラッグストアの隣になっていた。ミルクマンは角を左に曲がったが、街路標はどこにもないのに気がついた。街路標がないとすれば、ウィンザーやストーン・レインをどうやって見つけることができるのだろう？　ミルクマンが住宅街をつぎつぎと通り抜け、もう一度ドラッグストアまで戻って、電話帳で〝AME〟あるいは〝AME・ザイオン〟（アフリカン・メソディスト監督〔エピスコパル〕教会）のところを調べようかと思った、ちょうどそのときに、黄色と白の家が眼に入った。もしかしたらこの家かもしれないとミルクマンは思った。ミルクマンは態度に気をつけなければと思いながら、上り段を昇った。泥棒は礼儀正しくして、信用を得なければならないのだ。

「ごめんください。クーパー尊師のお宅はこちらでしょうか？」

戸口に一人の婦人が立っていた。「はい、ここですが。どうぞお入りください。今呼びますから」

「どうも」ミルクマンは小さな玄関に入って待った。

背の低い、丸々と太った男が、指を眼鏡に当てながら現われた。「はあ、何か？　わたしにご用ですかな？」男は素早くミルクマンの服装に眼を走らせたが、声には特に多くの好奇心は表われていなかった。

「はい。あのお……ご機嫌いかがですか？」

「いたって元気です。で、あなたは？」

「元気です」ミルクマンは自分の言葉のぎごちなさと同じように、ぎごちない感じを抱いた。ミルクマンは今まで一度も、初めて会った人間に好感を与えようとしたことはなかったし、見知らぬ人間にものを頼もうとしたこともなく、また誰にも、機嫌はどうかなどと尋ねた記憶もなかった。ひと思いに言ってしまったほうがいいかもしれないと、ミルクマンは思った。「ちょっとお願いしたいことがあるのですが。わたしはメイコン・デッドと申します。わたしの父はこの辺の……」

「デッド？　メイコン・デッド、そうおっしゃったのかな？」

「そうです」ミルクマンはその名前のことを弁解するように、微笑を浮かべた。「わたしの父は——」

「いや、それは！」クーパー尊師は眼鏡をはずした。「いや、それはそれは！　エスタ！」クーパー尊師は客の顔から眼を離さないで、肩越しに呼んだ。「エスタ、こっちにきなさい」それからミルクマンに向かって尊師は、「わしはあんたの身内の人たちを知っていますよ」と言った。

ミルクマンはにっこりとして、肩を少しさげた。見知らぬ町に入って、自分の身内のことを知っている、見知らぬ人に出会うのは嬉しいことだった。生まれてこのかたずっとミルクマンは、この言葉にこもっている震えるような響きを聞いてきた。「俺はここに住んでいるけど、俺の身内は……」とか、「あの女はまるで、一人も身内がいないような振舞いをする」とか、「そこには誰か、あなたの身内の人が住んでいますか？」というような場合の、この言葉にこもっている響きを。だがミルクマンはこの言葉が意味している、つながりというものを知らなかった。クリスマスのすぐ前に、フレディがソニー商店で坐りながら、「俺の身内は誰一人として、俺を引き取ってくれようとはしなかったんだ」と言ったのをミルクマンは想い出した。ミルクマンはクーパー尊師とその妻に向かってにこにこと笑いかけながら、「そうですか？」と言った。

「ここに坐りなさい、あんた。あんたはわしの知っていたメイコン・デッドの息子さんだ。いや、それは何も、あんたのお父さんをそれほどよく知っていたというわけじゃない。お父さんはわしより、四つか五つ年上だった。それにあんまり、町には出てきなさらなかった。だが、この辺の者はみんな、親父さんのことを覚えている。メイコン・デッドの親父さん、あんたのおじいさんのことだ。わしの父親とあの人は大の仲よしだった。わしの父親は鍛冶屋だった。召命を受けたのはわしだけでな。うむ、うむ」クーパー尊師は歯を見せて笑いながら、膝をマッサージした。「おっと、しまった。うっかりしていた。きっと腹がすいていなさるだろう。エスタ、何か腹に入れるものを持ってきてあげなさい」

「いえ、そんな、結構です。できたら、ちょっと飲むものを。もしお飲みになればですが」

「ごもっとも、ごもっとも。気の利いたものがなくてすまないが――エスタ！」妻は台所へゆこうとしているところだった。「コップを持ってきて、それからあのウィスキーを戸棚から出しなさい。こちらはメイコン・デッドの息子さんで、疲れていて酒が欲しいと言われる。どうやってわしのところがわかったのかな？　まさかお父さんが、わしのことを覚えていなさったわけではあるまいが？」

「たぶん覚えているだろうと思います。でもわたしは通りで会った人から、こちらへの道を聞いたんです」

「その人にわしの家を聞いたのかな？」クーパー尊師は何もかも、はっきりと知りたがった。すでに尊師は、友人たちに聞かせる話を作りはじめていた。どうやって最初この男が自分の家に訪ねてきたか、どういうふうにして彼は自分の家を探したのか……

エスタはコカコーラの盆にコップ二つと、水のように見えるものの入った、大きなマヨネーズのびんを載せて戻ってきた。クーパー尊師はそれを生のままで二つのコップに注いだ。水も入れず水も割らない――ただ純粋なライ麦で作ったウィスキー。飲み込むときミルクマンの喉は、ほとんど引き裂かれるようであった。

「いえ、こちらのお名前を言って、聞いたわけではありません。サーシーという名前の女の人が住んでいた場所はわからないだろうかと聞いたんです」

「サーシー？　ああ、そうか。懐かしい人だ」

「そしたら、こちらで聞いてみるように、教えてくれたんです」

「クーパー尊師は微笑して、さらにウィスキーを注いだ。「この辺の人はみんなわしのことを知っているし、わしはみんなを知っている」

「ところでわたしは、父がしばらくその人のところにいたことを知っているんです。あの
お……あのことがあった……父の父が死んだ後で」

「あの人たちはりっぱな土地を持っていなさった。素晴らしい土地だった。今じゃ白人の所有地になっている。もちろん白人たちは、それが目当てだったんだ。だからあの人を撃ったんだ。この辺の人たちはみんな、ひっくり返るような騒ぎだった、誰もかれもが。みんなおびえてもいた。それはそうと、お父さんにはパイロットという名前の、妹さんはいなさらなかったかね？」

「はい、います、パイロットなら」

「まだ生きていなさるかね？」

「ええ、もちろん。いたって達者です」

「そうかい？　きれいな人だった。ほんとにきれいな人だった。わしの父親があの人に、あのイヤリングを作ってやったんだ。それでわたしたちは、二人が生きていることを知ったんだ。メイコン・デッドの親父さんが殺されなさった後、子供たちも死んだのかどうか、

誰にもわからなかった。それから二、三週間すると、サーシーがわしの父親の仕事場にきた。今郵便局があるところの真向かいだ——わしの父親の鍛冶場はあそこにあった。サーシーは包装紙の切れ端を折りたたんで入れた、これくらいの小さな金属の箱を持って、仕事場に入ってきた。その紙切れにはパイロットの名前が書いてあった。サーシーは父に、その箱でイヤリングを作ってくれということ以外は何も言わなかった。あの人は働いている家からブローチを一つ盗んできた。わしの父親はそのブローチから金のピンを取り、それをその箱にはんだ付けにしたんだ。そういうわけでわしらは、子供たちが生きており、サーシーが世話をしているということがわかった。サーシーのところなら大丈夫だ。サーシーはバトラー家で働いていた——金持ちの白人の家でな——だがサーシーはあのころ、腕のいい産婆さんでもあった。みんなあの人に取りあげてもらったんだ。わし自身も含めてな」

たぶん、飲むといつも他の人たちが優しく見える、ウィスキーのせいかもしれなかった。しかしミルクマンは、これまで何度も聞きながら、いつもうわの空で耳を傾けていた話がこの人物の口から出るのを聞いて、燃えるような興奮を感じていた。あるいは、この話がこんなにも現実性を帯びて見えるのは、事件が起こった、その土地にいるからかもしれなかった。パイロットがダーリング・ストリートで、洞穴や林やイヤリングのことを話すのを聞いたり、父親がノット・ドクター・ストリートの自動車の騒音の中で、野生の七面鳥の料理の仕方について語るのを聞いたりすると、エキゾチックな、何か別な世界、別な時代の話を聞いているようで、本当のことでさえないように思われた。この牧師の家で、たて型ピアノの近くに、座部を籐で張った椅子に坐り、マヨネーズのびんから注がれた自家製のウィスキーを飲んでいると、この話は現実性を帯びたものとなった。それとも知らずにミルクマンは、パイロットのイヤリング、幼い頃にミルクマンを魅惑し、それをはんだ付けしたことでここの黒人たちが、殺された人間の子供たちが生きているのを知ったイヤリングが、作られた場所を通り過ぎてきたのだ。そしてここは、そのイヤリングを作ってくれた人の息子の居間なのだ。

「やった奴らは——殺した奴らはつかまりましたか？」

クーパー尊師は眉をあげた。「つかまえる？」尊師はいかにも驚いたような顔をして尋ねた。それから尊師はもう一度微笑した。「つかまえたりする必要はなかった。どこへもいったりはしなかったのでな」

「裁判は受けたか、逮捕されたかと聞いているのです」

「何のために逮捕するのかな？　黒人を殺したから？　あんたはどこからきたと言いなさったかな？」

「誰も、何もしなかったとおっしゃるんですか？　誰がやったのか、調べようともしなかったのですか？」

「誰がやったか、みんな知っていた。サーシーが使われていた家の者たち――バトラー家の者たちじゃよ」

「それで、誰も何もしなかったんですか?」ミルクマンは自分自身の怒りに驚いた。最初にこの話を聞いたときには、ミルクマンは腹が立たなかった。なぜ今になって?

「何も打つ手はなかったのじゃよ。白人たちは気にも止めず、黒人たちには勇気がなかった。あの頃は今のように警察はなかった。今は郡保安官がいて、いろいろなことを処理してくれる。あの頃はそうじゃなかった。あの頃は巡回裁判判事が、年に一度か二度回ってくるだけだった。それに、やった家の者たちが、郡の土地の半分を握っていたんだ。メイコンの土地はあの連中の邪魔になった。みんなは子供たちが逃げられただけでも、感謝していたんだ」

「サーシーは殺した者たちの家で働いていた、とおっしゃいましたね。それでサーシーはそのことを知っていたんですか?」

「もちろん知っていたとも」

「それでいて、父たちをその家に居させたのですか?」

「おおっぴらにじゃない。隠しておいたのだ」

「それでも、殺した人間と同じ家にいた、そういうことですね?」

「さよう、まず一番安全な場所だったと言える。もし町に出てきたら、誰かの眼につくだろう。まさかあそこを探そうなどとは、誰一人思いはしなかったろうからね」

「パパは——父はそのことを知っていたのでしょうか？」

「お父さんが何を知っていたか、サーシーが話したかどうか、わしは知らない。あの殺人事件の後、わしは一度もお父さんに会ったことはないのでな。誰一人会った者はいない」

「その連中はどこにいるのです？　そのバトラー家の連中は？　まだここに住んでいるのですか？」

「死に絶えた。一族全員が。最後まで生き残った娘のエリザベスも、二、三年前に死んでしまった。石のように子もなく、石のように年老いて。報いはあるものなんじゃ。神さまのなさり方は不可解だが、生き延びれば、生き延びさえすれば、必ず報いはあるということがわかる。盗んだり、殺したりして得たものは、利益にはならない。ちっとも利益にはならない」

「それがそいつらの利益になったかどうかなどは、わたしにはどうでもいいことです。問題はそいつらが、他の人間に害をなしたということです」

クーパー尊師は肩をすくめた。「あなたの住んでいる土地では、白人はこちらとは違うのかな？」

「いえ、そうは思いません……ただ、ときには何かできることもあるでしょうが」

「どんなことかな？」牧師は本当に関心がありそうな顔をした。

ミルクマンには、ギターの言葉を使わなければ答えられなかった。それでミルクマンは黙っていた。

「これを見なさい」牧師はぐるりとうしろを向いて、耳のうしろにできている、くるみほどの大きさのこぶをミルクマンに見せた。「わしらは何人かで、休戦記念日のパレードに行進するつもりで、フィラデルフィアに出かけた。第一次世界大戦の終わった後のことだ。わしらは招待を受け、許可証も持っていた。だが連中は、白人たちは、わしらがそこにいるのを喜ばなかった。みんなは騒ぎはじめ、わしらに向かって石を投げたり、罵ったりしはじめた。制服など全然問題にもしなかった。そのうちに何人かの騎馬警官が駆けつけた――騒ぎを鎮めるためだとわしらは思った。ところが警察官は、いい、わしらを踏みにじったんじゃ。馬の足蹴にして。これはひづめでやられた跡だ、ひどいもんじゃろ！」

「何ということを！」

「あんたがここにきたのは、仕返しのためではないだろうね？」牧師は前に身をかがめた。

「ええ、旅行の途中で立ち寄ったというだけなんです。ちょっと見てみようと思っただけなんです。農場を見たいと思って……」

「仕返しをすることが残っていたとすれば、サーシーがやってしまったから」

「サーシーはどんなことをしたのです？」

「はは！　サーシーがしなかったことがあるだろうか？」

「もっとずっと前にここにこなかったのが残念です。サーシーに会えたらよかったのですが。きっと亡くなったときには、百歳くらいになっていたんでしょうね」

「もっと年寄りだった。わしが子供の頃にもう、百歳くらいだった」

「農場はこの近くですか？」ミルクマンは軽く興味を抱いているような態度を示した。

「そんなに遠くはない」

「こちらのほうに出発したときから、どこにあるのかちょっと見たいなと思っていたんです。父がよく話していましたから」

「バトラーの邸のすぐ裏手だ。十五マイルほど離れている。わしが案内してあげられる。わしのおんぼろ車は今修理に出してあるが、昨日できるということだった。調べてみよう」

　ミルクマンは自動車の修理ができるまで、四日間待った。クーパー尊師の家の客として、またミルクマンの父や祖父を覚えている、あるいはただ噂だけで知っている、町じゅうの老人たちの、長時間の訪問のお目当てとして、四日間滞在した。老人たちはみな、同じ話のさまざまな面を繰り返し、リンカーンの天国がどんなに美しいところだったかを語った。台所に坐って老人たちは、うるんだ眼でミルクマンを眺め、また尊敬と愛情をこめてミルクマンの祖父のことを語ったので、しまいにはミルクマンまで祖父にたいして懐かしい感じを抱きはじめた。「わしは親父のすぐそばで並んで働いた。すぐそばでだ」という彼自身の父親の言葉が蘇ってきた。最初この言葉を聞いたときにはミルクマンは、父親が子供の頃の自分の男らしさを自慢しているのだと思った。今ミルクマンは、父親が何かそれとは違うことを言っていたのだ、ということを理解した。父親が自分の父親を愛し、その父親と親密な関係を持っていたのだということ、父親を愛し、信頼し、〝すぐそばで並んで〟働くだけの価値のある、りっぱな人間だと思っていたのだということを。「パパが地面に倒れているのを見たとき、わしは腹の中が煮えくり返るようだった」と父親は言った。

クーパー尊師がどんな手も打ちようがなかったと言ったとき、ミルクマンが装った感情を、彼の父親は本当に感じていたのだ。これらの老人たちは両方のメイコン・デッドを、どちらも非凡な人物として記憶していた。パイロットのことをみんなは、〝誰も靴をはかせることのできなかった〟美しい、野生的な、林の少女として覚えていた。ミルクマンの祖母のことを覚えている者は、一人しかいなかった。「きれいな人だった。だけど白人みたいな感じだったな。もしかしたらインディアンだったかもしれない。髪の毛が黒くて、眼じりがあがっていた。お産で死になさったんだ」老人たちが語れば語るほど――桃を、ジョージア州にあるような本当の桃を、栽培していた郡でただ一つの農場、狩猟が終わった後で行われる宴会、冬の豚の屠畜、また仕事、農場の背骨の折れそうな辛い仕事について、聞かされれば聞かされるほど――ますますミルクマンは、自分の生活には何かが欠けていることを痛切に感じていた。老人たちは井戸を掘ることや罠を作ること、木を切り倒すことや、春の気候が不順なときに、火を焚いて果樹園を暖めること、また若い馬を馴らすことや、犬の訓練について語った。そして、それらの話すべてに、ミルクマン自身の父親、老人たちと同じ世代に属し、雄牛のように強く、裸馬に素足で乗ることができ、彼らの一致して認めるところでは、走ることでも、耕すことでも、射撃でも、つるはしを揮うことでも、馬に乗ることでも、老人たちのすべてに優っていたメイコン・デッド二世がいた。老人たちの語る少年の中にミルクマンは、あの厳しくて貪欲で、冷酷な父親の姿を認めることはできなかった。しかしミルクマンは、老人たちの語る少年と、方形屋根の家畜小屋と桃の果樹園を持ち、日曜日の夜明けには、二エーカーの広さのある池で釣りのパーティを開く、その少年の父親が好きであった。

老人たちはミルクマンを、自分たちの記憶のエンジンを始動させる点火装置として利用し、大いに語った。楽しかった時代、苦しかった時代、変わったもの、昔と同じままのもの——中でもとりわけ大きな話題になったのは、長身の堂々たるメイコン・デッドであった。メイコンの死は、当時老人たちはまだ幼い少年であったにしても、老人たち自身の死の始まりだったのだ、というようにミルクマンには思われた。メイコン・デッドこそ彼らの理想とする農場主、農場に巧みに水を引き、桃を栽培し、豚を屠り、野生の七面鳥をあぶり、あっという間に四十エーカーの土地を耕し、耕しながら天使のように歌うことのできる人であった。メイコン・デッドはまったく無学で、びた一文の金もなく、ただ自由民であることを証明する書類と聖書だけを持ち、美しい黒髪の妻を連れて、どこからともなくやってきた。一年後にはメイコンは十エーカーの土地を借り、次の年にはさらに十エーカーを借りた。十六年後にはメイコン・デッドは、モントゥア郡でも最も素晴らしい農場の一つの所有者であった。その農場は黒人たちの生活に、絵筆のように色どりを添え、説教のように黒人たちに語りかけた。「見たかい？」と農場は黒人たちに言った。「どうだ、見たかい、自分にどんなことができるかを？　文字と文字の違いなどわからなくても、気にすることはない。奴隷に生まれたことなど気にすることはない。自分の名前を失ったって気にすることはない。父親が死んでも気にすることはない。どんなことだって、気にする必要はないのだ。頭を使い身を入れて頑張れば、人間にはこういうことができるのだ。泣きごとを言うのはよしなさい。ぐずぐずと不平を言うのはよしなさい。有利な機会を利用するんだ。もし有利な機会が利用できなかったら、不利な機会を利用するんだ。わたしたちはここに生きている。この地球に。この国に。ここの、この郡に。ほかのどこでもないのだ。わたしたちはこの岩の中に家を持っている。わかるだろう。わたしの家では誰も飢えている者はない。誰も泣いている者はない。そして、もしわたしに家があるとすれば、お前にもある！　それをつかむのだ。この土地をつかむのだ！　それを取るのだ、握るのだ、兄弟たちよ！　それを作るのだ、兄弟たちよ！　振って、絞って、回して、ひねって、打って、蹴って、キスして、鞭打って、踏みつけて、掘って、耕して、種子を蒔いて、刈り取って、借りて、買って、売って、自分のものにして、建てて、ふやして、そして伝えるのだ——聞こえるか、わたしの言っていることが？　それを伝えるのだ！」

けれども白人たちはメイコン・デッドの頭のてっぺんを吹き飛ばし、メイコンの果樹園の見事なジョージア桃を食べた。そして少年のうちにすでに、これらの老人たちは死にはじめ、今もなお死につつあった。これらの夜の雑談の中で、ミルクマンを眺めながら、老人たちはしきりに何かを欲しがっていた。自分たちの夢にふたたび火をつけ、進行中の自分たちの死を食い止めてくれるような言葉が、ミルクマンの口から出るのを望んでいた。ミルクマンが自分の父親、老人たちの知っている少年、伝説的な英雄メイコン・デッドの息子のことを、話しはじめたのはそのためであった。ミルクマンが少し自慢話をすると、老人たちは活気づいた。ミルクマンの父親が持っている多くの家作の数（老人たちはほくほくする）、一年置きに買い替える新車（老人たちは笑い声をあげる）。そして父親がエリー・ラッカワナを買おうとした（そう言ったほうが聞こえはよかった）ことをミルクマンが話すと、老人たちはどっと歓声をあげた。それでこそあの人だ！　それでこそメイコン・デッドの親父さんの息子だ。いいぞ！　老人たちは根掘り葉掘り聞きたがった。そして、気がついてみるとミルクマンは、まるで会計士のように資産を並べ立て、取引や、家賃による総収入や、銀行ローン、また父親が今新しく検討している、株式売買のことなどをいい気になってしゃべっていた。

話している最中に急に、ミルクマンは金塊が欲しくなった。その時その場で立ちあがって、それを取りにいきたいと思った。金塊のある場所まで走っていって、愚かにも一人の人間を殺せば、その一族すべてが死に絶えると信じている、バトラー家の眼と鼻の先で、金塊を一粒残さず奪い取ってやりたかった。ミルクマンは老人たちの賛美の光を浴びて輝き、誇りのために猛々しい気分になった。

「お父さんはどういう人と結婚したんですか？」

「町一番の金持ちの、黒人医師の娘です」

「それでこそあの人だ！　それでこそメイコン・デッドだ！」

「子供さんたちはみんな、大学にやったんですか？」

「姉たちはやりました。わたしは事務所で、父のすぐそばで働いています」

「ほう！　あんたを家に置いて、そんなにも金を儲けるんだね！　メイコン・デッドはいつも金儲けをしようとしているんだ！」

「どんな車に乗っているんですか？」

「ビュイックです。二二五」

「ひやあ、二二五！　何年の？」

「今年のです」

「それでこそあの人だ。それでこそメイコン・デッドだ。エリー・ラッカワナを買おうとしているんだ。あの人が欲しがるんなら、あの人のものになるさ。たいしたもんだ。きっと白人の奴らを、さんざんに困らせるぞ。誰だってあの人を押さえておくことはできないんだ！　そうだとも。メイコン・デッドを押さえておくことはできないんだ！　この世では無理だ！　あの世でだって無理だ！　へい、畜生、エリー・ラッカワナだ！」

さんざん待たされたあげくに、クーパー尊師はいくことができなかった。尊師は説教の収入で足りない分を、貨物置き場で働いて補っていたが、早番で呼び出されたのだ。そういうわけで尊師の甥で、ただ一人の甥なので名前のようにして、〝甥〟と呼ばれている少年が、ミルクマンを農場まで――できるだけ農場の近くまで――車で送ることを言いつけられた。〝甥〟は十三歳で、ハンドルの向こうがやっと見えるほどの背丈しかなかった。

「運転免許は持っているんですか？」とミルクマンは、クーパー夫人に尋ねた。

「まだです」とクーパー夫人は答え、ミルクマンがびっくりしているのを見ると、農場の子供たちは早くから運転するし、そうしなければならないのだと説明した。

ミルクマンと〝甥〟は朝食後すぐに出発した。道は曲がりくねった二車線道路で、追い抜くことのできない軽トラックのうしろで二十分も過ごしたので、ほとんど一時間近くもかかった。〝甥〟はきわめて口数が少なかった。この少年が興味を持っているのはただミルクマンの服装だけらしく、機会があるごとに〝甥〟は、ミルクマンの着ているものを仔《し》細《さい》に眺めた。ミルクマンは〝甥〟に、自分のワイシャツを一枚やることに決め、バスの発着所で車を停めて、預けてきたスーツケースを受け取ってくれるように頼んだ。

一軒の家も見当たらないところまできて、やっと〝甥〟は、速度を落として車を停めた。

「どうしたんだい？　ぼくに運転してもらいたいの？」

「いいえ。ここなんです」

「どれが？　どこに？」

「あそこのうしろです」〝甥〟はいくつかの灌木の茂みを指差した。「バトラー家の邸へいく道は、あそこにあります。そして農場はそのうしろにあるんです。そこまでは歩いていかなければいけません。車はいかないんです」

〝甥〟の言ったことは確かに本当だった。きてみるとミルクマンの足は、二番生えで覆われた石ころだらけの道を、ほとんど歩けないほどであった。ミルクマンは、一人でその場所を素早くざっと見渡して、あとでもどってくるつもりで、待っていてくれるように〝甥〟に頼んだ。しかし少年には、しなければならない雑用があるということで、いつでもミルクマンが望むときに戻ってこようと言った。

「一時間」とミルクマンは言った。「町に戻るだけで一時間はかかります」と〝甥〟は言った。

「クーパー尊師はきみに、ぼくをここに案内するように言ったんだよ。置き去りにしろとは言わなかったぜ」

「仕事をしないとママにぶたれます」

ミルクマンは困惑したが、そこに一人で取り残されるのをこわがっていると少年に思われたくなかったので、重い、装飾過剰な時計にちらりと眼をやって、正午にまたきてもらうことに同意したのだった。そのときには九時だった。

ミルクマンの帽子は古いくるみの木の、最初の枝で打ち落とされていたので、今は帽子を手に持っていた。彼の折り返しのないズボンは、湿った落ち葉の上を一マイルも歩いて黒ずんでいた。あたりの静けさはミルクマンの耳の中で鳴り響いているようであった。ミルクマンは落ち着かず、少しばかり不安であったが、金塊が、昨夜一緒に飲んだ老人たちの顔と同じように、彼の心の中で大きく浮かびあがっていた。そしてミルクマンはきっぱりとした足取りで、今まで見たこともないほど大きな邸宅を取り巻いている、砂利と落ち葉に覆われた車回しに踏み込んでいった。

ここに二人はいたんだ、とミルクマンは思った。チェリージャムを与えられて、パイロットが泣いたのはここなんだ。ミルクマンはしばらくじっと立っていた。美しい場所だったにちがいない。二人にはきっと宮殿のように見えたろう。だが二人はどちらも、閉じ込められてどんなに息苦しい思いをしたか、自分たちの入れられた部屋から、空を見るのがどんなにむずかしかったか、じゅうたんや掛け布がどんなにいやらしかったか、という面からしかこの大邸宅のことを語らなかった。父を殺したのが誰かを知らないながらも、二人は本能的に、殺した人間の家を憎んでいたのだ。そしてまた確かに、人殺しの家らしいたたずまいだった。暗くて、荒れ果てて、不吉な印象だった。空を飛べたらどんなにいいだろうと思いながら、窓敷居のそばにひざまずいたとき以来、ミルクマンがこんなにも孤独な想いを抱いたことは、ただの一度もなかった。ミルクマンは蔦に覆われていない二階の窓の敷居越しに、じっと自分を見つめている子供の眼を見た。ミルクマンは微笑した。今俺が見ているのは俺自身にちがいない——あんなにいつも、窓から空を眺めていたんだから。それとも、もしかしたら、木立ちの間をくぐり抜けようとしている光だろうか？

四本の優美な円柱が柱廊玄関を支え、大きな二重ドアに、重そうな真ちゅうのノッカーが目立っていた。ミルクマンはノッカーを持ちあげて、落としてみた。音は綿の上に落ちた一粒の雨のように、跡形もなく吸い込まれた。動くものの気配はまったくなかった。ミルクマンは小径《こみち》を振り返って、自分が今通り抜けてきた、緑の食道のような木蔭を見た。それは緑がかった黒いトンネルのようで、トンネルの終わりはどこにも見えなかった。

農場はバトラー家の邸の、すぐうしろだということだった。けれども、この土地の人たちの距離についての考え方が、どんなに自分たちとは違うかということを考えると、そろそろここを離れたほうがいいとミルクマンは思った。もし自分の探しているものが見つかったら、夜になってももう一度こなければならない——もちろん必要な準備をして。だが同時に、この場所にもある程度、慣れておかなければならない。衝動的にミルクマンは手を伸ばして、ドアのノブを回そうとした。ノブは動かなかった。去ろうとして半ばうしろを向きかけてから、文字通り後思案《あとじあん》で、ミルクマンはドアを押してみた。ドアは嘆くように、ぎーっと音を立てて開いた。ミルクマンは中を覗き込んだ。何一つ見ることはできなかったが、それは暗いからというより、むしろ臭いのためであった。むっとするような、気持ちの悪い動物の臭いが一面にたちこめていて、息が詰まりそうであった。ミルクマンは咳こみながら、唾を吐く場所はないかとあたりを見回した。悪臭はミルクマンの口に入り込み、歯にも舌にもへばりついていたからである。ミルクマンはうしろのポケットからハンカチを引き出し、それで鼻を覆って、開いているドアから後じさりをし、今朝食べたわずかばかりの食物を吐き出しはじめた。その瞬間に悪臭は消え、その代わりに、まったく突然に、甘美な、快い芳香が漂ってきた。しょうがの根のような、甘くて、すがすがしく、うっとりとするような香りだった。驚き、またその香りに魅せられて、ミルクマンはもう一度ドアに近づき、中に入った。一、二秒してミルクマンは大きなホールに手で張り、手で仕上げた木の床と、ホールのはずれの、上のほうの闇の中に消えている、広い、螺旋状の階段を見分けることができた。ミルクマンは階段の上のほうに眼を走らせた。

子供の頃ミルクマンは、どんな子供も見るように、暗い路地や芝生の木の間を魔女に追われ、しまいには逃げ道のない部屋に、追いつめられる夢をよく見たことがあった。黒い服を着て赤いアンダースカートをはいた魔女、ピンクの眼と緑の唇をした魔女、ちっぽけな魔女、手足のひょろ長い魔女、顔をしかめた魔女、うす笑いを浮かべた魔女、絶叫する魔女、高笑いする魔女、空を飛ぶ魔女、走る魔女、またときには、ただ地上を滑っていくだけの魔女の夢を。だから階段の一番上に立っている女性を見たとき、ミルクマンには両手を大きく広げ、彼のために指をいっぱいに開き、彼のために口をがっくりと開け、むさぼるような眼で彼を見つめているその女性のところに、昇っていこうとする衝動に抵抗するすべはなかった。夢を見ているような気持ちでミルクマンは階段を昇った。女性はミルクマンをつかんだ。ミルクマンの両肩をしっかりとつかみ、まっすぐに自分のところに引き寄せると、両腕でミルクマンを強く抱き締めた。女性の頭はミルクマンの胸のところにあった。そして顎の下に触れる髪、背中を撫でる鋼鉄のばねのような、しなびて、やせ衰えた手、ミルクマンのヴェストの中に、何かわけのわからないことをしゃべっている締まりのない口に、ミルクマンは眼がくらむような思いであった。しかしミルクマンはいつも、襲いかかられたり、ねっとりとした腕で抱きすくめられたりした瞬間に、いつも自分は悲鳴をあげ、勃起して眼が覚めることを知っていた。このときにはミルクマンは、ただ勃起しただけであった。

ミルクマンは夢が完結するまでは身を離すこともできず、眼を閉じた。その夢からミルクマンは、膝のまわりでふんふんと言っているような音でわれに返った。下を見るとそこには、金色の眼をした犬の群れが、ミルクマンを取り巻いていた。その犬たちはどれも、さっきミルクマンが窓のところに見た、利口な子供の眼をしていた。不意に女性はミルクマンを離し、ミルクマンのほうでも女性を見降ろした。静かで穏やかな、ミルクマンの品定めをしているような犬たちの眼にくらべると、女性の眼は狂気じみていた。きれいに櫛を入れブラシをかけた、犬たちの砲金灰色の毛にくらべると、女性の髪はだらしなく乱れていて、汚らしかった。

女性は犬たちに話しかけた。「あっちへおゆき。ヘルムート。いきなさい。ホースト。さあ、おゆき」女性が手を振ると犬たちは従った。

「さあ、さあ、こっちにお入り」と女性はミルクマンに言って、両方の手でミルクマンの手を取った。ミルクマンは女性に手を取られたまま腕をいっぱいに伸ばし、まるでいややベッドに連れていかれる小さな子供のように、女性のあとからついていった。二人は一緒に、ミルクマンの脚のまわりにうろついている、犬たちの間を縫っていった。女性はミルクマンをある部屋に案内すると、グレーのびろうどのソファーに彼を坐らせ、自分の足元に寝そべっている二頭を残して、他の犬はすべて追い出した。

「ヴァイマラナー（ドイツのワイマール原産の毛が短く耳が垂れ、尾の短い大型の猟犬）のことを覚えているかい？」と女性は腰をおろし、ミルクマンのほうに椅子を近づけながら尋ねた。

年老いた女性であった。あまりにも年老いて、血の気もまったくなかった。顔の中でそれと認められるのは、眼と口だけであるほどに年老いていた。鼻も、顎も、頬骨も、額も、首もすべて、不断の変化にさらされてきた皮膚のクロッシェ編みのようなひだのために、それとはわからなくなっていた。ミルクマンは頭をはっきりさせようと苦労したが、夢の中ではそれはひどく困難なことだった。もしかしたらこの女性はサーシーかもしれない。だがサーシーは死んでいる。この女性は生きている。ミルクマンが考えることのできたのはそこまでであった。この女性はミルクマンに向かって話してはいるけれども、それでもやはり死んでいるのかもしれなかった――本当を言えば、死んでいるのにちがいなかった。そう思われるのは皺や、とても生きているとは思われないほどに年老いた顔のためではなく、歯のない口から出てくる、二十歳の女性のような張りのある、つややかな声のためであった。

「いつか戻ってくるのはわかっていたよ。そう、そうも言いきれないね。ときには疑ったこともあったし、ときには全然そのことを考えないこともあったものね。でも、ほら、やっぱりわたしの思っていたとおりだ。あんたは帰ってきた」

その顔からそういう声が出てくるのを聞いているのは、恐ろしいことだった。もしかしたら、耳がどうかしているのかもしれなかった。ミルクマンは自分自身の声を聞いてみたかった。そこでミルクマンは思いきって当たってみようと決心した。

「すみません。ぼくは息子なんです。メイコン・デッドの息子なんです。あなたの知っているメイコンじゃないんです」

女性の顔からは微笑が消えた。

「ぼくの名前もメイコン・デッドと言います。でも、ぼくは三十二歳です。あなたはぼくの父と、そのまた父親もご存知でしたね」そこまではうまくいった。ミルクマンの声はいつもと同じだった。あとはただ、自分の推測が正しかったかどうかさえわかればよかった。女性は答えなかった。「あなたはサーシーですね、ちがいますか？」

「ああ、サーシーだよ」と女性は答えたが、ミルクマンにたいする関心をすっかり失ってしまったみたいだった。「わたしの名前はサーシーだよ」

「ぼくはちょっと立ち寄っただけなんです」とミルクマンは言った。「クーパー尊師ご夫妻のところに、二、三日泊めていただきました。ここへ連れてきてくれたのもあそこの人たちなんです」

「あの子だと思ったよ。わたしに会いに戻ってきたんだと思ったよ。今どこにいるんだい、あの子は？　わたしの、わたしのメイコンは？」

「家にいます。生きていますよ。父からあなたのことを聞いたんです……」

「それでパイロットは、あの子はどこにいるの？」

「同じところです。元気ですよ」

「そう言えばあの子に似ているね。ほんとによく似ているよ」しかし、その言葉は、納得しているようには聞こえなかった。

「父は今七十二歳です」とミルクマンは言った。そう言えば事情がはっきりするだろう、自分がサーシーの知っているメイコン、十六歳のときに見ただけで、それ以来会っていないメイコンではありえない、ということがわかるだろうと思ったのだ。だが、サーシーはただ、「ふーん」と言っただけで、その様子はまるで、七十二歳だろうと、三十二歳だろうと、どんな年齢だろうと、そんなことは自分にとって、まったく無意味だとでもいうようであった。ミルクマンはサーシーの本当の年齢は、一体いくつなのだろうかと思った。

「お腹はすいてるかい？」

「いえ。けっこうです。朝食をすませてきました」

「そうかい、あのクーパーの坊やのところに泊まっていたのかい？」

「ええ、そうです」

「ばかな子だよ。わたしはあの子に煙草を吸っちゃいけないって言ったのに、でも子供は言うことを聞かないからね」

「ぼくは吸ってもいいでしょうか？」ミルクマンは少し気分が楽になり、一服すればもっと楽になるだろうと思った。

サーシーは肩をすくめた。「好きなようにしなさい。どっちにしろ近頃では、誰もかれも自分の好きなようにするんだから」

ミルクマンが煙草に火をつけると、マッチをする音に犬たちがふんふんと言い、焔《ほのお》のほうに眼を光らせた。

「しっ！」とサーシーが小さな声で言った。

「見事ですね」とミルクマンが言った。

「何が見事なんだい？」

「犬たちです」

「見事なんかじゃない。珍しいってだけだよ。でも、おかげでいろんなものが近寄ってこない。世話をするのにほんとに疲れ果ててしまうよ。バトラーのお嬢さんのものだったのさ。お嬢さんが育てたり、かけ合わせたりなすったんだ。長いことＡＫＣ（アメリカン・ケンネル・クラブ）に入れようとなすったけど、認めてもらえなかった」

「さっき何て呼んでいたんです？」

「ヴァイマラナー、ドイツ語だよ」

「この犬たちをどうするんです？」

「それは、何頭かは飼い、何頭かは売るのさ。みんな一緒にここで死ぬまで」サーシーは微笑を浮かべた。

サーシーの身のこなしは上品だったが、それはこの老婆の若々しくて張りのある、洗練された声と、しわくちゃの顔との対照とまったく同じように、ぼろぼろで汚らしい服装とはちぐはぐな感じを与えた。すっかり白くなった髪に――編んであるのかもしれず、編んでないのかもしれなかった——サーシーは、まるで優雅に結いあげた髪の、ほつれ毛を直すみたいな仕方で手をやった。そして微笑するときサーシーは——酸が一滴落ちると溶けはじめるセルロイドみたいに、肉の間に隙間ができるだけだったが——顎の先に指を押しつけるのだった。ミルクマンが誤解して、サーシーのことをただ愚かなだけだと思い込んでしまったのは、この上品さと、洗練された話しぶりの組み合わせのためであった。

「たまには外に出たほうがいいですね」

サーシーはミルクマンの顔を見た。

「この家は今は、あなたのものなんですか？　遺産としてあなたに贈られたのですか？　だから、ここに残っていなきゃいけないんですか？」

サーシーは唇をぎゅっと引き結んだ。「わたしが一人っきりでここにいるのは、お嬢さんが死んだからというだけのことだよ。お嬢さんは自殺なさった。お金がすっかり無くなったから、それで死んだのだよ。ついさっきあんたが立っていた、あの階段の上に立って、手すりから身を投げなさった。でも、すぐには死にはなさらなかった。一、二週間床に就いていて、ここには、わたしたちのほかには誰もいなかった。犬たちはその頃は犬小舎に入れてあった。わたしがお嬢さんを取りあげたんだよ。それより前の、お嬢さんのお母さんや、お祖母さんのときと同じように。この辺の人たちはほとんどみんな、わたしが取りあげたんだよ。それに、一人も死なせたこともない。ただの一人も、死なせたことはないんだよ。あんたのお母さんだけは別だけど。いや、お祖母さんだったね、確か。今では犬たちを取りあげてやっているんだよ」

「クーパー尊師のお友達の誰かが、白人みたいだったと言っていましたが。ぼくのお祖母さんのことを。ほんとですか？」

「いや、混血児だよ。インディアンの血がほとんどだ。きれいな人だったよ。だけど、若いと思ったけど、それにしては気性が激しかったね。それに旦那さんに首ったけだったよ、度を越して。わかるかい、わたしの言うことが？　女の中には、人を愛するのに、一所懸命になりすぎる者もあるということだよ。あの人はまるで雉子の雌みたいに、旦那さんを見張っていたね。神経質なんだ。神経質な愛情なんだよ」

ミルクマンはこの混血の女性の、ひい孫娘に当たるヘイガーのことを思い出して、「ええ、おっしゃることはわかります」と言った。

「でもいい人だった。あの人を死なせたとき、わたしは赤ん坊みたいに泣いたよ、赤ん坊みたいに。かわいそうなシング」

「今何と言いました？」サーシーの舌がもつれたのかとミルクマンは思った。

「あの人を死なせたとき、わたしは赤ん坊みたいに――」

「いえ、ぼくのお祖母さんを何て呼んだかということです」

「シング。シングという名前だったよ」

「シングですか？　シング・デッド。そんな名前をどこでつけてもらったんです？」

「あんたは、そんな名前をどこでつけてもらったんだい？　白人たちは黒人に、まるで競馬馬みたいな名前のつけ方をするんだよ」

「そうだと思います。家の者たちがどんなふうにして名前をつけられたか、父が話してくれました」

「どんなことを言ったんだい？」

ミルクマンはサーシーに、あの酔っぱらいヤンキーの話をして聞かせた。

「まあね、その名前を変えちゃいけないというわけでもなかったんだよ。あの人だよ。あの人がその名前を変えさせなかったんだよ」と、ミルクマンの話が終わるとサーシーは言った。

「あの人？」

「シングだよ。奥さんだよ。二人は北に向かう荷馬車の中で出会った。途中ずっとペカン（くるみの一種）を食べていたと、あの人はわたしに話してくれた。荷馬車いっぱいに、約束の地に向かう、もと奴隷だった人たちが乗っていたのだよ」

「お祖母さんもやっぱり奴隷だったんですか？」

「いや、とんでもない。あの人はいつも、自分が奴隷じゃなかったことを自慢にしていたよ。あの人の身内も奴隷ではなかった」

「じゃ、その荷馬車に乗って何をしていたんです？」

「それは答えられないね。だって知らないことだから。そんなこと、あの人に聞いてみようと思ったこともないよ」

「二人はどこからきたんですか？　ジョージアですか？」

「いや、ヴァージニアだよ。二人ともヴァージニアに住んでいたんだよ。奥さんの身内も、旦那さんの身内も。どこかカルペパーのあたりだよ。シャールメインとか何とか、そんなふうな名前の場所だった」

「それは、パイロットがしばらく住んでいたところだと思います。あの人はぼくたちのところにくる前に、いろんなところに住んでいたんです」

「パイロットはあの男の子と結婚したのかい？」

「どの男の子ですか？」

「あの子の生んだ赤ん坊の父親だよ」

「いいえ、その人とは結婚しませんでした」

「そうだろうと思っていたよ。ひどく恥ずかしがっていたからね」

「恥ずかしがるって何を？」

「お腹のことだよ」

「ああ、あれ」

「自分ひとりで生まれてきたんだよ。わたしはほとんど手を貸さなかった。二人とも、母親も子供も死んだと思っていたからね。あの子がひょっこり飛び出してきたときには、ほんとに肝をつぶしたよ。どこにも心音は聞こえなかったんだもの。ほんとに、ひょっこりと出てきたんだよ。あんたのお父さんは、あの子のことをかわいがっていた。仲たがいをしたと聞いたときには胸が痛んだよ。だから、また一緒になったと聞いて嬉しいよ」過去のことを話しているうちにサーシーは、熱がこもってきていた。そしてミルクマンは、メイコンとパイロットは、ただ同じ市に住んでいるにすぎないということを、サーシーには言わないことに決めた。サーシーは、どうして、二人が仲たがいしたことを知っているのだろう？　またサーシーは二人が不和になった原因を知っているのだろうか、とミルクマンは思った。

「二人がけんかしたことを知っていたんですか？」とミルクマンは、静かに、何気ない調子で尋ねた。

「けんかの中身は知らない。ただ、けんかしたということだけだよ。パイロットが赤ん坊を生んだすぐ後で、ここに戻ってきたんだよ。ある年の冬。ここを出てから二人は仲たがいをして、それっきり会っていないと言っていた」

「パイロットから聞いたんですが、二人はこの家を出た後、二、三日どこかの洞穴で暮らしたんだそうですね」

「本当かい？　きっと〝猟師の洞穴〟だろう。猟師たちがときどき、中で休むのに使っていたんだよ。食べたり、煙草を吸ったり、眠ったりするのに。メイコンの親父さんの死骸を放り込んだのもあそこだよ」

「誰をですって？　確か……父は埋めたと言っていましたが。どこか、いつも魚を釣った小川とか、川とかのそばに」

「それはそうだよ。でも浅すぎたし、それに水に近すぎたんだよ。あれから最初の大雨のときに、死骸は浮きあがった。子供たちがいなくなってから一ヵ月もしないうちに、浮きあがったんだよ。何人かの男たちが、あそこで釣りをしていて死骸を見つけた。黒人だった。それで、あの人だとわかったというわけだよ。みんなはそれをあの洞穴に放り込んだ。それも夏だというのに。夏だったら死骸は埋めたろう、と思うのが当たり前じゃないの。わたしはバトラーの奥さんに、あんまりひどいと思うと言ってやったよ」

「パパはそのことは知りません」

「そう、言わないでおきなさい。あの子には、あの子の平安を与えておきなさい。父親を殺されたというだけで、もう充分むごいんだよ。死骸がどうなったかまで、教えることはないよ」

「パイロットはどうしてここに戻ってきたか、話しましたか？」

「ああ。お父さんにそうするように言われたと話していたよ。よくお父さんが訪ねてくるということだった」

「その洞穴を見てみたいですね。お祖父さんが……お祖父さんが入れられた場所を」

「もう何も、見るようなものは残ってはいないだろう。ずっと昔のことだもの」

「わかっています。でも、もしかしたら、ぼくがちゃんと埋葬できるようなものが、残っているかもしれません」

「そうだね。それは考えてみてもいいね。死んだ人は、埋葬されないことを喜ばないものだ。ほんとに喜ばないものだよ。簡単に見つかるよ。さっきあんたが入ってきた道を、引き返すんだよ。それから、踏み越し段にぶつかるまで北にゆく。踏み越し段は崩れかけているけど、でも踏み越し段だということはわかるよ。ちょうどそこに、林への入口がある。ちょっと中に入ると小さな川に出る。その川を渡りなさい。それからもう少し林が続くけど、前のほうに、小さな山の連なりが見えるよ。洞穴はそれらの山のすぐ表面にある。見落としっこないよ。あそこには洞穴といえば、あれ一つしかないもの。お父さんに、ちゃんと墓地に葬ってやったと言いなさい。墓石も立てて。りっぱな墓石も立てて、ということにしてね。わたしも、じきに見つけてもらえるといいと思うよ。そうすれば、誰かがわたしを憐んでくれるだろう」そう言ってサーシーは犬たちに眼をやった。「早く見つけてくれて、あまり長いこと、ここには置かないで欲しいと思うよ」

サーシーが何を考えているかに気づくと、ミルクマンは息を呑んだ。「訪ねてくる人もいるんじゃありませんか？」

「犬を買う人たちがね。ときどきやってくるよ。たぶんあの人たちが、見つけてくれるだろう」

「クーパー尊師は……みんなは、もうあなたは亡くなったと思っていますよ」

「それはありがたいね。わたしはあの、町の黒人たちが好きじゃないんだよ。犬を買う人たちと、週に一度、犬の食物を配達する人がくる。あの人たちがきて、見つけてくれるだろう。早くということだけを願っているよ」

ミルクマンは襟をゆるめ、もう一本の煙草に火をつけた。この薄暗い部屋にミルクマンは、自分の父親とパイロットを取りあげ、二人の父親が殺された後、職と、もしかしたら生命まで賭けて、二人をかくまってくれ、二人の使った水を捨て、夜になると、食物と洗面の水を運んでくれた女性と一緒に坐っていた。この人はこっそりと村まで出かけて、幼いパイロットの名前の入ったかぎ煙草入れを、イヤリングに仕立ててもらってくれさえしたのだ。それからその耳が化膿すると、それを癒してくれた。そして、こんなにも長い歳月が経った後で、二人のうちの一人にちがいないと思う人間を見ると、あんなにも喜んでくれたのだ。治療し、取りあげてくれた人。きっと別な世界だったらサーシーは、マーシー病院の看護師長になっていただろう。ところが今サーシーは、ヴァイマラナーの世話をし、利己的な望みといっては、ただ一つしか抱いていなかった。自分が死んだら、犬たちに食べられないうちに、誰かに見つけてもらいたいという願望しか。「ここを出なくてはだめです。あんな犬たちは売ってしまいなさい。ぼくがお力になります。お金が必要ですか？　どれくらいあったら？」ミルクマンは溢れるような憐みを感じ、またサーシーが感謝して自分にほほえみかけたと思った。だがサーシーの声は冷やかだった。

「わたしが歩きたいと思っても、歩き方を知らないとでもお思いかい？　お金はポケットに戻しなさい」

せっかくいい気分になっていた腰を折られて、ミルクマンも、サーシーに負けないほど冷やかな調子で言った。「ここの白人たちをそんなに愛していたんですか？」

「愛して？」サーシーは尋ねた。「愛してだって？」

「じゃ、どうして、その連中の犬の世話などしているんです？」

「お嬢さんがどうして自殺したか、あんたにはわかるかい？　この場所が荒れ果てていくのを、見ていられなかったんだよ。召使いや、金や、金で買えるものがなければ生きていけなかったんだよ。お金は一文残らず無くなってしまうし、入ってくるお金はみんな税金で取られてしまった。お嬢さんはまず二階のメイドたちを手離し、それから料理人、それから犬の調教師、それから庭男、それから運転手、次には車、その次には、週に一度洗濯にくる女と、次々に手離さなければならなかった。それから今度は、品物を少しずつ売りはじめた——土地、宝石、家具と。最後の二、三年は、庭のものを食べていたんだよ。とうとうお嬢さんは、それ以上は耐えられなくなった。誰も助けてくれない、お金も全然ないと考えると——とてもそんなことには耐えられなかったんだよ。お嬢さんは何もかも、手離さなくてはいけなかった」

「でもあなたは手離しませんでしたね」ミルクマンは自分の言葉に、不愛想な調子を与えるのに何の苦労もしなかった。

「そう、わたしは手離さなかった。自殺をなすったんだよ」

「そして、あなたは今でも忠義を尽くしている」

「あんたは人の言うことを聞いてないね。耳は頭についてるけど、脳とつながっていないんだ。お嬢さんは、わたしが生まれてからずっとしてきた仕事をするよりも、自殺するほうを選んだとわたしは言ってるんだよ」サーシーは立ちあがり、犬たちも立ちあがった。

「聞いてるかい、わたしの言うことを？　お嬢さんは生まれてからずっと、わたしのする仕事を見ていて、そして死んだ。聞いてるかい？　わたしみたいな生活をするよりは、と思って死んだんだよ。ところでお嬢さんは、わたしのことを何と思っていたと思うかい？　わたしの送ってきた生活と、わたしのしてきた仕事がお嬢さんにとって、そんなことをするくらいだったら、死んだほうがいいと思うほど厭らしいものだったとして、それでもあんたが、わたしがここに残っているのはお嬢さんを愛していたからだと思うとしたら、あんたの頭はまったくのからっけつだよ」

犬たちがふんふんと鼻を鳴らし、サーシーは犬たちの頭に手を触れた。犬はサーシーの両脇に一頭ずつ立っていた。「あの人たちはこの場所が好きだった。ほんとに好きだった。この家のために海外から、ピンクの石理《いしめ》の入った大理石を取り寄せ、シャンデリアを作るために、イタリアで人を雇った。それを白のモスリンで磨くためにわたしは、一ヵ月置きに梯子《はしご》に登らなければならなかった。あの人たちは、ほんとにここが好きだった。そのために盗みをし、嘘をつき、人を殺した。でも今は、残っているのはわたしだけ。わたしと犬だけさ。わたしはもう二度と磨くつもりはないよ。二度と。絶対に。ちり一つ、ごみ一片だって、わたしはもう取り除くつもりはないよ。あの人たちの、この世で生きる目的だったものはみんな朽ち果てるんだ。シャンデリアはもうすでに、落ちて粉ごなにこわれてしまった。あそこの舞踏室にあるよ。粉ごなになってね。何かがコードを嚙み切ったんだ。はあ！　わたしは何もかもが、だめになるのを見たいんだよ。間違いなくだめになるようにしたいんだ。誰にも手を入れさせたりしたくないんだよ。間違いなくそうなるように、わたしは犬たちを家に入れた。犬がいると、知らない人間も入ってこれないしね。お嬢さんが死んでから、いろんな連中がここに盗みに入ろうとした。その連中にわたしは犬をけしかけた。それからわたしは、犬たちをみんな家に入れて、一緒に暮らすことにした。お嬢さんの寝室を犬たちがどんなふうにしたか、見てみるといいよ。あの部屋には壁紙がなかった。そんなものじゃなくて、何人かのベルギーの女が、六年もかかって織りあげた錦がかかっていたんだよ。あの人はあれが気に入っていた――ほんとに、どんなに愛していたことだろう。三十頭のヴァイマラナーが、それを壁から引きちぎるのに一日かかったよ。あんたが、あのむっとする臭いで息が詰まらなければ、あの部屋を見せてやるんだがね」

サーシーは周囲の壁を見回した。「これが残っている最後の部屋だよ」

「お力にならせていただけると嬉しいんですが」としばらくしてミルクマンは言った。

「もう助けてもらったよ。あんたはこの家に入ってきて、厭な臭いなどしないような顔をして、メイコンや、わたしのかわいいパイロットのことを話してくれた」

「本当ですか？」

「本当だとも」

二人はどちらも立ちあがって、廊下を歩いていった。「足元に気をつけなさい。暗いから」犬たちがあちらこちらから、ふんふんと鼻を鳴らしながら寄ってきた。「餌をやる時間なんだよ」とサーシーは言った。ミルクマンは階段を降りはじめた。階段の途中で、ミルクマンは振り返ってサーシーを見あげた。

「お祖父さんの奥さんが、名前を変えさせなかったのだと言いましたね。お祖父さんの本当の名前は、聞いたことがおありですか？」

「ジェイク、確かそう言ったと思うよ」

「ジェイク、それから何ですか?」

サーシーは肩をすくめた。それはシャーリー・テンプルか、途方に暮れた小さな少女が、肩をすくめるようなしぐさだった。「あの人から聞いたのは、ジェイクという名前だけなんだよ」

「ありがとう」とミルクマンは必要以上に大きな声で答えたが、ふんふんと鼻を鳴らしている犬たちの上に、またしても一面に漂っている悪臭を貫いて、自分の感謝の気持ちが届いて欲しいと思ったのだ。

しかし、犬たちの鼻を鳴らす音と悪臭は、トンネルを抜けてマカダム道路に戻る途中ずっと、ミルクマンの後を追ってきた。道路に着いたときは十時三十分だった。〝甥〟が戻ってくるまでには、まだ一時間半あった。ミルクマンはゆっくりと路肩を歩きながら、計画を練った。いつ引き返してきたらいいだろう? レンタカーを探してみるべきだろうか? それとも牧師の車を借りるべきだろうか? 〝甥〟はスーツケースを受け取ってくれただろうか? どんな品物を用意する必要があるだろう? 懐中電燈、そのほかには何がいるだろう? 万一探しているところを見つかった場合には、どんな口実を考えておくべきだろう? もちろん、祖父の遺骸を探しているんだ――拾い集めて、ちゃんと埋葬するために持ち帰るんだ――と言うべきだ。ミルクマンはもう少し遠くまで歩いてから、〝甥〟がくるだろうと思われる方向にぶらぶらと歩きはじめた。二、三分歩いてからミルクマンは、この道でいいのだろうかと不安になった。ミルクマンが引き返しはじめたちょうどそのとき、灌木の茂みの中から突き出している、二、三枚の厚板の端が眼に入った。サーシーが言っていた踏み越し段というのはこれかもしれない。正確には踏み越し段とは言えなかったが、その残骸ではあった。サーシーはもう何年も、あの家から出たことがないのだ、とミルクマンは思った。どんな踏み越し段にせよサーシーの知っているものだったら、今ではこわれているにちがいなかった。もしサーシーの教えてくれた道順が正確ならば、十二時前にそこまでいって、また戻ってこれるかもしれなかった。少なくとも、明るい日の光の中で確かめてみることはできるはずであった。

用心深く茂みを分けて、ミルクマンは少し林の中に入っていった。人が通ったことがあるような形跡さえもなかった。けれども少し進んでゆくと水の音が聞こえ、ミルクマンはその音を頼りに進んでいった。水の音は次の木の列の、すぐ向こうから聞こえてくるようであった。ミルクマンはだまされていた。十五分歩いてやっと、水辺に辿り着いたのだ。

「その川を渡りなさい」とサーシーは言った。そしてミルクマンは、何らかの種類の橋があるものと思っていた。橋などはまったくなかった。川の向こう側には山が見えた。あそこにちがいない。まさしくあそこだ。残っている一時間かそこらの時間で、あそこまでいって、また道路に戻るのにちょうどぎりぎりだろう、とミルクマンは計算した。ミルクマンは坐って靴と靴下を脱ぎ、靴下はポケットに突っ込み、ズボンの裾をまくりあげた。手に靴を持ってミルクマンは水の中に入り込んだ。水の冷たさや、川底のぬるぬるした石を予想してはいなかったので、ミルクマンは滑って片膝をつき、倒れまいとして靴を水に浸けてしまった。苦労して身体を起こすと、彼は靴の水をあけた。もう濡れてしまった以上、引き返してみても仕方がなかった。ミルクマンは水の中を歩いていった。三十秒ほど歩くと、川底が六インチほど落ち込んでいて、ミルクマンはまたしても転んだ。ただ今度は、完全に水の中に潜ってしまい、顔が沈んでいくとき、小さな、銀色の、透き通るような魚の影がちらりと見えた。水を噴き出しながら、ミルクマンは、泳ぐのには浅すぎ、歩くのには石の多すぎるこの川に向かって毒づいた。足を降ろす前に深さを測るための、棒切れでも引き抜いてくれればよかったのだが、興奮があまりにも大きすぎたのだ。体重をかける前に、足指でしっかりした足場を探りながら、ミルクマンは用心深く進んでいった。動きはのろのろとしていた——水深は約二、三フィート、川幅は十二ヤードくらいであった。もしあんなに夢中になっていなかったら、もっと川幅の狭い、渡りやすい場所を見つけることもできたであろう。今更どうにもならないことだったけれども、すぐに飛び込んだりしないでああすればよかった、こうすればよかったと考えると、ミルクマンはむしょうに腹が立って、向こう岸に着くまでいらいらのし通しだった。乾いた地面に靴を放り投げると、ミルクマンは岸辺に這いあがった。息を切らしながら煙草に手を伸ばすと、煙草はびしょ濡れになっていた。ミルクマンは草の上に仰向けに寝て、高く昇った太陽で身体を温め、口を開いて、きれいな空気に舌を洗わせた。

しばらくしてミルクマンは上体を起こし、濡れた靴下と靴をはいた。それから、時間を確かめようと時計を見た。時計はこちこちと鳴ってはいたが、表面が割れ、分針が曲がっていた。そろそろ出かけたほうがいいと思って、ミルクマンは山のほうに向かって歩きはじめたが、山もさっきの川の音と同じようにミルクマンを欺《あざむ》き、見た感じよりもずっと遠かった。ただ林や灌木の茂みを抜け、また何の妨害もない地面を歩いていくだけのことが、そんなにも辛いものだとはミルクマンは思ってもいなかった。林といえばミルクマンが想い出すのは、いつも〝市立公園〟、子供の頃によくピクニックにいったオノレ島の、手頃な小径の通じている、手入れのよくゆき届いた林だった。「あの人は十エーカーの処女林を借りて、それを全部切り開いたんだ」と、メイコン・デッドの親父さんの農場が、最初どんなものだったかを説明してくれたとき、老人たちは言った。ここを切り開いたのか？この木を切り倒したのか？　自分がやっと通り抜けているこの場所を？

ミルクマンは濡れたワイシャツの中で汗ばんでいた。そして今初めて、足に当たった尖った石の痛みを感じはじめていた。時折木のない、開けた場所に出た。そして低い山がまた視野に入ってくるとすぐに、ミルクマンは方向を変えるのだった。

とうとう平らな地面は、灌木や若木が生え、岩の散らばったゆるやかな登り坂に変わった。ミルクマンはどこかに口の開いているところはないかと探しながら山裾を歩いた。南のほうに進むにつれて、山の裾には岩石が多くなり、若木は少なくなった。やがて十五フィートから二十フィートほど上のほうに、岩に黒い穴が開いているのをミルクマンは見つけた。その穴までミルクマンは骨を折って、しかし危険は冒さないで、よじ登っていくことができた。靴の底革が薄くてすべすべしているために、登るのはますます骨が折れた。ミルクマンは上着の袖で額の汗を拭い、襟のまわりにゆるんでさがっている、細い黒のネクタイをはずしてポケットに突っ込んだ。

口の奥が塩辛いような感じがした。この中に見つかるにちがいない、見つけたい、と思っているもののことを考えると、ミルクマンはすっかり興奮して、両手を温かい石の上に置いて汗を乾かさなければならなかった。ミルクマンはあの老人たちの哀れっぽい、もの欲しげな眼、メイコン・デッドの息子が成し遂げた大胆不敵な成功について、しきりに何か聞きたがる態度、また祖父の頭を吹っ飛ばした後で傲然《ごうぜん》と果樹園を歩き、ジョージア桃を食べた白人たちのことを思った。ミルクマンは深く一息つくと、岩を乗り越えはじめた。

最初の石に足を置いたとたんに、ミルクマンは金の匂いを嗅いだ。匂いなどというものではまったくなかったけれども。それはキャンディや、セックスや、優しく輝く光に似ていた。背景に少し絃楽を交えたピアノ音楽に似ていた。それより以前に、パイロットの家の近くの松の木の下で待っていたとき、ミルクマンはその匂いに気づいた。パイロットの家の天井から、まるで果たされた約束みたいにさがっている緑色の袋を、月光が照らし出したときには、もっと強くそれに気づいたし、袋を手にして身軽に床に降り立ったときには、一番その感じが強かった。ラスヴェガスと埋もれた財宝、ナンバーズ賭博のディーラーと、札束や貴重品を積んだウェルズ・ファーゴ銀行の輸送車、競馬場の支払い窓と噴出する油井《ゆせい》、クラップ賭博にトランプの手ぞろい、それに総賭金独占の競馬券。競売に銀行の地下金庫室、そしてヘロインの取引。それは全身を麻痺させ、震えさせ、喉をからからにし、手のひらを汗ばませた。緊迫感、そして征服した、あるいは味方につけたという感じ。静かな男たちが立ちあがって、クイーンの札を女王の首が折れるほど強くテーブルに叩きつけた。女たちが下唇を吸って、小さな赤い円盤を数字のついた四角い目の中に置いた。水泳場の救護人やAクラスの学生たちがレジスターを見つめ、ドアまではどれくらい離れているかを推測した。勝つこと。この世にこれほど素晴らしいことはなかった。

ミルクマンは敏捷に動き、岩の表面を這いあがり、裂け目に膝を突っ込み、指で固い地面や岩棚を探った。ミルクマンは考えることをやめて身体で動いた。とうとう彼は洞穴の入口から右手に二十フィートほどいったところの、平らな地面に立った。そこで彼はそんなに急いでいなければもっと早くに見つけていたかもしれない、粗末な道を見つけた。それは猟師たちが利用し、パイロットとミルクマンの父親も利用した道だった。それらの人間たちは誰一人として、二十フィートの険しい岩をよじ登って、ミルクマンみたいに着ているものを破ったりはしなかったのだ。

洞穴に入ると、光が射し込まないために何も見えなかった。ミルクマンは後戻りをして外に出てから、両手で眼を覆ってもう一度中に入った。しばらくすると、洞穴の床と壁が見分けられるようになった。二人が眠ったという岩棚があったが、ミルクマンが想像していたよりはずっと大きかった。床には、昔火を焚いた跡の、くぼんだ場所がいくつかあり、入口のまわりにはいくつかの丸石が立っていたが、そのうちの一つは頂部がVの字のような形をしていた。だが骨はどこにあるのだろう？　サーシーの話では、ここに放り込んだということだった。たぶん、もっと奥なのだろう。もっと奥の、浅い穴のあるところなのだろう。ミルクマンは懐中電燈を持っていなかったし、マッチは間違いなく濡れていた。だが彼はとにかく乾いたマッチを一本探そうとした。ぱちぱちと音を立てただけのものさえ、一、二本しかなかった。残りは完全にだめになっていた。それでも、ミルクマンの眼はしだいに闇に慣れてきた。彼は入口の近くに生えている灌木の枝を一本引き抜き、それで地面をかすりながら、前かがみに歩いていった。三、四十フィート進むと、洞穴の壁の間隔が前よりも狭まったのにミルクマンは気づいた。天井はまったく見えなかった。ミルクマンは立ち止まって、今度は横のほうに、枝の先で一ヤードかそこら前方をかすりながら、ゆっくりと進みはじめた。手が軽く岩に触れた。ミルクマンはその岩から乾いたこうもりの糞を取って捨て、左のほうに進んだ。枝に手ごたえがなくなった。ミルクマンはもう一度立ち止まり、枝の先をふたたび地面に触れるまで下におろした。枝の先をあげたりおろしたり、引いたり回したりして、彼は穴を見つけたことを知った。穴の深さは約二フィート、幅はたぶん八フィートくらいであった。狂ったようにミルクマンは穴の底を枝でかき回した。枝は何か固いものに当たり、またしても何か別の固いものに当たった。ミルクマンは息を呑んで膝をついた。彼は精いっぱいに眼をこらしたが、何一つ見ることはできなかった。突然ミルクマンはチョッキのポケットにライターが入っていることを想い出した。金の匂いに――輝く光、ピアノ音楽に――ほとんど気も遠くなりながら、枝を落としてライターを探った。どうかついてくれますようにと祈るような気持ちで、ミルクマンはライターを取り出した。二度目にライターはぱっと焰《ほのお》をあげ、ミルクマンは下を覗き込んだ。ライターの火が消えた。もう一度火をつけると、その弱々しい焰の上に手をかざした。穴の底には石ころや板切れ、木の葉やブリキのコップさえあったが、金塊はまったく見当たらなかった。腹這いになって一方の手にライターを持ち、もう一方の手でミルクマンは穴の底を爪で引っかき、かき寄せ、指で触り、突つきながら隈なく探した。小さな、丸々とした、鳩胸《はとむね》のように膨らんだ金塊の袋などは、どこにもなかった。まったくなかった。影も形もなかった。いつの間にかミルクマンは穴の中に向かって、大きな声で長々とアウウウと叫んでいた。その声にこうもりたちが飛び立ち、闇の中で不意に舞い降りてきて、ミルクマンの頭上をさっとかすめた。こうもりに驚いて飛びあがったはずみに、ミルクマンの右の靴の底革が、柔いコードヴァンからはがれてしまった。こうもりに追われてミルクマンは、ぱくぱくと口を開ける靴に調子を合わせて、片足を高くあげ、一方に身体を傾けながら洞穴から逃げ出した。

ふたたび陽光の中に出ると、ミルクマンは立ち止まって息をついた。ほこりと、涙と、あまりにも明るい光が眼にしみたが、腹立ちと嫌悪のあまり、ミルクマンはその眼をこすろうともしなかった。彼はただ大きく高い弧を描かせて、ライターを山裾の林の中に投げ込み、向かっている方向などおかまいなしに、不揃いな足取りで小径を歩いていった。彼はどこでも、一番歩きやすそうなところに足をつけた。まったく突然にミルクマンは、ふたたび川岸にいることに気がついた。しかし前よりも上流で、渡る地点には——ここでは川幅は十二フィートくらいで、石ころだらけの底が見えるほどに水は浅かった——板が渡してあった。ミルクマンは腰をおろして、靴の底革を黒のストリング・タイで上革に縛りつけ、それから、その手造りの橋を渡った。反対側の林には小径が通っていた。

ミルクマンは空腹で身体が震えはじめた。それは本当の空腹で、いつもの、必ずしも満腹ではない、何かうまいものが食べたいなあなどという、神経性の欲望ではなかった。本当の空腹。今すぐ何か食べることができなかったら、自分はきっと死んでしまうにちがいないとミルクマンは思った。彼はいちごか、木の実か、どんなものでもいいから何か食べるものはないかと、灌木の茂みや、木の枝や、地面を探し回った。だがミルクマンには何を探したらよいのかも、そういったものがどんなふうにして生えているのかも、わからなかった。身を震わせ、胃をひきつらせながら、ミルクマンは何枚かの木の葉をむしり取って、それを口に入れた。葉はものすごくにがかったが、とにかく彼はそれを嚙んでは吐き出し、また次の葉を口に入れた。ミルクマンはクーパー夫人が出してくれた朝食のことを想い出した。そのときにはミルクマンはうんざりしたのだった。獣脂で覆われた目玉焼き、種子と果肉が浮かんでいるしぼりたてのオレンジ・ジュース、厚い手切りのベーコン、飛びあがるほどに熱い、ひき割りとうもろこしを煮て丸く盛った山と、小型の丸パン。それが夫人の精いっぱいの努力であることをミルクマンは知っていたが、おそらくは前の晩に飲んだウィスキーのために、ブラック・コーヒー二杯と、小型の丸パン二つを口にするのがやっとであった。それ以外のものはむかむかしてとても食べられなかったし、食べたものは、サーシーの家の戸口で吐いてしまっていた。

灌木の茂みがミルクマンに迫ってきた。そしてミルクマンが腹立たしげにそれを払いのけると、前のほうに踏み越し段と道路が見えた。マカダム道路、自動車、柵の柱、文明が。ミルクマンは時間の見当をつけようとして空を見た。太陽は彼にすら正午の位置とわかる場所から、四分の一ほどの道のりを進んでいた。大体一時頃だろうと彼は推測した。

〝甥〟はやってきて、また帰ってしまっただろう。ミルクマンはうしろのポケットの紙入れを探した。紙入れは水に濡れて端の色が変わっていたが中に入っているものは濡れてはいなかった。五百ドル、運転免許証、紙切れに書いた電話番号、社会保障カード、航空券の半券、クリーニング屋の受領書。ミルクマンは道路の上手《かみて》と下手《しもて》を眺めた。とにかく何か食べなければならなかったので、車が通りかかったらすぐ乗せてもらいたいものだと思いながら、ダンヴィルはこちらにちがいないと思われる、南に向かってミルクマンは歩きだした。猛烈に空腹であるばかりでなく、足もずきずきと痛んだ。三台目に通りかかった車が停まってくれた。一九五四年のシボレーで、運転している黒人は、〝甥〟が示したのと同じ関心をミルクマンの服装に示した。彼はミルクマンの膝やわきの下の引き裂き傷や、ネクタイで縛った靴、髪についた木の葉、また服一面についているほこりなどには眼もくれず、気にもかけないようであった。

「どこへいくところだったんだい？」

「ダンヴィルだ。できるだけ近くまで」

「じゃ乗んな。ちょっと道が違うが。俺はビューフォードへゆくんだ。だけど、あんたの足でいけるより近いところまで乗せてってやるよ」

「どうも」とミルクマンは言った。彼はその車の座席に坐るのが嬉しかった。本当に嬉しかった。そして疲れた背中を座席のナイロンの中に沈めて、大きく息をついた。

「いい格好の服だな」と男は言った。「あんた、この辺の人間じゃないな」

「そう、ミシガンだ」

「ほんとか？　叔母が一人あっちへ引っ越したんだ。フリントだよ。フリントを知ってるかい？」

「ああ、フリントは知ってるよ」ミルクマンの足はずきずきと疼《うず》いた。親指のつけ根の、皮膚の柔らかいところが踵よりも激しかった。彼はそのずきずきする痛みが止まらなくなることを恐れて、足指を開くことができなかった。

「どんな場所だい、フリントってのは？」

「くだらないところさ。あんたがいきたいと思うような場所じゃないよ」

「だろうと思ったよ。名前だけ聞くとよさそうだが、そんなところだろうと思ったよ」

ミルクマンは車に乗り込んだとき、後部の座席に六本入りのコカコーラの箱が置いてあるのに気づいていた。そのことが彼の頭を離れなかった。

「そのコカコーラを一本売ってもらうわけにはいかないだろうか？　ちょっと喉がかわいているんだ」

「ぬるいぜ」と男は言った。

「液体でさえあればいいんだ」

「飲みな」

ミルクマンは振り向いて手を伸ばし、箱から一本取り出した。

「栓抜きはあるだろうか？」

男はミルクマンからびんを取って、びんの蓋を歯に当ててゆっくりとこじ開けた。ミルクマンが受け取るひまもないうちに、泡が男の顎から膝にかけて一面に噴き出した。

「熱い」と男は笑って、紺と白のハンカチでコカコーラを拭った。

ミルクマンはそのコークを三、四秒で、泡ごとごくごくと飲み干した。

「もう一本いるかい?」

ミルクマンは欲しかったが断って、煙草が欲しいと言った。

「吸わないんだ」と男は言った。

「へえ」とミルクマンは言って、おくびが出そうになるのを一所懸命にこらえたが、とうとう大きなのを一つ洩らしてしまった。

「バスの発着所は、そこの角を曲がってすぐのところだ」二人はダンヴィルのすぐそばまできていた。「簡単にいけるよ」

「ほんとにどうもありがとう」と言いながら、ミルクマンはドアを開けた。「いくら払ったらいいだろう? コーク代も何もかも含めて?」

男は微笑していたが、顔つきは今や変わっていた。「俺の名前はガーネットというんだ。フレッド・ガーネット。俺はたいした金は持ってないが、ときどきコークを奢《おご》ったり、乗せてやったりするくらいはできるんだ」

「何もそんなつもりで……俺は何も……」

だがガーネット氏は、手を伸ばしてドアを閉じた。走り去りながらガーネット氏が首を横に振っているのを、ミルクマンは見ることができた。

ミルクマンは声をあげて泣きたいくらいに足が痛んだが、どうにか食堂兼バスの発着所まで辿り着き、カウンターの奥の男を探した。男はいなかったが、一人の女性が用件を聞いた。その後に続いた長々とした問答でミルクマンは、鞄はそこにはなく、男もいないこと、黒人の少年がそれを受け取っていったかどうか、その女性にはわからないことなどを知った。ここには手荷物預り所がなくて本当にすまないが、もし少年が荷物を受け取っていなければ、発着所の主任のところで聞いてみたらよい、ほかには何か用はないだろうかと女性は言った。

「ハンバーガー」とミルクマンは言った。「ハンバーガーをいくつかと、コーヒーを一杯ください」

「はい、かしこまりました。おいくつ？」

「六つ」とミルクマンは答えたが、四つ目を食べているうちに急に胃が痛み出し、彼は身体を折り曲げるようにして苦しんだ。その苦痛はロアノウクに着くまでずっと、断続的に続いた。しかし出発前にミルクマンは、クーパー尊師のところに電話をかけた。クーパー夫人が電話口に出て、夫はまだ貨物置き場にいるが、急いでいけば会えるはずだと教えた。

ミルクマンは礼を言って受話器をかけた。歩きにくい靴をはいて雑用係の若者みたいな格好で、彼はどうにか貨物置き場までいった。そこはバス発着所からかなり近かった。門を入るとミルクマンは出会った最初の人間に、クーパー尊師はまだおられるだろうかと尋ねた。

「クープか？」とその男は言った。「停車場にいったと思うよ。見えるかい？　すぐそこだ」

ミルクマンは男の指示に従って、砂利と枕木の上を足を引きずりながら、停車場まで歩いていった。

停車場はがらんとしていて、ただ一人の老人が木の枠を引きずっているだけだった。

「すみませんが」とミルクマンは声をかけた。「クーパー尊――クープはまだここにいますか？」

「今帰ったところだ。走れば追いつくよ」と老人は答えて、額の汗を拭った。

ミルクマンはどんなところにせよ、自分の痛む足で走ることを考えると、「いや、かまいません。また今度つかまえることにします」と言って、踵を返してその場を去ろうとした。

「ちょっと」と老人が言った。「もし追いかけようとしないんなら、ちょっとこいつに手を貸してくれないか？」老人は足元の大きな木枠を指差した。疲労のあまりに断ることも、言いわけをすることもできないで、ミルクマンは黙ってうなずいた。二人はうんうんと唸りながら、やっとのことでその木枠を、計量台まで運んでいくための台車に乗せた。ミルクマンは木枠の上に倒れかかって、老人の礼に答えてうなずくのもやっとで、息を切らせて喘いでいた。それからミルクマンは駅から通りに出た。

ミルクマンは今疲れていた。本当に疲れていた。もう一度クーパー尊師や、尊師の友人である、成功に飢えた老人たちに会いたいとは思わなかった。また確かに今のところは、父親にもギターにも、何も説明する気持ちにはなれなかった。そこでミルクマンは足を引きずってバスの発着所に引き返し、南にいく次のバスは、何時に出るか尋ねた。南でなければならなかった。ヴァージニアでなければならなかった。今やミルクマンは、金塊がどうなったのかを知るのには、どうすればよいかわかったと思っていたからである。

足はずきずきと痛み、ハンバーガーでいっぱいの胸はむかついていたが、とにかく腰はおろして、ミルクマンはあの洞穴の中の穴が与えた失望を感ずることさえできなかった。彼はバスの中で数時間は泥のように眠り、眼を覚ますと白昼夢に耽り、またしばらくうつらうつらとして、休憩所のある停留所でふたたび眼を覚ますと、えんどう豆のスープを一杯飲んだ。彼はドラッグストアに入って、クーパー尊師のところに置いてきた髭剃り用具や洗面用具の代わりを買ったが、靴（今はチューインガムでふさいであった）と背広を修理し、新しいワイシャツを買うのは、ヴァージニアに着いてからにしようと決めた。

グレイハウンドのバスは道路を疾走しながら、ヴァイマラナーが鼻を鳴らすような音を立てた。ミルクマンはサーシーが〝最後の部屋〟に坐って、ヴァイマラナーたちに眼をやったのを見たときと同じように、もう一度少し身震いをした。自分はこの犬たちより後まで生きられるだろうかと、サーシーは思っていたのだ。だが犬たちは三十頭以上いたし、それに絶えず子供を生んでいた。

遠くに見える低い山々は、もはやミルクマンにとっては単なる風景ではなかった。それは三十ドルも出した靴をだめにすることのできる、現実の場所だった。この世のどんなことよりもミルクマンは、金塊がそこにあることを、ずらりと並んだ小さな袋が、その丸々とした鳩胸のような膨らみを、自分の手に委ねることを望んでいた。自分はメイコン・デッドのジョージア桃の名において、サーシーと、サーシーが飼っている金色の眼をした犬たちの名において、特にクーパー尊師と、尊師の古くからの友人たちの名において、金塊を欲しがっているのだとミルクマンは思った。クーパー尊師の友人の老人たちは、自分たちと同じような黒人、〝まったく無学で、びた一文の金もない〟が、とにかく成功者となった黒人にどういうことが起こったかを見ると、まだ顔のうぶ毛も抜けないうちからもう死にはじめたのだ。ミルクマンはまた、自分はギターの名において、自分が出発するとき、ギターの顔に浮かんでいた疑惑のようなもの、あの〝お前が何をたくらんでいるのかわかっているぞ〟とでもいうような顔の色を拭い去るために、金塊を欲しがっているのだと思った。金塊などはまったくなかった。だが今やミルクマンは、金塊を欲しがることを正当化しようとする、もっともらしい理由はすべて、何の意味も持たないことを知った。事実は、ミルクマンはその金塊を、金塊であるが故に欲しがっていたのだ。そして彼はそれを自分のものにしたかったのだ。無償で。バスの発着所に坐って貪るようにハンバーガーを食べながら、今家に帰ることは――金塊はなかったと言わなければならないだけでなく、自分はそこから逃げ出すことはできないのだと知ることは――どういう感じがするだろうと想像すると、ミルクマンの頭は明晰に働きはじめた。

メイコンとシングは、どちらにとっても故郷であるヴァージニアで荷馬車に乗った、とサーシーは言った。サーシーはまたメイコンの死体が、最初の大雨のときに浮きあがった、そしてバトラー家の者たちか誰かが、ある夏の晩、その死体を猟師の洞穴に放り込んだと言った。ある夏の晩。そして黒人だとわかったので放り棄てられたとき、それは死体、あるいは遺骸だったのだ。だがパイロットは、自分が洞穴を訪ねたのは冬のことで、そのときには骨しかなかったと言った。パイロットは四年後に、雪の中をサーシーに会いにいき、また洞穴を訪ねて、白人の骨を持ち帰ったと言った。どうしてパイロットは、自分の父親の骨を見なかったのだろう？　骸骨は二つあったはずだ。一つの骸骨は跨《また》ぎ越えて、もう一つの骨を拾ったのだろうか？　サーシーはパイロットに、ミルクマンに話したのと同じこと――父親の遺骸が洞穴の中にあること――をきっと話しているはずだ。パイロットはサーシーに、自分たちがその洞穴で、人を殺したことを話したのだろうか？　おそらく話してはいまい。サーシーはそのことを何も言わなかったから。パイロットはその白人の骨だけ拾って、金塊のほうは探してもみなかったと言った。だが、パイロットは嘘をついているのだ。パイロットが二つ目の骸骨のことを口にしなかったのは、パイロットが洞穴にいったときにはなかったからだ。パイロットは四年後に戻ってきたのではない——あるいは、もし戻ってきたとしても、それは二度目だったのだ。パイロットは、白人たちが見つけた黒人の死体を洞穴に放り込む前に、戻ってきたのだ。パイロットが骨を持ち帰ったのは間違いない。ミルクマンは刑務所のテーブルの上で、それを見たのだ。だがパイロットが持ち帰ったのは、骨だけではない。金塊も持って帰ったのだ。ヴァージニアへ。もしかしたらヴァージニアには、誰か知っている者がいるかもしれない。ミルクマンはパイロットの辿った道を、辿ることにした。

第十一章

　女たちの手には何もなかった。ハンドバッグも、小銭入れも、紙入れも、鍵も、小さな紙袋も、櫛も、ハンカチも、まったく何も持ち歩いてはいなかった。ミルクマンは生まれてからまだ一度も、ハンドバッグを肩にかけるか、しっかりと脇にかかえるか、手に握り締めてさげていない女性を、通りで見かけたことはなかった。この女性たちの歩き方を見ると、どこかへいこうとしているみたいだったが、手にはまったく何一つ持っていなかった。それだけでも充分ミルクマンには、自分は今本当にヴァージニアの奥地に、道路標がずっと自分に、ブルー・リッジ山脈だと知らせてきた地域にいるのだということがわかった。大通りに食堂兼バスの発着所や、郵便局のあるダンヴィルは、この名もない村落、州の資金や私企業の資金による建物などまったくない、この小さな場所にくらべれば、にぎやかな大都会であった。ロアノウク、ピータズバーグ、そしてカルペパーでミルクマンは、シャールメインという名前の町のことを尋ねた。誰も知っている者はなかった。沿岸だろうという者もあった。海岸だと。また渓谷の町だと言う者もいた。最後にミルクマンはA

AA（アメリカ自動車協会）の事務所にいった。そこではちょっと調べてから、その町と、町の正確な名前を見つけてくれた。シャリマーというのであった。そこへはどうしたらいけるでしょう？　そう、歩いてはいけませんね、それは確かです。バスはそこへいきますか？　汽車は？　ありません。そう、あまり近いとは言えませんね。バスは一つありますが、そのバスがいくのはただ……結局ミルクマンはある若者の車置き場から、五十ドルの車を七十五ドルで買うことになった。その車はガソリンスタンドにいって、給油してもらうこともできないうちにこわれてしまった。スタンドまで押していってもらうとミルクマンは、ファンベルト、ブレーキライニング、オイルフィルター、ガスラインフィルター、再生タイヤ二つ、それに新品のオイルパンに百三十二ドル使った。オイルパンは必要ではなかったのだが、ミルクマンはそれを、自動車工にガスケットがこわれていると言われる前に買った。それは厳しく辛い支払い価格であった。それだけの値打ちがないからというのではなく、また修理工場の主人が、ミルクマンの持っているスタンダード・オイルのクレジットカードを、まるで三ドル紙幣でも眺めるみたいに見たので、現金で支払わなければならなかったからでもなかった。ミルクマンは靴下二足で二十五セント、靴底の張り替え三十セント、ワイシャツ一ドル九十八セントという、南部の物価に慣れてしまっていたのだ。ミルクマンが五十セントで、髭剃りと散髪の両方をしてもらったことを二人のトミーは知らなければならない。

車を買う頃にはミルクマンの意気は大いにあがり、彼は旅を、見知らぬ人々から情報や援助を引き出す自分の能力、自分に引き寄せられてくる人々、またそれらの人々の気前のよさ（泊まる場所が必要かい？　どこか食事のできるいい場所が知りたいかい？）を楽しみはじめていた。南部の人間が他人にたいしてどんなに親切かという、いろいろな噂は確かに本当であった。一体どうして黒人たちは、南部を離れたのだろうとミルクマンは不思議に思った。彼の訪ねた場所では、周囲に白人の顔はまったく見られず、黒人たちはこれ以上は望めないほどに快活で、心が広く、また自制心に富んでいた。ここでミルクマンが得たものは、彼自身の力によるものであった。ミルクマンに向けられる人々の愛想のよい態度は、故郷でのように父親のおかげではなかったし、またダンヴィルでのように、祖父のことを人々が覚えているためでもなかった。そして今ハンドルのうしろに坐って、ミルクマンはこれまでにもましてよい気分になった。彼は自分自身の支配者であり、休みたいときには休み、喉が渇けば車を停めて冷たいビールを飲んだ。そして、たとえ七十五ドルの車でも、力の意識は強烈だった。

ミルクマンは道路標や境界標に、綿密な注意を払わなければならなかった。シャリマーはミルクマンの持っているテキサコ石油の地図には載っていなかったし、またAAAの事務所は会員でない者に路線図を渡すことはできず、ただ地図と大ざっぱな情報を与えてくれただけだったからである。それでも、できるだけ気をつけて見てはいたけれども、もしソロモン雑貨商店の真前で、またしてもファンベルトがこわれるという事故がなければ、ミルクマンには着いたということがわからなかったであろう。降りてみるとそこは、ヴァージニア州シャリマーの中心部だったのだ。

ミルクマンは外のポーチに坐っている四人の男たちに会釈し、その辺を歩き回っている白い雌鶏をよけながら、店のほうに歩いていった。店内にはカウンターのうしろにいる男のほかにもう三人の男たちがいた。カウンターのうしろの男は、店の主人ソロモン氏であろうとミルクマンは推測した。ミルクマンはその男に冷えたレッド・キャップを一本頼んだ。

「日曜日にはビールは売らないんです」と男は言った。彼は白味を帯びた肌をした黒人で、赤い髪が白くなりかけていた。

「ああ、何曜日か忘れていた」とミルクマンは微笑しながら言った。「じゃポップをください。ソーダのことです。冷えたのはありますか？」

「チェリースマッシュならあります。それでいいですか？」

「結構です。大好きです」

男は店の端に歩いていって、古風な冷蔵庫のドアを開けた。床は長年の間足で踏まれてきたために、すり減って、波のようにうねっていた。棚の上の缶詰類は乏しかったが、袋や、盆や、箱に入れた、生鮮食品や乾物類は豊富にあった。男は冷蔵庫から赤い液体の入ったびんを一本取り出し、エプロンで水気を拭き取ってからミルクマンに渡した。

「ここで飲むんだったら五セント、持ち帰りだったら七セントです」

「ここで飲みます」

「ちょっと寄っただけですか？」

「ええ、車がこわれたんです。修理工場は近くにありますか？」

「いや。五マイルほど先には一軒ありますが」

「五マイル？」

「ええ。どこが具合がわるいんです？　もしかしたらここに、修理できる者がいるかもしれませんよ。どこへゆくところだったんです？」

「シャリマーです」

「ここがシャリマーですよ」

「ここが？　ここがシャリマーですか？」

「そうです、シャリマーですよ」男はシャリーモーンと発音した。

「故障してよかった。間違いなく見落とすところでしたよ」とミルクマンは笑った。

「お友達も、もう少しで見落とすところでしたよ」

「ぼくの友達？　どんな友達ですか？」

「あなたを探している人ですよ。今朝早く、車でここにきて、あなたのことを聞いてましたよ」

「ぼくの名前を言って、聞いたんですか？」

「いや、あなたの名前は言いませんでした」

「じゃ、どうしてぼくを探していたとわかるんです？」

「ベージュの三つ揃いを着た友達を、探していると言ったんです。そういうような」と言って男は、ミルクマンの胸を指差した。

「どんな様子の男でした？」

「皮膚の黒い人でしたよ。大体あなたと同じくらいですね。背が高くて、やせた人です。どうしたんです？　話のいき違いですか」

「そう。いや。つまりその……何という名前でした？」

「言いませんでした。ただ、あなたのことを聞いただけです。でも、ずいぶん遠くから、あなたに会いにきたんですね。それはわかります。ミシガンのナンバープレートの付いたフォードに乗っていましたから」

「ミシガン？　確かにミシガンですか？」

「ええ、確かですとも。ロアノウクであなたと会うことになっていたんですか？」

ミルクマンが激しい眼つきをすると、男は言った。「あなたの車のナンバープレートを見たんですよ」

ミルクマンはほっとして、溜息をついて言った。「どこで出会うことになるか、はっきりしなかったんですよ。で、自分の名前は言わなかったんですね？」

「ええ。ただ、もしあなたを見たら、幸運のメッセージを伝えてくれるようにと言っただけです。ええと……」

「幸運の？」

「ええ。あなたに伝えてくれということでした、あなたの日が確実にこようとしているだったか、それとも、あなたの日が……何かそんなような……あなたの日がきた、だったかな。でも、日という言葉が入っていたのは確かです。だけど、あなたの日がこようとしていると言ったのか、もうきたと言ったのか、そこのところははっきりしません」男は嬉しそうに笑って付け加えた。「わたしの日もきてくれたんならいいんですがね。もう五十七年も待っているのに、まだこないんですよ」

店内にいた他の男たちも、まったくだというように同感の笑い声をあげたが、ミルクマンは心臓だけを除いて全身の動きが止まり、凍りついたようにその場に立ちつくしていた。そのメッセージは誤解のしようがなかった。というより、そのメッセージを伝えた人間は。ギターがミルクマンを探し、ミルクマンを追っているのだった。それも仕事の上の理由で。冗談を言っているのでないとすれば……ギターがあの文句のことで冗談を言ったりするだろうか？　七曜日が彼らの生贄に向かってささやく、あの特殊な、秘密の言葉で？

「チェリースマッシュは口に合いませんか?」ソロモン氏がミルクマンを見ていた。「甘いソーダ水はわたしには合いませんが」

ミルクマンは首を横に振ると、残っていたソーダ水を急いで飲み干した。「いや」とミルクマンは言った。「ちょっと……車で疲れただけです。外に出てちょっと腰をおろそうと思います」そう言ってミルクマンは、ドアのほうに歩き出した。

「車を見てもらいたいんじゃないんですか?」

ソロモン氏はちょっと気分を害されたような口ぶりだった。

「ほんのちょっとです。すぐに戻ってきます」

ミルクマンは網戸を押して、外のポーチに出た。太陽が焼けつくように照りつけていた。ミルクマンは上着を脱いで肩にかけ、人差し指で押さえた。ほこりっぽい道路の上手下手に眼をやると、広い間隔を置いてショットガン・ハウス(全室が前後にまっすぐつながった家)が散らばり、二、三匹の犬や、鶏、子供たち、また手に何も持っていない女たちが眼についた。女たちはポーチに坐ったり、またストッキングもはかず、縮れた髪を編んだり、引き詰めてうしろで玉にしたりして、木綿の服の下で尻を振りながら、道路を歩いたりしていた。ミルクマンはそれらの女たちのうちの誰かを猛烈に欲しいと思った。あの女の、でなければあの、あるいはあの女の腕に抱かれて、ベッドの中で丸くなって寝たいと思った。きっと少女の頃のパイロットは、あんなふうだったにちがいない。今だってそうだったが、パイロットが移ってきた北部の大きな都市では、そういう様子は違和感を与えるのだった。端のほうでつりあがっている、大きな眠そうな眼、高い頬骨、肌よりももっと黒い、いちごの色が染み込んだような豊かな唇、そして長い長い首。ここでは血族結婚が多いのにちがいない、とミルクマンは思った。どの女たちもみんな同じように見えた。そして何人かの白味を帯びた皮膚と、赤い髪をした男（ソロモン氏のような）を別にすれば、男たちも大体、女たちと同じように見えた。シャリマーを訪ねてくる人はめったになく、またここに腰を据えた新しい血などは皆無なのにちがいない。

ミルクマンはポーチから降りると、雌鶏たちを追い散らしながら、教会か、何かのクラブハウスのように見える建物の近くの、木立ちのほうに向かって道を歩いていった。木立ちのうしろでは子供たちが遊んでいた。焼けた草の上に上着を広げると、ミルクマンは腰をおろして煙草に火をつけた。

ギターがここにきている。俺のことを聞いていた。だがどうして、こわがったりするんだろう？　俺たちは友達だ。親友だ。俺に七曜日のことをすっかり打ち明けたほどの、親しい友達だ。これほど大きな信頼はない。俺は腹心の友だ。ほとんど共犯者だ。だから、どうしてこわがったりするのだ？　ばかげたことだ。ギターは自分の名前を言わないで、誰が俺を探しているかを俺に知らせるために、ほかならぬあのメッセージを残したのにちがいない。故郷で何かが起こったのにちがいない。ギターは警察に追われているのにちがいない。たぶん。そして友人のところへ――七曜日の仲間たちを別にすればただ一人の、一体どういうことなのかわかってくれる、そして信用することのできる、人間のところに逃げてくることに決めたのだ。ギターは俺を見つけなければいけないんだ。助けが必要なんだ。それだ。だが、もし俺がシャリマーに向かっているのをギターが知っているとすれば、ロアノウクで、あるいはカルペパーで――ことによったらダンヴィルでさえ――それに気づいたにちがいない。そして、もしそれを知っているとすれば、どうして待っていないんだろう？　今どこにいるのだろう？　困っているんだ。ギターは困ったことになっているのだ。

ミルクマンのうしろでは子供たちが〈リング・アラウンド・ザ・ロウジー〉か、〈リトル・サリー・ウォーカー〉の遊びに似た歌をうたっていた。ミルクマンは振り返って見た。八人か九人くらいの男の子と女の子が、輪になって立っていた。真中の男の子が両腕を広げて、飛行機のようにぐるぐる回り、他の子供たちは何か意味のない歌をうたっていた。

ジェイ、ソロモンの一人息子
カム、ブーバ、ヤリ。カム、ブーバ、タンビー
ぐるぐる回って太陽に触る
カム、ブーバ、ヤリ。カム、ブーバ、タンビー……

子供たちは何節かを続けて歌い、真中の男の子は飛行機の真似を続けた。ゲームのクライマックスには、無意味な単語を早口に叫び、それと同時に、それまでよりもっと速く、ぐるぐると回るのだった。「ソロモン、ライ、バラリ、シュー。ヤラバ、メディナ、それにハムレット」と叫び、最後は、「二十一人の子供、末っ子はジェイ」という文句で終わった。最後の文句を叫ぶときには、真中の男の子は地面にばったりと倒れ、他の子供たちは金切り声をあげた。

ミルクマンはじっと子供たちを眺めていた。ミルクマンは子供の頃、そんなふうにして遊んだことは一度もなかった。飛べないのを悲しみながら、膝をついて坐っていた窓敷居から立ちあがり、学校にいくとたちまち、ミルクマンの着ているびろうどの服が、彼を他の子供たちから引き離した。白人の子供も黒人の子供も、ミルクマンをなぐさみものにして、わざと彼のことを嘲笑し、彼の昼の弁当やクレヨンを隠したり、並んでいる子供たちの中を通って、便所や水飲み場にいくことが絶対にできないようにしたりするのであった。ミルクマンの母親もとうとう、コール天の半ズボンか、ストレイツをはかせてくれというミルクマンの頼みに折れて、それで少しはよくなったものの、ミルクマンがこういうふうに輪になったり、歌ったりするゲームを一緒にしないかとか、何かの仲間に入らないかと誘われたことは、ギターがあの四人の少年をミルクマンから引き離してくれるまでは、一度もなかった。その四人がギターに刃向かったとき、ギターがにやりと笑って、嬉しそうな声をあげたことを想い出して、ミルクマンは微笑した。けんかを本当に楽しんでいる人間をミルクマンが見たのは、そのときが最初であった。後でギターは自分のかぶっている野球帽を脱いで、鼻の血を拭くようにと言ってミルクマンに渡した。ミルクマンがその帽子を血まみれにして返すと、ギターは平気な顔で、またその帽子をぴしゃりと頭にかぶった。

その当時のことを想い出して今ミルクマンは、ギターのメッセージを恐れたり、疑ったりしたことが恥ずかしくなった。姿を見せれば、ギターは何もかも説明してくれるだろうし、ミルクマンはできるかぎりの援助をするつもりだった。ミルクマンは立ちあがって上着を払った。黒い雄鶏が血のように赤いとさかをまるで悪魔の額のように前にたらしながら、気取った格好で通り過ぎた。

ミルクマンはソロモンの店に戻った。彼には泊まる場所と、多少の情報と、それに女が、必ずしもこの順序でなければならないということはなかったが、必要であった。ミルクマンはどこからでも、始められるところから始めるつもりだった。ある意味では、ギターがミルクマンのことを聞いてくれたのは好都合だった。ギターを待つことと、どうにかして新しいファンベルトを手に入れること以外にも、ここで時間を潰すちゃんとした理由ができたのだ。ミルクマンが上り段に近づくと、そこにいた雌鶏や猫が道を譲った。

「気分はよくなりましたか？」とソロモン氏が尋ねた。

「ずっと楽になりました。ちょっと手足を伸ばすだけでよかったんだと思いますよ」そう言ってミルクマンは窓のほうに顎をしゃくった。「いいところですね、この辺は。静かだし。それに女もきれいだ」

壁に椅子をもたれさせて坐っていた若い男が、額の帽子をうしろにずらし、椅子の前脚をかたんと床に落とした。その男の唇は開いて、前歯が四本ないのがむき出しになっていた。他の男たちは足を動かした。ソロモン氏は微笑したが、何も言わなかった。ミルクマンは何かまずいことを言ったらしいなと感づいた。たぶん女のことだろう、とミルクマンは推測した。男が女を求めることさえできないなんて、一体何という場所だろう？

ミルクマンは話題を変えた。「もしぼくの友達が、今朝立ち寄った男が、ここでぼくを待つとしたら、泊まる場所はどこにいったら見つかるでしょうか？　この辺に部屋を貸すところはありますか？」

「部屋を貸すところ？」

「ええ、夜を過ごせる場所です」

ソロモン氏は首を横に振った。「そういったものはここにはないね」

ミルクマンはいらいらしはじめていた。一体この敵意は何のためだろう？　ミルクマンは店の中に坐っている男たちを見回した。「この人たちのうち誰か、車のことで助けてくれることのできる人がいると思いますか？」とミルクマンはソロモン氏に聞いた。「どこかで別のベルトを探してくれるかもしれない人が？」

ソロモン氏はカウンターに眼を向けたままだった。「まあ、聞いてみることはできるでしょう」ソロモン氏の声は穏やかだったが、何かに当惑しているような話しぶりだった。さっきミルクマンが着いたときの、あのいかにも話好きらしい様子はまったく消えていた。「もし見つけられないようだったら、すぐに教えてください。帰るのに別な車を買わなければいけないかもしれませんから」

男たちの顔がいっせいに振り向いて、ミルクマンを見た。ミルクマンはまたしても何か、まずいことを言ったことに気づいたが、それが何であるかはわからなかった。ミルクマンにわかったのはただ、男たちの態度は、まるで侮辱されたみたいだということだけであった。

事実、男たちは侮辱を感じていたのだ。彼らは、今使っている車がこわれたからといって、まるでウィスキーを一本買うみたいに別な車を買うことのできる、この都会からきた黒人を、憎悪の眼で眺めていた。その上ミルクマンは、彼らを前にしてそのことを口にしたのだ。ミルクマンは自分から名乗ろうとも、男たちの名を聞こうともせず、男たちのことを〝この人たち〟と呼んだ。きっとこの男は、自分自身の作物を取り入れるのではなくて、工場で働いたり、誰か他の人間の持っている平らな土地で、煙草を摘んだりする人間を探しにくるトラックを当てにして、雑貨店のまわりでうろうろして日をつぶしている自分たちを軽蔑するだろう、そう男たちは思ったのだ。ミルクマンの態度や服装は男たちに、彼らには自分自身の作物も、語るに足るほどの土地もないことを想い出させた。彼らが持っているのはせいぜい、女たちが世話する野菜畑と、子供たちが世話する鶏と豚くらいのものでしかなかった。ミルクマンは彼らに、お前たちは男じゃない、女や子供たちに食わせてもらっているじゃないか、と言っているのだった。彼らのズボンのポケットにドル紙幣ではなくて、繰り綿と煙草が入っているのが尺度だと。きゃしゃな靴と三つ揃いの背広、そしてすべすべとして滑らかな手が尺度だと。さまざまな大都会や、飛行機の内部を見たことのある眼が尺度だと。男たちはミルクマンが上り段に立って、自分たちの女を見たら、ズボンのボタン隠しをさすっているのを見た。彼らはまたミルクマンが、二十五マイル四方には、二つ以上のキーなどあるはずもない場所で、車から降りるとすぐにロックするのを見た。ミルクマンは男たちを、名前を聞くのにふさわしいほどりっぱな人間とは思わなかったし、また彼らに名乗るのには、自分はりっぱすぎると信じていた。男たちはミルクマンの肌を眺めて、自分たちと同じように黒いのを見ていた。だが男たちはミルクマンが、名前も顔もどうでもいい労働者が必要になると、トラックで自分たちをかき集めにくる白人たちと、同じ心を持っているのを知っていた。

今や男たちの一人が、車にヴァージニア州のナンバープレートを付け、北部訛りのある黒人に声をかけた。

「北部はえらい金持ちだそうじゃないか、ええ？」

「いくらかの人たちはね」とミルクマンは答えた。

「いくらか？　北部の連中はみんな大金持ちだって聞いたぜ」

「北部には素《す》寒貧《かんぴん》の人間がいくらでもいるよ」ミルクマンは快活な声を出したが、何かが起ころうとしていることはわかっていた。

「そいつは信用しにくいな。もし金持ちでなかったら、どうしてそんなところにいたがるんだい？」

「見る場所がいろいろあるからだと思うな」と、別な男が最初の男に答えた。「見る場所と女だよ」

「おめえ、ふざけてるな」と最初の男が、びっくりしたふりをして言った。「北部のスケは違うって言うのか？」

「そうじゃない」と二番目の男は言った。「スケはどこへいったっておんなじさ。でっかい海みたいな匂いがして、海みたいな味がするよ」

「そんなはずはない。違うにきまってるさ」と三番目の男が言った。

「野郎は違うかもしんねえな」と最初の男がまた口を利いた。

「そう思うか？」と二番目の男が言った。

「そういう話だ」と最初の男は答えた。

「どう違うんだ？」と二番目の男が聞いた。

「ちいっとちっちゃいんだ」と最初の男は言った。「ちいっとばかちっちゃいんだ」

「そんなばかな！」と二番目の男は言った。

「そういう話だ。だから、あんなに窮屈なズボンをはくんだっていうんだ。本当か？」最初の男は返事を求めてミルクマンを見た。

「知らないな」とミルクマンは言った。「あんまり他人のむすこをしゃぶったことはないからな」ミルクマンも含めて、みんながにやりとした。そろそろ始まりそうだった。

「けつの穴はどうだ？　けつの穴をしゃぶったことはあるか？」

「一度だけな」とミルクマンは言った。「黒ん坊の餓鬼に夢中になって、どうしてもけつに、コークのびんを押し込まないではいられなかったときだ」

「どうしてびんなど使ったんだ？　おめえの鎌首じゃぴたっとはまらなかったのか？」

「はまったさ。コークのびんを抜いてからな。口にもはめてやったよ」

「口のほうが好きなのか、おめえ？」

「それだけでっかくて、それだけ汚くて、半殺しの目に会いたがるほどの阿呆の口だったらな」

ナイフがきらりと光った。

ミルクマンは声をあげて笑った。「そういうものは十四のときから見ていないな。俺の生まれたとこじゃ餓鬼がナイフで遊ぶんだ——こわがった奴が負けさ、つまり」最初の男はにやりと笑った。「そいつは俺さ。おい、野郎。俺は死ぬほどこわくて負けそうだぜ」

ミルクマンは割れたびんで精いっぱいに戦ったが、顔を切られ、左手にも切り傷を負った。しゃれたベージュの背広も切り裂かれ、もし二人の女が、「ソール！　ソール！」と叫びながら駆け込んでこなければ、喉首もかき切られたことであろう。

その頃には店内は人だかりでいっぱいで、女たちはそこを通り抜けて中に入ることはできなかった。男たちは二人の女を黙らせようとしたが、二人は金切り声をあげ続け、そのためにけんかが少しおさまった隙に、ソロモン氏が割って入った。

「もういい。もういい。これで充分だ」

「黙ってろ、ソロモン」

「その女どもをここから連れ出せ」

「やっちまえ、ソール。そのおかま野郎をぶっ殺せ」

だがソールは眼の上にぎざぎざの切り傷を負い、そこから噴き出す血のために、眼がよく見えなくなっていた。ソロモン氏がソールを引っ張っていくのは、困難ではあったが不可能ではなかった。ソールはミルクマンに向かって、悪態をつきながら去っていったが、最初の激しさはもうなくなっていた。

ミルクマンはうしろのカウンターにもたれて、誰かほかに飛びかかってくる者があるかどうか、待ち受けた。誰も向かってきそうな様子はなく、ソールが自分を引っ張っていく男たちに向かって、抵抗し毒づいているのを見ようとみんなが外に出てゆくと、ミルクマンは少しがっくりとして顔を拭った。店の中から主人以外には誰もいなくなると、ミルクマンは割れたびんを隅っこに放り投げた。びんは冷蔵庫のそばを転がっていって、壁にぶつかってはね返り、それから床に落ちて砕けた。ミルクマンはまだ息を切らせながら、外に出てあたりを見回した。四人の、どちらかと言えば年取った男たちが、まるで何事も起こらなかったように、まだポーチに坐っていた。ミルクマンの顔にはまだ血が流れていたが、手の傷の血はもう乾いていた。ミルクマンは一羽の白い雌鶏を足で追い、ハンカチで血を拭いながら、上り段の一番上に坐った。手に何も持たない三人の若い女がミルクマンを見ながら道に立っていた。女たちの眼は大きく見開かれていたが、その表情はどっちつかずで、あいまいだった。子供たちも女たちと一緒になり、小鳥のように三人を取り巻いた。誰も何も言わなかった。ポーチの上の四人の男たちさえ黙っていた。誰も、ミルクマンに近づいてくる者も、煙草や水を差し出す者もなかった。歩き回っているのは子供たちと、鶏だけであった。熱い陽射しの下でミルクマンは、怒りのために凍りついたようになっていた。もしミルクマンに凶器があったら、眼に入る人間は誰彼なく、みな殺しにしていたであろう。

「びんでも、なかなかやるじゃないか。猟銃を使うのはどうかね？」年輩の男たちの一人が、ミルクマンのそばににじり寄ってきていた。その男の顔には、かすかな笑いが浮かんでいた。若い者たちがやってみて不首尾に終わったから、今度は年寄りが後を引き受けよう、とでもいうような様子だった。年寄りたちのやり方はもちろん違うだろう。彼らは口汚い悪口の言い合いなどはしないだろう。それにナイフを振り回したり、熱い息を吐いて、首の筋肉を節くれ立たせることもないだろう。おそらく何か別の面でミルクマンを試し、ミルクマンと勝負し、そして打ちのめすだろう。

「まず相手になれる奴はいないだろうな」ミルクマンは嘘をついた。

「本当か？」

「ああ、本当だとも」

「後で仲間が何人かで、猟にいくんだ。一緒にいきたいか？」

「あの歯っ欠け野郎もいくのか？」

「ソールか？　いや」

「残った歯もぶち折ってやらなきゃいけないかもしれないからな」

男は笑った。「あのなくなった四本は保安官がやったんだ――ピストルの台尻でな」

「本当か？　そいつはいい」

「それで、くるのか？」

「いくとも。ただ鉄砲を貸してくれ」

男はもう一度笑った。「俺はオウマーっていうんだ」

「メイコン・デッドだ」

その名前を聞くとオウマーは眼をぱちくりさせたが、何も言わなかった。オウマーはミルクマンに、ちょうど日没頃、道路を二マイルほどいったところにあるガソリンスタンドの、キング・ウォーカーのところにくるように言っただけであった。「まっすぐにいったところだ。どんなことがあっても絶対に見落としっこないよ」

「見落としやしないよ」ミルクマンは立ちあがって、自分の車のところにいった。手探りでキーを取ると、ミルクマンはドアを開けて座席に滑り込んだ。彼は四つの窓を全部おろし、うしろの座席にタオルを見つけると、上着を枕にし、タオルで顔を覆って、身体を伸ばした。足は開いているドアから突き出した。やれるもんならやってみろ。俺を殺そうとして、世の中をうろついてる奴らはみな、一体誰なんだ？　俺がまだおふくろの腹の中にいるとき、俺の実の親父が俺を殺そうとした。だが俺は死ななかった。それに去年は、毎月俺を殺しにくる女の攻撃を、うまく切り抜けて生き延びた。俺はちょうどこんなふうに、腕で眼を覆って、あいつが手に何を持っていたにしろ、まったく無防備で横になっていたのだ。俺はあれをも切り抜けたんだ。それから今度は魔女が、子供の頃の俺の恐ろしい夢の中から踏み出してきて、俺をつかまえた。それも俺は切り抜けた。洞穴ではこうもりに追われて逃げ出した——そして、それも切り抜けた。そしていつだって俺は、武器を持っていたことはないんだ。さっき俺が店の中に入って、誰か車を直せる奴がいないかと聞くと、黒ん坊がナイフを抜いて俺に向かってきた。それでもやっぱり俺は生きている。今度はあのネアンデルタール人みたいな黒ん坊どもは、何をしようと企んでいるのだろう？何でもやるがいいや。俺の名前はメイコンだ。俺はすでに死《デッド》んでいるんだ。ミルクマンはこの場所が、このシャリマーが、故郷になるだろうと思っていた。一番最初の故郷になるだろうと。自分の身内は、自分の祖父と祖母は、ここの出身なのだ。南部ではずっと人々はミルクマンにたいして親切で、気前がよく、いろいろと助けてくれた。ダンヴィルでは人々はミルクマンを英雄崇拝の対象にした。ミルクマン自身の生まれた町では、彼の名前は恐れと、しぶしぶながらの尊敬を呼び起こした。だがこの彼の〝故郷〟では、ミルクマンを知る人も愛する人もなく、それどころかミルクマンはもう少しで殺されるところだった。ここの黒ん坊たちは世界じゅうで一番卑劣で、縛り首にでもすればいいような連中だった。

ミルクマンはどんなものにも、また誰にも煩わされずぐっすりと眠ったが、ただギターが自分を見おろしているのを、見たような気のする夢を見た。眼が覚めるとミルクマンはソロモン氏の店で、パイナップルの缶詰を二つと、クラッカーを一箱買った。ミルクマンは鶏のいるポーチでそれを食べた。男たちの姿はもうなく、太陽は沈もうとしていた。ただ子供たちだけがまだ残っていて、ミルクマンの食べるのをじっと見ていた。パイナップルの汁の残りをすっかり喉に流し込むと、子供たちの一人が前に出てきて、「その缶をもらってもいい、おじさん？」と言った。ミルクマンが缶を差し出すと、子供たちはそれを引ったくるようにして受け取り、それで何かして遊ぶために駆け出していった。

ミルクマンはキング・ウォーカーの家に向かって歩き出した。たとえ猟の仲間に加わらないですむ方法が何かあったとしても、逃げ出すつもりはなかった。彼は生まれてからまだ一度も、銃器を取り扱ったことはなかったのだけれども。ミルクマンは物事を避けて通るのを、困難に直面してこっそりとくぐり抜けたり、はぐらかしたり、遠回りをして逃げたりすることをやめたのだ。以前には、ギターと一緒のときにしか危ないことはしなかった。今ミルクマンは一人で危険に立ち向かった。彼はヘイガーに刺されるがままになっていただけでなく、悪夢に出てくる魔女に捉えられ、キッスされるがままになっていたのだ。そんな危険を冒して生き延びた人間にとっては、ほかのことなどはみな、冗談みたいなものであった。

キング・ウォーカーは、名前から受ける印象とは大違いの男であった。背は低く、頭は禿げていて、左の頬は嚙み煙草で膨れていた。ずっと昔ウォーカーは、ある黒人野球リーグのスター投手だった。そして彼の選手としての経歴を物語るものが、店いっぱいにピンや糊で貼りつけてあった。五マイル以内には修理工場もないし、仕事をする自動車工もいないというのは嘘ではなかった。キング・ウォーカーのスタンドが、ずっと前に潰れてしまったのは一目でわかった。ポンプはからからに乾いているし、石油缶一つ置いてはなかった。今ではその建物は、男たちの一種のクラブハウスとして使われ、ウォーカーはスタンドのうしろで暮らしているらしかった。猟にはいかないキング・ウォーカーのほかに、オウマーと、やはりポーチにいたもう一人の男がいた。その男はルーサー・ソロモンだと自己紹介をしたが、雑貨店のソロモンとは何の関係もなかった。彼らはあと何人かを待っていたが、その男たちはミルクマンが着いて間もなく、古いシボレーを運転してやってきた。オウマーはあとからきた男たちを、カルヴィン・ブレイクストーンと、スモール・ボーイだと紹介した。

カルヴィンはみんなの中で一番感じがよく、紹介が終わるとキング・ウォーカーに、「この町からきた若いのに、何か足に合う靴を出してやってくれ」と言いつけた。キングは嚙み煙草の汁を吐き出しながら、あちらこちらと探し回り、泥のこびりついた粗革の作業靴を見つけ出した。みんなは終始ミルクマンの下着を見て笑ったり、チョッキを指でもてあそんだり――スモール・ボーイはレスラーのような腕を、ミルクマンの上着に通してみようとした——またその足はどうしたのだと驚いたりしながら、ミルクマンの身支度を整えてくれた。二日間濡れた靴と靴下をはいていたために、ミルクマンの足の指からは、まだぼろぼろと皮膚が剝げ落ちていたのだ。キング・ウォーカーはミルクマンに、渡された厚い靴下をはく前に、アーム&ハンマーの重曹を足指に振りかけさせた。ミルクマンが第二次世界大戦の頃の、軍隊の作業服に身を包み、ニットの帽子をかぶると、みんなはフォールスタッフ・ビールを開けて、鉄砲のことを話しはじめた。このときになって下劣さの入り混じった大騒ぎは静まり、キング・ウォーカーはミルクマンに、自分の二二口径のウィンチェスターを渡した。

「二二口径の銃は使ったことがあるかい?」

「長いこと使ってないな」とミルクマンは言った。

五人の男たちはシボレーに乗り込み、しだいに薄れていく明かりの中に走り去った。ミルクマンにわかるかぎりでは、十五分かそこいら後には、彼らは高台に向かって登っていた。車が狭い曲がりくねった道を抜けると、ふたたび会話が始まり、みんなは以前に出かけた猟のこと、仕止めた獲物や逃がした獲物のことを話し合った。じきに明かりといえば月明かりしかなくなり、ミルクマンがニットの帽子をありがたく思うほどに、冷え込んできた。車は骨を折って進み、いくつかの急なカーヴを曲がった。バックミラーの中にミルクマンは、別な車のヘッドライトがちらりと見えたような気がして、ほかの人間と落ち合うのだろうかと一瞬の間思った。空はもう星が見えるほど暗くなっていた。

「急いだほうがいいぜ、カルヴィン。洗い熊はもうめしをすませて巣に戻ってるよ」

カルヴィンは車を道の片側に寄せて停めた。

「出してやれ」とカルヴィンは言って、車のキーをスモール・ボーイに手渡した。スモール・ボーイは車のうしろに回って、トランクを開けた。中からは三頭の猟犬が鼻をくんくん言わせ、尾を振りながら飛び出してきた。しかし犬たちは声を出さなかった。

「ベッキーを連れてきたのか？」とルーサーが言った。「いいぞ、おい。今夜は洗い熊が取れるぜ」

犬たちが興奮しながら、林の中に駆け込んでもよいという合図を聞こうとして、一所懸命に待っているのを見ると、ミルクマンは落ち着かなくなった。自分は何をすればよいのだろう？　どの方向もヘッドライトから二フィート離れると、まっ暗な夜の闇であった。オウマーとスモール・ボーイはトランクの中から、用意してきた品物を取り出した。ランプが四つに懐中電燈が一つ、ロープと弾丸と、それに一パイント入りのウィスキーのびんであった。四つのランプ全部に火をともすと、みんなはミルクマンにランプがいいか、懐中電燈がいいかと尋ねた。ミルクマンがためらっているとカルヴィンが、「こいつは俺と一緒にいけばいい。懐中電燈を渡してやんな」と言った。

ミルクマンは懐中電燈をうしろのポケットに入れた。

「その小銭をポケットから出しな。音がひどすぎる」とカルヴィンが言った。

ミルクマンは言われた通りにすると、キングの猟銃とロープを一本持ち、回し飲みのウィスキーをぐいと飲んだ。

犬たちは黙ってあえぎながら、興奮のあまり気もそぞろに歩き回っていた。それでも声は立てなかった。カルヴィンとオウマーはどちらも二連発の猟銃に、一方の銃身には二二口径の薬莢を、もう一方には鹿玉を装塡した。スモール・ボーイが一度手を鳴らすと、三頭の犬は甲高く吠えながら、猛烈な速さで夜の闇の中に走り去った。ミルクマンの予想とは違って、男たちはすぐに犬の後を追うことはしなかった。彼らはしばらくは静かに立って、じっと耳を澄ませていた。スモール・ボーイが陽気に笑って首を振った。「ベッキーが先頭だ。いこう。カルヴィン、お前とメイコンは右へいきな。俺たちはこっちへ進んで、峡谷のそばで回る。まだ熊など撃つんじゃないぜ」

「見つけたら撃つさ」とカルヴィンは、ミルクマンと一緒に歩き出しながら言った。

みんながシボレーから離れると、さっきミルクマンが気づいた車が、彼らのそばを疾走していった。明らかにこの猟の一行には、ほかには仲間はいないのであった。カルヴィンが燃えているランプを低く振りながら、先に立って歩いた。ミルクマンがぱちっと音を立てて懐中電燈をつけた。

「そいつは節約したほうがいい。まだ必要ない」とカルヴィンが言った。

二人が歩いているのは犬たちが吠えている方向かもしれなかったが、ミルクマンにはわからなかった。

「この辺には熊がいるのかい？」とミルクマンは聞いたが、その声は不安そうではなく、面白がっているようであって欲しいと彼は思った。

「俺たちだけさ。それに俺たちには鉄砲がある」カルヴィンは笑いながらそう言うと、不意に闇の中に呑み込まれ、低いところで揺れているランプだけが、カルヴィンの進んでいる道の目印になった。ミルクマンはランプをじっと見つめていたが、そのうちにランプにばかり視線を集中していると、ほかのものは何も見えないことに気がついた。もし闇に慣れようと思うなら、見ることのできるものは見るようにしなければならなかった。長い、悲しげな声が木立ちの間を縫って、どこか二人のいる場所の左手のほうから聞こえてきた。それは女がすすり泣くような声で、犬たちの吠え声や、男たちの叫び声と入り混じった。数分後には、遠くのほうの犬たちの甲高い声と、三人の男の呼び声は途絶えた。聞こえるのはただ風の音と、ミルクマンとカルヴィンの足音だけであった。木の根や石につまずかないためには、どういうふうに足をあげればよいか、木と影はどうやって見分けるか、カルヴィンの手からはね返ってくる木の枝に、顔を打たれないようにするにはどういうふうに頭をさげていればよいか、ミルクマンが知るのにはしばらくかかった。二人は高台を歩いていた。時折カルヴィンは立ち止まって、木の上にランプの光を投げかけ、地上三フィートくらいのところから、腕の届くかぎりの高さまで仔細に調べた。またランプを低くおろして地面を調べ、どっかりと尻をついて土の中を覗き込むこともあった。そのたびにカルヴィンは何かをささやいているように見えた。気づいたことは何でもカルヴィンは、自分一人の胸にしまっておき、またミルクマンのほうも尋ねはしなかった。ミルクマンが望んでいるのはただ、遅れないでついていくこと、どんな獲物でも、姿を見せたらすぐに撃てるように、用意しておくこと、そして誰か自分の命を狙う者がありはしないか、注意して見張ることであった。シャリマーに着いて一時間もしないうちに、一人の若い男がおおっぴらにミルクマンを殺そうとした。このもっと年輩の男たちが夜の闇にまぎれてどんなことができるか、ミルクマンにはただ推測することしかできなかった。

ミルクマンはまたしても、あの女性のすすり泣くような音を耳にして、「一体あの音は何なんだ？」とカルヴィンに聞いた。

「こだまだよ」とカルヴィンは言った。「ライナの峡谷が先のほうにあるんだ。ある方向から風が当たると、あんな音を出すんだ」

「まるで女が泣いてるみたいな音だな」とミルクマンが言った。

「ライナだよ。ライナという名前の女が、あそこで泣いているという言い伝えがあるんだ。それでそういう名前がついたんだ」

カルヴィンが足を止めたが、あまりに不意だったので、ライナのことですっかり考え込んでいたミルクマンはうしろからぶつかった。「シッ！」と注意すると、カルヴィンは眼を閉じて、風のくる方向に首を傾けた。ミルクマンに聞こえるのは、またしてもただ犬の声だけだったが、その吠え方は前よりも速くなっているように思われた。カルヴィンは口笛を吹いた。かすかな口笛の響きが二人のところに返ってきた。

「畜生！」カルヴィンの声が上ずってかすれた。「山猫だ！　くるんだ、おい！」カルヴィンは文字通り飛び出していき、ミルクマンもそれにならった。今や二人は、まだ上り坂になっている地面を駆け足で進んだ。ミルクマンは生まれてからまだ一度も、こんなに長い距離を歩いたことはなかった。何マイルもだ、とミルクマンは思った、俺たちは何マイルも歩いているにちがいない。それに何時間もだ。さっき口笛を吹いたときから、もう二時間はたっているにちがいない。二人はどんどんと歩いていき、カルヴィンは時折大声で叫び、時折足を止めて返ってくる音に耳を傾ける以外は、その大股の歩きぶりを決してゆるめようとはしなかった。

情況は変わりはじめ、ミルクマンはひどく疲れてきていた。彼とカルヴィンのランプとの間の距離は、どんどんと広がるばかりであった。ミルクマンのほうがカルヴィンより二十歳も年少なのに、とてもカルヴィンの足にはついていけないのであった。それにミルクマンはへまをやりはじめていた——大きな石をまわってよけるのではなく、つまずき、足を引きずって、地面に盛りあがっている木の根に引っかけた。それにカルヴィンがすぐ前にいなくなったので、ミルクマンは自分で、木の枝を顔から押しのけなければならなかった。枝の下で身を屈め、また邪魔になるものを押しのけるのは、歩くことと同じようにミルクマンを疲れさせた。しだいに息を切らせてあえぎはじめ、どんなことにもまして坐り込みたいと思った。自分たちは今、ぐるぐると回っているのにちがいない、とミルクマンは思った。遠くのほうに見える二つこぶの岩を見るのは、これで三度目であるように思われたからである。ぐるぐると回らなければならないのだろうか、と彼は思った。それから、ある種の獲物は追われているときには、ぐるぐる回るものだということを聞いたことがあるような気がした。山猫もそうなのだろうか？　ミルクマンは、山猫がどんな格好をしているかさえ知らなかった。

とうとうミルクマンは疲労に耐えられなくなり、速度を落とすのではなくて腰をおろす、という間違いを犯してしまった。ふたたび立ちあがったときには、休んだために足が痛みはじめ、短いほうの足の痛みは特にひどく、そのために彼は足を引きずってよろよろと歩きはじめた。じきにミルクマンは一度に五分以上歩くことはできなくなり、立ち止まっては、もみじばふうの木によりかかるようになった。カルヴィンはもう針の先のように小さな光となって、前方の木立ちの間に見え隠れしていた。とうとうミルクマンはもうそれ以上進むことができず、休まないではいられなくなった。次の木のところで地面に坐り込み、樹皮に頭をもたせかけた。笑いたければ笑うがいい。心臓が顎の下から離れて、本来の位置である胸に戻るまでは、ミルクマンは動かないつもりだった。彼は両脚を広げ、尻のポケットから懐中電燈を取り出し、右脚の近くにウィンチェスターを置いた。こうして休んでいると、こめかみに血が脈打ち、顔の切り傷が、木の枝にこすられてついた葉の汁や樹液のために、夜風に当たってずきずきと痛むのを感じることができた。

呼吸がどうやら正常に近く戻ったとき、自分はブルー・リッジ山脈地帯の林の真中に坐り込んで、一体何をしているのだろうと考えはじめた。ミルクマンはパイロットの歩いた跡を知り、パイロットが訪ねたかもしれない親戚を探し出し、金塊を手に入れるか、でなければ金塊はもはや存在しない、ということを納得させてくれるような手がかりを見つけるために、はるばるここまでやってきたのだった。どうして自分は狩猟などに巻き込まれ、またそれより前には、ナイフ対割れたびんで立ち回るような、けんかに巻き込まれたりしたのだろう？　無知だ、とミルクマンは思った。無知とうぬぼれだと。ミルクマンは充分に早くから警戒していなかった。周囲の至るところに突き出ている徴候に気づかなかった。もしかしたらこれは卑劣な黒ん坊の一味かもしれない。だがそれに気づくべきだった。感づくべきだったのだ。彼がそれに気づかなかったのは、一つには、他の場所で人のよい親切なもてなしを受けたからであった。いや、本当にそういうもてなしを受けたのだろうか？　もしかしたらダンヴィルで彼に注がれた、熱烈な英雄崇拝（彼の祖父にたいする）の眼差しのために、ミルクマンは眼がくらんでいたのかもしれない。もしかしたらロアノウク、ピータズバーグ、またニューポート・ニューズでミルクマンが出会った人々の眼は、歓迎と賞賛で輝いていたのではなかったのかもしれない。ただ好奇心に燃え、面白がっていただけなのかもしれない。ミルクマンはどの場所にも、それに気づくほど長くは滞在しなかった。ある場所では食事、ある場所ではガソリン――ただ一度本当の接触をしたのは車を買ったときだけであったが、売ろうとして買い手を求めている人間が、そういう場合に親しげな態度を取るのは当然なことだろう。同じことは、あの面倒な修理を頼まなければならなかったときにも言えた。ここの人間たちはどういう種類の野蛮人なのだろう？疑い深く、短気で、あら探しに熱心で、よそ者は軽蔑しようとする。怒りっぽくて、こすっ辛く、嫉妬深くて、裏切り者で、それに凶悪だ。ミルクマンは何一つ、彼らの軽蔑を買うようなことをしてはいなかった。車を買わなければならないかもしれないと言ったとき、彼を呑み込んだ爆発的な敵意に値するようなことは、何一つしてはいなかった。どうしてここの連中は、ロアノウクで車を買ったときの男のような反応を示さないのだろう？ロアノウクのときには、ミルクマンは車を持っていなかったからだ。ここでは一台持っているくせに、さらにもう一台欲しがった。たぶん彼らを逆上させたのはそのことだ。その上ミルクマンは、古いほうの車を下取りしてもらおうとする意向さえ示さなかった。彼は〝こわれた〟車は捨てて、簡単に次の車を買おうとするようなそぶりを見せた。だが、だからといってどうしたというのだ。ミルクマンが自分の金ですることが、彼らと何の関係があるというのだ？　彼は何もそんなことをされるのに値するような……。

この言葉は古臭く聞こえた。値するという言葉は。古くて、すり切れて、うんざりするほど陳腐だった。値する。今やミルクマンには、自分はいつも何かの不運や、他人からのひどい仕打ちに値しないと、言ったり考えたりしているような気がしてきた。彼はギターに、自分は家族の者によりかかられたり、憎まれたり、その他どんなことをされるのにも〝値する〟ようなことはしていないと言った。両親が彼に打ち明けたさまざまな不幸や、おたがいの責任のなすり合いを聞くのに〝値する〟ようなことさえも。またミルクマンは、ヘイガーの復讐に〝値する〟ようなこともしていなかった。だがどうして両親がミルクマンに、自分たちの個人的な問題を話してはいけないのか？　彼に話せないとすれば、一体誰に話したらいいのだ？　それに、もし初めて会った人間がミルクマンを殺そうとすることができるとすれば、確かにヘイガーだってそうしていいはずだ。ヘイガーはミルクマンのことを知っているし、ミルクマンはヘイガーを、まるで味がなくなってしまったチューインガムみたいに棄て去ったのだ――ヘイガーにだってミルクマンを殺そうとする権利はあるはずだ。

どうやらミルクマンは自分はただ愛される――ただし遠くから――ことと、欲しいものを与えられることにしか値しないと思っているらしかった。そして、そのお返しとしてミルクマンは……どうするのだろう？　愛想よく、寛大に振舞うのだろうか？　もしかしたらミルクマンが本当に言っているのはただ、「ぼくはあなたの苦痛には責任がない。あなたの幸福はぼくと分かち合いましょう。でも不幸はごめんです」ということかもしれなかった。

こうしたことを考えるのは苦しかったが、しかしそれらの考えはミルクマンの心から去ろうとしなかった。月光を浴びた地面に、他の人間たちと一緒だということを想い出させる、獲物を追い詰めている犬たちの吠え声さえ聞こえないところにただ一人坐って、ミルクマンの自我――〝人格〟という繭《まゆ》――は破れた。自分自身の手もやっと見えるくらいで、足は見えなかった。ミルクマンはただ、前よりもゆるやかになった自分の呼吸と、自分の考えだけになっていた。ミルクマンを構成する他の部分は消滅してしまっていた。だから考えは他の人間にも、物にも、自分自身の姿にさえ妨げられずに、自由に訪れた。ここには何一つミルクマンを助けるものはなかった――金も、車も、父親の名声も、背広も、靴もなかった。それどころか、そういったものはむしろ邪魔になった。こわれた時計と、二百ドルほど入った紙入れのほかには、ミルクマンが旅行に出発するとき持っていたものはすべて、なくなっていた。スコッチと、ワイシャツを入れ、金塊の袋を入れる余地を残したスーツケースも、スナップ・ブリムの帽子も、ネクタイも、ワイシャツも、三つ揃いの背広も、靴下も、靴もすべてなくなっていた。時計も、二百ドルの金も、ここでは何の役にも立たないだろう。ここでは生まれながらにして持っているものと、習得した技術しか役に立たないのだ。そして忍耐と。眼、耳、鼻、味覚、触覚――そして、自分にはないということがミルクマンにはわかっている、何か他の感覚、知覚すべきさまざまなものの中でも特に、生命そのものがかかっているかもしれないものを識別する能力。カルヴィンは樹皮の上に、地面に、何を見ているのだろう？　彼は何を言っているのだろう？　彼は何を聞いて二マイルほど――もしかしたらもっと遠く――離れたところで、何か思いがけないことが起こったこと、またその何かとは、予想していたのとは別な獲物、山猫だということがわかったのだろう？　ミルクマンにはまだ聞こえるようであった――みんながこの数時間、どんなふうにして音を立てていたかが。彼らはおたがいに合図をしていたのだ。何を言い合っていたのだろう？「待て」だろうか？「こっちだ」だろうか？　しだいに全体の輪郭が明確になってきた。犬も人間も――どちらもただ叫んでいるだけでは、ただ位置や歩速を知らせているだけではなかったのだ。人間と犬たちは、たがいに話し合っていたのだ。明瞭な声で、明瞭で複雑なことを話し合っていたのだ。あの長い〝ヤー〟という声には、犬の一頭が独特な調子の吠え声で答えた。まるでダブルベースがバスーンを真似ているように聞こえた、あの低い〝ハウム、ハウム〟という声の意味することを、犬たちは理解し、実行したのだ。そして犬たちも人間たちに話しかけた。ただ一声の吠え声――均等の長い間隔を置いて――が三、四分置きに繰り返される。それが二十分間も続くことがあるのだ。それは一種のレーダーのようなもので、人間たちに犬たちの現在の位置はどこか、犬たちは何を見つけ、その見つけたものをどうしたがっているかを知らせているのだった。そして人間たちは犬の言うことを承知したり、犬たちに方向を変えろとか、戻ってこいと命令した。あの甲高い叫び、あの素早く繰り返される、転がるような吠え声、あの長々と、一様の調子で続けられる叫び声、あのチューバのような音、あのドラムを打つような音、あの低い、液体の揺れるような〝ハウム、ハウム〟という音、あの葦笛《あしぶえ》のような口笛、あの細い、〝イイイイ〟というコルネットのような音、あの低音の絃のような〝ブルン、ブルン、ブルン〟という音。あれはすべて言葉なのだ。犬についてこいと言いたいときに、ミルクマンの郷里の人々が、頬の内側で舌を鳴らす音の延長なのだ。いや、言葉ではない。言葉以前に存在したものだ。文字以前のものだ。人間と動物がおたがいに話し合った当時の、人間が猿と一緒に坐って両者が会話をし、虎と人間が同じ木の中に憩《いこ》って、おたがいに理解し合い、人間が狼から逃げようとしたり、追いかけたりするのではなく、狼と一緒に走った当時の言葉なのだ。ミルクマンはその言葉を、ブルー・リッジ山脈のもみじばふうの木の下に坐って聞いていた。そしてもし人間が動物たちに話しかけ、動物たちが人間に話しかけることができるとすれば、彼らが人間について何を知らないことがあろうか？　いや、そういう面から見れば、大地そのものも？　カルヴィンが探していたのは、単に獲物の跡ばかりではなかったのだ――彼は木に向かって小声で語り、地面にささやきかけ、まるで盲人が点字のページを撫でるように、指で意味を引き出しながらそれらに触っていたのだ。

ミルクマンは樹皮に後頭部をこすりつけた。南部のことでギターが懐かしがっていたのはこれだった——林と、狩猟と、獲物だった。だが何かがギターを傷つけ、損なっていた。クーパー尊師のこぶのように、ソールの欠けた歯のように、またミルクマン自身の父親のように。突然ミルクマンは彼らすべてにたいして、ほとばしるような愛情を感じた。そして、そのもみじばふうの木の下で、男たちが山猫を追っている音を聞きながら、ミルクマンは今初めて、ギターを理解できた、本当に理解できたと思った。

腿の両側で、もみじばふうの地表に盛りあがった根が、ちょうど祖父のごつごつはしているが、しかし母親の優しさに満ちた両手のように、自分を支えているのをミルクマンは感じた。緊張と弛緩を同時に感じながら、草の中に指を突っ込んだ。指先で、もし大地が何か伝えることがあるとすれば、それを聞こうとした。そして大地は素早く、誰かが背後に立っていることをミルクマンに伝え、ミルクマンは辛うじて片手を首にあげ、喉にからみつく針金をつかむのに間に合った。針金は剃刀のように彼の指を傷つけ、皮膚に深く食い込んだので、ミルクマンは手を離さざるを得なかった。次の瞬間、針金はミルクマンの首に食い込み、彼を狼狽《ろうばい》させた。自分の喉がごろごろと鳴るのを聞き、眼の前にさまざまな色の光が、ぱっと飛び散って踊るのを見たような気がした。その色のついた光に続いて音楽が聞こえてきたとき、ミルクマンは、この世で自分に残された最後の甘美な空気を、自分は今吸ったのだということを知った。死ぬときはこんなふうだろうと聞かされていた通りに、彼の一生が閃光のように眼の前に浮かんだ。しかしその一生は、ただ一つの映像だけから成っていた。ヘイガーがおよそ想像しうるかぎりに打ち解けた、あだっぽい姿で、愛情に満ちて彼の上に覆いかぶさっているのだった。その光景のさ中にミルクマンは、針金を握っている誰かが、「お前の日がきたぞ」と言うのを聞いた。そして死ぬことの、友人の手にかかってこの世を去ることの悲しさに、ミルクマンはがっくりと気落ちがした。すると、その押し潰されるような暗い気分に屈服した瞬間に、必死になって抵抗していた自分の首の筋肉もまた、弛むのを感じた。そして一瞬の間、針金はあえぐだけの、もう一呼吸するだけの余裕をミルクマンに与えた。けれども今度は最後の呼吸ではなくて、生きるための呼吸であった。ヘイガーも、光も、音楽も消え、ミルクマンはかたわらのウィンチェスターを引っつかんで打ち金を起こし、引き金を引いて前方の林の中に撃ち込んだ。銃声はギターを驚かせ、針金はふたたび弛んだ。ギターは針金を引き戻したが、友人がそういうふうにして針金を持っているためには、両手を使わなければならないことをミルクマンは知っていた。ミルクマンはできるだけ猟銃をうしろに向け、不器用ながらも、どうにかもう一度引き金を引いた。弾丸はただ木の枝と、土にしか当たらなかった。もう一発撃てるだろうかと思っているときに、すぐ近くで獲物を追い詰めている三頭の犬の、激しく興奮した、すばらしい声が聞こえた。山猫を木に追いあげたのだとミルクマンは知った。

針金が落ち、ギターが木立ちの中を、大急ぎで走り出す音をミルクマンは聞いた。立ちあがって懐中電燈をつかみ、走っていく足音のする方向に向けた。見えるのはただ押しのけられて、また元に戻る木の枝だけであった。首をさすりながら、犬の声のする方向に進んでいった。ギターは銃は持っていなかった。さもなければ銃を使っているはずであった。それでミルクマンは、たとえもう弾丸は入っていないにしても、片手に銃を持って犬たちのほうに進みながら、もう大丈夫だという安心感を抱いていた。彼はみんなを見つけそこないはしなかった。彼の方向感覚は正確で、カルヴィン、スモール・ボーイ、ルーサー、それにオウマーが、犬たちから数フィート離れた地面にしゃがみ、木の上では山猫が、夜の眼を光らせているのをミルクマンは見つけた。

犬たちは何とかして木に登ろうと精いっぱいに努め、男たちは山猫を撃ち落とすか、足を撃って飛びおりさせ、犬たちと戦わせるか、それともほかに何か方法があるだろうかと思案していた。彼らは結局、山猫を木の上で撃ち殺してみようということに決めた。オウマーが立ちあがって、ランプを左のほうに動かした。山猫は光を追って少し這い出した。するとスモール・ボーイが狙いを定めて、ちょうど左前脚の下に弾丸を撃ち込んだ。山猫は枝の間からベッキーと、仲間の犬たちの眼の前に落ちてきた。

山猫にはまだかなりの生命力が残っており、なかなかよく戦ったが、やがてカルヴィンが声をかけて犬たちをのかせ、もう一度撃ち、さらにもう一発撃ち込んだ。それで山猫は静かになった。

男たちは死骸の上にランプをかかげ、その大きさと、獰猛さと、今の静かさに満足の声を洩らした。四人とも膝をついて坐り、ロープとナイフを出し、手首ほどの太さの木の枝を切り取って、長い道のりを歩いて帰るのに具合のいいように、山猫を結びつけ、縛りつけた。

みんなはすっかり悦に入っていたので、誰かが思い出して、向こうで何を撃っていたのかとミルクマンに尋ねたのは、しばらく経ってからだった。ミルクマンは手にしていた棒をちょっと上に差しあげて言った、「俺は鉄砲を落としたんだ。つまずいたら暴発した。そして拾いあげたら、また暴発したんだ」

みんなはどっと笑い出した。「つまずいただって？　どうして安全装置をはずしていたんだ？　こわかったか？」

「死ぬほどこわかったよ。死ぬほど」とミルクマンは言った。

男たちは車のところに戻るまでずっと、ミルクマンのことをからかったり、どんなにこわかったか、もっともっと話させようとしたりしながら、冷やかしたり笑ったりし続けた。そしてミルクマンは話し続けた。自分もまた一所懸命に、大声で、長々と笑いながら。本当に笑いながら。そして気がついてみると、ただ大地を歩いているというだけで、浮き浮きとした気分になっていた。まるで自分が大地の一部であるかのように、まるで自分の脚が草の茎や、木の幹であるかのように、まるで自分の身体の一部がどんどんと下の岩や土の中にまで伸びて、そこで——大地で、自分の歩いている場所で——くつろいでいるかのように、大地を歩いているだけでミルクマンは気分が浮き立った。そして彼は足を引きずってはいなかった。

みんなはキング・ウォーカーのガソリンスタンドで夜明けを迎え、もう一度前の晩の出来事を蒸し返した。ミルクマンはみんなの笑いの的になったが、しかしそれは気持ちのよい、陽気な笑いであって、狩猟に出かける前の笑いとはまったく違っていた。「生きているなんて運がよかったよ。問題は山猫じゃなくてこの黒ん坊だった。たちの悪い山猫が、俺たちも犬も嚙み殺そうと狙ってるときに、俺たちに向かってばんばんぶっ放すんだからな。林じゅうに撃ちまくったぜ。もう少しで自分の首まで吹っ飛ばすところだった。お前たち都会の連中は、自分の身体の扱い方も知らないのか?」

「お前たち田舎者にはとてもかなわないよ」とミルクマンは答えた。

オウマーとスモール・ボーイがミルクマンの肩をぴしゃりと叩いた。カルヴィンはルーサーに声をかけた。「ヴァーネルのところへいってきな。朝飯の用意をしろと言うんだ。この山猫の皮を剝いだらすぐに、腹をすかしてそっちにいくから、用意をして待っていてくれってな」

ミルクマンがみんなと一緒にスタンドのうしろにいくと、コルゲートのブリキ屋根で覆われた狭いコンクリートの床に、死んだ山猫が置いてあった。ミルクマンの首ははれあがっていて、痛みを感じないで顎をさげることは困難だった。

オウマーが山猫の足を縛ったロープを切った。彼とカルヴィンで山猫を仰向けに引っくり返した。脚が開いた。いかにも細くて優美な足首だった。

「誰もが黒人の命を欲しがっている」

カルヴィンが前脚を広げて持ちあげていると、オウマーが縮れた毛の上から、胸骨のあるところにナイフを突き刺した。それからオウマーは生殖器のところまでまっすぐに切りおろした。よりきれいに手際よく切り開けるように、ナイフの刃は上に向けられていた。

「死んだ命じゃない。生きてる命のことだ、俺の言ってるのは」

生殖器のところまでくるとオウマーはそれを切り取ったが、陰嚢《いんのう》はそのまま手をつけないで残した。

「それが俺たちの置かれている状況なんだ」

オウマーは脚と首のまわりを切り、それから皮を剥ぎ取った。

「何のために死ぬかさえ自分で決められないんじゃ、男の命なんて何の役に立つんだ？」

皮の下の透明な膜が、薄い紗《しゃ》のように、オウマーの指の下で破れた。

「誰もが黒人の命を欲しがっている」

今度はスモール・ボーイが膝をついて、陰嚢から顎まで肉を切り裂いた。

「公平ってやつも俺は棄てたんだ」

ルーサーが戻ってきて、ほかの者たちが休んでいる間に、りんごの芯を取るような鮮やかな手つきで直腸を切り取った。

「俺は今お前が聞いたことを、俺自身に尋ねなきゃいけないなんてことが、絶対にないように願っているよ」

ルーサーは腹の中に手を突っ込んで内臓を取り出した。彼は肋骨の下を横隔膜まで切り進み、注意深くまわりにナイフを入れて横隔膜を切り離した。

「愛だよ。愛のほかに何がある？　俺は自分が批判するものを愛せないってのか？」

それからルーサーは気管と食道をつかんで引き出し、小さなナイフを揮《ふる》って一度で切断した。

「愛だよ。愛のほかに何がある？」

みんなはミルクマンのほうを向いた。「心臓が欲しいか？」と彼らは尋ねた。すばやく、何か考えたりして手が出せなくならないうちに、ミルクマンは肋骨の下に両手を突っ込んだ。「まだ肺を取っちゃだめだぞ。心臓を取るんだ」

「ほかに何がある？」

ミルクマンは心臓を見つけて引き出した。心臓は胸郭から、まるで卵黄が殻から滑り落ちるみたいに、簡単に出てきた。

「ほかに何がある？　ほかに何がある？　ほかに何がある？」

今度はルーサーはもう一度腹腔に手を入れ、内臓を全部一緒に引っ張り出した。内臓は掃除器に吸い込まれるみたいに、直腸のあったところにできた穴を通ってずるずるとあがってきた。ルーサーは内臓を紙袋に入れ、他の者たちは掃除を始め、ホースで洗い、塩をし、詰め物をし、整理した。それから彼らは山猫をひっくり返して、その皮の上に血を流した。

「それをどうするんだい？」とミルクマンが尋ねた。

「食べるんだ」

一羽の孔雀が飛んでいって、青いビュイックのフードに止まった。

ミルクマンは山猫の首を見た。口の中の舌はサンドウィッチのようにおとなしかった。ただ眼だけは夜の闇の中で光っているときと同じように不気味だった。

ミルクマンは空腹だったけれども、ヴァーネルの用意してくれた朝食を、あまり多くは食べることができなかった。そこで彼はいり卵や、ひき割りとうもろこし、フライド・アップルなどを皿の中で突つき回し、コーヒーをがぶがぶ飲んで、しゃべるほうが多かった。それに何とかしてミルクマンは、シャリマーにきた目的に取りかからなければならなかった。

「実は、俺のじいさんはどこかこの辺の出なんだ。ばあさんもだ」

「本当か？　この辺の出だって？　何という名前だ？」

「ばあさんの娘時代の姓は知らないが、名前はシングというんだ。誰かそんな名前の人間のことを知ってる者はいないか？」

みんなは首を横に振った。「シング？　知らないな。そんな名前の人間のことは聞いたこともないな」

「それに俺の叔母も、この辺に住んでいたことがあるんだ。名前はパイロット。パイロット・デッドだ。聞いたことがあるかい？」

「へえ！　新聞の見出しみたいな名前だな（操縦士死亡「パイロット・デッド」と聞こえる）。パイロット・デッドか。飛行機に乗るのかい？」

「いや。P・i・l・a・t・eと綴るんだ。パイロットだ」

「P・i・l・a・t・e。それじゃPie・lateと綴るんだな」とスモール・ボーイが言った。

「ちがう、そうじゃない。Pie・lateじゃない。聖書に出てくるパイロットだ、この間抜けめ」

「こいつは聖書など読みやしない」

「何だって読みやしない」

「何だって読めないいんだ」

みんなはスモール・ボーイをからかったが、そのうちにヴァーネルが口を出した。「みんな黙って。シングと言ったわね？」とヴァーネルはミルクマンに聞いた。

「ああ、シングだ」

「それは確か、わたしのおばあちゃんが、いつも一緒に遊んでいた女の子の名前だわ。とてもきれいな名前だったから覚えてるのよ。おばあちゃんはいつも、その女の子のことを話していたわ。その子の家の人たちは、その子がこの辺の、黒人の子供と遊ぶのを喜ばなかったらしいの。それでその子とおばあちゃんは、いつもこっそりと脱け出して、魚取りやいちご摘みにいったんだって。どういうことかわかる？　その子は隠れておばあちゃんに会わなくちゃいけなかったのよ」ヴァーネルは注意深くミルクマンを眺めた。「そのシングという女の子は肌が白っぽくて、黒くてまっすぐに伸びた髪の毛をしていたのよ」

「それだ」とミルクマンは言った。「ばあさんは混血児か、インディアンかの、どちらかだったんだ」

ヴァーネルはうなずいた。「インディアンだよ。ヘディおばさんの子供の一人だったんだよ。ヘディはいい人だったけど、娘が黒人と遊ぶのを喜ばなかったのさ。あの人はバードの一人だったんだ」

「何の一人だって？」

「バードだよ。向こうの尾根のそばの、バード家の人間だったんだよ。ソロモンの飛び場の近くの」

「へえ、そうか？」と男たちの一人が言った。「スーザン・バードの身内の者か？」

「そう、その通り。あの人の身内だよ。あの家の人たちは昔から、黒人があまり好きじゃなかったのさ。スーザンもそうだよ」

「まだそこに住んでいるのかい？」とミルクマンは尋ねた。

「スーザンは住んでるよ。尾根のすぐ向こう側に。あそこにあるただ一軒の家で、表は煉瓦造りになってるよ。今じゃスーザン一人っきりだよ。ほかの者たちはみんな、白人にまぎれ込むために引っ越してしまったんだ」

「そこへは歩いていけるかい？」とミルクマンは尋ねた。

「たいていの人間だったらいけると思うがな」とオウマーが言った。「だが昨日の夜みたいなことがあったんじゃ、お前にはすすめられないな」とオウマーは笑った。

「車はそこまでゆくかい？」

「途中まではゆくよ。でも先へいくと、狭くてひどい道だよ」とヴァーネルが言った。

「馬だったらいいかもしれないけど、車じゃだめだね」

「俺はいくよ。一週間かかるかもしれないけど、それでも俺はいくよ」とミルクマンは言った。

「ただ鉄砲だけは持っていくなよな」――カルヴィンはコーヒーを受け皿に入れて冷ました――「そうすりゃ大丈夫だ」みんなはもう一度どっと笑った。

　ミルクマンはそのことで考えた。ギターがどこかその辺にいる。そしてギターはミルクマンがしていること、あるいは、しようと準備していることを一つ残らず知っているらしいから、ミルクマンがどこかの尾根にいこうとしていることにも気づくだろう。ミルクマンははれあがった首に手をやった。彼はどこへだって、銃なしで、一人で出かけたくはなかった。

「どこへゆくにしても、その前に一休みしたほうがいいぜ」とオウマーがミルクマンを見ながら言った。「ちょっといったところに気立てのいい女がいる。喜んで泊めてくれるよ」オウマーの眼の表情は間違えようがなかった。「それにきりょうよしだ。ほんとにきりょうよしだよ」ヴァーネルがぶつぶつ言い、ミルクマンはにやりとした。その女が鉄砲を持っているといいんだが、とミルクマンは思った。

　女は銃を持っていなかった。しかし彼女のところでは家の中に水道が引いてあり、入浴できるかという問いに答えて、こっくりとうなずいたときの女の微笑は、スウィートという名前にたがわず、いかにも甘ったるいものだった。浴槽はそのちっぽけなショットガン・ハウスの中では一番の新品で、ミルクマンは湯気の立っている浴槽の中に、いい気持ちで身体を沈めた。スウィートが石鹼と猪の毛のブラシを持ってきて、膝をついてミルクマンを洗ってくれた。ミルクマンの痛む足や顔の切り傷、また背中や首や腿や手のひらに、スウィートがしてくれたことは何ともいえず気持ちがよかったので、その後のお楽しみがそれより素晴らしいなどとは、とても想像できないほどであった。もしこの入浴とこの女だけが、今度の旅行の収穫のすべてだったとしても、俺は今後ずっと安んじて、神と、国家と、大鹿友愛団体《ブラザーフッド・オブ・エルクス》（一八六七年に創立された慈善団体 Benevolent and Protective Order of Elks のことか）への義務を果たそうとミルクマンは思った。こういう思いをするためだったら、一クォートの燈油を手に持って、燃えている熱い石炭の上を歩いてもいい。ここからシャイアンまで、鉄道の枕木を一本一本歩いていき、また戻ってきてもいいと。けれどもいよいよお楽しみのときになると、ミルクマンは這って往復してもいいと思った。

その後でミルクマンは、スウィートを洗ってやろうと言った。けれどもスウィートはタンクが小さくて、もう一度浴槽を満たすだけのお湯がないから、それはできないと言った。「じゃあ水で洗ってやろう」と言ってミルクマンは石鹼をつけ、スウィートの肌がきゅっきゅっと鳴って、縞めのうのように輝くまでこすってやった。スウィートはミルクマンの顔に軟膏を塗ってくれ、ミルクマンはスウィートの髪を洗ってやった。スウィートはミルクマンの足に汗知らずを振りかけてくれ、ミルクマンはスウィートのうしろから馬乗りになって、背中をマッサージしてやった。スウィートはミルクマンのはれあがった首にチンキを塗ってくれた。ミルクマンはベッドを整えた。スウィートはミルクマンにおくらのスープを食べさせ、ミルクマンは皿を洗い、スウィートはミルクマンの衣類を洗って、乾かすために吊し、ミルクマンは浴槽をごしごしとこすった。スウィートはミルクマンのワイシャツとズボンにアイロンをかけ、ミルクマンはスウィートに五十ドルを与えた。スウィートはミルクマンの口にキッスし、ミルクマンはスウィートの顔にさわった。スウィートはまたきてねと言い、ミルクマンは今夜会おうと言った。

第十二章

四時にミルクマンは尾根の裏側の、表が煉瓦造りのただ一軒の家のドアをノックした。スウィートが洗濯し、アイロンをかけてくれた軍隊の作業服を着て、意気揚々と、矢でも鉄砲でもこいという気分で歩いてきたのだった。しかしミルクマンは山地を縫って曲がりくねっている小径（人々はそれを道路と呼んでいた）で、白昼にギターが自分を襲うだろうとは思わなかった。そんな山地でも土地が耕され、わずかばかりの家々があり、人々がいた。もしギターが（銃以外のどんなものでも持って）立ち向かってきても、ミルクマンにはギターを相手にする自信があった。しかし暗くならないうちに、引き返すのに越したことはなかった。ギターが何を考えているのかはわからなかったが、金塊と関係があることは確かだった。もし俺がここにいること、また今までどこにいて、それぞれの場所で何をしたか知っているとすれば、俺が金塊を手に入れようとしていること、するつもりだと言った通りのことをしていることは、わかっているにちがいない。まだ俺が金塊を手に入れないうちから、いや、金塊がどうなったのかもわからないうちから、どうしてあいつは俺を殺そうとするんだろう？　大部分はミルクマンにとってはまったく不可解だったが、しかし、はっきりとわかっている部分だけでも、途中ずっとミルクマンを警戒させ、そわそわさせるのに充分だった。

バード家の家は、両側を白いとがった杭の垣根で野原から仕切った、きれいに手入れをした芝生の上に立っていた。ヒマラヤ杉の木から子供のぶらんこがさがっていた。ポーチには青く塗った、四段の小さな上り段がついていた。揺れているカーテンにはさまれた窓から、しょうが入りケーキを焼いている匂いが漂ってきた。

ミルクマンの母親くらいの年格好の女性が、ノックに応えて出てきた。

「バードさんでしょうか？」ミルクマンは尋ねた。

「そうですが？」

「初めまして。わたしの名前は、ええ、メイコンと言います。二、三日ここに滞在しています。わたしはミシガンからきましたが、わたしの祖先がずっと昔、ここに住んでいたと思うんです。こちらにうかがえばお力添えをいただけるんではないかと思ったんですが」

「お力添えって、何を？」この女性のものの言い方は高飛車で、ミルクマンはこの女性が、自分の皮膚の色が気に入らないのだというはっきりとした印象を受けた。

「知りたいのです。つまり、祖先のことを知りたいのです。わたしの家族はみんなばらばらになっています。そしてこちらにうかがえば、祖先のことをある程度、ご存知ではないかと町で聞いたものですから」

「どなた、スーザン？」別な女性の声がスーザンの背後から聞こえた。

「わたしに用だという人よ、グレイス」

「まあ、どうして中に入ってもらわないの？　上り段で用件を話してもらったりするものじゃないわ」

ミス・バードは溜息をついた。「どうぞお入りください、メイコンさん」

ミルクマンはミス・バードの後について、陽光がいっぱいに射し込んだ、気持ちのよい居間に入っていった。「ごめんなさい」とミス・バードは言った。「別に失礼な真似をするつもりはなかったんです。どうぞお坐りください」そう言ってミス・バードはグレーの、びろうどの袖椅子に坐るように身振りをした。ツーピースのプリントの服を着た女性が紙ナプキンを手に、何かを嚙みながら部屋に入ってきた。

「どなただったかしら？」とその女性はミス・バードに尋ねたが、眼はじろじろとミルクマンを眺めていた。

ミス・バードは手を差し出した。「わたしの友達のミス・ロング、グレイス・ロングです――あの……」

「初めまして」グレイスはミルクマンに手を差し出した。

「どうぞよろしく」

「メイコンさん、でしたわね？」

「そうです」

「スーザン、メイコンさんに何か召しあがっていただいたら」ミス・ロングは微笑しながら、グレーの椅子と向かい合ったソファーに腰をおろした。

「だって、今いらっしゃったばかりよ、グレイス。ちょっと待ってよ」ミス・バードはミルクマンのほうを向いた。「コーヒーがよろしいかしら、それともお茶になさいます？」

「どうも恐れ入ります」

「どちら？」

「コーヒーで結構です」

「バター・クッキーがあったわね、スーザン。あれを少しお出しなさいよ」

ミス・バードは友人に向かって、うんざりしたように眉をひそめた。「ちょっと失礼」とミルクマンに言って、ミス・バードは部屋を出た。

「ところで、こちらに滞在中とおっしゃったかしら？　この辺にはあまり、訪ねていらっしゃる方もないんですよ」グレイスは足首を組んだ。スーザン・バードと同じように、グレイスも黒い紐靴と綿の靴下をはいていた。身体を楽にするとグレイスは服を少し上にあげた。

「ええ、滞在中なんです」

「軍隊にいらっしゃるの？」

「はあ？　いえ、違います。昨夜、猟に出かけたものですから。友人たちがこれを貸してくれたんです」ミルクマンはスウィートが作業服につけた折り目をなでた。

「猟に？　まあ、厭だ、そんなことおっしゃらないで。わたし、猟をする人に我慢できないんです。うんざりしてしまいますわ、いつも他人の土地をうろつき回って。夜も昼も鉄砲ばかり撃っていて。わたし学生たちに言うんですよ――わたし教師をしていますの。師範学校で教えているんです。学校はもうご覧になりましたか？」

「いえ、まだです」

「そうですね、別に見るところもないんですよ、実際には。ただの学校ですわ、どこにでもあるのと同じ。でもお寄りくださったら歓迎しますわ。おいでいただけたら嬉しいわ。ところで、どちらからいらっしゃったんですの？」

「ミシガンです」

「そうだと思いましたわ。スーザン！」グレイスは振り向いた。「こちら、北部からいらっしゃったのよ」それからまたミルクマンのほうを向いて、「どこに泊まっていらっしゃるの？」

「あのう、まだどことも決まってないんです。町で二、三の人に出会って……」

スーザン・バードがコーヒーを載せた盆と、大きな、色の薄いクッキーを入れた皿を持って、入ってきた。

「ミシガンからいらっしゃったのよ」とグレイスが言った。

「聞こえたわ。コーヒーはどうやって召しあがります？」

「ブラックです」

「ブラック？　クリームもお砂糖も全然入れないんですか？」とグレイスが尋ねた。「わたしもそうできたらいいんだけど。また十二号の服を着れるようになるかもしれないわ。でも今のところ、とてもそんなことにはなりそうもないけど」グレイスは片手でヒップを押さえて、ミルクマンに笑いかけた。

「わたしにどんなご用がおありでしたの？」スーザン・バードは穏やかにではあったが、しかしはっきりと〝わたし〟という言葉を強調した。

「わたしは祖母を知っていたかもしれない人を探しているんです。祖母の名前はシングと言いました」

　グレイスは両手をぴしゃりと口にやって、少しきいきいうような声を出した。「親戚よ！　あなたたち親戚なのよ！」ミルクマンはコーヒー茶碗を置いた。「まあ、驚いたわ！」グレイスの眼はきらきらと輝いて躍っていた。

「ここにいらっしゃったのは間違ってはいませんでしたわ」とスーザンは言った。「でも、お役に立てるかどうかわかりませんわ」

「あなた何を言ってるのよ、スーザン？　あなたのお母さんの名前はシングというんじゃなかったの？」

「いいえ、違うわ、グレイス。ちゃんとおしまいまで言わせてくれれば、あなたの知らないことも教えてあげるわ」

「確か、あなた言ってたわ——」

「わたしの母の名はメアリーです。M・a・r・y、メアリーです」

「そう、ごめんなさい」

スーザンはミルクマンのほうを向いた。「わたしの父のクロウエル・バードには、シングという名前の姉がいました」

「その人にちがいありません！　わたしの祖母です！　シング。その人の結婚した相手の名前は——」

「あなたの家族に、シングという名前の人がいることは知ってたのよ」

「その人は、わたしの知っている誰とも結婚しませんでした」スーザンはミルクマンとグレイスの二人を遮って言った。

「まあ、ほんとに素晴らしいわ。知らない人がひょっこりと入ってきて、その人があなたの……何かしら！　いとこ？　こんな言い方したくないけど、世間って本当に狭いものね。そうじゃない？　ぜひともわたしのクラスにきてくださらなくてはいけませんわ、メイコンさん」

ミルクマンもスーザン・バードと同じように、グレイス・ロングの言うことは無視した。

「その人はどこに住んでいたのですか？」とミルクマンはスーザンに尋ねた。

「父が最後にその姉を見たときには、マサチューセッツの私立学校に入るために、マサチューセッツに向かう荷馬車に乗っていました。クェーカー教徒の学校です」

「あなたのところクェーカー教徒だったの？　初めて聞いたわ。ご覧なさい、メイコンさん、友達がこんなに隠しだてするんですものね。きっとこの人、あなたのことも隠してしまいますよ」

「それで、一度も結婚はしなかったんですか？」ミルクマンにはグレイスの相手をしている暇はなかった。

「わたしの知っている人とは誰とも。そのクェーカー教徒の学校にいった後、行方知れずになってしまったんです。みんな、何とかして探し出そうとしたにちがいありませんわ。特に祖母が――ヘディという名前でしたけど――そのことで気が狂ったみたいに心配してましたもの。わたしいつも、父が考えていたのと同じことを考えていました。きっとその人、その学校を出てから、見つけられたくなかったのにちがいないって」

「見つけられたくなかったのはわかりきったことよ」とグレイスが言った。「たぶんほかのみんなと同じように、白人の中にまぎれ込もうとしたのよ。そうに決まってるわ」グレイスはミルクマンのほうに身を乗り出した。「そういうことがたくさんあったんですよ、ほんとにたくさん。今はそれほどでもありませんけど、昔はそうしようとした人が大勢いたんです——もしできるならね」グレイスはスーザンのほうにちらりと視線を投げた。「あなたのいとこたちのようにね、スーザン。あの人たち今、白人の中にまぎれ込もうとしているのよ。ライラもジョンも。ジョンがそうしようとしていること、わたし知ってるわ。そしてわたしが知っていることは、ジョンにもわかってるわ」

「そんなこと誰でも知ってるわよ、グレイス」

「メイコンさんは知らないわ。わたしジョンに会ったのよ、メイヴィルの通りで——」

「メイコンさんはそんなことご存知なくてもいいのよ。興味さえおありにならないわ」

「どうしてそうだとわかるの？」

「だってメイコンさんが探してるのは、ご自分のおばあさんだとおっしゃったもの。もしメイコンさんのおばあさんだったら、黒すぎて……」スーザン・バードはためらった。

「そのう、黒すぎて、白人にまぎれ込んだりはできないわ。そう思いません？」スーザンはちょっと顔を赤らめた。

ミルクマンはその質問は無視した。「それで、マサチューセッツに住んでいたとおっしゃいましたね、そうですか？」

「ええ、ボストンです」

「わかりました」どうやら袋小路にゆき当たったらしかった。そこでミルクマンは方向を変えようと思った。「この辺にパイロットという名前の女の人がいたことを、ご存知か、あるいはお聞きになったことはありませんか？」

「パイロット。いいえ、全然。あなたはどう、グレイス？」

グレイスも首を横に振った。「いいえ。そしてわたしは、ほとんどこの土地を離れたことがないんですよ」

「わたしは一度もないわ」とスーザンが言った。「両親ともここで生まれたし、わたしもそうだわ。セント・フィリップス郡より遠くへは、一度もいったことがないのよ。サウス・カロライナには身内がいるけれど、一度も訪ねていったこともないわ」

「それは、その人たちも白人にまぎれ込もうとしているからよ。ジョンと同じようにね。訪ねていきたくても、訪ねられなかったのよ」グレイスはクッキーの皿の上に身を乗り出して、一つつまんだ。

「わたしの身内はあの人たちだけじゃないわ」スーザンはぷりぷりしていた。

「そうだといいわね。悲しいことですのよ、メイコンさん、誰も自分の親戚だと言ってくれる人もなくて取り残されるのは。わたしは身内と交際を続けています。わたしは結婚してませんのよ。とにかく、今のところはまだ。でもわたしの身内はとっても仲がいいんです」グレイスは意味ありげな眼でミルクマンを見た。ミルクマンは手首を回し、時間を見るために下を見た。

「まあ、見なさいよ、あれを」グレイスはミルクマンの手を指差した。「何て素敵な時計でしょう！　ちょっと拝見してもいいかしら？」ミルクマンは立ちあがって時計をグレイスに渡し、そのまま坐らないでいた。「ほら、スーザン、数字など全然ないわ。ただ点だけよ。でもどうやって、この点々から時間がわかるのかしら？」

スーザンも立ちあがった。「前にもこちらにいらっしゃったことがおありですか、メイコンさん？」

「いいえ、今度が初めてです」

「そう、これが最後にならないといいですわね。いつまでご滞在ですの？」

「そうですね、今夜か、遅くとも明日には、帰ろうと思っています」窓の外を見ると日は沈みかけていた。

「そんなに早くですか？」とグレイスが尋ねた。「何か持っていっていただいたらどう、スーザン？　バター・クッキーを少しお持ちになりますか、メイコンさん？」

「いいえ、結構です」

「後で、持ってきてよかったと思いますよ」この女性はどうしても、ミルクマンにうんと言わせようとしているのだった。けれどもミルクマンは微笑して、「そのほうがよければ」と言った。

「わたしが包んであげるわ。いい、スーザン？」グレイスは飛ぶようにして部屋を出ていった。

スーザンはかすかな微笑をつくろった。「わたしたちのところにも、しばらく滞在していただけたらいいんですが」その言葉は顔の微笑と同じように機械的だった。

「わたしもそう思います。でも、そうですね。またお訪ねすることがあるかもしれません」

「だったら素敵ですわ。ちっともお役に立てなくてごめんなさい」

「役に立ちました」

「そうですか？」

「もちろんですとも。何が正しいかを知るためには、まず何が問違っているかを知らなくてはいけません」

するとスーザンは、今度は心からの微笑を浮かべた。「大事なことなんでしょうね、あなたにとっては、身内の人を探すことは？」

ミルクマンは考えてみた。「いえ。本当はそれほどでもないんです。わたしはたまたま、通りかかっただけなんです。ただの――ただの思いつきです。大事なことではありません」

グレイスが白い紙ナプキンでくるんだ、小さな包みを持って戻ってきた。「さあ、後になって、よかったと思いますよ」

「ありがとう。お二人ともありがとうございました」

「お目にかかれてよかったわ」

「こちらこそ」


ミルクマンは疲労し、どうもすっきりしない気分でその家を出た。もう一晩ここに泊まって、それから出発しようと彼は思った。車はもう今頃は直っているだろう。ここには知るべきことは何もない。金塊も、その手がかりになるようなものもない。パイロットはヴァージニアで暮らしたことがあるけれども、この辺ではなかったのだ。パイロットの噂を聞いている者はまったくなかった。それにここに住んでいたシングは、ペンシルヴェニア州のダンヴィルではなくてボストンにいったのだし、白人の中にまぎれ込んだのだ。ミルクマンの祖母だったら、〝黒すぎて白人にまぎれ込んだりはできな〟かったろう。スーザンは本当に顔を赤らめた。何かミルクマンのことで、恥ずべきことでも発見したみたいに。ミルクマンは腹立たしくもあり、面白くもあった。そしてオウマーや、スウィートや、ヴァーネルは、ミス・スーザン・バードのことをどう思っているのだろうと考えた。

ミルクマンはこの土地の人々に興味を持った。彼らにたいして親しさは感じなかったが、まるで何か共通のきずな、感情、あるいは知識を持っているみたいに、彼らとの結びつきを感じた。郷里ではどこかの場所に、あるいは誰かに所属しているような、こんなふうな感じを抱いたことは一度もなかった。家の中ではいつも、自分のことをアウトサイダーだと考えていたし、友人たちとの関係も、ごく漠然としたものでしかなかった。それにギターを別にすれば、自分のことをどう思っているかが気になるような友人は、一人もなかった。一時、ずっと昔、パイロットやヘイガーが自分をどう見ているか、気になった時期があったが、ヘイガーを征服し、パイロットのことは、盗みに入るほどにばかにしてしまっている今は、そういう気持ちはまったくなくなっていた。だが今——このシャリマーでは、またそれより前に訪ねたダンヴィルでは——何か感ずるものが、昔パイロットの家で感じたことを想い出させるようなものがあった。スーザン・バードの家の居間に坐ったり、スウィートと一緒に寝たり、ヴァーネルのところのテーブルで男たちと一緒に食事をしたりしていると、くつろいだ落ち着いた気分で、ありのままの自分の自然な姿でいることができた。

それに、まだそれ以上のものがあった。ミルクマンがスーザン・バードに言った、自分の身内を探すのは大事ではないという言葉は、本当ではなかった。ダンヴィル以来ずっと、自分の身内——会ったことのある人間だけではない——にたいするミルクマンの関心は、深まるばかりであった。メイコン・デッド、別名ジェイク某。シング。この二人は何者で、またどんな人間だったのだろう？　五晩も続けて柵の上で、銃を持って待っていた男。生まれてきた娘にパイロットという名前をつけ、未開地を切り開いて農場を作った男。北部に向かう馬車の上でペカンを食べた男。その男には、残してきた兄弟や姉妹があったのだろうか？　その男の母親や父親は誰だったのだろう？　そしてその男の妻は？　妻は、ボストンにいったシングだったのだろうか？　もしそうだとすれば、荷馬車の上で何をしていたのだろう？　どうして荷馬車に乗って、北部の私立学校へいこうとしたりするのだろう？　馬車でも汽車でもなく、以前奴隷だった人間のいっぱいに詰まった、荷馬車に乗ったりして？　もしかしたら、ボストンにはいかなかったのかもしれない。白人にまぎれ込んだりはしなかったのかもしれない。学校にいくという考えが変わって、一緒にペカンを食べた少年と、駆け落ちしたということも考えられる。それに、その人が誰だったにしても、どうして夫がそんなひどい名前を変えないように望んだのだろう？　過去を拭い去るためにだろうか？　どんな過去を？　奴隷だったことだろうか？　その人は奴隷でなどなかったのだ。夫が奴隷だったという過去だろうか？　それにどうして俺の親父やパイロットは、自分たちの親戚を誰一人知らないのだろう？　父親が死んだとき、知らせてやるようなところは一つもなかったのだろうか？　親父はヴァージニアにいこうとさえしなかった。パイロットはまっすぐにヴァージニアに向かった。

ミルクマンは、グレイスが用意してくれた包みを開けて、クッキーを一つ取り出した。

小さな紙切れがひらひらと地面に落ちた。拾いあげてみるとそれには〝グレイス・ロング。二号線四十番地。師範学校から四軒目〟と書いてあった。ミルクマンは微笑した。クッキーを四つ包むのにあんなにもかかったのは、そのためだったのだ。ミルクマンはクッキーの一つをかじり、ナプキンとグレイスの案内状を一つに丸めながら、ぶらぶらと歩いていった。自分の一族についてのさまざまな疑問が、まだ頭の中で玉突きの玉のように、あちらこちらにぶつかっていた。もし自分の祖父、そのジェイクという人が、妻と同じ場所のシャリマーで生まれたのだとしたら、どうしてそのヤンキーにメイコンで生まれたなどと言って、間違った名前をつけられる材料を与えたりしたのだろう？　それにまた、もし祖父と、祖父の妻が同じ場所で生まれたのなら、どうしてパイロットも、親父も、サーシーもみんな、二人が荷馬車の上で〝出会った〟などと言ったのだろう？　またどうして祖父の幽霊は、パイロットに、歌え《シング》と言ったんだろう？　ミルクマンは一人でくすくすと笑い出した。幽霊はパイロットに、歌えなどと言っていたのではなかったのだ。ただ妻のシングという名前を、繰り返していただけなのかもしれない。そしてパイロットは母親の名前を知らないから、それがわからなかったのだ。妻が死んでからメイコン・デッドは、誰にも妻の名前を、口に出しては言わせなかったのだ。おかしな話だ。妻が死んでからはその名前を口にしなかったのに、自分が死んでから言ったのはそれだけ――妻の名前だけなのだ。

　まったく！　俺は今この二十世紀の最中に、幽霊のしたことを説明しようとして歩きまわっているんだ。だが、幽霊が出ないとは言えないぞ、とミルクマンは思った。一つ確かなことがある。パイロットにはへそがないということだ。それが事実だとすれば、どんなことだってありうるかもしれない。幽霊が出てもちっともおかしなことはないぞ。

ミルクマンはもう町に通ずる道に近づいており、そろそろ暗くなりかけていた。時計を見ようとして手首をあげ、まだグレイスから返してもらっていなかったことをミルクマンは想い出した。「畜生!」とミルクマンは声に出してつぶやいた。「俺は何もかもなくしている」今取りに戻ろうか、後にしようかと考えながら、ミルクマンはじっと立っていた。今戻れば、まっ暗闇の中を帰らなければならなくなるだろう。そうすればギターからの攻撃に、まったく無防備ということになる。だが明日出発するときになって、わざわざここまで——車もいけないところへ——もう一度やってくるのはそれこそ厄介だ。だがもしかしたらギターが——

「あいつに俺のすることを、どこへ、いつ、いくかということを、指図させたり決めさせたりするわけにはゆかない。今そうすれば、一生そうすることになるし、あいつは俺がこの世から消えるまで、俺のことを追いまわすだろう」

ミルクマンはどうしてよいかわからなかったが、結局、時計のことなどくよくよすることはないと決めた。時計があればただ何時かわかるというだけのことで、ミルクマンには本当に関心もなかった。口髭についたクッキーのくずを拭いながら、ミルクマンは本道に入った。するとそこに、コバルト・ブルーの空を背景にしてギターが立っていた。というよりむしろ、柿の木にもたれていた。ミルクマンは心臓が静かに、落ち着いて打っており、まったく恐怖感がないことに驚きながら立ち止まった。だがギターは、何の危険もないマッチ棒で、手の指の爪を磨いていたのだ。凶器を持っているとしたら、デニムの上着か、ズボンに隠さなければならなかったろう。

二人は一分間ほど、たがいに顔を見合った。いや、もっと短い時間だった。おたがいの心臓の鼓動を、相手の鼓動に合わせるだけの時間だった。ギターが先に口を利いた。

「よお」

ミルクマンはその挨拶には答えなかった。「どうしてなんだ、ギター？　どうしてか、それだけ教えてくれ」

「お前は金塊を取った」

「どの金塊を？　金塊などなかったんだぜ」

「お前は金塊を取った」

「洞穴には何もなかったんだよ、お前。俺は腹這いになって穴を覗いてみたんだ。両手を突っ込んで――」

「お前は金塊を取った」

「お前、狂ってるぜ、ギター」

「怒ってるんだ。狂ってなどいない」

「金塊などなかったんだ」ミルクマンは大声を出すまいとして苦労した。

「俺はお前を見たんだぞ、このいんちき野郎」

「俺の何を見たんだ？」

「金塊を取るところをだ」

「どこで？」

「ダンヴィルだ」

「ダンヴィルで、俺が金塊を持っているのを見たというのか？」

「ダンヴィルで、お前が金塊を持っているのを見たんだ」

「お前、ふざけてるな。俺がその金塊をどうしていた？」

「貨車に積み込んでいた」

「貨車に積む？」

「そうだ。どうしてあんな手を使ったんだ、おい？　お前もただ強欲なだけなのか、親父さんみたいに？　でなきゃ何なんだ？」ギターの眼が、ミルクマンの手にある最後のバター・クッキーに止まった。ギターは顔をしかめて、口で息をしはじめた。

「ギター、俺は金塊を積み込んだりはしないぞ。積み込む金塊などなかったんだ。俺を見たなんてのは嘘にちがいない」

「俺は見たんだよ、お前を。駅で」

「どこの駅だ?」

「ダンヴィルの貨物駅だ」

それでミルクマンはクーパー尊師を探しにいき、あちらこちらと探し回ったときのことを想い出した。それから、もう尊師が帰ったのかどうか見に停車場に入っていき、大きな木枠を計量台に載せようとしている男に手を貸したことを。ミルクマンは笑い出した。

「何だ、ばかばかしい。ギター、あれは金塊などじゃなかったんだ。あの男が木枠をあげるのを手伝っていただけだ。手伝ってくれと頼まれたんだ。でっかい木枠をあげるのを手伝ってくれと。俺は手伝って、それからすぐに出発したんだ」

ギターはもう一度クッキーを見て、それからまたミルクマンの眼を覗き込んだ。ギターの顔つきは少しも変わってはいなかった。自分の言ったことが相手を納得させる力を持たないことは、ミルクマンにもわかっていた。それは本当だったけれども、嘘のように聞こえるのだ。それもまずい嘘に。また生まれてからこの方、ミルクマンが一度も人に、特に見知らぬ人間に、手を貸したのをギターは見たことがないことも、ミルクマンにはわかっていた。ミルクマンはまた、自分が夢の中で母親を助けにいかなかったということから始まって、二人がそのことを議論し合ったことさえ覚えていた。ギターはミルクマンが利己的で冷淡だと非難し、ミルクマンは真剣ではないし、また思いやりがない、これっぽちもないとミルクマンに向かって言った。ところが今ミルクマンはそこに立って、白人の老人が大きな重い木枠をあげるのを、喜んで、自分から手伝ってやったと言っているのだった。だがそれは本当なのだ。本当のことなのだ。ミルクマンはそれを証明しようと思った。

「ギター、俺はどうしてここにいるんだ？　もし俺が金塊を家に送り出していたら、どうして俺はこんな格好をしてここにいるんだ？　金塊を入れた木枠をどこかに送り出して、ばかみたいに田舎をうろつき回ったりしているだろうか？　え、おい？　何のためにそんなことをして、それからここにきたりするんだ？」

「たぶんお前は金塊をここに送ったんだ、このかたり野郎」

「一体お前は何を言ってるんだ？」

「俺は見たんだ。この眼で見たんだ。聞いてるか？　俺は車であそこへいった。お前の後を追ってあそこへいった。どうも一杯食わされそうな妙な気分がしたもんでな。確信があったわけじゃない。だがそういう感じがしたんだ。もし俺の思い違いだったら、お前が金塊を手に入れるのを手伝ってやるつもりだった。だが思い違いじゃなかった。俺はあの日の午後、ダンヴィルに入った。ちょうどあの貨物駅のそばを通ったら、お前があのベージュの背広を着て、そこにいるじゃないか。俺は車を停めて、お前のあとから駅に入っていった。いってみたらお前は、そいつを積み込んでいた。あの男に渡していた。俺はお前がいなくなるまで待って、それから引き返して、あの白人に、俺の友達が——友達という言葉をギターは早口に不明瞭に発音した――ミシガンに木枠を送ったのかと聞いた。そいつはいやと言った。積み込んだ木枠は一つしかないと言うんだ。たった一つしか。それで俺がその木枠の送り先はどこかと聞くと、ヴァージニアということしか覚えていなかった」

ここでギターはにやりと笑った。「お前が乗ったバスはミシガン行きじゃなかった。ヴァージニア行きだった。そしてお前はちゃんとここにいる」

ミルクマンは鞭で打たれたような感じがした。成り行きにまかせるよりほかに手はなかった。

「木枠には俺の名前が書いてあったか？」

「それは見なかった」

「俺が金塊の入った木枠をヴァージニアに送ったりするだろうか――金塊を、え？」

「送るかもしれない。現に送っている」

「それで俺を殺そうとしたってわけか？」

「そうだ」

「お前をだましたからか？」

「俺たちをだましたからだ。お前は俺たちの仕事をなめてやがるんだ」

「お前は間違ってるよ。こいつは死ぬのと同じくらい確かだ」

「〝死ぬ〟ってのはお前のことだ」

ミルクマンは手の中のクッキーを見おろした。クッキーは間が抜けた感じで、彼はそれを投げ棄てようとしたが気持ちを変えた。「それで俺の〝日〟がきたってわけか？」

「お前の〝日〟がきた。だがそれは俺の予定で決まる。いいか、嘘だと思うなよ、俺はどこまでもお前を追いつめる。お前の名はメイコンだ。だがお前はまだデッドじゃない」

「ちょっと教えてくれないか。駅で俺を木枠と一緒に見たとき、どうしてお前は隠れたりしたんだ？　どうしてそのまま俺のそばにこなかったんだ？　そうすればその場でかたがついたのに」

「さっき言ったろ。俺はどうも妙な予感がしたんだ」

「俺がお前を出し抜くというか？」

「俺たちを出し抜くということだ」

「そしてお前は、俺がほんとに出し抜いたと思っているんだな？」

「そうだ」

「あの林の奥で、お前は怒っていたんだな？」

「そうだ」

「今度は金塊がくるまで待とうってわけだな？」

「そうだ」

「そして俺がそれを手に入れる」

「お前は手に入れることはできないよ」

「一つ頼みがある。ここに着いたときだ。最初に、中に金塊が入っているかどうか調べてくれ」

「最初に？」

「でなきゃ最後でもいい。とにかく、はるばる家まで引っ張って帰る前にだ」

「そいつは心配しなくていい」

「それからもう一つ。どうしてあんな伝言をしたんだ？　どうしてあの店に伝言を残して、俺に警告などしたんだ？」

「お前は俺の友達だからな。友達にしてやれるほんの心尽くしよ」

「そいつはどうも。礼を言うよ」

「どういたしまして」

　ミルクマンはスウィートのベッドに滑り込んで、その晩はスウィートの快い腕に抱かれて眠った。暖かい眠りの中でミルクマンは多くの夢を見たが、どれも空を飛んでいる、地上からずっと高いところを滑走している夢であった。けれども飛行機の翼のように、腕を広げているのでもなく、またスーパーマンのように水平に、弾丸のように突進していくのでもなく、ベッドに横になって新聞を読んでいるような、くつろいだ姿勢で空に漂い、巡航しているのであった。ときには暗い海の上も飛んだが、落ちるはずがないとわかっているので、恐ろしくはなかった。空にはミルクマン一人しかいなかったが、誰かが彼に拍手を送っていた。彼を見守りながら拍手を送っていた。それが誰なのかはミルクマンには見えなかった。

翌朝眼を覚まして、車の修理がどうなっているかを見に出かけたときも、ミルクマンはその夢を振り払うことができなかったし、また本当は、振り払いたくない気持ちだった。ソロモンの店にいってみると、オウマーとソロモンが袋に入ったオクラを、一ペック・バスケットの中に振るい落としていた。ミルクマンにはまだ空を飛んでいるときの、軽やかで、力に満ちた気分が残っていた。

「お前の車に付けるベルトが手に入ったぜ」とオウマーが言った。「新しくはないが、合うはずだ」

「やあ、そいつはありがたい。礼を言うぜ、オウマー」

「すぐに出かけるのか？」

「ああ、帰らなきゃならない」

「あのバードの女には、ちゃんと会えたかい？」

「ああ、会った」

「何か役に立ったかい？」オウマーは手についたオクラの綿毛を、ズボンになすりつけていた。

「いや、あまり役には立たなかった」

「そうか。キング・ウォーカーが今朝きて、ベルトを付けてくれると言っている。道路に出たら、車の具合をよく調べて見たほうがいいだろうぜ」

「そうするつもりだ」

「スウィートは朝飯を出してくれたかい？」とソロモンが聞いた。

「用意しようとしてくれたが、早くここにきて車の様子を見たかったもんだから」

「コーヒーを一杯どうだい？　奥のポットにいっぱい入ってるよ」

「いや、結構だ。ウォーカーがくるまで、ちょっと歩いてみようと思うんだ」

まだ六時半であったが、町はまるで真昼時のように活気があった。南部では生活も仕事も、一日のうちで一番涼しいときを利用するために、早くから始まる。人々はすでに食事をすませ、女たちはすでに洗濯を終えて、灌木の上に洗ったものを広げていた。二、三日して、隣の町の学校が始まれば、子供たちはこの時刻にはもう、道や野原を歩いたり走ったりして、教室に向かっていることだろう。今はまだ子供たちは、ぶらぶら歩き回ったり、雑用をしたり、猫をからかったり、群れからはぐれた鶏にパン屑をやったりしていて、中にはいつもの、あの終わりのない、ぐるぐる回りのゲームをしている者もあった。ミルクマンは子供たちの歌声を聞き、子供たちと、子供たちの上に高く聳《そび》えている、大きなヒマラヤ杉のほうに向かってぶらりと歩いていった。ヒマラヤ杉にもたれて子供たちを眺めながら、またしてもミルクマンは子供たちのかわいらしい歌声から、自分の幼年時代に欠けていたものを想い出した。輪の真中の男の子が(いつも男の子がこの役をするらしかった)眼をつむり、両腕を広げてぐるぐる回り、それから指差した。男の子は歌が叫び声で終わるまでぐるぐると回り、それから立ち止まって、誰か、ミルクマンからは見えない子供を指差した。それから子供たちはみんな膝をついた。ここで子供たちが別な歌を、生まれて以来ずっとミルクマンが、時折耳にしていた歌をうたいはじめるのを聞いて、ミルクマンはびっくりした。パイロットがいつも歌っている〝ああシュガマン、ここに置いていかないで〟という、あの古いブルースだった。ただ子供たちは〝ソロモン、ここに置いていかないで〟と歌っていた。

ミルクマンはパイロットのことを想い出して微笑した。何百マイルも離れていると、ミルクマンにはパイロットが、パイロットの家が、また、どうしても離れようと思った人々が懐かしくてたまらなかった。母親の静かな、ゆがんだ、言いわけでもしているような微笑。台所での母親の絶望的な無力さ。二十歳から四十歳までの女盛りを、母親はやもめも同然に過ごし、ミルクマンをこの世に生み出すことになった、あの数日の夫との交わりを別にすれば、その後もやはりそうであった。母親からそのことを聞かされたとき、ミルクマンは大したことにも思わなかったが、今は、そのように性の満足を奪われることは、自分を冒し、傷つけるのとまったく同じように、母親をも冒し、傷つけるだろうと思われた。もし誰かがミルクマンにそんな生活を押しつけることが、ミルクマンに向かって、「お前は女たちの中で歩き回り、生活してもよい。色情を催すことさえ差し支えない。だが今後二十年間、お前は女たちと交わってはならない」と命令することができるとすれば、ミルクマンはどんな気がするだろう？　どんな行動に出るだろう？　今までと同じ人間でいるだろうか？　またもし結婚していて、妻が十五年間ミルクマンを拒み続けたとしたらどうだろう？　ミルクマンの母親は、息子にいつまでも乳を飲ませることで、時折墓地に参ることで、そういう生活を生き抜くことができたのだ。もし夫に愛されていたら、どんな女性になっていただろう？

そしてミルクマンの父親。今ではもう老人だが、財産を手に入れ、さらに多くの財産を手に入れるために、人々を利用してきた男だ。メイコン・デッド一世の息子としてミルクマンの父親は、自分自身の父親が愛したもの、土地、りっぱで堅実な土地、豊かな生活を愛することで、自分の父親の生と死にたいする敬意を表現した。メイコンがそういうものを度を越して愛したのは、自分の父親を度を越して愛していたからだ。所有すること、建てること、獲得すること――それがメイコンの生活であり、未来であり、現在であって、また彼の知っている全歴史であったのだ。メイコンが利益のために生活をゆがめ、ねじ曲げたのは、父親の死によってメイコンが失ったものが、どんなに大きかったかを示すものだ。

子供たちを眺めているうちに、ミルクマンは落ち着かない気分になってきた。自分の両親や姉たちを憎むのは、今や愚かなことに思われた。パイロットの家に盗みに入った後で浴槽の中に洗い流した、あの浮き滓《かす》のような恥ずかしさがよみがえった。だが今やその恥ずかしさは、生まれたときに赤ん坊がかぶっている大網膜のように厚く、またぴったりとくっついていた。どうして自分はあの家に——自分が知っているただ一軒の、何一つ慰めを与えるようなものもないのに、安らかなしあわせを生み出すのに成功しているあの家に——押し入ったりすることができたのだろう？　柔らかい、よく使い込んだ椅子も、クッションも枕もない。電燈のスウィッチも、蛇口をひねれば、きれいな水がいくらでも出てくる水道もない。ナプキンもテーブルクロスもない。縫みぞを彫った皿も、花をあしらった茶碗も、ストーヴの覗き窓の中で、円く輪になって燃えている青い焰もない。だがあの家には安らかさが、活気が、歌が、そして今は、ミルクマン自身の想い出があった。

今度はミルクマンはヘイガーのことを、しまいに自分が、ヘイガーにどんな仕打ちをしたかを想い出した。どうして自分は一度も、ヘイガーを坐らせて話しかけることをしなかったのだろう？　誠実に。ヘイガーが最後に自分を殺そうとしたとき、自分はヘイガーに向かって、何というういやらしいことを言ったのだろう？　そして、ああ、ヘイガーの眼は何と空ろに見えたことだろう。ミルクマンはヘイガーを恐れたことなど一度もなかった。ヘイガーが自分を首尾よく殺すだろうとか、本当に殺したがっていると、本気になって信じたことは一度もなかった。ヘイガーの使った凶器、ずるさも知性も、罪の意識すらまったくないヘイガーの攻撃には、どんな恐怖感をも、充分失わせてしまうようなところがあった。あるいは偶然、ミルクマンに傷を負わせることもできたかもしれないが、ヘイガーにやめさせる手はいくらでもあった。だがミルクマンはやめさせたいとは思わなかった。ミルクマンはヘイガーを――ヘイガーの愛情を、狂気の沙汰を――そして中でも特に、ヘイガーが激しい復讐心に燃えて忍び寄るのを、利用したのだ。それによってミルクマンはスターに、血液銀行の名士になった。それによって男たちや、ヘイガー以外の女たちは、ミルクマンがひとかどの伊達男であること、ミルクマンには女を狂わせ、破滅させる力があること、しかもそれは女がミルクマンを憎んでいたり、ミルクマンが女にたいして許しがたいことをしたからではなく、ミルクマンが女を抱いたことがあり、彼の素晴らしい一物を忘れられなくて女が錯乱したからであることを知った。彼のソーセージ、そうリーナは呼んだ。最後のときにさえミルクマンは、ヘイガーを利用した。ヘイガーが今にも部屋に入ってきて、弱々しく自分を殺そうとするのを、ヘイガーの意志に対立する自分の意志の行使――宇宙にたいする最後通告のときとして利用したのだ。「死ね、ヘイガー。死ね」この女が死ぬか、俺が死ぬかのどちらかだ。そしてヘイガーはその場に、人形使いが吊したまま、ほかの遊びにいってしまったときのあやつり人形のように、呆然として突っ立っていた。

ああソロモン、ここに置いていかないで

子供たちはまたゲームの繰り返しを始めていた。ミルクマンは首のうしろをこすった。不意に、まだ朝のさわやかなときだったけれども疲れを感じた。ミルクマンはもたれていたヒマラヤ杉から離れると、どっかりと坐り込んだ。

ジェイ、ソロモンの一人息子
カム、ブーバ、ヤリ。カム……

この町の連中はみんなソロモンという名前だな、とミルクマンはもの憂い気持ちで考えた。ソロモン雑貨商店、ルーサー・ソロモン（親戚ではない）、ソロモンの飛び場。そして今子供たちは〝シュガマン〟と言う代わりに、「ソロモン、ここに置いていかないで」と歌っていた。シャリマーという町の名前さえ、ソロモンというように聞こえた。ソロモン氏も、ほかのみんなも、町の名をシャリーモーンと発音した。

ミルクマンの頭皮がぴりぴりしはじめた。ジェイ、ソロモンの一人息子？　ジェイク、ソロモンの一人息子だろうか？　ミルクマンは子供たちの歌を聞き取ろうとして、耳を澄ませた。ジェイクだとしたら、ミルクマンの探している身内の一人だ。妻のシングと同じようにシャリマーに住んでいた、ジェイクという名前の男だ。

ミルクマンは坐り直して、子供たちがまた歌いはじめるのを待った。歌は、「カム、ブーバ、ヤリ。カム、ブーバ、タンビー」というように聞こえて、意味をなさなかった。しかし次の文句の、「黒い婦人が地面に倒れた」というのは、充分に明瞭であった。次にまた無意味な言葉が続いて、それから、「四方八方に身を投げつけた」という文句になった。今度は真中の子供は、前とは違った、もっと速いテンポで歌われる文句に合わせて、こまのようにぐるぐると回りはじめた。「ソロモン、ライナー、ベライ、シャルト……」

またソロモンだ。そしてライナーだろうか？　ライナだろうか？　どうして二つ目の名前は、こんなに親しい感じがするのだろう？　ソロモンとライナ。あの林。あの狩猟。ソロモンの飛び場とライナの峡谷。あの山猫を撃った晩にいったり、近くを通ったりした場所だ。峡谷は、あの女の泣き声のような音が聞こえた場所だ。カルヴィンはその音が、ライナの峡谷から生まれるのだ、そこでは「ライナという名前の女」が泣いているんだという言い伝えの、こだまが起こるんだと言った。風の向きがちょうどいいときには、あの泣き声が聞こえるのだと。

だが、あとは何のことだろう? ベライ……シャルト……ヤルバかな? ソロモンとライナが人の名前だとすれば、あとの言葉もそうかもしれない。歌はもう一度意味のはっきりした文句が出てきて、それで終わった。「二十一人の子供、末っ子はジェイク!」というのだった。そしてジェイク(ジェイクはまた明らかに〝ソロモンの一人息子〟でもあった)という叫びで、ぐるぐると回っている男の子は立ち止まるのだった。ミルクマンは今や、その子供の指が誰をも差さないではずれた場合には、また新しく始めるのだということを理解した。けれどもその指がまっすぐに誰か他の子供を差すと、そのときにはみんな膝をついて、パイロットの得意の歌をうたうのだった。

ミルクマンは紙入れを取り出して、中から航空券の半券を引っ張り出したが、書きとめる鉛筆がなかった。万年筆は背広に入っていた。どうしてもよく聞いて、暗記するよりほか仕方がなさそうであった。ミルクマンは眼を閉じて、子供たちが嬉々として倦《う》むこともなく、リズミカルで韻を踏んだ歌と演技を繰り返し、何度も何度もゲームを繰り返すのに、全身の注意を集中した。そしてミルクマンは、子供たちの歌う文句を全部暗記した。

ジェイク、ソロモンの一人息子
カム、ブーバ、ヤリ。カム、ブーバ、タンビー
ぐるぐる回って太陽に触った

カム、コンカ、ヤリ。カム、コンカ、タンビー
赤ん坊を白い人の家に置いていった
カム、ブーバ、ヤリ。カム、ブーバ、タンビー
ヘディがその子を赤い人の家に連れていった
カム、コンカ、ヤリ。カム、コンカ、タンビー

黒い婦人が地面に倒れた
カム、ブーバ、ヤリ。カム、ブーバ、タンビー
四方八方に身を投げつけた
カム、コンカ、ヤリ。カム、コンカ、タンビー

ソロモンとライナ、ベライ、シャルト
ヤルバ、メディナ、それにムハメット。
ネスター、カリナ、サラカ、ケーキ
二十一人の子供、末っ子はジェイク！

ああソロモン、ここに置いていかないで
綿のボールに息が詰まる
ああソロモン、ここに置いていかないで
白い旦那にこき使われる

ソロモンは飛んでいった。ソロモンはいってしまった
ソロモンは空を突っ切っていった。ソロモンは故郷に帰った

「ヘディがその子を赤い人の家に連れていった」という文句を聞いたとき、ミルクマンはもう少しで叫び声をあげるところであった。ヘディというのはスーザン・バードの父方の祖母であり、だから当然、シングの母親でもあった。そして、「赤い人の家」というのは、バード家がインディアンであったことを指しているのにちがいない。もちろんそうにちがいない。シングはインディアンであるか、インディアンの血が混じるかしていた。そして名前はシング・バード、あるいは、もっと可能性があるのはシング・B・y・r・dではなく、シング・B・i・r・d、いや——シンギング・バードだ！　最初はそういう名前——シンギング・バード——だったのにちがいない。そしてシングの弟のクロウエル・バードは、おそらくクロウ・バード、あるいはただのクロウ（鴉《からす》）だったろう。この家族は

自分たちのインディアンの名前と、アメリカ人らしく聞こえる名前を混ぜ合わせたのだ。ミルクマンは今やこの歌の中に、それとわかる人間を四人見つけ出した。ソロモン、ジェイク、ライナ、ヘディ。それにヘディがインディアンであることもぼんやりとほのめかされていた。これらはすべてジェイクとシングが、サーシーの言った通り、シャリマーで一緒だったことを示すように思われた。間違っているはずはなかった。子供たちはミルクマン自身の祖先の話を歌っているのだ。ミルクマンはすべてをつなぎ合わせようとして、精いっぱいに頭をしぼりながら、鼻歌をうたい、含み笑いをした。

ジェイクの父親はソロモンだった。ジェイクはぐるぐる回って太陽に触れたのだろうか？　ジェイクは白人の家に赤ん坊を残していったのだろうか？　いや、違う。「ソロモン、ここに置いていかないで」という文句が正しいとすれば、置いていったのは、〝飛んでいった〟のは――これは死んだか、逃げたという意味だ――ソロモンで、ジェイクではない。たぶん、いかないでと頼んでいるのは赤ん坊、あるいはジェイク自身だ。だが地面に倒れた〝黒い婦人〟とは誰のことだろう？　どうしてその女性は、四方八方に身を投げつけたのだろう？　この文句はまるで、その女性が発作でも起こしたように聞こえる。誰かがその女性の赤ん坊を最初白人の家に、それからインディアンの家に連れていったからだろうか？　ライナは？　ライナというのは今も峡谷で泣いている、あの黒い婦人なのだろうか？　ライナはソロモンの娘だったのだろうか？　もしかしたらライナは私生児を生んで、ライナの父親が――いや、そうじゃない。ライナが泣いているのはソロモンのためで、赤ん坊のためじゃない。「ソロモン、ここに置いていかないで」ソロモンはライナの恋人だったのにちがいない。

ミルクマンは混乱してきた。しかし彼はクリスマス・ツリーの下に山のように積んである、たくさんのプレゼントの箱に直面した子供のように興奮していた。この山のどこかに、自分へのプレゼントがあるにちがいないのだ。

だが、まだまだ欠けている部分がいくらでもあった。スーザン・バードは自分に話したよりも、もっと多くのことを知っているにちがいない、とミルクマンは思った。それに時計を返してもらいにいかなければならなかった。

ミルクマンはソロモンの店に駆け戻って、板ガラスの窓にちらりと自分の姿を映してみた。ミルクマンはほくほくしていた。眼はきらきらと輝いていた。ミルクマンは生まれてからまだ一度もなかったほどに、夢中であり幸福であった。

第十三章

あの暑い九月の朝、ミルクマンがいなくなってからかなりの時間が経ってやっと、ヘイガーはナイフを手から落とすほどに気持ちが落ち着いた。ナイフが音を立ててリノリウムの床に落ちると、ヘイガーはのろのろと両腕をおろし、市場で指で触られ、それから脇にのけられた二つのマンゴーみたいに、自分の乳房を抱いた。陽光がいっぱいに降り注ぐその小さな貸間でヘイガーは、ギターが帰ってくるまでそうして立っていた。ギターが何を言っても、ヘイガーは口を利こうとも、動こうともしなかった。そこでギターはヘイガーを抱きあげて下に連れていった。階段の一番下の段にヘイガーを坐らせると、ギターはヘイガーを家まで送るために車を借りにいった。

この事件全体を浅ましく思い、また恋の盲目的な愚かしさに嫌悪感を覚えながらも、この本当にかなりに美しい女性が自分の乳房を押さえ、空ろな眼で前方をじっと見据えながら、柱のようにまっすぐに坐っているのを見ると、ギターは深い悲しみの波に呑み込まれないではいられなかった。

借りてきたおんぼろ車のエンジンはひどい音を立てたが、ギターは優しくヘイガーに話しかけた。「あいつがあんたを愛さないから、自分はつまらない女だとあんたは思っている。あいつがもうあんたを欲しがらないから、あいつは正しい——あんたについてのあいつの判断と意見は当たっている、そうあんたは考えている。あいつに棄てられたら自分は屑だってわけだ。自分があいつのものになりたいから、あいつもあんたのものだと、あんたは思っている。ヘイガー、そんなふうに思うもんじゃない。いやな言葉だよ、〝誰かのもの〟ってのは。特に、愛している人間に使ったときにはね。愛ってのはそんなもんじゃいけないんだ。雲がどんなふうに山を愛するか、見たことがあるかい？　一面に山を取り巻くんだ。雲で山の姿が見えないことさえある。だけど知ってるかい？　頂上に登ると何が見えるか？　山の頭だよ。雲は決して頭は覆わないんだ。山の頭は突き出しているんだよ。雲がそうさせるからだ。雲はすっぽりと山を包み込んではしまわないんだ。山の頭は高く、自由にさせておくんだ。どんなものにも山を隠させたり、包み込ませたりはしないで。聞いてるかい、ヘイガー？」ギターはまるで、ごく幼い子供に話しているような調子で、ヘイガーに話した。「人間を自分のものにするってことはできないんだ。自分のものでもないものを、失うなんてこともないんだ。もしあいつがあんたのものだとしたら、どうなる？　あんたなしではまったくだらないというような人間を、本当にあんたは愛せるだろうか？　そんな人間を本当に欲しいと思うかい？　あんたがドアから外に出たとたんに、崩れてしまうような人間を？　そんな男は欲しくない、そうだろ？　あいつだってそうなんだ。あんたは自分の命を全部、あいつに引き渡そうとしている。自分の命全部をだよ。そして、もしあんたにとって自分の命が、簡単に譲り渡せる、あいつにあっさりとくれてやれるほどつまらないものだったら、あいつにもそれ以上の価値があるわけはないじゃないか。あんたが自分を評価する以上に高く、あいつがあんたを評価するなんてはずはないんだぜ」ギターは話すのをやめた。ヘイガーは身動きもせず、ギターの言うことを聞いているような様子も、まったく見せなかったのだ。

　きれいな女だ、とギターは思った。肌の黒い、きれいな、かわいい女だ。愛のために殺したい、愛のために死にたいと思っているんだ。こういう踏みつけにされた女たちの気位の高さ、うぬぼれの強さにギターは驚いていた。そういう女たちはいつも、子供のときに甘やかされた女たちだった。気まぐれな欲望を大人たちから、本気に受け取られた女たちだった。そして大人になるとそういう女たちは、最高にしみったれで、最高に貪欲な人間になり、そのしみったれぶりと貪欲さから、眼に見えるものは何でも貪《むさぼ》り尽くすような、しみったれた、けちな愛情が育つのだった。こういう女たちは自分が愛されていないという事実を、信じることも受け入れることもできないのだ。自分が愛されていないように見えるときには、世の中そのものが狂っているように思い込んでしまうのだ。どうしてこの連中は、自分たちがそんなに魅力があると思うのだろう？　どうしてこの連中は自分たちの愛情の品質が、ほかの誰のものよりも優れている、あるいは誰のものにも負けない、とさえ思うのだろう？　だがこの女たちはそう思っている。そして邪魔をする奴は誰でも殺してやるというほどに、自分の愛を愛している。

ギターはもう一度ヘイガーを見た。きれいだ。肌の黒い、きれいな、かわいい女だ。肌の黒い、きれいな、かわいい女だ。パイロットはこの女に何をしてやったのだろう？　誰もこの女に、知るべきことを教えてはやらなかったのだろうか？　今は大人になって、ちゃんとした行動が取れるようになっている自分の二人の妹と、二人の成長の途中で繰り返されたやり取りのことを、ギターは想い出した。パパはどこにいるの？　あなたがこの通りに出てきているのをママは知ってるんだね？　何か頭にかぶりなさい。風邪を引いて死んでしまうよ。暑くない？　寒くない？　濡れるのがこわくないの？　その組んでいる足をほどきなさい。靴下をあげなさい。年少合唱隊にいくと思っていたのに。スリップが見えているよ。裾が出ているよ。ここに戻ってそのカラーにアイロンをかけなさい。口をつぐみなさい。頭をとかしなさい。そこから起きてベッドを整えなさい。その肉を載せなさい。屑を出しなさい。ワセリンを塗るとその肌のかさかさがよくなるよ。

パイロットもリーバも、ヘイガーが自分たちとは違うことに気づいていなかった。二人がしてきたように自分の人生を作りあげていけるだけの、パイロットのような強さも、リーバのような単純さも、ヘイガーにはなかった。ヘイガーにもたいていの黒人の少女に必要なもの、人生が要求する強さ——そしてその人生を生きていくためのユーモア——を与えてくれる、母親、祖母、叔母、いとこ、姉妹、隣人、日曜学校の先生、一番の女友達などの合唱が必要なのであった。

それにしても、とギターは思った、それだけの価値があろうとなかろうと、自分の愛している相手から軽蔑されたり、棄てられたりするのは……

「知ってるかい、ヘイガー？　生まれてから俺が愛したものは、みんな俺を置いていったんだ。親父は俺が四つのときに死んだ。置いていかれたので俺が覚えている、最初の、そして一番辛かったときはそのときだ。それからおふくろだ。俺たち子供が四人いて、親父が死ぬとどうしようもなかったんだ。逃げ出したんだよ。あっさりと逃げ出したんだ。おばあちゃんが出てこられるまで、叔母さんが俺たちの面倒を見てくれた。それからおばあちゃんが俺たちを世話してくれた。それからビリーおじさんが出てきた。二人とも、もうほとんど死んだみたいなものだ。だから俺には、一人の女に惚れ込むってことはむずかしかったんだ。なにしろもし愛したら、死んでしまうと思ったからだ。だが俺にも、惚れ込んだことはある。たった一度だけ。だけど一度で精いっぱいだと思うよ」ギターはそのことを想い出しながら言った。「だけど俺は一度も、女を殺したいと思ったことはない。男ならある。だけど女を殺したいと思ったことはない」ギターは微笑したが、ヘイガーは見ていなかった。聞いてさえいなかった。ギターがヘイガーを車からおろしてリーバの腕にあずけたときも、ヘイガーの眼にはまだ何の表情もなかった。

パイロットとリーバにわかっているのはただ、ヘイガーをかわいがってやるということだけであった。そしてヘイガーは何も言おうとしなかったので、二人はヘイガーの喜びそうなものをいろいろと持ってきた。生まれて初めて、リーバはものを当てようとした。そしてまた、初めて失敗した。ポータブルのテレビ・セットが当たったほかは、何一つ当たらなかった。そしてテレビは、電気がきていないので入らなかった。ラッフル券（番号が付いていて、金ではなく賞品が当たるくじ券）も、ビンゴも、ポリシー（くじに現われる数に賭ける賭博）も、手形交換所の数字も、スウィープスティクス（総賭金を一人、または数人で独占する賭博）も、カーニバルで突き破ると賞をもらえる風船も、どれ一つとして、リーバの魔術に屈服するものはなかった。リーバは負けた。運のなさに戸惑いながらリーバは、建築用地や、他人の家の庭の端に咲いている、どんな花でも手折りながら、重い足取りで帰ってきた。それらの花をリーバは娘にプレゼントしたが、ヘイガーはただ指で髪の毛をもてあそびながら、窓のそばの椅子に坐ったり、ベッドの中で横になったりしていた。

二人はヘイガーのために特別の料理を作ってやり、またヘイガーを立ち直らせてくれるだろうと思われる贈り物を探した。どれもだめだった。パイロットの唇は動きを止め、リーバの眼は、どうしてよいかわからない不安に満ちていた。二人はヘイガーに口紅やチョコレート・ミルク、ピンクのナイロンのセーターや、つりうき草のベッドジャケットを持ってきてやった。リーバは赤くもあり緑でもあるフルーツゼリーを作る秘宝を研究しさえした。ヘイガーは見向きもしなかった。

ある日パイロットはヘイガーのベッドに腰をおろして、孫娘の顔の前にコンパクトを差し出した。コンパクトは金のような材料で縁どられ、ピンクのプラスチックの蓋が付いていた。

「ほら、ご覧、これを。見えるかい？」パイロットはよく見せるためにコンパクトをぐるぐると回し、留め金を押した。ぱちっと蓋が開いて、ヘイガーはそれから自分の顔のごく小さな一部が、鏡に映っているのを見た。ヘイガーはコンパクトを受け取り、長い間鏡の中を覗き込んでいた。

「無理もないわ」とヘイガーはやっと口を利いた。「これを見てよ。無理もないわ。当たり前よ」

パイロットはヘイガーの声を聞いて喜びに震えた。「お前にあげるよ、それを。きれいだろ？」

「無理もないわ。当たり前よ」とヘイガーは言った。

「何が無理もないんだい？」とパイロットが聞いた。

「わたしがどんな顔をしてるか見てよ。ひどい顔してるわ。わたしのこと欲しがらなかったのも無理がないわ。ほんとにひどい顔だもの」ヘイガーの声は、まるでここ数日のことなどすっかり忘れてしまったみたいに、落ち着いて理性的だった。「ベッドから起きて、きれいに身繕いをしなくっちゃ。ほんとに無理もないわ！」ヘイガーはベッドカバーをはねのけて、立ちあがった。「まあ、その上身体が臭うわ。ママ、お湯をわかして。身体を洗わなくっちゃ。ゆっくりと。浴用塩はまだあった？　まあ、どうでしょう、わたしの頭。見て、これを」ヘイガーはもう一度、コンパクトの鏡の中を覗き込んだ。「まるでマーモットだわ。櫛はどこにあるの？」

パイロットはリーバを呼び、二人は一緒に家じゅうを走り回って、櫛を探した。けれども櫛が見つかっても、ヘイガーのねばねばとしてもつれた髪には、歯が通らなかった。

「洗いなさい」とリーバが言った。「洗ったら、乾かないうちにとかしてあげるから」

「だったらシャンプーがいるわ。本当のシャンプーが。ママの石鹼なんか使えないわ」

「わたしが買ってくるよ」リーバは少し震えていた。

「どんな種類だい？」

「どんな種類だっていいわ。それからヘアーオイルも買ってきて、リーバ。ポスナーのよ。それから、ええと……いいわ、かまわないわ。それだけ。ねえママ？　ママは見たことある？　わたしの……ほんとに何てことでしょう！　無理もないわ。無理もないわ」

パイロットはヘイガーのベッド掛けから、糸を一本引き抜いて口に入れた。「わたしはお湯をわかすよ」とパイロットは言った。

戻ってくるとリーバはヘイガーの髪を洗い、ブラシをかけ、優しくとかしてやった。

「二つに編むだけにして、リーバ。わたし美容院にいかなくっちゃいけないもの。今日。それに何か着るものがいるわ」ヘイガーは小さな、ボール紙の押入れの戸のところに立って、手早くそこにある服の肩に触ってみた。「ここにある服はどれもめちゃくちゃだわ。めちゃくちゃ。みんな皺になって……」

「お湯がわいたよ。たらいはどこに置いたらいい？」

「ここへ持ってきて」

「もうお湯に入るつもりなのかい？　今起きたばかりだよ」とリーバが言った。

「お黙り、リーバ」とパイロットが言った。「自分のことは自分で気をつけさせればいいんだよ」

「でも三日も寝ていたんだもの」

「だからよけいにだよ」

「わたしこんなもの着られないわ。どれもこれもめちゃくちゃ」ヘイガーは今にも泣き出しそうだった。

リーバはパイロットを見た。「ママの言う通りだといいけど。わたしはあんまり急に起き出して、すぐにお湯に飛び込むなんて賛成できないわ」

「ぶつぶつ言ってないで、このたらいを運ぶのを手伝いなさい」

「どれもこれもしわくちゃ。何を着たらいいんだろう?」

「これだけのお湯じゃ足までもつからないわ」

「坐ればあがってくるよ」

「わたしの黄色い服はどこにあるの? 下までずっとボタンのついた服は?」

「その中のどこかにあると思うよ」

「探し出してアイロンをかけてくれる? めちゃくちゃだわ。何もかもめちゃくちゃなのよ」

リーバは黄色い服を探し出して、アイロンをかけた。パイロットはヘイガーが身体を洗うのを手伝った。やっときれいになって服を着ると、ヘイガーは二人の前に立って言った。

「わたし、少し着るものを買わなくっちゃ。新しい衣類を。今持っているのはどれもこれも、めちゃくちゃなんだもの」

二人は顔を見合わせた。「何がいるんだい?」パイロットが尋ねた。

「何もかもよ」とヘイガーは言った。そして何もかもヘイガーは買い込んだ。リーバのダイヤモンドで作った金で、ヘイガーは下着から上に着るものまで、女性の身につけるものはすべて買い込んだ。ヘイガーが買いたいと言い出したとき、パイロットとリーバは、二人で七十五セント持っており、それに客への貸しが六ドルあった。そこで二千ドルの値打ちのある二カラットのダイヤモンドが、質屋に入れられることになり、リーバは最初質屋で三十ドル借りてきた。それから今度はがみがみと叱りつけるパイロットと一緒に、もう一度質屋に引き返し、さらに百七十ドル借り出した。ヘイガーは二百ドル七十五セントをハンドバッグに押し込んで、まだときどき、「無理もないわ」と独り言をつぶやきながら、商店街に向かった。

ヘイガーはプレイテックス社のガーター・ベルト、I・ミラー社のノーカラーのストッキング、フルート・オブ・ザ・ルームのパンティと二つのナイロン・スリップ――一つは白で一つはピンク――ジョイス社のファンシー・フリー一足とコン・ブリーオ一足（ありがたい！　ジョイスの素敵なヒールだ）を買った。それからヘイガーは腕いっぱいに何枚かのスカートと、エヴァン＝ピコーンのツーピースを一着かかえて、試着室に入った。下までずっとボタンの付いた黄色い服を床に脱ぎ棄て、ヘイガーは一枚のスカートを頭からすっぽりとかぶって、腰のところまでおろした。しかし、わきあきがどうしても閉まらなかった。ヘイガーはお腹を引っ込め、ぎりぎりまでスカートを引っ張ってみたが、ファスナーはどうしても閉まらなかった。フーフー言って頑張っているうちに、ヘイガーの額にはうっすらと汗がにじみ出た。自分の全人生は、このアルミニウムのファスナーの歯が、嚙み合うかどうかで決まるのだ、とヘイガーは思い込んでいた。必死になってわきあきを閉めようとしているうちに、ヘイガーの人差し指の爪は割れ、親指のつけ根が痛くなった。うっすらと光っていた汗がたらたらと流れはじめ、ヘイガーはあえぎ出した。女店員がカーテンから首を突っ込んで、明るい口調で、「いかがでございますか？」と聞いたとき、ヘイガーは今にも泣き出しそうになっていた。ヘイガーの怒ったような、またおびえたような顔を見ると、店員の微笑は凍りついた。

「まあ」と店員は言って、スカートのウェストのところに付いている札に手を伸ばした。

「これは五ですわ。無理をなさらないで。こちらだったら、そうですね、九か十一でないとだめだと思いますわ。どうぞ、無理をなさらないで。そのサイズがあるかどうか調べてまいりますわ」

店員は、ヘイガーが格子縞のスカートを足元に落とすまで待って、それから姿を消した。店員が持ってきたスカートは簡単にはけた。ヘイガーはそれ以上は探そうとしないで、そのスカートとエヴァン＝ピコーンのツーピースをくださいと言った。

次にヘイガーは白のブラウスと、海の泡のような淡い緑で縁取った、子鹿のようなベージュ色のナイトガウンを買った。あと必要なのはただ化粧品だけだった。

化粧品売場でヘイガーは香水の匂いに包まれながら、レッテルや宣伝文句を貪るように読んだ。彼のためにやさしいプライヴァシーの世界を創造する、原始女性のためのミラージア。その世界のただ一人の住人はニナ・リッチのレール・デュ・タンと混じり合ったあなたなのです。ヤードレーのフレアとチュヴァシェのネクタローマにドルセーのイントクシケーション。ロベール・ピゲのフラカに、カリプソにヴィザにバンディット。ウビガンのシャンティイ。キャロンのフルール・ドゥ・ロカイユとベロッジア。ヘイガーはガラスのカウンターの上に立ちこめている、甘い香りを深々と吸い込んだ。微笑を浮かべた夢遊病患者のように、ヘイガーは店内を歩き回った。大きなびんや、ウェーファのように薄いディスク、円い箱、チューブ、小さなガラスびんなどに覆われた、ダイヤモンドのように透明なカウンターの周囲をぐるぐると歩き回った。柔らかい白い手に握られた口紅が筒の中から、子犬の赤く光っているペニスのように飛び出した。桃色のパウダーやミルクのようなローションが、次々とはられた、歯を見せてにっこりと笑っている華やかな顔のポスターの前に、並べてあった。うっとりとした顔。誘惑に成功してまじめぶった顔。ヘイガーはその桃やクリームやしゅすのように微笑を放つカットグラスの中で、一生過ごしてもいいような気持ちだった。豊かさと、華やかさと、愛の中で。

ヘイガーが小さな袋のいっぱいに詰まった、二つのショッピング・バッグを両手にしっかりと握って店を出たのは、五時半であった。そしてその二つのショッピング・バッグをヘイガーは、リリー美容院に着くまではおろさなかった。

「今日はもうこれ以上できないんです」ヘイガーが店に入ると、リリーが洗髪台から顔をあげて言った。

ヘイガーはじっと眼を据えた。「どうしても髪をセットしてもらいたいの。急ぐんです」とヘイガーは言った。

リリーはマーセリーンのほうを見た。この店がはやっているのはマーセリーンのおかげであった。マーセリーンのほうが年も若く、もっと新しい教育を受けていて、長持ちのする軽いウェーブをかけることができた。リリーはまだ真赤に焼けたヘアーアイロンを使用しており、一人の頭に一オンスの油を使った。リリーの客たちは彼女から離れはしなかったが、しかし不満を抱いていた。リリーはマーセリーンに声をかけた。「あなた引き受けられる？　わたしにはとてもできないわ」

マーセリーンは客の頭をじっと覗き込んだ。「遅くまでやるつもりはなかったのよ。あと二人お客さんがくるの。今日はもうこれで八人目よ」

誰も口を利かなかった。ヘイガーはじっと眼を据えていた。

「いいわ」とマーセリーンが言った。「あなたのことですもの。八時半にもう一度きてください。もう洗ってあるんですか？」

ヘイガーはうなずいた。

「いいわ」とマーセリーンが言った。「八時半ですよ。でも大したことは当てにしないでね」

「驚いたわね、あんたには」とリリーは、ヘイガーが出ていくと、くすくす笑いながら言った。「今、二人帰ってもらったばかりじゃない」

「ええ、そうよ。わたしだってやりたいとは思わないわ。でもわたし、あのヘイガーって子とごたごたを起こしたくないの。何をするかわかったもんじゃないもの。あの自分のいとこだって襲うんでしょ。わたしにだって何をするかわからないわ」

「あれが、メイコン・デッドの息子とできてるって子かい？」リリーの客が洗髪台から顔をあげた。

「あれですよ。恥ずかしいと思うべきですよ、二人とも。いとこ同士なんて」

「うまくいってないのにちがいないよ、男を殺そうとしているんだったら」

「男のほうは町を出たはずですね」

「当り前だよ」

「とにかくわたし、あの人とごたごたしたくないんです。ごめんだわ」

「男以外に誰も困らせたりはしないよ」

「それに、ほら、パイロットがいるわ。あの人を追い返したと知ったら、パイロットはよくは思わないわ。あの子をものすごく甘やかしているんだもの」

「隣に魚を注文したんじゃなかった？」

「それにあの髪。大したことを望んでなきゃいいけど」

「もう一度電話をして。わたしお腹が空いてきたわ」

「いかにもあの人らしいわ。予約も何も全然しないで。こんなに遅くなってからやってきて、ちゃんとしたことをして欲しがるなんて」

ヘイガーはたぶん、どこかで待つつもりであった。でなければ一旦家に帰って、八時半にまた、リリーの店へいくつもりだったろう。けれども、その時の勢いがヘイガーを支配した。何もかもがつながっていた。小さなピンクのコンパクトの鏡を覗き込んだときから、ヘイガーは止まることができなかった。まるでヘイガーは息を止めていて、うっ積した精力があくせくと動き回ることで、ミルクマンの眼を見張らせるような美しさとして完成するまでは、その息を吐き出すことができないとでもいうようであった。リリーの店を出てから右も左も見ず、他の人々や、街燈、自動車、また雷のきそうな空にも気づかないで、ただひたすらに歩き続けたのはそのためであった。雨の降っているのに気づいたときには全身ずぶ濡れになっており、しかも気づいたのは、ショッピング・バッグの一つが破れたからであった。下を見ると、きちんとたたんだ、エヴァン＝ピコーンの色物のバンドの付いた白いスカートが、半ば開いて路肩に落ちており、いつの間にか家からはずっと遠いところにきていた。ヘイガーはショッピング・バッグを二つとも下に置き、スカートを拾いあげて、くっついている砂利粒を払った。急いでたたみ直して、もう一度ショッピング・バッグの中に押し込もうとすると、今度はバッグが完全にだめになってしまった。だめになったバッグを直そうとしてしゃがんでいるヘイガーの髪に、雨がしみ通り、首を流れ落ちた。ヘイガーはコン・ブリーオの箱と、ヴァン・ラールテの手袋の入ったもっと小さな包み、そして淡い緑で縁取ったベージュの、短いナイトガウンの包みを引っ張り出した。これらの包みをもう一つのバッグに詰めると、ヘイガーは今まで歩いてきた道を引き返しはじめたが、重くなったバッグを片手で持ち歩くことはできなかった。それでヘイガーはバッグを下腹部のところまで持ちあげ、両腕でそれを抱いた。十ヤードも歩かないうちに、バッグの底が抜け落ちた。ヘイガーはジャングル・レッド（スカルプテューラ社）とユース・ブレンドにつまずき、またサニー・グロウの箱が水たまりの中にのめり込んでいるのを見て慌てふためいた。ジャングル・レッドとユース・ブレンドは無事に拾ったが、サニー・グロウは完全に傾いて、押さえのディスクは取れ、雨粒に叩かれて、淡い桃色の煙となって飛び散っていた。ヘイガーはできるだけ多くをかき集めて、くしゃくしゃになったセロファンのディスクを箱の中に押し戻した。

ダーリング・ストリートに着く前に二度ヘイガーは立ち止まって、買ってきた品物を地面から拾いあげなければならなかった。ずぶ濡れになり、力なく、途方に暮れながら、できるかぎりの仕方で包みを持って、やっとのことでパイロットの家の戸口に立った。リーバは娘の姿を見てほっとしたあまりにヘイガーに飛びつき、シャンティイとバンディットを床に落とした。ヘイガーは身を固くして母親から離れた。

「急がなくっちゃいけないのよ。急がなくっちゃ」とヘイガーは小さな声で言った。

ローファーの靴には水を溢れさせ、髪からはぽたぽたと雫《しずく》をしたたらせながら、買ってきたものを腕にかかえてヘイガーは寝室に入り、ドアを閉じた。パイロットとリーバはあとを追おうとはしなかった。

寝室に入るとヘイガーは、着ているものを全部脱いで裸になり、顔や髪や足を乾かす時間も置かないで、色物のバンドの付いた白のスカートをはき、それにマッチしたボレロ、メイドゥンフォームのブラジャー、フルート・オブ・ザ・ルームのパンティ、ノーカラーのストッキング、プレイテックスのガーター・ベルト、それにジョイスのコン・ブリーオを身に着けた。それから坐って、顔の手入れを始めた。若々しく丸い眼のために眉をチャーコール・グレーに描いた後で、頬にはマンゴ・タンゴをなすりつけた。それから顔じゅうにサニー・グロウを軽く叩きつけた。マンゴ・タンゴはサニー・グロウの下に隠れてしまったので、ヘイガーはもう一度つけ直さなければならなかった。ヘイガーは唇を突き出してジャングル・レッドを塗った。まぶたには昼の光を欺くようなベイビー・クリアー・スカイ・ライトをつけ、喉と耳たぶと手首にはバンディットをつけた。最後にユース・ブレンドを手のひらに少しこぼし、それを顔一面に伸ばした。

やっとヘイガーはドアを開けて、パイロットとリーバの前に姿を見せた。そして、その前に、鏡の中には見なかったものをヘイガーが見たのは、二人の眼の中にであった。濡れて電線の入ったストッキング、泥に汚れた白いドレス、べとべとしてあちこちに固まったお白粉、縞になった口紅、そして濡れてもじゃもじゃに乱れた髪。これらすべてのものをヘイガーは、二人の眼の中に見た。そしてヘイガー自身の眼には雨よりも温かく、雨よりもずっと古い液体がいっぱいにたまった。涙は数時間続いたが、やがて熱が出て涙は止まった。熱のために口ばかりでなく、眼までもからからに乾いてしまったのである。

ヘイガーはあの小さな、ゴールディロックスが選んだようなベッドに、砂のように乾き、ガラスのように静かな眼をして横たわっていた。パイロットとリーバはベッドのそばに坐って、いつも同じ方向から吹いてくる風のために前に傾いた二本のディヴィディヴィの木のように、ヘイガーの上に身を屈めていた。木と同じように二人は自分たちの持っているすべてのもの、愛情のこもったささやき、保護するための蔭をヘイガーに与えた。

「ママ」ヘイガーの熱はさらに高くなった。

「何だい？」

「どうしてあの人、わたしの髪が気に入らないんだろう？」

「誰のことだい、ベイビー？　誰がお前の髪を気に入らないんだい？」

「ミルクマンよ」

「ミルクマンはお前の髪が大好きだよ」とリーバが言った。

「嘘よ。好きじゃないわ。でもどうしてか、わたしにはわかるの。どうしてわたしの髪が気に入らないのか」

「好きに決まってるよ。好きでないなんてことが、あるわけないじゃないか」とパイロットが言った。

「あの人、絹みたいな髪が好きなのよ」ヘイガーの声があまりに低いので、二人は身を折りまげるようにして聞かなければならなかった。

「絹のような髪を？　ミルクマンが？」

「あの人、わたしのような髪は好きじゃないの」

「しゃべるんじゃないよ、ヘイガー」

「一ペニー銅貨のような色をした、絹みたいに細い髪が」

「口を利くんじゃないよ、ベイビー」

「カールして、ウェーブして、絹のような髪よ。わたしの髪は好きじゃないの」

パイロットはヘイガーの頭に手を置き、孫娘の柔かあかく湿った、羊毛のような髪をまさぐった。「どうしてあの子が、お前の髪を気に入らなかったりするんだい？　あの子のわきの下に生えているのと同じ毛だよ。あの子の股から下腹に生えているのと同じ毛だよ。胸一面の毛ともまったく同じだよ。あの子の鼻からも、唇の上にも生えているよ。剃刀をなくしでもしたら、顔一面に生えてくるよ。頭にもいっぱいに生えているよ、ヘイガー。それはあの子の毛でもあるんだよ。好きでないわけがないじゃないか」

「あの人こういう髪は、全然好きじゃないわ。憎んでるのよ」

「いいや、憎んだりなどしていないよ。自分が何が好きかわからないんだよ。でも気が変わって戻ってくるよ、いつかはね。自分のことを愛していて、お前の髪を憎むなんてことがどうしてできるんだい？」

「あの人、絹のような髪が好きなのよ」

「しゃべるんじゃないよ、ヘイガー」

「銅貨みたいな色の髪が」

「いい子だから、ヘイガー」

「そしてレモン色の肌が」

「そして灰色がかった青い眼が」

「静かにおし」

「さあ、もうお黙り」

「そして細い鼻が」

「黙るんだよ、ヘイガー。黙ってるんだよ」

「あの人絶対に、わたしの髪を好きになったりはしないわ」

「さあ、さあ、さあ、黙って、静かにするんだよ」

パイロットとリーバは、ヘイガーが身なりを整えるのに必要なものを買ってやるために、全財産をはたいてしまっていたので、近所の者たちが金を集めた。けれども集まった金は大した額にはならず、ヘイガーがちゃんとした葬式を出してもらえるかどうかはおぼつかないものであったが、とうとうルースがソニー商店に出かけていって、まばたきもせずにメイコンの顔を見つめた。メイコンは現金の入った引き出しに手を突っ込んで、二十ドル紙幣を二枚取り出し、それを机の上に置いた。ルースは手を伸ばして札を取りあげようとも、足の位置を変えようとさえしなかった。メイコンはちょっとためらった後、椅子に坐ったまままぐるりとうしろを向き、金庫の文字合わせ錠をいじくりはじめた。ルースは待っていた。メイコンが金庫の中に三度手を突っ込んで初めて、ルースは握っていた手を開いて、金を受け取るために差し出した。「どうも」そう言うとルースは、できるだけ早く用意を整えるために、リンデン・チャペル葬儀場に急いだ。

二日後、葬式の途中では、そこに出席している遺族はルースただ一人、ということになりそうであった。リンデン・バプテスト教会の女声四重唱団はすでに〈主よ、ともに宿りませ〉を歌い終わっていた。葬儀屋の妻は弔慰カードを読み、牧師はいつもの〝汝裸にてこの世にきたりたれば裸にて去らん〟の説教を始めていた。若い女性の死にはこの説教がふさわしいと、牧師はいつも信じてきたのである。そして〝パイロットの家の女の子〟に弔意を表するためにきたけれども、中に入る勇気がなくてポーチに立っている飲んだくれののらくら者たちは、すすり泣きを始めていた。そのときドアがぱっと押し開かれて、パイロットがまるで命令でもするような調子で、「慈悲を！」と叫びながら飛び込んできた。一人の若者が立ちあがって、パイロットのそばに寄ろうとした。パイロットは右腕を突き出して、もう少しで若者を打ち倒すところであった。「わたしは慈悲が欲しい！」そう叫んでパイロットは、まるで誰かに何か尋ねられて、否定の返事をしているみたいに、左右に首を振りながら、棺のほうに歩きはじめた。

通路の途中でパイロットは立ち止まり、指をあげて差し示した。それから浅く速い息づかいをしながらも、ゆっくりと手を腰におろした。息づかいを速め荒くしながら、パイロットが力なくもの憂げに、その手を腰に当てるのは異様な光景であった。「慈悲を」とパイロットはもう一度言ったが、今度はささやくような調子であった。葬儀屋が慌てて駆け寄り、パイロットの肘に手を触れた。パイロットは葬儀屋から離れて、まっすぐに棺台に近づいた。それから首をかしげて下を見た。イヤリングが肩をかすった。全身黒ずくめの服装の中で、イヤリングは星のようにきらめいた。葬儀屋はもう一度パイロットのそばにいこうとして近づいたが、パイロットの墨のように黒い、いちごのように黒い唇と、曇った、雨に濡れたような眼と、耳からさがっている不思議な真ちゅうの箱を見ると、後じさりをして床に眼を落とした。

「慈悲？」今度はパイロットは問いかけていた。「慈悲だって？」

それだけでは充分ではなかった。この言葉には土台が、骨組が必要だった。パイロットはまっすぐに身を伸ばし、顔を高く上げ、懇願を調べに変えた。澄んだ鈴蘭《すずらん》のような声でパイロットは歌った——この一つの単語が、一つの文のように長々と引き伸ばされた——そして最後の音節が部屋の隅に消えてしまわないうちに、「聞いてるわ」という美しいソプラノが、パイロットに応答した。

人々はうしろを振り向いた。リーバが入ってきて、一緒に歌っていた。パイロットはリーバが入ってきたことに気づいたような様子も見せず、一呼吸置こうともしなかった。パイロットはただ、「慈悲」という言葉を繰り返し、リーバは応答した。娘はチャペルのうしろに、母親は前に立って、二人は歌った。

夜には
　慈悲
闇には
　慈悲
朝には
　慈悲
わたしのベッドのそばに

慈悲
今ひざまずいて
慈悲、慈悲、慈悲、慈悲

二人は張り詰めた沈黙の中で、同時に歌いやんだ。パイロットは手を伸ばして、棺の端に指を三本置いた。今やパイロットはグレーのしゅすで縁取られ、自分の前に横たわっているる女性に語りかけた。優しく、こっそりと話しかけるように、パイロットはヘイガーに、ヘイガーがまだ幼い少女だったときに歌ってやったのと同じ、慰め励ます歌をうたってやった。

わたしのかわいい大事な子をいじめていたのは誰？
わたしのベイビーをいじめていたのは誰？
わたしのかわいい大事な子をいじめていたのは誰？
わたしのベイビー・ガールをいじめていたのは誰？
誰かがわたしのかわいい大事な子をいじめていた
誰かがわたしのベイビーをいじめていた

誰かがわたしのかわいい大事な子をいじめていた
誰かがわたしのベイビー・ガールをいじめていた

誰がわたしのかわいい大事な子をいじめたのか見つけてやろう
誰がわたしのベイビーをいじめたのか見つけてやろう
誰がわたしのかわいい大事な子をいじめたのか見つけてやろう
誰がわたしのベイビー・ガールをいじめたのか見つけてやろう

「わたしのベイビー・ガール」棺から離れるとき、この言葉はまだパイロットの喉を上下していた。座席に坐っている人々を見回して、パイロットは自分に向けられている最初の一対の眼に視線を留めた。その顔に向かってうなずくとパイロットは、「わたしのベイビー・ガール」と言った。パイロットはまた別な眼を探して、その男にも、「わたしのベイビー・ガール」と言った。通路をうしろのほうに歩いていきながら、パイロットは自分に向けられている顔の一つ一つに、同じ言葉を繰り返した。「わたしのベイビー・ガール。あれはわたしのベイビー・ガールだよ。わたしのベイビー・ガール。わたしのベイビー・ガール。わたしのベイビー・ガール」

打ち解けた調子で、パイロットは死んだのがヘイガーであることを確認し、この世の死者の誰とも、ヘイガーを区別しながら語りかけた。最初パイロットは自分の顔を見、首を横に振って、「アーメン」と言うだけの勇気のある者たちに語りかけた。次には勇気がなくて、パイロットの腰に当てられた、長くて黒い指より上に、眼をあげられない者たちに話しかけた。そういう者たちには特に、パイロットは少し身を乗り出して、背後の棺の中の女性の挫折した生涯のすべてを、「わたしのベイビー・ガール」という短い言葉で語った。この言葉は、静まり返った峡谷に投げ込まれた、小石のようだった。

不意に、怒り出して、自分の牙や、皮や、肉や、驚くべき力を欲しがる、小さな人間たちの頭上に鼻を振りあげる象のように、パイロットは空にも届けとばかりに大きな声で、「そしてあの子は愛されていた」と叫んだ。

この叫びに驚いて、同情してポーチに集まっていたのんだくれの一人がびんを取り落とし、エメラルド色のガラスと、ジャングル・レッドのぶどう酒をあたり一面に撒き散らした。

第十四章

おそらく太陽がすでに地平線に接していたからだろうが、スーザン・バードの家は前とは違って見えた。ヒマラヤ杉は銀色がかった灰色で、その樹皮は下から上までずっと波打っているように見えた。ミルクマンにはまるで、年老いた象の脚を見ているようだった。そして今ミルクマンは、ぶらんこを吊しているロープはすり切れ、前にはあんなにも明るく素敵に見えたとがり杭の垣根は実際には薄片となって剝げ落ち、左に傾いてさえいることに気がついた。ポーチに昇る青い上り段は色褪せて、水っぽい灰色に変わっていた。それどころか、家全体がいかにもみすぼらしく見えた。

ミルクマンはドアをノックしようとして手をあげ、ドアベルのあるのに気がついた。ベルを押すとスーザン・バードがドアを開けた。

「また伺いました」とミルクマンは言った。

「まあ、ちゃんと約束を守ったんですね」とスーザンは言った。

「お差し支えなかったら、もう少しお話ししたいんですが。シングのことです。入ってもよろしいでしょうか？」

「それはもちろん」スーザンがうしろにさがってドアから離れて立つと、また新しく焼いたジンジャーブレッドの匂いが漂ってきた。ふたたび二人は居間に腰をおろした——ミルクマンはグレーの袖椅子に、そして今度はスーザンがソファーに。ミス・ロングの姿はどこにも見当たらなかった。

「シングが結婚したのが誰か、あるいは結婚したかどうかご存知ないのはわかったんですが、どうもはっきりしないのは……」

「もちろん、誰と結婚したかはわかりますわ。もし二人が結婚したとしたらのことですけど。ジェイクと結婚したんですわ、母親が面倒を見ていた、あの黒人の男の子と」

ミルクマンは眼のくらむような思いがした。誰もが自分の眼の前で変わり続けていた。

「でも昨日は、シングがここを出てから、誰も便りをもらった者がないとおっしゃいましたが」

「誰もいませんわ。でも誰と一緒にここを出たかは、みんな知っていましたの」

「ジェイクですか？」

「ジェイクです。黒人のジェイク。石炭みたいにまっ黒な」

「どこに——二人はどこに住んでいたのですか？　ボストンですか？」

「最後はどこにいたか知りませんわ。北部、だと思いますけど。一度も便りがなかったんです」

「確か、ボストンの私立学校にいった、とおっしゃったように思いますが」

スーザンは手を振って、そのすべてを打ち消した。「あの人の、グレイスの前だからああ言ったんですよ。あの人お喋りが過ぎますの、おわかりでしょうけど。郡全体に言い触らすんです。どこかの学校にゆくことになっていたのは本当ですけど、でもいかなかったんです。あの黒人の少年のジェイクと一緒に、あの四頭立ての荷馬車で出ていったんです。たくさんの奴隷たちも一緒でした。ジェイクが御者になって。想像できます？　荷馬車いっぱいの奴隷と一緒にいってしまうなんて？」

「ジェイクの苗字は何と言ったんでしょう？　ご存知ありませんか？」

スーザンは肩をすくめた。「苗字なんかなかったと思いますわ。飛んでいくアフリカ人の子供たちの一人だったんですもの。きっと、みんな、もうずっと昔に死んでいますわ」

「飛んでいくアフリカ人の子供たちと言いますと？」

「ええ、まあ、ソロモンの子供たちの一人ですわ。というよりシャリマー。ヘディはいつもシャリマーと呼んでいた、とパパが言ってましたから」

「で、ヘディという人は……」

「わたしの祖母ですわ。シングの母親で、パパにとってもそうです。インディアンの女性です。父親がみんなを置いていったときジェイクの面倒を見た人です。ジェイクを見つけて、家に連れ帰って育てたんです。そのときには、男の子は一人もいなかったから。わたしの父のクロウエルは、もっと後で生まれたんです」スーザンは前のほうに身を乗り出して、声をひそめた。「夫はいなかったんです、ヘディには。グレイスのいるところで、そんなこととみんなお話ししたくはなかったんです。そんなことを知ったら、あの人、何をするかわかりませんもの。あなたはこの土地の人じゃないから、かまいませんけど。でもグレイスは……」スーザン・バードは訴えるような眼で天井を見た。「そのジェイクというのは祖母の見つけた赤ん坊で、シングは一緒に育ったんです。わたしの考えではシングは、クェーカー教徒の学校になどやられるよりはと、ジェイクと駆け落ちをしたんですわ。それは黒人とインディアンはずいぶん混じり合っていますけど、でもときには、そう、インディアンの中にはそれを喜ばない人もいるんですよ——つまり、結婚することを。でも二人はどちらも、自分の父親のことを知りませんでした、ジェイクもシングも。そしてわたしの父も、自分の父親を知りませんでした。ヘディは一度も言わなかったんです。わたしは今でも、その人が白かったのか、赤かったのか、それとも——そうですね——何だったのか知りません。シングの名前はシンギング・バードでした。そして父の名前は、最初はクロウだったんです。後で父はクロウエル・バードという名前に変えたんです。鹿皮を脱いでから」スーザンは微笑した。

「どうしてソロモンのことを、飛んでいくアフリカ人と呼んだのですか？」

「ええ、それは、この辺で年寄りたちが話している作り話です。奴隷としてこちらに連れてこられたアフリカ人の中には、飛べる者がいたというのです。そういう者たちの多くがアフリカに飛んで帰ったというんです。この辺でそれをしたのが、今言ったソロモン、あるいはシャリマーなんです——どっちの呼び方が正しいのか知りませんけど。ソロモンにはこの辺の至るところに、どっさり子供がいたのです。気がついたかもしれませんけど、この辺の者たちはみんな、ソロモンと血がつながってると言うんです。この辺の山の中には、ソロモン某と自称している家族が、四十以上はあるにちがいありません。きっと精力絶倫だったんですわ」スーザンは声をあげて笑った。「でもとにかく、絶倫だろうとそうでなかろうと、ソロモンは姿を消して、みんなを置いていってしまったんです。妻も、二十一人の子供も含めて、誰もかれも。そしてみんなは、ソロモンが飛んでいくのを見たというんです。妻も見たし、子供たちも見たというんです。みんなは農場で働いていました。この土地で綿を栽培しようとしたのです。想像できますか？　こんな山の中でですよ？　でもその頃は、綿が王様でした。誰もかれもが、土がだめになるまで綿を栽培したんです。わたしの子供の頃でさえ、綿でした。それはそうと、そのジェイクのことに戻りましょう。ジェイクはソロモンの、最初の二十一人の子供の一人だと考えられていました——みんな男の子で、みんな母親は同じでした。ジェイクはまだ赤ん坊でした。ソロモンが飛び去ったとき、赤ん坊と妻はすぐそばにいたんです」

「〝飛び去った〟という言葉は、逃げ去ったという意味じゃありませんか？　逃亡したという？」

「いいえ、飛んだということです。ほんとに、ばかばかしい話ですわ。でも言い伝えでは、逃げ去ったんじゃないんです。飛んでるんです。飛んでいったんです。いいですか。鳥のように。ある日、農場でふっと立ちあがって、どこかの丘に駆け登り、二、三度ぐるぐる回ると、そのまま空中に舞いあがったんです。そしてどこだかわかりませんけど、まっすぐに生まれ故郷に帰ったというわけです。谷の向こうにソロモンの名のついた、頭が二つある大きな岩があります。そのために女の人が一人、妻がもう少しで死んでしまうところでした。〝妻〟と言ってもいいだろうと思います。とにかく、その女性は大声で、何日も泣き叫んでいたということになっています。この近くに、ライナの峡谷とみんなが呼んでいる谷があって、時折その谷のそばで、風が立てる奇妙な音が聞こえるんです。みんなはそれを妻が、ソロモンの妻が、泣いてるんだと言います。妻の名前はライナだったんです。言い伝えではライナは、いつまでも泣き叫んで、完全に気が狂ってしまったということです。今ではもう、そんな女の人の話は聞かないけど、昔はもっと多かったんですよ――ある決まった男の人なしでは、生きていけないというような女性が。そして、そういう男の人がいなくなると、気が狂うか、死んでしまうかどうかしたんですよ。愛、というんでしょうね。でもわたしはいつも、自分一人で、子供たちの面倒を見ようとしたからだと思いますわ。わかります、わたしの言うことが?」

スーザンは長々と話し続け、ミルクマンは椅子の背にもたれてゴシップや、物語、伝説や臆測に耳を傾けていた。ミルクマンはスーザンの話よりも先を考えたり、ついていけなくなったり、スーザンの言葉と一緒に考えたりした。そしてスーザンの話や、すでに自分の知っていることや、推測できることから、しだいにミルクマンは全体をつなぎ合わせていった。

シングはクェーカー教徒の学校にいくと言ったが、実際にはボストンかどこかへ向から、元奴隷だった黒人でいっぱいの荷馬車に、ジェイクと一緒に乗り込んだのだ。二人は途中ずっと、乗客たちをおろしていったのにちがいない。それから手綱を握っていたジェイクは、字が読めないために間違ったところで曲がり、結局ペンシルヴェニアに着いてしまったのだ。

「でも、この辺でやっている子供たちのゲームがありますが。そのゲームでは〝ジェイク、ソロモンの一人息子〟と歌います。〝一人〟と」口出しされて不快がらなければいいがと思いながら、ミルクマンはスーザンの顔を見た。

「ええ、それは間違いなんです。一人息子じゃなかったんです。ほかに二十人の息子がいました。でも、ソロモンが一緒に連れていこうとしたのは、ジェイク一人だけだったんです。たぶん、そのことを言ってるのでしょう。ソロモンはジェイクを空に抱いていったけど、大きな家のポーチの近くで落としたんです。ヘディはそこでジェイクを見つけました。ヘディはその家にいって、石鹸やろうそくを作るのをよく手伝っていたのです。奴隷ではなかったけど、一年のうちのある期間、その大きな家で働いていたんです。獣脂を溶かしていて上を見たら、ソロモンが赤ん坊を抱いて、尾根のほうに向かって飛んでいたってわけです。木にあんまり近いところをかすって飛んだものだから、赤ん坊が腕から滑り落ちて、木の枝の間を通って地面に落ちたんです。気は失っていましたが、木のおかげで死なないですみました。ヘディは駆け寄ってその子を抱きあげました。さっきも言ったように、ヘディには男の子は一人もなく、小さな女の子が一人しかいませんでした。そこへこの男の子が空から、ほとんどヘディの膝の中に入るようにして、落ちてきたというわけです。ヘディはその子に、ほかの名前をつけようとはしませんでした。そうするのがこわかったんです。その赤ん坊がライナの子供だということはわかりましたが、でもライナは狂っていました。ヘディの住んでいるところは、ソロモンや、そのほかの人たちが働いているところからは、かなり離れていました。ヘディは女の子をも、その場所には近づけまいとしました。その二人が一緒に逃げ出したとき、ヘディがどんな気持ちがしたか、おわかりになるでしょ。わたしの父だけが残ったのです」

「ジェイクはこの州を離れる前に、自由民局で登録しなければなりませんでしたか？」

「誰でもそうでしたよ。元奴隷だった者は誰でも、ということですけど。この州を離れる、離れないとは関係なく。でも、わたしの家族は奴隷ではなかったし、だから……」

「そのことはお聞きしました。ジェイクの兄弟も、誰か登録しませんでしたか？」

「わかりませんわ。きっとひどい時代だったんですね、その頃は。とってもひどい時代だったんですわ。誰かが誰であるか知ってるって、素晴らしいことなんですわ」

「たいへん参考になりました、バードさん。ほんとにありがとうございました」それからミルクマンは、写真のアルバムがあるかどうか聞いてみようかと思った。シングとクロウエル、それにヘディも見たいと思ったのだ。しかし、それは聞かないことに決めた。スーザンがいろいろと質問を始めるかもしれないし、またジェイクと同じように黒い、新しく見つかった親戚のために、スーザンを煩わせたくなかったのだ。

「ところで、あの女の人を探してらっしゃるんじゃないでしょうね？　パイロットでしたっけ？」

「いいえ、そんなんじゃないんです」そう言ってミルクマンは帰ろうとしたが、そのとき腕時計のことを思い出した。

「それはそうと、ここへ時計を置いていったでしょうか？　お返しいただきたいんですが」

「時計？」

「ええ。お友達の方があれを見たいとおっしゃって。ミス・ロングです。わたしはあの方に時計をお渡ししたまま、忘れてしまって……」ミルクマンは言葉を切った。スーザン・バードが大声で笑っていたのだ。

「まあ、時計にはさよならをおっしゃってもいいわ、メイコンさん。グレイスは郡の至るところの晩餐会にいって、あなたからもらった時計のことを話しますわよ」

「何ですって？」

「ね、おわかりでしょ。別に、本当に害を与えるつもりはないんです。でも何にもない場所でしょ。訪ねてくる人もあまりないし、特に金時計をはめた、北部訛りの若い人なんて、めったにお会いすることがないんです。わたしが取り戻してあげますわ」

「いえ、いえ。どうぞご心配なく」

「でなかったら、許してやってくださらなくてはいけませんわ。退屈な場所なんですよ、メイコンさん。ここではまったく何一つ起こらないんです。何一つ」

第十五章

ファンベルトは次のガソリンスタンドまでもたなかった。ジスタンという小さな町のはずれでこわれ、針はHのところで震えていた。ミルクマンはレッカー車の運転手に二十ドルで車を売り、最初に出るバスに乗った。おそらくそうするのが一番よかったのであろう。ワンワンと音を立てている車輪の上で、座席の前の狭い空間に両脚を組んでいると、スーザン・バードの家のドアを閉じたとたんに始まった、信じられないほどの気の昂ぶりからさめる余裕ができたからである。

シャリマーに引き返すとき、ミルクマンはいくら急いでも、まだ足りない気持ちがした。そして、走ったために泥とほこりにまみれてシャリマーに着くと、車に飛び乗ってスウィートの家まで走らせた。ミルクマンはもう少しで、スウィートの家のドアをこわしてしまいそうな勢いであった。「ぼくは泳ぎたいんだ」とミルクマンは叫んだ。「さあ、泳ぎにいこう。ぼくは汚れていて、み、み、み、み水に入りたいんだ」

スウィートは微笑して、入浴させてやろうと言った。

「入浴！　ぼくがあんな窮屈な、ちっぽけなほうろうの桶に入ると思うのかい？　海に入りたいんだよ。でっかい海に！」笑ったり大声をあげたりしながら、ミルクマンはスウィートのところに駆け寄り、膝のところから抱きあげ、肩にかついで部屋の中を走り回った。「海だ！　どうしても海で泳ぎたいんだ。ちっちゃい、ちっちゃい、湯船などに入れないでくれよ、な。ぼくはでっかい、でっかい、深くて青い海に入りたいんだ」

ミルクマンはスウィートをおろして立たせた。「この辺ではみんな、泳がないのかい？」

「石切り場に、子供たちがときどき泳ぐところがあるけど」

「石切り場？　ここには海はないのか？　でっかい海は？」

「ないわ。こんな山国だもの」

「山国。高い山の国。飛ぶ国」

「あなたを訪ねてきた人がいますよ」

「へえ、そうかい？　きっとギター・ベインズさんだろう」

「名前は言わなかったわ」

「言わなくてもいいのさ。ギター・ベインズだ。ギター、ギター、ギター・ベインズだ！」ミルクマンはちょっとダンスをし、スウィートは口を覆って笑った。

「さあ、スウィート、海はどこにあるのか教えてくれよ」

「尾根の向こう側の、下のほうに水が流れているわ。本当に深いの。それに広いわ」

「じゃ、いこう！　さあ！」ミルクマンはスウィートの腕を引っつかみ、外の車のところに引っ張っていった。途中ずっとミルクマンは歌っていた。「ソロモンとライナ、ベライ、シャルト……」

「どこでそれを覚えたの？」スウィートが尋ねた。「わたしたちが子供の頃、よく遊んだゲームよ」

「もちろん、そうさ。みんなが遊んださ。ぼく以外のみんながね。でも今は、ぼくもできるんだ。今はぼくのゲームなんだ」

谷川は広くて、青々と水を湛えていた。ミルクマンは着ているものを脱ぎ棄て、木に登って水の中に飛び込んだ。それから水をはねかせ、身体をきらきらと輝かせながら、歯を見せて、弾丸のように浮かびあがってきた。「さあ。その着ているものを脱いで、ここへ入っておいでよ」

「いや、泳ぎたくないの」

「入っておいでったら」

「水蛇がいるのよ」

「そんなもの糞くらえだ。さあ、入っておいで。急いで！」

スウィートは靴を脱ぎ、頭から服を脱いで、入る用意をした。滑ったり、つまずいたりしながら、おずおずと岸辺を降りてくるスウィートに、ミルクマンは手を差し出してやった。スウィートは自分のぶざまさに声をあげて笑っていたが、冷たい川の水が脚、尻、腰と洗うと悲鳴をあげた。ミルクマンはスウィートを引き寄せてキッスをし、キッスを終えると同時に、断固として水の中に引っ張り込もうとした。スウィートは逆らった。「ねえ、髪が、わたしの髪が濡れてしまうわ」

「いや、濡れやしないよ」と言ってミルクマンは、片手に水をすくってスウィートの頭の真中にかけた。眼を拭き、水を噴き出して、川から出ようとして向きを変えて歩き出しながら、スウィートはずっと金切り声をあげていた。「いいよ、いいよ」とミルクマンはどなった。「置いていけよ。俺を一人でここへ置いていけよ。俺はかまわないよ。水蛇と遊ぶんだ」そしてミルクマンは大声で叫んだり、水にもぐったり、水をはねかけたり、ひっくり返ったりしはじめた。「飛ぶことができたんだぞ。聞いてるか？　俺の曾じいさんは飛ぶことができたんだ！　畜生！」ミルクマンはこぶしを固めて水を打ち、自分も飛べるかのようにまっすぐに飛びあがり、背中から落ちて沈んでゆき、口も眼も水でいっぱいにした。また立ちあがると、また水を叩き、飛びあがり、そしてもぐった。「畜生めは飛べたんだ！　聞いてるか、スウィート？　あん畜生は飛ぶことができたんだ。飛べたんだよ。飛行機などいらなかったんだ。ＴＷＡ（トランズワールド航空）なんて、くだらないものはいらなかったんだ。自分で空を飛ぶことができたんだよ」

「誰のことを言ってるの？」スウィートは片手で頬杖を突いて、横になっていた。

「ソロモンだよ、俺の言ってるのは」

「ああ、あの人」スウィートは笑った。「あんたもあの一族の一人なの？」スウィートはミルクマンが酔っぱらっているのだと思っていた。

「ああ、あの一族だ。あの空を飛ぶ一族さ。どうだ、おい。飛行機などいらなかったんだぜ。ただ飛びあがっただけなんだ。うんざりしたんだな。どんどん飛んでいったんだ。もう綿を摘むこともない。綿の梱《こり》にもおさらばだ。もう命令もされない。くだらないことはおしまいだ。飛んでいったんだぜ、おい。見事な、真黒い尻を空中にあげて、故郷に飛んで帰ったんだ。わかるかい？　まったく、大した見物《みもの》だったろうな。それにまだあるんだぜ。知ってるか？　まだ赤ん坊の自分の男の子も、一緒に連れていこうとしたんだ。俺のじいさんだよ。ワウ！　ウーイー！　ギター！　どうだ聞いてるか？　ギター、俺の曾じいさんは飛べたんだぞおおおお。そして、この町の名は、そのじいさんの名前から取ったんだ。あいつに教えてやってくれ、スウィート。俺の曾じいさんは飛べたんだって、教えてやってくれ」

「で、その人どこへいったの、メイコン？」

「アフリカへ戻ったのさ。アフリカへ戻ったんだと、ギターに教えてやってくれ」

「あとには誰を残していったの？」

「みんなさ。みんな地上に残して、自分は黒い鷲みたいに飛んでいったんだ。〝ウウウウウウ、ソロモンは飛んでいった、ソロモンはいってしまった。ソロモンは空を突っ切っていった、ソロモンは故郷に帰った!〟」

ミルクマンは家に帰るのが待ちきれないような気持ちだった。父親やパイロットに話すのが。それにミルクマンはクーパー尊師や、尊師の友人たちにも会いたかった。「メイコン・デッドは大した男だったと思うんですか? それより、メイコンの父親の話をしてあげましょう。まだあなたたちは何も聞いてないんですよ」

ミルクマンは座席に坐ったまま、向きを変えて両脚を伸ばそうとした。朝だった。ミルクマンはもう三度バスを乗り換え、今は旅の最後の行程を、家に向かって走っていた。ミルクマンは窓の外を見た。ヴァージニアからははるかに遠ざかり、すでに秋が訪れていた。オハイオ、インディアナ、ミシガンは、それらの州の名前と関係のある、インディアンの戦士たちのように盛装していた。血のような赤と黄色。オーカー色と氷のようなブルー。

ミルクマンは今や道路標を興味深く読み、それらの名前の根底には、何があるのだろうかと考えた。アルゴンキン族がミルクマンの住んでいる地域を〝大きな湖〟、ミ・シ・ガミと名づけた。この国の土地の名前の根底には、どんなに多くの死者の生活や、薄れゆく記憶が隠されていることだろう。記録されている名前の下には、別な名前が埋もれているのだ。ちょうど、どこかのほこりまみれの閉じ込み書類に、ずっと記録されている〝メイコン・デッド〟という名前が、人々や、土地や、事物の本当の名前を、人々の眼から隠しているのと同じように。名前には意味がある。パイロットが自分の名前を、イヤリングに納めたのももっともだ。自分の名前がわかったら、しっかりとその名前を守らなければならないのだ。名前は書き止め、記憶しておかないと、人間が死ぬのと一緒に死んでしまうからだ。メインズ・アヴェニューと記録されてはいるが、町で最初の重要な黒人となったミルクマンの祖父を記念して、黒人たちからはノット・ドクター・ストリートと呼ばれている、ミルクマンの住んでいる通りのように。ミルクマンの祖父がおそらく、黒人たちの尊敬に値するような人間でなかったことなどは、問題ではないのだ——祖父がどういう種類の人間であったかということ、傲慢で、皮膚の色を気にしている俗物だったことを、黒人たちは知っていた。黒人たちはそんなことは気にしなかった。黒人たちは何よりもまず、ふつうだったら一生、雑役夫で終わるような運命を負わされながら、ともかくも医者となりえた祖父の何かにたいして、敬意を払っているのであった。だからこそ黒人たちは、通りに医師に因んだ名前をつけたのだ。パイロットは自分の住んだすべての州から、石ころを拾ってきた——そこに住んだことがあるからだ。そこに住んだことがある以上、その場所はパイロットのものだった——またミルクマンのものであり、ミルクマンの父のものであり、祖父のものであり、また祖母のものであった。ノット・ドクター・ストリート、ソロモンの飛び場、ライナの峡谷、ヴァージニア州シャリマー。

ミルクマンは眼を閉じてシャリマー、ロアノウク、ピーターズバーグ、ニューポート・ニューズ、ダンヴィル、また血液銀行やダーリング・ストリート、玉突き場や理髪店の、黒人たちのことを想い出した。それらの黒人たちの名前を。憧れや、身振りや、欠点や、事件や、間違いや、弱さからつけられた名前を。それらの名前はさまざまのことを証言していた。メイコン・デッド、シング・バード、クロウエル・バード、パイロット、リーバ、ヘイガー、マグダリーン、ファースト・コリンシアンズ、ミルクマン、ギター、レイルロード・トミー、ホスピタル・トミー、エンパイア・ステイト（この男はただぼんやりと突っ立って、揺れているのだった）、スモール・ボーイ、スウィート、サーシー、ムーン、ニアロウ、ハンプティ＝ダンプティ、ブルー・ボーイ、スカンディネイヴィア、クァック＝クァック、ジェリコ、スプーンブレッド、アイスマン、ドウ・ベリー、ロッキー・リヴァー、グレー・アイ、コッカ＝ドゥードゥル＝ドゥー、クール・ブリーズ、マディ・ウォーターズ、パイントップ、ジェリー・ロール、ファッツ、レッドベリー、ボー・ディドリー、キャット＝アイアン、ペッグ＝レッグ、サン、ショートスタッフ、スモーキー・ベイブ、ファニー・パパ、ブッカ、ピンク、ブル・ムース、ビー・ビー、ティー・ボーン、ブラック・エイス、レモン、ウォッシュボード、ゲイトマウス、クリーンヘッド、タンパ・

レッド、ジューク・ボーイ、シャイン、スタガリー、ジム・ザ・デヴル、ファック＝アップ、それにダット・ニガー。

名前についてのこれらの考えからさらに、もう一つの考えが浮かんできた——その考えはバスの車輪の回転の中でささやいた。「ギターは時機を待っている。ギターは時機を待っているんだ。お前の日がきたぞ。お前の日がきたぞ。ギターは時機を待っているんだ。ギターはひどくいい曜日なんだ。ギターはひどくいい曜日なんだ。ひどくいい曜日なんだ。ひどくいい曜日なんだ。そして時機を、時機を待っているんだ」

七十五ドルの車の中では、またこの大きなグレイハウンドのバスの中では、ミルクマンは安全だと感じていた。だが、まだこれから先、長い長い歳月があった。もし今、ギターが町に戻っていて、慣れ親しんでいる周囲の状況の中でだったら、ミルクマンはギターをなだめることができるかもしれない。そして、きっとそのうちには、ギターも自分の愚かさに気がつくだろう。金塊などはなかったのだ。そして、二人の仲が元通りになることは、もう決してないだろうけれども、少なくとも人間狩りは終わりになるだろう。

この考えを頭の中で、言葉に組み立てているときでさえ、ミルクマンにはそうではないことがわかっていた。見つからなかった金塊についての失望があまりに大きかったために、ギターは気が狂ってしまったのか、あるいはやっている〝仕事〟のために狂ってしまったのかの、どちらかだった。あるいはメイコン・デッドや、オノレのグループについていつも感じていたことを、ミルクマンについても感ずることを、ギターは自分自身に許したというだけのことかもしれなかった。いずれにせよギターは、ミルクマンを殺す必要を自分自身に証明するために、濡れてぐにゃぐにゃではあるにしても、最初の麦わらをひったくり取ったのだ。あの日曜学校の少女たちの死は、四人の罪もない白人の少女と、一人の罪もない黒人の男を血のあらしの中に巻き込む、鷹のような顔と、鴉のような黒い肌をした日曜日の男によって、復讐してもらえるようなつまらないものではなかった。

おそらく人間関係というものはすべて、せんじつめれば、俺の命を助けてくれるのか、それとも奪うのか、ということになるのであろう。

「誰もが黒人の命を欲しがっている」

そうだ。そして、その誰もというのには、黒人も例外ではなかったのだ。二人だけを除いて、ミルクマンの近くにいる者たちはみな、ミルクマンがこの世から消えてくれるほうを望んでいるらしかった。そして、その二人の例外はどちらも女性で、どちらも黒人で、どちらも年老いていた。初めからミルクマンの母親とパイロットは、ミルクマンの生命を救うために戦ってくれたのだ。それなのにミルクマンはその二人のどちらにも、お茶一杯入れてやることさえしなかったのだ。

俺の命を助けてくれるのか、それとも奪うのか？　ギターは例外だった。ギターだったらどちらの質問にも、イエスと答えることができるはずだった。

「まず最初に家に戻るべきだろうか、それともパイロットの家に先にいくべきだろうか？」夜遅く、冷たい秋風が湖から吹いてくる戸外の通りで、ミルクマンは心を決めようとした。ミルクマンはパイロットの顔を見て、自分の知ったことを語りたくて仕方がなかったので、まずパイロットを訪ねることにした。自分の家ではいくらでも時間があるはずであった。ダーリング・ストリートまでタクシーを拾い、運転手に料金を払うと、ミルクマンは跳ぶようにして階段を駆けあがった。ドアを押し開けると、パイロットは水を入れたたらいに覆いかぶさるようにして立って、ぶどう酒に使う緑色のびんを洗っていた。

「パイロット！」とミルクマンは叫んだ。「話すことがあるんだよ！」

パイロットは振り向いた。ミルクマンはパイロットの全身を温かく抱擁できるように、両腕を大きく広げた。「おいでよ、さあ」とミルクマンは歯を見せて笑った。パイロットは近寄って、濡れた緑色のびんをミルクマンの頭で叩き割った。

意識が回復したとき、ミルクマンは地下室で横になって寝ていた。彼は片眼を開けて、もうしばらくこのままでいようか、どうしようかと考えた。もうずっと前からミルクマンは、どんなものでも何か別なものに見えることがあるし、またおそらく別なのだということを知っていた。どんなことも当たり前と考えてはならなかった。人を愛している女性が、その愛している人間の喉笛をかき切ろうとするし、こちらの名前さえ知らない女性が、背中を流してくれる。魔女がキャサリン・ヘップバーンのような調子で喋るし、親友が締め殺そうとすることもある。美しいらんの花の真中に、フルーツゼリーのしみがあるかもしれず、ミッキー・マウスの人形の内側に、光り輝く恒星があるかもしれなかった。

そこでミルクマンは地下室の冷たく湿った床に横になったまま、自分がそこで何をしているのか考えようとした。どうしてパイロットは自分をなぐり倒したのだろう？　あの骨の入った袋を盗んだからだろうか？　いや、そんなはずはない。すぐに自分を助け出しにきてくれたではないか。一体何だろう？　それ以外に、一体自分は、パイロットに憎まれるようなどんなことをしたのだろう？　それからミルクマンは思い当たった。ヘイガーだ。ヘイガーに何かあったんだ。ヘイガーはどこにいるんだろう？　家を飛び出したんだろうか？　病気なのだろうか？　それとも……ヘイガーは死んだのだ。ミルクマンの首の筋肉が引きつった。どんなふうにして？　ギターの部屋で、ヘイガーは……？

だからどうだというのだ？　自分はヘイガーの心を傷つけ、ヘイガーを棄てた。そして今ヘイガーはこの世にいない——ミルクマンはそのことをはっきりと知った。自分はヘイガーを棄てた。自分が空を飛ぶことを夢みているとき、ヘイガーは死にかかっていたのだ。スウィートの鈴を振るような声がよみがえってきた。「あとには誰を残していったの？」ソロモンはライナと二十人の子供を置いていったのだ。いや二十一人だ。一緒に連れていこうとした子供も、落としてしまったのだから。そしてライナは地面のあちらこちらに身体を投げつけ、発狂し、今も峡谷で泣いている。その二十人の子供の面倒は、誰が見たのだろう？ 何ということだ！ 二十一人の子供を棄てていったのだ。ギターと七曜日の一味の者たちは、絶対に子供は持たないことに決めている。シャリマーは自分の子供たちを棄てていった。だがそのことを歌にうたい、シャリマーがみんなを残して去った話を今に伝えているのは、その子供たちなのだ。

ミルクマンは地下室の床で、首をあちこちに転がした。自分が悪いのだ。パイロットはそれを知っているのだ。パイロットは自分を地下室に放り込んだ。一体自分をどうするつもりなのだろう？ それからミルクマンはそのことをも理解した。誰かが他の人間の命を奪った場合、パイロットの考える罰がどういうものかを理解した。ヘイガーだ。ヘイガーの何かが、すぐ近くにあるのにちがいない。パイロットはミルクマンを、彼が奪った生命の、何か形見になるものの近くに置き、その形見を受け取らせようとしているのだ。パイロットは自分でも父親の命令を守り、ミルクマンにもそれを守らせようとしているのだ。

「飛んで逃げて、人を置いていったりしちゃだめだよ」

不意にミルクマンは笑い出した。ポーランド・ソーセージみたいに身体を丸め、ロープで手首を傷つけながら笑った。

「パイロット！」ミルクマンは声をかけた。「パイロット！ そんな意味じゃなかったんだよ。そんなことを言おうとしていたんじゃなかったんだ。洞穴の男のことを話していたんじゃないんだ。自分のことを話していたんだよ。自分の父親が飛んでいってしまった。じいさんがその〝人〟だったんだ。飛んで逃げて、置いていったりしちゃいけない人なんだ。パイロット！　パイロット！　ここへおいでよ。あんたの父親が言ったことを教えてあげるよ。パイロット、あんたに歌《シング》えとさえ言ったわけじゃないんだぜ、パイロット。じいさんは自分の女房を呼んでいたんだ――あんたの母親だよ。パイロット！　ここから出してくれ！」

光がどっとミルクマンの顔に流れ込んだ。彼の頭の上で地下室のドアが開いた。パイロットの足が石の階段の上に現われて止まった。

「パイロット」とミルクマンは、今度は静かな声で言った。「じいさんが言ってたのは、そういうことじゃないんだよ。俺にはじいさんが何を言ってたかわかるんだ。さあ、教えてあげるよ。それからパイロット。あの骨だけどね。あれはその白人の骨じゃないよ。その白人はたぶん、死にさえもしなかったんだ。俺はあそこへいったんだよ。俺は見たんだ。その白人はいなかったし、金塊もなかったよ。誰かが金塊を見つけ、白人も見つけたんだ。きっとそうにちがいないよ、パイロット。あんたがあそこへゆくずっと前に。だけどね、パイロット……」

パイロットは二、三段下に降りた。

「パイロット?」

パイロットは下まで降りてきた。ミルクマンはパイロットの眼を覗き込み、じっとして動かない口を見た。「パイロット、あんたの親父さんの死体は、あんたたち二人が掘ってやった墓から、浮きあがったんだ。一カ月後に浮きあがったんだよ。バトラー家の奴らか誰かが、その死体をあの洞穴に入れたんだ。狼が白人の死体を、洞穴の入口まで引っ張っていって、岩に立てかけたりしたんじゃないんだよ。あんたが見つけたのは、自分の親父さんなんだよ。自分の父親の骨を持ち歩いていたんだよ――今までずっと」

「パパだって?」パイロットがかすかな声で言った。

「そうだよ。そしてパイロット、じいさんを埋めてやらなきゃいけないよ。あんたに埋めてもらいたがっているよ。自分の本当の故郷で。ソロモンの飛び場で」

「パパだって?」パイロットはもう一度尋ねた。

ミルクマンは答えないで、ただパイロットの長い指が服を這いあがっていき、まるで椋《むく》鳥《どり》の羽根のように、顔の上で止まるのをじっと見守っていた。「わたしはパパを持ち歩いていたのかい?」パイロットはミルクマンに近づき、立ち止まってしばらくミルクマンを眺めていた。それからパイロットの眼は、地下室の石壁を背にして立っている、今にもこわれそうな木のテーブルに向けられた。テーブルは地下室のひどく暗いところにあったので、ミルクマンはそれに気づいてさえいなかった。パイロットはテーブルのところに歩いていき、その上からゴム・バンドで蓋を押さえた、緑と白の靴箱を取りあげた。箱には〝ジョイス〟と書いてあった。〝ありがたい！　ジョイスの素敵なヒールだ〟

「パパを埋めるとすれば、これも埋めなきゃならないだろうね——どこかに」パイロットはミルクマンを振り返った。

「いや」とミルクマンは言った。「いや、それはこっちにもらうよ」

その晩家に帰ったときミルクマンは、持って出たものはほとんど何一つ持たないで、ノット・ドクター・ストリートの家に入った。だがミルクマンはヘイガーの髪を納めた箱を持って帰ってきた。


パイロットはどうしても飛行機に乗ろうとはしなかった。そこでミルクマンは車を走らせた。パイロットも今は楽しそうだった。ふたたび唇をしきりに動かしながら、リーバが当てたミンクのストールを、古い黒い服の上から肩のまわりにはおり、メイコンのビュイックの中で、パイロットはミルクマンの隣に坐っていた。ニットの帽子をまぶかにかぶり、靴にはあい変わらず紐がなかった。時折パイロットは後部の座席に眼をやって、袋があるかどうかを確かめた。安らぎがパイロットを取り巻いていた。

ミルクマンもまた安らぎを感じていた。ノット・ドクター・ストリートへのの帰還は、彼が希望していたような意気揚々たるものではなかった。しかし、母親のゆがんだ微笑には安堵があった。そしてリーナは、依然として許すような様子は見せなかったけれども、コリンシアンズが南側《サウスサイド》の小さな家に移り、ポーターと一緒に住むようになってから、ミルクマンにたいする態度は丁寧だった。七曜日は、ロバート・スミスがマーシーの屋根から飛んだときと同じように、新しい仲間を探しているだろうとミルクマンは思った。だが父親との話は長くて取りとめがなかった。メイコンはいくら聞いても、もういということがなかった。ダンヴィルで自分のことを記憶している〝少年たち〟、自分の母親が父親と駆け落ちをしたこと、また自分の父親や祖父の話など。空を飛ぶという部分には、メイコンは少しも興味を持たなかったが、その話と、いろいろな場所に自分の祖先の名前がついているという事実は気に入った。サーシーのことを話すとき、ミルクマンは手加減をして、ただサーシーは生きていて、犬たちの世話をしているとだけ言っておいた。

「たぶん、わしもあそこへいってくるべきなんだろうな」とメイコンは言った。

「ヴァージニアかい？」とミルクマンが尋ねた。

「ダンヴィルだ。この脚がだめにならないうちに出かけていって、その連中の何人かと会うべきだろうな。家賃はフレディに集めさせるということになるかな」

厄介なことだった。パイロットとメイコンの間に和解はなかった（ヴァージニアへ自分たちの父親を葬りにゆくと知って、メイコンは嬉しそうだったけれども）。そしてルースとメイコンの関係は依然として変わらず、永久に変わることはなさそうであった。ちょうどミルクマン自身の愚かな行いの結果が、いつまでも残るのと同じように。そして悔恨のほうがいつまでも、ミルクマンがしたことを誇りに思っている行為よりも、大きそうであった。ヘイガーはすでに世になく、ミルクマンは少しもヘイガーを愛してやったことはなかったのだ。そしてギターは……どこかにいた。

シャリマーでは、ミルクマンがそんなにも早く帰ってきたことを、みんな喜んだ。パイロットはまるで攪拌器《かくはんき》の中のバターのように、土地の人々の中に溶け込んだ。二人はオウマーの家に泊まった。そして二日目でもあり、最後ともなった晩に、ミルクマンとパイロットは、ソロモンの飛び場に通ずる小径へと、道路を歩いていった。ソロモンの飛び場というのは、地上に二ヵ所露出している岩の、高いほうであった。岩はどちらも頂上が平らで、どちらも深い谷を見おろしていた。パイロットが袋を持ち、ミルクマンは小さなシャベルを持っていた。頂上までは長い道のりであったが、どちらも立ち止まって息をつこうとはしなかった。一番上の平らになった場所には、それだけの高さで風に耐えることのできる木は少なかった。二人は長い時間をかけて岩の表面の間に、埋葬できるだけの広さのある土の場所を探した。適当な場所を見つけると、ミルクマンは土を掘り、パイロットはしゃがみ込んで袋を開けた。袋から深い溜息が洩れ、風が冷たくなった。しょうがの匂いが、砂糖で甘みをつけたしょうがの芳香が、二人を包んだ。パイロットは遺骨を注意深く、小さな墓に納めた。ミルクマンはその上に土をかぶせ、シャベルの背で固く押さえた。

「上に石か、十字標を置かなきゃいけないだろうか？」とミルクマンが尋ねた。

パイロットは首を横に振った。パイロットは手をあげると、イヤリングをぐいと耳から引きちぎった。耳たぶが破れた。それからパイロットは指で小さな穴を掘り、その中に、ジェイクがたった一度だけ書いた単語を納めてある、シングの嗅ぎ煙草入れを入れた。それがすむとパイロットは立ちあがった。銃声が聞こえたのは、パイロットが倒れた後のようにミルクマンには思われた。ミルクマンは膝を突き、腕を曲げてパイロットのがっくりと垂れた首を支え、噛みつくような調子で聞いた。「怪我をしたのかい？　怪我をしたのかい、パイロット？」

パイロットは静かに笑った。ミルクマンにはすぐに、自分が初めてパイロットに会って、口にしうる最高にばかげたことを口にした日のことを、パイロットは想い出しているのだとわかった。

たそがれの色が濃くなり、周囲一面に暗くなってきた。ミルクマンはパイロットの胸や腹部を手で探って、弾《たま》が当たった場所を見つけようとした。「パイロット？　だいじょうぶかい？」ミルクマンにはパイロットの眼が見わけられなかった。パイロットの頭の下に置かれた彼の手は、汗で泉のようになっていた。「パイロット？」

パイロットは溜息をついて言った。「わたしの代わりにリーバを見てやっておくれよ」

そしてそれから、「もっとたくさんの人間と、知り合えたらよかったと思うよ。その人たちみんなを愛したのに。もっとたくさんの人たちを知っていたら、もっとたくさんの人たちを愛していたのに」と。

ミルクマンは低く身を曲げてパイロットの顔を見ようとして、闇のために自分の手が黒ずんでいるのに気づいた。汗ではなくて血が、パイロットの首からミルクマンの手のくぼみに、流れ込んでいるのであった。ミルクマンはパイロットの身体の中に生命を押し戻そうとするかのように、生命が流出してくる場所にもう一度押し返そうとするかのように、指をパイロットの肌に押しつけた。しかし、そんなことをしてみても、血の流れはむしろ速くなるばかりであった。狂ったようにミルクマンは止血帯のことを考え、自分が引き裂いているべき布の、裂ける音さえ聞こえるようであった。もっとよく傷口を押さえられるように、ミルクマンが姿勢を変えて、パイロットを横にしようとすると、パイロットがもう一度口を利いた。

「歌っておくれ。わたしのために、何かちょっと歌っておくれよ」

ミルクマンは歌を知らず、また彼が歌うのを聞きたいと他人が思うような、美声の持ち主でもなかった。だがミルクマンはパイロットの声にこもっている、せがむような調子を無視することはできなかった。およそ節らしい節もつけず、ただ言葉だけを、ミルクマンはパイロットのために歌った。「シュガガール、ここに置いていかないで、綿のボールに息が詰まる。シュガガール、ここに置いていかないで、白い旦那にこき使われる」血はすでに送り出されてはおらず、パイロットの口には、何か黒ずんだ泡のようなものがあった。けれども、パイロットがちょっと首を動かして、ミルクマンの肩のうしろの何かにじっと眼を据えたとき、パイロットが死んだのだということをミルクマンが知るのにはしばらくかかった。そして死んだことに気がついても、その歌い古された言葉が、まるでただ声量だけでパイロットが眼を覚ますとでもいうみたいに、あとからあとからと、ますます大きな声で口をついて出てくるのをおさえることができなかった。眼を覚ましたのはただ小鳥たちだけで、小鳥たちはおびえたように飛び立っていった。ミルクマンはパイロットの頭を、岩の上に横たえた。二羽の小鳥が二人のまわりを旋回した。一羽は新しい墓の中に飛び込み、何か光るものを嘴《くちばし》にくわえて飛び去った。

今にしてミルクマンは、自分がどうしてそんなにもパイロットを愛していたのかを理解した。一度も地上を離れもしないで、パイロットは飛ぶことができたのだ。「きっともう一人は、あんたみたいな人がいるよ」とミルクマンはパイロットにささやきかけた。「少なくとももう一人は、あんたみたいな女の人がいるにちがいないよ」

パイロットの身体に覆いかぶさるようにしてひざまずきながらも、二度と失敗はないことを、自分が立ちあがった瞬間に、ギターが自分の頭を吹き飛ばそうとするだろうことを、ミルクマンは知っていた。ミルクマンは立ちあがった。

「ギター！」とミルクマンは大声で叫んだ。

「ター、ター、ター」と山々が答えた。

「こっちだぞお、おおい！　見えるかあ？」ミルクマンは片手を丸めて口に当て、もう一方の手を頭の上で振った。「俺はここだぞお！」

「ゾオ、ゾオ、ゾオ」と岩々が答えた。

「欲しいかあ、俺があ？　どうだあ？　欲しいかあ、俺の命があ？」

「イノチガア、イノチガア、イノチガア」

身体を覆ってくれるものといってはただ夜の暗がりしかない、頂上の平らなもう一つの岩の端に坐り、ライフルの銃身越しにギターは微笑した。「友達だ」とギターはひとりで呟いた。「俺の大事な友達だ」ライフルを地面に置くと、ギターは立ちあがった。

ミルクマンは手を振るのをやめて、眼を細めた。暗がりの中にギターの頭と肩だけが、かろうじて見分けられた。「俺の命が欲しいか？」ミルクマンはもう叫んではいなかった。「俺の命が必要か？　ほら」涙も拭わず、深く息を吸い込みもせず、膝を曲げさえもしないで——ミルクマンは飛んだ。先導の星のように速く、また明るく、ミルクマンはギターのほうに向かって進んだ。二人のうちのどちらが、兄弟の手にかかって果てるかは問題ではなかった。今こそミルクマンは、シャリマーが知っていたことを知ったのだ——風に身を委ねる者はよく風を御するということを。

訳者あとがき

※この訳者あとがきには、本書の結末に触れる部分があります。

『ソロモンの歌』についてはこれまでに二度、一九七九年にこの作品を初めて訳出したときと、一九九四年に改訂版が出たときに、「あとがき」を書いているので、ここでは前から気になっている二つの疑問を読者に提出して、「あとがき」の代わりにしたい。

疑問の一つは『ソロモンの歌』という題名についてである。この題名は言うまでもなく、旧約聖書の雅歌の英語名と同じであり、訳出したとき私は他のいくつかの質問と一緒に、作者はこの題名を選んだとき雅歌のことを考えていたか、それともこれは単に、ヴァージニア州の僻地《へきち》で子供たちが歌い伝えるという、この作品の展開に重要な役割を果たしている、わらべ歌から取られたものなのかということを手紙で尋ねた。これに対してモリスンは、この題名は文字通りに子供たちの歌を意味するもので、雅歌のことは全く考えていなかったと答えてきたので、初版の「あとがき」で私は、著者の手紙によれば、『ソロモンの歌』という題名は雅歌とは何の関係もないそうであると書いた。しかしこれは、モリススンの言葉をあまりにも額面通りに受け取りすぎていたのではないかという気がするのである。

一九六六年に、当時は学生非暴力調整委員会のリーダーであったストウクリー・カーマイケルが使い始め、翌年からマーティン・ルーサー・キング牧師がポスターに用いて広めた、「ブラック・イズ・ビューティフル」というスローガンは、ウルガタ聖書から英訳されたドゥエー聖書の、雅歌の最初のほうに出てくる、「アイ・アム・ブラック・バット・ビューティフル」という言葉に由来するものだと言われている。「ブラック」という言葉はこのように公民権運動を通じて、黒人の誇りと自尊心を表わすものとなり、「ニーグロウ」に代わって用いられるようになったが、『ソロモンの歌』という題名を選んだときモリスンは、今見た雅歌に出てくる言葉に、意識的にか無意識的にか、動かされていたのではないかと思われる。

もう一つ気にかかっている疑問はパイロットの死に関するものである。最初に訳出したとき私は、パイロットの死は彼女自身が選んだものと決めてかかり、パイロットが倒れたときに聞こえた銃声を「ピストルの音」と訳したが、その後、パイロットはギターに撃たれたのだという解釈が行なわれていることを知った。ミルクマンがパイロットの胸や腹部を手で探って弾の当たった場所を見つけようとすることや、「二度と失敗はないことを、自分が立ちあがった瞬間に、ギターが自分の頭を吹き飛ばそうとするだろうことを、ミルクマンは知っていた」という叙述は、ギターが撃ったのだとミルクマンは考えていることを思わせる。しかし、それではどうしてパイロットは耳たぶを破りまでして、自分の名前の入っているイヤリングを引きちぎり、父親の遺骨のそばに埋めたのか、また自ら選んだのではないとすれば、どうして彼女は撃たれたことに少しも動転せず、従容として死を迎えるのか、そしてミルクマンと間違ってパイロットを撃ったのだとすれば、どうしてギターは失敗に動ずる様子を全く見せないのか、などいくつかの疑問が浮かぶ。ギターは非情なまでに冷酷な殺し屋に徹しているので、誤って別な人間を殺したことなど問題ではないのだと解釈することもできないではない。しかしそれでは、俺の命が欲しいかと彼に向かって叫ぶミルクマンに、ライフルの銃身越しに微笑し、「俺の大事な友達だ」と呟いてライフルを置くギターとは、うまく重なり合わないように思われる。

パイロットの死を描く場面についてメアリアン・ハーシュは、

この小説の最後はミルクマンよりパイロットに、人々を愛する彼女の人間とのつながりに、そして彼女の死に、ハイライトを当てる。父親の遺骨を埋葬したことはパイロットに、自分自身が死ぬことを許す。死ぬ前にパイロットは過去との、また名前をつけるときの父親のやり方との、その重要なつながりをもはや必要とはしないで、自分の名前とイヤリングを埋めようとする。しかし一羽の小鳥（パイロットの母親か？）

がきて、パイロットが投げ入れた父親の墓から、イヤリングと名前を取り出す。それを見てミルクマンは、「一度も地上を離れもしないで、パイロットは飛ぶことができたのだ」ということを理解する。(New Essays on SONG OF SOLOMON, ed. Valerie Smith, Cambridge Universitiy Press, 1995, p.89)

と述べる。ハーシュもまたパイロットの死は彼女自身の意思によるものだと解釈していることを、この一説は示しているように見える。

パイロットの死は彼女自身が選んだものだと思わせるもう一つの根拠は、ヘイガーが六カ月の間に六回ミルクマンを殺そうとしたことを、フレディから聞いてルースがパイロットを訪ねたときに、二人の間で交される死についての会話である。人間は誰だっていつまでも生きるわけではない、「死ぬことは生きることと同じように、自然なこと」だと言うルースの言葉を否定してパイロットは、「死ぬってことについては、自然なことなんてまったくないね。死ぬってのは一番不自然なことだよ」と言い、「人間は永久に生きるべきだと思って」いるのかと尋ねるルースに、「人によってはね」と答え、「誰が決めるの？どの人間が生きて、どの人間が生きるべきではないって？」とさらに問いかけるルースに対してパイロットは、

「人間が自分で決めるのさ。いつまでも生きていたいと思う人間もあるし、そうでない者もある。とにかくそれを決めるのは人間だって、わたしは信じてるよ。人間は死にたいと思うとき、また死にたいと思ったら死ぬんだよ。もし死にたくなかったら、誰だって死ぬ必要はないんだよ」

と答える。パイロットのこの信念と彼女の実際の死に方には、何の関係もないと考えることはもちろん可能である。しかしパイロットにこのように語らせておいて、最後にはミルクマンと間違って射殺される運命を与えるのは、小説のプロットとしてあまり巧みなものとは思われない。また「二度と失敗はない」というミルクマンの考えについては、最初の失敗はパイロットを撃ったことではなく、カルヴィンたちと狩猟に出かけたミルクマンを、ギターが林の中で襲って失敗したことを指しているのだと解釈することもできなくはないであろう。

このように見てくると、パイロットはギターに撃たれたのだと断定することにも、自ら死を選んだのだと結論することにも、どちらにもそれなりの理由があり、またどちらにも多少の疑問が残る。ただ、自分自身の意志で死を選んだと解釈するほうが、この最後の場面が与える印象はより深いものになるように思われるが、それも読む人間の見方によって異なるかもしれない。この問題は結局、読者それぞれの判断に委ねるよりほかに、解決の方法はなさそうである。これまで「ピストルの音」と訳してきた「ショット」という単語の訳を、ライフルと拳銃のどちらの場合にも通用する、「銃声」に変えたのはそのためである。

最後になったが、この本を文庫に入れるのに当たっていろいろお世話になった、早川書房編集部の山口晶氏に厚くお礼を申し上げる。

二〇〇九年六月

1973年　第二長篇『スーラ』発表。全米図書賞の候補となる。
1976年　イェール大学の客員講師となる。
1977年　第三長篇『ソロモンの歌』発表。全米批評家協会賞、アメリカ芸術院賞を受賞。著名読書クラブ〈ブック・オブ・ザ・マンス・クラブ〉の推薦図書となる。
1981年　第四長篇『タール・ベイビー』発表。この年、《ニューズウィーク》誌の表紙を飾る。
1983年　ランダムハウス退社。
1984年　ニューヨーク州立大学の教授となる。
1987年　第五長篇『ビラヴド』発表。ベストセラーとなる。各界より絶賛を浴びるが、全米図書賞及び全米批評家協会賞の選考にかからなかったことから、多くの作家より抗議の声が上がる。
1988年　『ビラヴド』がピュリッツァー賞受賞。
1989年　プリンストン大学教授となり、創作科で指導を始める。
1992年　第六長篇『ジャズ』発表。評論『白さと想像力――アメリカ文学の黒人像』発表。
1993年　アフリカン・アメリカンの女性作家として初のノーベル賞受賞。
1998年　第七長篇『パラダイス』発表。『ビラヴド』がオプラ・ウィンフリー／ダニー・グローヴァー主演で映画化。
2003年　第八長篇『ラヴ』発表。
2006年　プリンストン大学から引退。《ニューヨーク・タイムズ・ブックレビュー》が『ビラヴド』を過去25年に刊行された最も偉大なアメリカ小説に選出。
2008年　第九長篇 *A Mercy* 発表。

トニ・モリスン　年譜

1931年　2月18日、クロエ・アンソニー・ウォフォードとして、オハイオ州の労働者階級の家族に生まれる。

1949年　ワシントンD.C.のハワード大学文学部に入学。大学時代にクロエからミドルネームを短くしたトニに変名。

1953年　ハワード大学卒業。英文学の学士号を取得。その後、ニューヨークのコーネル大学大学院に進学。

1955年　コーネル大学大学院で英文学の修士号を取得。修士論文は、ウィリアム・フォークナーとヴァージニア・ウルフの作品における自殺について。卒業後は、南テキサス大学で英文学の講師となる。

1957年　ハワード大学で英文学を教える。

1958年　ジャマイカ人の建築家で大学の同僚ハロルド・モリスンと結婚。その後、二児をもうける。

1964年　離婚。ニューヨーク州シラキュースに転居し、出版社ランダムハウスの教科書部門で編集者となる。

1967年　ランダムハウスの本社に異動となり、アフリカン・アメリカンの著名人や作家による出版物の編集を手掛ける。

1970年　デビュー長篇『青い眼がほしい』発表。批評的成功を収める。

1971年　ランダムハウスに勤務しながら、ニューヨーク州立大学の准教授を務める。

本書では一部差別的ともとれる表現が使用されていますが、これは本書の歴史的、文学的価値に鑑み原文に忠実な翻訳を心がけた結果であることをご了承下さい。

本書は一九九四年九月に早川書房より刊行された〈トニ・モリスン・コレクション〉の『ソロモンの歌』を文庫化したものです。

遠い山なみの光

A Pale View of Hills

ノーベル文学賞受賞

カズオ・イシグロ

小野寺 健訳

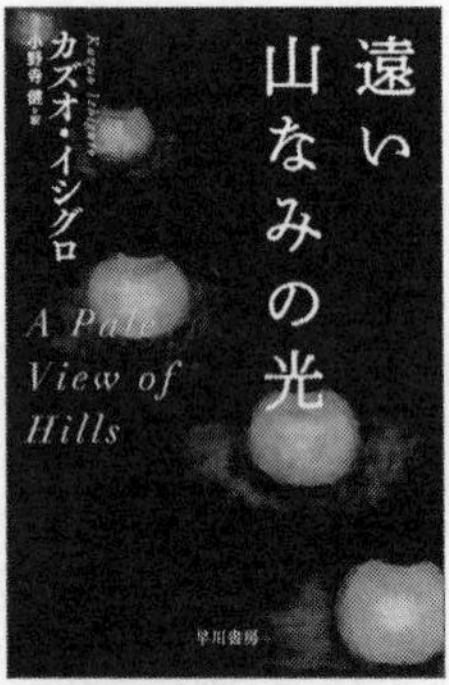

戦後すぐの長崎で、悦子はある母娘に出会った。あてにならぬ男に未来を託そうとする母と、幻覚におびえる娘は悦子の不安をかきたてた。だが、あの頃は誰もが傷つき、何とか立ちあがろうと懸命な時代だったのだ——淡くかすかな光を求めて生きる人々の姿を端正に描く、ブッカー賞作家のデビュー長篇。王立文学協会賞受賞。解説／池澤夏樹。（『女たちの遠い夏』改題）

わたしたちが孤児だったころ

When We Were Orphans

ノーベル文学賞受賞
カズオ・イシグロ
入江真佐子訳

上海の租界に暮らしていたクリストファーは十歳で孤児となった。貿易会社勤めの父と美しい母が相次いで謎の失踪を遂げたのだ。ロンドンに帰され寄宿学校に学んだ彼は、両親の行方を突き止めるため探偵を志す。やがて幾多の難事件を解決し社交界でも名声を得た彼は上海へと舞い戻る……現代英国最高の作家が渾身の力で描く、記憶と過去をめぐる冒険譚。解説／古川日出男

充たされざる者

The Unconsoled

ノーベル文学賞受賞

カズオ・イシグロ

古賀林 幸 訳

世界的ピアニストのライダーは、あるヨーロッパの町に降り立った。「木曜の夕べ」という催しで演奏予定だが、日程や演目さえ彼には定かでない。ただ、演奏会は町の「危機」を乗り越えるための最後の望みのようで、一部市民の期待は限りなく高い。ライダーはそれとなく詳細を探るが、奇妙な相談をもちかける市民が次々と邪魔に入り……。ブッカー賞作家の実験的大長篇。

ハヤカワepi文庫

ハヤカワ epi 文庫は、すぐれた文芸の発信源（epicentre）です。

訳者略歴　1930 年新潟県生まれ。早稲田大学名誉教授
著書『ワーズワスの詩の変遷――ユートピア喪失の過程』
訳書『シュルレアリスム――絶対への道』バラキアン他多数

〈トニ・モリスン・セレクション〉

ソロモンの歌《うた》

〈epi 54〉

二〇〇九年七月十五日　発行
二〇二一年三月十五日　三刷
（定価はカバーに表示してあります）

著者　トニ・モリスン
訳者　金《かね》田《だ》眞《ま》澄《すみ》
発行者　早川浩
発行所　株式会社早川書房
郵便番号　一〇一 - 〇〇四六
東京都千代田区神田多町二ノ二
電話　〇三 - 三二五二 - 三一一一
振替　〇〇一六〇 - 三 - 四七七九九
https://www.hayakawa-online.co.jp
乱丁・落丁本は小社制作部宛お送り下さい。
送料小社負担にてお取りかえいたします。

印刷・中央精版印刷株式会社　製本・株式会社明光社
Printed and bound in Japan
ISBN978-4-15-120054-0 C0197

本書は活字が大きく読みやすい〈トールサイズ〉です。